KB151968

나를
사랑하지
않는
그대에게

나를
사랑하지
않는
그대에게

1판 1쇄 찍음 2019년 4월 25일
1판 1쇄 펴냄 2019년 5월 3일

지은이 rarae
펴낸이 정 필
펴낸곳 (주)뿔미디어

기획 · 편집 문지현, 권지영, 박경희
표지 디자인 우 물

출판등록 2002년 9월 11일 (제1081-1-132호)
주소 경기도 부천시 소향로 17, 303(두성프라자)
전화 032)651-6513 팩스 032)651-6094
E-mail bbulmedia@hanmail.net
비북스 http://b-books.co.kr

ISBN 979-11-315-9717-0 03810

※파본은 구입하신 서점에서 교환하여 드립니다.

Contents

1장
새로운 세계에서

　다시 눈을 떴을 때, 나는 아찔할 만큼 고혹적인 미인의 외양을 갖추고 있었다.

　잠시 숨을 찬찬히 들이쉬며 나는 거울 표면에 비추어진 사람의 형상을 매만졌다. 손가락 끝에 다가오는 차가운 유리의 촉감이 지금 눈앞에 보이는 것이 결코 환상이나 하룻밤의 꿈이 아님을 알려 주었다. 재차 호흡을 가다듬으며 거울에 반사된 모습에서 필사적으로 내가 알던 스무 살 한유리의 형태를 찾고자 애를 썼다. 분명히 기본적인 바탕은 온전한 나 자신의 것일진대, 그 위를 덮고 있는 보드라운 살점이나 머리카락, 속눈썹의 형태는 무척 이질적이었다.
　끝없는 밤하늘의 빛을 녹여낸 듯한 고운 머릿결, 부드러운 곡선을 그리는 이마와 그 아래 자리한 눈썹, 길고 풍성한 속눈썹이 파르르 떨리자 그 아래로 반짝임을 더하는 검은 눈동자와 오밀조밀한 콧대와 코끝, 연한 장밋빛으로 물든 입술까지…….

권태롭고 우울하기 짝이 없는 인생에 몸부림치는 걸 가엾게 여긴 조물주께서 마지막으로 내려 주신 선물이기라도 한 건가. 나는 피식 웃으며 눈을 한 번 감았다가 떴다. 그럼에도 변하지 않는 눈앞의 풍경은 새로이 바뀐 한유리의 모습을 여전히 드러내 보여 주고 있을 뿐이었다.

내가 다시 정신을 차린 건 그로부터 사흘 정도가 지난 후였다. 누구나 다시금 뒤를 돌아볼 만한 미인으로 모습이 뒤바뀐 날, 스스로는 눈치채지 못했지만 몸뚱이는 이미 정상이 아니었던 건지 그저 거울 앞에서 한참 시선을 떼지 못하다가 다시 비틀거리며 쓰러졌던 거라고, 눈을 뜬 나에게 허겁지겁 다가온 하녀는 그렇게 설명해 주었다.

실은 정신없이 거울 앞에만 서 있던 날에도 아가씨께서는 벼랑 끝에서의 실족 사고로 의식을 잃은 지 일주일 만에 깨어나신 거였다며, 그 후 또다시 정신을 잃는 걸 보고 이번에야말로 이대로 영영 눈을 못 뜨시는 건 아닐까 모두들 걱정을 했었다고.

그제야 내 주위를 둘러싸고 있는 이질적인 공간이 서서히 눈에 들어왔다. 고풍스러운 가구들과 장식으로 꾸며진 방은 확실히 중세 유럽 귀족 가문의 여식이 쓸 법한 꾸밈새를 갖추고 있었지만, 내가 있던 원래 세계의 것과는 굉장히 거리가 멀었다.

"으음……."

나는 내 입에서 어떤 말이라도 나오길 바라는 간절한 하녀의 시선을 뒤로한 채 애써 건조한 목을 가다듬었다. 그리고 짧은 시간이나마 이곳에 머무르며 알게 된 나름의 정보들을 조합해 보고자 했다.

얼마 지나지 않아 나는 내가 스스로의 자유 의지와는 상관없이 이곳으로 오게 되었다는 것, 그것도 주변 사람들이 바뀐 외양에 대해 딱히 놀라거나 별다른 말을 하지 않는 것으로 보아 원래 주인의 곱디고운 겉껍데기를 도둑질하듯 뒤집어쓰고 깨어났을 확률이 높다는 사실을 깨닫게 되었다.

그러나 그런 것치고는……. 지금 바뀐 내 모습은 원래의 스무 살 '한유리'가 지니고 있던 외양과 묘하게 많이 닮아 있었다. 더욱이 흰 피부에 이목구비가 오밀조밀한 미인상이긴 했지만, 이곳 사람들처럼 온전한 서양인의 외양은 아니었다. 서구적인 미인상을 꼭 빼어 박은 한국 여배우들이나, 아니면 팔분의 일 정도는 외국의 혈통이 섞였구나 싶은 그런 얼굴이었다.

무엇보다도 어떻게 나 혼자만 이곳에서 이렇게 이질적인 외모를 갖고 있는 것인지……. 나는 여전히 불안한 눈빛으로 내 손을 꼭 붙잡고 있는 가련한 하녀의 얼굴을 못 본 체하며 나머지 한쪽 손으로 내 새로운 얼굴을 꼼꼼히 만져 보았다.

그때였다. 쾅, 하는 소리와 함께 부서질 듯 방문이 열리고 그 사이로 한 남자가 성큼성큼 걸어왔다.

"······드디어 일어나셨네."

비죽이는 남자의 잇새로 흘러나온 소리는 상대에 대한 노골적인 적의를 품고 있어 나는 당황했다. 그는 방으로 거침없이 들어와 내 머리채를 쥐어 잡듯이 들어 올려 내 얼굴을 샅샅이 훑어보았다. 죽일 듯이 나를 노려보는 한 쌍의 갈색 동공 너머로 불쾌한 감정의 소용돌이가 일렁이는 것이 보였다. 그리고 이 당황스러운 첫 만남 덕에, 나는 그가 어지간한 귀족 영애들은 물론이고 집안의 잡부 계집, 나이 어린 하녀들까지 몸을 배배 꼬아 댈 정도로 잘생긴 미남이라는 것을 한참 뒤에야 깨닫고 말았다.

결 좋은 짙은 갈색 고수머리가 흩날리고, 그 아래 자리 잡은 반듯한 콧대와 매끄러운 턱선까지. 내 앞의 남자는 소년에서 청년으로 넘어가는 과도기를 막 지난 듯한 외양이었다. 나는 수치스러운 줄도 모르고 홀린 듯이 그 모습에 빠져 잠시 숨을 멈췄다.

"미친년. 이젠 대놓고 길거리의 얼빠진 계집처럼 구는군."

"도련님, 아가씨께서는 아직 안정이 필요한 상태이십니다. 그러니······."

대뜸 욕설을 내뱉는 남자의 목소리에 그의 곁에 서 있던 나이 많은 하녀가 그를 타일렀다. 그러나 그녀의 뒷말은 남자가 여전히 내 머리채를 휘어잡은 채 그녀를 쥐 잡을 듯이 노려보는 바람에 미처 입 밖으로 나오지 못했다. 남자는 다시 내 얼굴을 거칠게 끌어당기며 이를 악물듯 내뱉었다.

"이제 와서 왜 되지도 않는 병신 짓이야, 응? 대체 왜. 골골대면서 매일 방구석에나 처박혀 있는 이 집 할아범 상태 보니까 네가 이렇게 미친 척이라도 해 대면, 그러면 얼마 안 되는 유산이라도 더 떨어질까 싶어서 그러는 거야? 응? 그래? 어쭙잖은 콩고물이나 더 핥아 먹어 보려고 허구한 날 자해해 대고 그걸로 모자라 이제는 높은 데서 뛰어내리기까지. 별 지랄을 다 하는 거냐고."

한눈에 봐도 높은 신분인 듯 보이는 남자의 입에서 나오는 말투는 그러나 몹시 거칠었다. 그는 이제 한 손으로 내 목을 옥죄고 있었다. 남자의 유려한 얼굴에 멍하니 있던 나는, 그제야 그의 눈빛이 나에 대한 단순한 적의를 넘어 증오, 살기에 가까운 것을 담고 있음을 깨달았다. 목과 얼굴에 와 닿는 그의 숨결로 인해 내 피부에 오소소 소름이 올라왔다.

"그래, 그 허튼수작 다시 한 번 더 부려 봐. 이번엔 안타깝게 자살 미수로만 끝나지 않도록 내가 직접 네 마지막 숨통을 끊어 놔 줄 테니까, 에스델 누이."

그의 입술에서 나온 이질적인 호칭에 그제야 나는 나와 조금도 닮지 않은 그 남자가 내 남동생이라는 사실을 알아챘다. 내게서 어떤 대답도 흘러나오지 않자 그는 내게, 네 천한 어미의 추잡스러웠던 최후를 언젠가 똑같이 겪게 해 주겠다고 윽박지른 후에야 나를 내던지듯 놓고 나갔다. 짧지 않은 시간 동안 거칠게 남자에게 잡혀 있던 두피의 통증이 그제야 느껴졌다. 그가 나가자마자 주변에 있던 하녀들은 급히 달려와 내 상태를 살폈다.

나는 급작스레 온몸을 휘감는 당혹스러움에 눈을 감았다. 도대체 어떻게 된 일인 건지……. 갑자기 들이닥친 그 남자처럼 내게 휘몰아쳐 온 일련의 사실들은 나를 괴로울 정도로 끔찍한 기분이 들게 만들었다. 나는 그에게 붙잡혔던 통증을 잊으려 인상을 찌푸렸다.

에스넬 모르데카이 그로에스.
그로에스 백작 가문의 외동딸. 20세.

나는 새로이 내가 입게 된 정체성을 나타내는 몇몇 단어들을 되씹으며 고민에 빠졌다. 야멸차기 짝이 없던 그 남자의 방문 후 얼마 지나지 않아, 나는 내가 이 집안에서 그리 환영받지 못하는 존재임을 깨닫게 되었다.

백작 가문의 외동딸이라 일견 귀한 귀족 아가씨로 자라 왔을 것 같지만, 실은 가주(家主) 그로에스 3세가 외국 노예 출신의 창녀와 하룻밤 방탕한 유희를 즐긴 결과로 집에 들인 혼외 자식이라는 것, 그래서 이 집안의 사용인들마저 다들 겉으로 내색하지 않으려 애쓴다 뿐이지 나를 이 집의 식객마냥 데면데면하게 굴고 있다는 것을 깨닫기까지는 그리 오랜 시간이 걸리지 않았다.

그렇게 생각해 보면 정신을 차린 날 나를 찾아왔던 그 미남자의 냉정한 태도도 이해가 되었다. 미하엘 로트 그로에스. 그는 치매에 마비까지 겹쳐 오늘내일하고 있는 백작이 눈을 감으면 곧바로 그 뒤를 이을 이 집안의 유일무이한 적통 후계자였다.

내내 내 곁을 지키던 하녀 에이미가, 백작 부인이 정략결혼으로 이 집안에 시집와 불행하게 이어지던 삶을 짧게 마무리한 이후 미하엘은 줄곧 정식 후계자로서 대우받아 왔다고 귀띔해 주었다. 특히 그로에스 백작이 뒤늦게 나를 자신의 친딸임이 분명하다며 막무가 내로 이 집에 끌어들인 후부터 그와 그 측근들은 나에 대한 경계 태세 또한 늦추지 않고 있는 눈치였다.

나는 이제 내 비천한 출신 성분의 숨길 수 없는 증표임이 드러난 이곳에서의 내 이국적인 외모를 살피며 또 한 번 자조했다. 일각에서는 지독히 흰 피부색 외에 눈곱만큼도 백작을 닮지 않은 나를 두고 정말 친딸은 맞느냐, 혹시 한때 끼고 놀던 외국인 창녀의 태생 모를 딸을 데려와 키운답시고, 실은 애첩처럼 내킬 때마다 붙어먹는 용도로 데리고 있는 것은 아니냐 하는 말까지 도는 모양이었다. 나는 이곳에서의 내가 반편이 귀족만큼도 되지 못하는 신세임을 곧 깨달았다.

대체 어디서부터 잘못된 걸까. 전생에서 차라리 이 인생을 조용히 끝내게 해 달라고……. 그렇게 신에게 빌기를 수차례, 마치 이 지긋지긋한 불행 속에 나를 처박아 놓은 세상에 화풀이라도 하겠다는 양 지난 어느 날 서울의 아파트 한편에 구겨져서 집어삼킨 수면제가 잘못되기라도 한 걸까. 이전 생에서의 내 처절했던 기도와 자살 시도는 아무래도 나를 잘못된, 어딘가의 이세계(異世界)로 끌고 와 버린 모양이었다.

이게 결코 꿈이 아니란 것은 지난 며칠간 스스로 현실임을 확인해 보고자 꼬집고 비틀어 팔 부근에 남은 보랏빛 멍 자국을 보면 다시금 깨달을 수 있었다. 몹시 혼란스러웠다.

"아가씨. 마차가 준비되었습니다."

"응. 고마워."

외출 준비가 다 되었다며 나를 데리러 온 시종의 말에 무거운 상념에서 비로소 깨어났다. 나는 그를 향해 고개를 끄덕이곤 조용히 발걸음을 옮겼다.

이날 마차를 타고 내가 향한 곳은 저택에서 멀지 않은 중심가의 상점 골목이었다. 연고 없는 이세계(異世界)에 홀로 떨어진 이후, 나는 근 한 달간을 미하엘이란 이름의, 나와 피가 섞이기는 한 건지조차 불투명한 남동생의 날카로운 신경을 거스르고 싶지 않아 방 안에서만 쥐 죽은 듯이 보냈다. 갑작스레 내던져진 이곳의 현실에 나는 아연실색했고, 매일 조금씩 생명력을 잃고 말라비틀어져 가는 꽃처럼 버석거렸다.

내내 그런 내 눈치를 살피던 하녀들이, '이러다 정말 아가씨가 또 반쯤 미쳐서 죽어 버리겠다고 구는 건 아닌가.', '아무리 그래도 숨 쉴 구멍이라도 마련해 주는 게 좋지 않을까.' 따위의 말을 속닥거리는 게 들렸다. 그들은 곧 아무 작당도 없었다는 양 내게 바깥바람이라도 좀 쐬고 오시는 게 어떻겠냐며 권했고, 나는 그들의 속내를 알고 있다는 티를 내기도, 뭐라 거절의 말을 꺼내기도 피곤할 것 같아 그러겠노라 고개를 끄덕인 참이었다.

나는 곧바로 근처의 책방으로 갔다. 안으로 들어서자 오래된 도서관이나 서고 특유의 습한 책 곰팡이 냄새가 났다. 언제나 마음이 편해지는 내음이었다. 항상 책을 좋아하던 나는 이전 생에서도 줄곧 집 안의 서재에 틀어박혀 이 냄새를 맡곤 했었다. 그리고 그럴 때마다 엄마는 어떻게 이런 냄새를 좋아할 수가 있느냐고, 참 특이한 취향을 가졌다면서 웃곤 했었다.

이렇게 이질적인 세계에서도, 책 냄새만큼은 내가 살던 서울의 그 것과 별반 다를 게 없다는 사실이 위안처럼 느껴졌다. 그로에스 백작가의 저택에도 상당한 규모의 서재가 있었지만, 바로 곁의 집무실에서 아버지를 대신해 거의 모든 백작의 업무를 대행하는 미하엘이 있기에 그의 눈에 띌까 봐서라도 감히 그곳을 가까이하기는 어려웠다. 나는 조금 들뜬 기분으로 읽을거리를 찾아 서가를 살피기 시작했다.

"……저어. 혹시 에스델 영애?"

누군가 나를 부르는 목소리가 들리지 않았다면 나는 아마 한참을 책에 빠져 있었을 터였다. 새 책을 꺼내려다 말고 흠칫 고개를 들자 나를 바라보는 단정한 이목구비의 여성이 보였다. 그리고 그녀와 조금 떨어진 곁에 서서 마찬가지로 무심한 듯 나를 응시하고 있는 정복 차림의 훤칠한 남자도. 나는 낯선 이들의 모습에 조금 긴장하며 고개를 끄덕였다.

"그렇습니다만……. 누구신지요."

"어머. 정말로 제가 기억이 안 나시나 봐요."

여자의 두 눈은 놀란 듯 조금 커져 있었다. 나는 당황스러움도 억누르고 잠시 어떻게 대응해야 할지 고민했다. 어느 날 내가 이곳으로 갑자기 뚝 떨어진 것과는 별개로, 나는 새로이 갖게 된 몸 주인의 원래 기억까지는 온전히 차지하지 못했다. 상대방 여자의 태도로 봐선 분명히 이전에 교류가 있었던 사이인 것 같지만…….

쉽사리 말문을 열지 못하는 나를 보던 여자가 먼저 입을 열어 준 것이 퍽 다행이었다.

"에스델 영애. 소식을 듣긴 했지만 정말로 기억이 온전치 못하시군요. 절벽에서 떨어진 사고의 후유증으로 기억을 잃으셨다고는 들었어요. 한동안 사교계에서도 사람들이 모였다 하면 영애에 대한 이야기가 올랐답니다. 그런데, 그 소문이 정말이었나 보네요……. 이런."

여자의 다정한 다갈색 두 눈동자에는 어느새 약간의 동정심과 걱정의 기운이 스며 있었다. 나는 오랜만에 받아들이는 타인의 순수한 호의에 적절한 대응을 찾지 못했다.

"그럼 저를 모르는 것이나 마찬가지일 테니 그냥 다시 소개드릴게요. 저는 베델리우스 공작가의 장녀 엘리시아입니다. 이것도 기억하실는지 모르겠지만, 귀족 영식들의 비공식 사교 모임에서 몇 번 뵌 적이 있죠."

나는 그저 '아…….' 하는 소리를 내며 고개를 끄덕일 수밖에 없었다. 이런 나를 배려하듯, 여자는 천천히 말을 이었다.

"괜찮아요. 에스델 영애의 소식을 듣고 저도 얼마나 놀랐던지……. 큰 부상 없이 금방 회복되셨다니 천만다행이죠. 그 높은 곳에서 떨어지셨는데도 기억을 잃으신 것 말고는 크게 다친 곳이 없으시다는 게요. 아, 참……. 이쪽은, 제가 소개드렸던가요? 제 남동생 알렌이에요. 아마 동생이 작위를 승계받기 전에 일면식 정도는 있으셨을지도 모르죠."

여자는 그제야 생각났다는 듯 그동안 말없이 자리해 있던 남자를 소개해 주었다. 자신의 이름이 불리자 남자는 한 발자국 앞으로 나왔다. 그 바람에 창가로 들어오는 햇빛 아래 뚜렷한 그의 이목구비가 한결 분명하게 드러났다.

남자의 목례는 나무랄 데 없이 정중하면서도 우아했다. 품격 있는 선이 그의 윤곽을 부드럽게 덧그리고 특유의 분위기가 주변 공기에 녹아들어 있는 것만 같았다. 나는 잠시 멍하니 있다 그의 행동에 급하게 예를 차렸다.

"알렌 르누이 베델리우스입니다."

"네. 저는 에스델이라고 합니다. 저어……. 제가 공자님을 처음, 뵙는지요?"

입술 사이로 나온 질문이 다소 우스꽝스러워서였는지, 알렌이란 남자는 잠시 한쪽 눈썹을 미약하게 찌푸릴 뿐 별다른 반응이 없었다. 이에 엘리시아가 가볍게 웃음을 터뜨리며 설명을 덧붙여 주었다.

"에스델 영애. 제 동생은 이미 공작위(公爵位)에 올랐답니다. 그러니 이젠 돌아가신 저희 부친이 아닌 알렌이 베델리우스 공작이죠. 지난달에 작위 계승식도 무사히 마쳤는걸요."

나는 적잖이 실수했음을 깨닫고 고개를 숙였다. 그제야 조금 전 엘리시아가 그의 남동생을 소개할 때 '작위'나 '승계' 따위의 단어를 언급했던 것이 떠올랐다. 가장 높은 귀족이자 가주(家主)라고 하기엔 남자의 얼굴이 지나치게 젊어 보여 미처 되짚지 못한 실수였다.

그러나 다행히 남자는 나의 무례에 별다른 관심을 두지 않는 듯했다.

순식간에 어색해질 뻔한 공기를 바꾼 것은 엘리시아였다. 그녀는 너무나도 자연스럽게 밝은 미소를 지으며 우리를 끌었다. 저런 게 공작가의 영애다운 품위일까. 이어지는 엘리시아의 상대방을 편하게 하는 화법과 배려에 나는 진심으로 감탄했다. 겉으로만 백작 가문의 탈을 쓰고 있을 뿐 귀족으로서의 품위라곤 전혀 갖추지 못한 나와는 뚜렷이 상반되는 모습이었다.

동행한 지 얼마 지나지 않아 엘리시아는 자신에게 이후 일정이 있어 금방 집으로 돌아가 봐야 한다고 말했다. 그리고 내게 오랜만의 외출인 만큼, 대신 알렌에게 이후의 에스코트를 맡기고 떠나겠다고도 했다.

그녀는 내가 당황해서 채 정중한 사양의 말을 꺼내기도 전에 자신을 마중 온 마차에 올라탔다. 멀어지는 그녀의 모습을 바라보며 황급히 알렌 공작을 올려다보았지만 그는 딱히 누이의 부탁을 거절할 의향이 없어 보였다. 물론 그렇다고 해서 내게 관심 어린 시선을 두는 것도 아니었다.

어색하게 제자리에 가만히 서 있는 내게, 그가 입을 연 것은 한참 뒤의 일이었다.

"정말 기억을 못하나 보군. 그게 아니면…… 좋은 핑계가 생긴 셈 치고 부끄러웠던 일련의 행동들을 모르는 척 넘기고 싶은 건가?"

남자의 말끝은 어느새 짧아져 있었다. 무심결에 올려다본 그는 내게서 뭔가를 읽어 내기라도 하려는 듯 조용히 내 눈을 응시하고 있었다. 그의 짙은 황갈색 눈동자를 바라보며 나는 당혹스러움에 무어라 대답할 말을 찾느라 고심했다.

"저어…… 무슨 말씀이신지. 죄송스럽지만 공작께서 하시는 말씀을 이해하기 어렵습니다."

그는 여전히 표정의 변화 없이 대꾸했다.

"날 유혹했었지."

순간 머리를 세게 얻어맞은 것만 같았다. 알렌의 말은 그가 귀족 영애라면 도저히 상상하기 어려운 내 과거의 행적을 마주했었음을 알리고 있었다. 나의 얼굴로 뜨거운 당혹감이 잉크처럼 번져 가기 시작하는 것이 느껴졌다.

"……물론, 그때는 내게서 얻어 내고 싶은 게 있었겠지. 혹은 날 이용해야만 하는 일이나."

나는 떠듬거리며 겨우 입을 열었다.

"제가, 공자님을. 아니. 공, 공작 각하께…… 말씀이신가요?"

혼란스러움에 동요하는 나를 관찰하며 그는 미세하게 인상을 찌푸렸다. 다만 더 이상 내가 모르는 척 연기를 하는 것이라고는 생각지 않는 것 같기도 했다. 알렌은 잠시 할 말을 찾는 나를 내려다보다, 이어지는 나의 말을 기다리지 않고 '이만 가지.'라는 말과 함께 앞서 걸어갔다.

어느새 무표정으로 돌아온 알렌은 말없이 한동안 앞만 바라보며 걸었다. 다만 그의 보폭이 꽤 느린 내 걸음걸이를 염두에 두고 있는 듯해서, 나는 그가 자신의 누이가 남긴 부탁을 받아들였음을 깨달을 수 있었다.

그가 이끄는 방향의 길은 하나같이 쾌적하면서도 볼거리가 많았다. 나는 혼란에 휩싸여 동요하고 있으면서도 엘리시아의 부탁에 충실하고자 하는 그의 배려를 거스르지 않고자 애썼다. 그래서 기계적으로 상점가 앞에 진열된 물건들에 시선을 두곤 했다.

알렌은 내가 구경하는 척을 하느라 그와의 거리가 어느 정도 벌어질 때마다 그저 말없이 나를 기다려 주었다. 그의 의무적인 매너는 매번 이어졌다. 순간순간 상념에서 벗어나 서둘러 그에게로 향할 때마다 그는 조금씩 더 느린 속도로 걸음을 맞춰 주었다.

그와의 시간은 조용히, 그러나 생각보다 빠르게 흘러갔다. 문득 정신을 차렸을 때는 거리가 이미 반투명한 노을빛으로 젖어 들기 시작하고 있을 즈음이었다.

"시간이 꽤 지났군. 이만 돌아가지. 마차까지 배웅할 테니."

"……아, 네."

나는 긴장했던 탓인지 오늘의 교제에 대한 감사의 말도 그에게 미처 전하지 못했음을 뒤늦게야 깨달았지만, 알렌은 개의치 않는 듯했다. 그는 내가 마차에 오를 수 있도록 손을 내밀어 주었다.

잠깐이었지만 맞잡은 그의 손이, 생각과 달리 꽤 뜨거웠다.

알렌과 만났던 날, 돌아오는 마차 안에서 나는 몇 번이나 그의 곧은 옆얼굴을 떠올렸다. 솔직히 말하면 그 이후로도 나는 꽤 자주 그를 생각했다. 혼자 몸을 씻을 때면 장갑 위로 마주했던 남자의 감촉이 젖은 손바닥 위에 아직까지도 남아 있는 것만 같은 착각이 들기도 했다. 무척이나 묘한 일이었다.

그런 만남이 있은 후였기에 며칠 뒤 베델리우스 공작가로부터, 특히 알렌의 서명이 담긴 연회 초대장이 도착했을 때 나는 적잖이 당황했다. 그가 지난번 나와의 만남을 쾌적하게 여겼을 리 없으니만큼 나와 더 접촉할 일을 굳이 힘들여 피하지는 않더라도 부러 만들지도 않을 거라 생각했기 때문이다. 미하엘은 자신에게 온 것 외에 또 하나의 초대장이 탁자 위에 올라와 있는 것을 보며 설핏 인상을 구겼다.

"무슨 꿍꿍이인지 모르겠군. 어째서 너 따위를⋯⋯."

나는 가장 비천한 어미의 몸에서 난, 심지어는 귀족의 피가 섞이지 않았을지도 모를 불분명한 출생의 여자였다. 그런 이유로 나는 스스로가 이곳의 귀족 사회에서 이름만 백작가의 일원일 뿐 암암리에 없는 사람 취급을 당하고 있음을 그간의 눈치로 이미 체득하고 있었다.

지난번 엘리시아가 나와는 어디까지나 '비공식적인' 사교 모임에서나 몇 번 마주할 수 있을 뿐이었다고 한 말도 아마 이와 무관하지 않을 터였다. 때문에 지난 수년간 그로에스가의 음지에서만 살던 나를 알면서도 굳이, 그것도 최고 유력 가문인 베델리우스 공작가의 공식적인 연회에 갑자기 초대한 알렌의 행동에 미하엘은 의문을 품는 눈치였다.

공작가의 연회가 있는 날은 아침부터 온 집 안이 분주했다. 사용인들은 시종장의 지휘에 따라 일사불란하게 움직였다. 이 집에서 가장 환영받지 못하는 나를 상전으로 모시느라 늘 쥐 죽은 듯 지내던 하녀 에이미도 이날만큼은 내 것으로 되어 있는 온갖 화려한 드레스며 장신구들을 늘어놓으며 흥분을 가라앉히지 못했다.

그녀의 주근깨가 박힌 얼굴은 쉴 새 없이 구겨졌다 펴지며 에이미의 벅찬 감정을 드러내고 있었다. 그녀는 딱히 내 물건에 탐을 낸다기보다는 평소 구경하기 힘든 반짝이는 귀금속들을 실컷 만지고, 각종 화장 도구며 값비싼 드레스로 쉴 새 없이 나를 치장하는 것에서 즐거움을 느끼는 듯했다.

"세상에! 에스델 아가씨, 정말 아름다우세요! 워낙에 아름다우셔서 정말 안 어울리는 드레스가 없네요. 아, 이런 디자인도 잘 소화하시네요."

에이미의 반응에 주변을 오가던 시녀들도 눈치껏 입을 모아 나를 치켜세웠지만, 정작 그들의 찬탄 어린 목소리를 듣는 나는 무덤덤했다. 백작보다 지위상으로 위인 공작가에서 직접 보내온 초대였기에 별다른 말 없이 참석하게 된 것이었지만 미하엘이 나와 동행하는 것을 반길 리 없다는 것을 알기에 조심스러웠다.

한층 심해진 병세에 일어나질 못하고 있는 그로에스 백작을 대신해 오늘 연회는 남동생인 미하엘과 둘이서만 파트너로 동행하게 되어 있었다. 나는 그저 오늘 하루 혹시라도 미하엘의 심기나 거스르지 않기를 바랄 뿐이었다.

전적으로 에이미의 선택에 모든 것을 맡긴 채 시간을 흘려보내니, 이윽고 그녀가 모든 치장이 끝났음을 알려 왔다. 나는 그제야 고개를 들어 거울을 바라보았다. 검은 유리구슬처럼 이질적인 두 눈동자가 잠시 흔들리고 이윽고 무척이나 아름답게 치장한 여자의 모습이 눈에 들어왔다.

눈처럼 흰 피부에 결 좋은 검은 머리카락이 굴곡져 흘러내렸고, 연한 분홍빛으로 발그레한 두 뺨이 은은하게 빛났다. 오밀조밀한 이목구비는 옅은 화장과 잘 어우러져 있었다. 쇄골과 어깨선이 드러나는 순백의 드레스에 청색 실크 장식이 곁들어진 차림새였다. 그럼에도 나는 이상하리만치 특별한 감흥을 느끼지 못했다.

"아가씨, 정말로 너무너무 예쁘세요! 이야기 속에나 나오는 요정이라고 해도 믿겠어요. 아니, 이왕이면 좀 더 고상하게 천사로 할까요?"

에이미는 자신의 작품이 무척 자랑스럽다는 양 환호성을 질러 댔다. 평소 무뚝뚝하게 굴던 시종들과 사용인들조차 내가 1층으로 향하는 동안 눈을 떼지 못하는 것이 느껴지는 걸 보면 다른 이들이 보기에도 그리 나쁘지는 않은 모양이었다. 나는 다시 한 번 에이미에게 치하의 말을 건넸다.

이윽고 예복 차림을 한 미하엘이 준비를 마친 듯 걸어 나왔다. 그는 내게 잠시 시선을 두는 듯하다가 곧바로 말없이 걸어 나갔다. 나는 그저 별다른 지적이 없는 걸 보아 미하엘의 눈에 거슬리는 게 없는 것이 다행이라고 생각할 뿐이었다. 그와 함께 마차에 올라 공작가의 저택에 도착하기까지, 그와 나 사이에는 한 마디도 오가지 않았다. 마차 안에 실린 밤공기가 유독 차가웠다.

연회장 안에서 나는 눈치껏 눈에 잘 띄지 않는 구석 자리에 서 있었다. 공작가의 저택에 도착하자마자 미하엘은 내게 시선 한 번 두지 않은 채 마차에서 내렸고, 홀로 남겨진 내게 달려와 나를 무사히 마차에서 내릴 수 있도록 에스코트한 것은 이 집안의 남자 하인들이었다. 그 이후 내가 미하엘과 가까이 있던 것은 그로에스 백작 가문의 입장을 알리는 시종의 목소리가 연회장에 울려 퍼지던 아주 잠깐뿐이었다. 나는 파트너로서 소임을 다하자마자 그의 팔짱을 풀고 최대한 자연스럽게 그에게서 멀어졌다.

공작가의 저택은 화려면서도 섬세히 장식되어 있어 홀로 연회를 즐기지 못하는 것을 충분히 상쇄할 만큼의 구경거리가 되었다. 흰 대리석과 황금빛으로 장식된 실내의 천정에는 눈부시게 빛나는 크리스털 샹들리에며 촛대들이 늘어서 있었다. 그 빛의 향연은 마치 태양 아래에 반짝이는 호박색 보석을 늘어놓은 것처럼 아름다웠다.

그 극상의 아름다움을 감상하며 나는 틈틈이 나를 투명 인간 취급하고 있는 미하엘을 눈으로 좇았다. 백작가의 정식 후계자답게, 미하엘은 잠시 보이지 않는다 싶다가도 잠시 후면 어김없이 유력가나 고위 귀족들과 대화를 나누고 있었다. 나는 벽에 기대어 이름 모를 어느 귀족이 조금 전 끈질기게 권하고 간 음료를 홀짝거렸다. 집에서 나를 대할 때와 달리, 불쾌감이 노골적으로 드러나지 않은 저런 미하엘의 얼굴을 보는 것은 거의 처음인 것 같았다. 그때였다.

"……초대에 응해 줄 줄은 몰랐군."

갑작스러운 인기척에 뒤를 돌아보았을 때 보이는 것은 지난번 만났던 바로 그 남자, 알렌 공작이었다. 그는 자리의 주연답게 한층 화려한 모습을 하고 있었다. 밝은 곳에서 보니 그의 묘한 눈동자가 황금빛 이채를 띠어 더욱 매력적으로 빛났다. 예복 차림 역시 무척이나 잘 어울려서, 나는 잠시 말없이 그 모습을 응시했다. 벌써 주변 여성들의 시선이 알게 모르게 이쪽으로 쏠리기 시작한 채였다. 나는 잠시 동안, 이 남자는 자기가 얼마나 쉽게 사람들의 이목을 집중시키는지 모르는 걸까, 하고 생각했다.

"거절할 이유가 없으니까요. 초대해 주셔서 감사합니다, 공작 각하."

"영애는 이런 자리에는 언제나 모습을 보이지 않았으니까. 초대장을 보내더라도 참석하지 않을지도 모른다고 생각했지."

그런데도 굳이 달갑지 않을 나에게까지 초대장을 보낸 의도가 의문스럽긴 했다. 나는 머리를 굴리다가 나와 그에게로 한층 더 꽂히는 여자들의 의아한 시선들을 의식했다.

"그나저나, 저와 같이 있는 모습을 보이셔도 괜찮으실지요. 저는 공작께서도 아시다시피······."

나는 그 순간 '나처럼 좋은 평을 듣지 못하는 여자와 혹시라도 엮이는 것은 공작님처럼 긍지 높은 귀족에게 명예스럽지 못한 일이 될지도 모른다.'라는 말을 어떻게 돌려 말할지 고민하고 있었다. 그러나 알렌은 무덤덤하게 대꾸했다.

"영애도 내 손님이 아니었던가?"

알렌 공작의 얼굴은 여전히 미동도 없이 고요했다. 그 수려한 이목구비를 말없이 응시하면서 나는 잠시 고민하다, 이윽고 지난 며칠간 끊임없이 자리하던 의문을 떠올렸다.

"저, 그러시다면······. 괜찮으시다면, 연회 중에 이런 말씀을 드리는 것이 예법에 맞는지 모르겠습니다만, 공작 각하께서 이전에 겪으셨다고 한 제 불미스런 행동에 대해서 잠시 이야기를 여쭐 수 있을까요."

그의 두 눈에 의아함이 서렸다. 이제는 기억도 못하게 되었다는 껄끄러운 일을 굳이 본인이 나서서 캐묻는 것이 이상하게 비칠 만도 했다. 특히나 오늘의 주인공인 그에게 불쾌할 수 있는 과거의 일이라면 더더욱. 그러나 그는 따라오라는 듯 조용히 발코니 쪽으로 향했다.

알렌은 저택의 후원으로 나를 이끌었다. 어느덧 밤하늘에 자리한 은백색 보름달과, 그 빛이 매끄러운 풀잎 위로 부서져 흩어지는 광경은 몹시 아름다웠다. 저택 안과 달리 사방이 고요해서 내가 긴장으로 침을 삼키는 소리도 알렌에게 들릴 수 있겠다는 생각을 잠시 했다.

나는 뜸을 들이다 드디어 알렌 공작과 만났던 날 이후 계속 머릿속에서 맴돌던 말을 내뱉었다.

"저……, 이런 질문 정말 이상하게 들릴지 모르겠지만."

잠시 숨을 고르고, 다시 입을 열었다.

"공작 각하. 혹시 그간 제가 다소 문란한, 여성이었나요?"

지난번 알렌은 자세히 설명하지 않았지만 그의 언급대로라면 나는 무언가를 얻어 내기 위해 노골적으로 몸을 이용해 남자를 유혹하는, 창부와 다름없는 행동을 했을 터였다. 문란한, 이라는 단어가 혀끝에 올랐을 때 나는 참지 못하고 잠시 숨을 가다듬어야 했다. 그 미세한 떨림을 아는지 모르는지 알렌은 나의 직설적인 질문에 조금 의외라는 듯이 쳐다보았다.

"문란하다, 라. 그래. 굳이 말하자면 그런 식으로 표현할 수도 있겠군."

"……아. 그렇다면."

"보기에 따라서는 그 표현을 확실히 부정하기 어려울지도 모르지."

이곳으로 오게 된 내가 미처 알지 못하는, 몸의 주인이 만들었던 과거의 행적. 몇 번이고 혼자 최악의 상황까지 상정하였지만 타인의 입으로 확인 사살 당하는 것은 태연하게 받아들이기 어려운 일이었다. 그 일을 저지른 것은 지금의 나 자신이 아닌데도 이해할 수 없는 당혹감과 수치스러움에 목과 얼굴이 화끈거리며 달아오르기 시작했다.

그러나 공작은 아무렇지 않은 듯 말을 이었다.

"내게 제안을 해 왔던 그때는 사치품이 필요했었나? 그게 아니면 돈? ……아, 기억을 못한다고 했었지."

"각하. 저는……."

"자포자기한 채로 본인 스스로를 그로에스 백작가의 창녀라고 일컫더군. 어차피 사람들이 다들 그렇게 일컫고 있고 또 그게 딱히 틀린 말도 아니니까, 날더러 영애를 쉽게 취하고 그 대신 줄 수 있는 걸 달라고 했어."

순간 힘이 탁 풀리는 것 같았다. 그간 저택의 사용인들이 주고받는 말 사이에 나에 대한 저질스런 소문이나 폄하가 왜 그리 자주 섞이곤 했는지 알 만했다. 단순히 외국인 노예, 창녀 출신의 어미로부터 기인한 것치고는 그 정도가 유독 심하다 싶었다. 알렌 공작의 고

저 없는 목소리에는 조금도 비판이나 힐난의 의도가 실리지 않았기에 나는 오히려 더 수치스러웠다.

"스스로 어떻게 생각하고 있는지 모르겠지만 나는 영애의 그 행동을 특별히 더 질이 나쁘다고 생각하지는 않아. 여자들이라면 흔히 보석이나 장신구에 목숨을 걸지. 지금껏 살아오면서 나도 보아 온 게 있고, 그래서 그게 그리 드문 일이 아니라는 건 알거든. 물론, 매춘이나 다름없는 행동을 하면서도 마치 실제 직업여성처럼 조금도 거리낌이 없는 그 태도만큼은 놀라웠지만."

그의 얼굴은 허영에 빠진 귀족 영애의 천박함에 대한 모멸도 거부감도 싣지 않은 채 건조했다. 공작이 차라리 미하엘이나 여타 귀족들처럼 나에 대한 경멸이나 불쾌감을 여과 없이 드러내 주는 게 덜 수치스럽겠다는 생각이 들었다. 그의 앞에서 나는 이제 온몸을 벌거벗고 있는 것 같은 기분이었다. 이 곱상한 몸뚱이의 본래 주인이었던 여자가 지금껏 생을 이 정도까지 함부로 살아왔을 줄이야. 눈앞이 캄캄해졌다.

그 순간, 갑작스럽게 몸이 휘청거리며 호흡이 가빠졌다. 수치심으로 떨리던 몸이 중심을 놓친 것 같았다. 후원에 온 뒤부터 몸에 올라왔던 열기가 갑자기 한꺼번에 왈칵하고 치밀어 오르는 것이 선명히 느껴졌다.

맥없이 주저앉으려는 내 몸을 알렌이 황급히 지탱해 주었다. 그는 놀란 듯 잠시 내 모습을 살피며 무언가를 생각하는 듯했다. 이윽고 공작은 내 얼굴 가까이에 자신의 얼굴을 가져다 대었다가, 바로 인상을 찌푸렸다.

"……이 독특한 냄새. 미약이로군."

그를 만난 이후로 처음 보는, 감정이 구체적으로 표면화되어 드러난 얼굴이었다. 그 모습에 놀라움을 느낄 틈도 없이 그는 내게 여기서 뭘 마셨냐고 추궁했고, 나는 자꾸 가물가물해지는 기억을 필사적으로 헤집고 나서야 연회의 구석 자리에서 시간을 죽일 때 이름 모를 귀족이 성가실 정도로 잔을 권했던 일을 떠올릴 수 있었다. 점점 달뜨는 호흡이 느껴졌다. 이제 나는 수치 따위는 알지도 못하는 천치처럼 열이 올라 공작의 품에서 바르작거리고 있었다.

그때, 공작과 나 사이를 가로지르는 제삼자의 목소리가 들려왔다.

"알렌. 여기서 뭘 하는 거지?"

갑자기 등장한 남자의 존재에 공작은 나를 안은 채 몸을 틀었다. 그 남자 또한 잘은 몰라도 알렌과 마찬가지로 귀족이 틀림없을 터, 거기까지 생각이 미쳤을 때 나는 예를 갖추고자 제자리에 필사적으로 발을 딛고 서려고 했지만 이미 온몸에 힘이 들어서질 않고 있었다. 휘청거리는 나와 그런 나를 몇 번이고 다시 안아 올리는 알렌 공작. 그리고 그런 우리 둘을 묘한 표정으로 바라보고 있는 것은…….

에드먼드 드뉴엘 바우렐리우스. 이곳의 황태자였다.

"에드먼드 황태자 전하. 제국의 작은 태양을 뵙습니다."

"알렌 공작. 그대가 한참이나 모습을 보이질 않기에 나도 잠시 자리를 뜬 참이지. 그런데…… 보아하니 내가 공의 즐거운 시간을 방해한 건 아닌가 싶군."

남자는 나와 공작의 밀착된 모습을 두고 말하는 것 같았다. 나는 안간힘을 쓰며 흔들리는 시야의 초점을 맞추려 했다. 그러자 남자의 태양빛이 감도는 결 좋은 금발과 짙푸른 바다의 색을 녹여낸 듯한 두 눈동자가 얼핏 보였다. 시선이 자꾸 흔들리지 않는다면 그 미려한 선이 빚어낸 이목구비가 남성적이면서도 유려한 외양을 그리고 있음을 좀 더 선명히 알아차렸을 터였다. 처음 보는 얼굴이었다. 조금 전부터 휘청대느라 알렌과 남자의 대화를 정확히 듣지 못한 나는 흐릿한 시야에 들어오는 남자의 예복, 황실 가문을 상징하는 문양과 장식을 보고서야 소스라치게 놀랐다.

"황, 황태자 전하를 뵙습니다."

고작 그 한마디를 내뱉었을 뿐인데 온몸이 기운 없이 떨렸다. 축축하게 땀이 배어나는 것이 느껴졌다.

"전하, 에스델 영애의 무례를 용서하십시오. 영애는 지금 누군가의 질 나쁜 장난으로 약에 취해 있는 상태입니다."

"약? 약이라니. 누가 감히 베델리우스 공작가의 공식 연회에서 이런 장난을 친단 말이지?"

황태자의 고요한 두 눈동자와 달리 그의 입꼬리는 흥미롭다는 듯 올라갔다.

"영애의 상태는 저도 조금 전에야 알게 된 것입니다. 오늘 연회의 음식들은 몇 번이고 철저히 확인하였으니 아마 이곳에 초대된 이들 중 누군가가 의도적으로 벌인 일 같습니다. 에스델 영애의 말로는 연회가 시작된 뒤 누군가가 권유한 음료를 받아 마신 기억이 있다더군요. ……충분히 살피지 못한 제 불찰입니다.”

나는 이제 알렌 공작의 옷깃을 잡으며 바르작대고 있었다. 알렌은 황태자의 앞에서 함부로 자리를 뜰 수도, 그렇다고 해서 당장 나의 갈증을 해소시켜 줄 수도 없음에 갈등하고 있는 듯했다. 에드먼드는 잠시 알렌의 당혹감이 깃든 얼굴을 주의 깊게 살피더니 피식하고 웃었다.

“가 보게. 그동안 그 영애는 내가 살피고 있지.”

“전하. 그렇게 하는 것은…….”

“공의 얼굴을 봐서는 지금 예의나 법도만을 따질 때가 아닌 것 같은데.”

황태자는 보일 듯 말 듯 웃고 있었다. 언제나 포커페이스에 가깝던 알렌은 이러지도 저러지도 못하는 상황에 고민을 거듭하고 있는 티가 났다. 이 같은 상황에서의 최선은 약에 취한 나를 곧장 백작가로 돌려보내는 것일진대, 그러자면 나를 잠시 이곳에 혼자 두고 시종들에게 다녀와야 했다. 신사도를 중시하는 전형적인 고위 귀족인 알렌으로서는 제정신 아닌 여자를 홀로 밖에 내버려 두는 것이 쉬이 내킬 리 만무했다.

그렇다고 해서 약에 취해 온몸이 달아오른 나를 부축해서 사람들이 가득한 연회장 안으로 데려가는 것은 보나마나 사교계의 큰 화젯거리가 되어 사람들의 입방아에 오르내리게 될 터였다. 그리고 황태자는, 바로 알렌의 그런 생각들을 훤히 읽어 내는 듯했다. 알렌은 결국 수긍했다.

"그럼, 가능한 빨리 돌아오겠습니다. 부디 신의 무례를 용서하십시오."

알렌은 조심스레 나를 에드먼드에게 넘겨 준 뒤 빠르게 걸어갔다. 에드먼드는 그런 알렌의 모습이 흥미로운 듯 그의 뒷모습에서 시선을 떼지 않았다. 그는 알렌의 모습이 완전히 보이지 않게 된 후에야 비로소 그의 품에 기대어 헐떡거리는 내게로 고개를 돌렸다. 그의 입가에는 여전히 보일 듯 말 듯 한 웃음이 걸려 있었다.

"그대가 그 소문의, 백작가의 영애로군."

에드먼드는 가볍고 느리게 손가락으로 내 뺨을 쓸었다. 완벽한 예복 차림의 일부로 그가 착용하고 있는 장갑의 부드럽고도 차가운 촉감이 내 피부를 자극했다. 나는 호흡을 거듭할수록 짙어지는 괴로움에 몸을 떨며 고개를 비틀었고 그러다 무심결에 황태자의 목덜미에 얼굴이 닿았다.

무슨 정신이었는지, 남자의 차가운 피부가 살결에 닿자마자 미칠 듯한 갈증이 해결될 것 같은 희망, 저열한 욕망이 나를 덮쳤다. 나는 또 한 번 수치를 모르는 여자처럼 그의 목덜미에 얼굴을 묻고 비비적거렸다. 불쾌할 정도로 뜨거운, 나의 달뜬 호흡이 쉴 새 없이 와닿았을 텐데도 에드먼드는 나를 지탱한 채로 조금도 밀치거나 거부하지 않았다. 그는 그저 말없이 나를 관찰하고 있을 뿐이었다. 다만 그때 내가 조금만 더 정신을 차렸더라면, 그의 짙푸른 두 눈동자가 마치 유리처럼 차갑게 빛나고 있는 것을 간파했을 터였다.

에드먼드는 내가 심하게 바르작거리는 것을 달래 주듯 이따금씩 내 뺨과 턱, 노출된 목덜미를 손가락으로 가볍게 쓸어내렸다. 그리고 부끄럽게도 나는 맨살갖도 아닌, 남자의 장갑 낀 손의 촉감만으로도 쌕쌕 숨을 몰아쉬며 더욱더 그의 품에 매달렸다.

"듣던 대로 아름다워."

에드먼드는 내 귓가에 가만히 속삭였다.

알렌이 다시 돌아왔을 때 그는 나의 남동생인 미하엘과 함께였다. 미하엘은 황태자의 품에 안겨 있는 나를 보고 미친 듯이 인상을 구겼고, 황태자는 그런 미하엘의 반응이 재미있는 듯 처음으로 잠깐 소리 내어 웃었다. 미하엘은 황태자에게 예를 갖추어 인사하고 알렌이 말릴 틈도 없이 곧바로 나를 마차로 이끌었다. 걷는 내내 나를 붙잡고 있는 미하엘의 강한 악력에 아릿한 통증이 느껴졌다.

그날, 공작가의 저택을 나서기 직전까지도 뒷모습에 어쩐지 이상할 정도로 황태자와 공작, 두 남자의 시선이 와 박히는 듯한 착각이 들었다. 미하엘은 그런 내 옆모습을 경멸에 찬 눈으로 응시했다.

공작가의 연회에서 돌아오자마자 미하엘은 내게 한동안의 외출을 금지했다. 어차피 평소에도 있는 듯 없는 듯 지내느라 방 안에서도 잘 나오지 않던 나였기에 그의 명령이 딱히 거북스럽지는 않았다.

더욱이 미하엘로서는 내가 다름 아닌 베렐리우스 공작가의 연회에서, 그것도 공작과 황태자에게 차례로 안겨 버둥거리던 꼴을 본 것이 나를 죽여도 시원찮을 만큼 수치스러웠을 게 분명했다. 그의 그 마음을 알 것 같았기에 나는 동생의 결정에 쉽게 수긍했다. 또 한편으론 그날의 소동을 만든 것이 아무리 스스로의 의지와는 무관했다 하더라도 몹시 미안하기도 했다.

시간은 빠르게 흘러갔다. 사고에서 회복된 이후 내 상태가 과거의 무늬만 백작 영애였던 때보다 더 형편없어졌음을 간파한 저택의 사용인들은 집사나 시종장과 상의하여 내게 귀족으로서의 몸가짐과 품위, 기타 예법 따위를 다시 익히게 하기로 결정한 듯했다. 얼마 지나지 않아 가정 교사가 나를 방문하기 시작했고 나는 별 저항 없이 그들의 결정을 받아들였다. 아니, 온종일 혼자 멍하니 시간을 때우는 것보다 덜 지겨운 것 같아 오히려 이편이 낫다는 생각도 들었다.

만일 엘리시아 공녀로부터의 서찰이 도착하지 않았다면, 나는 한동안 그런 생활을 반복했을 터였다.

"그래. 다녀와."

엘리시아가 보낸 서찰의 내용은 나를 공작저에 초대해 대화를 나누고 싶다는 간단한 요청이었다. 나는 미하엘이 이를 기꺼이 여길 리 없음을 알고 있기에 한참을 머뭇거리다 말을 꺼냈지만, 의외로 그는 잠시 인상을 찌푸렸을 뿐 흔쾌히 허락해 주었다.

그는 다만 공작저에 가서는 지난번 일에 대한 감사의 인사를 제대로 하라는 말을 덧붙였다. 지난 연회에서 약에 취해 있을 때 공작이 나를 도운 것에 대해 상황이 상황이었던 만큼 미하엘도 나도 충분히 예를 표하지 못했음을 신경 쓰고 있었던 듯했다.

오랜만에 다시 보게 된 공작가의 대저택은 여전히 아름다웠다. 지난번 연회 때와는 달리 낮의 눈부신 햇살 아래에서 바라보는 풍경은 한층 고아하게 빛났다. 나는 저택 하인들의 안내를 받아 테라스로 향했다. 엘리시아는 이미 자리에 앉아 나를 기다리고 있었다.

티 테이블에는 아기자기하면서도 화려한 다기들이 놓여 있었다. 그녀는 나를 반기며 맞은편에 앉을 것을 권했다.

"오랜만이에요, 에스델 영애. 갑자기 초대해서 당황하진 않으셨는지 모르겠네요."

"아니에요, 당황하긴요. 초대해 주셔서 감사합니다."

나의 말에 엘리시아는 조용히 미소 지었다. 그녀는 내 앞에 놓인 찻잔에 차를 따라 주었다.

"사실…… 지난번 저희 집에서 열렸던 연회에서, 좋지 못한 일을 겪으셨다고……. 저는 설마 그런 일이 있었을 거라곤 전혀 생각도 못 하고 있다가 뒤늦게야 남동생과 하인들로부터 소식을 전해 들었답니다. 얼마나 놀라셨어요. 저도 연회를 주최한 공작가의 일원으로서 책임감을 느꼈어요."

그녀는 우아하고도 정중한 태도로 사과했다. 나는 그 고상한 모습에 다시 한 번 감탄을 삼켰다.

"아닙니다. 별말씀을요. 오히려 충분히 살피지 못한 제 불찰도 있는걸요."

"음, 실은 그날도 에스델 영애와 이야기를 나누고 싶어 한참 찾았는데, 어째 이상하게 모습이 보이질 않으신다 했지 뭐예요."

그녀와의 대화는 이후 매끄럽게 진행되었다. 따뜻하고 향기로운 차와 디저트, 그리고 귀족가의 일원다운 품위와 배려가 몸에 밴 엘리시아와 함께하는 것이 어느 정도는 즐겁게 느껴지기까지 했다.

그때 저택 입구가 다소 번잡스러운 기운을 띠었다. 곧 집안의 시종이 엘리시아에게 다가와 무어라 속삭였다. 저택의 다른 사용인들은 모두 누군가를 맞이하러 바쁘게 움직이는 듯한 모양새였다.

"어머. 알렌이 벌써 궁에서 돌아왔나 보네요. 생각보다 빨리……."

엘리시아는 의아한 듯 고개를 갸우뚱했다. 나는 오늘 알렌 공작을 만날 거라곤 예상치 못했기에 잠시 당황했다. 지난번 그의 품에 매달려 추태를 보였던 때의 일이 빠르게 머릿속을 스치고 지나갔다. 얼굴이 벌겋게 달아오르는 것이 느껴졌다.

그를 만나면 뭐라 인사를 해야 할까. 아니, 그 전에 지난번의 일을 어떻게 하면 제대로 사과하고 또 감사를 표할 수 있을까. 한참을 고민하는 와중에 어느새 시선 끝자락에 남자의 광택 도는 구두 끝이 자리하는 게 보였다. 고개를 들자 알렌 공작이 여전히 속을 알 수 없는 표정으로 나를 내려다보고 있었다. 그는 집사로부터 손님이 와 있단 얘기를 듣고 예의에 맞게 가주로서 인사를 하러 온 모양이었다.

"오랜만에 뵙습니다. 에스델 영애."

"……공작 각하."

그의 언제나와 같이 나무랄 데 없는 인사에 나는 황급히 예를 갖추어 목례했다. 그는 잠시 제자리에 서서 말없이 나를 응시했다. 그의 시선이 지난번의 기억으로 인해 붉게 달아오른 내 얼굴이며 귓불, 목덜미까지 천천히 맴도는 것이 느껴졌다. 나는 마른침을 꿀꺽 삼켰다. 알렌 공작은 그런 내 마음을 알기라도 하듯, 짧은 인사를 마무리하자마자 등을 돌렸다.

그 모습이 마치 당혹스러워하는 나를 배려해 주기라도 하는 것 같은 착각에 나는 가슴 한편의 어딘가가 조금 저릿해지는 것만 같은 기분이 들었다.

엘리시아는 가만히 웃으며, 절레절레 고개를 저었다.

"참……. 내가 누이이긴 하지만 알렌은 정말 알다가도 모를 사람이라니까요."

나는 갑작스럽게 이어진 대화의 맥락에 조금 당황했다. 찻잔을 들어 잠시 향을 음미하던 엘리시아는 다시 말을 이었다.

"음, 지난번 영애 앞으로도 초대장이 전해졌던 게 알렌의 결정에 의한 일이었단 걸 알고 계시나요?"

엘리시아는 싱긋 미소 지었다.

"어머. 오해하진 말길 바라요. 사실 에스델 영애가 귀족 사회의 공식적인 자리에 참석하지 않으신 지 워낙 오래되었잖아요. 그런고로…… 사실 지난 저희 집 연회의 초대도 미하엘 님의 앞으로만 갈 뻔했거든요."

예상치 못한 이야기는 아니었다. 나는 고개를 끄덕였다.

"네. 그러셨군요."

"으음. 그런데 제가 혹시나 싶어서, 지나가는 말로 에스델 영애에게도 일단은 초대장을 보내는 건 어떠냐고 한마디 했더니, 알렌 그 아이가 별말 없이 바로 그리하라고 지시하더라고요. 세상에. 제법 놀랍죠……. 제 동생이지만 알렌은 조금이라도 내키지 않는 상대는 가까이하지 않는 사람이거든요.

공작의 지위에 있으니 굳이 그럴 필요도 없고. 특히 여성들은, 알렌이 워낙 성가시다고 느끼는 건지 더욱 꺼리는 게 있어요. 알렌이 아직 혼자이다 보니 미래의 공작 부인 자리를 노리고 달려드는 귀족 영애들이 한둘이 아니었으니까요. 그런데도 딱히 초대하지 않아도 될 만한 상대를, 어머, 에스델 영애, 별다른 의도는 없는 말이니 오해하진 마세요, 아무튼 흔쾌히 부르겠다고 한 것이……. 전 알렌의 그런 모습은 처음 보았어요."

어쩐지 엘리시아가 오늘 나를 부른 이유가 서서히 윤곽을 갖추어 나가는 것 같았다. 나는 조용히 이어질 말을 기다렸다.

"저 아이를 어떻게 생각하시나요? 에스델 영애."

나는 당혹스러움을 감추지 못하고 그녀를 바라보았다.

"알렌이 혹시나, 만에 하나라도 영애한테 관심을 두는 건 아닐까 해서."

예상치 못한 말에 나는 놀라움을 감추지 못했다. 알렌 베델리우스 공작이? 그것도, 다른 누군가가 아닌 나를? 재빨리 머릿속을 굴려 보았지만 그럴 가능성이라고는 무척이나 희박했다. 염려할 필요가 없는 일을 어째서 현명한 엘리시아가 굳이 입에 올리는 것일까. 그런 나의 의아한 표정을 바라보며 그녀는 말했다.

"솔직히 말할게요. 나는 여느 귀족 가문의 여주인들이 남자들을 단속하는 것마냥, 이미 성년이 된 남동생의 애정 문제에 굳이 개입하고 싶은 마음은 없어요. 그럴 의욕도 없고, 사실 내 한 몸 건사하는 것도 번거롭거든요. 그럼에도 굳이 이 이야기를 입에 올리는 이유는……. 믿을지는 모르겠지만, 나는 에스델 영애가 그리 맘에 안 들진 않기 때문이에요.

지난번 상점가에서 만났을 때, 짧은 시간이었지만 당신이 들리는 항간의 소문과 같기만 한 여자는 아닐 거란 판단이 들었어요. 뭐, 우습게 들릴 수도 있지만 나는 내가 사람 보는 눈이 그리 없지 않다고 생각하거든요. 특히나 소문이란 건 호사가들의 입방아를 타면 으레 꾸며지고 부풀기 마련이죠."

그녀는 다시 차를 한 모금 마셨다.

"정리하자면 나는 에스텔, 당신이 싫지 않아요. 오히려 제법 괜찮은 아가씨란 인상을 받았어요. 책을 좋아한다고 했었나요? 몇 번 만나진 못했지만 취미도 대화의 방식도 잘 맞는 부분이 있는 것 같고……. 오히려 난 우리 둘 사이가 무료한 일상에서 서로 나쁘지 않은 벗이 되는 쪽으로 발전할 수도 있다고 생각해요.

그러니 만에 하나 알렌과 영애가 지금보다 더 감정이 깊어진 사이가 된다고 해도…… 연인 사이가 된다고 해도 말이에요. 나는 딱히 둘을 불쾌히 여길 맘은 없단 거예요."

엘리시아는 잠시 말을 멈추고 입술을 앙다물었다.

"단, 어디까지나 사람들의 눈에 지나치게 띄지 않는 한해서요."

엘리시아의 눈은 이제 처음 보는 냉정히 가라앉은 바다의 색을 띠고 있었다. 나는 그녀가 주도하는 대로 바뀌어 가는 공기의 흐름을 느꼈다. 그녀는 반복해서 천천히, 힘을 주어 내뱉었다.

"그리고 어디까지나, 젊은 두 남녀의 짧은 불장난에서 그친다는 걸 확실히 하는 경우에만."

이제 그녀의 흔들림 없는 눈동자는 나를 곧게 응시하고 있었다.

나는 이야기의 흐름이 이렇게 된 이유도, 그녀가 공작과 내 사이에 대해 품는 기우가 무엇으로 인한 것인지조차 알지 못한 채 애써 그녀의 시선을 받아 냈다.

"알렌에게는 이미 약속된 상대가 있어요. 데번셔 백작가의 아가씨죠. 뭐, 항간에서는 졸부 출신 가문이라 비웃기도 하지만 그것도 대부분은 질투와 시기에서 비롯된 것이죠. 더욱이 데번셔가의 비옥한 영지와 엄청난 부는 우리라고 해서 딱히 거부할 이유가 없는 것이니까요. 나라 제일의 공작가라 크게 아쉬울 건 없는 게 사실이지만, 그렇다고 해서 지금보다 더 득이 될 혼약을 거절할 이유도 없거든요."

나는 이제야 엘리시아가 나에 대해 갖는 어느 정도의 순수한 호감과는 별개로, 그녀가 한편으로는 나를 사교계에 알려진 대로 귀족가의 창부, 즉 유력가인 남자들 사이를 옮겨 다니면서 정부 노릇을 하여 평생을 살아가는 여자의 범주 내에 두고 있다는 것을 깨달았다. 그리고 그걸 파악한 순간 나는 모든 의욕이 사라지는 것을 깨닫고 그저 침묵했다.

고상하기 짝이 없는 그녀에게 딱히 나 자신을 구구절절이 해명할 이유도, 과연 그럴 자격이 스스로에게 있는지도 불확실했기에.

순식간에 무거운 침묵이 자리 잡았고 나는 그 속에 침잠했다. 그러나 이러한 감정의 동요는 오로지 나만의 것인 듯, 엘리시아는 그 뒤로도 우아하기 짝이 없는 태도로 끝까지 차를 즐기다 자리에서 일어섰다. 그녀는 저택의 안으로 향하더니 알렌을 불러내어 나를 배웅하게 했다.

"살펴 가시길."

알렌은 또다시 별다른 말 없이 나를 이끌어 마차에 태웠다. 마차에 오르는 것을 돕기 위해 내민 그의 손을 잡았을 때, 지난번 만남에서의 접촉이 떠올라 나는 질끈 눈을 감았다. 어째서인지 뜨거운 울음기가 목을 넘어갈 때의 진한 통증이 느껴지는 것만 같았다. 알렌은 가볍게 목례하고 그대로 등을 돌려 저택 안으로 사라졌다.

엘리시아의 초대를 받아 공작저에 다녀온 이후 나는 다시 며칠간을 방 안에만 틀어박히다시피 했다. 집안 사용인들은 물론이고, 미하엘마저 그런 나의 행동에 별다른 토를 달지 않았다.

적당히 따뜻하고 쾌적한 방 안에서, 보드라운 실크 이불을 몸에 돌돌 감고 나는 마치 겨울잠에 빠진 나이 어린 짐승처럼 현실을 외면하듯 잠만 잤다. 혼란과 서글픔만 안기는 이곳 세계에서 이렇게 시간이 지나가길 기다리는 것도 나쁘진 않겠단 생각이 들었다.

그러니까, 그렇게 지내던 내가 귀족 영식들의 은밀하고도 방탕한 유희의 현장을 찾게 된 것은 절반쯤은 충동적으로 행한 일이었다. 내내 방 안에서만 지내던 내가 무심코 이 몸뚱이의 옛 주인이었던 적당히 어리석고 이해하기 어려운 아가씨의 흔적, 즉 그녀의 생각이나 행적과 같은 일상의 기록을 찾고 싶다고 생각지만 않았더라면 나는 이후 벌어진 일련의 상황에까지는 이르지 않았을지도 모른다.

그러나 불행히도 나는 결국 방 안의 서랍 안에서 몸의 옛 주인이 쓰던 일기 한 권을 찾아냈고 비교적 성급히 최근의 기록을 읽어 나가기 시작했다. 그녀의 필치는 꽤 단정했다.

1276년 X월 X일.

귀족들의 밤 나들이에 감.

저택의 서재에서 콘라드 후작가의 형제, 루카스와 제롬을 상대함. 제롬은 언제나처럼 끝까지 집요해서 힘이 들었음.

그에게 부탁했던 일은 언제쯤 마무리되는지 물었지만 짓궂게 웃기만 함.

떠나기 직전 루카스가 내가 요구한 것이 다 준비되어 간다고 알려옴.

1276년 X월 XX일.

루카스가 내어 준 물건이 생각보다 상질의 것인 듯함.

한 방울 섞어 먹였더니 그 효과가 꽤 만족스러웠음. ……(중략)…… 괜찮아. 이제 머지않았어.

콘라드 형제에게 감사를 표하기 위해 또다시 그들의 밤 나들이 장소로 향했음. 에번가 3X-1번지. 에이버리 남작가의 저택.

콘라드 형제가 요구한 것은 이번에도 언제나와 같았지만……(중략)…….

루카스는 별다른 문제가 없었음. 이번에도 역시 제롬이 생각지도 못한 요구를……(중략)…….

이상할 정도로 중요한 무언가가 죄다 빠져 있는 일기였다. 그래서 몇 번이나 되풀이해 읽어도 명확한 정보가 잡히질 않았다. 그녀는, 이 몸 주인은 마치 어느 날 누군가 이걸 읽게 될 것이 두렵기라도 한 것처럼 정확한 사물의 명칭과 행위, 그리고 그 목적…… 그 모든 게 빠져 있는 문장들로 자신의 일기를 채워 놓고 있었다. 나는 별 소득 없는 행동을 그쯤에서 멈추었다.

상류층 귀족 영식들의 밤놀이 장소는 은밀하면서도 화려했다. 나는 고개를 숙인 채 황급히 안쪽으로 발걸음을 서둘렀다. 긴 검은 머리카락이 흘러내려 내 얼굴이 잘 보이지 않을 텐데도 어찌 된 일인지 나를 따라붙는 끈질긴 시선들이 느껴졌다. 진땀이 나는 것 같아 나는 주먹을 꽉 쥐었다. 반기며 말을 걸어오는 이는 없었지만 누구나가 '그럼 그렇지.' 라는 알 듯 말 듯한 묘한 웃음을 띠고 나를 바라보고 있었다.

나는 내가 이곳을 찾은 이유인 콘라드 후작가의 두 남자를 떠올리며 호흡을 가다듬었다. 이 몸의 과거 행적을 명확히 확인하기 위해, 그래서 기약 없는 겨울잠을 끝내고 새로 나아갈 방향을 정리하기 위해 패기 있게 발걸음한 것까지는 좋았는데, 애석하게도 콘라드 형제의 생김새를 잘 알지 못해 그들을 찾기가 쉽지 않았다.

이곳에 오기 전 나를 가장 가까이에서 돌보는 하녀 에이미에게 몇 번이고 콘라드 후작가의 루카스와 제롬의 생김새를 묘사해 보라고 시켰지만 그녀는 매번 얼굴이 시뻘게져선 '아, 으어, 그분들은 정말

이지 미, 미남자시죠. 세상에.' 같은 소리만을 내뱉었다. 한 번도 그
녀를 구박한 적 없는 나였지만 그때만큼은 정말이지 좀 짜증이 났다.

어찌 된 일인지 내가 떨어진 이곳 세계는 여자는 딱히 그런 것 같
지 않은데 남자들은, 특히 신분이 높을수록 보기 드문 수준의 미남
자들이 꽤 많았다. 이전 생애에 유럽으로 교환 학생을 다녀온 친척
언니가, 그곳은 여자들은 별로 눈에 띄지 않는데 남자들은 유독 잘
생긴 사람들이 꽤 많았다고 감탄하던 것이 머릿속을 스치듯 지나갔
다.

그나저나, 대체 어디로 가야 콘라드 후작가의 루카스와 제롬을 찾
을 수 있는 거야. 나는 불만에 차 중얼거리며 안으로, 더 안으로 발
걸음했다. 그리고 그 순간 내 팔을 거칠게 잡아 세우는 누군가의 몸
짓에 넘어질 만큼 휘청거렸다.

"악!"

"……이런. 어딜 그렇게 급히 가시나."

고개를 들자 시선이 닿는 곳에는 짙은 유희의 여운으로 옷매무새
가 조금 흐트러진, 그러나 귀족 가문 출신임이 여실히 드러나는 고
급스런 차림새의 남자가 서 있었다. 이목구비는 예쁘장하면서도 남
자다운 인상을 풍기는 화려한 외모의 귀공자였다.

그 곁에 말없이 서 있는 남자는 분위기는 전혀 달랐지만 이목구비
만큼은 옆의 남자와 묘하게 닮아 있었다. 그는 좀 더 큰 키에, 성숙
한 남성의 이목구비를 지니고 있어 짙은 인상을 남겼다. 나는 침을
꿀꺽 삼켰다. 누가 누구인지, 서로가 서로에게 아무런 설명도 하지
않았지만 저절로 알 수 있었다. 내가 그토록 찾던 이들, 콘라드 후작

가의 루카스와 제롬이 분명했다.

"어라. 소문이 진짜였나 보네."

내 팔을 붙잡았던 미려한 외모의 남자는 성큼 다가와 얼이 빠진 듯한 내 시야에 손을 휙휙 흔들어 대더니 허리를 숙여 시선을 맞췄다. 그의 눈을 피하고 싶었지만 그는 금세 내 얼굴을 잡아 들었다.

"그로에스 백작 가문의 검은 머리 아가씨가 말이야. 또 죽으려고 난동을 피우다가 어떻게 기적적으로 목숨은 부지했는데, 글쎄 기억은 통으로 날려 먹었다고 하더라고?"

그는 천진한 아이처럼 킬킬거렸다. 그 모습에 등줄기를 따라 소름이 돋았다.

"어라, 정말 우릴 못 알아보는 거야? 이거 섭섭한걸. 그간 열심히 함께해 온 정이 있는데, 응?"

"제롬. 듣는 귀가 많아."

제롬의 곁에 선 반 뼘 정도 키가 더 큰 남자가 그를 제지했다. 연신 키득대는 제롬과 그의 곁에 선 후작가의 장남 루카스……. 나는 필사적으로 그들의 얼굴과 이름을 연결 지었다.

"큭큭큭, 아니, 미안. 진짜 좀 웃겨서. 대체 어떻게 쇼를 하면 그 절벽에서 떨어지고도 겉은 이렇게 생채기 하나 없이 깨끗할 수가 있는 거야? 응? 나는 또, 완전히 망가져서 더 박아 댈 맛도 안 나면 어떡하나 전전긍긍했었다고. 오랜만에 맘에 드는 상대였는데 이런 식으로 갑자기 훅 가 버리면 아쉽거든."

제롬은 연미복 장갑을 낀 채로 내 볼을 톡, 톡, 하고 건드렸다. 나는 그에게 얼굴이 쥐어 잡힌 채로 아무 말도 하지 못하고 있었다. 제롬의 말은 내 몸의 과거와 그 남자가 연관이 있었음을 드러낼 뿐, 여전히 그 의미를 명확히 알기는 어려웠다.

"그쯤 해 둬, 제롬. 보아하니 아직 정신도 제대로 못 차리는 눈치야."

루카스는 곧이어 조용히 덧붙였다.

"소란이 길어질 것 같으면 차라리 안으로 데리고 가. 내가 말했지, 무슨 짓을 해도 좋은데 사람들 눈에 띄게만 하지 말라고."

"그래, 알았어. 알았다고. 형 말대로 하지."

제롬은 다리에 힘이 풀려 반쯤 주저앉은 나를 부드럽게 일으켰다. 나는 본능적으로 내 몸을 이끄는 남자의 움직임에 힘을 주어 버티며 저항했다. 그러자 그는 그런 내 모습을 흥미롭다는 듯 살피다가, 다시 천사처럼 환하게 웃으며 귓가에 속삭였다.

"왜 이래? 그 잃어버렸다는 기억에 대해서, 우리에게 알고 싶은 게 있으니까 이 밤중에 혼자 여기까지 온 것 아냐?"

그는 내 정곡을 찔렀다. 여실히 드러나는 내 표정이 재미있다는 듯 그는 웃으며 내 귓불을 가볍게 물어뜯었다. 갑작스런 접촉에 당혹감을 감추지 못하는 나를 제롬은 재밌다는 양 내려다보았다.

"들어가자. 궁금한 게 있으면 뭐든 대답해 줄게."

그들이 나를 데려간 곳은 저택 이층의 꽤 커다란 방이었다. 고풍스러운 가구들이 자리해 있었고 평소에는 응접실로도 쓰이는 듯했다. 조명을 켜지 않은 채, 방에 들어서자마자 제롬은 답답했다는 듯 겉옷을 벗어 의자 위에 집어 던졌다. 긴 다리를 꼬고 앉은 그는 마찬 가지로 자리에 걸터앉아 담배를 무는 루카스를 응시하다 내게 시선 을 돌렸다.

"자. 이제 쇼는 그만하지? 보는 눈도 없는 곳인데, 언제까지 기억 이 안 나는 척할 거야?"

그의 말에 조금 인상을 찌푸린 나는 영문을 몰라 그의 얼굴만 묵묵 히 바라보고 있었다. 그러자 제롬은 눈에 띄게 당황한 모습을 보였다.

"맙소사. 너, 정말로 기억을 못하게 된 거야? 사고 전까지의 일을 전부?"

"목소리 낮춰, 제롬."

"형, 루카스 형도 소문이 진짜일 거라곤 생각 못 하지 않았어? 나 는 틀림없이 저 계집애가 자기가 저지른 짓이 감당이 안 되니까 덜 컥 겁을 먹고 자살한 척, 그러고는 기억을 잃어버린 척 쇼를 한다고 생각했는데 말이야."

제롬은 자리에서 일어나 술을 꺼내 오며 말했다. 그의 말투는 나 를 귀족의 일원은커녕 화대를 받는 거리의 계집을 대하는 것과 별반 다를 게 없는 것 같았다. 그는 내게 잔을 넘겼지만 나는 그저 건네받 은 잔을 만지작거릴 뿐, 차마 입술을 축일 생각도 하지 못했다. 내 옆얼굴로 내리꽂히는 루카스의 시선이 날카로웠다.

"……죄송하지만, 제가 정말로 사고에서 깨어난 후로 이전의 기억 이 조금도 나질 않아서요."

나는 가능한 차분히 이야기하고자 안간힘을 썼다. 실은, 사고의 후유증이 아니라 스무 살 한유리가 에스델 영애의 몸뚱이를 갑자기 차지하는 바람에 이전의 기억까지 온전히 갖지는 못한 것이지만. 거기까지 이들에게 설명할 필요는 없을 듯했다.

이미 이곳의 모든 이들은 나, 에스델 모르데카이 그로에스가 실족 사고의 후유증으로 기억을 잃게 된 것이라 알고 있었다. 그리고 그 편이 내게는 더 편했다.

"그렇지만, 방에서 요양을 하다가 이전부터 제가 써 오던 일기를 읽게 되었어요. 그간 루카스 님과 제롬 님, 두 분과의 교제가 있었다는 사실이나 제가 두 분께 드렸었던 부탁, 같은 것들……. 그런데 이 상하게도 제 일기에 그에 관련된 상세한 언급은 전혀 되어 있질 않더군요. 어딘가 하나같이 두루뭉술하게, 최대한 직설적인 언급은 피하듯이……. 이상할 정도로요.

그래서 실례인 줄 알면서도 갑작스레 찾아오게 되었습니다. 일기에선 제가 특히 두 분을 이런 모임에서 자주 뵈었다고 써져 있기에……. 그러니 혹시 아는 게 있다면 말씀해 주세요. 부탁드립니다."

제롬의 얼굴에 비릿한 웃음이 퍼지는 것은 그 순간이었다. 남자이지만 정말 예쁘다고 잠시 생각했던 곱상한 그의 얼굴은 그 순간 무척이나 섬뜩하게 보여 나는 소름이 돋았다. 루카스가 피우는 매캐한 시가의 연기 너머로, 제롬의 소리 없는 비웃음이 흐릿해졌다가 다시 선명해졌다.

"미친년……. 보자 보자 하니까 이제 진짜 아무것도 모르는 순진 무구한 처녀인 척 행세하잖아? 웃기시네. 조금 있으면 성녀 행세까지 하려 드시겠어?"

"제롬."

"루카스 형. 형도 우습지 않아?"

제롬의 말에 루카스는 별다른 대꾸를 하지 않는 것으로 긍정했다. 여전히 무심한 듯 시가만 피우는 루카스를 두고 제롬은 내 팔을 끌어당겼다. 그리고 내가 별 저항 없이 그의 힘에 끌려 바짝 다가섰을 때, 그는 나직이 말했다.

"그렇다면 이편이 서로에게 빠르겠지. 벗어."

나는 그 순간 당혹스러움을 감추지 못했다. 에스델이란 이전 몸 주인의 행적을 어느 정도 아는 이상 귀족 아가씨랍시고 딱히 더 고상하게 행동해야겠다는 생각은 없었다. 그러나 이야기를 하다 말고 갑자기 이런 명령이 튀어나오는 것은 도무지 이해하기 어려웠다. 나는 재빨리 고개를 돌려 루카스를 찾았으나 그는 개입할 의향이 없어 보였다.

"왜 그러지? 벗을 마음이 없나? 또 루카스 형 앞이라서 그래? ······그럼 좋아. 여기 무릎 꿇고 앉아서 내 걸 입으로 물어. 이건 형 앞에서도 자주 했었잖아. 그러니까 괜찮지?"

이제 내 동공은 크게 떨리기 시작했다. 과거 에스델이 그들과 꽤 깊은 교류가 있었다는 건 일기를 통해 눈치채고 있었지만 설마 그게 성적인 관계를 포함하는, 그것도 서로 형제인 이들의 눈앞에서 수음을 대신 해 주는 정도까지였던 걸까.

제롬은 덜덜 떨리는 내 등 뒤로 손을 뻗어 드레스의 매듭을 조금 풀어 헤치기 시작했다.

"그러니까······. 루카스 형이 그렇게 주의를 줬었잖아, 응? 그 약한 번에 너무 많이 쓰면 안 된다니까."

"무슨, 말씀을……."

"뭐긴 뭐야. 네가 안 그래도 다 죽어 가는 백작 어르신을 아예 병신으로 만들어 버리려고 열심히 아랫도리를 우리한테 팔아서 얻어간 그 약 말하는 거지."

내 귓바퀴에 닿아 부서지는 제롬의 말이 몹시 이질적으로 다가왔다. 순간 내 머릿속에 지난 며칠간 틈틈이 읽었던 과거 에스델이 남긴 일기의 몇몇 단어들이 떠오르며 빠르게 스쳐 지나갔다. '루카스가 내어 준 물건', '생각보다 효과가 좋았다.', '한 방울만 섞어 먹였는데도……'. 머리가 아찔했다. 그러니까 내가, 정확히는 이 몸의 옛 주인이 자신의 아버지일지도 모르는 사람에게 약을, 그것도 몸에 마비가 올 정도로 아주 질이 나쁜 뭔가를, 몰래 먹였다는 거야? 그걸 구하기 위해 이 형제들에게 몸까지 팔아 가면서?

이건 에스델이 단순히 남자를 밝히고 음탕하게 놀기를 좋아하는 천박한 여자라는 시나리오보다 훨씬 나빴다. 나는 충격과 공포, 갑작스레 치밀어 오르는 역겨움에 순간 발작이라도 하듯 강하게 제롬을 뿌리친 다음 엎드린 채로 헛구역질을 해 댔다. 제롬은 그런 내 모습을 보며 숨이 막힐 듯이 웃었다.

"아, 이 미친년……. 안 그래도 치매 걸려서 오늘내일하던 불쌍한 백작 나리를 완전히 엿 먹이려 들 때는 언제고, 이제는 완전 순진한 백치처럼 구네. 큭큭……. 뭐, 신선해서 더 꼴리는 맛이 있긴 해."

제롬은 온몸에 힘이 풀려 바닥에서 바르작거리는 나를 쭉 끌어당겨 다시 그의 앞에 앉혔다. 그는 우아하기 짝이 없는 동작으로 내 옷을 끌어 내리고 있었다. 조금 전의 얘기로 온몸을 둔기로 두들겨 맞는 것 같은 충격에 빠져 무의미한 저항이나마 해 볼 생각조차 들지 않았다. 나는 싸구려 종이 인형마냥 남자의 손길을 말없이 받아들였다.

"어라, 루카스 형. 갑자기 어디 가게. 왜 일어나."

"네 볼일이 끝날 때까지 나가 있지."

"왜. 형은 안 하게?"

"글쎄. 할 때 하더라도 비위 상하게 친동생이 여자랑 살 섞는 풍경을 코앞에서 보고 싶진 않아서."

루카스는 여전히 미동 없는 표정으로 피우던 시가를 입에 물며 자리에서 일어났다. 제롬은 그런 그를 더 이상 신경 쓰지 않는 양 콧노래를 흥얼거리며 내 온몸을 어루만졌다. 나의 겉 드레스만을 벗긴 채 한참 살결을 빨아 당기고, 씹고, 입 맞추며 즐기던 그는, 갑자기 더는 여유 부리기 싫다는 듯 급하게 내 음부에 대충 옷을 비끼며 자신의 몸을 밀어 넣었다.

나는 저항할 의지도, 힘도, 무언가를 함으로써 이 상황에서 벗어나야겠다는 생각도 없었다. 그저 멍했고, 제롬에 의해 아찔한 통증과 함께 정신없이 허리가 흔들리는 와중에도 불현듯 어째서 내가 하필 이런 과거를 가진 여인의 자리에 깃들게 되었는지를 생각했다.

한참 후에야 제롬은 집요하게 지분대던 내 몸뚱이에서 자신의 몸을 일으켰다. 문 바깥에서 루카스인 듯한 남자의 발걸음 소리가 들렸기 때문인 것 같았다. 그는 자신의 옷매무새를 정리하며 한 번 더하지 못해 아쉽다는 말을 중얼거렸다. 그리고 이제 상황 파악도 된 것 같으니 가까운 시일 내에 다시 보자는 말을 속삭였다. 충격으로 옴짝달싹 못 하고 누워 있는 모습도 꽤 흥분되기는 하지만, 예전처럼 민감하게 반응하는 모습도 보고 싶다고 덧붙이면서. 그는 마지막으로 내 귓불을 또다시 살짝 깨물었다.

이윽고 멀어져 가는 제롬을 지나쳐 고요한 인상의 루카스가 내게 다가오는 것이 보였다. 그는 차례로 소매의 섬세히 세공된 커프스단추를 풀며 말했다.

"걱정 마. 시간이 늦었으니 오늘은 최대한 빨리 끝내지."

그는 제롬과의 정사로 채 추슬러지지 않은 내 차림새를 신경도 쓰지 않는 듯 긴 소파 위에 누워 있는 내 몸을 뒤집었다. 그리고 예고 없이 뒤에서 안으로 파고들었다.

콘라드 후작가의 두 형제와 차례로 몸을 섞은 날, 나는 어떻게 돌아왔는지 생각이 나질 않을 정도로 얼이 빠진 채 방에 들어와 몸을 뉘었다. 그날 내 음부에서는 꽤 많은 피가 흘렀다. 아니, 아마도 피가 흘렀으리라고 생각한다. 침대에 눕자마자 떠오르는 정사의 기억으로 미친 듯이 구역질을 해 대다 급히 몸을 씻어 내려 욕실로 향했을 때, 벗어 낸 드레스와 흰 속옷에 붉은 선혈이 남아 있었으므로.

나는 다시 침대로 돌아오자마자 쓰러져서는 잠을 잤다. 전날 밤 보였던 혈흔이 떠올라 이 집안의 주치의를 부른 것은 다음 날 정오가 지나서였다. 오래 이 저택을 왕래했다는 나이 지긋한 의사는 내 상태를 살피다 매우 조심스럽게 입을 열었다.

"이해하기 어렵지만 옷에 묻은 이 선혈은 마치 처녀 혈 같아 보여서……. 아, 물론 아가씨께서 더 잘 아시다시피, 그럴 리는 없겠습니다만."

그는 말끝을 흐렸다. 출혈이 마치 처녀 혈처럼 보인다는 그 말은 내게도 의외였다. 이 집안 사람들이라면, 아니, 누구든 에스텔 모르데카이 그로에스를 조금이라도 아는 이라면 그녀가 순결한 처녀일 리가 없음을 쉬이 알아차릴 수 있을 터였다. 더구나 나는 얼마 전 후 작가의 두 남자와의 일을 통해 그녀가 자신의 목적과 필요에 따라 꽤 자주 남자의 몸을 받아들였을 거란 걸 알고 있었다. 확실히 이상했다.

뭔가, 내가 이 세계로 오게 되면서 몸 상태가 완전히 리셋 되기라도 했나 보지, 나는 속으로 그렇게 중얼거렸다. 여기서 뭔가 더 파고들면 그렇잖아도 지끈거리는 머리가 깨질 듯이 아파 올 것 같아서.

"아가씨께서도 알고 계시겠지만…… 그럼에도 불구하고 조금은 몸을 조심하시는 것이 좋겠습니다. 임신할 가능성은 아예 없다고 하더라도 혹여나 몸에 무리가 간다면…….."

순간 의사의 말에 섞인 몇몇 단어들이 무척 이질적으로 와 닿았다. 나는 되물었다.

"임신할 가능성이 없다니. 그건 대체 무슨 소리죠?"

"아, 저어. 그것이……. 사고로 기억을 못하시게 되었지만, 아가씨는 아이를 잉태하지 못하는 몸이십니다. 그것도 꽤 오래전부터……."

의사는 천천히 나의 시선을 피했다. 여성으로서의 몸과 기능 따위에 대해 그리 큰 관심을 두어 본 적은 없지만 아무리 그런 나라고 할지라도 의사의 말은 꽤 충격적이었다. 나는 순간 하늘을 보며 큰 소리로 자조하고 싶은 마음이 들었다. 설마 이런 상황까지 안고 있었을 줄이야.

"아무것도 기억을 못하게 되셨으니 지금에 와서라도 알고 계시는 것이, 앞으로를 위해서라도 좋을 것 같아서 말씀드립니다만…… 에스델 아가씨의 경우는 여성의 생식기가 채 여물기도 전에 오랜 성행위를, 죄송합니다만, 좀 노골적으로 말하자면 성적 학대를 반복해서 겪어 오셨기 때문에…… 남성의 씨를 잉태하지 못하시는 상태입니다. 지금까지 사고에서 회복한 지 얼마 되지 않았기 때문에 미처 말씀드리지 못했지만, 그래도 앞일을 생각할 때 꼭 알아 두셔야 할 만한 것이기에……."

그의 말이 도저히 실감이 나지 않았다. 귓바퀴에 와 닿았다가 금세 흩어지는 소리의 파동만이 감지될 뿐. 나는 한참을 침묵하다가, 조용히 덧붙였다.

"혹시나 그 성적 학대를 제게 주로 행하신 분이…… 이 저택에 누워 계신 백작님이신가요?"

의사는 또 한 번 내 시선을 피한 채 침묵했다.

의사의 방문 이후, 나는 모든 것에 현실감을 잃어버린 기분이었다. 지금이 몇 시인지 며칠인지, 혹은 내가 과연 누구인지조차도 더는 확신을 할 수 없었다. 아니, 애초에 서울에서 불행한 삶을 견디다 못해 결국 죽음을 꿈꿨던 내가 왜 이곳에 오게 되었는지, 그래서 가진 것이라고는 백작가에서의 불안정한 지위와 반반한 외모뿐인 이 여자의 마찬가지로 불행하기 짝이 없는 인생을 왜 짐을 넘겨받듯 떠안고선 살아가야 하는지에 대해 의문이 들었다. 나는 일주일에 몇 번씩 들르던 가정 교사들도 모두 물린 채 그저 자리에 누워 지냈다.

"저어, 아가씨. 콘라드 후작가의 도련님께서 다시 서찰을 보내셨습니다."

"치워."

하녀 에이미는 그 뒤로도 몇 번이나 내 눈치를 살피다 조심스레 가져온 편지를 탁자 위에 올려놓고는 방을 나갔다. 내 방 한편에는 그날 이후 콘라드 후작가의 루카스나 제롬이 보내온 서찰이 벌써 몇 장인가 쌓여 있었다. 그들은 다시 나를 찾는 듯했다. 아니, 정확히 말하면 내 아버지인 백작 나리를 죽일 수도 있는 약을 얻어 낸 대가로 그들에게 지불하기로 한 계약 내용, 즉 얄팍한 쾌락을 선사해 줄 뿐인 이 몸뚱이를 마저 원하고 있는 것 같았다. 에스델은 과연 그들에게 앞으로 몇 번의 교제를 더 약속했던 걸까. 나는 그런 생각을 하다 다시 한 번 떠오르는 정사의 기억에 몸서리쳤다.

나를 가장 끔찍하게 만드는 것은, 불행하게도 내가 그들과 그런 식으로 몸을 섞었다는 사건 그 자체가 아니라 그 일과 관련해서 끊임없이 머릿속에 떠오르는 생각들이었다. 그중에서도 특히 그들과 있었던 육체관계를 과연 강간이라고 일컬을 수 있을까 하는 의문이 가장 지독히 나를 괴롭혔다. 분명히, 나는 그날 그들에게 아무런 저항도 하지 않았다. 그들의 행동을 달가워 반긴 것은 아니었지만 이전 생애의 아주 어린 시기부터 성폭력의 위험이 있을 때 행동하라고 배웠던 것들, 이를테면 '안 돼요.', '하지 마세요.', '싫어요.' 따위의 말을 단 한 마디도 내뱉지 않았다. 대체 나는 그때 무슨 정신으로 사고하고 행동했던 건지……. 그러므로 과연 그 행위들을 강간, 이라는 단어로 확실히 정리할 수 있는 걸까?

그러나 나는 한 가지 확신할 수 있었다. 그것은 바로 그날 일을 떠올릴 때마다 때로 온몸이 부서지고 찢기는 것만큼 아픈 감각을 새기곤 한다는 것. 바로 내가 상처받았다는 사실이었다.

며칠 뒤, 나는 침대에 기대어 앉아 탁자 위에 놓인 콘라드 후작가로부터의 편지들을 묵묵히 쳐다보았다. 나는 한참을 그 상태로 앉아 있다 이윽고 사람을 불러 외출할 채비를 마쳤다.

635-7X, 브뤼셀 남작가, 제2저택

나는 저택 입구의 고급스런 문패를 보며 내가 찾아온 장소가 맞는지 확인했다. 귀족가 영식들의 비밀 사교 모임은 매번 장소를 바꿔 이뤄지고 있었다. 오늘 밤의 모임 장소는 브뤼셀 남작의 거처였다. 나는 이미 지난 며칠간 나름대로의 과정을 통해 이 모임이 무척이나 질이 좋이 못한 것임을 간파하고 있었다. 다만 그보다 더 내게 무게감 있게 다가온 것은, 바로 내게 더 이상 콘라드 형제의 부름을 피할 만한 명분이 없다는 사실이었다.

그들은 에스델이 저지른 죄의 전말을 알고 있었다. 그것은 그 두 남자가 지금의 내 목숨 줄을 쥐고 있는 것이나 마찬가지란 소리이기도 했다. 이 이상 그들의 부름을 거부했다가 그들이 다른 누군가에게, 혹여 백작이나 미하엘에게 과거 에스델이 저지른 일을 알리기라도 한다면…… . 나는 그 뒤에 벌어질 일이 몹시 두려웠고, 그러한 일련의 감정들은 결국 내 발걸음을 이곳으로 향하게 만들었다.

"어라, 예쁜 에스델 양. 이제 오셨나?"

안으로 들어서자 이미 술에 취한 제롬이 나를 반겼다. 그는 시가를 물고 있다가 고개를 돌려 나를 발견하고는 키득거렸다. 그리고 그와 조금 떨어진 곳에 여전히 세상만사에 무심한 듯 묘하게 퇴폐적인 얼굴의 루카스가 자리해 있었다. 그들이 피우는 고급 시가의 연기에 숨이 막히고 구역질이 났지만 나는 필사적으로 인상을 찡그리지 않으려 했다.

"이리 와서 앉아. 루카스 형, 형 옆에 에스델 앉혀도 되지?"

루카스는 언제나처럼 아무런 대꾸를 하지 않는 것으로 긍정을 대신했다. 나는 자리에 앉자마자 제롬이 권하는 잔을 아무런 저항 없이 받아 마셨다.

몸 깊은 곳에서의 열기는 금세 피어올랐다. 나는 그제야 콘라드 형제 중 누군가가, 어쩌면 꽤 높은 확률로 제롬이 내 잔에 또다시 질 나쁜 장난을 쳤다는 것을 깨달았지만 딱히 반발하지 않았다. 지난번 경험을 통해 익힌 감각으로 나는 술에 미약이 어느 정도 섞여 있었음을 간파했고, 우습게도 차라리 그편이 다행이라는 생각까지 들었다. 어차피 그들과 몸을 섞을 바에야 최소한 정신을 차리지 못하는 상태로 일을 치르는 편이 덜 거북스러울 테니까.

그런 내 모습을 턱을 괸 채로 가만히 바라보던 제롬은 얌전한 고양이 같은 내 꼴이 마음에 든다는 양 키득거리며 나를 끌어안았다. 나는 온몸에 힘을 빼고 그저 그가 이끄는 대로 따랐다. 이는 아무런 저항도 하지 않고 요구에 따르는 것이 가장 그 시간을 줄일 수 있는 방법임을 직감했기 때문이기도 했다.

제롬은 연회장 한편에서 연주되고 있는 클래식 레퍼토리를 나직이 흥얼거리며 내 목덜미와 쇄골에 연신 자잘한 키스를 퍼부었고 루카스는 바로 옆에서 어떤 일이 벌어지든 개의치 않는다는 듯한 얼굴로 흡연을 즐겼다. 그러다 이따금 어떻게든 유력가의 장자와 보잘것없는 친목이나마 쌓아 보고자 다른 귀족 영식들이 다가오면 그들을 잠깐씩 의무적으로 상대하곤 했다.

"아……. 잠, 잠깐."

순간 눈에 헛것이 보이는 것 같은 감각에 나는 제롬의 품 안에 기대어 있다 말고 바보 같은 소리를 내며 몸을 일으켰다. 아주, 아주 찰나의 일이었지만 알렌 공작의 모습이 연회장의 끝자락에 얼핏 보인 것만 같았다.

약과 술에 취해 흐느적거리던 몸이 일시나마 충격으로 꼿꼿하게 섰다. 물론 그게 나의 보잘것없는 착각일 뿐이라는 사실을 감지하기까지는 그리 오래 걸리지 않았다. 알렌 공작은 귀족 사회의 중심부에 발을 들여놓지 못한 나 같은 이들조차도 그가 얼마나 철저한 양지에 자리하고 있는지 알 수 있을 정도의 사람이었다. 아주 어려서부터의 황태자의 친우로, 심지어는 일생의 대부분을 나라의 후계자인 에드먼드와 거의 동일한 교육을 받으며 살아온 이였다.

그래, 그럴 리가 없지. 그가 이런 곳에 올 리가……. 나는 다시 힘 없이 중얼거리면서 제롬의 품으로 끌려갔다. 제롬은 군말 없이 안겨 오는 내 모습이 예쁘다는 듯 웃으면서도 잠시 딴눈을 팔았던 행동이 마음에 들지 않았다는 양 다소 신경질적으로 내 옷자락 끝을 풀어 헤쳤다.

그날의 정사는 꽤 거칠었다. 술과 약에 취해 기억이 희미했으면 좋겠다고 생각했지만 그 바람에 온몸에 힘이 풀린 채로 제롬의 다양한 요구와 체위를 따르는 것은 무척이나 버거운 일이었다. 제롬은 내가 연회장에서 딴 놈을 찾는 듯한 얼굴로 딴청을 피운 것을 거슬려 했다. 그는 저택의 인기척 없는 방으로 나를 끌고 가 몇 번이고 다시 나를 취했고, 나는 밑이 꽤 쓰라릴 지경이 될 때까지 그의 요구를 모두 받아들였다. 한참 뒤 원래의 자리로 돌아왔을 때는 루카스가 어느새 그의 주변에 몰려 있던 다른 귀족 자제들을 모두 물리고 난 후였다.

진한 정사의 후유증으로 다리가 얽혀 휘청거리는 나를, 순간 루카스가 단단히 받쳐 들었다.

"……조심하도록."

"감사, 합니다."

나는 그대로 루카스의 무심한 듯한 부축을 받아들였다. 일견 차가운 인상을 하고 있지만 두어 번의 만남으로 알게 된 바, 그는 꽤 정중했고 심지어 가장 사적인 순간에도 제롬처럼 일정 상식의 선을 함부로 드나드는 일 따윈 하지 않았다.

만약 그 순간 등 뒤에서 들려오는 익숙한 남자의 목소리가 아니었다면, 나는 그대로 루카스에게 몸을 기댄 채 나를 기다리고 있는 마차까지 향했을 터였다.

"에스델 영애. 여기 계셨군요."

나직한 목소리에 나는 믿기 힘들다는 양 천천히 몸을 돌렸다.

"알렌…… 공작 각하?"

"영애. 콘라드 후작가의 두 분과 함께 계셨군요. 분명히 잠시 뵙기로 했던 것 같은데 모습이 보이질 않아 의아해하던 참이었습니다."

알렌 공작은 아무렇지도 않은 듯 말을 이어 붙였다. 그의 등장에 루카스는 완벽하게 예를 갖추어 목례한 후 잠시 이 상황을 관찰하는 듯했다. 눈에 띄게 동요하는 것은 언제나처럼 제롬이었다. 그는 잠시 알렌 공작과 나를 반복해서 응시하더니, 뭔가 알아차렸다는 양 입술을 깨물더니 속삭였다.

"뭐야. 능력 좋은데. 예쁘다, 예쁘다 해 줬더니 이제 알렌 공작까지 꼬여 낸 거야?"

제롬의 나직한 목소리는 그러나 부정할 수 없이 명백한 비웃음을 띠고 있었다.

"천박한 년."

알렌이 콘라드 후작가의 형제로부터 나를 건네받는 것은 그가 지나가는 걸인에게 특별할 것 없는 아량으로 은화 한 닢을 적선하는 일마냥 쉽게 이루어졌다. 제롬은 불만이 가득한 눈치였지만 별말 없이 등을 돌렸고, 후작가의 후계자로서 시종일관 적당히 거리감으로 알렌을 상대하던 루카스 역시 그 뒤를 따랐다. 나는 아직 어안이 벙벙한 채로 고개를 들어 알렌을 바라보았다. 알렌의 표정은 역시나 읽기 어려웠다.

"가지. 날이 꽤 춥군."

그리고 나는 그제야 그가 나에 대한 불유쾌한 기억을 가지고 있는 것과는 별개로, 다른 귀족들의 앞에서만큼은 일부러 존칭과 존대를 사용하며 나를 배려해 주고 있었다는 사실을 깨달았다.

알렌과 함께 탄 마차의 안은 조용했다. 이따금 들리는 소음을 제외하고는 둘 중 누구도 목소리를 내지 않았다. 아니, 적어도 나의 경우에는 차마 입을 열 용기가 나지 않았다고 해야 정확할 것이다. 문득 내 차림을 훑어보았을 때, 조금 전까지 제롬에게 안겨 신음하던 흔적이 울긋불긋 온 피부에 고스란히 남아 있는 것이 눈에 들어왔다. 수치심에 귀 끝이 뜨겁게 달아올랐다. 그래서 뒤늦게나마 양팔로 몸을 감싸 그 추접스러운 흔적을 알렌에게 보이지 않으려고 애썼다.

알렌은 그런 나를 잠시 응시하더니 그의 겉옷을 벗어 내게 건넸다. 그에게 이런 모습을 들킨 것이 왜 이리 수치스럽고 괴로운지, 나는 이상하게도 눈물이 떨어질 것 같은 기분이 들어 옷을 받아 들면서도 입술을 꾹 물었다.

한참 뒤, 무겁게 자리하던 정적을 깨뜨리듯 그의 목소리가 공기를 울렸다.

"그런 자리에 자주 가는 게 영애의 취미인가?"

무심결에 고개를 들어 올리자 시선이 맞부딪혔다. 그는 또다시 그때와 같은 눈동자를 하고 있었다. 나의 가장 음란하고 천박하며 추악한 모습을 마주하고서도 그 어떤 힐난이나 비판, 혐오의 감정이 섞이지 않은 고요하기 짝이 없는 눈빛. 그렇게 잔잔히 가라앉아 있는 그의 황갈색 눈동자는 그러나 오히려 나의 스스로에 대한 혐오감을 증폭시켰다.

"저는, 공작님의 그…… 시선이 싫어요. 끔찍이도."

닥쳐. 대체 무슨 소리를 지껄이는 거야. 내 이성은 미친 듯이 소리를 지르고 있었지만 이미 움직이기 시작한 입술은 혀의 놀림을 그대로 언어의 형태로 쏟아 내었다.

"차라리 절 경멸하지 그러세요. 아니, 속으로는 이미 경멸하고 있으시잖아요. 저 같은, 여자를…… 혐오스럽다고 생각하시잖아요."

이미 물은 엎질러진 후였다. 나는 대체 내가 무슨 짓을 저질렀는지 깨닫고 싶지 않아 두 눈을 질끈 감았다.

"내가 왜 영애를 경멸한다고 생각하지?"

그러나 내게 돌아온 그의 반응은 예상외의 것이었다. 이따금씩 흔들리는 마차로 인해 조금씩 움직이는 그의 얼굴은 그러나 놀라울 만치 고요했다. 그리고 고요에 침전한 듯한 두 눈동자를 다시 마주하는 순간, 나는 그가 결코 거짓을 말하고 있지 않음을 깨달을 수밖에 없었다.

"내가 왜 영애를, 혐오해야 하는지 말해 봐."

그는 다시금 물었다. 나는 아무런 대답도 할 수 없었다.

그 뒤로 나는 콘라드 후작가의 두 형제를 위한 공용 창녀처럼 지냈다. 이따금씩 후작가에서 연락이 오면 군말 없이 그들을 따랐고 잠자리에서의 어떤 요구도 받아들였다. 이곳에서 얻게 된 보잘것없는 삶이나마 부지하려면 내게 다른 선택지는 없었다.

그들과의 계약은 내 목숨을 빌미로 한 것이나 마찬가지였다. 만약 두 형제 중 누군가 입을 열어 이 몸이 저지른 죄악을 폭로한다면, 나라에서 손꼽히는 세력가인 그들 형제와 달리 뒷배 하나 없는 나는 목숨을 부지하기 어려울 게 훤히 보였다. 살인이나 다름없는 그 죄는 실은 내가 아닌, 과거 에스텔이란 이 몸의 주인이었던 여자가 저지른 것이란 변명 또한 할 수 없었다. 나조차 내게 벌어진 이 일을 받아들이기 어려운데 그 누가 그런 변명을 믿어 준단 말인가.

나는 곧 체념했다. 한편으로 그런 나의 행동에는, 정신없이 몸을 섞어 대는 동안에는 지난번 만남 이후 더욱 자주 떠오르게 된 알렌에 대한 생각을 조금이라도 잊을 수 있으리라는 일말의 기대도 섞여 있었다. 그러나 나는 그의 존재를 머릿속에서 완전히 비워 내는 데에 번번이 실패했다.

어느덧 나는 콘라드 후작가에서의 부름이 없는 날이면, 혹은 시간이 빌 때마다 알렌의 모습을 찾아다니기 시작하고 있었다. 그와 처음 만났던 중심가의 거리, 책 냄새가 익숙하게 느껴졌던 서점의 한 구석, 공작이 종종 발걸음한다고 알려진 황실 극장이나 예술가의 거리까지. 그러나 그 어디에서도 알렌의 모습은 찾아낼 수 없었고 그럴 때마다 나는 새삼 그와 나의 거리를 실감했다.

사실, 우연을 가장한 만남을 쫓지 않더라도 그를 꼭 만나고자 한다면 방법은 있을 터였다. 그가 매일 등청하는 황궁이나 공작가의 저택에 가면 나는 누군가의 집요한 방해가 없는 한 그와 마주치게될 게 분명했다. 그러나 역설적이게도 그를 끝없이 생각하면서도 나는 도무지 마주할 자신이 없었다. 그의 무서울 정도로 고요히 사람을 직시하는, 황금빛이 감도는 갈색 눈동자를.

그런 내가 두 눈을 질끈 감고 그를 찾아 나선 것은, 그러니까 반쯤은 제정신이 아닌 행동이었다.

그날도 나는 콘라드 후작가의 어느 호화스런 방에서 루카스와 제롬을 상대하고 나오는 길이었다. 그들은 언젠가부터 나를 그들의 집으로까지 들이고 있었다. 정사가 끝난 이후 루카스가 불러 준 후작가의 마차를 타고 가는 길에, 불현듯 마차가 흔들릴 때마다 내 사타구니에서 정액과 뒤섞인 축축한 액체가 흘러나와 허벅지와 옷을 적시는 것이 느껴졌다. 나는 순간 참을 수 없는 혐오감이 끓어올랐고 발작하듯 소리를 질러 마차를 세웠다. 그리고 루카스의 지시대로 나를 백작가까지 모셔야 한다고 고집하는 사용인을 미친 듯이 몰아세우며 그대로 쏟아지고 있는 빗속으로 뛰어들었다.

이미 시간은 한밤중이었고, 마차 밖은 나를 만류하던 사용인의 심정이 이해가 갈 정도로 심한 폭우가 내리고 있었다. 서글프기 짝이 없는 상황이었지만 그러나 나는 온몸을 아플 정도로 때려 오는 빗물에 나의 추잡한 행적이 조금이나마 씻기는 듯한 착각이 드는 게 싫지 않았다. 제롬의 침대에 누울 때 그가 자주 먹이곤 하는 이름 모를 술

기운에 아직 사지에 힘이 다 돌아오지 않은 채였다. 나는 알 수 없는 말을 중얼거리며 그저 내 다리가 이끄는 대로 발걸음을 거듭했다.

"……."

그리고 내가 도착한 곳은 우습기 짝이 없게도 지난 며칠 내 머릿속을 뒤집어 놓던 알렌이 있는, 베델리우스 저택이었다. 나는 한참을 그 앞에 말없이 서 있었다. 내가 그때 조금만 더 이성을 차리고 있었다면, 나는 스스로에게 미친 듯이 욕이라도 퍼부으며 감히 주제넘는 짓을 하지 못하게 곧바로 발걸음을 돌렸을 터였다. 그러나 나는 분명 제정신이 아니었고, 어느 정도는 마음이 이끄는 대로 행동하고 싶다는 타락한 욕망에 머리를 수그린 채였다. 잠시 저택의 대문 앞에 서 있던 나는 몇 초 뒤 작정한 것마냥 미친 듯이 문을 두드렸다.

그 순간 나는 이제 곧 저 문으로 걸어 나올 누군가에게 뺨을 맞을지도 모른다고 생각했다. 이 집의 사용인들에게 욕설을 듣고, 늘 그렇듯 모욕당하고, 비가 쏟아지는 거리에 내팽개쳐질 거라 생각했다. 그러나 황급히 그를 따라온 집사와 함께 모습을 비춘 이는 너무도 예상 밖의 인물이었다.

"에스델 영애."

"공작, 각하……."

"……."

알렌은 비에 젖어 엉망이 된 내 꼴을 내려다보며 아무런 말도 하지 않았다. 그의 곁에서 우산을 받치고 선 나이 지긋한 집사만이 그와 내 모습을 번갈아 훑어보며 전전긍긍하고 있을 뿐이었다.

영원 같던 찰나가 지나고, 이윽고 알렌이 천천히 내게 손을 내밀었다.

"여전히 날이 많이 춥군. 일단 들어가지."

나는 믿기지 않는 듯 내 앞에 내밀어진 그의 손을 한참 바라보다가, 천천히 그의 손 위로 내 손을 올렸다. 제발 이게 꿈이라면 한동안은 다시 깨지 않기를 기도하면서.

저택으로 들어간 그는 곧장 하녀들에게 나를 씻기고 시중들 것을 지시했다. 나는 그녀들을 따라 저택 안의 욕실로 향했다. 집 안은 놀라울 만큼 고요했다. 일순간 지난번 만났던 엘리시아의 얼굴이 떠올랐지만 나는 차마 누구에게도 지금 그녀가 집 안에 있는지를 물어볼 수 없었다.

뜨거운 물로 비에 흠뻑 젖은 몸을 씻은 뒤 나는 준비된 옷으로 갈아입고 머리칼에 맺힌 물방울들을 훔쳐 냈다. 화장대 앞 거울에 비치는 여자의 모습은 아마 과거의 나였다면 감탄을 했을 만큼 무척이나 아름다웠다. 칠흑 같은 긴 머리는 여전히 고운 결을 자랑하듯 흘러내렸고, 윤이 감도는 흰 피부에 대비되는 붉은 입술이 조화로웠다. 그 위 섬세히 깃든 두 눈동자와 젖은 속눈썹은 청아한 분위기를 자아냈다.

그러나 이런 외모도 지금의 내게 있어서는, 혹시 이 예쁜 얼굴이 에스델이란 여자의 인생을 이런 불행으로 밀어 넣었을까란 의문이

들게 만드는 특징 그 이상도 그 이하의 의미도 주지 못하고 있었다.

그리고 문득, 나는 이상하게도 그가 보고 싶어졌다.

자신의 아름다운 외양을 인지하자마자 마음에 종종 떠오르던 남자를 보러 가야겠다고 생각하다니. 이 얼마나 노골적이고도 다소 천박스러운 계산인지. 나는 자조했다. 애초에 이렇게 갑자기 알렌의 집까지 찾아온 것은 나조차도 이해하기 힘든 행동이었다. 나는 지난 며칠간 느낀 그에 대한 이 끈질긴 생각과 감정들을 아직 뭐라 정의해야 할지도 몰랐다. 그럼에도, 몹시 비겁하게도 거울 앞에서 나는 내 매력적이어 보이는 외양에 조금은, 뭐든 앞으로의 일이 긍정적인 방향으로 풀려 가지 않을까 하는 비열한 기대를 몰래 품었다.

공작의 저택은 내가 머무는 그로에스 저택보다 훨씬 규모가 컸지만, 저택 구조의 큰 틀은 항상 정해진 질서가 있었기에 알렌의 집무실을 어렴풋이 짐작할 수 있었다. 나는 그가 있을 법한 문 앞에 서서 가볍게 두어 번 노크했다.

"들어와."

문을 열자 예상대로 그곳은 공작의 집무실이었다. 내가 올 거라곤 미처 예상치 못했는지 나를 본 알렌의 눈썹이 살짝 올라갔다.

"영애, 무슨 일이지?"

문득 깨달았을 때 나는 이곳의 하녀가 준비해 준 흰 드레스 가운 하나만을 입고 있었다. 어쩐지 공기가 다소 쌀쌀한 것 같아 나는 몸을 움츠렸다.

"그게……. 공작 각하, 다름이 아니라."

긴장으로 몸이 조금 떨렸다.

"감사 인사를 드리고 싶어서요."

거짓말. 거짓말이었다.

"이렇게 막무가내로, 그것도 이 야심한 시각에 미리 연락도 없이 저택까지 찾아오는 게…… 예의가 아닌 일인 줄은 알고 있습니다. 그래서 정말 죄송하다고, 그리고 또, 문 앞에서 쫓아내지 않아 주셔서 감사, 하다고, 말씀을……."

"……."

그는 나를 빤히 쳐다보다 내가 말을 미처 마무리하기도 전에 자리에서 천천히 일어났다. 내게 가까이 다가온 그는 팔을 내 등 뒤로 뻗어 열려 있던 문을 닫았다. 이제 숨소리가 들릴 만큼 가까운 거리에서 다시 시선이 마주치고, 나는 그의 속을 꿰뚫어 볼 듯한 눈을 마주해야만 했다. 나는 그의 체향을 느끼며 속내를 전부 들킨 듯한 감각에 눈을 돌렸지만 그는 내게서 시선을 떼지 않았다.

"감사 인사라……. 그래. 지금 그게 영애의 감사 인사인가?"

알렌의 목소리가 닿자 새삼스레 심장 박동이 빨라졌다.

"무슨 말씀이신지……."

"이 시각에 이런 차림으로, 굳이 혼자 있는 남자의 방까지 찾아오는 게 영애식의 감사 표현이냐고 물었어."

어느새 차갑게 가라앉은 듯한 그의 두 눈은 밤의 투명한 공기 아래서 어슴푸레하게 빛나고 있었다. 나는 그의 처음 보는 눈빛에 황급히 고개를 돌렸다. 그리고 얼마 안 가 지금의 내 얇고 하늘하늘한 차림새가 남성에게 어떤 종류의 오해를 불러일으키기 십상인지 자각했다. 나는 급히 고개를 저어 댔다.

"아뇨, 이건……. 지금 이 옷은 제가 다른 뜻이 있어서가 아니라 준비되어 있던 게 다름 아닌 이 옷이어서……."

"콘라드 후작가의 두 남자와 요즘 구설수에 오를 정도로 자주 붙어 다니는 것도, 영애의 그 일종의 감사 인사 차원에서 이루어지는 일인가?"

알렌은 중간중간 내 차림새를 천천히 훑어 내리며 말을 이어 나갔다. 나는 고개를 저어 부정하려다 말고 순간 동작을 멈췄다. 콘라드 후작가의 두 남자와 가까이 지내는 것이 그들에 대한 감사 표현이냐는 공작의 말을 완전히 부정하기는 어려웠다. 과거 아버지의 몸을 망가뜨릴 약을 손에 넣었던 대신 이따금씩 불려 가 몸을 섞는 거라고, 그러니 절반쯤은 공작님의 추측이 맞다고 대꾸를 할 수도 없었다. 완전히 긍정을 하는 것 또한 어려웠다. 최소한 지금의 내 입장에서 콘라드의 두 남자들에게 진정 어린 감사를 표할 일이란 전혀 없었으니까.

"됐어. 이만 하지. 나가 봐."

내가 계속 아무 말을 않자 알렌은 내 등 뒤로 손을 뻗어 다시 집무실의 문을 열고자 했다. 그러나 나는 본능적으로 빠르게 반응하여 문을 등으로 눌러 닫았다. 알렌의 두 눈이 대체 이게 무슨 의미냐는 듯이 아주 조금 날카로워졌다.

"나갈 수, 없어요."

"……."

"지금 나가면…… 그래서 이대로 곧장 집으로 돌아가게 되면, 아마 공작님 같은 분은 두 번 다시 저를, 저 같은 여자를 상종하려 들지 않으실 걸 아니까……"

나는 다시 한 번 숨을 내쉬고, 천천히 덧붙였다.

"갈 수, 없어요. 죄송해요."

그는 묵묵히 내 얼굴을 한참이나 바라보았다.

그 뒤로 시간이 얼마나 지났는지 모를 정도로, 그와 나는 꽤 오래 그 상태로 시선을 맞추고 있었다. 그의 두 눈동자가 내게 부딪혀 오는 것을 차마 피할 수 없어서 나는 고개를 돌리지 못했다. 그렇게 영원 같은 침묵이 흐르고, 이윽고 알렌이 아주 천천히 자신의 얼굴을 숙여 왔다.

나는 그렇게 조금씩, 아주 조금씩 내 심장의 고동이 빨라지는 것을 느꼈다.

천천히 그의 입술이 닿고, 그의 숨결이 내 피부에 부드럽게 부딪혀 흩어질 때, 나는 본능적으로 직감했다. 그간 내가, 정확히 어떤 감정에 의한 것인진 모르나 알렌 공작의 존재를 마음 한편에 무척 조심스러운 형태로 쌓아 두고 있었다는 것을. 그와의 입맞춤은 놀라울 만큼 현실감이 들지 않았다.

이윽고 입술이 다시 떨어지고, 그가 나직이 말했다.

"이런 건가?"

"……."

"영애가 나한테 원하는 게, 이런 거냐고 물었어."

나는 잠시 망설이다 아주 천천히 고개를 끄덕였다.

"맞아요."

그리고 한 번 더.

"이런 거예요……. 이런 거, 맞아요."

나는 죄송해요, 라는 한 마디를 어쩐지 그 뒤에 덧붙이고만 싶은 기분이었다.

천천히 다시 눈을 떴을 때, 나를 내려다보고 있는 그의 눈동자는 반투명한 황갈색 빛을 띠고 있었다. 그리고 나는 순간 그의 입에서 나올 말이 두려워졌다.

"지난번 영애가 내게 물었지. 어째서 영애를 경멸하지 않느냐고."

제발. 제발 부탁이니, 더 이상 말하지 마.

"지금 대답하지."

나는 순간의 현실을 외면하고 싶은 양 질끈 눈을 감았다. 무심결에 눈가에 맺히는 눈물이 따가웠다.

"나는 지금 영애를, 경멸해."

그는 감정의 동요를 싣지 않은 목소리로 다시 한 번 천천히, 나직하게 내뱉었다.

"이 순간 영애의 모습이, 경멸스러워."

그의 말에 나는 쓸모를 다한 낡은 종잇장처럼 구겨졌다.

콘라드 후작가의 장자와 차남이 자주 찾는 최고급 살롱은 엄격한 비공개 회원제로 운영되고 있었다. 그들이 미리 그곳에 언질을 해 두지 않았더라면 아마 나로서는 입구를 통과하기조차 어려웠을 것이다. 그 사실이 주는 쓸쓸함을 새삼 곱씹으며 나는 걸음을 옮겼다.

호화롭기 짝이 없는 내부는 곳곳이 금박으로 세공되어 있었고 옅은 조명들로 인해 어둑하면서도 비밀스러운 분위기를 자아냈다.

"예쁜 에스텔 양. 이제 왔어?"

안쪽의 방으로 들어서자 금세 제롬의 모습이 보였다. 제롬은 술에 취해 약간 흐트러진 모양새로 내게 알은체를 해 왔다. 방 안에는 제롬 외에도 귀족인 양 보이는 젊은 남자들이 네다섯 정도 더 모여 있었다. 그들은 술과 시가를 즐기다 제롬의 말에 고개를 돌려 나를 바라보고는 질 낮은 웃음소리로 키득거렸다. 나는 긴장으로 굳는 손끝을 느끼며 제롬에게 다가갔다. 그가 이런 살롱으로 나를 호출한 것은 처음이었다.

"……왜 불렀어?"

그와 본격적으로 살을 섞기 시작한 후부터 나는 어느덧 그에게 공대를 하지 않고 있었다. 그리고 제롬 또한 이를 전혀 개의치 않아 했다. 이번에도 그는 다만 왜 쓸데없는 걸 묻느냐는 듯이 눈썹을 찌푸렸다.

"왜긴 왜야. 보고 싶으니까 오라고 했겠지. 일단 앉아."

나를 진득하게 훑어 내리는 남자들의 시선이 사뭇 불쾌했다. 이런 공간에 더 있고 싶진 않았다. 그러나 내게 있어 제롬의 말은 이미 절대적이었다.

나는 술을 마셨다. 더 정확히는, 제롬이 줄곧 내 쪽으로 미는 술잔을 거부하지 않았다. 내가 제롬의 바로 곁에 앉아서인지, 그 방의 다른 남자들은 이따금 나를 쳐다보면서도 내게 말을 걸거나 제롬처럼 직접 잔을 권해 오진 않았다. 그리고 나는 얼마 지나지 않아 계속 들려오는 그들 대화 속 몇몇 단어들로 그 남자들 또한 백작가의 후계자이거나 자작, 남작의 지위를 가진 귀족들임을 알아차렸다.

이윽고 적당히 취기가 오르자, 불현듯 제롬의 길고 섬세한 손가락이 내 가슴을 감싸는 드레스의 앞섶을 부드럽게 눌러 왔다. 흠칫 몸이 떨렸다.

"제롬, 지금 뭐 하는……."

나는 다른 남자들의 시선을 끌지 않기 위해 최대한 작은 목소리로 다급히 그를 불러 세웠다. 그러나 제롬은 나의 반응에 더 욕구가 동한 듯 조각 같은 얼굴을 매력적으로 찡그리며 웃을 뿐이었다. 나는 거부의 뜻을 표하려 몸을 비틀었다.

"제발, 제롬. 여긴 다른 사람들이……. 사람들이 있잖아."

나는 다른 남자들 쪽을 흘긋 바라보며 애원했다. 이미 제롬이나 루카스의 어지간한 요구와 명령에는 적응을 마친 나였지만 그건 어디까지나 그들과 단둘이 밀실에 있을 때의 얘기였다. 안면조차 없는 낯선 성인 남성들 앞에서 제롬과 이 이상의 진득한 행위를 하고 싶진 않았다. 나는 다급해졌다.

"세상에. 오랜만에 본다, 에스텔. 이렇게 흥분하는 모습……. 안 그래도 요즘 네가 뭘 해도 시체처럼 반응이 시원찮아서 재미가 없었는데."

"……."

"그렇게 당황해서 몸을 비비적거리는 것도, 묘하게 자극적이네."

제롬은 그간 하룻밤 유희의 상대를 유혹할 때 써먹었을 법한 수려한 미소를 지어 보이며 긴 손가락을 뻗어 내 뺨을 쓰다듬었다.

"입으로 해 줘. 에스델."

나는 아연실색했다. 몸이 얼어붙었다.

"지금, 여, 여기서?"

"응. 여기서."

"제발……. 제롬. 다른 걸 시키면 뭐든 다 할 테니까 제발 여기서는……."

"……."

"다른 곳……. 방, 방으로 가자. 응?"

그러나 그는 내 말에 웃음을 터뜨렸다.

"에스델. 여기도 방이잖아."

"제발……. 그 소리가 아닌 거 알잖아, 제롬."

제롬은 특유의 어두운 금발을 흐트러트린 채로 미소 지었다.

"난 이미 말했어. 빨리."

그의 요구는 변하지 않았다. 나는 제롬의 표정을 읽으며 더 이상 의미 없는 거부를 해 봤자 별 소용이 없을 것임을 깨달았다. 미칠 것 같은 모멸감이 뼛속 깊이 파고들었다. 나는 이를 악물었다. 그리고 천천히 몸을 일으켜 그가 앉아 있는 긴 소파 앞에 무릎을 꿇고 앉았다.

나는 떨리는 손을 억누르며 그의 바지 앞섶을 풀어 헤쳤다. 그리고 드디어 모습을 드러낸 그의 것을 조심스레 입에 머금었다. 그의 성기는 언제나처럼 한 입에 다 삼키기 버거웠다. 나는 필사적으로 그간의 경험을 통해, 내 의지와는 상관없이 익히게 된 제롬의 성적 취향을 떠올리며 입술과 혀를 움직였다. 입 안에 다 들어가지도 않는 것을 억지로 머금고 계속 입을 움직이니 금방 턱이 빠질 듯이 아파 왔다. 그러나 그는 고통과 수치심에 내가 울먹이기 시작하자 잔혹할 정도로 아름다운 눈동자를 한층 더 이채롭게 빛낼 뿐이었다.

나는 필사적으로 입 안의 얇고 매끄러운 점막을 그의 귀두 가장 민감한 살에 반복적으로 마찰시켰다. 소름 끼치는 감각에 눈물이 맺혔다. 그 모습을 바라본 제롬은 순간 흥분했는지 거칠게 내 머리채를 쥐어 잡고 아랫도리를 쳐올리기 시작했다.

어느새 방 안의 이목은 나의 행위에 집중되어 있었다. 나는 고개를 돌리지 않고도 이 방에 있는 다른 남자들이 나를 저질스런 유흥거리를 탐색하는 눈빛으로 바라보고 있음을 알 수 있었다. 제롬의 한숨 섞인 신음 소리와 함께, 순간 목 깊숙한 곳에서 차오르는 뜨거운 액체가 느껴졌다. 나는 치밀어 오르는 토기를 필사적으로 눌렀다. 제롬은 사정이 채 끝나기 전에 그의 성기를 꺼내 나머지를 내 얼굴에 토해 내듯 가볍게 비벼 댔다. 그는 그렇게 잠시 사정의 여운을 즐겼다. 낮게 킬킬대는 남자들의 목소리가 뒤에서 들려왔다. 나는 차오르는 눈물을 꾹 참았다.

"수고했어. 예쁜아."

제롬은 만족한 듯 내 뺨을 훑으며 가볍게 키스해 주었다. 나는 그의 끈적한 액체로 더럽혀진 옷매무새를 덜덜 떨리는 손으로 정리해 댔다.

"……이제, 이제 날 보내 줘."

"왜?"

"이만하면 충분, 하잖아."

제발. 나는 금방이라도 더 터져 나올 것 같은 울음에 눈을 꼭 감고 애원을 삼켰다. 그러나 제롬의 부드러운 목소리는 명료했다.

"글쎄, 충분한지 아닌지는 내가 결정해."

다시 눈을 떴을 때, 나는 또다시 화려한 미소를 지은 채 속삭이는 악마 같은 얼굴을 마주해야 했다.

나는 조금 전까지 이어진 행위의 여운으로 여전히 후들거리는 다리를 붙잡고 그로에스 백작가의 저택으로 들어섰다. 제롬은 언제나처럼 나를 괴롭힌 후 그의 마차를 불러 주었고, 나는 적어도 오늘만큼은 그 역겨운 호의를 거절할 기운조차 나지 않았다. 마차가 도착하자마자 나는 집 안을 향해 비틀대며 걸었다.

반나절 만에 돌아온 저택은 무척이나 고요했다. 모든 공간이 침묵에 젖어 있는 듯했다. 나는 피부에 스미는 적막감에 몸서리쳤다. 그리고 그때, 중앙에 자리한 응접실 한편에서 반쯤 몸을 구기고 있는 검은 인영이 보였다.

"이제 왔군."

나는 나를 향한 목소리에 무의식적으로 그를 향해 다가갔다. 짙은 어둠에 가려진 얼굴이 걸음을 옮길 때마다 서서히 드러났고, 이윽고 나타난 것은……. 미하엘의 모습이었다.

나도 모르게 숨을 삼켰다. 그는 처음으로 잔뜩 흐트러져 있었다. 그의 앞에 널브러진 술병과 잔을 보고 나는 그가 취했음을 알아차렸다.

"술, 마셨니?"

바보 같은 질문이었다. 그는 말없이 나를 응시했다.

"왜 그래. 혹시……. 무슨 일이라도 있어?"

거칠었던 첫 만남 이후 미하엘은 늘 내게 두려운 존재였지만 그 순간만큼은 그를 걱정해 주고 싶단 생각이 들었다. 그러나 미하엘은 내 말에 대답하지 않았다. 한참 시간이 지나고야 나는 그가 조금 전 살롱에서의 행위로 흐트러져 있는 내 옷차림새 곳곳을 관찰하고 있음을 깨달았다. 미하엘의 차갑게 젖은 두 눈동자는 반쯤 풀어 헤쳐진 드레스의 매듭이나, 제롬의 잇자국이 붉게 남아 있을 내 목덜미를 천천히 맴돌고 있었다. 나는 질끈 눈을 감았다.

"글쎄……. 최소한 지금까지 어디서 요사스런 밤놀이를 즐기다 온 누이한테 들을 소리는 아니지."

그의 말이 맞았다. 나는 얼버무리듯 고개를 끄덕이고 황급히 자리를 떴다.

그날 밤 나는 좀처럼 잠들지 못하고 있었다.

추잡한 액체에 젖어 들었던 감촉을 잊고자 충동적으로 열어 둔 창 밖은 놀라울 만치 고요했다. 칠흑 같은 어둠이 온 세상을 덮고 있었다. 부서질 듯 희미한 별빛만이 밤하늘에 박혀 투명하게 빛났다. 그리고 그 아래에서 나는 구겨지듯 몸부림쳤다.

온몸이 아팠다. 머리가 타들어 갈 듯 뜨거운 열기에 잠식되는 것 같았다. 날카롭게 나를 찢는 두통에서 벗어나려 한참을 바르작거리다가 나는 겨우 옅은 잠에 빠져들었다.

그리고 얼핏, 나는 반쯤 감긴 눈으로 어렴풋한 검은 그림자를 보았다.

어둡고 큰 사람의 인영처럼 보였다. 그것은 한참을 꼼짝 않고 자리에 선 채 나를 바라보고 있었다. 나는 목소리를 내려 했으나 물 먹은 솜처럼 무거워진 몸은 말을 듣지 않았다.

이윽고 그는 아주 천천히, 내게 다가왔다. 온 세상이 점멸한 듯이 고요한 가운데 그 작은 인기척만이 내 귓가에 닿아 부서져 갔다.

한 발자국씩 다가올 때마다 짙은 음영이 드리워진 얼굴이 창문의 희미한 별빛을 받아 아주 조금씩 모습을 드러냈다. 이윽고 그것이 완전히 모습을 드러냈을 때, 나는 터져 나오는 숨을 삼켰다.

그는 미하엘이었다.

지금이 현실인지, 아니면 꿈속의 상상인지 분간이 되지 않을 정도로 몸의 절반쯤을 수마에 먹힌 나는 아무런 반응도 못 한 채 숨을 죽였다. 다만 문득 올려다본 미하엘의 눈이 분노와 슬픔이 뒤섞인, 아주 묘한 감정으로 잔뜩 일그러진 채 떨리고 있는 게 보였다. 그의 눈가는 붉게 충혈되어 있었다.

"축하해, 누이."

미하엘은 아주 천천히 입을 열었다.

"네 소원이 이루어졌어."

그의 이채를 띤 감정의 소용돌이는 선연히 나를 향하고 있었다.

"아버지께서 조금 전에, 돌아가셨어."

건조한 목소리를 내뱉을 때마다 미하엘의 얼굴은 무척이나 고통스럽게 구겨졌다.

나는 숨 막힐 듯한 감각에 꼼짝도 하지 못하고 그가 내게로 다가오는 것을 바라보았다.

이 몸뚱이를 가지고 있는 이상, 그 죗값에서 너 또한 자유로울 수는 없다고 누군가 큰 소리로 나를 비웃으며 온몸을 무겁게 짓누르고 있는 것만 같았다. 미하엘의 두 눈동자가 한층 시뻘겋게 젖어 드는 것이 보였다. 나는 그만 자리에서 일어나 비명을 지르며 몸부림치고 싶었다.

"이제 이 저택의 모든 게 네가 원하던 대로 끝났단 소리야."

그는 흉포한 맹수처럼 내 몸에 올라탄 채 천천히 내 목을 조였다. 나는 차라리 죽고 싶었다.

그날 밤. 나는 흉측하고도 아름다운, 커다란 검은 짐승에게 잡아먹히는 꿈을 꾸었다.

백작의 장례식 날은 비가 아주 많이 내렸다.

적막에 감싸인 공기를 조문객들의 숨죽인 기척이 조금씩 흐트러뜨리고 있었다. 나는 새벽부터 하녀 에이미의 도움을 받아 크레이프와 레이스로 섬세히 트리밍 된 검은 드레스를 입고 마찬가지로 온통 검은색의, 불투명한 베일이 달린 작은 장식 모자를 썼다.

여전히 현실감이 들지 않아 머리가 멍했다. 생기 없는 인형처럼 가만히 앉아 하녀들의 손길을 받아 내다 보니, 나는 어느덧 상주 미하엘의 곁에 애도하는 척 서 있기에 별 어색함이 없는 차림새가 되어 있었다.

그로에스 백작의 죽음은 많은 이들을 이 적막한 저택으로 불러들였다. 그들은 누구나가 저마다의 목적과 이유를 안고 있었다. 어떤 이들은 과거 그로에스 백작에게서 받아 삼킨 무언가가 뒤늦게 탈이라도 나지 않을까 안달했고, 혹자는 백작가를 중심으로 한 귀족 세력의 한 축에서 조금이라도 벗어나게 될 일을 만들지 않기 위해 서둘러 애도의 눈물을 자아냈다.

또 다른 자들은 한미한 가문 출신으로, 그들은 시답잖은 배경에서 오는 아쉬움을 나라의 대귀족들은 물론이고 황가의 일원들까지 자리하는 장례식장에서 어떻게든 돌파해 보고자 조문객의 가면을 썼다. 이미 이곳의 사람들에게 늙고 추하게 문드러진 그로에스 3세의 몸뚱이 자체는 달리 새삼스러운 감정의 변화를 일으키지 못하는 것 같았다.

나는 그 사실을 깨달으며 문득 서글픔을 떠올렸다. 그러나 과연, 다른 누구도 아닌 내가 죽은 백작의 장례식에서 그런 감정을 느끼는 게 이치에 맞는 얘길까. 나는 힘없이 자조했다.

문득 나를 툭 치는 미하엘의 손길이 없었더라면 나는 계속 그런 얄팍한 상념에 잠겨 있었을 터였다. 뒤늦게 고개를 들었을 때 내 앞에는 장례식 날에 걸맞지만 그럼에도 지극한 화려함을 낮은 채도와

명도의 색상에 겨우 숨긴, 높은 신분을 쉬이 짐작할 수 있는 차림의 이들이 서 있었다.

특히 미하엘의 앞에서 나를 말없이 바라보고 있는 이는 지난번 본 적이 있는 에드먼드 황태자였다. 그의 섬세한 얼굴에 나는 잠시 바보처럼 그 짐승이나 다름없는 그로에스 백작이 이 나라에서 차지하던 위치가 얼마나 대단했던가를 생각했다.

"영애. 오랜만입니다."

황태자는 내 멍한 태도가 딱히 의아스럽지도 않다는 듯 인사를 건네 왔다. 나는 잠자코 고개를 숙여 인사했다.

"황태자 전하께서 자리해 주셔서 감사할 따름입니다."

"별말씀을요. 그로에스 백작은 이 나라의 중한 신료 중 한 사람이었습니다. 백작이 이렇게 세상을 떠나게 된 것을 저희 부왕께서도 무척 안타까워하십니다. 아마 몸이 조금만 덜 편찮으셨더라면 저를 보내지 않고 직접 조의를 표하러 오셨을 거예요."

에드먼드는 어려서부터 황실의 정식 후계자로 교육받아 온 자신의 존재감을 증명하듯 어느 하나 흠잡을 게 없는 태도로 대꾸했다. 무서울 정도로 침착하고 완벽한 모습에 나는 잠시 멍하니 비슷한 모습의 누군가를 떠올렸다. 그리고 우습게도 그건, 다름 아닌 알렌 베델리우스 공작이었다.

얼마 전 그에게서 그리 처참하게 모욕과 거부를 받았는데, 하필 이 순간 이런 장소에서 그 남자를 떠올릴 건 뭔지……. 이제 와 어리석기 짝이 없는 미련이라도 남은 걸까. 나는 자조했다. 황태자는 그런 나를 잠시 관찰하듯 내려다보다 이윽고 고개를 숙여, 다른 이들이 듣지 못하는 나직한 목소리로 속삭였다.

"참. 당연한 이야기지만 알렌 공작도 조금 전부터 이곳에 자리해 있습니다. 그로에스 가문과 오래 교류가 있던 베델리우스 가에서 미하엘과 영애의 슬픔을 모른 체할 리 없죠. 그렇지 않아도 알렌이 지금 제 뒤에서 아까부터 영애만을 바라보고 있더군요. 무슨 사정인지는 모르겠지만, 영애. 그에게 눈길이라도 한 번 주시는 건 어떤가요."

그는 상상 속의 완벽한 왕자님의 모습을 그대로 녹여낸 듯한 외양을 한 채 다감한 목소리로 말했다. 그러나 그 목소리에 실린 내용은 무척 의외의 것이라 나는 나도 모르게 고개를 들었다.

주위를 살피자 금방 에드먼드의 말대로, 조금 떨어진 곳에서 나를 보고 있던 알렌을 발견할 수 있었다. 그 불투명한 황갈색 눈동자를 보자 나는 다시 눈앞이 깜깜하게 가라앉는 것만 같았다.

어째서일까. 왜 아직도 알렌은 저런 눈으로 나를 바라보는 걸까. 그의 존재로 인해 나는 또다시 생각의 늪에 빠져들었다. 도망치듯 숨을 죽이고 머릿속의 공간을 유영했다.

그러자 더는 미하엘도, 에드먼드 황태자나 심지어 알렌 공작까지도 저의 존재감으로 나를 눌러 오지 못했다. 나는 안도했다. 그렇게, 완전히 눈앞의 풍경과 동떨어진 사고의 공간에 잠시 틀어박혔다.

내가 누구이며, 대체 지금의 나는 나를 무어라 일컬어야 하는지. 그런 의문들은 내가 어느 날 이세계(異世界)에 떨어진 후 줄곧 생각의 끄트머리 즈음에 매달려 나를 옭아매던 것이었다. 나는 어째서 하필이면 이곳에 오게 되었는지조차 알지 못했다. 전생에서도 수차례 삶을 끊어 내려 자살 기도를 하며 악착같이 발버둥 쳤던 내가, 왜 하필이면 이곳에서도 지독한 불행의 독에 온몸을 침습당한, 그래서 나와 마찬가지로 스스로 몇 번이고 목숨을 끊으려 했던 에스델이라는 여자의 삶을 차지하게 된 건지 그 누구도 답을 해 주지 않았기에.

나는 그저 내게 밀려든 불행과, 우연과, 지독한 불운이 충층이 쌓인 밀물에 망연자실해 있었다. 어쩌면 나와 쌍둥이처럼 닮은 삶의 에스델이었기에, 늘 죽기를 빌며 존재도 믿지 않는 신에게 애원하듯 자살을 꿈꾼 나처럼 마찬가지로 죽지 못해 생을 늘어뜨리며 그 끝을 꿈꾸던 그녀였기에 우리는 하늘의 짓궂은 농간의 대상이 된 건지도 몰랐다. 어찌 되었건 간에 둘 다 참 더러울 정도로 재수가 없는 인생이라고, 나는 생각했다.

어느덧 나는 습지에 점점 깊이 빨려 들어가는 것처럼 이곳에서의 지난 행적에 대해 훑어 내리고 있었다. 이곳에 오게 된 후 나의 선택과 행위들은 하나같이 지난 생애 우울증의 그림자를 털지 못한 것처럼 지독히도 무기력했고 망연했다.

나는 분명 처음에는 의식의 절반쯤을, 권태와 슬픔에 절어 있던 전생에서 갑자기 이 세계로 떨어지게 된 것이 신이 마지막으로 내려 준 어떤 선물은 아닐까 하는 기대로 채웠었다. 그러나 머지않아 에스델이란 여자의 삶이 지극히 아름다운 외양과는 달리 쉴 새 없이 일그러지고 뒤틀려 있음을 깨달아야 했고, 그렇게 나의 생애에 대한 처음이자 마지막이었던 기대마저 무너져 내렸을 때, 나는 또다시 완진한 좌절을 맛보았다. 나는 그때도 분명 죽음을 생각했다. 그러나 그때, 내 야트막한 이기심이 나를 부추기는 소리가 귓가에 감겨 왔다.

'아깝지 않겠어? 에스델이란 여자의 삶이 그나마 그곳에서의 너보단 덜 불행할지도 모르는데.'

'또 자살하려고? 그러다가 혹시라도 다시 원래의 삶으로 돌아가 버리면? ……거기서 넌 이미 매일 지옥을 생각하면서 살잖아.'

그 서늘한 목소리는 시종일관 킬킬거렸다. 그리고 그 사악한 속삭임에 나는 너무도 쉽게 굴종했다.

이 집안의 실질적인 가주이자 후계자는 오직 미하엘이었다. 장례식에 참여한 사람들 또한 누구나 그 사실을 너무나도 잘 알았고 그렇기에 먼 동쪽 대륙 끝에서 흘러들어 온 것 같다는, 외국인 노예의 천한 출생을 타고 난 내게 알은체를 해 오지 않았다. 그들이 흥미롭다는 듯 내게 시선을 둘 때는 언제나 에스델이 가진 유일한 축복인 봐 줄 만한 외모가 빛을 발할 때뿐이었다.

종종 여자들의 시선에서는 경계와 시샘, 부러움 따위가 섞인 감정이 얽혀 들었고 남자들은 정복과 쟁취의 대상에 대한 욕심을 눈동자 한편에 내비쳤다. 그리고 그런 남자들의 시선은 지금껏 내가 이 세계에서 마주한 이들, 이를테면 특히 콘라드 후작가의 제롬이나 루카스와도 퍽 닮아 있어서 나는 자연히 그들에 대해 생각하게 되었다.

콘라드 형제가 에스텔의 제안을 수락한 것은, 특히 그들에게도 위험 부담이 될 수 있는 거래를 받아들인 것은 아마 그녀가 가진 반반한 외모가 없었더라면 좀처럼 이루어지기 어려웠을 것이다. 내가 아는 한 그들 형제는 지나치게 머리가 비상했고, 언제나 득과 실을 냉정하게 가림 했으며, 평온한 듯 보이는 인상에 독으로 버무린 칼날을 숨길 수 있는 이들이었다.

에스텔은 아마 매일 반복되는 양부의 성적 학대와 성노예로서의 생활에 지쳐 발악하다가, 이윽고 종종 자해를 일삼고, 종국엔 자살을 몇 번 시도했으며……. 전생의 내가 그랬듯 자신에게는 마음대로 죽을 최후의 권리조차 허락되지 않음을 깨닫고는 절망의 구렁텅이에 빠졌을 것이다. 그리고 그녀는 생각했겠지. 내가 죽는 것이 허락되지 않는다면, 나는, 차라리 저 짐승을 죽이겠노라고.

그렇다고 해서 콘라드 후작가가 지푸라기를 잡는 심정으로 그들을 찾아온 에스텔을 반드시 받아줄 필요는 없을 터였다. 그들 간의 은밀한 거래가 세상에 알려질 경우, 즉 콘라드 후작가의 두 아들이 그로에스 백작 가문의 양녀와 작당을 해서 백작을 죽였다는 소문이 완전히 퍼지게 된다면 두 남자에게도 적지 않은 치명상이 될 수 있을 테니까.

그러나 영리한 그들은 비용의 계산에 능했으며, 더욱이 쉽게 세간에 말이 떠돌지 않게 할, 혹은 감히 당사자들이 이 일을 발설치 못하게 할 수단을 생각해 낼 수 있었다.

콘라드 후작가는 기본적으로 음지의 세계와 밀접히 맞닿아 있는 가문이었다. 그런 만큼 그들에게 독의 흔적은 전혀 남기지 않으면서 사람의 몸을 망가뜨리는 약을 구하는 것 자체는 그리 수고로운 일이 아니었다. 더욱이 그로에스 백작가는 그로에스 3세가 딸일지도 모르는 양녀를 매일같이 겁탈할 무렵 이미 온전한 정신이 아니어서 과거의 명망을 잃고 기울어져 가고 있던, 말하자면 꺼지기 직전의 촛불과 같은 존재였다.

그리고 제롬과 루카스는 이런 상황에서라면 거래의 위험과 비용이 대폭 줄어든다는 것을 누구보다 잘 알았다. 더욱이, 설사 제삼자가 이 일의 아주 작은 단편이나마 알아차린다 하더라도, 콘라드 가문에게는 그것이 온 나라에 채 퍼지기 전에 그것을 제압할 만한, 나라 안 제1, 제2귀족을 다투는 세력가로서의 힘이 있었다.

무엇보다 그들은 거래의 대가로 에스델에게 금이나 보석 따위가 아닌 몸을 요구했다. 평판과 순결이 목숨과도 같이 중한 귀족 영애에게, 그것도 친형제인 두 남자와 줄곧 동침했다는 사실은 그 어떤 금붙이보다 계약의 비밀을 굳건히 할 좋은 목숨 줄이 될 터였다.

물론 그 전부터도 출신 성분의 탓으로 알게 모르게 천한 소문을 달고 다니는 그녀였지만, 애초에 근원 모를 뜬소문과 실체가 분명한 추문은 그 충격이 확연히 다를 수밖에 없다. 그리고 제롬과 루카스는 굳이 말하지 않고도 그 사실을 잘 알고 있었다.

물론 애초에 그들은 비록 출신은 의심스럽지만 나라 안 제일의 미모를 갖추고 있다고 일컬어지는 여자와의 음란한 행위가 안겨 줄 아주 간편하고도 쾌적한 쾌락이 마음에 들었을 것이다. 그렇잖아도 한미해져 가는 백작 가문의 힘조차 제대로 쓰지 못하는, 자기편이라고는 세상에 없는 불쌍한 여자가 거래와 밤놀이의 상대라면 더더욱 안

심할 수 있다는 사실도.

나는 이렇게 곧 모든 사실을 어렴풋이 깨닫게 되었다. 그래서 보잘것없는 발악과 저항으로 그들을 한결 즐겁게 해 주는 대신, 이곳에서의 하찮은 지위와 힘을 깨닫고 그저 약속의 이행을 요구하는 콘라드 형제에게 굴복했다.

아니, 더 솔직히 말하자면, 스스로에게 수치스러울 정도로 완전히 속내를 내비치자면, 그것만이 전부는 아니었다. 나는 에스텔이라는, 아름답지만 어쩐지 전생의 내 삶과 묘하게 닮은 이 여자가 떠안은 평생의 불행과 슬픔, 좌절과 고통, 살인의 행적과 그 죗값의 무게…… 그것들을 그 두 남자들과 창녀처럼 몸을 섞어 대면서 저울질해 보고 싶었던 거였다.

그녀의 고통이 과연 전생에 한유리가 매일 지옥을 생각하며 살던, 참혹하게 일그러진 삶의 불행과 비극보다도 더 무거울지 혹은 가벼울지. 그리고 이쪽의 고통이 그나마 감내할 만하다면, 그렇다면 어쩌면 나는…… 이곳에서 쥐 죽은 듯이 생을 연명할 수도 있지 않을까……. 그리고 나는 그런 저열하기 짝이 없는 스스로의 속내를 누구보다 잘 알면서도, 끝끝내 모른 체하려 했다.

그리고 그 순간 문득 떠오른 얼굴은 무척이나 의외의 것이어서 나는 잠시 상념에서 깨어나듯 몸을 들썩였다.

미하엘.

나와 자신은 조금도 피가 섞이지 않았다고 스스로 믿고 있는, 그래서 나를 누이로 생각조차 하지 않는 그 남자. 그 삭막한 백작가에서 일찍이 어머니를 잃고, 과거 귀애하던 창녀의 딸과 매일같이 몸을 섞어 대는 자신의 아버지를 보면서 하루에서 수천 번, 수만 번 마음이 찢어지고 무너져 내렸을 불쌍한 동생.

그를 생각할 때면 나는 종종, 무척이나 우스운 일이었지만, 할 수 있다면 그를 동정하고 조금은 위해 주고 싶었다. 어째서였을까. 생각해 봐도 답은 잘 떠오르지 않았다. 다만 나는 그를 볼 때마다 누군가를 원망하면서 죽어 가던, 그래서 이미 마지막 생명을 다한 시체처럼 죽지 못해 살던 전생의 나 자신을 몇 번인가 떠올렸던 것 같다.

만약 내가 콘라드 형제의 말을 따르지 않겠다고 한다면, 그래서 그들의 요구를 거부한다면, 그들은 어쩌면 미하엘에게 네 아버지가 죽어 가게 된 모든 내막을 밝히겠다고 말할지도 몰랐다. 그리고 그 모든 걸 다 알게 된다면 이미 몇 번이고 혼자서 끝도 없이 무너져 내렸을 미하엘은, 그는······.

나는 가끔 그 뒤의 일을 생각하는 게 무서웠다. 이곳으로 와서 미하엘을 처음 본 순간부터, 그의 나에 대한 증오와 살기로 번뜩이는 두 눈을 마주했을 때부터, 나는 사실 그가 얇은 한 층의 얼음 위를 걷는 것처럼 생의 경계에 위태롭게 발을 걸치고 있다는 것을 알고 있었다. 그의 얼굴은 전생의 한유리가 그랬듯 끔찍한 괴로움에 지쳐 삶을 쥔 손을 그만 놓아 버리고 싶어 하는 자 특유의 독특한 공기에 감싸여 있었으므로.

나는 그렇게 이곳에서 에스델로서 지낸 나의 자취를 멋대로 합리화하고 정리해 버렸다.

그렇게 한참을 깊은 물속에서 웅크리고 숨을 참듯이 상념 안의 공간에 머물러 있었다. 시간이 얼마나 지났을까. 내 이름을 부르는 남자의 목소리에 흠칫 정신을 차렸다.

"……영애. 에스델 영애."

귓가에 울리는 부드러운 음성은 에드먼드의 것이었다. 나는 놀라서 고개를 들었다. 어느덧 주변의 꽤 많은 사람들이 나를 응시하고 있었다. 조금은 당황스러웠다.

"영애. 괜찮으십니까?"

에드먼드는 바다의 색을 담은 푸른 눈동자로 나를 응시하며 다가왔다. 그 모습에 순간이었지만 나는 금발 벽안의 전형적인 상상 속 왕자를 실체가 있는 인간으로 옮긴다면 아마 이 사람이 되지 않을까, 라는 바보 같은 생각을 했다.

"에스델, 조금 전부터 안색이 좋지 않습니다만……. 많이 힘들면 자리를 옮기실 수 있도록 사람을 부르겠습니다."

그의 두 눈은 염려의 빛을 담고 있었다. 황태자의 친절이 조금 과하다고 느껴져 의아해하던 찰나, 나는 문득 내 뺨을 적시는 축축한 촉감을 인지했다. 황급히 뺨에 손을 가져다 대니 물기 어린 피부가 만져졌다. 몹시 당혹스러웠다. 나 자신도 인지하지 못하는 사이, 나는 혼자만의 사념에 빠져 까닭 모를 눈물을 흘리고 있던 모양이었다. 끔찍한 기억들의 틈을 너무 헤집고 다닌 것이 문제였을까.

그러자 사람들의 시선이 내 얼굴에 붙박여 있는 것도, 에드먼드가 저렇게 우려를 표하는 것도 이해가 되었다. 나는 황급히 고개를 숙였다.

"아닙니다. 심하게 아픈 것이 아니라 그저 좀, 약간 몸이 좋지 않아서……."

앞뒤가 맞지 않는 변명을 내뱉으며 나는 황급히 고개를 숙였다. 그 바람에 얼굴을 타고 흐르던 눈물방울이 드문드문 땅으로 떨어졌다. 이윽고 그것은 바닥에 닿자마자 산산이 깨어지고 부서져 갔다. 엉망으로 흐트러진 물자국의 모습이 마치 지금의 나처럼 보였다.

"죄송합니다. 이런 추태를 보여서……."

"추태라니요. 부친을 여윈 영애의 슬픔을 이해하지 못할 이는 이곳에 없습니다."

에드먼드는 또 한 번 예의에 어긋남이 없는 대답을 돌려주었다. 그리고 그의 손수건을 내게 내밀었다. 그러나 나는 가장 고결한 이라 일컬어지는 황태자가, 이 자리의 모든 이들이 천박한 피라 멸시하는 나에게 그 정도까지 친절을 베푸는 것이 조금은 부끄럽고 괴로웠다. 그래서 나도 모르는 사이 거절의 뜻을 표하듯 주춤주춤 뒷걸음쳤다.

"영애."

에드먼드가 처음으로 다소 흔들리는 눈빛을 한 채 나를 쳐다보았지만 나는 황급히 시선을 피했다.

"죄송합니다, 황태자 전하. 제가 몸이, 너무 좋지 않아서…… 이런 결례를……. 정말 죄송합니다."

나는 그대로 뒤돌아 자리에서 도망쳤다. 이곳에 자리한 수많은 귀족들이 이 광경을 보고 웅성거릴 모습을 마주하고 싶지 않았다.

얼마나 걸었을까. 한참 뒤, 나는 조문을 온 거의 모든 귀족들이 모여 있던 저택 중앙에서 벗어나 부지의 한적한 뜰과 정원으로 향하고 있었다. 나의 거절에 의아함을 보이던 에드먼드의 얼굴이 떠올랐지만 나는 얼른 고개를 저어 그에 대한 생각을 떨쳐 내 버렸다. 이 순간만큼은 더는 아무것도 생각하고 싶지 않았다.

내가 도착한 곳은 과거 이 저택에 살던 백작 부인이 생전에 무척 아끼며 돌보았다고 하는 작은 정원이었다. 조금 전 그친 비로 장미 덩굴 위의 여린 잎에 투명한 물방울들이 맺혀 있다가 이따금씩 바람에 흔들렸다. 나는 정원 입구에 몸을 들이밀고 천천히 호흡을 가다듬었다.

조금 전 터져 나오기 시작한 눈물은 멈출 기미를 보이지 않았다. 이곳에 떨어진 후 지금껏 소리 없이 쌓이고 또 쌓인, 그 모든 감정의 단편들이 작은 균열을 발견하자 기다렸다는 듯 터져 나오는 것만 같았다. 나는 그 모든 것을 쏟아 내듯 숨죽인 채 눈물을 떨어뜨렸다. 혼자인 곳에서 이 추태를 다른 누군가에게 들키지 않아도 된다는 사실만이 그 순간 작은 위안이 되어 주었다.

"……."

그때 누군가의 인기척이 들리지 않았더라면 나는 처음으로 찾은 혼자만의 안식에 좀 더 머물러 있었을 터였다. 그러나 분명 누군가가 같은 공간에 있었고, 그 소리에 순간 예민해진 채로 고개를 돌렸다. 눈물로 젖어 흐릿한 시야로 키가 크고 다부진 체격의, 검은 머리카락을 가진 남자의 인영이 어렴풋이 보였다.

"넌 누구지?"

남자는 그 또한 내 존재가 거슬린다는 듯이 말했다. 나는 대답하지 않았다. 울음으로 목이 메어 목소리조차 제대로 나오지 않을 게 뻔했다. 나는 그저 눈물범벅이 된 얼굴을 들키지 않도록 다시 등을 돌린 채 그가 이곳을 지나가기만을 기다렸다.

하지만 그런 내 모습이 그의 신경을 건드린 양, 남자는 한층 날카로운 기운을 풍기며 낮게 윽박지르듯 내뱉었다.

"대답해. 네 이름을 밝히라고 했어."

등 뒤로 느껴지는 살벌한 공기에 쭈뼛 신경이 곤두섰다. 나는 천천히 한숨을 내쉬며 포기하듯 억지로 잠긴 목소리를 내었다.

"그러는 공자님께서는 누구신가요."

별로 친절한 말투는 아니었다. 하필이면 누군가를 가장 마주하고 싶지 않을 때 찾아온 불청객 같은 남자의 존재에 나도 모르게 다소 신경질적인 대답이 튀어나왔다. 나는 스스로 말을 내뱉어 놓고서도 적잖이 놀랐다. 남자는 지금쯤 잔뜩 인상을 쓰고 있을 터였다.

"재밌군."

"……."

"감히. 이 몸이 누군지 알고 그따위 말버릇이지?"

모르긴 몰라도 나는 이 정체 모를 이의 신경을 단단히 거스른 모양이었다. 나는 또다시 꼬이기 시작한 일에 어렴풋한 짜증을 느끼며 천천히 고개를 돌렸다. 최대한 재빨리 손으로 눈물을 훔쳐 내면서.

"……죄송합니다."

냉정한 분위기를 풍기고 있는 그는 그러나 순간 눈물범벅이 된 내 얼굴을 보고 예상치 못했다는 양 인상을 더 찌푸렸다. 나는 얼른 상황을 정리하고 빠져나가고 싶은 마음에 순종적인 체를 할 때처럼 허리를 숙였다.

"결례를 범했습니다. 저는 그로에스가(家)의 에스델 모르데카이……."

그리고 고개를 들어 그의 얼굴을 마주한 순간, 나는 시간이 멈춘 듯 제자리에 얼어붙었다.

남자는 처음 보는 얼굴을 하고 있었다. 이 세계에 온 뒤로 이미 어지간한 고위 귀족들은 한두 번 얼굴을 익힌 내게도 낯선 남자라니. 그의 정체가 의아했다. 그러나 나를 정말 놀라게 한 것은 남자의 차가운 분위기를 자아내는 외양 그 자체였다.

이곳에서 무척이나 잘생긴 편에 속하는 남자들을 숱하게 상대하며 본의 아니게 그들의 외모에 익숙해졌던 나였지만 눈앞의 남자의 외양은 그런 내게도 조금 충격적으로 느껴질 만큼 완벽했다.

시리도록 냉정한 느낌을 풍기는 선들이 굵고도 섬세하게 그의 윤곽과 귀족적인 이목구비를 이루었고, 에드먼드의 것보다 한층 낮은 채도의 푸른 눈동자는 사람을 서늘하게 내려다보았다. 나는 숨을 멈추었다. 사람의 얼굴을 보고 순간 모든 걸 잊듯이 이렇게 놀란 것은 처음이었다.

그제야 나는 인정했다. 우습지만, 정말이지 다소 무서울 정도로 잘생긴 남자가 세상에 이런 식으로 존재하는구나. 심지어 귀족 영애들로부터 최고의 미남자라 칭송받는 에드먼드도 그의 앞에서는 한결 덜 두드러질 것 같았다. 그래서인지 나는 그가 조금 두려웠다.

남자는 그런 내 모습을 빤히 바라보고 있었다. 그러다 이윽고 대답을 기다리는 데 있어 인내심의 한계가 찾아온 듯 입을 열었다.

"이번엔 또 뭐지? 말을 하다 말고 기분 나쁠 정도로 사람 얼굴을 쳐다보는 게 네 취미인가?"

나는 멍하니 있던 스스로를 힐책하듯 정신을 차렸다.

"불쾌하군. 행색을 보니 꽤나 있는 집안의 여식 같은데 하는 짓거리는……."

"……죄송합니다."

나는 조용히 사과했다. 그리고 잠시 어떻게 설명할지 고민하다가 말을 이었다.

"공자께서 너무 잘생기셔서…… 그랬습니다."

그는 농담하냐는 듯 불쾌감을 띤 얼굴로 인상을 찌푸렸다.

"뭐?"

"……우스우시겠지만, 사실입니다. 제가 공자님 정도로 잘생긴 분을 수도에서 처음 보아서…… 순간 다소 당황했습니다. 그렇지만 무례를 범할 의도는 아니었으니 그만 불쾌함을 풀어 주세요."

나는 다시금 가볍게 고개를 숙였다. 괜히 상황을 잘 모면해 보려고 되지도 않는 거짓 변명을 둘러대다간 또 바보 같은 소리나 입술을 비집고 나올 터, 나는 이곳에서의 경험으로 이미 나 자신의 행동과 결과를 어느 정도 예측할 수 있었다.

그래서 다소 수치스럽더라도 솔직한 속내를 털어놓고 나의 무례에 대한 그의 화가 비교적 빠르게 가라앉기를 기대했다. 그러나 남자는 가볍게 조소했다.

"우습군. 주제에 지금 감히 날 유혹하기라도 하는 건가?"

나는 그제야 내가 조금 전 내뱉은 말이 허튼수작으로 들리기에 충분하다는 것을 깨닫고 당황했다.

"그런 뜻이 아닙니다. 공자님…… 그게 아니라."

"그래. 아니겠지. 나도 내 앞에 선 계집이 지금 나한테 어떤 수작질을 걸려 달려드는 건지 아닌지 정도는 눈치껏 알아."

조금 전 그의 외모로 인해 놀랐을 뿐이었다는 나의 말에, 그러나 그에 대한 호감이나 선망의 감정은 분명 조금도 실려 있지 않았었다. 그리고 타고난 외모의 탓으로 좋든 싫든 지금껏 숱한 여성들을 상대하며 살아왔을 그는 그 사실을 예리하게 파악하고 있는 듯했다. 그는 아무렇지 않게 말을 이었다.

"그래서 더 어이가 없군. 못 보던 얼굴인데, 나한테 관심이라곤 조금도 없는 주제에 마치 다른 멍청한 사내들을 세 치 혀로 요리할 때 요긴하게 써먹을 법한 소리를 잘도 해 대니. 네 눈엔 내가 그렇게 만만한가?"

도무지 얘기가 통하지 않았다. 어째서 이곳 남자들은 하나같이 나를 이토록 지치게 만드는 걸까. 나는 이제 표정 관리를 하지 못하고 인상을 쓴 채 빠르게 목례한 뒤 그의 곁을 벗어나려 했다. 그러나 순간 남자의 거센 악력이 내 팔을 붙잡아 왔다. 나는 휘청거리며 그에게 끌려갔다.

피부에 닿을 듯 느껴지는 그의 존재에 의아하다는 듯 얼굴을 돌리니 남자는 아직 심기가 불편한 듯 보였다. 도대체 내가 여기서 더 무얼 해야 그의 불만을 잠재울 수 있을지. 한숨을 내쉬며 잠시 생각을 가다듬던 그때였다.

멀리서, 어렴풋했지만 분명히 아까 전 모습 그대로의 에드먼드가 보였다.

황태자인 그가 어째서 주변의 귀족들을 물리고 혼자 이 동떨어진 곳까지 걸음한 걸까. 순간 영원과도 같은 침묵 속에 먼 거리에서 그와 나의 시선이 몇 번이고 마주쳤다. 그러나 그도, 나도, 둘 중 누구도 입을 열지 않았다.

에드먼드는 이윽고 내가 낯선 남자와 둘이 있다는 사실을 알아차리고는 서서히 표정을 굳혔다. 그리고 나는 그런 그에게 멍하니 시선을 고정시키고 있었다.

그때 내 귓가에 들려오는 남자의 나직한 비웃음에 나는 그제야 내가 아직 좀 전의 미려한 남자에게 팔을 붙잡힌 채 몸을 붙이고 있음을 인지했다. 순간 파닥거리며 다소 급박하게 그의 손아귀에서 벗어나려 하자, 남자는 힘을 준 채 에드먼드와 나를 몇 번이고 훑듯이 바라보고는, 묘한 표정으로 피식 웃었다.

"뭐야. 너, 에드먼드의 여자였나?"

그의 호칭에 나는 경악했다. 이 나라의 그 어떤 귀족도 감히 황태자를 그런 식으로 불러선 안 됐다. 나는 동요를 감출 생각도 하지 않은 채 그의 오만한 사파이어색 눈동자를 마주했다. 남자의 두 동공엔 어느새 흥미롭다는 기운이 비쳐 있었다.

"재밌군. 아니, 마침 잘됐어."

그리고 그는 그대로 입을 맞춰 왔다.

순간적인 기습에 아무것도 하지 못했다. 조금도 예상을 하지 못한 일이었고, 그를 밀어내기 전에 지금 벌어지고 있는 일이 현실이 맞나 하는 의문을 느끼는 게 먼저였다. 그러나 틀림없이 눈앞에 보이는 미려한 남자의 얼굴은 그가 내게 입술을 맞댄 채 입 안을 헤집고 있음을 알리는 중이었다. 멍하니 얼어붙은 뒤 몇 초의 시간이 더 흐르고 나서야 나는 거칠게 그를 밀쳐 내며 그 품에서 빠져나왔다.

당혹스러움에 얼굴을 붉히며 급히 고개를 돌렸지만 에드먼드는 이미 등을 돌린 채 멀어지고 있었다. 그래서 나는 그의 표정을 볼 수도, 조금 전의 상황에 대해 뭐라 얘기를 할 수도 없었다. 그리고 내 앞의 미남자는 그 모습을 보고 재미있다는 양 입꼬리를 올렸다.

"대체 이게, 무슨 짓이십니까."

나는 화가 났다는 사실을 노골적으로 드러내며 힐난했다. 그러나 남자는 여전히 즐거운 기색이었다.

"사과하지. 첫인사치곤 꽤 가까웠어."

"꽤 가깝다니. 그게 아니라,"

"난 도무지 저 자식이 맘에 들지 않아서."

남자의 입에서 나온 '저 자식'이 감히 에드먼드를 일컫는 말임을 깨닫기까지는 시간이 좀 걸렸다. 경악스러웠다.

"저분은 이 나라의 황태자이십니다."

"누가 아니랄까 봐. 그렇게 열이 나서 바르작대는 꼴을 보아하니,

확실히 네가 에드먼드 녀석의 여자이긴 한가 보지? 인정해 줄 테니까 그 표정 좀 풀지. 왜, 그에게 그런 모습을 들킨 게 그렇게까지 속상한가?"

남자의 얼음장 같은 웃음이 냉랭한 분위기를 풍기는 이목구비에 걸렸다. 나는 그가 단단히 오해를 하고 있다고 생각했다.

"분명히 말씀드리지만, 저는 에드먼드 전하와 하등의 상관이 없는 사람입니다."

"그래?"

그러나 남자는 비웃음을 흘렸다.

"글쎄…… 그건 어디까지나 네 생각이고. 저 녀석에게도 그럴까. 네가 조금 전 에드먼드의 얼굴을 봤으면 생각이 꽤 바뀌었을 텐데."

그는 에드먼드를 자신이 누구보다 더 잘 알기라도 하는 것처럼 대꾸했다. 나는 그에게 겁 없이 쏘아붙였다.

"이제 그만 이 팔은 놔주시죠."

"그러지."

이번에는 너무 흔쾌히 나를 놓는 남자 덕에 순간 반동으로 휘청거리는 몸을 억지로 세웠다. 나는 다시 그를 흘깃 노려보고는 재빨리 걸음을 옮겼다. 그러나 그는 기어코 한 번 더 등 뒤에서 나를 불러 세웠다.

"참, 에스텔이라고 했었나?"

"……그렇습니다만."

그는 잠시 생각하는 듯하다가, 불현듯 뭔가 떠올린 것처럼 입을 열었다.

"그래. 이제야 기억이 나는군. 분명 이 백작가에 출신이 불분명한 핏줄 하나가 양녀로 섞여 들어왔다고 했어. 그리고 아마도…… 대충 그런 이름이었지."

그 조롱하는 듯한 차가운 음성이 어떤 의미를 함축하고 있는지 이곳에서의 짧은 생활로 직감할 수 있었기에 나는 더 이상 뒤를 돌아보지 않았다. 그리고 빠르게 그곳을 벗어났다.

장례식 이후 시간은 아무 일도 없었던 것마냥 흘러갔다. 며칠 뒤, 나는 미하엘의 호출을 받고 그의 집무실로 향했다. 그가 나를 굳이 부를 일은 거의 없었기에 나는 긴장한 채로 그의 입이 열리기를 기다렸다.

"사흘 뒤, 궁에 가 봐야 할 일이 있어."

미하엘은 억양 없는 목소리로 용건을 말했다.

"그때 같이 가야 할 테니 알아서 준비해."

그는 곧바로 나가 보라는 듯 손짓했지만 나는 잘 이해가 되지 않았다.

"궁에는 무슨 일로? 아니, 그것보다 어째서 나까지……."

그러나 미하엘은 신경질적인 반응을 보였다.

"내가 너한테 일일이 그걸 다 설명해야 하나?"

그의 날카로운 눈동자를 마주하고 나는 입을 다물었다. 이제 그가 주인이 된 이 저택 내에서 미하엘의 말은 곧 절대적이었다. 나는 고개를 끄덕이곤 그의 집무실을 빠져나왔다.

오늘이 바로 황궁에 가야 하는 그 날임을 알려 온 에이미의 목소리는 아침부터 꽤 들떠 있었다. 그녀는 내내 기를 펴지 못하고 지내는 하녀 생활에서, 이렇게 가끔 본격적으로 나를 치장할 일이 있을 때가 자신의 유일한 즐거움이라도 되는 양 웃었다. 나는 그런 그녀의 모습이 조금 안쓰러웠지만, 주제에 누가 누굴 동정하는 꼴인가 싶어 뭔가 말이라도 건네려다 그만두었다.

솜씨 좋은 그녀의 치장이 끝나고, 나는 거울로 완성된 모습을 자세히 살피지도 않고 바삐 아래층으로 향했다. 이미 마차가 서 있었고 그 앞의 미하엘은 모든 준비를 완벽히 끝낸 듯 훤칠한 모습이었다. 그는 무신경한 눈동자로 나를 훑어보더니 말없이 마차에 올랐다.

처음 오는 황궁은 놀랄 만큼 장대한 규모와 화려함을 자랑했다. 마차가 입구를 통과한 지 한참 지난 것 같았는데 아직도 목적지에는 도달하지 못한 듯했다. 나는 그 사실에 놀라며 슬쩍 미하엘을 바라봤지만 그는 이미 이곳에 익숙한 듯 별다른 감흥을 보이지 않았다. 아버지의 장례 이후 며칠 사이에 그는 조금 더 야윈 듯했고 그래서 그의 얼굴을 이루는 섬세한 선은 한층 날카로운 분위기를 풍겼다. 나는 그의 신경을 거스를 일을 만들지 않아야겠다고 내심 생각했다.

"따라와."

마차에서 내리자마자 그가 나를 뒤로하고 향한 곳은 황제의 알현실이었다. 그제야 우리의 목적지를 깨달은 나는 소스라치듯 놀랐다. 긴장으로 손이 땀에 젖는 것을 느꼈다. 미하엘과 눈이 마주쳤을 때 나는 차마 저곳에 같이 들어갈 수 없다는 양 머리를 가로저었다. 그러자 그는 의외로 쉽게 고개를 끄덕였다.

"여긴 애초에 네가 올 곳도 아니었어. 잠시 기다려."

그는 그 말만 남긴 채 나를 두고 안으로 들어섰다. 미하엘의 말은 이번만큼은 별다른 악의를 담고 있지 않았지만 내게 또 다른 의문을 던졌다. 황제와의 알현이 아니라면 대체 무슨 까닭으로 그는 나를 황궁 안으로까지 데려온 걸까.

나는 의아함을 억누른 채 주변의 시종들과 우아하게 장식된 넓은 실내를 살피며 어색하게 자리에서 그를 기다렸다.

"또 보는군."

그때 내 등 뒤에서 누군가의 낮은 음성이 들려왔다. 어쩐지 귀에 익은 목소리였다. 나는 그제야 낯선 남자가 내 뒤에 몸을 바짝 붙이고 서 있음을 깨닫고 소스라치듯 놀라며 거리를 벌렸다.

고개를 돌리자 나는 그의 정체가 며칠 전 장례식 날 저택 후원에서 서로 유쾌하지 못한 첫 만남을 가진, 다소 현실감이 없을 정도로 잘생긴 외모를 가진 바로 그 남자임을 깨달을 수 있었다. 지난번의 일이 떠오르자 절로 인상이 찌푸려졌고 그는 내 태도에 어이가 없다는 듯 높은 콧대를 찡그렸다.

"그 표정은 뭐지?"

"……."

"하여간 희한한 계집이군. 내 얼굴을 보고 그딴 반응을 보이다니."

나는 코웃음이라도 치고 싶었다. 남자는 자신이 잘났다는 사실을 지나치게 잘 알고 있는 모양이었다. 나는 그를 무시하고 미하엘을 기다리려 정면을 보고 섰다. 그러자 남자는 또다시 곁으로 다가왔다.

"누구신지는 모르겠으나, 대체 저한테 왜 이러십니까."

내 목소리는 제법 날이 서 있었다. 그는 가소롭다는 양 오만한 표정으로 웃었다.

"자의식 과잉이로군. 안타깝게도 나 또한 여기 볼일이 있어. 그런데……."

남자의 유려한 눈매가 살짝 찡그려졌다.

"예상치 못한 선객이 와 있는 것 같아서."

"아, 그건……."

먼저 알현실에 들어가 있는 미하엘을 두고 하는 말인 것 같았다. 나는 남자에 대한 불쾌함도, 홀로 착각을 했다는 부끄러움도 잠시 잊고 그에게 상황을 설명해 주려고 했다. 그러나 정작 그는 별로 개의치 않는 듯했다.

"뭐. 상관없어. 어차피 이 주면 다시 돌아올 거니까."

나는 잠자코 그의 조각 같은 옆얼굴을 바라보았다.

"아쉽지만 인사는 갔다 와서 올리도록 하지, 우리 가엾은 부왕께는."

별생각 없이 듣고 흘려보낸 말들이 그러나 서서히 이질적인 감촉을 자아내며 사고의 고리를 만들었다. 어지간한 고위 귀족도 허가 없이는 발걸음할 수 없는 황궁 내, 그것도 황제가 있는 가장 안쪽의 내실까지 자유롭게 발걸음할 수 있는 남자. 그리고 알현실 안에 자리한 누군가를 부왕이라 부를 수 있는 이……. 생각의 단편들이 짜맞춰진 순간 나는 눈앞이 아찔해졌다.

"황자, 전하……?"

설마 아니겠지. 반신반의하는 표정으로 남자를 쳐다보자 그는 비웃듯이 나를 내려다보았다. 긍정의 눈빛이었다.

"귀족가의 일원치고 눈치가 꽤 둔하군. 같이 사는 동생은 답답하겠어."

그제야 남자의 윗옷 장식에 아주 섬세히 은으로 세공되어 있는 황가의 문양이 보였다. 미처 발견하지 못할 만한 작은 크기였다. 순간 머릿속으로 그에게 저지른 그간의 무례와 불충들이 떠올랐다. 나는 망연자실했다.

나는 빠르게 지금까지의 내 행적을 정리해 보았다. 황가의 일원에게, 그것도 장성한 황자에게 불쾌감을 드러내고 심지어는 언행에 대한 지적까지 일삼았다. 황자가 여태까지의 무례를 문제 삼더라도 차마 아무 말도 할 수 없을 일이었다. 그리고 무엇보다도, 이게 미하엘의 귀에 들어갔을 때의 일이 신경 쓰였다.

그로에스 3세가 죽은 이후 백작 가문의 실질적인 권한은 모두 미하엘의 손에 달려 있었다. 비록 아직 정식으로 작위를 계승받지 못했지만 그건 어디까지나 시간문제였다. 나는 백작이 죽은 후 미하엘이 눈엣가시처럼 거슬리던 나를, 더군다나 혈족인지 여부도 불투명한 누이를 어떤 핑계를 삼아서든 멀리 쫓아내 버리는 건 아닐까 하고 종종 생각하는 중이었다. 그리고 황가의 일원과 어떤 트러블을 만들었다는 소식은 그런 상황에서 굉장한 악수로 작용할 터였다.

아직은 이곳에서 더 최악의 상황을 만들고 싶지 않았다. 나는 순간 자존심도 없는 여자처럼 그를 올려다보며 입을 열었다.

"죄송합니다, 황자 저하. 그간의 무례를 용서하세요."

"……."

남자의 두 눈이 흥미롭다는 듯 한결 짙푸른 색을 띠었다.

"제가 미처 알아뵙지 못했습니다. 여태껏 저하를 뵌 적이 없어서……. 지난번의 불충한 행동은, 제가 제정신이 아니었던 탓에……."

"됐어. 그쯤 하지."

그는 짧게 덧붙였다.

"날 모르는 게 무리는 아니야. 수도를 어지간히도 오래 떠나 있었으니."

그의 차가운 빛이 감도는 사파이어 같은 눈동자가 한층 이채를 띠었다.

"너. 정말 나에 대해서 아는 게 전혀 없는 건가?"

"어떤…… 것을요?"

그는 신경질적으로 짙은 흑발을 쓸어 넘겼다. 그리고 냉정히 대꾸했다.

"됐어. 지금은 입만 아프군."

그리고 나를 스쳐 지나가며 나직이 속삭였다.

"정확히 이 주 뒤에 궁으로 부르지. 기다리고 있어."

그의 마지막 말이 유독 신경 쓰였다.

"단, 절대 에드먼드의 손은 타지 말고."

갑자기 등장한 황태자의 이름이 내 귓가에 파고들었다. 쉬이 이해 가지 않는 그의 전언은 그 후로도 내 머릿속에서 이명처럼 울렸다. 크고 단단한 남자의 그림자가 황실의 복도를 따라 비춰 드는 태양의 흔적 위로 길게 번져 갔다.

조금 전 남자와의 두 번째 만남은 다소 당혹스러웠고 어려웠다. 지나간 일의 여운으로 멍하니 잠자코 서 있던 나를 깨운 것은 미하엘이었다. 어느새 알현을 마치고 나온 그는 변함없이 훤칠한 모습을 한 채 나를 내려다보았다.

"뭘 그렇게 얼이 빠진 사람처럼 서 있어?"

나는 오늘따라 특유의 짙은 갈색 머리를 매끄럽게 넘겨 올린 그의 모습을 잠시 바라보았다. 그 때문인지 미하엘은 오늘 유독 더 성인 남성과도 같은 묘한 분위기를 풍겼다.

"이만 가지."

그는 표정 없이 먼저 걸어 나갔다. 나는 어느덧 등을 돌린 채 긴 다리로 빠르게 멀어져 가는 그의 뒤를 쫓았다. 잠시 미하엘에게 조금 전 정체 모를 황자와의 일을 이야기할까 생각했지만, 나는 곧장 고개를 저어 괜한 걱정거리를 떠올리지 않기로 했다.

미하엘이 곧장 향한 곳은 황태자 에드먼드의 궁이었다. 황제의 알현실에서 꽤 먼 거리를 걸으니 잘 관리된 정원과 그 뒤로 자리한 몇 채의 건물들이 시야에 들어오기 시작했다. 나는 어찌 된 영문인지 모른 채 잠자코 미하엘의 뒤에 서 있었다. 잠시 기다리자, 안에서 시종이 나와 우리를 안내해 주었다.

"들어가시지요. 이미 에드먼드 전하께서는 기다리고 계십니다."

그는 다시 인사를 한 뒤 금세 사라졌다. 아직 우물쭈물하고 있는 나에게 미하엘은 대뜸 말했다.

"따라와. 이번에는 너도 같이 들어가야 해."

어째서? 나는 의문을 담아 그의 진한 갈색 눈동자를 올려다보았다. 그러나 그는 약간 인상을 찌푸릴 뿐 설명을 해 주진 않았다. 내가 계속 자리에서 머뭇거리자 그는 다시 미간을 찡그리더니 이윽고 내 팔을 잡아끌었다. 나는 갑작스런 그와의 접촉에 당황하면서도 허겁지겁 미하엘의 걸음에 몸을 맞추었다.

"아, 미하엘인가."

열린 문으로 들어가자마자 우아하면서도 화려한 실내가 드러났고, 넓은 공간 한편에 이미 자리해 업무를 보고 있던 황태자가 보였다. 나는 엉거주춤하게 곁의 미하엘을 따라 예를 갖춰 인사했다.

"에스델 영애도 오셨군요."

에드먼드는 꽤 오래 내게 눈을 맞췄다. 그는 보일 듯 말 듯 미소 지었다.

"이미 알렌 공도 도착해서 기다리고 있었습니다."

그 말에 불현듯 놀라 주변을 살피자 그제야 응접실의 안쪽에 앉아 있던 알렌이 보였다. 그는 자신의 이름이 불리자 고개를 들었다.

눈이 마주치자, 그는 예의 그 아무것도 담지 않은 말간 눈동자로 말없이 나를 바라보았다. 내가 처절하게 무너져 내렸던 지난번 우리의 마지막 만남이 그에게는 아무것도 아니었던 듯한 눈빛이었다. 어쩐지 숨이 조금 갑갑했다.

어울리듯 어울리지 않는 이들이 모인 자리는 적잖이 어색했다. 아니, 그 자리에서 어색함을 두르고 있는 것은 오직 나뿐인 듯했다. 에드먼드 황태자와 알렌 공작, 그리고 백작가의 정식 후계자인 미하엘은 서로를 마주하는 것이 한두 번이 아니었던 것처럼 자연스레 얘기를 주고받았다.

평소 내 앞에서와는 다른 미하엘의 모습이 놀라울 정도로 그들의 담화는 한 치의 어긋남도 없이 정중했다. 오직 나만이 아름다운 색채의 풍경화에 잘못 번진 검은 잉크처럼 불청객인 양 끼어 있었다. 나는 손끝만 만지작거리며 내가 왜 지금 이곳에 앉아 있어야 하는지를 생각했다. 시간이 빨리 지나가기를 빌면서.

"……그런데 영애께서는."

그때 에드먼드가 내 쪽을 바라보며 입을 열었다.

"조금 전부터 차나 다과에 전혀 입을 대지 않으시는데. 혹여 입에 맞지 않으십니까?"

그는 자상하게 덧붙였다.

"입에 맞지 않으시면 다른 것을 내오라 이르겠습니다."

곁을 보니 미하엘이 가볍게 눈치를 주듯 시선을 내게로 내리깔고 있었다. 나는 조금 움츠러들면서 말했다.

"아닙니다. 아주…… 맛있어 보여요."

억지로 테이블 위에 오른 다과 가운데 가장 작은 것을 골라 조금 입 안에 넣었다. 그러자 그 모습을 보고 있던 알렌 공작이 말했다.

"영애께서는 마른 과자 종류를 먹기 불편해하십니다."

이 자리의 모두가 그의 말이 의외라는 듯, 자연스레 시선이 그를 향했다.

"괜찮으시다면, 전하. 제가 시종장에게 일러 몇 가지 다른 것을 내오도록 하겠습니다."

그 말에 에드먼드는 다소 의아한 표정을 짓다가, 허락의 뜻으로 가볍게 끄덕였다. 아무 일도 없었다는 양 나를 챙기는 알렌의 모습에 나도 모르게 손에 힘이 들어갔다.

잠시 후, 에드먼드는 의외라는 듯 웃음을 띠었다.

"그나저나…… 알렌 공작, 공이 영애와 그리 친분이 있을 줄은 몰랐는데."

"……"

"언제나 여성을 돌처럼 보곤 하던 이가 에스텔 영애의 디저트 취향까지 파악하고 있을 줄이야."

확실히 황태자의 말대로였다. 무심결에 옆을 보니 이상하게도 미하엘이 조금 인상을 찌푸린 채 알렌을 응시하고 있었다. 이상했다.

이 자리에서 혼자 분위기도 맞추지 못하는 나를 노려본다면 모를까, 어째서 미하엘이 알렌 공작을 저런 눈으로 보고 있는 것인지 이해가 되지 않았다.

그 순간 미하엘의 시선이 한층 날카로운 빛을 냈다. 그에 나는 황급히 그를 부르려다 말고 조심스레 손을 내밀어 미하엘의 한쪽 손 위에 얹었다. 평소였다면 상상도 할 수 없는 행동이었다. 그가 놀란 듯 나를 내려다보자, 나는 조용히 입 모양으로 전했다.

'표정…… 푸는 게 좋을 것, 같아.'

의미가 제대로 전달되었을까. 미하엘은 잠자코 내 얼굴을 바라보다 다시 고개를 돌릴 뿐이었다. 다만 정면을 향하는 그의 눈매가 여느 때와 같이 돌아가 있었기에 나는 그가 내 충고를 받아들인 거라고 생각했다.

"영애께서 저희 집에 들러 차를 마시고 가신 적이 있어 기억하고 있을 뿐입니다. 제 누이의 초대를 받으셨죠."

알렌은 건조하게 말했다. 그리고 에드먼드는 이유 모를 엷은 웃음을 입가에 띠었다.

이후 대화는 빠르게 본래의 자리를 찾아갔다. 아무래도 오늘의 만남은 그로에스 3세의 사후(死後), 미하엘의 백작위 승계 문제를 두고 모이게 된 자리인 것 같았다. 잠시 처음의 의례적인 대화가 마무리되자마자 곧장 이야기의 행방은 미하엘과 작위 문제를 중심으로 궤적을 이었다.

본격적인 내용이 오가자 내가 이곳에서 얻은 짧은 지식으로는 도무지 이해할 수 없는 단어나 내용들도 점차 빈번히 오르내렸다. 그리고 그로 인해 세 남자가 주고받는 말의 대부분은 그저 잠깐씩 내 귀를 스쳤다 지나갈 뿐이었다. 다만 나는, 대화의 맥락과 흐름으로 미하엘의 작위 승계에 뭔가 걸림돌이 있다는 것을 어렴풋이 눈치챌 수 있었다.

어째서일까. 나는 몹시 의아했다. 미하엘은 틀림없이 죽은 백작의, 그것도 그와 마찬가지로 고위 귀족 출신의 부인에게서 태어난 유일무이한 가문의 적장자였다. 따라서 같은 집안의 남매라 할지라도 나와 달리 감히 미하엘을 두고 그 자질과 배경에 대해 의문을 품는 이는 없었다. 그러나 이야기는 점점 심각한 분위기를 띠어 갔고, 이윽고 황태자는 할 수 없다는 듯 잠시 이야기를 멈추게 한 뒤 부드러운 어조로 나를 불렀다.

"에스델 영애. 괜찮으시다면, 잠시 제 후원을 구경해 보는 건 어떻겠습니까."

그의 말에 나는 지금부터 오고 갈 이야기에 내가 들어서는 안 되는 뭔가가 있는 모양이라고 짐작했다. 별말 없이 고개를 끄덕이며 일어나자 에드먼드는 내게 미소를 지으며 말했다.

"죄송합니다. 제가 시종을 붙여 드릴 테니 편히 둘러보십시오. 영애께 짧은 눈요깃거리는 될 만하리라 생각합니다. 그리고 이 이야기가 끝난 후에……"

그는 잠시 생각을 하는 듯하다가, 말을 이었다.

"영애와 단둘이서 하고 싶은 이야기가 있습니다. 그때까지, 잠시 기다려 주시겠습니까?"

이곳에서 황태자인 그의 말에 거절을 표할 수 있는 이는 흔치 않았다. 나는 나에게 용건이 있다는 그의 말에 의문을 느끼면서도 금방 고개를 끄덕였다.

황태자의 후원은 무척이나 아름다웠다. 온 세상이 옅은 비가 내린 뒤 내리쬐는 햇볕에 반짝이듯, 고운 색채들이 공기 중으로 조금씩 번지고 있는 것만 같았다. 나는 잠시 이곳에서 느꼈던 중압감이나 긴장도 잊고 오랜만에 주변의 풍경에 취하듯 천천히 걸었다. 내게 따라붙은 시종은 정중하면서도 조용했다. 그는 나의 시간을 방해하지 않으려는 듯 그림자처럼 움직였다.

그렇게 얼마나 시간이 지난 걸까. 자잘한 꽃들이 앙증맞게 모여 핀 풀 무덤 위, 처음 보는 나비들의 색이 고와서 그를 가만히 내려다보고 있을 때였다. 어느새 다가온 누군가의 기척이 그제야 느껴졌다.

"그 꽃이 마음에 드십니까."

어느덧 에드먼드가 날 보며 서 있었다. 나는 가만히 고개를 끄덕였다.

"얘기가 다소 길어졌습니다. 기다리시게 해서 미안합니다."

"아닙니다. 전하의 후원이 이렇게 아름다울 줄은 몰랐어요. 이곳을 구경하느라 시간이 얼마나 흘렀는지도 잘 느끼지 못했습니다."

나의 말에 그는 조용히 웃어 보였다.

"마음에 들어 하시니 기쁩니다. 오래전부터 저의 비가 틈틈이 돌보던 곳입니다. 물론 더는 그러지 못하게 된 지도 꽤 되었지만."

미소 짓는 남자의 얼굴은 사뭇 아름다웠다. 그렇지만 나는 순간적으로 괜히 그로 하여금 편치 못한 화제를 꺼내게 만든 것 같아 마음이 좋지 않았다. 에드먼드 황태자에게 있어 그의 나이 어린 황태자비 얘기는 결코 좋은 이야깃거리가 되지 못했다.

에드먼드에게 비(妃)가 있다는 사실은 나라의 온 귀족들이 아는 얘기였다. 기실 나라의 황위를 계승할 후계자에게 있어, 그가 장성하도록 배우자를 맞이하지 않고 있는 것이 무척이나 이상한 일이었다. 더욱이 황가의 혼인은 때로 정치적 필요에 따라 무척이나 서둘러 이루어지곤 했다.

지금 에드먼드의 비 또한 불과 다섯 살의 나이로 그의 약혼자가된 뒤, 열한 번째 생일을 지나자마자 궁에 들어와 식을 올렸음을 나는 어렴풋이 떠올렸다. 그리고 듣기로 그녀는 불행하게도 누군가의 약에 중독되어 초야도 치르지 못한 채 의식을 잃고 자리에 누워 지낸다고…….

문득 나는 무의식중에 그의 불행을 곱씹게 되는 것이 불편해졌고또 미안했다. 그러나 그는 아무런 감정도 드러내지 않았다. 순간이었지만 그 잘 다듬어진 유리처럼 차가운 얼굴에 나는 다소 섬뜩한 이질감을 느꼈다. 하지만 그는 언제 그랬냐는 듯 부드럽게 말을 건네 왔다.

"괜찮으시다면, 영애. 저와 안쪽을 좀 더 걸으시겠습니까?"

나는 말없이 고개를 끄덕였다.

그와의 시간은 조용히 흘러갔다. 전부터 느낀 것이었지만 언제나 황태자의 모든 말과 태도는 정도와 예에서 한 치의 어긋남도 없이 완벽했다. 나는 내심 감탄했다. 가끔씩은 사람같이 느껴지지 않을 정도의 완벽함이었다.

나라의 황위를 이을 후계자란 저 정도는 되어야 하는 것일까……. 잠시 그런 생각을 쓸데없이 하고 있을 때였다. 그가 다시 말문을 연 것은 다소 갑작스러웠다.

"묻지 않으십니까?"

맥락이 끊긴 듯한 말에 의문을 담은 눈으로 그를 바라보자 웃음기를 띤 푸른 눈동자가 시선을 마주해 왔다.

"제가 영애를 이곳으로 부른 이유 말입니다."

"아……."

나는 그제야 내가 풍경에 취해 가장 중요한 용건을 잊어버리고 있었음을 깨달았다. 그는 작게 웃었다.

"괜찮습니다. 애초에 말을 서둘러 꺼내지 않은 제 잘못이겠죠."

그리고 그는 잠시 생각하듯 먼 곳에 시선을 두었다. 나는 그의 남성적인 이목구비와 섬세한 선이 이루는 옆모습을 말없이 바라보았다. 그러자 귀족 영애들이 그를 그리 탐내 하던 이유들이 무엇이었는지가 자연스레 의식의 표면 위로 떠올랐다.

그러나 뒤이어 침묵에 잠식되었던 공기를 깨듯 그의 입술을 비집고 나온 것은 전혀 예상치 못한 말이어서, 나는 순간 당황하고 말았다.

"제 정부가 되어 주시겠습니까?"

정부라. 나는 순간 하얘진 듯한 머릿속을 최대한 굴려 보았다. 같은 형태를 가진 몇 개의 낱말이 몇 번이고 떠올랐다 사라졌지만 그중 어느 것도 지금 대화의 맥락에 꼭 들어맞는 것 같진 않았다. 차마 마지막으로 남은 하나의 추측을 꺼내 놓기엔 그는 지나치게 평온한 얼굴을 하고 있었다. 나는 겨우 마른침을 삼켰다.

"정부라 함은…… 혹, 전하의 그…… 애인을 말씀, 하시는 겁니까?"

그는 부정하지 않았다.

"애인이라. 하긴 그렇게 부를 수도 있겠군요."

에드먼드의 얼굴은 여전히 조금의 미동도 없었다.

"영애께서 그쪽이 더 편하시다면, 그렇게 일컫도록 하죠."

나는 아연실색했다.

"어째서, 어째서. 이렇게 갑자기……."

그러나 그는 마치 가벼운 담화를 즐기듯 평온하게 말을 이었다. 대화가 지속될수록 중심을 잃고 흔들리는 것은 이 자리에 오직 나뿐인 것 같았다.

"그리 갑작스러운 것도 아닙니다. 처음 뵀을 때, 분명 제가 말씀드리지 않았던가요?"

그는 곧바로 말을 이었다.

"그날 영애를 보고 저는 분명, 무척 아름답다고 말했었습니다."

"그런……."

나는 지난 기억의 틈새를 헤집었다. 그러자 금세 알렌 공작의 연회에서 황태자의 품에 안겨 바르작거리던, 짧은 시간 동안의 잔상이 의식의 표면 위로 떠올랐다. 미약은 몸과 기분을 달뜨게 만들었지만 불행히 그때의 기억마저 지우지는 못했다.

나는 에드먼드의 목에 얼굴을 묻고 가쁜 숨을 내뱉던 수치스럽기 짝이 없는 나의 모습을 떠올리며 입을 앙다물었다. 연신 몸을 비틀던 나를 달래면서 그가 어렴풋이 그런 말을 내뱉은 것이 그제야 생각났다. 그러나 어째서 그게 그의 정부가 되라는, 다소 은밀한 제안으로 곧장 이어지는지는 여전히 알 수가 없었다.

"그러니까 전하의 말씀은……. 제가 이런 얘기를 꺼내서 죄송합니다만."

입이 자꾸만 메말랐다.

"저를 은애, 연모, 아니…… 아무튼 좋게 보신다는……."

나는 차마 황태자인 그에게 나를 좋아한다거나 호감이 있느냐는 요지의 말을 뻔뻔스레 꺼낼 수 없었다. 그는 낮게 웃었다.

"어떻게 일컬으셔도 좋습니다. 다만."

그는 미소를 띤 채 내게 한 발자국 다가왔다. 그는 고개를 숙이고 말했다.

"내게는 영애가 필요합니다."

그는 나와 눈을 맞추고 다시 천천히 입을 열었다.

"남자로서, 영애를 원한다는 뜻입니다."

나는 이제 그가 조금 무서웠다. 눈을 감고 있다가, 몸의 떨림을 억누르며 천천히 말을 이었다.

"그럼 원하신다는 게…… 저와의 잠자리인가요?"

그 말에 그는 다소 무미건조한 시선으로 나를 잠깐 내려다보았다.

"글쎄요. 가끔은 그것도 좋겠죠."

"……."

"영애가 허락하신다면."

그러나 대답을 마친 에드먼드의 얼굴은 곧바로 너무도 완벽한 원래의 모습으로 돌아갔기에 그 의미를 파악하기 어려웠다.

나는 온몸에 힘이 풀렸다. 그 자리에 주저앉고 싶었다.

"영애의 대답은?"

그는 우아한 미소를 띤 채 물어 왔다.

나는 며칠 뒤 다시 에드먼드를 찾았다. 아침에 눈을 뜨자마자, 지난번 그 자리를 황급히 빠져나오는 대신 답을 하기로 얼버무렸던 날까지 어느새 시간이 얼마 남지 않았음이 떠올랐다. 그날 헤어지기전 에드먼드는 미하엘이 먼저 집으로 향했다며 내게 친히 황궁의 마차까지 불러 배웅을 해 주었다. 그리고 마지막으로 내 손에 가볍게 입을 맞췄다. 그런 그의 모습은 하나같이 놀랄 만큼 고요했다.

에드먼드가 미리 말을 전해 놓은 건지 나는 별다른 제지 없이 안으로 향할 수 있었다. 황태자는 지난번처럼 그의 집무실에 있었다.

"영애. 어서 오세요."

그는 언제나처럼 완벽한 차림새를 한 채 미소 지었다.

"그러지 않아도 영애를 기다리고 있었습니다."

남자의 부드러운 얼굴에 나는 조금 뜸을 들였다. 지금부터 어떤 의례적인 말을 입술의 틈새로 꺼내도 뒤이어질 본론과 자연스레 연결되지는 않을 것 같았다. 그래서 나는 거두절미하듯 곧바로 오늘의 만남이 갖는 목적, 그 중심부를 이루는 말을 내뱉었다.

"제가 전하의 제안을 거절할 수는…… 있는 건가요?"

그의 눈이 다소 의아한 기색을 드러냈다.

"나를 거절할 생각이십니까?"

그는 정말로 나의 반응이 이해가 되지 않는 듯해 보였다. 그런 그의 모습에 나는 다소 당황하고 말았다. 하긴, 이해 못할 일은 아니었다.

일국의 황태자로서도, 한 사내로서도 그는 완벽했다. 나는 잠시 머릿속으로 그가 가지고 있는 수많은 것들을 떠올려 보았다. 흠잡을 데 없는 외모, 황가의 후계자로서의 지위, 권력, 부와 명예, 그리고 차기 황제로 촉망받는 장래까지……. 조금 전 그의 반응이 이해가 될 것도 같았다. 적어도 이 나라 안에 그를 거절할 수 있는 여자는 없을 터였다. 나는 그런 생각을 하며 눈앞의 남자를 다시 훑어보았다.

에드먼드 드뉴엘 바우렐리우스. 이름에서 느껴지는 인상처럼 그는 머리끝부터 발끝까지 언제나 흐트러짐이 없었다. 시야로 그의 완벽한 금발과 벽안을 비롯해 조화롭게 자리 잡은 이목구비며, 남성적인 굵은 선과 섬세한 곡선들이 얼굴은 물론이고 신체 전체를 아우르듯 균형 잡힌 모양을 그려 내는 것이 보였다. 확실히 무엇을 걸쳐도, 어디서 무엇을 하고 있어도 홀로 고고히 빛날 듯했다. 신이 불공평하다는 건 바로 이런 남자를 두고 하는 말일 것 같았다.

그러나 불행하게도, 내게는 그 이야기가 좀 달라질 수밖에 없었다. 안타깝게도 이곳에서의 나는 빼어난 남자의 모습에 철없이 가슴을 설레어할 수 있는 어리고 순수하기만 한 소녀가 아닌 까닭이었다. 만일 내가 나 자신이 아니었더라면, 그랬더라면……. 나는 이어지는 생각을 자조하듯 끊어 냈다.

"저처럼 보잘것없는 여자는…… 아무리 생각해 봐도 전하께 누가 될 뿐일 것 같아서요."

절반쯤은 진심이었고, 절반쯤은 그를 배려한 말이었다. 감히 내가 일국의 황태자인 그의 입장을 배려하다니. 절로 웃음이 났다. 모든 이들에게 선망받는 에드먼드가 고작 나 같은 여자에게 거절당한다고 해서 신경을 쓸 리는 없겠지만, 나는 혹여나 그의 남자로서의 자존심을 상하게 하고 싶지 않았다.

내가 아는 한, 그는 적어도 그 정도의 예의는 갖춰 대할 만한 사람인 것 같았으니까. 그래서 나는 과거의 생에서 익혀 두었던, 가능한 남자의 자존심을 건드리지 않고 고백을 거절하는 방법을 떠올린 거였다. 그러나 그는 미소 지었다.

"영애. 지금 보니 거짓말을 잘 못 하시는군요."

"……."

"보잘것없다니. 그 말은 영애 같은 이가 스스로를 두고 쓰라고 있는 게 아닐 텐데요?"

그는 정말로 이 상황이 즐거운 듯 보였다. 나는 당혹감 사이로 떠오르는 의문을 끄집어냈다.

"혹여, 제 외모를 두고 이르심입니까? 그렇지만 이 정도 용모의 여자는……. 전하께서는, 황태자이시니 지금껏 충분히 많이……."

"아뇨. 그렇지 않아요."

미소 짓는 그의 두 눈은 한 치의 흔들림도 없었다.

"지금 내가 원하는 건 영애뿐입니다."

사방에 침묵이 흘렀다. 긴장으로 침이 넘어가는 소리까지 들릴 것 같았다.

"그래도 끝끝내 제가 전하를 거절……. 한다면요?"

나는 그의 기분을 상하게 하고 싶지 않아 조심스레 되물었다. 나는 두려웠다. 내게 여자로서의 자아가 완전히 파열되어 메마르지 않았더라면, 나 또한 이토록 매력적인 남자의 제안에 맘을 설레어하고 그와 가까워질 수 있는 기회를 기쁘게 여겼을지도 모른다.

그러나 나는 이곳에서의 내 처지를, 무엇보다 에스델로 깨어나 불과 몇 주 사이에 저지른 추잡한 행적들을 너무 잘 알고 있었다. 순간 눈앞에서 제롬, 루카스와 기억도 나지 않을 만큼 여러 장소에서 살을 섞었던 흐릿한 기억들이 스쳐 지나가는 것 같았다. 그리고 그런 풍경의 가운데 알몸으로 있는 여자는 눈앞의 태양과도 같은 남자에게는 너무나도 어울리지 않았다.

굳이 내 입으로 그런 진실까지 이야기하며 스스로를 비참하게 만들고 싶진 않았기에 나는 그대로 침묵했다. 그러자 에드먼드는 처음으로 완고한 겉껍데기를 조금 부서뜨리듯, 자신의 표정을 노출시켰다.

그가 자신의 맨얼굴을 드러내 보인 순간, 나는 손끝이 굳고 심장이 멈추는 것만 같이 얼어붙었다. 귓가를 울리는 에드먼드의 목소리는 낯선 타인마냥 지독히 이질적이었고 차가웠다.

"그럴 수 없을 겁니다, 영애. 하나뿐인 동생, 미하엘을 생각하신다면."

갑자기 들려온 미하엘의 이름에 나는 놀라 두 눈을 크게 떴다. 순간적으로 고개를 들고 그를 바라보았다. 황태자의 두 눈은 어느덧 그의 목소리와 마찬가지로 지금껏 본 적 없는 냉정한 이채를 띠고 있었다. 나는 엉겁결에 뒷걸음질 쳤다.

"에스텔. 정말로 내가 아무것도 모를 거라 생각하셨습니까?"

그는 한 발자국씩, 천천히 내게로 다가왔다.

"순진하군요. 보기보다. 그렇지만 영애……."

어느새 내 코앞에 붙어 선 남자는 천천히 고개를 숙였다. 그리고 바짝 가까워진 내 귓가에 낮은 목소리로 속삭였다.

"적어도 이 나라에서, 내가 알지 못하는 것은 없습니다."

"……."

"영애께서 어떤 요란한 수작으로 그로에스 백작의 숨통을 끊어 놓았는지, 그 전후의 과정은 어떠했는지……. 그 모든 것을 포함해서 말이죠."

나는 이제 경악에 찬 눈동자로 그를 올려다보고 있었다. 봐서는 안

됐을 법한 에드먼드의 모습에 몸이 미친 듯이 떨리기 시작했다. 그러나 그는 예의 그 완벽한 미소를 한 채 나를 자상히 내려다볼 뿐이었다.

"미하엘이 과연 이 얘기를 들으면 어떻게 반응할까요? 하나뿐인 누이를 그래도 이해하고 감싸려 들까요, 그게 아니면……. 아니 그 전에."

그는 잠시 말을 멈추었다.

"죽은 그로에스 백작이 실은 외동딸의 독에 살해당한 것이라는 사실을 사람들이 알게 된다면, 더군다나 장자인 미하엘이 그 범인을 같은 집 안에서 매일같이 마주하고서도 이를 알아차리지도, 미처 범행을 막아 내지도 못했다는 게 세상에 알려지면……. 그렇지 않아도 바람 앞의 촛불 같은 그로에스 백작가의 앞날이 어떻게 될까요? 더욱이, 백작가의 가주로서 미하엘의 자격에 대한 말이 나오지 않으리라 단정할 수 있을까요? 아직 어린 미하엘이 무사히 작위 계승식을 치를 수 있을지……. 나는 지금 그의 누이 되는 에스텔 영애께서 다만 그걸 걱정할 때라고 생각했습니다만."

그의 천사 같은 미소는 순간 잔인한 빛을 띠고 번뜩였다.

"그러니 아마도, 영애께선 자신에게 선택권이 있는지를 다시 생각해 보셔야 할 겁니다."

나는 앞으로의 모든 일이 그의 의도대로 이루어질 것임을 짐작했다. 황태자의 모습이 처음으로 소름 끼쳤다. 경악과 충격으로 일그러진 나의 얼굴을 그러나 그는 아무렇지 않은 듯 내려다보았다.

"잘 생각해 보면 영애에게도 그리 나쁘기만 한 제안은 아닐 겁니다. 콘라드가의 형제에게 밤낮으로 시달리고 있는 걸 알아요. 그러나 최소한 황태자의 여자라는 이름이 붙으면, 그들도 영애를 지금까지처럼은 건드리지 못할 겁니다. 그들 또한 어쩔 수 없이 황실의 눈치를 봐야 하는 귀족이니까."

이어지는 그의 말에 나는 더욱 놀랐다. 그는 나의 추잡스럽기 짝이 없는 행적과 밤낮으로 벌인 숱한 정사들, 이미 그 모든 것을 다 알고 있었다. 나는 벌거벗은 기분이 되었다.

"어떻게⋯⋯. 전하께서는 그 모든 일들을 아시면서도, 어째서 저를⋯⋯."

저절로 물음이 입 밖으로 터져 나왔다. 나처럼 더러운 여자를, 혐오하고 경멸해도 모자랄 여자를 어째서 그는 가까이 두려는 걸까. 나는 망연자실했다.

"말하지 않았던가요? 이미 영애를 원하게 되었다고."

"⋯⋯."

"괜찮아요. 약속하건대 그리 나쁜 일은 없을 겁니다. 그저 좋아하게 된 여자를 조금 돕고 싶어진 것뿐이라고 해 두죠."

그러나 나에 대한 감정을 말하는 그의 말에는 조금의 진실도 실리지 않은 것 같았다. 그래서 나는 도무지 그의 고백을 믿을 수 없었다. 멍하니 그를 바라보는 나를 두고 에드먼드는 언제 그랬냐는 듯 평소와 같은 온화한 미소를 띠었다.

"그럼 제안은 받아들이신 것으로 알겠습니다."

그는 가볍게 내 뺨에 키스했다.

"앞으로, 자주 부르겠습니다."

황태자의 제안은 확실히 다소 갑작스러웠고 놀라웠다. 그러나 나는 얼떨결에 받아들이게 된 그의 제안에 대해 더 이상 생각하고 싶지 않았다. 조금만 깊이 파고들어도 머리가 아파 올 것 같았고, 무엇보다 그의 정부가 되는 일이 불러올 최악이라고 해 봤자 실컷 그에게 몸을 농락당한 다음 망가진 장난감처럼 버려지는 게 전부일 터였다.

그 정도쯤이야……. 나는 홀로 중얼거렸다. 어떤 여자들에게는 죽기보다 비참할 그런 일이 그러나 내게는 너무도 익숙해 최악이라는 수식어를 붙이기에도 민망한 것들이 되어 있었다. 서글픈 사실이었지만, 그러므로 나는 이후의 시간을 언제나처럼 멍하니 보낼 수 있었다.

이른 오후에 제롬으로부터 편지가 왔다. 나는 그것을 몇 번이나 물끄러미 내려 보다가 집을 나섰다. 지금까지 콘라드 형제의 부름을 거절할 수 없었던 이유의 절반쯤은 나의 지독한 무기력에 의한 것이었다.

비교조차 할 수 없을 만큼 우월한 위치에 있는 그들에게 무의미할 저항을 반복하는 것이 내게는 몹시 고단하고 괴로운 일이었으며, 그래서 나는 차라리 몇 번 더럽힌 적 있는 몸을 그들의 뜻대로 내버려 두는 것을 택했다.

그리고 나머지 이유의 절반은…… 그건 그들이 내 목숨 줄을, 이 몸이 과거에 저지른 죄의 모든 비밀이 든 아가리를 쥐고 있기 때문이었다. 애써 숨긴 살인의 전모가 퍼진다면, 콘라드가(家)라는 든든한 배경이 있는 그들과 달리 한낱 약자일 뿐인 나는 진실의 칼날 아래 사지와 온 살점이 떨어져 나갈 테니까.

그러나 이번의 방문은 다소 달랐다. 황태자가 이미 모든 걸 알고 있다고 했다. 나는 그 후로도 여러 번 에드먼드의 말을 곱씹었다. 그러자 앞으로 일이 흘러갈 행방을 그려 보기 위해서라도 콘라드와 있었던 과거의 일을, 좀 더 확실히 확인해 둘 필요가 있음이 보였다.

마차는 익숙한 듯 콘라드 후작가의 저택으로 향했다. 제롬은 나를 보자마자 달려들듯 껴안았다. 그러고는 그대로 나를 그의 방으로 밀어붙였다.

정신을 차렸을 때, 나는 어느덧 제롬의 침실 곁에 자리한 서재 한편에 잔뜩 흐트러진 채로 앉혀져 있었다. 그는 곧장 풍성한 드레스 자락 안으로 고개를 넣고 나의 두 다리를 잡아 벌렸다. 그의 힘에 따라 다리가 허공에서 속절없이 흔들리는 모습이 마음에 드는 양 제롬은 소리 죽여 키득거렸다.

그의 입술은 허벅지 안쪽의 연한 살갗을 지분거리다 이내 다리 사이의 가장 은밀한 중심으로 파고들기 시작했다. 뽀얀 허벅지살 사이로 그의 미려한 얼굴선이 움직이는 것이 비정상적으로 느릿하게 보였다. 이윽고 그는 내 속옷을 한쪽으로 밀치고는 붉은 혀끝을 내어 중앙의 도톰한 살점을 부드럽게 돌렸다. 진한 여운에 나는 참지 못하고 소리를 냈다.

"제, 제롬!"

그러나 그는 내 말이 들리지 않는 것처럼 입술과 혀를 멈추지 않았다. 이윽고 그는 질구에 가져다 댄 그의 손가락을 힘주어 눌렀다. 그대로 미끄러지듯 삽입된 손가락을 그는 천천히 돌리며 비스듬히 여린 안을 자극해 댔다. 그러다 순간 남자의 손끝이 안쪽의 예민한 돌기에 닿았다. 나는 눈앞이 깜박거리는 것 같은 기계적인 쾌감에 몸을 떨었다. 오늘따라 유독 그의 애무는 집요했고 또한 짓궂었다.

"그만, 이제 그만해⋯⋯. 응?"

나는 이를 악물면서 말했다. 그러나 그는 그런 내 모습에 흥분이 된다는 양 소리 죽여 웃었다. 그가 키득거릴 때마다 피부로 전해져 오는 남자의 입술과 혀끝의 떨림이 더 큰 자극이 되어 은밀한 살갗을 간질였다. 나는 눈앞이 하얘졌다. 그리고 잠시 후 그는 손끝에 힘을 준 채 속도를 내었다.

"윽⋯⋯. 아, 아악!"

내가 차마 내 입에서 나왔다고 믿기 힘들 정도로 음란한 소리를 오래 내뱉고 나서야, 그는 만족한 듯 축축이 젖은 손끝을 닦아 내며 바지춤을 풀어 헤치기 시작했다. 이윽고 제롬은 옷도 벗지 않은 채로 성급히 그의 것을 내 안으로 밀어 넣었다.

"제롬."

소년에서 청년으로의 경계를 넘어선 지 얼마 되지 않은 남자의 얼굴은 조금 전 정사의 여운으로 다소 나른하게 풀어져 있었다. 그가 물고 있는 담배의 연기와 남자의 얼굴을 이루는 섬세한 선들이 어딘가 퇴폐적인 분위기를 풍겼다. 제롬은 집에서 일을 치를 때면 전형적인 방탕아 같은 인상과 다르게 정사가 끝난 후 언제나 나를 그대로 끌어안고 있거나 함께 잠을 자려 들었다.

서재 바닥에서 엉망으로 뒹군 우리는 급한 대로 바닥에 깔아 놓은 내 드레스 위에서 일을 치른 참이었다. 나의 부름에 그는 품에 껴안고 있던 내 몸에서 얼굴을 들어 나를 바라보았다.

"나, 묻고 싶은 게 있는데."

그가 말해 보라는 듯 한쪽 눈썹을 들어 올렸다. 입술이 달싹거렸다.

"저……. 예전에 내가 약을 구해 달라고 부탁하는 바람에 우리가 이렇게…… 된, 것 말이야. 이거, 우리 언제까지 계속하는…… 거야?"

나는 그의 만족스런 기분을 상하게 하지 않기 위해 가능한 조심스럽게 물었다. 그러나 그는 잠시 담배를 입에 문 채로 눈을 깜박이며 질문의 의도를 파악하는 듯하더니 곧장 눈을 치켜뜨며 인상을 썼다.

"제길. 넌 지금 나랑 이러고 있는 중에 그딴 소리가 하고 싶어?"

씨발. 그는 기분이 많이 상한 듯 욕지거리를 내뱉었다. 나는 움츠러들었다. 제롬도 그의 형인 루카스도, 그들 콘라드 형제가 화를 낼 때면 유독 무서웠다. 특히 평소의 생글대는 예쁘장한 얼굴과의 격차가 훨씬 커지는 제롬의 경우에는 본능적으로 소름이 끼쳤다. 나의 말

뜻을 파악한 그는 몹시 불쾌한 얼굴을 하고 있었다. 나는 겁이 났다.

그렇게 얼어붙은 상태로 가만히 있으니, 머릿속의 한구석에서 어쩌면 그의 기분을 쉽게 풀 수 있을 법한, 그러나 좀 미친 것 같기도 한 생각이 슬그머니 고개를 들이밀었다. 나는 도저히 이건 아니다 싶어 머리를 흔들다가도 바로 그다음 순간 혹시 모르니까, 하는 생각이 들어 갈등했다.

마침내 결심한 나는 먼저 긴장을 풀고자 숨을 내쉬었다. 그러고는 머릿속에 떠오른 대로 그의 맨가슴팍에 얼굴을 가까이 가져가 댔다가, 이윽고 더 깊이 묻었다.

그러자 몇 초 뒤, 처음 보는 내 행동에 그가 잠시 행동을 멈추었다가 놀란 듯 나를 내려 보는 것이 느껴졌다.

그의 반응에 나는 안도도 쾌감도 아닌 묘한 기분에 사로잡혔다. 역시, 그랬구나. 다행인지 불행인지 아무래도 제롬에게 나는 단순한 자위 기구 대용, 그 이상 그 이하도 아닌 존재로만 귀결되지는 않는 것 같았다. 그는 나를 귀찮다는 듯 밀쳐 내지 않았다. 그 사실을 깨닫자 이후의 행동은 한결 자연스러웠다.

머릿속 한 귀퉁이에 남아 있는 과거 한유리의 삶은 남자를 대하는 방법들을 익혀 두고 있었다. 나는 그것을 소리 없이 헤집고 다닌 다음, 적당한 것을 꺼내 늘어놓았다. 나는 곧이어 조심스레 손을 뻗어 거칠었던 정사의 영향으로 헝클어져 있는 그의 어두운 금발을 살짝 어루만졌다. 그러자 처음 보는 나의 행동에, 제롬의 몸이 눈에 띄게 굳는 것이 느껴졌다.

"뭐야."

"그냥. 머리 흐트러진 거, 만져 주고 싶어서."

나는 아무 의도도 없다는 양 그의 가슴팍에 턱 끝을 가져다 댄 다음 힘없이 기댔다.

"안 되려나. 싫어?"

"……맘대로 해."

역시……. 나에 대한 제롬의 감정이 갖는 어렴풋한 형체를 조금 더 붙잡게 되자 어쩐지 좀 서글펐다.

어찌 되었건 그의 기분이 풀린 지금이 기회 같았다. 나는 조심스럽게 다시 입을 열었다.

"제롬. 있잖아. 내가 아까 그 얘길 꺼낸 건 꼭 그런 뜻이 아니라 그냥 궁금해서. 난 이제 전의 일은 기억을 못하니까……."

나의 입술 틈새로는 건드리면 쓰러질 것 같은 유약한 귀족 영애의 가냘픈 음성이 흘러나왔다. 그러자 제롬은 아까 전 나의 그 짧은 행위에 자신의 기분이 너무 쉽게 풀렸음을 인정하기 싫다는 듯, 일부러 더욱 차갑게 얼굴을 굳혔다.

그러나 그의 두 눈은 더 이상 조금 전의 냉기를 띠고 있지 않아서 나는 그 일련의 기색들을 모두 읽을 수 있었다. 이렇듯 조금만 의식하면 남자를 지나치게 잘 파악해 내는 스스로가 어쩐지 좀 가증스러웠다.

"나도 알아 두고는 있어야 할 것 같아서. 언제까지…… 우리가 이렇게, 만나기로 했는지."

나는 대답을 기다리듯 속눈썹을 내리깔고 그에게 기댔다. 그는 손가락 사이에 끼우고 있던 담배를 몇 모금 피우더니 입을 열었다.

"몰라. 그런 거. 애초에 네가 도와주기만 하면, 말하는 물건을 구해다 주기만 하면 언제든, 뭐든, 말하는 대로 시키는 대로 다 하겠다고 사정했으니까. 그 바람에 처음부터 기간 같은 건 정하지도 않았어. 그때 오죽 급하게 매달렸어야지. 못 믿겠으면 네 그 바보 같은 일기장이나 또 뒤져 보든가."

불쌍한 에스델. 나는 불과 몇 달 전 궁지에 몰린 쥐가 고양이를 물듯 살기 위해 양아버지에게 약을 타 먹였을 그녀를 떠올렸다. 그러나 확실히 제롬이 말한 그녀의 일기장에는, 내가 이미 너덜너덜해질 정도로 살핀 그 종이 묶음에는 지나치게 두루뭉술한, 간접적인 표현과 단어들밖에 쓰여 있지 않았다.

내가 이곳에 온 뒤 콘라드 형제에게 겁탈을 당한 일도 처음 그녀의 일기장을 살피다가 도무지 풀리지 않는 수수께끼에 참지 못하고 그들을 찾는 바람에 벌어진 일이었다. 그 정도로 그녀의 일기장엔 맥락만이 존재할 뿐 사물도, 이름도, 방법도, 사건의 그 어떤 구체적인 것도 모습을 드러내지 않고 있었다.

아마 그녀도 알고 있었던 거겠지. 혹여 이 일이 바깥에 새 나갔을 때, 그녀의 기록이 스스로의 목을 조를 결정적 증거가 될 수 있다는 걸. 그럼에도 불구하고 그녀가 굳이 일기를 썼던 건……. 자신이 저지른 무거운 죄의 무게가 매일 밤마다 그녀를 짓눌러 오는 것을 혼자서는 도저히 견딜 수 없어서, 간절히 누군가, 아니, 어딘가에라도 털어놓고 싶어서였으리라고, 나는 혼자 생각했다.

어찌 되었건 그녀의 기록에 '약'이라든가 '중독', '마비', '거래' 따위의 심상찮은 냄새를 풍기는 일련의 단어는 코빼기도 비치지 않는 것은 결코 우연의 일치가 아닐 터였다.

나는 조금 차가워진 듯한 공기에 몸을 떨며 제롬의 몸에 가까이 붙었다. 그의 매끄러운 피부가 나를 반기듯 따뜻하고도 부드러운 마찰을 일으켰다.

"그럼 지금까지 이 일을 아는 건 오직…… 우리 세 사람뿐인 거야?"

그는 긍정하듯이 눈을 내리깔았다.

"당연한 거 아냐? 그걸 미쳤다고 누가 누구한테 얘기해. 그때 분명 내가 말했잖……. 아, 기억 못한댔지. 젠장."

그는 머리가 아픈 듯 헝클어진 어두운 금발을 몇 차례 대충 쓸어 넘겼다.

"애초부터 그랬어. 이 일이 알려지면 형이나 나, 너, 우리 셋 중 누구에게도 좋을 건 전혀 없다고. 물론 만에 하나 말이 밖으로 새어 나간다고 해도 너만큼 타격이 심할 사람이 있겠냐마는. 왜, 이제 와서 걱정돼?"

제롬은 다시 습관처럼 담배를 입에 물었다. 그가 거짓말을 하는 것 같진 않았다. 그렇다면 대체 에드먼드는 어디서, 어떻게 그 사실을 알았을까……. 나는 그려 놓은 듯이 잘생긴 제롬의 옆얼굴을 바라보며 풀리지 않는 의문을 눌렀다.

그리고 한참을 망설이다가, 나는 마침내 지금껏 콘라드가에 발을 들여놓을 때마다 생각했지만 차마 꺼낼 수 없었던 말을, 그러나 그들에게 가장 확답을 받고 싶었던 불안을 드디어 떠듬떠듬 입을 열어 말하기 시작했다. 입술을 떼기 전의 아주 짧은 순간이 마치 영원처럼 느껴졌다.

"저기 그러니까…… 앞으로도 미하엘, 미하엘에게는 얘기하지 않는 거지?"

그럴 의도는 아니었는데 잇새로는 절로 애원하는 듯한 목소리가 흘러나왔다. 이는 내 보잘것없는 목숨을 부지하기 위한 것만은 아니었다. 이곳에 온 뒤 나는 이상할 정도로 전생의 나를 닮은 듯한, 불안정해 보이는 미하엘에게 모든 진실이 알려질 경우의 일을 직감적으로 두려워하고 있었다. 나는 불안한 듯 떨리는 눈으로 그를 한참 올려다보았다.

그리고 제롬은 담배를 문 채 물기 어린 내 눈망울을 묵묵히 응시하다가, 갑작스레 낮은 욕설을 내뱉었다.

"씨발. 너 오늘 뭐 잘못 먹었냐. 왜 안 하던 짓을 해서 사람을……."

그는 말을 채 마무리하지도 않고 다소 급하게 나를 끌어당겼다. 그 바람에 내 불안정한 호흡이 그의 피부에 닿아 부서졌다. 제롬은 거칠게 내 몸을 뒤집었다.

"못 참겠어. 그냥 한다."

그는 그 말만 남긴 채 다시 곧바로 안으로 파고들어 왔다. 나는 예상치 못한 통증에 엎드린 채로 버둥거렸다. 그러나 이는 더 큰 자극이 된 양 제롬의 동작이 한층 더 거칠어졌다.

한참을 쉴 새 없이 허리 짓을 해 대던 그는 호흡이 가빠 헉헉대는 내 얼굴을 억지로 잡아 돌렸다. 그러고는 숨을 토해 내느라 벌어진 내 입술에 자신의 손가락을 집어넣었다. 나는 쉴 새 없이 흔들리는 몸을 지탱하느라 정신없는 와중에도 그의 취향에 따라 남자의 긴 손가락을 핥고 빨았다.

"그래. 네 소원대로 닥치고 죽을 때까지 모른 체할 테니까, 그러니까 제발."

그의 목소리는 다급했다.

"앞으로도 내가 부르면 좀 재깍재깍 와. 매번 사람 미치게 하지 말고."

내가 흐려진 눈으로 그를 보며 달뜬 호흡을 흘리듯 신음하자, 제롬은 거친 욕설을 뱉으며 그대로 사정했다.

그로에스 3세의 죽음은 살아생전 그가 몸을 두었던 저택을 중심으로 아주 미약한 파동만을 일으켰을 뿐이었다. 얼마 지나지 않아 저택의 그림자에서 벗어난 세상의 모든 공간은 언제나처럼 궤적을 그리며 움직였다. 그 가운데서 오직 나만이 속절없는 시간의 흐름에 홀로 길을 잃고 방황하는 것 같았다.

나는 오늘도 비틀거리며 적막한 저택 안으로 들어서고 있었다. 늦은 밤이었고, 밤하늘의 별들조차 모래알에 간간이 섞인 사금파리처럼 아주 미약한 빛을 냈다. 어쩌다 보니 제롬이 권하는 술을 좀 많이 받아 마신 것 같았다. 어질어질한 눈앞의 광경에 나는 정신이 반쯤 나간 사람처럼 키들대며 걸음을 옮겼다.

순간 무언가에 걸려 넘어지려는 몸을 누군가가 급히 지탱해 주었다. 나는 나를 껴안은 단단한 팔을 더듬으며 시선을 돌렸다. 시선의 끝에 걸리는 것은 역시나, 미하엘이었다.

"……"

그는 인상을 찌푸리고 있었다. 술과, 어쩌면 음료에 섞여 들어갔을지 모를 약에 취해 인사불성이 되어 들어온 내가 적잖이 거슬리는 모양이었다. 나는 그런 미하엘을 보며 얼이 빠진 양 키들거렸다. 이상하게 웃음이 연신 터져 나왔다.

붙잡고 있는 팔 부분의 얇은 천 아래로 남자의 단단한 피부와 촉감이 전해져 왔다. 나는 그 손을 떼지 않았다. 줄곧 비틀거리며 몸을 기댄 채 서 있자 그의 신경이 점차 칼날 끝처럼 날카로워지는 것이 보였다.

나는 그 모습을 아무것도 모르는 양 가만히 지켜보았다. 그는 내가 가증스러워 당장이라도 죽이고 싶다는 듯한 얼굴을 하고 있는 주제에 끝까지 내게서 시선을 떨어뜨리지 않았다. 나는 입을 다물고 그 예리한 얼굴선이 그려 내는 긴장이 좀 더 팽팽해질 때를 기다렸다.

얼마나 시간이 지났을까. 마침내 그것이 최고로 고조됐다 싶을 때쯤, 나는 언젠가부터 내 혓바닥 위를 맴돌던 말을 대뜸 내뱉었다.

"왜 날 내치지 않아?"

맑은 정신이었다면 내뱉자마자 아차 하고 숨을 되삼켰을 말이었다. 그러나 그때의 나는 충동에 너무나 쉽게 휘어잡혔다. 그로에스 3세가 세상을 뜬 지도 꽤 시간이 흐른 시기였다. 그리고 나는 미하엘이 마음을 먹으면 얼마든지 내가 언급한 일을 행동으로 옮길 수 있음을 알고 있었다.

이전부터 나는 그가 눈엣가시처럼 거슬려 하고 있을 나를 조만간 이 저택에서 내버릴지도 모른다고, 아니, 그럴 가능성이 꽤 높다고 생각하고 있었다. 그러나 예상을 비웃듯 그는 백작이 죽은 뒤로 언제나 무감각한, 혹은 심기가 뒤틀린다는 눈으로 나를 바라보면서도 결코 자신의 영역 내에서 추방하지는 않았다. 그리고 나는 이 순간 그 사실이 떠오르는 것이 참을 수 없었다.

"왜 이 집에서, 아니, 이젠 완벽한 네 집이 된 여기서. 날 쫓아내지 않느냐고. 실은 당장이라도 그러고 싶잖아?"

그는 가소롭다는 듯 대꾸했다.

"내가 널 내쳐 주길 바라나?"

"언제나 당장이라도 나를 쫓아내 버리고 싶은 눈을 하고, 마치 더러운 짐승 보듯 날 바라보는 주제에."

나는 비웃음 섞인 목소리를 흘렸다. 그 말에 미하엘은 화가 난 듯 표정을 굳혔다. 평소보다 좀 더 짙은 빛을 띠는 특유의 갈색 눈이 그 감정의 변화를 드러냈다. 그의 얼굴선 위로 긴장과 날카로운 감정의 단편들이 흐트러진 내 모습과 조화를 이루지 못한 채 위태롭게 걸쳐 있었다.

나는 멍하니 그런 그의 얼굴을 올려다보다, 불현듯 천박한 웃음기를 띤 채 뜬금없는 말을 내뱉었다.

"어느 고결한 귀족님에게서 난 자제인지 몰라도, 새삼……. 네가 정말 잘생기긴 했다."

나는 말을 끝내기도 전에 숨죽여 키들거렸다. 그렇지만 그 말에는 뼈가 있었다. 그리고 미하엘은 그 의미를 읽어 냈는지 한층 차가운 눈빛을 했다.

나는 그런 그의 반응에 아랑곳 않고 손을 뻗어 유려한 선을 이루는 남자의 얼굴을 닿을 듯 말 듯 쓸었다. 일견 사랑스러운 동생을 살피는 손짓이었지만, 실은 나는 그 순간 그의 얼굴에서 죽은 그로에스 3세의 아들로서의 흔적들을 샅샅이 훑어 내리고 있었다.

미하엘은 잠시 표정을 굳힌 채 있다가 곧바로 내 손을 쳐 냈다. 부딪힌 손등이 꽤 아팠다.

"손대지 마. 역겨워."

"그렇게 말할 줄 알았어."

나는 동요 없이 대답했다.

"넌 언제나 그런 식이잖아. 나더러 더럽다, 역겹다……."

"……."

"늘 그렇지. 날 그렇게 생각하면서……. 실은, 실은 날 인간 취급도 안 하고 있으면서!"

갑작스레 나는 목청을 높였다. 잠시 후 문득 정신을 차렸을 때 나는 술에 취한 채 미친 여자처럼 소리를 지르고 있었다. 지금껏 억눌려 온 에스텔로서의, 혹은 한유리로서의 미하엘에 대한 일련의 감정들이 취기가 오르자 잘못 해방된 양 주변의 공기를 함부로 헤집고 다니는 것만 같았다.

이윽고 나는 완전히 과거의 에스텔이 되기라도 한 것처럼 그의 단단한 가슴을 주먹으로 치고 때리기 시작했다. 술기운에 어지러운 머릿속을 죽은 에스텔이 비집고 들어와 속닥거리며 부추기기라도 하는 것 같았다.

"대체 뭐 때문인지 이유나 말해 봐. 왜 당장이라도 숨통을 끊어 놓고 싶은 더러운 계집인 나를, 왜! 여기 이 숨 막히는 곳에 가만히 두는 건지, 말하라고!"

사실은 지금껏 그가 나를 버릴까 봐 내심 불안해했던 주제에. 그래서 이 세계에서 더욱 막다른 궁지에 몰릴 걸 두려워했으면서. 나는 맘에도 없는 소리를 내뱉어 어떻게든 눈앞의 그를 공격하려 하고 있었다. 그러나 미하엘은 한결 사나운 눈빛을 보였을 뿐 나의 헛소리를 상대해 주지 않았다.

"완전히 정신이 나갔군."

그는 다소 거칠게 내 팔목을 잡아끌었다. 다리에 힘이 풀린 내가 휘청거릴 때마다 그는 나를 조금씩 더 거칠게 붙잡아 일으킨 채 위층으로 끌고 가기 시작했다.

"입 닥쳐. 시끄럽게 만들지 말고 좋은 말로 할 때 따라와."

그는 내 방에 도착하자마자 침대 위로 나를 내동댕이치듯 던졌다. 내 방에서 시중을 들기 위해 나를 기다리고 있던 하녀 몇몇이 그 광경을 보고 눈이 휘둥그레지더니 서로 바쁘게 시선을 주고받다가 재빠르게 빠져나갔다.

지끈거리는 두통이 나를 덮치고, 이윽고 형언할 수 없는 감정의 덩어리들이 목구멍을 틀어막자 저절로 흐느낌이 나왔다. 나는 그대로 침대 위에 내팽개쳐진 채 아이처럼 엉엉 소리 내어 울었다.

그 순간의 기분은 뭘랄까, 마치 내가 과거의 에스텔을 짓누르고 생채기 내던 그 모든 날카로운 파편들을 향해, 수년간 아무것도 할 수 없어 그저 그 전부를 감내해 냈을 그녀를 대신해 발악해 주기라도 하는 광경 같았다.

나는 흐느꼈다. 이 추저분한 감정의 찌꺼기가 가엾은 에스델로서
의 슬픔인지, 혹은 그녀의 슬픔에 공명하듯 상처받은 한유리의 것인
지, 그것도 아니면 에스델이란 여자의 삶을 강제로 짐짝처럼 지게
된, 순전히 한유리 개인만의 고통과 괴로움에서 기인한 것인지 분간
이 가지 않았다. 나는 종종 숨 쉬는 것도 잊은 채 가쁜 숨을 헐떡이
게 될 때까지 발버둥 치며 울고 또 울었다.

이윽고 내 흐느낌이 잦아들자 미하엘은 천천히 내 턱을 돌려 그를
보게 만들었다. 그 바람에 젖은 숨이 내 얼굴을 붙잡고 있는 그의 손
아귀에 닿았다 흩어져 갔다. 나를 던져두고 곧장 머리 아픈 광경을
외면하듯 곁을 떠나 버릴 것 같던 남자는 그러나 의외로 내가 진정
될 때까지 그 자리에 서서 나를 보고 있었다.

"대체 뭐가 문젠데."

그는 입술을 지그시 깨물었다.

"말해. 뭐가 문제야."

"문제, 없어."

나는 거칠어진 숨을 헐떡이며 말했다. 정말 문제는 없었다. 나는
지금 내가 손톱 위의 얌전한 거스러미를 괜히 뜯어내어 피를 보듯,
술김을 빌어 그를 쓸데없이 자극하고 있음을 어렴풋이 깨닫고 있었
다. 나는 더 참지 못하고 그에게서 고개를 돌리려 했다. 그러나 그럴
수록 그는 내 얼굴을 쥔 손에 더욱 힘을 주었다.

"뭐? 문제가 없어? 문제가 없는데 이렇게 미친 것처럼 발작한다
고? 개소리 마."

"……."

"말해. 내가 뭘 어떻게 해 주길 바라는지."

나는 눈꼬리에 매달려 어느새 차게 식은 눈물을 감각하며 그를 바라보았다.

"바라는 거 없어, 없다고."

그건 거짓말이 아니었다. 물론 굳이 더 욕심을 낸다면……. 연고 없는 이곳에 어느 날 떨어져 더는 이러지도 저러지도 못하게 된 나를 그가 앞으로도 여기서 내치지 않았으면 했다. 그저 지금처럼, 숨만 붙여 놓고 살 수 있게만 해 주었으면 싶었다.

그러나 그걸 바라는 주제에 정작 나는 술의 힘을 빌려 화풀이하듯, 눈앞의 남자에게 속마음과는 정반대의 불만을 토해 내며 주정을 부리고 있었다. 시간이 흘러 조금씩 이성이 돌아올수록 나는 스스로의 행동이 수치스러웠다.

미하엘은 화를 끝까지 억누르려는 모습이었다. 그는 어려서부터 잘 교육받아 온 귀한 도련님처럼 가능한 마지막 이성을 놓지 않으려는 듯 입술을 깨물었다.

"지금 널 그렇게 미치광이처럼 발작하게 만드는 원인이 뭐냐고. 몇 번이나 물어야 하는데."

"……."

"말해. 내가 이 이상 뭘 어떻게 해 줄까."

그러나 그의 인내는 지속되지 못했다. 그는 결국 답답한 듯 큰 소리를 냈다.

"대체 나더러 뭘 더 어쩌란 건데. 지금 너 아주 괜찮잖아. 아냐?"

나는 잠시 숨을 멈췄다.

"내가 괜찮, 다고?"

"그래. 씨발……. 뭐든 너 하고 싶은 대로 다 하고 있잖아!"

그는 더 이상 참지 못하겠다는 듯 소리쳤다.

"자고 싶으면 자고, 혼자 있고 싶으면 죽었는지 살았는지도 모를 만큼 내내 방 안에 처박혀만 있고, 밖에 나가고 싶을 땐 네 맘대로 나가고! 지금도 네가 꼴리는 대로, 그렇게 뭐든 다 하면서 살잖아. 틀려?"

나는 충격을 받은 듯 멍하니 그를 올려다보았다.

"뭐, 내가 널 쫓아내? 씨발, 내가 아버지 죽고 나서 너한테 그런 눈치 한 번이라도 준 적 있어? 왜 가만히 있는 날 개새끼로 만들려고 들어. 지금껏 널 없는 사람 취급 할지언정 털끝 하나 안 건드리고 가만히 뒀잖아. 심지어!"

그는 순간 더욱 언성을 높였다.

"심지어, 심지어! 매일 네가 오밤중에 어떤 거지 같은 새끼들이랑 접 붙어먹는지 알면서도, 아니, 매일같이 낮밤도 못 가리고 싸구려 창부마냥 그 아랫도리를 굴려 대며 사는 것도 군소리 없이 봐주고 있잖아!"

나는 더 이상 참지 못하고 그의 빰을 쳤다.

철썩, 하는 큰 소리와 함께 그의 고개가 돌아갔다. 다음 순간 그는 차갑게 식은 눈으로 나를 내려다보고 있었다. 그 뒤로 영원 같은 침묵이 흘렀다.

찰나의 순간에 충동적으로 벌어진 일에 놀랄 틈도 없이, 나는 한참 뒤 낮게 내뱉었다.

"미하엘."

절반쯤은 충동에 집어삼켜진 목소리였다.

"나는……. 난 네가 불쌍해."

지극히 갑작스런, 맥락 없는 소리였다. 왜, 어디서 이런 말이 불쑥 튀어나온 걸까. 그러나 그때의 나는 무의식중에 그에게 늘 하고 싶었던 얘기가 갑자기 잇새를 휘젓는 것을 멈출 수 없었다.

"가끔 널 보면 가엾어. 가엾어서……."

미하엘은 무슨 소리를 하느냐는 듯이 무감각한 시선으로 나를 보았다. 나는 떨리는 손으로 주먹을 꽉 쥐었다.

"그래, 한 번씩 내가 너 아주 어렸을 때, 오래전 네 과거부터의 시간들을 생각하게 될 때면……. 사실 나도 그걸 생각하고 싶진 않은데, 진짜 생각하기 싫은데, 그런데 여기서 살게 된 후로 자꾸 저절로 생각하게 돼……. 아무튼 그렇게 네 생각을 해 보게 될 때면."

나는 억지로 감정이 북받쳐 오르는 것을 참고자 이를 악물었다. 조금 전에 토해 낸 눈물 자국이 젖은 뺨 위에서 조금씩 말라 갔다.

"그럴 때면 마음이 아파서 어쩔 줄을 모르겠어."

"……."

"근데 그럴 때마다 그만큼 더 네가 미워져. 때로는 혐오스러워. 그래서……. 그래서 난 요즘 미칠 것 같아."

그래서 너무 힘들어. 그래서, 네 앞에서 뭘 어떻게 해야 할지 모르겠어. 나는 미처 다 내뱉지 못한 말의 덩어리들을 삼키며 숨을 죽였다. 참았던 눈물이 소리 없이 터져 나왔다. 흘러내린 격한 감정의 덩어리들이 내 뺨과 턱을 쥔 그의 피부까지 축축이 스며드는데도 미하엘은 꼼짝도 하지 않고 나를 지켜보고 있었다.

나는 자리에서 힘겹게 일어나 이제 그를 마주 보고 똑바로 서려고 했다. 그러나 오래전 이미 힘이 풀린 사지로 인해 얼마 움직이지도 못한 채 나는 그의 품에 버둥거리며 엎어졌다. 미하엘은 반사적으로 나를 받아 냈다. 그의 품 안에 안기다시피 한 채로, 나는 미하엘을 올려다보다가 천천히 입을 열었다.

"너도 실은 알고 있었을 거야. 에스델이 그냥 가엾은 여자일 뿐이라는 걸."

그 말에 냉정을 찾았던 그의 동공이 눈에 띄게 흔들렸다.

그러나 나의 입술은 쉴 새 없이 그를 상처 입힐 단어들을 둘 사이의 공간에 흩어 놓았다.

"에스델은, 그러니까 나는……. 네 부친을 유혹한 더러운 창녀가 아니야."

언젠가, 꼭 한 번쯤은 이 이야기를 해야 할 것만 같았다. 비록 나는 진짜 에스델도, 더욱이 그의 친누이도 아닌, 이곳에서는 어디까지나 가짜투성이에 불과한 한유리이지만. 과거의 가엾은 나를 지독히도 많이 닮아 있는 이 남자에게 말하고 싶었다. 그래서 나는 눈에 띄게 동요한 그의 얼굴을 애써 외면했다. 그리고 저택에서 하녀들이 숙덕거리던 말의 조각들을 떠올리며 입을 열었다.

"에스델이란 여자는……. 그러니까 예전에, 네 누이로 처음 이 집에 왔던 나는. 그때 가족도, 힘도……. 가진 것이라곤 아무것도 없는, 심지어 주변에 도와줄 자기편 하나 없는 불쌍하고, 나약하기 짝이 없는 계집아이일 뿐이었어. 그리고 그걸…… 너도 실은 처음부터 알고 있었을 거야."

미하엘은 이제 분노와 고통으로 일그러진 얼굴을 하고 있었다.

"……그 입, 다물어."

"그런데도 너는,"

"…….."

"마치 에스텔을, 나를, 천박하게 아랫도리를 팔아 이 집에 억지로 들어앉은 창부마냥, 그렇게 보았지. 아니, 그렇게 보려고 애를 썼겠지……. 왜냐면, 인정하기 힘들었을 테니까."

나는 억지로 목소리를 쥐어짜 냈다.

"혼자 된 네 세상에, 오직 딱 하나 마지막 네 편으로 남은 그 아버지란 남자가, 네 몸에 흐르는 피와 살의 절반을 물려준 부친이란 사람이……. 얼마나 추악하고, 끔찍한……. 형편없는 인간인지를 차마, 인정할 수 없었을 테니까."

그는 눈에 띄게 이를 악물었다. 그러나 나는 쉴 새 없이 내 목을 날카롭게 긁어 대던 말들을 내뱉었다.

"맞아, 그랬을 거야……. 넌 그렇게 현실을 보고서도, 실은 다 알면서도 외면하고 싶었을 거야. 네 부친인 그가 아무것도 모르는, 그것도 심지어 친딸일지도 모르는! ……어린 계집아이를 데려와서 강간하고, 매일같이 유린하는 걸 알면서도……. 그 남자가 그런 벌레만도 못한 인간말종에 지나지 않는단 걸 실은 알면서도!"

얕은 공기 너머로 그의 고통이 전해지기라도 하는 것처럼, 내 심장이 찢어지게 아팠다.

"차라리 그게 편했겠지. 널 미치게 만들 것 같은 수많은 진실을 감내하는 것보다, 그래서 너한테 허락된 유일한 가족이자 보호자, 아니, 그때 네 좁은 세계의 전부나 다름없던 네 아버지가……. 죽어 마땅한, 벌레만도 못한 쓰레기라는 걸 인정하는 것보다……. 아무것도 모르는 힘없는 열 몇 살 계집애의 탓으로 모든 걸 모는 게, 그렇게 그 애한테 모든 죄를 뒤집어씌우는 게 맘이 편했을 테니까. 마치 그 계집애의 존재가 모든 문제의 원흉인 양, 천한 창녀의 피를 타고난 그 계집애 때문에 멀쩡하던 아버지가 하루아침에 타락해 버리기라도 한 양……. 그렇게 생각하고, 믿고 싶었겠지. 아냐?"

그의 붉게 충혈된 눈매가 부르르 떨렸다. 미하엘은 힘겹게 숨을 삼키며 말했다.

"내가, 그 입…… 닥치라고 했지."

"아니, 아직 안 끝났어. 난…….

"입 다물어!"

이윽고 그는 못 참겠다는 듯 나를 벽에 밀어붙였다. 그 바람에 세게 부딪힌 등 뒤로 고통이 퍼져 나가는 것이 느껴졌다. 나는 그에게 붙잡혀 있는 상태에서 어떻게든 몸을 비틀어 빠져나오려 했다.

그러나 그는 매번 아주 손쉽게 나를 제압함으로써 그 모든 행위를 부질없는 것으로 만들어 버렸다. 결국 한참 뒤 우리는 미칠 듯이 가쁜 숨을 삼키며 서로를 노려보고 있었다. 나는 눈물에 시야가 자꾸만 흔들리는 것을 느꼈다.

"내 말이 맞잖아……. 너도 실은 다, 알고 있었잖아."

나는 떨리는 눈동자를 숨기려 눈을 감았다.

"그래서 내가 싫었던 거겠지. 나를 볼 때마다 괴로웠을 테니까……. 받아들이기 편한 대로, 멋대로 왜곡해 놓고 눈앞에서 치워 버리면 그러면 네 의식은 절대 상처받을 일이 없을 텐데. 그렇게만 하면 네가 애써 만들어 낸 세상 속에서 여전히 네 부친은 너무나 좋은 사람으로, 존경해 마땅한 소중하기 짝이 없는 아버지로만 남아 있을 수 있었을 텐데……. 근데 한 계집애가, 네 누이라는 웬 다 죽어 가는 불쌍한 여자 하나가 아니라고, 그건 사실이 아니라고, 온종일 눈앞을 돌아다니면서 네가 애써 만든 평온한 공기를 계속 뒤틀고 어질러 대니까 당장 어딘가에 치워 버리고 싶…….”

“닥쳐!”

그는 내 멱살을 다급히 쥐어 잡으며 고함쳤다. 미하엘은 타는 것 같은 이채를 발하는 눈으로 나를 노려보고 있었지만 그런 그의 눈은 쉴 새 없이 불안정하게 흔들리고 있었다. 나는 아주 잠시 붉게 부어오른 그의 눈가를 매만져 주고만 싶었다. 그러나 그럴 수 없었다.

그렇게 나를 죽일 듯이 노려보기를 한참, 미하엘은 오랜 시간을 그렇게 꼼짝 않고 있었다. 그가 조금만 움직이면 마치 내가 그 사특한 입을 곧장 다시 벌리기라도 할 거란 듯이.

마치 시간이 멈춘 것 같았다. 그리고 미하엘은, 한참을 그렇게 멈추어 있다 마침내 무언가를 포기한 듯 몸을 움직이기 시작했다. 그는 천천히, 아주 서서히 고개를 숙이다가……. 이윽고 사뭇 거칠게 내게 입을 맞췄다.

나는 그 모든 일이 일어나는 동안 계속 멍하니 눈을 뜨고 있었다. 예상치 못한 그의 행동에 새삼 놀라거나 충격을 받지는 않았다. 누군가에게는 세간에서 흔히 말하는, 입맞춤으로 보이고 그렇게 불릴 만한 행위였겠지만 나는, 아니 적어도 그 공간에 있던 그와 나는 그 찰나의 행위에 애정이나 성적인 무언가 따위의, 그런 여타의 의미는 조금도 섞여 있지 않음을 선명히 알 수 있었다.

미하엘은 마치 극한의 상황에서, 여자를 죽일 듯이 구타하지 않고 두 번 다시 그 입을 열지 못하게 할 수 있는 방법이 그것밖에 생각나지 않은 것처럼, 그렇게 입을 맞춰 왔던 거였다. 그래서 나는 차마 그를 밀어낼 수 없었다.

입맞춤은 몹시도 건조했다. 입술을 맞대고 있는 동안 내 뺨에서 흐르는 눈물이 바짝 붙은 그의 볼을 타고도 흘러내렸다. 그래서 나는 아주 잠깐 이 축축한 감촉이 나에게서 기인한 것인지, 아니면 그로부터 온 것인지 알 수 없었다. 우리는 그 상태로 마치 시간이 멈춘 것처럼 있었다.

이윽고 그는 무언가 결정한 듯이 천천히 고개를 들었다. 반쯤 비어 버린 그의 눈은 그러나 나에 대한 일련의 감정으로 충혈되어 줄곧 일렁였다.

"……넌, 내 누이가 아니야."

겨우 열린 그의 잇새로는 힘겨운 듯 쉿소리가 났다. 그리고 나는 그의 그 말을 마치 무언가의 선고처럼 멍하니 받아들였다.

"내 누이가 아니라고."

그는 한 번 더 천천히 힘주어 말했다. 그 뒤로 들리는 그의 말은 지나칠 정도로 현실감이 없었다. 그래서 나는 그가 내뱉는 말과 그것을 이루는 단어들이 조각조각 부서져 귓바퀴에 닿자마자 흩어지는 것을 관망하듯 내버려 두었다.

"그래. 병신같이……. 네 말이 맞아. 네가 싫어서, 네가 건드리면 곧바로 죽어 버릴 듯한 얼굴로 자꾸만 내 눈에 들어오는 게 너무 역겹고 끔찍해서……. 멀쩡했던 아버지를 언젠가부터 그런 쓰레기로 만들어 버린 게……. 그 모든 게 다 반반한 낯짝으로 우리 앞에서 설쳐 대기 시작한 네 탓인 것만 같아서……. 아니 제발 그렇기를, 그렇게 믿고만 싶어서……."

그는 고통스러운 듯 숨을 삼켰다.

"그리고 차마 그런 천박하기 짝이 없는, 아니, 틀림없이 그래야만 할 그 계집이랑 혹여 같은 핏줄을 타고 난 건 아닐까……. 언젠가부터, 이상할 정도로 그게 끔찍하게 두려워져서……."

"……."

"몇 년 전인가. 온 집 안을 다 뒤져서, 그리고 아버지의 이름과 힘이 닿는 모든 수단을 동원해서, 결국엔 알아냈어."

그는 무언가가 텅 비어 버린 시선으로 나의 눈을 응시했다.

"넌 내 누이도 뭣도 아냐."

심장이 쿵, 쿵, 하고 울렸다.

"너와 난 그 무엇으로도 연결되지 않았어."

마치 누군가 내 가슴을 주먹으로 세게 치듯이 얼얼한 감각이었다.

"우린 그냥 완벽한, 남이야."

그는 남이라는 한 글자를 유독 힘주어 내뱉었다. 그 짧은 단어는 익숙했지만 강렬하게 그의 혀 위를 맴돌았기에 내게 짙은 인상을 풍겼다. 무척이나 비현실적인 기분이었다.

미하엘과 나의 관계는 그날 이후 어떤 새 이름표도 부여받지 못한 채 그대로 유기되었다. 그와 나는 그저 아무것도 무의식중에 더 이상 건드리게 되지 않기를, 그래서 이대로 어떤 변화도 일으키지 않고 모든 게 조용히 지나가기만을 기다리는 것 같았다.

저택은, 특히 그와 나 사이의 공간은 종종 숨소리조차 고스란히 노출될 정도로 적막이 흘렀다. 집안의 사용인들도 심상치 않은 변화를 눈치챘는지 때로 슬금슬금 우리를 피하는 게 보였다. 그러나 나는 무신경한 얼굴을 했다. 아침마다 식탁에 앉아 그를 마주한 채 음식물을 삼킬 때면 종종 거대한 이물질 덩어리들이 목구멍을 틀어막는 듯한 기분이 들었지만 언제나처럼 그렇지 않은 체를 했다.

오늘도 마찬가지였다. 하루가 시작되는 순간을 항상 그랬듯 같이 하면서도, 서로 식탁 하나를 사이에 둔 가까운 거리에 있으면서도 미하엘과 나는 약속이라도 한 양 좀처럼 입을 열지 않았다.

"오늘 안 들어올 거야. 필요한 게 있으면 집사 드미트리에게 말해."

그리고 침묵만이 흐르던 아침 식사는, 자리에서 일어나 등을 돌린 미하엘의 그 한마디로 완벽하게 끝이 났다.

나는 미하엘의 말을 따랐다. 아니, 그가 내게 굳이 지시했기 때문에 집사 드미트리를 찾기라도 하는 것처럼 아무렇지 않은 척 발걸음을 옮겼다. 미하엘이 저택을 나서는 소리가 들리자마자 나는 기다렸다는 듯 집사의 방 문을 열었고, 직사각형의 공간 안에서 자신을 찾아온 나를 발견한 남자의 얼굴은 순식간에 참담해졌다.

그때 그는 도저히 마주치고 싶지 않던 뭔가가 결국 눈앞에 닥치고 말았을 때처럼 깊은 체념을 한 얼굴이었다. 그러나 나는 그런 그의 심경을 헤아리지 않았다.

"드미트리. 당신이 아는 걸 말해 줘요."

나는 망설이지 않고 말했다.

"이 저택에서 평생을 일해 온 당신이라면 알고 있죠……. 뭐라고 해야 하지. 진짜 내 근본, 핏줄? 여하튼……. 정확히 콕 집어 말하기 힘든 내 정체가 뭔지에 대해서요. 그리고 무엇보다……. 아무래도 이 집안과 하등의 상관이 없는 것 같은 내가 어떻게 이곳에, 마치 없는 사람의 자리를 억지로 만든 다음 훔친 것처럼 감쪽같이 들어오게 됐는지도."

내 입으로 스스로가 이 집안과 실은 조금도 연관이 없는 사람이란 걸 알고 있다고 말할 때 그의 얼굴은 경악으로 일그러졌다. 그러나 잠시 후, 그는 힘겹게 고개를 끄덕였다.

늙은 집사의 입에서 나온 말들은 참을 수 없이 큰 충격이 그러하듯 쉴 새 없이 머리를 내리치지는 않았다. 서글프게도, 그 진실들 중

절반쯤은 이미 어렴풋한 불행의 색을 띤 채 내 예상의 범주 안에 자리해 있던 것들이었다. 그리고 나머지 절반은…….

나는 잠시 생각을 멈추고 미하엘을 생각했다. 집사의 입을 비집고 나온 진실의 나머지 절반은, 다름 아닌 그 미하엘로부터, 그와 메마른 입맞춤을 나누었던 밤 이미 접했던 것들이었다. 그러므로 나는 정말이지 딱히 더 놀랄 이유가 없었다.

나의 정체는 창녀의 딸, 그것도 아주 먼 동쪽 끝의 나라에서 어찌된 영문인지 섞여 들어온, 검은 머리와 눈을 가진 외국인 노예 출신의 매춘부가 낳은 아이라고 했다. 여기까지는 이미 내가 잘 알고 있는 내용이었다.

그러나 드미트리는 한참을 망설이다가 그 뒤에, 내 친부는 결코 돌아가신 백작님이 아니며, 백작이 오래 영지를 떠나 있던 몇 년간의 시기와 내 나이를 생각해 볼 때 결코 그는 내 친부가 될 수 없으며…… 실제 내 아비는 누군지 알 수 없다는 말을 덧붙였다. 그리고 당연히 아버지를 알 수 없다고 한 이유는…… 그것은 흔히 그러하듯 매음굴의 접대부가 하루에 남자를 받는 횟수가 원체 많은 까닭이라고…… 했다.

그 말을 입에 올릴 때 드미트리는 유리 조각을 삼키는 것처럼 고통스러운 얼굴을 해서 나는 순간 내가 선량한 그를 괴롭히기라도 하는 양 혼란스러웠다.

어찌 되었건 덕분에 나는 보다 사실성 있는 이곳에서의 내 정체성을 확인할 수 있었다. 헛웃음이 나왔다. 어찌 보면 그건 진짜 나라는 존재, 에스델이란 어여쁜 탈을 도둑처럼 뒤집어쓰고 있는 한유리의 실체에 딱 맞아떨어지는 배경이기도 했다. 그래서인지 나는 무척 이상스러운, 우울감이 뒤얽힌 만족을 느꼈다.

나는 이윽고 충족된 앎의 욕구를 깨닫고 자리에서 일어났다. 그러나 이야기가 끝나자마자 묘한 표정을 한 채로 등을 돌려 나가려는 나에게 드미트리는 마지막으로 힘을 짜내듯 간절한 목소리를 냈다.

"아가씨. 부디……. 간곡히 말씀드립니다. 지금 아가씨께서 얼마나 참담한 심경이실지 감히 이 몸이 다 헤아릴 수는 없지만……. 제발, 아무쪼록 감정적인 행동으로 스스로를 위험에 몰아넣진 마십시오. 아시다시피 여긴 귀족가의 일원으로서 갖춰야 할 혈통과 자격, 그리고 그 외의 편승에 대해 몹시 까다로운 곳입니다. 과거 아가씨께서 이 저택에 오실 때는, 당시 주인 나리께서 가문 대대로 쌓아 온 공적이나 그때의 힘을 앞세워 어떻게든 모든 일을 처리하셨지만, 그래서 이곳의 양녀로 신분을 인정받으실 수 있었지만……."

노인은 숨이 가쁜 듯 짧고 얕은 호흡을 연신 내뱉었다.

"더 이상은 아닙니다. 만약 아가씨의 진짜 신분이 드러나기라도 하면 누구라도 지난 죗값을 치르게 하려 들 겁니다. 그래야 뒤늦게나마 모든 게 바로잡힐 테니까요. 그리고 그렇게 되어 버린 후에는 누구도……. 심지어 미하엘 도련님이라 할지라도 아가씨를 보호해 드릴 수 없습니다. 그러니 부디 제 말을……."

나는 가엾은 노인의 마지막 말을 끝까지 듣지 않고 문을 닫았다. 다시 옮기는 발걸음은 이상하리만치 평온했다.

외국인 노예 출신 창부의 딸. 실제 아버지는 알 수 없음. 백작 그로에스 3세와는 실은 혈연이 아니었으며, 단지 그로에스 3세가 한때 즐겨 찾던 창부가 낳았다는 게 그와의 연결 고리 전부임. 나이가 든 뒤 마음이 약해진 백작이, 과거 한때 어여삐 여기던 외국인 창녀를 다시 찾았는데 그때 우연히 사창가에서 그녀가 낳았다는 아이를 보게 되었고…… 그는 어여뻤던 어미를 빼어 박은 그 아이가 무척이나 흡족했으며…… 그래서 결국 자신의 핏줄로 속여 집안으로 끌어들이는 발칙한 생각까지…….

머릿속에 하나둘, 지금까지 알게 된 사실들을 정리해 나가자 갈수록 문장의 끝이 축축 늘어졌다. 무척이나 기묘한 감각이었다.

그리고 나는 그것들을 한 번 더 곱씹으며 자연스레 생각에 잠겼다. 아까 전 집사의 마지막 말이 무엇을 의미하는지 잘 알고 있었다. 그도 그럴 것이 이 모든 진실이 누군가에게 발각되는 날 에스델이 겪게 될 일이 내게도 훤히 보였다. 그때 아마도 에스델은, 즉 그녀의 몸을 차지한 나는 이 세계에서 가장 악취 나는 진창, 혹은 원래의 에스델이 마땅히 속했어야 할 어느 사창가…… 그 경계 사이의 어딘가로 보내질 것이다. 물론 그에 앞서 이곳의 질서와 법을 어지럽힌 죄로 온 사지가 찢어발겨지는 벌을 받은 뒤에.

주어진 운명의 무게는 가혹했다. 열린 창문으로는 그러나 이런 상황을 아랑곳 않듯 맑고 시원한 바람이 불어 들어오고 있었다. 그 상쾌한 촉감을 고스란히 감각하며 나는 앞으로의 일을 생각했다. 딱히 더 절망스럽지도, 한탄을 하고 싶지도 않았다. 이런 상황에 홀로 놓이게 되는 것은 이미 내게 지극히 당연하고 또 익숙한 일이었으므로.

에스델이라는 여자는, 이제 한유리가 그 삶을 대신 이어받게 된 그 여자는 온몸의 곳곳을 비밀이라는 얇은 막으로 칭칭 동여매고 또 감아 포장하며 살아온 것 같았다. 그리고 나는 그런 비밀의 무게에 알게 모르게 고통받고 결국엔 곳곳의 살점이 문드러졌을 가엾은 그녀를 동정해 보았다.

기필코 숨겨야 할 것이 있다는 것. 누군가에게 제 목숨을 오롯이 쥐어 잡힐 수 있는 빌미를 언제나 안고 있는 것……. 뜬눈으로 잠을 설쳐 가며 어느덧 파리해진 안색으로 혼자 두려움에 떨었을 그녀의 시간들이 내게 아로새겨졌다. 삶을 감내하기 위해 져야 할 짐들이 그녀에게는 너무 많았다.

그러나 역설적이게도 나는 이제야 이 세계에서의 전말이 불투명한 윤곽이나마 보이기 시작함에 뭔가 시야가 맑아지는 것 같은 기분이 들었다. 끈적끈적한 불행이 온 데 뒤섞인 묘한 쾌감이었다. 나는 고개를 들어 내게 새로이 주어진 결 고운 머리칼의 흔들림과, 시린 바람의 감촉을 한 번 더 음미하며 그렇게 한참을 서 있었다.

원래의 내 삶으로 돌아가지 않으려면……. 아니, 차마 돌아갈 수만은 없다면. 그렇다면 나는 어떻게든 이곳에 있어야 했다. 이곳에 생을 부쳐 구차하게나마 삶을 유지하고 있어야 했다.

그래서 나는 그러기 위해 해야 할 일, 그러니까 이곳에서 숨만 쉬듯 겨우 생을 부지할 수 있는 방법을, 그리고 그걸 위해 내가 할 수 있는 뭔가를 한유리의 삶 속에서 찾아보기 시작했다. 나는 다시 머릿속을 흐르는 사고 한편에 침잠했다.

엄마는, 그러니까 한유리를 낳아 준 내 엄마는 온 동네 사람들로부터 몸 파는 여자라 불리는 사람이었다. 온 동네 사람, 이라는 말의 어감이 조금은 어색하긴 한데 더 적절한 말이 무엇인지는 잘 모르겠다. 도시라고 하기엔 너무 지나치고, 그렇다고 거리나 마을이라고 하기엔 언제나 복잡한 대도시에서의 삶 가운데 있던 우리 모녀의 현실에 맞지 않을 것 같았다.

아무튼 엄마는 우리가 어디서 살든 주변 사람들에게 주로 그런 표현으로 불렸다. 아파트에 살 때는 아파트의 주민들이, 또 한때 엄마의 부자 애인 덕에 고급 오피스텔에서 지냈을 때는 거기 사는 사람들이 마주칠 때마다 엄마를 흉보고 손가락질을 했다. 그러나 나는 그런 엄마가 싫지 않았다.

그도 그럴 것이 엄마는 몹시 예뻤다. 정말이지 엄마는 무척, 예쁜 여자였다. 그래서 아파트 골목에서 날 마주칠 때마다 몇 동 몇 호 사는 그, 술집 여자의 딸이라며 소리 죽여 말을 주고받던 여자들도 우연히 저녁에 출근하러 나가는 엄마를 보게 될 때면 한동안 숨을 죽이고 엄마의 뒷모습을 가만히 눈으로 좇곤 했다.

그녀들은 비록 겉으로 티를 내지는 않으려고 애썼지만 나는 다 알았다. 그리고 그럴 때면 나는 내심 속으로, 거봐, 우리 엄마 정말 예쁘지, 했던 것 같다.

엄마는 가장 예쁠 나이에 가장 큰 결심을 하고, 수많은 슬픔과 절망과 두려움……. 그런 숱한 좋지 못한 감정들을 오롯이 혼자 이겨냈을, 심지어는 그러고 나서도 예상보다 더 많은 것들을 희생해 가며 나를 낳았을, 그런 여자였다. 그래서 나는 그런 엄마를 때로 생각하는 것만으로 눈물이 날 만큼 사랑했다.

만약 엄마가 나를 가지지 않았더라면, 혹은 그때 아직 어떤 임신이나 출산 계획도 없었을 엄마가 그녀의 몸을 찾은 나란 아이를 끝내 낳지 않기로 결정했더라면 그 뒤 엄마의 인생은 좀 더 순탄하게 풀렸을까. 나는 생각이란 걸 하기 시작할 무렵부터 종종 스스로 그런 질문을 했다.

젊고 예쁜, 그래서 누구보다 가진 게 많았던 여자가 어떻게 그 누구나가 부러워할 모든 걸 내던지고 고작 나……의 엄마가 되기로 결심할 수 있었던 건지. 이른 사춘기에 접어들자마자 그것은 온통 내머릿속을 잠식하는 주제가 되어 있었다.

그리고 어느 휴일. 목욕 가운을 입은 채 머리카락에서 쉴 새 없이 풍만하고 아름다운 가슴으로 떨어져 흐르는 물방울들을 닦지도 않으며 캔 맥주를 홀짝이던 엄마는, 그런 내 맘을 들여다보기라도 한 것처럼 문득 말했다.

"내가 널 임신했을 때……. 아니 그러니까, 처음 병원에 가서 내 뱃속에 들어섰다는 유리 널 봤을 때……."

그때 엄마는 마치 오래된 꿈을 조심스레 헤집어 보는 듯한 얼굴을 했다.

"이걸 너한테 어떻게 설명해야 좋을까……. 참, 이래서 내가 뭔 얘기를 할 때마다 '나중에 네가 커서 애 낳아 봐라.', '네가 엄마가 돼 보면 알 거야.', 이 똑같은 소리만 자꾸 반복하는 거라니깐. 아니, 말이 샜는데. 하여간……. 그때, 엄마는 도무지 눈앞에 보이는 게 현실 같지가 않았어. 어찌나 신기하고 신비롭던지……. 솔직히 임신했다는 사실을 처음 알았을 때, 그땐……. 미안해 유리야. 근데 솔직히 엄마가 그때 어려도 너무 어렸다는 걸 꼭 감안해 줘……. 그렇게나 세상이 무너지는 것만 같았는데. 근데 막상 병원에서 의사가 보세요, 아기 심장 소리도 들을 수 있어요, 하는데 세상에. 그러고 들려오는 소리가……. 화면으로 봐도 너무너무 작아서 정말 저게 살아 있는 걸까, 믿기도 어려운 그 작은 몸에서 쿵, 쿵, 하는데……. 정말이지 그때 엄마는 처음으로 너무 신비롭고 감격스러운 나머지……. 세상에 진짜 신이나 기적 같은 게 있기는 있나 보다, 그런 생각까지 들었어."

그리고 엄마는 그 희고 말간 얼굴로 나를 바라보았다.

"그게 바로 너야. 유리야……. 그렇게 태어나서 내가 처음 느꼈던 벅차고, 신비롭고, 그래서 막 가슴이 아플 정도로 감격스러웠던 감정 그 자체가……. 나한테는 너였어. 너는 그렇게 나한테 왔던 거야……."

그날 말을 하다 말고 엄마는 조금 울었다.

엄마와의 삶은 행복했다. 그리 길지 않았던 한유리로서의 생애에 유일하게 행복이라 일컬을 수 있는 시간이 있다면 바로 그녀와 함께 한 그 즈음이었을 거라고, 나는 그 뒤로도 가끔 생각했다.

사실 그 모든 것이 어긋나기 시작한 건······. 그건 다름 아닌 바로 나 때문이었다. 나는 그 사실을 알았고 그래서 때로 죄책감에 잠 못 이루는 죄수들처럼 몸부림쳤다. 만일 내가 피터팬이었다면, 그의 네버랜드에서 뛰어놀고 피곤할 때면 달에 기대어 쉬며 푸른 파도 위 인어의 꼬리를 만지는 그 아이들처럼 나이를 먹지 않았다면 참 좋았을 텐데.

하지만 시간은 흘렀고 자연히 나는 부쩍 자라났다. 여물기 시작한 이목구비와 작은 몸집은 언젠가부터 조금씩 사람들의 시선을 모았다. 때로 사람들이 나를 그렇게 빤히 바라보는 게 너무 싫어서 울 때면 엄마는 늘 나를 토닥이면서 말했다.

"울지 마. 유리야······. 사람들은 네가 예뻐서 널 쳐다보는 거야."

그때는 그렇게 날 껴안는 여자의 품에 얼굴을 묻으면 금방 모든 슬픔과 두려움이 다 사라져 버리는 것 같았다. 그래서 나는 행복했다. 언제나 엄마의 품에 안기기만 하면 내가 두려워했던 그 모든 것들은 너무나 쉽게 해결되었다.

그러나 그 이후로도 나는 멈추지 않고 계속 자랐고 문득 정신을 차렸을 때 엄마는 더 이상 나를 그녀의 안락하고도 안온한 품 안에만 놓아둘 수 없게 되어 있었다. 내가 주변을 살폈을 때 사람들은 자란 날 보며 점점 더 심하게 엄마를 손가락질해 대고 있었고 그런 날이면 엄마는 잠도 자지 못하고 소리 죽여 울었다. 그리고 나는 어느 날, 더 이상 그런 엄마를 보는 게 마음이 아파서 아주 큰 결심을 했다.

"엄마. 나도 이제 학교에 갈래."

내 말에 엄마는 말없이 한참 나의 얼굴을 들여다보았다.

"……유리야. 정말 괜찮겠니?"

그때 엄마는 뭔가 직감하고 있었던 걸까. 내가 학교에 간다는 말을 하면 기뻐할 거라 생각했던 엄마는 그러나 조금 참담한 얼굴을 해서 날 슬프게 만들었다.

"막상 다녀 보면 학교가 꼭 그렇게 엄청……. 유리 네 생각대로 좋기만 한 곳은 아닐 거야. 그래도 네가 좋다면, 네가 정 가고 싶다면 나는, 엄마는……."

엄마는 또다시 그 이상 말을 하지 못하고 몸을 둥글게 만 아기처럼 엉엉 울었다.

"야. 우리 삼촌이 그러는데 너네 엄마 몸 판다며?"

"……."

"엄마가 매일 창녀 짓 하면 너도 똑같겠네? 야. 너 몸매는 좋냐?"

사람들이 친절한 건, 어디까지나 그 상대방이 자신에게 적당히 유익함을 줄 수 있으면서 동시에 마냥 함부로 대할 수는 없을 만큼의 힘을 갖고 있을 때뿐이었다. 비록 또래보다 늦게 학교에 들어갔지만 대신 나는 이 사실만큼은 또래 중 누구보다도 빠르게 깨쳤다.

몇 해인가를 늦게 들어왔다는 사실만으로 나는 학교에서 시답잖은 관심의 대상이 되기 십상이었는데, 거기다 엄마만큼은 아닐지라도 얼추 그녀를 빼어 닮기 시작한 내 생김새는……. 금세 주변 아이들의 관심, 호기심, 흥미, 가학심……. 그리고 그 외 뭐라 정의하기 힘든 그런 감정의 파편들을 잔뜩 끌어모았다. 그리고 유독 자주 멍하고, 힘이 약했으며, 엄마 외 다른 사람들에게는 어떤 반응을 보일지 일일이 고민하고 결정해야 하는 나를 관찰한 남자아이들은 금방 내게 잔인해졌다.

"씨발……. 어차피 대 줄 거 곱게 대 줄 것이지 괜히 빡치게……. "

"야, 이 개새끼야. 뒤에 애들 줄 섰는데 떡칠 맛 안 나게. 애 얼굴을 이렇게 줘 패 놓으면 어떡하냐?"

"그럼 어떡해. 존나 지랄해 대는데. 숨 좀 죽여 놔야 박든지 뭘 하든지 하지."

"어휴. 하여간 이 새끼, 누가 존나 쓰레기 같은 놈 아니랄까 봐."

내가 탈진해 누워 있을 때면 남자애들은 주로 그렇게 자기들끼리 낄낄대며 웃었다. 그때 차디찬 바닥 위에서 알몸으로 혼자 웅크리면서 나는 어떤 생각을 했었더라……. 아마도 대부분은, 혹시 내가 아주 먼 과거에, 혹은 전생이라는 게 정말 있다면 바로 그때에 너무 나쁜 죄를 지어서……. 정말 너무너무 나쁜 행동들만 잔뜩 했어서 그 죗값을 치르라고 신이 이번 삶을 고통 속에서만 살라고 명한 건 아 닐까……. 뭐 그런 생각을 했던 것 같다.

내 나이가 한 살씩 많아질수록, 그래서 점점 여성스러운 곡선을 띠어 가는 내 변화를 엄마가 기뻐하고 못내 사랑스럽다는 눈으로 더 욱 오래 응시하게 될수록. 이상하게도 내 삶은 점점 비탈로 구르고, 구르고……. 또 굴러떨어졌다.

학교의 창고나 부모님이 없는 또래 아이의 집, 인적 드문 공터 따 위는 점차 내게 익숙한 장소가 되었다. 그런 곳에 자의 반 타의 반으 로 눕혀진 채 빨리 시간이 지나기만을 기다리고 있을 때면 나 는……. 사람이 정말 슬프면, 온몸이 메말라서 더 이상 눈물도 나오 지 않는다는 사실을 깨달았다.

그랬다. 나는 그때 사람이 아니었다. 매일 술집에 나가느라 학교 한 번 와 보지 않는 엄마, 그리고 그런 엄마 외에는 믿음직한 보호자 하나 없는 나는 학교의 온 남자들이 뒷걱정 없이 언제든 쉽게 건드릴 수 있는 물건, 호기심 풀이와 욕구 해소용 장난감이었다. 누구나 그 걸 알고 있었고, 그래서 그걸 이용했고, 때론 알면서도 모른 척했다.

아니, 딱 한 번. 뭔가 이상하다는 걸 눈치채고 그걸 아는 체해 준 사람이 있긴 했다. 지금 생각하면 지나치게 순수한…… 아니, 순진 한 얼굴을 하고 있던 선생님. 그는 초임 발령을 받고 부푼 가슴으로 교탁에 서서 설레어 죽겠다는 표정을 숨기지도 못하는 그런 사람이 었다.

그래서 아이들은 은근히 그를 만만한 상대로 깔보았지만 그래도 나는 어쩐지 그가 꽤 좋았다. 그는 내 담임이 되었다. 그리고 어느 날, 선생님인 그가 나에게 일어난 일을 전부 눈치챘을 때 그는 고맙게도…… 정말이지 고맙게도 날 위해 목소리를 내 주겠다고 했다. 엄마가 아닌 다른 누군가가 날 위해 진심으로 뭔가를 해 준 것은 그때가 처음이자 마지막이었다.

그렇지만 불행을 필연처럼 안고 다니는 나 때문이었을까. 그 일의 결과는 몹시 안 좋았다. 너무나 착하고 정의로웠던 나의 선생님은 결국 그 일로 학교를 떠나야 했고…… 그리고 그런 그의 마지막 부탁을 떠올리며 겨우 용기를 내 힘겹게 향한 교장실이나 경찰서에서, 날 범한 아이의 부모들과 경찰은 그런 말을 했다.

"선생님, 우리 아들은 죄 없어요. 정말이에요."

"남자애들 그러잖아도 한창 피 끓을 때에, 저 계집애……. 내가 들어 보니까 밑바닥에서 그것도 아주 함부로 굴러먹은 애라고 하던데. 선생님도 아셨어요? 쟤 엄마도 몸 판다고……. 아무튼 저런 게 저 뽀얀 얼굴로 헤실헤실 꼬리 치며 날 잡아 잡슈, 하는데 어느 누가 그걸 참고 버티겠냐고요. 안 그래요? 사춘기 남자애들이 무슨 스님도 아니고……."

"유리야. 걔들이 네가 예뻐서 그랬나 보다. 너무 예쁘고 좋아서."

"왜, 너 예쁜 거 맞잖아."

"한 번도 네가 좋아서 따라간 적은 없어? 정말? ……진우는 아니라던데?"

"얼마나 아팠어? 걔랑은 몇 번 했는데……. 세 번? 그렇구나……. 혹시 마지막으로 했을 때는 너도 기분 좋았니?"

그들 앞에서 나는 목소리를 잃어버렸다는, 어릴 적 읽은 그림 동화 속 인어 공주처럼 소리 없이 절규했다. 그리고 그날부터 매일 밤 아름다운 그녀처럼 언젠가 바닷속 물거품이 되어 사라져 버리는 꿈을 꿨다. 그리고 엄마는……. 그 모든 일을 다 알게 된 엄마는…….

"미안해. 미안해, 유리야……."

그렇게 연신 내 이름을 부르면서 울었다. 무척 늦은 밤이었고 그래서 나는 그때 자는 척을 하고 있었다. 원래도 눈물이 많은 사람이었지만 그것치고도 엄마가 너무 심하게 우는 것 같아서 눈을 감고 있던 나는 덜컥 겁이 났다.

그리고 다시 눈을 떴을 때. 엄마의 모습은 보이지 않았다. 며칠 뒤 내게 도착한 통장과 옷가지, 생활용품이 잔뜩 담긴 가방과 쇼핑백들을 제외하곤 더는 누구도, 어떤 것도 우리 집에 도착해 오지 않았다. 그녀는 그 이상 아무것도 남기지 않은 채 사라져 버렸고 그리고 아무리 기다려도 다시는 오지 않았다. 말하자면, 나는 그녀에게 버림받은 거였다.

문득 달력을 보니 해가 바뀌어 있었다. 그제야 엄마가 언제나 '유리 네가 어른이 될 때까지는, 이 엄마가 어떻게 해서든 너를 꼭 키워낼 거야.' 하고 말했던 게 기억이 났다. 그리고 나는 깨달았다. 내 스무 살 생일날이었다.

2장
비천한 피를 타고 나

그 이후로도 시간은 아무렇지 않게 흘러갔다. 나는 표정을 지우고, 생기 하나 없는 말간 얼굴을 한 채 여전히 미하엘의 집에 살고 있었다. 마치 진실에 대해 아무것도 알지 못하는 것처럼.

그날 이후 저택에서 나와 마주칠 때마다 집사 드미트리는 참담한 표정을 미처 다 숨기지 못했지만, 나는 매번 그것을 모르는 척해 버렸다.

그리고 이는 미하엘의 앞에 설 때도 마찬가지였다. 태연자약한 척, 그렇게 감정의 동요를 드러내지 않는 것은 아주 쉬웠다. 나는 사람이기를 포기한 것처럼 그날 이후 어떤 부채(負債)나 양심의 가책도 느끼지 못하고 있었으니까.

종종 미하엘은, 그런 나를 알 수 없는 눈으로 응시했지만 그러나 끝끝내 이곳을 나가라는 말만큼은 하지 않았다. 몹시 이상스러운 일이었다. 그러나 그 덕분에 나는 이 세계에서의 삶을 좀 더 도모할 수 있었다.

실은 미하엘의 배다른 누이조차도 아니면서. 그 아비가 품던 천첩(賤妾)이니, 주인을 잃은 지금에 와서는 더 이상 여기 머무를 명분이 없다는 걸 알 텐데도. 뻔뻔스러워라……. 혼자 있을 때면 가끔 누군가 나를 손가락질하며 그렇게 말하는 소리가 들리는 것만 같았다. 그러나 나는 항상 두 귀를 막아 버렸다. 그렇게 나는 사람으로서의 모든 염치를 등져 버리고 이곳에서의 삶을 도모하고 있던 거였다. 마치 남의 밭에서 몰래 영양분을 빨아먹으며 기생하는 천하디천한 잡초처럼.

나는 이제 종종 에드먼드를 만나기 시작하고 있었다. 그는 그의 정부가 되라는 지난번 말이 농이 아니었음을 증명이라도 하듯 하루가 멀다 하고 나를 불러 댔다. 나는 매번 군말 없이 그의 궁으로 갔다. 그러나 그는 내게 차를 권하거나 가벼운 대화를 하며 나를 바라보거나 할 뿐, 여전히 내 몸에는 손 하나 대지 않고 있었다.

그래서 나는 다른 이들의 눈에 황태자의 정부라기보다는 최근 들어 이유 없이 부쩍 그를 자주 알현하는, 궁을 찾는 흔하디흔한 귀족들 중 하나로 보였다. 그리고 그 덕에 나는 거절할 명분이 없는 콘라드 형제의 부름에 여전히 착실히 응하고 있었다.

"전하. 저를 침실에서 필요로 하실 거라 생각했습니다만."

그래서 어느 날 무감각한 얼굴로 내가 대뜸 그렇게 말했을 때, 에드먼드는 다소 의외라는 표정을 지었다. 그 반응은 어찌 보면 당연한 것이었다. 확실히 과년한, 더군다나 신분이 귀족인 여자의 입에서 나올 만한 소리는 아니었다. 그때 그의 눈에, 나는 아마 조금이라도 그에게 잘 보이려 하기는커녕 스스로 천박하다 선전이라도 해 대는 듯한 우스꽝스러운 꼴로 보였을 것이다.

언제나 속을 알 수 없는, 마치 얇은 유리로 된 가면을 쓴 것 같은 얼굴을 하고 있는 주제에. 황태자는 그때 처음으로 흥미롭다는 듯한 눈빛을 여과 없이 내비쳤다. 그러나 그것은 아주 잠깐이었다. 바로 다음 순간 그는 언제나처럼 온화한, 다정스럽기 짝이 없는 미소를 짓고 있었다.

"글쎄요. 나도 사내이기에 영애 같은 이를 굳이 마다할 이유는 없겠습니다만……."

나는 본능적으로 그리 좋지 못한 말이 뒤이어질 것임을 깨달았다.

"안타깝게도, 조금 전까지 다른 사내의 몸을 껴안고 뒹굴었을 여인을 품는 취미는 없어서요."

에드먼드는 달콤한 목소리로 속삭였다. 그는 무척 매혹적인 미소를 지은 채 내 젖가슴 부근을 뭉근히 응시하고 있었다. 그를 따라 시선을 내리니 어느덧 조금 흐트러진 옷자락 사이로 두 남자 중 누가 남긴 것인지 알 수 없는 붉은 잇자국이 반쯤 비치는 것이 보였다. 그러나 나는 수치스러워하는 척조차 하지 않았다. 뻔뻔스럽게도 황태자의 얼굴을 가만히 바라보았을 뿐이었다.

정말이지 그랬다. 그 정도로, 나는 그때 뭔가를 더 잘해 보고자 하는 아주 기본적인 삶에의 의지라든가 욕구라든가 따위가…… 전혀, 없었다. 나는 그저 숨만, 숨만 붙이고 살 수 있으면 그걸로 족했던 거였다.

오늘도 나는 황태자궁에서 빠져나와 마차가 기다리고 있을 장소로 발걸음을 옮기는 중이었다. 이날의 만남 또한 여전히 정중했고, 조용했으며, 정적이기 짝이 없는 시간이었다.

그래서 나는 그에게 나를 필요로 하는 목적이 대체 무엇인지 모르겠으나, 당장 급하신 것 같지도 않으니 차라리 그냥 날 두고 업무를 보시라고 말한 참이었다. 비꼬려는 의도가 있는 건 아니었다. 어차피 나를 불러 별 내용도 없는 의례적인 대화나 하며, 맛도 잘 느껴지지 않는 차를 마실 바에야 늘 업무가 많을 그가 편하게 일이라도 할 수 있으면 싶었던 거였다.

"진심이십니까?"

그러나 그는 그렇게 내게 되묻고 의외라는 듯 작게 웃음을 터뜨렸다. 무척이나 보기 드문, 그의 소리 내어 웃는 모습이었다. 그래서 나는 정말이지 꽤 오랜만에 당황하고 말았다.

"영애의 청이 그러하다면, 앞으로는 종종 그렇게 하겠습니다."

그는 그렇게 말하고는 곧바로 나의 부탁을 들어주기라도 하려는 것처럼 나를 곁에 앉혔다. 그 바람에 나는 업무를 보는 황태자의 옆얼굴을 한참 멍하니 구경하다가, 이윽고 그에게 몇 권 책까지 추천받아 읽고 나오던 참이었다.

어느덧 멀리 황태자궁의 입구까지 나오니 바람이 꽤 소슬했다. 나는 에드먼드가 반쯤 강제적으로 안겨 준 그의 책 두어 권을 껴안은 채 주변을 둘러보았다. 언제나 마차를 기다리던 장소가 틀림없는데, 오늘따라 유독 늦어지는 모양이었다.

문득 올려다본 하늘이 점점 어둑어둑해지고 있었다. 나는 그 자리에 서서 그 뒤로도 한참을 더 기다렸다. 그러나 마차가 오는 소리는 끝내 들려오지 않았다.

그렇게 시간이 갈수록 점점 커져 가는 의아함에 내가 한창 불안해하고 있을 즈음이었다.

"누굴 그렇게 애타게 찾나?"

목소리가 들려온 방향으로 고개를 돌리자 눈앞에 서 있는 것은 지난번의 그 황자였다. 나는 아직 통성명을 하지 않은 남자를 물끄러미 올려다보며 집안의 시종들에게 전해 들은 얘기를 떠올렸다.

듣기로 황제의 아들 중 무사히 장성한 것은 황태자인 에드먼드와 3황자인 칼릭스뿐이라고 했으니, 눈앞에 선 남자의 정체는 분명 이곳의 황자, 칼릭스 레트 바우렐리우스일 터였다.

"칼릭스 황자 저하. 제국의 작은 태양을 뵙습니다."

나는 예를 갖추어 인사했다. 내 입술에서 나온 그의 이름에 그러나 그는 딱히 별다른 반응을 보이지 않았다.

"잠깐 보지. 용건이 있어."

그는 말을 마치자마자 곧장 따라오라는 듯 등을 돌렸다. 상대가 자신의 명을 감히 거절할 리 없음을 너무나 잘 알고 있는 계급 높은 자 특유의 행동이었다. 나는 주위에 깔리기 시작한 어슴푸레한 공기와 달빛에 잠겨, 밤하늘 아래서 얼핏 잔혹하고 아름다운 사자(使者)처럼 빛나는 그의 얼굴을 바라보았다. 그리고 저항할 수 없는 무언가에 씌 기라도 한 것처럼 말없이 그를 따랐다.

"들어가."

나는 떨떠름한 표정을 숨긴 채 그의 궁, 가장 안쪽의 내실로 들어 섰다. 황자가 오자마자 궁 안의 거의 모든 시종들이 눈에 띄게 얼어 붙거나 바짝 조아려 떨곤 하는 것이 보였다. 분위기가 심상치 않았 다.

그러나 그는 그런 주변의 공기를 신경도 쓰지 않는 듯 곧장 화려 하게 장식된 긴 의자에 가 앉았다. 신분이 높은 그가 내게 앉으라 명 하지 않았기에 나는 그 뒤 한참을 꿔다 놓은 보릿자루처럼 서 있어 야 했다.

"팔자가 꽤 좋군."

그는 냉정한 목소리로 말했다. 나는 영문 모를 말에 반사적으로 대꾸했다.

"네?"

"그 책. 에드먼드에게 어지간히도 총애를 받나 보지?"

나는 그제야 내가 무의식중에 에드먼드의 책을 계속 소중한 듯 껴안고 있었음을 알아차렸다. 나는 어색하게 책을 안고 있던 손을 조금 풀었다. 아무래도 형제인 만큼 서로 오래된 물건은 눈에 익숙한 모양이었다. 나는 말없이 고개를 끄덕이려다 말고 흠칫, 뭔가 이상한 느낌에 행동을 멈추었다. 에드먼드가 자신의 책을 빌려준 것은 사실이지만……. 그렇다고 해서 총애라니. 나와는 전혀 어울리지 않는 표현이었다.

에드먼드로부터 영문 모를 정부 노릇을 하라는 말을 듣기는 했지만 나는 정작 그의 앞에서 진짜 정부가 할 만한 일들은 하나도 하지 않았다. 어디서부터 뭐라 해명을 해야 할지. 나는 잠시 막막해졌다.

"매일같이 황태자의 침소에 들고, 나고……. 보기보다 솜씨가 좋아."

그의 차갑게 내려앉은 목소리에는 그러나 분명한 비웃음이 섞여 있었다. 명백한 창부 취급이었다. 그러나 나는 딱히 새롭지도 않은, 이젠 너무 익숙해져 버린 그런 취급에 부당함을 느끼지도 않았다. 오히려 이런 대접을 받는 편이 더 자연스럽다는 생각까지 들었다. 그래서 나는 그냥 입을 다물어 버렸다.

황자의 말 가운데 부당한 것과 사실이 아닌, 오해 비슷한 그런 것들이 분명히 섞여 있는 듯했지만 그것을 일일이 바로잡기 위해 반박하고 나를 밝히며 주장을 할 일이, 생에 대한 대부분의 의지를 잃어버렸던 그 순간의 내게는 지독히도 버거웠다. 그리고 칼릭스 황자는 그런 내 태도를 무언의 긍정으로 받아들인 듯 조소했다.

"우습군. 고작 이딴 계집 하나가……."

그는 자리에서 일어나 천천히 내게 다가오며 말했다. 서늘한 목소리에 나는 갑자기 피부에 소름이 끼쳤다.

"루카스에 제롬, 미하엘로도 모자라 이제 에드먼드까지라."

나는 그제야 뭔가 이상함을 깨닫고 남자를 바라보았다. 어째서 나와 내밀한 관계가 있는 그 이름들이 거의 일면식뿐인 이 남자의 입에서 나올 수 있는 건지 의아했다. 그러나 다음 순간 나는 본능적으로 위험한 기운을 감지했다. 얼핏 올려다본 그의 눈동자는 서리한 칼날처럼 검푸른 빛을 띠고 있었다.

"더러운 년."

그는 강하게 내 뺨을 내려쳤다. 순식간의 일이었다. 남자의 힘에 나는 억 소리도 제대로 내지 못한 채 그대로 반쯤 날아가듯 처박혔다. 바닥에 사정없이 부딪힌 몸에서 알싸한 통증이 전해졌다. 그러나 잘 알지도 못하는 남자에게 뺨을 맞았다는 사실이 주는 충격이 더 컸다.

시간이 지나자 점점 부어오른 볼에서 끔찍할 정도의 통증이 느껴지기 시작했다. 입 안은 찢어진 듯 비릿한 피 맛이 났다. 나는 순간 의아함도 잊고 충격과 두려움이 얽혀 덜덜 떨리는 눈으로 겨우 그를 올려다보았다.

"기껏 좋은 개를 찾았다 싶었는데, 알고 보니 나라 제일의 창녀였을 줄이야."

나는 지금 자신이 영문 모를 일을 겪고 있음을 인지했다. 더 상황이 나빠지기 전에 입을 열어 해명을 해야 한다는 것도 알았다. 그러나 다음 순간, 나는 남자의 차갑게 가라앉은 눈동자를 보고는 그대로 얼어붙었다.

처음 만났을 때부터 느낀 것이지만 그의 눈은 유독 잔혹해 보일 만치 어두운 푸른빛을 띠고 있었다. 그리고 그것은 과거부터 현재까지 늘 고통의 연속일 뿐인 삶을 살아온 내게도 생소할 정도로 끔찍한, 그런 이채였다.

서늘한 공기에 몸이 본능적으로 자꾸 위축되었다. 특히 지금 이 순간 저 눈은……. 굳이 비유를 하자면, 정말로 사람을 아무렇지 않게 그 자리에서 바로 죽여 버릴 수 있는…… 광기 어린 귀신의 눈 같았다. 나는 한껏 공포에 사로잡혔다.

"하긴. 고작 더러운 암캐한테 뭘 바라겠나."

그는 싸늘하게 미소 지었다.

"앞으로 네가 날 위해 해야 할 일이 많을 거야."

어느새 다시 가까이 다가온 그의 체취에 나는 비명을 지르고만 싶었다.

"기왕 내 충고를 어기고 에드먼드의 창녀가 된 김에, 앞으로 나한테 그 녀석에 대한 걸 뭐든 보고해."

"저, 저하. 지금……."

"일단은 그것부터. 어차피 그 녀석이나 나나 서로 사람은 붙여 놓은 셈이지만, 그런 그림자가 황태자의 침대 시중까지 어떻게 하진 못하잖아?"

나는 계속 덜덜 떨리는 몸을 억지로 반쯤 세워 일으켰다. 그는 그렇게 **뺨** 한 대에 사정없이 구겨진 나를 가소롭다는 듯 보고 있었다. 공포와, 충격과, 혼란과, 두려움이 한데 얽혀 도무지 생각이란 걸 하기 힘든 와중이었지만 나는 그 순간 내가 황자의 그 명만큼은 받을 수 없다는 것을 의식해 냈다. 그래서 나는 마치 목숨을 이미 내버린 사람처럼 대꾸했다.

"죄송하지만, 저하……. 그럴 수는 없을, 것 같습니다."

남자는 미약하게 인상을 찌푸렸다. 나는 억지로 일어선 채 버겁게 느껴지는 신체의 무게를 벽에 기대어 지탱했다.

"애초에 저는 생각하시는 바와 같은 그런…… 에드먼드 전하께 그리 특별한, 존재도 아닐뿐더러……. 무엇보다,"

생각보다 훨씬 힘에 부쳤다. 나는 가쁜 숨을 내쉬며 겨우 말을 이었다.

"그런 일……. 에드먼드 전하나 다른 누군가를……. 고작 저 하나 살기를 도모하고자 결국 그 목을 옥죄는 그런…… 일을 저는, 저 같은 이는 감히 할 자격도 없습니다."

그 말은 진심이었다. 나는 마음대로 죽을 수도 없고, 그렇다고 고통 없는 삶이 허락되지도 않는 이 끔찍한 생의 고리에서 조용히 시간을 버리듯, 나의 삶이 다 지나가기만을 기다리고 싶었다. 다른 죄 없는 누군가의 희생을 통해 생존 이상의 안온까지 도모하고 싶지는 않았다. 그것은 차마 안 될 일이었다.

나는 본능적으로 칼릭스의 명령이 차후 에드먼드를 위험에 처하게 할 뭔가까지 연결될 수 있단 걸 감지했다. 에드먼드란 남자가 내게 특별한 존재로 자리 잡은 건 아니었지만, 나는 이토록 비참한 삶을 다른 이의 목숨을 앗아 가면서까지 부지하고 싶지는 않았다. 그러잖아도 고통스런 삶이었기에 그것이 누군가의 희생에 뿌리를 두기까지 한다면 스스로 더욱 용납할 수가 없을 것 같았다.

더욱이, 이미 온통 더럽혀진 나 따위가 굳이 그렇게까지 해서 평온한 삶을 영위해야 할 이유도 알기 어려웠다. 그러나 남자는 이윽고 분노로 낮게 가라앉은 목소리를 냈다.

"내가 말귀를 못 알아듣게 했나?"

"……."

"조금 전의 일 정도면 충분할 거라 생각했는데."

그는 비릿한 조소를 흘리며 천천히, 아직도 비틀거리고 있는 내 앞으로 다가왔다. 그러고는 잠시 나를 말없이 응시하다 다음 순간 강하게 내 무릎을 걷어찼다.

"악!"

나는 거센 비명을 지르며 그 자리에 고꾸라졌다. 또 한 번 끔찍한 통증이 찾아왔다. 눈앞이 정신없이 점멸하는 것 같았다. 순식간에 바닥에 무릎을 꿇고 쓰러진 모양새가 된 나를 그는 무표정한 눈으로 내려다보았다.

"재밌군. 웃음과 몸은 팔아도 차마 그 귀한 손님을 배신하진 못하겠다, 뭐 그런 건가?"

그는 정말로 기가 막힌다는 듯이 웃었다. 그리고 뭔가를 잠시 생각하는 듯하다, 이윽고 미소 지었다.

"그럼 이건 어떨까."

"……."

"미하엘이 이어받을 네 집안의 안위와 안주. 가문의 존재 자체와 미래. 그리고 무엇보다……."

그는 느긋이 몸을 숙여 여전히 꿇어앉아 있는 내 귓가에 대고 속삭였다.

"불쌍한 네 동생, 미하엘의 목숨은?"

나는 순간 뒤통수를 세게 얻어맞은 것처럼 동요했다.

"그, 그게……. 대체 무슨, 말씀이신지."

나는 차마 믿기 힘들다는 듯 떨리는 입술을 겨우 움직여 물었다. 제발, 제발 지금 들리는 그의 말이 현실이 아니었으면 했다. 그러나 황자는 그런 내 꼴이 우습다는 듯 조소했다.

"말했잖아. 네 동생 미하엘의 목숨을 걸고도 그렇게 고고한 척 머리를 쳐들 수 있겠느냐고. ……아, 그러고 보니 진짜 동생도 아니었던가?"

순간 온몸에 찬물을 끼얹은 듯했다. 그 자리에서 꼼짝도 할 수 없었다. 이 남자는, 대체 어디까지 알고 있는 걸까. 등골이 오싹해졌다. 황자는 루카스나 제롬도, 더 나아가 에드먼드 황태자도 모르고 있을 내 출생의 비밀까지 손에 넣은 모양이었다.

그가 날 끌고 오자마자 곧장 더러운 개 취급했던 것이 그제야 생각이 났다. 애초부터 그의 눈에 나는 감히 귀족의 탈을 도둑질해 쓰고 있는 천한 노예이자 창부의 딸, 그 이상도 그 이하도 아니었던 것이다.

"아, 걱정 마. 고작 네 더러운 태생을 알고 있다는 걸 가지고, 혹은 에드먼드가 널 자기 애첩으로 만들려고 써먹었던……. 그 얄팍한 죄를 들먹이면서 널 협박할 생각은 없으니까."

그는 흔들림 없이 말을 이었다.

"에드먼드는……. 그래, 그 녀석은 거기까지가 고작이었을 테지. 어떤 걸 파헤치더라도 진짜 추악하고, 더럽고, 끔찍한……. 가장 밑바닥은 굳이 더 살펴보지 않으니까. 항상 그랬듯 위에서 내려다보며 모든 걸 다 파악한 것처럼 등을 돌렸겠지. 그런데 나는,"

내 귓가에 그의 차가운 입술이 닿았다. 남자의 나지막한 목소리가 귓바퀴에 바로 부딪혀 왔다.

"그 인간처럼 양지에서만 살아오질 못했거든……. 그래서 어떤 경우에라도 끝까지 파헤쳐야 직성이 풀려. 가장 추잡할 그 밑바닥까지 확인을 해야 비로소 만족이 돼. 넌 재수 없게 그런 나한테 걸린 거고."

황자는 지금 나에 관한, 내가 얽혀 든 모든 일의 밑바닥까지를 전부 꿰뚫고 있다 말하는 중이었다. 나는 더 이상 아무런 생각도 할 수 없었다.

"네까짓 천한 년이 정신 나간 백작 하나 죽인 걸 가지고 내가 에드먼드처럼 널 이용하려 들 거라 생각했나? 천만에. 그따위 살인으로는 굳이 더 입을 열고 싶지도 않아. 에드먼드가 알아낸 게 여기까지였던가? 그걸로 널 끌어들였을 거고 넌 응했고……. 헌데 설마 나까지 그자식이랑 똑같은 수준으로, 겨우 그 정도를 들먹이며 널 휘두르려 들 거라 생각한 건 아니겠지."

미칠 것만 같은 상황이 끝없이 이어지고 있었다. 나는 이제 차라리 정신을 잃고만 싶었다.

"내가 말하는 건 그보다 조금 더 앞의 일이야. 네가 백작을 죽이기 전에……."

그는 더 말을 이으려다 뭔가 떠오른 듯이 차갑게 웃었다. 그러나 남자의 눈은 여전히 소름 끼칠 만큼 고요했다.

영원 같은 찰나의 정적이 흐르고, 남자는 천천히 입술을 열었다.

"……미하엘은 사실 그 모든 걸 알고 있었어."

대체 이건 또 무슨 말일까. 나는 차마 지금 그의 입에서 나오는 말을 믿을 수 없었다. 미친 듯이 떨리기 시작한 눈을 들어 겨우 남자의 시선을 마주했다. 남자의 목소리가 천천히, 그리고 지독히 비현실적으로 귓가에 닿아 왔다.

"실은, 불쌍한 네 가짜 동생 미하엘은……. 모든 걸 다 알고 있었다고."

설마. 설마 그럴 리가. 나는 미친 듯이 중얼거렸다. 그럴 리 없어.

"……그가 정말 아무것도 모를 거라고 생각했나?"

그의 물음에 나는 모든 것을 부정하듯 황급히 고개를 내저었다. 결코, 결단코 그럴 리가 없었다. 말도 안 되는 소리였다. 그러나 충격으로 벌어진 입에선 쉿소리가 긁히는 소음만이 미약하게 흩어질 뿐 제대로 된 반박이 나오지 않았다.

"미하엘은 그 모든 걸 다 알면서도……. 심지어 네가 백작을 죽이고자 약을 손에 넣고, 그걸 몰래 그의 음식에 섞었으며, 나중엔 직접 먹이기까지 한…… 그 모든 과정을 때로는 보고, 듣고, 그래서 결국 완벽히 눈치채고 말았으면서도. 그래서 죽기보다 더 고통스러운 갈등에 놓이면서도…… 결국 널 위해 그 모든 걸 모르는 척하기로 했던 거야. 자, 사실을 알게 된 소감이 어때? 감격스럽나? 피 한 방울 섞이지 않은 천한 그의 누이로서?"

아니야. 그렇지 않아. 그건 거짓말이야. 나는 경악에 질려 소리 없이 울부짖었다. 어느새 눈물이 넘쳐흐르고 있었다. 그는 흘깃 날 내려다보더니 눈물로 젖은 내 뺨을 손끝으로 슬슬 뭉갰다.

"난 미하엘을 알아. 곧 죽어도 거짓말은 못하는 바보 같은 천성이지. 그러니 정 믿기지 않으면 오늘 집에 가서 직접 물어보지 그래. 사실은 내가 네 아버지를 죽인 걸 알고 있었냐고. 아니, 실은 다 알면서도 날 막지 않은 거냐고……. 그럼 아마 그 녀석 성격에 결국 죽지 못하는 얼굴로 고개를 끄덕이고 말걸?"

그는 재밌다는 듯 낮은 웃음을 흘렸다.

"이제 좀 이해가 되나? ……그렇다면 다음으로 이런 건 어떨까. 그로에스의 백작위 승계에 뭔가 문제가 있다는 것 정도는 너도 지금쯤 눈치챘겠지. 글쎄, 그건 네가 저지른 살인과는 별개로 죽은 그 미치광이가 워낙 저질러 놓은 게 많아서고……. 어쨌든 그 일로 미하엘은 계속해서 여기저기 회부될 거야. 황성도 마찬가지. 황제와 나라의 온 귀족들, 물론 나 또한 자리한 이곳에."

"……저하. 제, 제발,"

"거기서 모든 진실이 드러난다면. 지금껏 애써 감춰 온 그 모든 사실을 누군가 밖으로 들춰낸다면? ……글쎄, 그런 상황에서 미하엘이 과연 제 한 몸 건사하자고 뻔뻔스레 거짓말을 할 생각이나 할 수 있을까? 아무리 가짜 누이라도 같이 산 시간이란 게 있으니, 네 동생 성미는 네가 더 잘 알 텐데. 미하엘은 절대 그런 비겁한 짓은 못해, 차라리 죽으면 죽었지.

그러니까 그는 그냥 체념하듯 그 자리에서 바로 모든 죄를 인정해 버릴 거야. 원래 그런 류의 인간들이 늘 그렇듯이. 물론 자기가 거짓 말을 함으로써 누이인 네가 목숨을 건질 수 있다면, 그럴 가능성만 있다면 그때는 그걸 선택하려 들겠지만……. 근데 이미 사실이 조금 이라도 노출된 후엔 넌 어떻게 해도 죽은 목숨이잖아? 미하엘이 네 행동을 사전에 알았든, 몰랐든 네가 백작을 죽인 사실은 어차피 변함이 없으니까.

그런 상황에서, 어차피 누이인 널 지키지도 못하게 된 마당에 혼자만 살기를 도모하고자 너에게 모든 죄를 뒤집어씌운다? 누이의 발칙한 짓을 자신은 꿈에도 몰랐다고 변명한다? ……그 고상한 미하엘이 과연 그럴 수 있을까? 말해 봐. 그가 그렇게 해서라도 살아남으려고 할 것 같아?"

충격으로 머리가 먹먹했다. 남자의 말은 놀랄 만치 정곡만을 찌르는 것이었다. 나는 비록 이곳에 온 지 얼마 되지 않았지만 미하엘이 어떤 남자인지는 잘 알았다. 그는 어느 선택지를 고르든 나에게 닥칠 결말이 같다면, 홀로 덫에서 빠져나가겠다고 이기적인 수를 쓰기보다 차라리 자신도 같이 죽기를 선택할 그런 이였다.

애초에 다른 누군가를 지키기 위해서라면 모를까, 일신의 안위를 위한 이기적인 거짓말을 할 수 있는 위인이 못 되었다. 거기까지 생각이 미쳤을 때 나는 이제 미친 듯이 울음을 토해 내고 있었다. 끝없이 차오르는 물기에 눈앞이 자꾸만 흐려졌다.

황자는 이윽고 선고를 내리듯 명료히 말했다.

"그럼 그때는 지금 같은 작위나 승계 문제, 가문의 위신 따위에 대한 고민들은 사치가 될 거야. 고위 귀족인 백작의 죽음에다 직계 혈족의 살인을 방관, 방조했으며 거기다 그 모든 걸 침묵으로 은폐하기까지 한 셈이니. 그 죄들을 모두 따지고 들면 미하엘 역시 최소한 사형이겠지."

그 순간 나는 미친 사람처럼 그에게 매달리기 시작했다. 조금 전 남자가 비아냥거린 대로 진짜 개라도 된 양 바닥을 기어가 그의 다리를 붙잡고 흐느꼈다. 여전히 무표정했지만 그러나 흡족한 빛을 띠는 눈동자를 올려다보며, 나는 겨우 격한 감정들로 뒤얽힌 말의 덩어리들을 토해 냈다.

"그럴 수는……. 그럴 수는 없어요. 제발……. 미하엘은, 그는 죄가 없어요. 오히려 그는 과거의 에스델, 아니, 저, 저란 존재 때문에 평생을 괴롭게……. 그런데 에스델, 아니, 에스델인 제가 과거에 저질렀던 일로 인해 죄 없는 그까지, 그까지 그렇게 죽게 할 수는……."

나는 아이처럼 엉엉 울었다. 눈물로 추저분하게 젖은 얼굴이 부끄러운 줄도 모르는 것처럼 필사적으로 남자에게 애원했다. 황자의 판단은 정확했다. 나는 이미 벼랑 끝으로 떨어진 스스로의 인생은 그리 아깝지 않았다. 만일 칼릭스가 내 목숨만을 들먹였다면 나는 그가 예상한 것처럼 끝내 그에게 굴복하진 않았을 것이다.

그렇지만 잔인할 만치 냉철한 이 남자는 내가 결코 저버릴 수 없는, 어떤 의미에서 나 자신의 목숨보다 더 간절하고 아픈 무언가를 들이밀며 굴종을 요구해 온 것이다.

그 순간 나는 미하엘을 떠올렸다. 과거의 나와 어딘가 닮아 있는, 지난 생애 한유리가 그랬듯 지금까지의 온 인생이 마치 끝없는 슬픔의 통로를 지나는 것만 같았을 불쌍한 미하엘을. 나는 이대로 그가 희생되는 걸 보고 싶지 않았다.

백작을 죽인 것은 비록 내가 아니었다 할지라도, 과거 에스델의 죄라 할지라도 그 이후 이 세계에 떨어져 번번이 다른 이들과 얽히고 또 얽혀, 결국 이런 상황까지 만든 것은 마치 나 때문인 것만 같았다. 그래서 나는 죄악감에 칼릭스에게 기대어 울며 빌고, 또 빌었다.

남자는 거슬린다는 듯 그런 나를 싸늘하게 응시하더니 세게 걷어찼다. 나는 그의 발길질에 나동그라짐과 동시에 그가 앉은 자리로 황급히 기어가 그의 다리를 붙잡고 또다시 매달렸다. 그런 나를 재차 차 낼 것처럼 다리를 뻗으려던 칼릭스는, 순간 뭔가를 생각하는 듯하더니 이윽고 입을 열었다.

"핥아."

그는 소파에 걸터앉은 채 한쪽 다리를 길게 뻗어 내 앞으로 들이밀며 말했다. 남자의 서늘한 눈동자가 나를 꿰뚫듯 노려보았다. 명령은 짧고 간단했다.

나는 남자의 마음이 변하기 전에 이 기회를 잡아야 한다는 것을, 앞으로 그의 착실한 개가 되어 그의 명을 저항 없이 받아들일 것을 보여 주어야 한다는 사실을 알아차렸다. 그래서 정신없이 고개를 끄덕였다. 나는 잠시 눈을 감았다가……. 이윽고 고개를 숙여 개처럼 그의 신을 천천히, 밑바닥까지 핥기 시작했다.

남자의 시선이 내내 따라붙었다.

나는 공포와 절망과 상실에 대한 두려움으로 어떤 맛도 잘 느끼지 못하면서 그냥 그의 명령에 충실하고자 했다. 그저 얼얼하기만 한 이상한 감각들이 이어졌다. 나는 그것들을 억지로 씹어 삼키며 연신 혀와 입술로 그의 신을 핥았다.

입술이 지나간 자리마다 투명한 타액 자국이 남아 남자의 구두를 적셨다. 턱을 괴고 그런 나를 관찰하듯 바라보던 그는 간간이 내 뺨과 귀, 목선을 손가락 끝으로 훑어 내렸다.

그는 꽤 오랜 시간이 지나고 나서야 이제 그만하라는 듯 다리를 치웠다. 그가 몸을 움직인 순간, 나는 억누르고 있던 토기가 급히 치밀어 올랐다.

"우웩! ……욱, 으윽."

미친 듯이 헛구역질을 해 댔지만 먹은 게 없어 타액만 줄줄 흘러 내렸다. 그는 경멸스럽단 표정으로 그 모습을 지켜보다가, 다음 순간 그대로 내 머리채를 휘어잡고 어딘가로 끌고 가기 시작했다.

머리카락이 다 쥐어뜯기는 것 같은 아찔한 통증에 나는 나보다 훨씬 키가 큰 그의 보폭을 급히 따라잡으며 휘청댔다. 이윽고 욕실 문이 열리고, 그는 들어가자마자 찬물이 가득 담겨 있는 욕조에 내 얼굴을 그대로 처박았다.

"욱! 프읍, 픕, 우윽!"

숨이 막히는 고통에 폐부가 찢어질 것 같았다. 입과 코와 귀로 미친 듯이 밀려든 물이 곧장 아찔한 고통이 되어 나를 쉴 새 없이 칼질해 댔다. 내 몸은 생존에 대한 본능으로 몸부림쳤다. 사지를 필사적으로 버둥거렸다.

그러나 칼릭스는 더러운 것을 씻어 내려는 듯 내 눈물과 입 안에 섞여 들어간 온갖 이물과 티끌들이 빠질 때까지 한 손으로는 내 머리채를 쥐고, 다른 한 손으론 내 양쪽 **뺨**을 강하게 눌러 입을 벌리게 만들면서 계속해서 차디찬 물속으로 내 머리를 처박았다. 얼마나 계속되었을까. 나는 거의 실신하기 직전까지 가서야 겨우 몸을 욕조 밖으로 끄집어낼 수 있었다.

"헉. 으억, 헉⋯⋯."

나는 겨우 제대로 공기를 마실 수 있게 됨에 미친 듯이 몸을 떨며 가쁘게 호흡했다. 그는 그런 나를 내려다보며 잠시 말없이 서 있었다. 나는 언제 조금 전의 고통이 다시 시작될지 몰라 미리 숨을 쉬어두기라도 하려는 것처럼 거듭 헐떡거렸다.

그러나 이번에 그는 나를 다시 물속에 처박지 않았다. 대신 그는 무감각한 얼굴을 한 채 한 손으로 내 멱살을 잡고 나를 욕실 밖으로 끌어냈다. 물에 젖은 온몸이 바닥에 질질 끌리면서 긴 물 자국이 이어졌다. 그는 그렇게 날 자신의 침실까지 끌고 갔다. 침대에 반쯤 걸터앉은 남자는 여전히 소름 끼칠 만큼 무표정했다.

"지금쯤은 말귀를 알아들었을 것 같은데."

"⋯⋯."

"내 말. 알아들었냐고 물었어."

나는 조금 전 일의 여파로 남자가 뭐라 하는지도 제대로 들리지 않았지만 눈치껏 고개를 주억거렸다. 그러지 않으면 금방이라도 또 다른 고통이 나를 덮칠 것 같았다. 남자는 차갑게 웃었다.

"그럼 이제 날 한번 잘 모셔 봐."

나는 그 순간 그의 말이 뜻하는 바를 이해할 수 없었다. 그를 잘 모시라는 것을, 지금 무엇을 어떻게 해야 행동으로 옮길 수 있는지

도저히 그 맥락을 알기 어려웠다. 그렇게 당황하는 와중에도 그러나 또다시 그의 발길질이 날아들까 봐 나는 어떻게든 몸을 가만히 두지 못하고 허둥지둥댔다. 그러자 황자는 성가시다는 듯 다시 천천히 내뱉었다.

"날 만족시키라고 했어."

나는 그제야 그 말이 의미하는 것을 알아차렸다. 혹시라도 그의 맘이 바뀔까 봐 반사적으로 고개를 끄덕거렸다. 그렇지만……. 나는 그 후 잠시 멍하니 서 있어야만 했다. 그를 위해 곧바로 무엇을 해야 할지 전혀 감이 잡히지 않았던 것이다.

그도 그럴 것이……. 나는 지금껏 숱한 남자들을 받아 냈지만 그 대부분은 강간이나 다름없는 행위였기에, 언제나 시체처럼 누워 제발 이 순간이 빨리 지나가기를 빌곤 했던 것이 내 성 경험의 전부였다. 그런 내가 남자를 기쁘게 할 방법 따위를 알고 있을 리가 없었다. 나는 당혹감에 다급함까지 뒤얽힌 채로 계속 주저댔다.

그러다 문득 남자들과의 숱한 정사 가운데 유독 진득했던 제롬과의 행위가 떠올랐다. 나는 필사적으로 그 기억들을 샅샅이 헤집었다. 그러자 내게 잠자리에서만큼은 제법 관대했던 제롬이 유일하게 구음(口淫)만은 집요할 만치 요구해 오던 것이 뇌리를 스치듯 지나갔다. 더 망설일 여유가 없었다.

생각이 거기에 미친 순간 나는 또다시 허겁지겁 그가 앉은 쪽을 향해 몸을 끌었다. 그리고 덜덜 떨리는 손으로 조심스레 그의 하체를 더듬어 올라가기 시작했다. 내 손이 이윽고 그의 바지 앞섶에 닿자 그는 어디 한번 해 보라는 듯 눈을 내리깐 채로 자신의 등을 조금 뒤로 기댔다.

나는 남자의 앞섶을 풀어 헤쳤다. 이윽고 모습을 드러낸 그의 것이 역하고 두려웠지만 질끈 눈을 감았다. 거대한 남성의 끝을 나는 조심스레 입술에 대며, 지금까지 제롬에게서 받아들였던 숱한 요구와 그의 세밀한 취향들을 떠올리고자 안간힘을 썼다.

이윽고 나는 겨우 입을 오물거리기 시작했다. 그러나 다음 순간, 칼릭스는 어이없다는 듯 내 머리채를 거칠게 쥐어 들어 그의 것을 놓게 만들었다. 그리고 곧장 내 뺨을 갈겼다.

"똑바로 해."

이번에는 맞은 곳의 통증조차 느껴지지 않았다. 나는 황급히 다시 그에게 다가갔다. 그리고 인간이기를 포기한 것처럼, 정말 짐승이 된 것마냥 그의 것을 물고, 핥고, 빨아들였다. 이윽고 목 깊숙이 묻은 다음, 가장 부드러운 점막에 남자의 살점 끝을 서서히 문지르고 조였다.

점점 더 커지는 칼릭스의 것은 어느새 내 목 안을 가득 채우듯 졸랐다. 갈수록 숨이 막히고 고통스러웠다. 그는 한참 미동 없는 얼굴로 내가 하는 양을 구경하듯 내려다보더니 차갑게 일갈했다.

"형편없군."

"읍, 죄, 우욱, 죄송……. 죄송합,"

"그동안 어지간히 너그러운 남자들만 상대했나 봐. 아니면 제대로 가르쳐 주는 사람이 없었나?"

더 이상 대꾸할 생각도 하지 못한 채 나는 성기를 문 채로 몸을 떨었다. 그는 어쩔 수 없다는 양 직접 내 머리채를 쥐고 자신의 아랫도리를 드문드문 차올리기 시작했다.

"에드먼드의 여자 취향이 이렇게 형편없었던가. 분명히……."

그는 뭔가 생각하는 듯하다가, 피식 웃더니 내 머리채를 좀 더 거칠게 잡아당겨 깊숙이 처박았다.

그는 결국 서툴기 짝이 없는 나를 참지 못하고 중간중간 몇 번이나 더 뺨을 때린 후에야 구음을 그만두게 했다. 종내 사정을 하지는 않았으니 그는 행위를 마친 것이 아니라 단순히 멈춘 것이었다. 황망한 얼굴로 그를 보고 있자 그는 무뚝뚝하게 명령했다.

"벗어."

나는 급히 고개를 끄덕이며 일어섰다. 순간적으로 몸이 휘청거렸다. 곧장 떨리는 손을 뻗어 가장 겉의 드레스부터 벗으려 했지만 조금 전 욕조에 빠졌을 때 잔뜩 물을 먹은 천은 온몸에 밀착하여 떨어지지 않았다. 군데군데 묶어 놓은 매듭 또한 마찬가지였다. 이대로 지체했다간 황자의 발길질이 날아들 것 같아서 나는 점점 조급해졌다.

"이리 와 봐."

그는 말이 끝나기가 무섭게 나를 거칠게 끌어당겨 머리맡의 탁자 위에 있던 칼을 들어 올렸다. 나는 그가 나를 찌르려는 것으로 알고 반사적으로 눈을 꽉 감았다. 그러나 그는 한 번의 동작으로 얇은 드레스와 속옷의 천을 적당히 가른 다음, 그대로 그것을 손으로 붙잡아 찢어 내렸다.

순식간에 알몸이 된 채로 나는 그에 의해 거칠게 바닥에 눕혀졌다. 한순간에 바뀐 시야에 눈앞이 몹시 어지러웠다. 그는 내가 등에 닿은 차가운 대리석 바닥의 감촉에 몸서리치기도 전에 곧장 내 다리를 잡아 벌렸다. 그리고 바로 다음 순간 남자의 것이 비벼지는 듯하더니 곧장 강하게 안을 찢듯이 들어왔다. 미처 젖지도 않은 살덩이를 찢어발기는 고통에 나는 끔찍한 비명을 지르며 몸부림쳤다. 그러자 그는 다시 내 따귀를 후려쳤다.

"……시끄럽게 하지 마. 숨통을 끊어 놓기 전에."

그제야 나는 뒤늦게 주제 파악을 마친 노예처럼 숨을 헐떡이며 간신히 고개를 끄덕였다. 그러나 남자는 그런 나를 쳐다보지도 않고 미처 다 들어가지 않은 그의 성기를 체중으로 강하게 짓누르듯 힘을 주어 끝까지 밀어 넣었다. 몸이 갈라지는 아픔에 나는 또다시 비명을 토해 내지 않으려 필사적으로 이를 꽉 물었다.

엉겁결에 그 틈으로 씹힌 입 안의 살점에서 아릿한 피 맛이 배어났다. 주먹을 쥐고 덜덜 떨면서 고통을 참고 있으니 이윽고 그가 천천히 하반신을 움직여 오는 것이 느껴졌다. 남자의 움직임은 점점 더 거칠어졌다. 그의 거센 허리 짓에 나는 꺽꺽대며 억누른 비명 소리와 숨을 삼켜 댔다.

이윽고 그는 짓치듯 내 몸을 사정없이 찍어 누르기 시작했다. 나는 그저 다리를 활짝 벌린 채 수치스러운 줄도 모르고 꾸역꾸역 남자를 받아들일 뿐이었다. 틈틈이 올라오는 비명과 구역질 소리를 막고자 필사적으로 두 손을 입에 구겨 넣자, 꽉 문 이에 짓이겨지는 피부의 감각이 생소하게 느껴졌다.

점차 땀과 섞인 남자의 체향이 진하게 밀려왔다. 나는 그 수컷의 냄새에 소름이 끼쳤다. 기절할 것 같은 아픔에 아랫도리가 비명을 지르며 다급히 분비해 낸 액체로 마찰은 다소 줄어들었지만, 여전히 온몸의 감각은 끔찍하기 짝이 없었다. 무언가가 계속해서 속을 사정 없이 긁어내는 듯한 고통이었다.

경악에 찬 내 얼굴이 흘러내린 눈물과 침으로 젖어 드는 것이 느껴졌다. 나는 손을 가능한 입 안 더 깊이, 목구멍까지 닿을 정도로 더욱 밀어 넣고 때로 그것을 씹기도 하면서 남자의 신경을 거스르지 않고자 필사적으로 발악했다.

그렇게 한참이 지난 뒤에야 그는 마침내 파정했다. 남자는 내 두 다리를 붙잡은 채 안쪽의 점막을 마찰시키면서 사정의 여운이 완전히 잦아들 때까지 천천히 움직였다.

그제야 나는 폭력과도 같던 거친 정사가 끝났음을 깨달았다. 얼마나 세게 물었는지 불현듯 입에서 빼낸 손에 피가 몰린 시뻘건 잇자국이 고스란히 남아 있었다. 나는 서서히, 그러나 다음 순간 곧바로 아직 그가 빼내지 않아 남자의 성기가 밀려 들어가 있는 몸을 허겁지겁 일으키려고 했다. 이 구역질 나는 상황에서 한시라도 빨리 벗어나고 싶었다. 그러나 그것이 심기를 거스른 듯 남자는 다시 인상을 구겼다.

"지금 뭐 하는 거지?"

"저, 끝내신 것 같아, 서……."

"다시 누워."

"……."

"내가 다 끝났다는 말을 했던가?"

그제야 나는 직감했다. 그는 한 번으로 만족하지 않으리란 걸. 남자는 나를 침대 위에 뒤엎고는 곧장 거칠게 삽입해 왔다.

다시 눈을 떴을 때, 나는 벌거벗은 채로 침상 위에 나동그라져 있었다. 아마 거듭된 정사의 고통에 잠시 까무룩 정신을 잃은 모양이었다. 본능적인 수치심에 시트로 다급히 몸을 가리며 주변을 살펴보았다. 다행인 건지 황자는 자리에 없었다.

조금 전 정사에서 보인 그의 잔혹한 성정을 떠올릴 때 볼일이 끝나자마자 나를 밖으로 쫓아냈을 법도 한데 내가 아직까지 여기 누워 있을 수 있었단 사실이 놀라웠다.

나는 허둥지둥 몸을 일으켰다. 입고 온 옷은 이미 찢어진 채 걸레처럼 바닥을 나뒹굴고 있었다. 집에 돌아갈 일이 막막했다. 차마 알몸으로 밖에 나설 수는 없기에 그 찢어진 옷가지나마 거두어 어떻게든 걸쳐 보려고 할 때였다. 문득 느껴지는 시선에 고개를 들자 칼릭스가 방으로 들어왔는지 나를 보고 있었다.

그는 팔짱을 낀 채 거슬린다는 듯이 내 형편없는 몰골과 억지로 몸에 걸친 넝마 같은 옷을 응시했다. 그러더니 옷장에서 그의 겉옷을 꺼내 내게 던졌다.

"감사, 합니다."

나는 그와 몸을 섞는 내내 비명을 억지로 삼키느라 완전히 쉬어 버린 목으로 겨우 말했다. 그리고 그가 내준 옷을 몸에 걸치고는 가능한 빠르게 침실에서 나왔다. 바깥으로 향하자 그의 시종들이 나를 바라보는 시선이 들러붙는 게 느껴졌다. 못내 부끄러웠다.

어떻게 집으로 갈 수 있을지 생각하며 헤매다 나이가 제법 많은 남자 시종에게 말을 걸자, 그는 잠시 나를 살피다가 안에서 무슨 일이 있었는지를 눈치챈 듯 곧 마차를 불러 주었다.

돌아온 그로에스 저택은 어둠에 젖어 고요했다. 그러나 얼마 들어가지 않아 맞닥뜨린 것이 미하엘이라 나는 몹시 동요했다. 그의 얼굴을 보게 되자 조금 전 칼릭스에게서 들은 말들, 그가 내뱉은 진실이란 것들이 생생히 떠올랐다. 그리고 그것들은 종내 나를 두렵고 혼란스럽게 했다.

또다시 한데 얽혀 울렁거리는 복잡한 감정들, 생각들……. 그런 것들이 나를 서서히 옭아매 오는 것만 같았다. 미하엘은 예의 그 먹먹한 눈으로 거의 헐벗다시피 한 내 꼴을 응시하고 있었다.

"대체……."

"……."

"대체, 밖에서 무슨 짓을 하고 돌아다니는 거야."

곧 그의 시선이 구타로 부어오른 내 뺨과 터진 입술 위를 한참 머무르는 게 느껴졌다. 미하엘의 얼굴은 무언가를 간신히 참아 내는 듯 괴로워 보였다. 그 짙은 감정들이 전해져 오는 것 같은 기분에 나는 몸을 떨었다. 미하엘의 반응은 당혹스러웠다.

차라리 얼마 전까지 그랬듯, 속살을 다 드러내 놓은 내 모습을 보며 천하다 욕하고, 창부 같다는 등의 모멸감을 느낄 말을 퍼붓고, 아니, 가문의 이름을 욕보인다며 화를 내기라도 했으면 나는 오히려 아무렇지 않게 그 모든 걸 받아들였을 것이다. 그러나 눈앞의 남자는 몹시 고통스러워 보였고 그래서 나는 그것이 참을 수 없었다.

대체 왜? 어째서……. 순간 혼란과 불안이 엄습하는 것을 느꼈다. 네가, 어째서 이런 상황에서 내게 그런 반응을 보이는 거야. 그러자 문득 두려워졌다. 방금 전까지 어떤 일을 치르고 왔는지 쉬이 상상이 될 차림으로, 더구나 오늘은 외간 남자의 겉옷까지 보란 듯이 두르고 온 나를 보면서 어떻게 미하엘이 그런 표정을 지을 수 있는 건지.

나는 크게 떨리는 눈으로 소리 없이 그에게 말했다. 제발, 부탁이니까 날 욕해. 소리를 지르고 혐오스럽다는 눈으로 쳐다봐. 그러나 그 외침은 들리지 않는 것이었고 그는 한참을 괴로운 듯 서 있다가 조용히 등을 돌릴 뿐이었다.

"들어가. 시간이 늦었어."

그리고 그 순간 나는 무언가 확실히 잘못되었다는 걸 알았다. 미하엘은, 에스델의 동생인 그는 지금 이런 반응을 보여선 안 되었다. 나는 깊이 생각하지도 않고 그의 등을 쫓아가 다급히 말했다.

"왜, 왜……. 그런 반응이야?"

"무슨 소리야."

"내가 이 시간에 이런 꼴을 하고, 들어왔잖아. 어떤 일이 있었는지 너도 대충 알잖아."

"……그래서?"

"아니면 알기 쉽게 내 입으로 말해 줘? 지금껏 바깥에서 남자랑 어떤 추접스러운 짓을 하다 왔는지……."

갑자기 그가 날 향해 몸을 돌리는 바람에 나는 차마 뒷말을 잇지 못했다. 날 보는 미하엘의 눈가는 억지로 뭔가를 삼키는 것처럼 붉어져 있었다.

"그만해."

그는 힘겨워 보였다. 그러나 나는 멈추지 않았다.

"아니. 넌 지금 여기서 나한테 그러면 안 돼. 나한테 욕설을 퍼부어야 정상인 거 아냐? 차라리 손찌검이라도, 때리기라도 해."

"너는. 내가 너를……. 널 지금까지처럼 계속, 그렇게 대하길 바라?"

미하엘은 나직이 물어 왔다. 나는 차마 답을 할 수 없었다. 그는 다시 자신의 방으로 향하려는 듯 등을 돌렸다.

"더는 그럴 수 없어. ……안 되겠더라."

적막이 깔린 어두운 복도에 그의 억양 없는 목소리만이 깔렸다. 더는, 안 되겠다는 의미 모를 그 말이 서늘한 파도처럼 밀려와 나를 집어삼키는 것 같았다. 그럴 리가……. 아니야. 아닐 거야. 나는 혼자 제자리에 서서 미친 여자처럼 고개를 저어 댔다. 의미를 알 수 없는, 아니 오히려 그 내면이 어렴풋이 짚일 듯한 그의 말 뜻을 알게 될까 봐 두려워서 나는 이따금 비틀거렸다.

방으로 돌아오자마자 나는 얼이 빠진 양 주저앉았다. 대체 조금 전 그의 행동은 뭐였을까. 나는 급히 생각들을 헤집어 댔다. 그러다 불현듯, 최근 들어 그가 더 이상 나를 마주할 때마다 예전의 그 경멸과 증오가 담긴 눈으로 내려다보지 않게 되었다는 것을 깨달았다.

어떻게든 상처를 주려는 듯 냉혹하기 짝이 없는 말들을 퍼붓지 않게 되었다는 것 또한. 어떻게, 어떻게 이걸 이제야 알아차릴 수 있을까……. 나는 그런 자신이 혐오스러웠다.

최근에 연이어 벌어진 크고 작은 일들, 더욱이 갑작스레 알게 된 에스델의 출생에 대한 것까지 겹치면서 늘 머리가 미친 듯이 복잡했기에 미처 그의 행동에 나타난 변화를 인지하지 못한 것 같았다.

그렇지만……. 나는 속으로 중얼거렸다. 나만 보면 노골적인 혐오와 냉대를 일삼던 미하엘이 저렇게 된 걸 어떻게 모르고 있을 수 있지? 나는 미친 듯이 자신을 힐책하고 싶었다. 대체, 대체 그의 변화는 언제부터였던 걸까.

그러자 머릿속에 그날의 일이 떠올랐다. 얼마 전의 밤, 술에 취한 채 그에게 미친 것마냥 달려들어 그를 원망하고 차라리 나를 여기서 내쫓으라고 매달렸던 그날……. 나는 눈을 질끈 감았다. 그러나 기억의 조각들은 소리 없이 이어졌다.

그와의 난폭하고도 몹시 건조했던 입맞춤. 그의 격한 감정의 동요로 흔들리던 갈색 눈동자. 그리고, 그리고…… 끝내 의미를 알기가 힘들었던 그의 말들까지.

'……차마 그런 천박하기 짝이 없는, 아니, 틀림없이 그래야만 할 그 계집이랑 혹여 같은 핏줄을 타고 난 건 아닐까……. 언젠가부터, 이상할 정도로 그게 끔찍하게 두려워져서…….'

순간 뇌리를 스치듯 떠오르는 남자의 말이 귓가에 생생했다. 그는 자신의 누이와, 천하디천한 에스델과 자신이 정녕 같은 핏줄일까 봐…… 그것이 언젠가부터 무척, 끔찍할 만치 두려워졌다고 했었다. 두렵다, 라. 나는 혼란스러웠다.

그건 단순히 더럽기 짝이 없는 여자가 진짜 자신의 혈족이라는 것을 확인하게 되는 것에 대한 불쾌감이나 혐오, 거부감 따위의 것들……만이 아니었던 걸까?

작은 유리창으론 소리 없이 연한 달빛만이 비춰 들고 있었다. 나는 가랑비처럼 그것을 맞으며 어둡기 짝이 없었을 과거 미하엘의 시간들을 떠올렸다. 오늘 내가 들은 것, 칼릭스란 남자의 말이 사실이라면…….

미하엘은 그 모든 걸 알고서도, 실은 그의 누이라고도 할 수 없는, 천하디천한 에스델이 자신의 아버지를 죽이기로 결심하고 실제로 서서히 남자의 숨통을 끊어 가는 걸 다 알면서도…… 모른 척했다고 했다.

그저 가짜 누이가, 그녀가 바라던 것을 이루도록 그렇게 내버려 두었다. 끝내 자신의 고통과 희생까지 감내하면서. 그렇지만 대체, 무엇을 위해서? 그리고 문득 나는 그 답을 알게 될까 봐 두려워졌다.

아니야, 아닐 거야……. 믿기 힘든 현실이었으나 머릿속에서는 계속 고통스럽기 짝이 없는 극본만을 답인 것마냥 들이밀고 있었다. 나는 애써 또 다른, 보다 현실에 합당한 이야기를 찾으려 했다.

미하엘은, 그는 차마 더 이상 견디기 괴로웠던 거야. 이성을 잃고 오직 더러운 욕구에만 충실한 짐승이 되어 매일 에스델을 범하는 자신의 부친이. 그래서……. 아니면, 아니면 그 모든 끔찍한 고통들을 감내해 냈을 누이 에스델을 동정한 걸까?

늘 혐오하고 경멸하며 증오하려 했지만 차마 그 여자의 삶이 사내인 자신이 보기에도 너무나 불쌍하고 비참해 보여서…… 동정을 하게 되어 버린 걸까? 그랬기에 그녀가 결국 자기 아버지를 죽이려 드는 걸 알면서도, 백작의 숨을 끊어 놓을 때도 차마 그걸 막을 수…… 없었던 걸까?

나는 흘러넘치는 눈물을 느끼며 입술을 깨물었다. 온몸을 공처럼 말고 흐느꼈다. 자꾸 머릿속 한편에서 누군가의 부정이 들리는 것 같았다. 아니야. 그게 아니야. 실은…… 너도 눈치챘잖아.

그러나 나는 필사적으로 고개를 저어 그 모든 허상들을 연기처럼 휘저어 버리려 했다. 만약, 만약 미하엘이 그 오랜 시간 알게 모르게 자신의 누이에게 품어 왔을 감정이 증오와 타기(唾棄), 인간으로서 갖게 된 일말의 동정만이 아니라면, 정말 그러하다면……. 차마 믿기 힘들지만 가장 최악의 경우가 그의 마음속 한편에 자리해 버렸다면…….

나는 미하엘이, 그가 불쌍했다. 어떻게 해도 보답받을 수 없는, 설령 신의 가호가 따른다 하더라도 차마 행복한 결말을 기대할 수는 없을 그런, 시작하기도 전에 이미 끝이 보이는 감정을 품었을지도 모르는 그 남자가.

어떻게 해야 할까. 나는 탈진할 것처럼 울다 지쳐 잠들고 다시 깨기를 반복하다 자리에서 몸을 일으켰다. 나는 알고 있었다. 이제는, 정말이지 정신을 차려야 한다는 걸.

나는 거듭 생각했다. 나의 고통과, 불행과, 슬픔으로 얼룩덜룩해진 이 삶은 내 스스로 어떻게 할 수 없는 불가항력 그 자체이지만. 나는 지난 생에서도 그랬듯 어쩌면 앞으로도 정작 스스로의 삶에 대해서는 아무것도 바꿀 수도 없고, 바꾸어서도 안 될지 모르지만, 그렇지만…… 미하엘은 달랐다. 미하엘은 내가 아니었다. 그리고 그 사실만이 마지막 희망처럼 느껴졌다.

미약하기 짝이 없는 나란 존재가 차마 미하엘의 행복까지는 이룰 수 없겠지만…… 그의 삶, 앞으로 남은 그의 나날들이 더 이상 헛되이 희생되어 비참한 종말을 맞지 않도록 할 수는 있지 않을까. 어쩌면, 아직 기회가 남아 있는지도 몰랐다. 그러므로 나는 정말이지 그를 살릴 수 있을지도, 그를 구해 낼 수 있을지도…… 모를 일이었다. 나는 이곳에서 처음으로 나에게 허락될 수 있고, 그래서 내가 할 수 있는 일이 이것이기를 간절히 바랐다.

목표가 정해지자 그다음은 명료했다. 미하엘을 희생양으로 만들지 않기 위해서는 힘이, 그것도 아주 강한 힘이 필요했다. 나라의 유일한 황자이자 황위 계승 서열상 두 번째에 자리한 칼릭스로부터 미하엘을 지켜 낼 수 있는 그런 힘이. 그러나 과연 내가 그것을 손에 쥘 수 있을까. 아니, 애초에 그럴 가능성이 존재하기는 하는 걸까……. 앞이 보이지 않는 것 같은 좌절감이 몰려왔다.

그러나 바로 다음 순간, 생각의 틈새로 떠오르는 얼굴이 있었다. 에드먼드 드뉴엘 바우렐리우스. 나는 그 순간 그 남자를 생각했다.

나에게는 없는 것. 나라의 황태자요, 차기 황제로서의 힘과 권력과 지위가 그에게는 있었다. 더욱이 비록 무슨 연유인지는 아직 모르지만, 어떤 이유로든 간에 그가 나를 곁에 두고 지켜보기로 결정했다는 것 또한 눈치채고 있었다. 그는 지금 이 순간 내게 마지막으로 남겨진 희망과도 같았다. 에드먼드라면, 그라면……. 그 남자만 완벽한 내 편으로 만들 수 있다면…….

나는 몸을 떨었다. 그는 내 모든 걸 대가로 나의 부탁을 들어줄지도, 그래서 모든 진실이 밝혀지지 않도록 도와줄지도 몰랐다. 혹은, 미천한 나 하나의 목숨만을 희생하여 끝내 미하엘만은 다치지 않게 지켜 줄 수도 있을 것이다. 그는 머지않아 황제가 될 자이기에.

그것은 이 세계에 떨어진 후, 아니, 어쩌면 무기력하고 불행하기 짝이 없던 내 생애 전체를 통틀어 처음 느끼고 깨닫는 감각이었다. 내가 무언가 해야 한다는, 그리고 할 수 있을지도 모른다는 생경한 느낌.

나는 자리에서 비틀대며 몸을 일으켰다. 더 이상 끔찍한 현실 앞에 나약하게 흐느끼고만 있을 수는 없었다. 물론 에드먼드의 마음을 내게 향하도록 하는 것이, 그가 기꺼이 날 도울 만큼 그를 완전한 내 사람으로 만드는 것이 불가능에 가까운 일이라는 건 알지만 그래도……. 이대로 아무것도 하지 않은 채 나로 인해 다른 누군가가 영영 곁을 떠나게 되는 걸 보고 싶진 않았다. 나는 이미 그런 상실의 고통과 아픔을 알고 있었다.

문득 시선을 돌리니 거울에 비친 내 모습이 보였다. 이 세계에서의 내가 되어 버린, 슬프고 아름다운 에스델이. 나는 그녀를 보며 문득 생각했다. 아름다운, 너무도 아름다운 그녀의 외모는 어쩌면 지독한 불행을 견디는 대가로 주어진 게 아닐까.

깊은 바다에 사는 마녀가 인어 공주의 목소리를 앗아 간 대신 두 다리를 주었듯, 에스델이 평생의 고통과 슬픔을 껴안는 대가로 그 아름다움을 받은 것이라면……. 어쩌면 생애 처음이자 마지막으로, 세상을 떠나기 전 유일한 소망을 이루기 위해 그것을 쓸 수도 있지 않을까.

문득 깨달은 그 사실에 한 걸음 앞을 향해 내딛자 차가운 거울면의 저편에서 제법 한유리와 닮은, 그러나 비교조차 하기 어려울 만큼 고운 얼굴이 더욱 빤히 나를 바라보았다. 그 아름다움을 감각하며 나는 조심스레 희망을 품었다. 어쩌면……. 어쩌면, 그가 나를 사랑하게 만들 수도 있지 않을까, 하고.

그날부터 나는 간절히 바라기 시작했다. 만약에 정말 신이 있다면, 비록 그가 나를 고통과 슬픔과 불행의 구덩이에 처박아 버린 바로 그 잔혹한 존재라 할지라도. 제발…… 그 남자가 나를 사랑하게 만들어 달라고.

"들어와."

미하엘은 집무실에서 나를 기다리고 있었다. 며칠 만에 다시 보는 그의 얼굴은 그사이 조금 메마른 듯 한층 성숙한 분위기를 풍겼다. 조용히 안으로 들어서자 탁자 위에 이미 서류들이 준비되어 있는 게 보였다.

칼릭스의 궁에 갔던 그날 밤 이후, 나는 차마 미하엘을 더 마주할 용기가 나지 않았다. 며칠간 그를 피해 다닌 것은 그 때문이었다. 미하엘을 보고 있으면 해선 안 될 질문들이 금방이라도 입을 열고 나올 것만 같았다.

정말 모든 것을 다 알고 있었던 건지, 알고 있었다면 왜 지금까지도 아무것도 모르는 척 굴고 있는지, 진실을 알게 된 것은 언제부터였으며 부친을 살해하려는 누이를 끝내 내버려 둔 까닭은 무엇인지……. 그러나 그것들 중 어느 것도 쉽게 꺼낼 수 있는 물음이 아니었고 그래서 나는 그냥 미하엘과의 자리를 피해 버린 거였다.

그 행동의 결과 중 하나가 바로 이 순간이었다. 백작의 유산 문제를 놓고서도 내가 번번이 미하엘에게 모든 권한을 위임한다며 자리를 피하자 결국 미하엘은 나를 억지로라도 데려오게 만들었다. 그러나 정작 끌려온 나는 지금도, 눈앞에 놓인 재산 서류들을 보면서도 아무런 감흥이 없었다. 죽은 남자가 남기고 간 돈, 저택, 토지……. 일주일, 아니, 불과 며칠 전이기만 했어도 나 또한 이곳에서의 삶을 도모하기에 요긴할 그것들을 이렇듯 도외시하진 않았을 것이다.

그러나 나는 이미 모든 일의 실태를 파악한 후였다. 에스텔의 죄에서 뻗어 나온 숱한 잔가지들, 그 빌미와 약점들을 물어 버린 이가 너무 많았다. 같이 발을 담근 루카스와 제롬은 그렇다 치더라도 어떻게 해선지 대략적인 윤곽을 알아낸 에드먼드, 그리고 그 모든 것을 완벽히 꿰뚫고 있는 칼릭스까지……. 자연스레 나는 무슨 수를 쓰더라도 내가 이곳에서 무사히 생을 마감할 수는 없을 것임을 직감했다. 그러자 어떤 재산도 금세 그 값어치를 잃게 되었다.

"……상속을 아예 마다하는 이유가 뭐야."

미하엘은 피곤한 듯 마른세수를 하며 물었다. 그러나 진실을 말할 수는 없었다. 늘 사람 머리 꼭대기에 앉아 있을 법한 두 남자가 얼추 사실을 알아차렸고, 특히 황자란 이는 어떤 방법을 쓴 건지 속속들이 그 모든 걸 파악해 나와 널 쥐고 흔들려 하고 있다고. 그래서 난 이미 틀렸고 바라는 것은 다만 너라도 무사히 남는 것이라고. 유산은 그래서 내겐 아무 소용도 없다고, 그렇게 말을 할 수는 없는 거였다. 그래서 나는 대신 답했다.

"네가 가지면 돼. 원래 전부 네 거잖아."

그 말은 사실이었고 또한 진심이었다. 그러자 미하엘은 성마른 듯 머리를 쓸어 넘겼다.

"마음에도 없는 소리 마."

"마음에도 없는 소리 아니야. 정말 나는 그걸 받을 이유가 없어서 그래."

"여기서 나가고 싶다며. 저택을 떠나고 싶다는 사람이 재산을 마다해?"

미하엘은 그게 말이 되냐는 눈으로 나를 보았다. 그의 두 눈은 몹시 피로했고 괴로워 보였다. 나는 재차 고개를 저으며 서류들 가운데 우측에 놓인 것들을 향해 펜을 꺼내 들었다. 그리고 내 몫이 될 권리를 포기한다는 일종의 각서들까지 서명해 나가기 시작했다. 미하엘은 그런 나를 보며 몇 번이고 마른 입술을 뗐지만 나는 그가 말을 꺼내기 전에 모든 일을 마무리했다.

"다 끝났어. 이만 가 볼게."

그리고 곧장 그곳을 빠져나왔다.

생각할수록 내게는 에드먼드가, 황태자인 그 남자가 필요했다. 이 사실을 깨닫고부터 나는 어떻게 하면 그의 마음을 사로잡을 수 있을지에 대해서만 침잠했다. 누가 보면 흡사 첫사랑의 열병에 빠지기라도 한 것 같은 모양새였다. 차이가 있다면 달콤하고도 괴로운 연모의 감정에 가슴이 달아오르기는커녕, 갈수록 차갑게 머리가 식어 간다는 점일까.

근래 들어 나는 에드먼드에게 가기에 앞서 늘 고민을 거듭했다. 치장이며 옷을 고르는 일이 이렇게 어려운 것임을 왜 이전에는 몰랐을까. 평소 같았으면 에이미에게 모든 것을 맡겨 버렸겠지만 막상 남자의 마음에 들려고 생각하자 밑도 끝도 없이 갈등이 따랐다. 나는 결국 참지 못하고 물었다.

"……넌 정말 내가 예쁘다고 생각하니?"

에이미는 당혹스러운 듯 눈을 동그랗게 떴다. 황당할 만한 질문이었다. 절로 한숨이 새어 나왔다. 지금의 이 얼굴이 예쁘단 것은, 그것도 무척이나 예쁘다는 것은 물론 알고 있었다. 그런데…… 그런데도 자신이 없었다.

에드먼드의 마음을 돌리기에 앞서 나는 애초에 누군가에게 사랑받아 본 적도, 남자의 관심을 끌어 보려 애쓰고 그 노력이 빛을 발한 기억도 없었던 거였다. 막막한 마음에 그만 두 손에 얼굴을 묻어 버렸다.

"예, 예쁘셔요! 정말 아름다우세요!"

에이미는 그제야 허둥지둥 칭찬을 내뱉었다. 아마 원하는 답을 해 주지 않아 내가 속상한 거라 생각하는 눈치였다.

"아고, 죄송해요. 아가씨께서 평소에 아무 말씀도 안 하시다가 갑자기 그런 질문을 하셔서…… 좀 놀랐어요. 근데 아가씨, 빈말이 아니라 정말 아름다우세요. 제가 처음 이 집에 온 날이 아직 생생한걸요. 창가에 기대서 멍하게 하늘을 보고 계시는데 그 모습이 마치 액자 속 그림 같아 보일 정도로 예뻐서……. 아가씨는 그만큼 정말 예쁘세요."

에이미는 특히 마지막 말을 힘주어 내뱉었다. 엎드려 절 받기라도 한 것 같았다. 나는 그녀를 두고 그 뒤로도 한참을 더 고민하다 결국 예전에 엄마를 보며 자연스럽게 익혔던 것들을 따르기로 했다.

엄마는 늘 남자를 염두에 둘 때의 화장은 가능한 자연스러워야 하며, 그러므로 녹색이나 푸른빛을 띠는, 원래 얼굴에 있을 수 없는 색은 아예 쓸 생각도 하면 안 된다고 했었다. 엄마가 강조한 그 한 듯 안 한 듯한 화장을 떠올리며 나는 확신은 없었지만 화장수를 두드려 바르고 그 위에 파우더를 얇게 펴 바른 뒤, 연한 장밋빛과 분홍색으로 입술과 뺨을 물들였다.

그럭저럭, 못 봐 줄 정도는 아닌 것 같았다. 얼마 전 칼릭스가 남긴 구타의 흔적이 사뭇 옅어진 것이 다행이었다. 마지막으로 옷은 노출이 심하지 않으면서도 몸의 선을 잘 드러내는 것을 골랐다. 이 또한 엄마가 특히 공들이는 손님을 만날 때의 기준이었다.

"와, 아가씨. 어쩜 화장을 거의 안 하셔도……. 아니, 오히려 그렇게 하니까 평소보다 더 청초하고 예쁜 것 같아요. 저도 앞으로는 아가씨께……."

반복되는 에이미의 칭찬에 그러나 나는 민망함을 느끼지도 못할 만큼 막막하기만 했다.

얼마 지나지 않아 에드먼드는 나의 변화를 알아차렸다. 애초에 그 한 사람만을 염두에 두고 꾸민 것이니 그가 봐 주지 않으면 아무런 의미가 없는 일이었다. 아침마다 애쓴 시간이 완전히 헛된 것만은 아닌 모양이었다.

"원래도 그러했지만……."

그는 유심히 생각을 하는 듯하다가 말했다.

"요즘 들어 한층 영애를 좇는 시선들이 눈에 띕니다. 낯빛이 더 미려해질 만한 좋은 일이라도 있었습니까?"

그리고 불행하게도, 나는 그때 한창 얼이 빠진 채 에드먼드와 미하엘, 칼릭스에 대해 생각하던 중이었다.

"……좋아하려는 사람이 생겨서요."

생각에 앞서 말이 먼저 튀어나왔다. 좋아하려는 사람이라, 완전히 틀린 것은 아니었지만 어쩌다 하필 그렇게 말이 나온 건가 싶긴 했다. 그러나 이미 엎질러진 물이었다. 뒤늦게 에드먼드에게, 정확히 는 날 좋아하도록 만들고 싶은 사람이 생긴 것이며, 그 대상은 바로 눈앞의 당신이라고 해명할 수도 없었다. 그래서 그냥 입을 다물었다. 에드먼드는 흥미로운 듯 나를 바라보았다.

"그렇습니까. 영애에게는 잘된 일이네요."

그리고 덧붙였다.

"다만, 내 앞에서도 감추지 못할 만큼 그 마음이 큰 줄은 미처 몰랐습니다."

그는 여전히 미소를 지었지만 나는 그것이 그리 유쾌하지 않다는 뜻의 또 다른 표현임을 알아차렸다. 일을 더 망친 것 같아 좌절감이 밀려들었다. 이래서야 애써 치장한 노력이 무색해진 셈이었다. 어쩌면 이렇게 바보 같을 수 있을까. 나는 스스로를 힐난했다.

에드먼드의 마음을 얻어야 한다는 사실은 알았지만 타인의 신뢰나 애정 따위를 얻으려 애써 본 경험이 없어서인지 나는 줄곧 상황을 나쁘게만 만들고 있었다. 목적을 의식하자 절로 긴장이 되었고 그로 인해 몸이 굳었다. 그러자 자잘한 실수가 늘어났다. 그리고 그런 날 두고 에드먼드는 때로 꽤 놀랍다는 얼굴을 했다.

"영애에게 그런 면이 있는 줄은 몰랐습니다."

며칠이 지난 후 그의 앞에서 차를 내다 실수를 연발할 즈음 나온 말이었다. 그와 정원을 걷다 문득 생각난 듯이 나에게 부탁해 온 것을 받아들인 게 실수였다. 이곳에 온 뒤 몇 번 교육을 받은 적이 있기에 쉬이 생각했는데, 막상 해 보니 연습으로 익혔던 것과 사뭇 달랐다. 그날 나는 에드먼드의 거처로 돌아온 후에도 내가 어질렀던 티 테이블 위를 떠올렸다. 에드먼드는 한참 입술을 꾹 물고 있는 나를 바라보았다.

"그리 상심하실 것 없습니다. 영애."

다정한 위로의 말에 그러나 한층 부끄러움을 느꼈다.

"아니요. 저는 그런 모습을 보인 것이……."

말을 하려다 보니 울컥 감정이 솟아올랐다. 나는 혹여나 좋지 못한 꼴을 보일까 봐 얼른 고개를 숙였다. 그저 형편없는 모습을 보인 것만이 수치스러워서만은 아니었다. 아까 전 차를 내던 순간, 그 사소한 실패를 통해 나는 새삼 떠올린 거였다. 내가 어쩌면 에드먼드라는 도무지 거리를 좁힐 수 없는 남자를 너무 무모하게 붙잡으려 하고 있었다는 것을. 그러나 다른 선택지가 없다는 사실에 생각이 닿자 한층 가슴이 죄어들었다.

나는 이미 이곳에서의 최후, 비록 그것이 영원한 죽음이 될지 혹은 더 비참했던 원래 한유리의 삶으로 돌아가는 것일지는 모르나 그때까지 할 일을 정해 둔 채였다. 적어도 이곳에 온 나로 인해 애꿎은 미하엘까지 희생양이 되게 하지는 않는 것.

에드먼드는 천천히 내 얼굴을 들어 올렸다. 그 순간 무게를 이기지 못하고 툭 떨어지는 눈물에 그는 제법 놀란 듯 시선을 맞췄다. 어찌 고작 이런 일로 눈물을 보이냐고 할 법도 한데 그는 대신 내 속내를 읽으려는 양 한참 나를 바라보았다.

눈앞에 놓인 삶의 무게가 버거운 까닭에 눈물은 계속 흘렀다. 그는 한참 그대로 있었다. 이따금 뺨을 타고 흐르는 옅은 눈물 자국을 부드럽게 눌러 주면서.

음영이 드리워진 황자의 얼굴은 서늘했다. 나는 조금이라도 빨리 그가 이곳에서 날 내보내 주기를 바라며 주위를 살폈다. 화려한 궁이건만 에드먼드의 거처와 달리 달의 음영 위에 존재하는 듯 공기마저 차갑게 피부 위를 감돌았다.

"그래. 얘기할 건 그게 전부인가?"

칼릭스는 뭔가 생각하는 듯 물었다. 나는 마른침을 삼켰다.

"네. 오늘 에드먼드 전하와 있으면서 보고 들은 것……. 전부입니다."

그의 옆얼굴은 언제나처럼 냉정한 분위기를 풍겼다. 깎아지른 듯한 콧날이며 미간과 턱선이 남자답고도 우미(優美)한 윤곽을 이루었다. 그러나 나는 그 모습에 두려움만 느낄 뿐이었다.

오늘로 벌써 네 번째, 처음 황자에게 끌려와 오직 자신에게만 복종할 것을 명하며 수컷이 암컷을 깔듯 겁간당한 뒤로 그의 밀정 노릇을 해 온 횟수였다. 애당초 양심의 가책이 주던 알싸한 둔통은 회를 거듭할수록 무뎌져 가고 있었다.

무감각한 얼굴로 황자의 앞에서 미주알고주알 아는 것을 토해 낼 때면 죄책감 때문인지 이따금 단정한 에드먼드의 얼굴이 떠올랐다. 애써 그것을 지워 버리려 하면 시위라도 하듯 어김없이 손바닥에서는 땀이 배어났다. 아직 찔리는 게 남아 있기는 한 모양이라고, 나는 자조했다.

칼릭스의 궁에 처음 끌려왔던 날 이후, 며칠이 지나도록 그로부터 아무런 연락이 없었기에 나는 내심 황자가 나를 그대로 그렇게 잊어 버리는 것은 아닐까 기대했었다. 그러나 그것을 무참히 깨 버리기라도 하듯 얼마 지나지 않아 에드먼드와 헤어져 돌아가던 길, 기척도 없이 나타난 누군가가 나를 불러 세웠다.

'따라오십시오. 저하께서 부르십니다.'

누구도 알려 주지 않았지만 나는 그의 주인이 칼릭스 황자임을 알 수 있었다. 저항은 무의미할 터였다. 그리고 그날부터 매번, 나는 궁에 온 다음에는 이렇듯 황자의 수족인 자들에게 안내받아 칼릭스의 앞에 서고 있는 참이었다.

"괜찮으시겠습니까."

"무엇이?"

나의 말에 그는 무슨 뜻이냐는 듯 시선을 향했다.

"이러니저러니 해도 궁 안입니다. 매번 이리 저하께 오는 것을 누군가 보게 된다면……. 혹여 괜한 의심을 살까 두렵습니다."

"이전에도 말했지만, 유독 자의식 과잉이군. 하루에 얼마나 숱한 이들이 궁 안을 드나드는 줄 아나? 하다못해 내 궁에 들르는 고위 귀족들만 해도……. 그런 마당에 힘도 뭣도 없는 너 따위에게 굳이 더 관심을 기울일 이유가 어디 있지?"

그는 특히 마지막 말을 냉소하듯 내뱉었다. 새삼 상처가 되지는 않았다.

"괜한 걱정이라면 다행입니다. 저는 다만 늘 황태자궁에 들른 뒤 황자 저하께 오는 것을 누군가 유달리 받아들이는 건 아닐까 싶었습니다."

"쓸데없는 소리. 혹여 에드먼드가 그토록 널 총애해서 사람이라도 붙여 두었으면 모를까……. 아직 네가 그 정돈 아니잖아?"

첩지를 받은 것도 아닌 내 상황이 기껏해야 에드먼드의 잠자리를 잠시 받아 모시는 계집밖에 되지 못함을 은근히 상기시키는 말투였다. 나는 순종적으로 눈을 내리깔았다. 사실은 잠자리 시중은커녕 황태자와 살갗 한 번 닿아 보지 못했다고 제대로 말할까 하는 생각이 들지 않은 건 아니었지만, 그랬다가는 오히려 화를 입게 될 거 같았다.

처음 이곳에 와서 겪었듯 눈앞의 황자는 어째서 그런 오해를 하게 된 것인지 묻고 설명하며 납득할 틈을 주는 상대가 아니었다. 그가 다른 이에게 원하는 것은 오로지 굴종과 이행이었다. 나는 말없이 입술을 다물었다.

"게다가 어떻게 보는지는 모르겠지만 난 그 정도로 생각이 없진 않아. 오히려 궁 안이기 때문에, 더욱이 황제가 오늘내일하는 이런 예민한 시기기에 에드먼드도 이것저것 보고해 올릴 자기 수족들을 풀어놓진 못해. 차라리 황궁 바깥이면 모를까. 정적들이 두 눈 시퍼렇게 뜨고서 부왕에 대한 황태자의 충정을 어떻게든 비꼬아 보려고 드는 판국이거든. 나와는 좀 달라."

"그렇습니까."

"계산이라면 냉철하기 이루 말할 데 없는 녀석이 굳이 너한테까지 그런 위험 부담을 질 필요가 있나?"

반박하기 어려운 질문이었다. 나는 수긍의 뜻으로 고개를 끄덕였다.

"할 말은 그걸로 다 끝났나 보군."

그의 말에 고개를 들었다. 그러자 냉정한 그러면서도 옅은 이채를 띠는 눈동자가 나를 응시해 왔다. 차갑게 가라앉은, 그러나 어렴풋한 무언가가 얽힌 색채.

그 푸른빛에 섞인 것이 무엇을 함축하는지 모르지 않기에 나는 말없이 그의 앞으로 갔다. 그리고 조심스레 꿇어앉았다. 그는 기다렸다는 듯 내 턱 아래로 손을 내어 입술과 뺨, 목덜미를 쓰다듬었다.

나는 그런 칼릭스의 손을 건드리지 않도록 주의하며 남자가 가르쳐 준 대로 천천히 옷자락을 풀어 헤쳤다. 그의 남성이 드러났다. 잠자코 그것을 입으로 옮겨 문 다음, 천천히 정성껏 핥기 시작했다. 이따금 약한 힘을 주어 빨아 올리다 혀끝으로 자극하기를 계속하자 점차 고개를 쳐드는 것이 느껴졌다.

"제법 늘었는데. 에드먼드의 솜씨인가?"

그는 노골적으로 비웃음을 흘렸다. 나는 대답 대신 그의 것을 한층 깊숙이 담아 꾹 누르듯 빨아들였다. 내 귓불을 어루만지던 그가 내 머리를 가까이 끌어당겼다. 그 덕에 남자의 사타구니에 바짝 얼굴을 붙이게 된 나는 그대로 거듭 성이 난 그의 것을 어르고 달랬다. 시간은 그 뒤로도 줄곧 느리게만 흘러갔다.

"……윽, 흐읍. 흡."

"혀 내밀어."

제롬의 침실이었다. 나는 오자마자 이곳으로 이끌려 그의 욕구를 받아들이고 있었다. 정신없이 흔들리는 몸을 겨우 지탱하며 무의식중에 제롬의 목을 끌어안자 그는 흥분한 듯 내 목덜미를 깨물었다. 아찔한 고통에 입을 벌려 신음을 흘렸다. 그러자 기다렸다는 듯 남자의 입술이 그 위를 덮어 왔다.

그는 뜨거운 혀를 뒤섞으면서도 계속해서 몸을 움직였다. 하반신에서 피어나는 어렴풋한 감각에 나는 점차 열이 오르는 기분이었다. 계속 울먹거리다 문득 참지 못하고 중심을 잃자 그는 그대로 나를 쓰러뜨렸다.

"제롬……."

"왜. 또 그만하라는 말이면 하지 마."

벌써 이걸로 몇 번째일까. 나는 그에게 깔려 쉴 새 없이 바르작거리면서도 문득 생각했다. 최근의 나는 그야말로 매춘부라 손가락질을 당해도 할 말이 없을 정도였다. 날이면 날마다 남자들과 아플 정도로 몸을 섞어 대고 있었다.

루카스에 제롬, 거기다 칼릭스 황자까지……. 애정 하나 없는 그 행위를 반복하면서 그러나 이상하게도 죄책감이나 수치심 따위는 들지 않았다. 이래서야 이미 창녀가 된 것이나 다름없었다. 나는 그나마 임신할 염려가 없는 것이 다행이라는 차마 웃지 못할 생각을 했다.

미하엘이 이미 에스텔이 한 짓을 모두 알고 있다면 더 이상 콘라드 형제의 입을 막고자 이렇듯 몸을 섞을 필요는 없을지도 몰랐다. 그렇지만…… 나는 가능한 누군가 하나라도 더 눈치채지 않길 바랐다.

에드먼드가 개략적인 사실을 확인했고, 칼릭스는 모든 진실을 손에 넣었으며, 무엇보다 그 두 남자가 무엇을 얼마만큼 쥐고 있는지 내가 파악했다는 것을. 그러기 위해선 갑작스레 콘라드에 걸음을 끊는 그런 눈에 띌 행동은 피해야 했다.

그래서 나는 잠자코 이들의 요구에 응하는 중이었다. 차라리 이 시간 동안 에드먼드와 몸을 섞게 될 때를 대비해 남자를 제대로 익혀 두자는 생각을 하면서. 내가 형편없기 짝이 없다는 칼릭스의 말이 그 뒤로도 종종 머릿속에 떠올랐다. 모르긴 해도 언젠가 에드먼드마저 그토록 실망시켜선 안 될 것 같았다.

"제길. 너 왜 또 그러는데."

"왜, 왜……. 응? 뭐가."

그러려면 이전처럼 가만히 누워 남자가 끝낼 때까지 기다리기만 해서는 안 되었다. 남자가 무엇을 좋아하고 좋아하지 않는지, 어떨 때 만족스러운 표정을 짓고 또 그렇지 않은지…… 깨닫고 익히려면 우선 열심히 바라보기라도 해야 할 것 같았다. 성교 중 제롬의 눈을 더 이상 피하지 않고 오히려 그와 시선을 맞추려 들게 된 건 그 때문이었다.

"……내가 자꾸 그런 식으로 빤히 올려다보지 말라고 했지."

말을 채 꺼내기도 전에 그는 거칠게 힘을 주어 붙이면서 으르렁거렸다. 나는 갑작스레 잦아지는 둔통과 쾌락에 조금씩 흐느꼈다.

"악, 으읍……. 학, 제발. 제발……."

"제발은 무슨, 대체 어쩌라고. 요즘 갑자기 안 하던 짓, 윽, 하면서 사람 가지고 노는 게 누군데."

"내가 언, 언제……."

"씨발. 밑에 깔려서 그렇게 자꾸 빤히 들여다보면……."

그는 내 얼굴을 보며 무언가 말을 더 하려다 말고 한층 격하게 허리를 밀어붙였다. 거세게 짓이기는 듯한 움직임이 이어졌다. 나는 사정없이 흔들리는 와중에 매달리듯 그의 등을 끌어안았다. 그러자 제롬이 움직임을 계속하면서도 고개를 들어 다소 놀란 듯 나를 내려다보았다. 그 알 수 없는 얼굴빛에 나는 약간 머뭇대다 그의 땀에 젖은 이마를 어루만졌다.

"너 진짜……."

"응? 윽,"

"……."

"아니, 붙잡고 싶어, 흡, 서. 흐윽……. 싫으면 손 뗄게."

그러자 그는 듣기 싫다는 듯 곧바로 깊게 입을 맞춰 왔다.

'싫지는……. 않은 걸까?'

뜨거운 혀를 받아들이고 타액을 삼키면서 나는 홀로 생각했다. 제롬이 문득 행동을 멈추고 무슨 뜻이냐는 듯 흔들리는 눈으로 나를 바라보게끔 만드는 행동들. 이런 걸 하면…… 그러면 되는 걸까. 눈앞의 사람을 이용하고 있다는 사실을 의식할 때면 내심 죄책감이 찾아들었다.

그렇지만 어차피 이들도 나를 편할 대로 이용하고 있는 셈이니까……. 어쩌면 조금은 괜찮지 않을까. 마음 한편이 쿡쿡 찌르는 듯 불편해질 때면 나는 애써 그렇게 합리화를 했다. 언젠가, 언젠가는 에드먼드도 내게 이들과 같은 요구를 해 오게 될 때가 있다면. 그때 내가 이렇게만 할 수 있다면 그도 조금은 더 나를…….

순간 제롬이 다시 몸을 겹쳐 왔다.

날은 하루하루 흘러가고 있었다. 그 소리 없는 변화에 나는 이따금 조바심을 느꼈다. 에드먼드와 가까이 시간을 보낸 지도 벌써 이주가 지났지만 나는 아직 아무것도, 하다못해 그가 왜 갑자기 내게 관심을 갖고 날 그의 곁에 두기로 마음먹었는지조차 알아내지 못한 채였다.

언제나 온화한 웃음과 단정한 얼굴선을 유지하는 그 남자와의 보이지 않는 거리 또한 그대로 유지되고 있었다. 대체 이걸 어떻게 해야 할까. 갈수록 막막함은 더 커졌다. 에드먼드는 그야말로 유리로 세공된 견고한 성과 같아서 어디에도 틈이 보이지 않았다.

"영애."

내가 에드먼드를 응시하며 그런 생각에 골몰할 때면 그는 자신에게 쏠린 시선을 느낀 듯, 부드러운 얼굴을 한 채 나를 불렀다.

"왜 그리 날 빤히 쳐다보십니까. 내게 무슨 할 말이라도?"

그는 말을 단정히 끝맺음 하면서도 종종 어렴풋한 웃음기를 함께 머금었다. 그리고 그런 에드먼드를 바라보는 나는,

"아니요. 아무것도……. 아니에요."

아무 말도 제대로 하지 못하고 황급히 시선을 피하기 일쑤였다. 이따금 고개를 숙인 내 옆얼굴과 귓가에 와 닿는 남자의 시선이 느껴질 때면 얼굴이 뜨거워졌고 어딘가 가슴 한편이 불편했다. 꿋꿋이

아무렇지 않은 척 다시 소일거리를 손에 쥐거나 책을 훑어보고 있으면 에드먼드는 그대로 한참 나를 바라보곤 했다.

"흐음……."

묘한 표정, 나른한 시선으로 턱을 괴고 한참 나를 바라보고 있을 남자의 모습이 굳이 고개를 돌리지 않아도 피부 위로 달라붙듯 느껴졌다. 곰곰이 뭔가를 생각하는 듯한, 그러면서도 꽤 느긋한 특유의 분위기가 마치 나를 손바닥 위에서 가지고 노는 것 같은 기분이 들때면…… 나는 차마 참지 못하고 그의 체온과 향이 어렴풋이 느껴지는 그 공간에서 뛰쳐나오고만 싶었다.

그렇다고 해서 내가 언제나 에드먼드의 곁에서 아무것도 하지 않고 멍하니 시간만 죽이는 것은 아니었다. 일에 열중하는 수려한 그의 모습을 틈틈이 구경하면서도, 나는 그 무렵 꽤 많은 책을 읽기 시작하고 있었다. 책의 종류는 이따금씩 바뀌었다.

에드먼드가 손수 권해 준 책들부터, 단지 겉표지의 그림과 문체가 아름답다는 이유만으로 내가 직접 골라 손에 쥔 것들까지. 그리고 가끔 내가 그런 식으로, 책의 겉모양만 보고 마음에 든다며 그것을 빌려 달라고 할 때면 에드먼드는 잠시 고민하는 듯한 얼굴을 했다. 그러나 금방,

"영애께서 원하신다면. 얼마든지요."

하고 친절한 답을 돌려주었다. 그는 언제나 내가 원하는 대로 선택할 수 있도록 내버려 두었다.

그리고 나는, 내게 그렇게 사소한 허락을 내주는 남자의 부분이

못내 좋아졌다.

의도했던 것은 아니었으나 그런 식으로 황태자의 책 취향에 대해 하나하나 알아 가게 된 것은 내가 그나마 거두고 있는 몇 안 되는 수확이었다. 그의 책들은 하나같이 제법 고상했고 그중 내가 읽을 수 있는 가장 쉬운 축에 속하는 서적들 또한 꽤 수준이 있었다.

어쩌면 이런 부분에서까지 일국의 후계자로서 한 치의 어긋남이 없는 남자인지. 문득 그런 생각이 들 때면 남자와의 어쩔 수 없는 거리감이 더 느껴지곤 했다.

인문, 자연 과학, 철학, 예술……. 거의 모든 영역에 걸쳐 그가 책을 통해 학식을 쌓아 온 흔적이 눈에 띄었고 그는 특히 마음에 들었던 책들은 황실 서가의 것 외에 자신이 따로 같은 것을 구하여 개인 서재와 서가에 정리해 두고 있었다. 에드먼드가 내게 빌려주는 책들은 그것들 가운데서도 제일 쉬운 것들, 다시 말해 해당 분야에 대해 아는 것이 거의 없는 내가 별 무리 없이 읽을 수 있는 그런 것들이었다.

그 배려를 깨달으며, 새삼 눈앞의 남자에게 나는 얼마나 머리가 비어 있는 여자로 보이고 있는 걸까 하는 뒤늦은 걱정을 하기도 했지만 이제 와서 똑똑한 척, 남자의 앞에서 흉내라도 내는 건 더 불가능해 보였다.

언제, 어떻게 알아차린 건지 그는 내 수준에 대한 꽤 정확한 판단을 지닌 채였고, 자연히 그가 권해 주는 것들은 대개 내 눈높이에 잘 맞아떨어졌다. 그래서 나는 정말이지 꽤 독서에 열중할 수 있었다. 그리고 그 덕분에 가끔은, 정말 가끔씩은 읽은 책을 두고 내가 황태자와 이런저런 이야기를 나누는 믿지 못할 일도 벌어지곤 했다.

"에스델 영애."

그럴 때 나는 주로 볕이 잘 드는 그의 창가에서 의자에 몸을 파묻고 있었다. 에드먼드는 책을 읽는 내 모습을 꽤 이전부터 보고 있었던 건지, 시선을 고정한 채 아주 나직한 목소리로 나를 불렀다.

"네. 전하."

"읽고 있는 책이 분명 지난번 겉표지가 마음에 든다며 가져간 그 책 같아서요. 한창 열중하고 있는 듯 보이는데. 어떤가요."

소리 없이 웃는 그의 얼굴이 자못 아름답다는 생각이 들었다.

"글쎄요……."

나는 잠시 말끝을 흐리며 어떻게 대답을 할지 고민했다. 여인의 교양과 학식 같은, 지적인 면모에도 눈길이 가고야 말 남자인 걸 알았기에 조금이라도 대답을 잘 해야 할 것 같았다. 그러나 그때 쥐고 있던 책은 하필이면 에드먼드의 어렴풋한 만류에도 불구하고 내가 표지만 보고 마음이 끌려 읽어 보겠노라 고집을 피운 것으로, 나는 알 수 없는 내용들과 한창 씨름하던 중이었다. 결국 포기하고 입을 열었다.

"……솔직히 말씀드리자면. 전하, 지난 며칠간 제가 이 책을 어떻게든 읽어 보고자 애쓰며 알게 된 것이라고는 결국 플라토와 아구스티노스가 전혀 다르다는 사실 하나뿐이었어요."

말을 마치며 나는 수치심에 약간 입술을 깨물었다. 에드먼드는 작게 소리 내어 웃었다.

"아, 미안해요. 에스텔. 영애를 부끄럽게 하고자 한 것이 아니라……."

그는 그러나 무언가 참지 못하듯 그러고도 두어 번 더 나직하게 웃음을 흘렸다. 점차 얼굴이 붉게 달아올랐다.

"음. 이건, 어떻게 해야 영애가 오해하지 않도록 설명할 수 있을지……."

"아닙니다. 전하께서는 분명히 제겐 좀 어려울지도 모르겠다고 이야기해 주셨는데 제가 고집을 피우는 바람에……. 덕분에 역시 외면만 보고 무언가를 성급히 파악해서는 안 된다는 선현들의 지혜를 되새길 수 있었습니다."

그러나 예상 이상으로 웃음을 감추지 못하는 그에 대한 어렴풋한 반발심이 섞여 그때 내 대답은 작게나마 가시를 세우고 있었다. 그 가소로울 반항에 에드먼드는 묘한 미소를 지었다.

"……영애. 이리 가까이."

불현듯 나른한 그의 목소리가 귓가에 감겨 왔다. 나는 갑작스런 명령에 조금 어리둥절하면서도 에드먼드에게 걸어갔다.

그리고 그의 곁에 다가섰을 때, 에드먼드는 내 팔을 천천히 끌어 자신의 무릎 위에 걸터앉게 했다.

"전하?"

그와 시간을 보내는 동안 말 그대로 처음 있는 접촉이었다. 나는 의아함에 눈을 크게 떴다.

"이럴 때면 정말이지, 궁금해져서요."

에드먼드는 흘러내린 내 머리카락을 귓가와 목뒤로 느릿느릿하게 넘겨 주었다.

"대체 에스델이란 여인의 정체가 무엇인지."

"……."

"영애의 진짜 모습이 무엇인지가."

갑작스런 황태자의 말에 나는 동요했다. 그러나 정작 그는 내 반응에 개의치 않는 듯 느긋한 분위기를 풍겼다. 남자의 길고도 섬세한 손가락은 이제 내 등 뒤의 드레스 끈을 서서히 풀어 헤치고 있었다.

끈이 느슨해지자 그것이 조이고 있던 드레스의 목 주변부가 힘을 잃고 약간 흘러내렸다. 남자는 그것을 놓치지 않고 손가락 끝으로 천천히 드러난 맨살을 어루만졌다.

"……전하."

"처음입니다. 지금껏 평생을 궁에서 나고 자라면서 사람에 대해서는 누구보다 정확하고 빠른 판단을 내릴 줄 안다고 생각했는데……."

그는 느릿느릿하게 내 목덜미에 입술을 가져다 대었다.

"아,"

"영애만은 예외가 되더군요. 곁에 둘수록, 그래서 보면 볼수록 더 의아해지고 괜한 의심이 생깁니다."

연한 피부에 닿은 남자의 부드러운 입술과 혀가 조금씩 살갗을 빨아들이기 시작하자 입에서 이상한 흐느낌이 흘러나왔다.

"저, 흐윽……."

"어딘가 묘하게 어린아이 같은 눈빛을 한 채로. 순진무구하고 터무니없고, 그래서 때론 조금 미련스럽기까지 한…… 이 여자의 대체 어디가,"

그는 무언가를 생각하듯 말을 이었다.

"자신의 친부를 제 손으로 살해한 에스델이란 여자의 것과 일치하는지."

순간이었지만 그의 투명하고도 푸른 눈동자가 이채로 빛났다.

"정말 그토록 냉철하고, 야멸차며, 때로 잔인한 사리 판단도 마다 않던 그 에스델이 지금 내 품에 들어와 있는 바로 이 여자가 맞는지."

"……."

"때론 뭔가 잘못된 게 아닐까 싶었습니다. 그래서 나중엔 내 그림자들이 혹여 잘못된 정보를 올린 건 아닌가, 처음으로 실수가 있었던 건 아닌가 하는 생각까지……."

그는 알 듯 말 듯한 눈빛으로 나를 내려다보았다.

"허나 그렇다고 하기엔. 얼마 전, 영애는 내가 죽은 백작의 일을 들먹이자마자 자기 죄를 들킨 것마냥 얼굴이 하얗게 질려 내 협박을 받아들였죠. 그때 그건 분명 거짓된 반응이 아니었습니다. 그래서 더더욱……. 나는 몹시 이상스럽습니다."

내 옆얼굴을 바라보는 그의 시선은 어렴풋하지만 틀림없는 의심을 품고 있었다. 나는 형언하기 힘든 두려움에 매인 듯 꼼짝도 할 수 없었다.

"에드먼드 전하, 베델리우스 공작께서 오셨습니다."

그 순간 바깥에서 들려온 시종의 목소리에 나는 불현듯 정신을 차렸다. 그리고 곧바로 상체를 헐벗다시피 하고 있는 스스로를 깨닫고 소스라치듯 놀라 허둥지둥거렸다. 그 모습에 에드먼드는 낮은 웃음소리를 내며 손을 뻗어 느긋하게 내 옷차림을 정리해 주었다.

"대체 영애는 어떤 사람인지,"

"······."

"영애가 등 뒤에 숨기고 있는 진실은 무엇인지. 정말 그 에스델 그로에스가 맞는지."

"저, 전하. 지금 곧 사람이······."

"그렇다면 왜, 어째서 내 눈앞의 영애는 내가 판단했던 에스델이란 여자와 완벽히 다른 모습만을 보이고 있는 건지."

조용히 문이 열리고 인기척이 들렸다. 알렌이 집무실로 들어서려다 말고 황태자의 품에 안겨 바르작거리는 내 모습을 말없이 응시하고 있었다. 그와 눈이 마주치자마자 황급히 에드먼드의 품으로 얼굴을 돌렸다.

"언젠가는, 영애께서 직접 알려 줄 거라 생각하고 있겠습니다."

그는 미소 지으며 가볍게 내 뺨을 어루만졌다.

"밖에서 잠시 기다리고 있어."

알렌은 내가 에드먼드의 집무실을 빠져나가고자 그의 곁을 지나치는 순간 나직이 말했다. 나는 불현듯 들려온 그의 목소리에 놀랐지만 발걸음을 멈추지는 않았다.

집무실의 문이 완전히 닫힌 후에야 나는 그 자리에 붙박인 듯 멈춰 설 수 있었다. 알렌이 내게 따로 말을 걸어온 것은, 알 수 없는 감정에 휩싸여 그의 집으로 찾아갔던 수치스럽기 짝이 없는 그날 밤 이후 정말이지 처음이었다. 아직도 나를 향한 그의 마지막 말이 생생했다.

'지금 영애의 모습이 경멸스러워.'

사실 나는 여전히 그날의 일을 종종 떠올리고 있었다. 두 번 다시 생각하기 싫은 괴롭고 수치스러운 기억들이 으레 그렇듯 알렌과의 일은 내 의지와는 상관없이 불현듯 찾아와 머릿속 어딘가를 콕콕 찔러 댔다. 그런 알렌 공작이 굳이 따로 날 보자고 할 이유가 어디에 있을까. 도무지 감이 잡히지 않았지만 나는 얌전히 자리에서 그를 기다리기로 했다.

알렌이 황태자의 집무실에서 다시 나온 건 그로부터 한참이 지난 후였다. 높은 구두를 신고 오래 서 있던 탓으로 조금 전부터 발이 아팠다. 그러나 내색하지 않으려 애쓰며 몸을 일으키는 순간, 문득 칼릭스가 떠올랐다. 평소와 같다면 지금쯤 나는 에드먼드의 거처에서 나와 그의 궁으로 향하고 있어야 했다.

알렌은 그 어렴풋한 생각을 흩어 버리듯 내게 다가와 따라오라는 듯 눈짓했다. 그의 뒷모습을 보고 걸으면서, 나는 별다른 연통 없이 이대로 궁을 빠져나가는 것이 어쩐지 꺼림칙했다.

나는 알렌을 따라 공작가의 마차에 올랐다. 나를 먼저 부른 건 그이건만, 정작 알렌은 마차가 궁을 빠져나갈 때까지도 말없이 그저 창밖의 풍경만 응시하고 있었다. 나는 괜히 조바심이 났다. 살갗에 달라붙어 버린 구두의 안쪽 면에 피부가 벗겨진 것마냥 아팠다.

"발이 불편한가?"

발끝을 조금씩 꼼지락거리며 쓰라림을 참아 보려는 걸 눈치챈 건지 문득 그가 입을 열었다. 보이기 싫은 구저분한 모습을, 그것도 가장 보이고 싶지 않은 상대에게 들켰다는 사실에 순간 옅은 자괴감이 찾아들었다. 어째서 나는 늘 이렇듯 어딘가 좀 어설프고 모자란 모습밖에 보이질 못하는 건지. 가슴이 답답했다.

"이리 내 봐."

"……싫어, 요. 땀에 젖어서."

"됐으니까 발에서 힘을 빼."

그는 여전히 특유의 무표정한 얼굴을 한 채 천천히 내 구두를 벗겨 냈다. 그러더니 발을 쥐고는 유심히 살펴보았다. 나는 얼굴이 벌겋게 달아올랐다. 정말이지 그때만큼은 쥐구멍에라도 숨고 싶었다.

"왜 절 보자고 하신 건가요."

차마 그가 내 발을 더 붙잡고 있는 걸 견딜 수 없었기에 급히 주의를 환기할 만한 말을 내뱉었다. 알렌은 무심히 나를 바라보았다.

"저더러 공작님을 기다리라고 하신 까닭이."

"글쎄. 영애가 생각하기엔 내가 왜 영애를 찾은 것 같나."

"……모릅니다. 제가 공작 각하의 생각을 어찌 알 수 있나요."

"요즘 그대가 부쩍 가까이하는 상대, 매일같이 드나드는 곳. 내가 할 말이란 게 무엇과 관련이 있을지 뻔할 텐데?"

자연스레 에드먼드 황태자의 얼굴이 떠올랐다. 나는 마른침을 삼켰다.

"그건 왜 갑자기……."

짐작 가는 이유가 전혀 없는 건 아니었다. 그의 오랜 친우로서, 그리고 황태자를 잘 보필할 책임이 있는 예신(隸臣)으로서 천하디천한, 가까이 두어서 하등의 이로움이 없을 계집으로 하여금 더는 황태자의 주위에 맴돌지 말라 경고를 하려 든다 해도 무방할 터였다. 그러나 돌아온 말은 예상외의 것이었다.

"에드먼드를 조심해."

"네?"

"지금까지 거의 매일을 그의 곁에서 지내 온 이로서의 충고야."

어쩐지 현실감이 없었다. 경계하고 피해야 할 대상이 내가 아닌 황태자가 되는 것이 의아했다.

"다시 말해 두지. 에드먼드에 대해서 조금은 경계를 하는 게 좋아."

"……."

"그는 벗으로 두기에 더할 나위 없으며, 나라의 후계자로서 또한 훌륭한 재목이지. 하지만 영애에게라면 얘기가 달라. 늘 그대가 하듯이 무작정 밑도 끝도 없이 그렇게 믿기만 할 수 있는 상대는 아니란 소리야."

나는 지금 벌어지고 있는 일을 믿기 어려웠다. 어째서 알렌이, 그것도 그의 오랜 벗이 아니라 한낱 경멸스러운 계집에 불과한 날 위해서 일부러 충고를 해 주고 있는 건지. 밀려드는 생각에 잠시 발의 통증도 잊었을 찰나였다.

"앗, 아파요."

마차가 작게 흔들리면서 순간 남자의 손에 쥐여 있던 발에 아픔이 재차 일었다. 알렌은 약간 인상을 찌푸렸다.

"다행히 삔 것 같지는 않은데. 피부가 심하게 벗겨졌군."

"윽……."

"새 구두는 발에 익기 전까지 오래 신고 있으면 안 된다는 걸 몰랐나?"

나는 항변하듯 우물거렸다.

"알고야 있었지만……. 어쩌다 보니 오늘 입궁할 차림새에 맞춰 신을 것이 마땅치 않았어요."

그 말은 사실이었다. 입궁하는 날 아침마다 입을 것을 두고 한참 씨름하는 것과 별개로 나는 이곳에 온 뒤 한 번도 드레스나 구두 같은 사치품을 사 본 적이 없었다. 그러기엔 내가 에스델로서 차지하게 된 지위가 너무나 불안정했고, 따라서 미하엘의 돈을 가져다 쓸 수도 없는 노릇이었다. 오늘 장장 몇 시간을 고민하다 신고 나온 이 구두도 꽤 오래전 에스델이 사 놓고는 그대로 보관해 둔 것을 어렵게 찾아낸 거였다.

귀족 영애의, 그것도 백작가씩이나 되는 집안의 여식이 신을 게 없었다는 말에 알렌은 의아하다는 듯이 바라보았다. 그러나 곧장,

"바로 그로에스 저택으로 가지."

하며 마차의 방향을 돌렸다.

그리고 며칠 뒤. 내 앞으로 작은 소포 하나가 배달되어 왔다.

수신인 : 에스텔 모르데카이 그로에스
발신인 : 알렌 르누이 베델리우스 공

두 사람의 이름만이 간명히 적힌 상자를 나는 한참 동안 들여다보았다. 포장된 것을 풀자 그 안에는 특히 부드러운 내피로 안을 감싼 구두 한 켤레가 놓여 있었다.

'홀로 이세계(異世界)에 떨어져 멍하니 있던 내게 처음 친절을 베푼 남자. 그럴 때마다 드러나는 무심한 얼굴. 흐트러짐 없는 분위기. 감정의 동요가 보이지 않는 눈으로 시선을 마주쳐 오는.'

알렌 공작에 대해 생각할 때면 언제나 그 부근에서 사고가 멈추었다. 나는 무심코 얼굴을 들어 며칠째 상자 안에 새것처럼 놓여 있는 구두를 바라보았다. 공작의 안목을 은연중에 드러내는 그것은 내가 그 남자로부터 처음 받은, 형태를 갖추고 있는 무언가였다. 이걸 그저 선물이라고 봐도 되는 걸까, 그게 아니면…….

알 수 없는 남자의 행동에 앞에 놓인 물건을 두고 일어난 생각들이 무심코 엉켜 붙었다. 동정, 호의, 또는 적선……. 구두를 내게 보

228

내던 그때 남자의 머리 한편을 차지하고 있었을 의도를 두고 나는 숱한 가정들을 세워 보았다. 그러나 답은 알 수 없었고 여전히 구두는 주인을 만나지 못한 것처럼 새것인 그대로였다.

"어머, 에스델 영애."

그래서였을까. 어느 날 문득, 길에서 날 부르는 목소리에 고개를 들었을 때 꽤 놀라고 말았다. 눈앞에 서 있던 것은 그의 누이인 엘리시아였다. 나는 에드먼드의 책을 다 읽고 한창 서점으로 향하던 중이었다.

"오랜만이에요. 정말 간만에 보는 것 같은데."

그녀는 해사하게 웃어 보였다. 나는 마찬가지로 고개를 숙여 인사했다.

"네. 그러게요. 오래간만에 뵙네요."

"그러잖아도 영애의 소식이 궁금하던 차였어요. 어떻게 지냈어요? 그새 조금 더 야윈 것 같기도 하고……."

그녀는 염려스럽다는 듯한 얼굴을 하며 말했다. 나는 괜찮다는 듯이 고개를 저었다.

"별말씀을요. 저는 언제나처럼 지내고 있습니다."

"그래요. 그렇다면 다행이지만."

엘리시아는 그래도 걱정이 된다는 양 내 모습을 찬찬히 훑어보았다. 그러다 문득 무언가 생각났다는 듯이 말했다.

"참, 알렌이 보낸 구두는 잘 맞던가요?"

그녀의 말에 나는 놀라서 눈을 크게 떴다. 엘리시아는 그럴 필요 없다는 듯 작게 웃었다.

"어머. 정말이지, 그렇게 당황하실 필요 없어요. 영애께서 그리 놀라시니 제가 괜히 더 미안해지잖아요."

"저……. 그건 어떻게."

"구두 말인가요? 오해는 마세요. 알렌이 말을 꺼내서 알고 있는 게 아니에요. 오히려 그는……. 내 동생이지만 말이 너무 없어서 문제죠."

그녀는 부드럽게 말을 이었다.

"미안해요, 영애. 하지만 누이 된 자로서 궁금하지 않겠어요? 난 생처음으로 남동생이 일가친척의 생일이나 기념일 따위도 아닌데 여성의 물건을 골랐다는 게."

"……."

"물건을 파는 입장에서도 그랬는지 얼마 전 구두나 구경할까 해서 갔더니. 글쎄 거기서 날 보자마자 '지난번 가져가신 구두는 공작님의 약혼녀분께 잘 맞던가요.' 하더라고요. 곁에 여자라고는 둔 적이 없기로 유명한 알렌이 느닷없이 여자 신발을 사 갔으니, 당연히 약혼녀한테 선물할 건가 보다 싶었나 봐요."

그 말에 나는 뭔가 죄라도 지은 것 같은 기분이 들었다.

"그렇지만 난 바로 알겠던걸요. 알렌이 샹페르 백작가의 영애에게 그런 일을 할 리가 없죠. 틀림없이 에스텔일 거란 생각이 들었어요."

"……그러셨군요."

"음. 그러고 보니 오늘 신은 건 알렌이 보낸 게 아닌 모양이네요? 혹시라도 마음에 안 들던가요?"

그녀는 내가 아니라는 말을 채 꺼내기도 전에 입을 열었다.

"아니면, 연모하는 사내가 보내온 것이라 함부로 신지 못하겠다던 가?"

엘리시아의 입꼬리가 천진한 곡선을 그리며 올라갔다. 나는 뭐라 말을 하기가 어려웠다.

"이전부터 느낀 거지만 정말이지 영애는 의외로 꽤 순진한 것 같 아요. 물론 난 그래서 더 좋다고 생각하고요."

엘리시아는 어느덧 대화의 중심축이 미세하게 그녀에게로 기울어 져 버린 것을 알아차리지 못하는 듯 보였다. 그 상태로 좀 더 이야기 를 이어 나가고 싶어 하는 눈치였고 그래서 나는 적당히 웃으며 간 간이 호응하기로 마음먹었다.

그렇게 속이 없는 미소를 짓고 있기를 한참, 문득 귓가에 와 걸리 는 그녀의 말이 있었다.

"……그래서 말인데, 좀 갑작스럽긴 해도 이미 황성 안에는 그런 소문까지 돌고 있어요. 가엾은 황태자비께서 이달을 채 넘기지 못할 지도 모른다면서요."

"황태자비 전하께서…… 말인가요?"

"그런데 좀 이상스런 것이, 글쎄 공교롭게도 얼마 전 타계하신 에 스델 영애의 부친과 태자비 전하의 증세가 비슷해 보인다는 말이 들 리더라고요. 물론 비전하께선 워낙 일어나지 못하신 지 오래되어 경 우가 다르긴 하겠지만……."

그녀는 불현듯 얼어붙은 내 얼굴을 알아차리고는 입을 다물었다. 조금 전 엘리시아의 입술에서 비어져 나온 단어의 파편들이 내 주변 의 공기를 부유하고 있는 것만 같았다.

"미안해요. 에스텔. 내가 괜히 돌아가신 영애의 아버님 이야기를 꺼내서……."

그게 아닌데. 조금 전의 순간 분명히 나는 죽음을 맞이해 버린 백작과 죽음을 눈앞에 두고 있는 황태자비, 그 둘의 유사함과 그 뒤 어딘가에 놓여 있을 어렴풋한 진실을 더듬고 있었다. 그러나 선한 엘리시아는 내가 세상을 떠난 부친의 얘기에 마음이 아파 그러는 모양이라고 이미 판단을 내린 듯했다. 그녀는 헤어질 때까지 그 미안해하는 얼굴빛을 바꾸지 않았다.

"헉, 흐으……. 저하, 제발."

나는 칼릭스의 품에 안겨 흐느꼈다. 사방이 푸른 어둠에 젖어 고요했고 멀리 달그림자만이 방 안으로 비춰 들고 있었다. 서로 껴안고 마주 앉아 있는 상태에서 조금만 고개를 들어도 황자의 날카로운 턱선과 입술, 서늘한 목덜미가 보였다. 그는 오늘따라 더욱 집요했다.

에드먼드를 만난 날이면 언제나 황자에게 들르던 것을 지난번 멋대로 넘겨 버린 게 잘못이었다. 칼릭스에게 말도 없이 알렌을 따라 궁을 나서며 느꼈던 꺼림칙함은 곧장 현실이 되었다.

오늘 두려움에 질린 채 황자의 앞에 섰을 때, 그는 나의 그 제멋대로인 행동이 무척 가소롭다는 듯이, 너무나 같잖고 우스워서 굳이 자신이 입을 열 필요도 없다는 듯이 나를 내려다보고 있었다. 그는 곧장 내 따귀를 갈겼다.

"재밌군."

끔찍한 아픔이 찾아들었다. 황자는 정말 흥미가 동한 것마냥 비릿한 웃음을 흘렸다.

"네 눈엔 대체 내가 뭐로 보이기에."

"……."

"그렇게 이 몸이 우스운가? 대답해 봐."

칼릭스는 숨결이 닿을 만큼 가까이에서 속삭였다. 나는 고개를 저었다. 축축한 눈물이 뺨의 통증을 덧그리며 소리 없이 흘러내렸다.

"하여간 재미있는 계집이야. 겁을 상실했군."

"잘못, 했습니다. 용서를……"

"용서, 라……. 내가 왜 그래야 하지?"

그는 서늘한 눈으로 나를 내려다보았다.

"너를 위해 부친도 저버린, 남동생의 그 절절한 연모에 보답이라도 하고자 내 밑을 개처럼 핥아 댄 것 아니었나?"

"……저하. 앞으로 다시는,"

"누군가 꼭 피를 봐야 정신을 차릴 만큼 멍청할 줄이야."

칼릭스가 말을 마치자 문밖에서 인기척이 들렸다. 그는 건조하게 내뱉었다.

"들어와."

이윽고 시종 둘이 아직 앳된 얼굴의 소년 하나를 끌고 들어왔다. 열일곱쯤 되었을까. 자세히 보니 황자의 궁에서 몇 번인가 본 적이 있는 아이였다. 심한 체벌을 받은 건지 온몸이 엉망이었다.

칼릭스는 소년을 무감각한 눈으로 훑어 내리다가 불현듯 입을 열었다.

"어떻게 하는 게 좋을까."

갑작스런 물음에 차마 누구도 답을 꺼내지 못했다.

"저 손가락을 마디마디 분질러 놓을까, 그게 아니면. 아예 손목을 잘라 낼까."

"……저, 저하."

나는 무슨 일인지도 모르면서 하얗게 질려 황급히 그를 불러 세웠다. 황자는 싸늘하게 웃었다.

"저놈이 아무래도 내 개에 흑심을 품은 모양이야."

"네?"

"제 주군이 허구한 날 붙어먹는 암캐를 못내 탐내는 눈으로 쳐다보는 것도 어처구니가 없는데. 심지어 이번엔 거짓말까지 해 가며 네 허물을 감싸려 들더군. 네가 멋대로 이곳에 들르지 않은 일이 자기가 말을 잘못 전한 까닭이라고. 또 제때 널 데려오는 걸 잠시 잊었다고."

칼릭스의 말에 나는 놀라 피투성이가 된 소년의 얼굴을 바라보았다. 황자의 궁에 드나들게 된 이후, 언젠가부터 유독 눈이 자주 마주친다 싶던 아이였다. 시선이 맞닿으면 놀라 황급히 고개를 돌리고, 그러다 한참 뒤 또다시 느껴지는 눈길에 주위를 살피면 어김없이 소년이 얼굴을 빤히 바라보고 있었다.

나는 질끈 입술을 깨물었다. 그 적나라한 시선에 얽힌 감정을 알아차리지 못한 것은 아니었지만 남자라기엔 아직 어렸기에, 별 경계

없이 그 나이 때의 철없는 감정이라 넘겨 버린 일이 떠올랐다.

"그런 어쭙잖은 행동으로 주인의 개를 저도 한 번 품어 보려 한 건지. 어쨌건 허튼수작을 부려 내 뒤통수를 친 셈이니."

"……."

"그 죄는 마땅히 잘 다스려야지. 그렇지 않나?"

칼릭스는 서늘하게 웃었다. 그의 눈이 어렴풋한 이채를 띠었다.

황자가 눈짓하자 시종들은 곧바로 소년을 엎드리게 했다. 남성의 억센 손이 소년의 한쪽 팔을 단단히 쥐어 앞으로 뻗게 만들었다. 그러자 뒤에 서 있던 사내가 칼을 꺼내 들려는 듯이 움직였다. 나는 바로 다음 순간 벌어질 일을 깨닫고 충격에 질려 소리쳤다.

"저, 저하!"

"왜 그러지?"

그는 재미있다는 듯 웃으며 나를 바라보았다.

"제발, 제발……."

"제발. 뭘 어떻게 해 달란 건지 모르겠군."

"……제가 잘못했습니다."

나는 황급히 칼릭스를 향해 무릎을 꿇고 앉았다. 어쩔 줄 몰라 하다 알렌 공작에게 책임을 넘겨 버리듯 했던 지난 선택이 이토록 참혹한 결과를 낳았다. 스스로의 아둔함에 치가 떨렸다.

"제가 전부 잘못했습니다. 제가……."

"대체 이해할 수가 없군. 오히려 기뻐해야 할 상황 아닌가?"

그는 무미건조하게 내뱉었다. 남자의 두 눈은 무서울 정도로 고요했다.

"이번만큼은 널 대신해서 저 천한 노복을 벌주고 끝내겠다는데."

"저하, 제발……."

"잘 봐 두는 게 좋아. 한 번만 더 같은 일이 일어나면 그때는 저런 사내종 따위가 아니라 아직 작위도 받지 못한 네 남동생 손모가지가 날아갈 테니까."

끔찍한 충격과 공포가 불현듯 엄습했다. 눈물이 후드득 떨어졌다. 온몸이 사시나무처럼 벌벌 떨렸다.

그 순간 칼을 꺼내 든 시종이 다시 몸을 움직였다. 나는 몸을 푹 숙여 엎드리고는 미친 듯이 애원했다.

"제가, 제가 잘못했습니다……. 저하, 제발."

"……."

"차라리, 차라리 저를 벌해 주세요. 제발……. 저하, 제발……."

나는 떨리는 손으로 더듬대며 바닥을 기어가 그에게 매달렸다. 칼릭스의 다리를 붙잡고 정신이 나간 것처럼 헐떡이며 빌고 또 빌었다. 황자는 공포와 눈물에 젖어 엉망이 된 내 얼굴을 무심히 내려다보았다. 그리고 천천히 입을 열었다.

"네가 하기에 달렸어."

그의 목소리가 귓가에 달라붙어 왔다.

"지금 어떻게든 내 마음을 돌려 봐. 재주껏."

그의 말에 고개를 들었다. 황자가 기회를 주었고 망설이고 있을 틈 따위 없다는 걸 잘 알았다. 그의 잔혹할 만치 아름다운 얼굴을 마주 본 나는 바로 다음 순간 허겁지겁 남자의 바지춤을 풀어 헤치기 시작했다. 칼릭스는 가소롭다는 듯 낮은 웃음소리를 흘렸다. 나는 곧장 그의 것을 입에 물었다.

시종들이 화들짝 놀란 듯 급히 몸을 숙여 시선을 피하는 기색이 느껴졌다. 그러나 신경도 쓰지 않고 정신없이 남자의 성기를 핥고 빨았다. 그러기를 한참, 문득 억센 남자의 손아귀에 머리채가 들리는 듯싶더니 철썩하는 큰 소리와 함께 내 고개가 힘없이 꺾였다. 그의 마음에 들지 않는단 뜻이었다.

나는 망설임 없이 다시 남자의 것을 혀로 핥아 올렸다. 칼릭스는 내 머리통을 짓눌러 그의 것을 억지로 목구멍에 처박게 만들었다. 그에 반사적으로 헛구역질이 올라왔다. 그러자 그는 또다시 내 머리를 떼어 내고는 뺨을 내려쳤다. 나는 재차 음경을 입에 밀어 넣었다.

정신없이 남자의 것을 물고 핥기를 한참, 문득 쓰러져 있던 소년과 눈이 마주쳤다. 만신창이가 된 얼굴로 소년은 세상 가장 참혹한 무언가를 본 것마냥 두 눈이 경악에 차서 떨리고 있었다. 나는 그 시선을 아무렇지 않은 듯 받아 내며 입 안에 온 신경을 곤두세웠다. 정성껏 목 깊숙한 곳까지 빨아들여 점막을 마찰시키자 터질 듯이 단단해진 남성이 느껴졌다.

뺨을 맞을 때 터져 버린 입 안에서는 연신 피 맛이 났다. 피와 침이 뒤섞인 액체가 입을 음란하게 움직일 때마다 줄줄 흘러내렸다. 소년은 헉하고 숨을 몰아쉬더니 새된 비명이 섞인 구역질을 해 댔다.

"나가 봐."

황자는 다행히 크게 신경에 거슬리지는 않은 듯 시종들을 향해 말했다. 곧 소년과 그들이 떠나고, 조용해진 방 안에서 칼릭스는 내 얼

237

굴을 들어 그를 바라보게 했다. 그리고 잠시 후 그를 빤히 올려다보고 있는 내 입 안에 사정했다. 나는 피가 섞여 한층 비릿해진 정액을 아무렇지 않게 삼켰다. 그는 그 모습에 피식 실소를 흘렸다.

나는 자리에서 일어나 곧장 드레스를 벗었다. 여러 겹으로 갖춰입은 속옷들마저 끌어 내리자 차가운 공기에 맨피부가 닿아 몸이 떨렸다. 그는 달빛을 받아 어렴풋이 빛나는 내 나신을 응시했다.

"내 위로 올라와."

명령에 순종하는 인형처럼 순순히 그의 말에 따랐다. 황자가 앉아 있는 화려한 소파 위에 올라가 조심스레 그의 품에 기대어 몸을 내렸다. 앉을수록 서서히 남자의 것이 내 안으로 파고드는 감각이 생생했다. 완전히 그와 마주 앉게 되었을 때 칼릭스는 다시 말했다.

"입을 맞춰."

나는 고개를 끄덕이곤 조금씩 그의 얼굴에 가까이 다가갔다. 황자와 몸을 섞은 것은 이미 셀 수도 없었지만 입술을 맞대는 일은 정말이지 처음이었다. 그러나 이상하리만치 동요는 느껴지지 않았다. 오히려 더할 나위 없이 평온했다.

나는 가볍게 그의 입술에 입을 맞춘 다음 고개를 들어 그를 바라보았다. 그리고 다시 입술을 가져다 댔다. 조심스레 그의 입술을 물고 살짝 핥았다. 가볍게 미끄러지듯 입술을 대고 핥기를 반복하니 불현듯 그가 나를 끌어당기며 고개를 틀어 깊이 들어왔다. 나는 그의 혀를 받아들였다. 입 안에서 섞이는 남자의 타액을 정성껏 받아 마셨다.

이윽고 그는 나를 품에 안고 입을 맞춘 채 서서히 몸을 움직이기 시작했다. 생경한 느낌이었다. 안을 천천히 문지르다 민감한 곳을 잘근잘근 짓이기는 그 움직임에 나는 불현듯 몸을 떨었다. 내뱉는 숨에 점차 희미한 앓는 소리가 섞여 들었다.

"흐으……."

시간이 흐를수록 나는 수치를 모르는 요부처럼 칼릭스의 품에 매달렸다. 두 팔로 그의 목과 어깨를 끌어안고 넓고 단단한 품에 얼굴을 묻었다. 서늘한 남자의 향과 체취가 밀려들었다.

문득 이런 식으로 그가 나를 취하는 것은 처음이라는 생각이 들었다. 언제나 서열 관계를 명시하듯, 온몸을 사정없이 찍어 누르던 것과 달리 지금의 행위는 몸속 깊은 어딘가에서 이상한 감각들을 자꾸만 불러일으켰다.

열이 오르고 달뜬 신음이 새어 나왔다. 입술을 꾹 깨물자 그가 미동 없는 눈으로 나를 내려다보다 자신의 손가락을 밀어 넣어 입을 벌리게 했다. 순간 제롬과 몸을 섞었던 기억의 탓으로, 무의식적인 반응처럼 칼릭스의 손가락을 핥고 빨았다. 그러자 그의 눈이 한층 짙푸른 빛을 띠었다.

칼릭스의 움직임은 점점 거칠어졌지만 더 이상 나를 고통스럽게 만들지는 않았다. 문득 정신을 차렸을 때, 오히려 나는 처음 느끼는 묘한 감각에 온몸을 바르르 떨면서 흐느끼고 있었다. 점점 아득해지는 의식을 느끼며 나는 멋대로 그의 목덜미에 얼굴을 묻었고 다음 순간에는 정신없이 그에게 입을 맞춰 댔다.

평소 같았으면 뺨이 수차례 후려쳐졌을 그 행동에 그러나 황자는 대신 입술을 삼키듯 받아들이고 혀를 섞었다. 그는 이따금 흥분과

열에 들떠 발갛게 달아오른, 내 젖은 얼굴을 말없이 응시했다.

남자의 가장 잔혹한 면모를 마주한 날 동시에 그의 품에서 가장 선연한 쾌락을 느끼는 것. 그 경험은 무척이나 묘한 여운을 남겼다. 나는 불현듯 더는 스스로를 고통으로만 밀어 넣지 않을 무언가를 깨달은 듯한 기분이 들었다.

나는 내 안에서 무언가가 달라졌음을 알아차렸다. 황자의 품에서 감각했던 쾌락과 형언할 수 없는 어떤 느낌은 그와의 행위가 끝난 후에도 영향을 지속하는 모양이었다. 그로 인한 변화는 빠르게 드러났다.

나는 더 이상 남자의 밑에서 흐느끼며 그들을 밀어 내지도, 간혹 미친 듯이 발작하지도 않게 되었다. 정사는 점차 편해졌고, 그러자 제롬과 루카스도 더는 나를 고통 속에 처박은 채 무작정 쑤셔 대지만은 않았다.

"⋯⋯루카스 님."

남자의 침실이었다. 나는 냉혹하기로 유명한 후작가의 정식 후계자에게 안기며 문득 겁도 없이 애원하듯 속살거렸다.

"키스하게 해 주세요."

"⋯⋯."

"입⋯⋯. 맞추고 싶어요."

여느 때와 다른 나의 행동에 루카스는 의아하다는 듯이 내 눈을 들여다보았다. 나는 조용히 그 시선을 받아 내며 남자 특유의 준수한 얼굴선을 조심스레 어루만졌다. 그는 내 손길을 쳐 내지 않았다. 그저 속을 들여다보는 것처럼 나를 좀 더 응시할 뿐이었다. 그러다 다음 순간 고개를 숙여 입을 맞춰 왔다.

입맞춤은 진득하고도 길었다. 한참 부드러운 혀를 섞어 대니 차츰 아래가 젖어 드는 것이 느껴졌다. 늘 견디기 힘들었던, 그래서 때로 나를 미칠 것처럼 만들었던 성교의 통증이 희미해지려는 신호였다.

나는 만족감에 몸을 비틀었다. 드디어 방법을 찾은 것 같다는 묘한 해방감이 찾아들었다. 좋아하는 사내에게 안기기라도 하듯 그의 목을 끌어안고 남자와 살결을 마찰시켜 보았다. 그러자 언제나 꽤 정중한 편이었던 루카스의 움직임이 한층 더 견딜 만한 것으로 바뀌었다.

'이렇게 하면 되는 거였구나…….'

나는 속으로 중얼거렸다. 불현듯 한유리로 살던 예전이 떠올랐다. 생각해 보면 그때도 마찬가지였다. 내 몸을 취하려던 학교 남자애들은 내가 울면서 싫다고 말하고, 그들을 밀치고, 사지에 힘을 주어 반항을 하면 할수록 더 심하게 나를 때리고 폭력적인 방식으로 관계를 가졌다.

그러다 내가 구타로 온몸이 멍들어 시체처럼 누워 있을 때면 비로소 온순해졌고, 어쩌다 가끔 그들의 구미에 맞는 행동이라도 하면 다음 날 눈에 띄게 잘해 주려는 듯 굴기도 했다.

'……이 뻔한 사실을 조금만 더 일찍 알아차렸더라면.'

루카스와 살을 섞으며 멍하니 생각했다. 그랬더라면, 정말이지 그랬더라면 어쩌면 나는 그렇게까지 남자들에게 많이 맞고, 그래서 때로 아프고, 심하게 다치진 않았을지도 모를 일이었다. 그러나 내 육신은 이미 처참히 찢겨 너덜너덜해진 뒤였고 나는 이제 아무리 겪어도 익숙해지지 않는 성교의 찌르는 듯한 통증이나마 피해 보고자 잠자리에서 남자들의 신경을 거스르지 않기 위한 행동들을 하고 있었다.

그리고 그런 내 행동은 종내 정사의 순간 외에도 무언가가 달라지게 만들었다.

그것은 남자들마다 제각각이었다. 가장 먼저 운을 뗀 것은 루카스였다.

"그게 마음에 드나?"

고요한 공기를 깨뜨리듯이 그는 말했다. 오랜만의 성교가 끝난 뒤였고 나는 그때 식어 가는 침대에 멍하니 누워 있었다. 그래서 남자의 말이 내가 무의식중에 응시하고 있던 자수정 장식을 이르는 것임을 한 박자 늦게야 알아차렸다.

딱히 탐심이 들어서는 아니었다. 몸을 섞어 대는 행위가 끝나면 그만 가 봐도 좋다는 남자의 말이 들릴 때까지 무얼 해야 할지 몰랐고, 그 와중에 문득 탁상 위 반짝이는 뭔가가 시선을 끌었다는 게 행동의 이유 전부였다. 그러나 그는 어떻게 생각을 했던 건지 불현듯 말했다.

"가져가. 나에겐 별 필요 없는 물건이야."

그리고 무표정한 얼굴로 그것을 내게 툭 던졌다. 떨어진 보석은 투명한 보랏빛을 띠었다. 중앙의 큰 자수정을 자잘한 다이아들이 둘러싸고 있어 한눈에도 꽤 값이 나가 보였다. 얼핏 메달 같기도 했고, 또 어떻게 보면 여자들의 펜던트 장식처럼도 보였다. 어느 쪽이건 간에 언제 이곳에서 죽어 나갈지 모르는 내게는 별 필요가 없는 것이었다.

그래서 거절을 하려던 순간, 조금 전 남자가 마치 쓸모없는 뭔가를 내버리듯 그것을 넘겼다는 사실이 떠올랐다. 불현듯 보석 위로 내 모습이 겹쳐졌다. 언젠가 싫증이 나면, 쓸모를 다하게 되면 남자들로부터 형편없이 버려질 에스델이. 나는 천천히 그것을 쥐어 보았다.

문득 내가 화대를 받은 건가 하는 생각이 들었다.

이전과 달리 뭔가를 주려고 하기 시작한 것은 제롬 또한 마찬가지였다. 역시 피는 속이지 못하는 건지, 제롬은 많은 부분에서 자신의 형인 루카스와 딴판이었지만 잠자리가 만족스러워짐에 따라 하려드는 행동은 꽤 흡사했다. 그는 내 갑작스런 변화를 달가워했고 그 결과 꼭 물질적인 뭔가를 건네고자 했다. 형태가 있고, 그래서 주는 행위와 사실을 자기 스스로 확인할 수 있는 무언가를.

그런 제롬이 피조차 차가울 것만 같은 그의 형보다는 만만해서였을까. 나는 어느 날 그에게 처음으로 물건을 집어 던지며 큰 소리를 냈다.

"필요 없다고 했잖아!"

아직 한낮이라 주변이 환했지만 나는 나신을 가릴 생각도 하지 않고 소리쳤다. 갑작스런 내 행동에 제롬은 황당하다는 듯한 얼굴이었다.

"뭐야. 갑자기 왜 그래."

그는 정말로 이해가 안 되는 모양이었다. 나는 울고 싶지 않아 입술을 꽉 깨물었다.

"너……. 너, 넌 대체 나를."

"……."

"대체 왜. 왜…… 어째서 나한테 자꾸, 이런 걸 주는 건데?"

나는 조금 전 내 손으로 팽개친 그의 두툼한 지갑을 가리키며 말했다. 뜨겁고 축축한 기운이 눈가에 차오르는 듯싶더니 결국 눈물이 뚝뚝 떨어졌다. 제롬은 놀란 듯 나를 불렀다.

"에스델."

"어떻게……. 어떻게 나한테, 마치 술집 여자한테 꽃값이라도 주는 것마냥……. 그렇게, 네가 나를,"

결국 말을 다 마치지도 못하고 나는 흐느끼기 시작했다. 서러운 눈물이 터져 나왔다. 지금껏 이곳에서 살며 겹겹이 쌓아 온 비참함을 애꿎은 제롬에게 다 풀기라도 하려는 듯한 울음이었다. 제롬은 그런 내 곁에 걸터앉아 이맛살을 찌푸린 채 그의 더티 블론드 색 머리칼을 신경질적으로 쓸어 넘겼다. 대체 지금 이걸 어떻게 해야 하냐는 듯한 얼굴이었다.

그의 손이 몇 번이나 내 어깨나 머리를 향해 뻗어 왔다가, 그러나 결국 닿지 못하고 다시 제자리로 돌아가길 거듭했다. 나는 참지 못하고 정적을 깼다.

"너는 나랑 왜 자는 거야?"

"……뭐?"

불현듯 튀어나온 물음에 그는 적잖이 놀란 기색이었다. 확실히 내입에서 나오기엔 너무 직설적이었다.

"너 잘났잖아. 너도 네가 잘난 거 알잖아. 너 정도면 여자들 줄 설테고, 그러면 굳이 나한테 돈까지 쥐여 가며 이럴 필요도 없는 거잖아. 그냥 너 좋다는 그중에서 아무나 하나 데려와서 쉽게 자고, 그래도 되는……."

"야! 당장 그 입 다물어. 제기랄, 난 또 뭔 소리를 하려고 하나 했더니 지금 그딴 말을……."

그는 듣기 싫다는 듯 잔뜩 인상을 구겼다. 그럼에도 여전히 미끈하게 잘생긴 그의 얼굴을 보고 있자니 한층 더 서러움이 올라왔다. 그래서 그의 시선을 피하지 않았다.

나는 그렇게 한참 제롬의 눈을 지지 않겠다는 양 마주 보았다. 그때 불현듯 그가 대답했다.

"예뻐서."

"뭐?"

갑작스럽게 튀어나온 칭찬 비슷한 무언가에 어쩔 수 없는 당혹감이 스쳐 지나갔다. 그러나 제롬은 무미건조한 얼굴로 지극히 아무렇지도 않은 듯 말을 이었다.

"왜. 너 예쁜 거 맞잖아."

"지금 왜 그런, 무슨……."

"네가 마음에 안 들었으면 애초에 그 피곤할 일까지 벌여 가면서 굳이 네가 해 달라는 대로 나서지도 않았어. 형이나 나나."

"……."

"물론 루카스 형은 대놓고 말을 하진 않겠지. 근데 안 봐도 뻔하……. 아니, 씨발. 내가 지금 이딴 걸 왜 해명하듯 지껄여야 되는 건데."

그는 잔뜩 인상을 쓰더니 곧 시가를 꺼내 물었다. 그러면서도 얼핏 방향을 틀어 연기가 내게 많이 닿지 않도록 하는 게 보였다. 나는 멍하니 그 모습을 바라보다가 문득 물었다.

"그럼 좋아서……. 하는 거야?"

일순 그의 동작이 멈추었다. 천천히 고개를 돌려 나를 바라본 그는 아주 묘한 얼굴을 하고 있었다. 조금 놀란 것 같기도 했고, 어떻게 보면 화가 난 듯도 보였다.

"……야. 너 지금 뭐 하자는 건데."

"네가 방금 그랬잖아. 내가 네 맘에 들어서, 그러니까, 예뻐…… 보여서 나랑 자는 거라며. 그러면 그건 마음이 있어서, 좋아서 하는 거랑 비슷한……. 그런 걸로도 이해하면 되는 거냐고……."

이상하게 들릴 말이었지만 그러나 나는 그 순간 남자들 앞에서 알몸이 될 때마다 느끼게 되는 참담함을 억누를 무언가가, 그것이 말이든 행동이든 간에 간절히 필요했다.

단지 쉽게 돈 따위를 줘 가며 욕구를 풀 수 있는 상대여서만은 아니라고. 차라리 어떤 것이든 다른 이유도 있어서 내게 그러는 거라고 하면 나는 그들의 행동에서 비참함을 조금이라도 덜 느낄 수 있을 것만 같았다. 그러나 제롬은 뭔가 다르게 이해한 건지 엉뚱한 질문을 했다.

"지금 나한테 끼 부리냐?"

"끼 부린다는 게 무슨…… 뜻인데?"

"아니 네가 괜히 사람 맘 들쑤셔 놓는 소리를……. 하, 됐다. 그만 하자."

그는 어처구니가 없다는 듯 입을 다물었다. 그러나 금방 담배를 비벼 끄고는 내게 몸을 틀었다.

"말해 봐."

"뭘."

"너 똑바로 말 안 하면 방금 네가 지껄인 거 그냥 나 좋을 대로 해석한다."

"그러니까 대체…… 뭘."

"넌 내가 너한테 자고 나서 뭘 주는 게 싫어? 그게 싫어서 아까 운 거야?"

나는 고개를 끄덕였다. 그러자 그가 물었다.

"왜 싫은데."

"그야……."

"그야?"

"꼭 너랑 그러는 게 돈 주고받는, 그런 것 때문에만 하는 행동…… 같아지니까."

네가 나한테 뭔가를 주면, 그걸 보는 순간 나는 몸을 팔듯이 남자 랑 잤다는 비참함을 어쩔 수 없이 한 번 더 느껴야 해. 네가 주는 게 보석이든, 돈이든, 그 무엇이든 간에 일단 그걸 받게 되면 하루에도 몇 번씩 그 물건을 볼 때마다 참담하기 짝이 없는 그 기분이 반복돼서 떠올라. 그럼 그때는 스스로를 아주 잠깐 속일 수조차 없어. 무엇보다 내 자신이 너무, 정말이지 너무 더럽게 느껴져서…….

그러나 나는 차마 그 뒷말까지 전부 꺼낼 수는 없었다. 제롬은 무슨 연유에선지 어느새 꽤 기분이 풀린 듯 내 얼굴을 어루만졌다.

"그 말인즉슨, 우리가 자는 게 다른 목적이나 이유 때문인 것만 같아져서. 그게 싫다는 뜻이야?"

"응? 응. 뭐 그런……."

"그럼 뭐 때문에 한다고 생각하고 싶은데? 아, 그래서 아까 나한테 좋아서 하는 거 맞냐고 확인하듯이 물었……."

갑자기 음성이 뚝 끊겼다. 의아함에 고개를 들었지만 이미 제롬은 내가 보지 못하는 방향으로 얼굴을 돌려 버린 뒤였다. 꽤 당황스러웠다.

"제롬?"

"……."

"왜 그래. 갑자기 말을 하다가 말고."

"……닥쳐. 됐으니까. 그냥 좀."

입에선 거친 말이 나왔지만 그러나 이번에 그의 음성은 화가 난 것 같지는 않았다. 얼핏 본 그의 귓가가 붉어져 있었다.

그날 결국 제롬은 해가 다 지고 난 후에야 날 놓아주었다. 내가 마차에 오르던 마지막 순간 그는 나직이 말했다.

"그리고 그런 거 아니야."

"응? 갑자기 무슨."

"아까 네가 말한 거. 화대 치르듯이 돈 주려고 한 거 아니라고."

그는 가만히 내 얼굴을 응시했다.

"뭔가 해 주고 싶은데, 근데 네가 원하는 걸 모르겠어서. 그래서 그랬어. 보석도, 옷도, 너는 지금까지 내가 주는 건 다 싫다고만 했잖아."

"……."

"차라리 돈을 주면 네가 진짜 갖고 싶은 걸 사기라도 할 것 같았어. 그게 전부야."

마차가 출발한 뒤에도 그의 마지막 말이 남긴 잔상은 공기 중을 맴돌았다. 나는 제롬의 음성을 떠올리며 형언할 수 없는 어떤 두려움을 느꼈다.

그 이후 제롬은 한결 유해진 태도로 나를 대했다. 자꾸 뭔가를 주려는 것만큼은 변함이 없었지만 지난번 만남에서 그런 행동의 이유를 들은 이상 무작정 거절만 할 수도 없는 노릇이었다. 어느덧 내 방에는 그로부터 받은 물건들이 하나둘 쌓이기 시작했다. 그걸 본 하녀들은 종종 묘한 얼굴로 '어머, 아가씨. 좋은 분이라도 생기셨나 봐요.' 하며 웃었다.

달라진 것은 그뿐만이 아니었다. 항상 콘라드 저택에서, 또는 제롬이 자주 찾는 살롱이나 고급 술집에서 만나 용건을 해치우듯 몸을 섞기만 했던 우리는 언제부턴가 마치 연인이라도 되는 양 만남의 범위를 넓혀 가고 있었다. 오늘 그의 손에 끌려 온 곳은 오페라가 한창 상연 중인 황실 극장이었다.

자꾸 데이트 같아지는 만남에 조금 전까지만 해도 불안함을 느끼던 주제에, 나는 어느덧 그 사실도 까맣게 잊을 만큼 특등석에서 화려하고 장대한 공연에 푹 빠져 있었다.

"제롬. 정말 고마워."

몇 시간이 지나고, 공연이 막을 내릴 때쯤 나는 떨리는 목소리로 말했다. 그는 내게서 처음 들어 보는 감사 인사에 웬일이냐는 듯한 얼굴을 했다. 그러나 정말이지 나는 그 순간 진심으로 그가 고마웠다.

제롬에게는 지극히 일상적이고 그래서 어쩌면 별 감흥도 없었을 그 몇 시간이 그러나 내게는 태어나 처음 감각해 보는 기쁨의 연속이었다. 이렇게 화려하고 아름다운 극장에 와 본 것, 매혹적인 배우들의 연기를 보고, 무용수들의 춤에 매료되며, 마지막 아리아에서는 조금 울고 싶어질 만큼 가슴이 떨리는 그 모든 일들이 정말이지 내게는 현실이 아닌 것처럼 그저 찬란하기만 했다. 그래서일까. 그 순간만큼은 지긋지긋했던 제롬에 대한 악감정도 좀처럼 의식의 표면 위로 떠오르지 않았다.

"별일이네. 에스델 네가 나한테 그런 말을 다 하고."

심드렁한 목소리로 대꾸했지만 그러나 그의 기분은 나쁘지 않은 듯했다.

"여태껏 한 번도 오페라 같은 건 본 적 없다고, 여기 오면 내내 잠이나 잘 것 같다면서 끝까지 오기 싫다고 한 사람이 누구더라?"

"그러게……. 내가 진짜 아무것도 모르고 한 소리다. 그치, 네가 안 끌고 와 줬으면 큰일 날 뻔했어."

그의 가벼운 조롱을 순순히 받아 넘기는 태도에 제롬의 의아함이 한층 짙어졌다.

"이런 거……. 오페라 같은 그런 것들. 진짜 한 번도 본 적이 없었거든. 학교 교과서, 아, 미안. 말 잘못 나왔어. 그 어떤 책, 같은 데서 대충 접하긴 했었지만……. 근데 정말 이렇게까지 좋을 줄은 몰랐어."

나는 쑥스러워 고개를 숙이며 중얼거렸다. 몰랐는데, 예상처럼 내내 졸진 않은 것 보면 나도 감수성이라는 게 있기는 한가 봐……. 그러자 제롬은 피식 웃었다.

"뭐 준다고 할 때는 그렇게 싫어하더니. 작은 물건 하나 받는 것도 한참 고민하고 죽을상을 하는 주제에."

"……그거는,"

"이런 건 좋은가 보네. 대강 알겠다. ……가자. 바래다줄게."

어느덧 꽤 많은 관객들이 빠져나간 극장 안은 조용했다. 나는 끄덕이며 그를 따라나서려다 금세 자리에 멈춰 섰다. 순간적으로 떠오른 생각들이 얽히고설켰다.

짧은 고민들이 이어졌다. 그러다 결국 나가려는 그의 팔을 붙잡았다. 제롬은 의아한 듯 돌아보았다.

"왜?"

그리고 그 순간, 나는 절반쯤 충동에 취해 그에게 키스했다.

입맞춤은 짧고 가벼웠다. 입을 맞췄다고 하기에도 민망할 만큼 잠시 제롬의 뺨에 입술을 대었다가 뗀 것이 전부였다. 그러나 제롬과 나 사이에서, 우리의 관계에서 내가 자발적으로 먼저 입을 맞춘 것은 정말이지 처음 있는 일이었다. 저질러 놓고도 스스로 믿기지가 않아 금방 차오르는 민망함에 얼굴을 숙였다. 제롬은 놀란 듯 잠시 말이 없었다.

"……야, 너 방금."

조금 전 자신에게 무슨 일이 일어났는지 믿기 힘든 눈치였다. 나는 떠듬떠듬 입을 열었다.

"저기 그게……. 고, 마워서."

어쩐지 자꾸 긴장이 되었다.

"너무 고맙고 그, 그래서……."

"……."

"네 덕분인 것, 알아. 아마 너 아니었으면 나는 살면서 이런 경험이 있구나 하는 것도, 아까 공연 보면서 잠시 행복했던 그런, 기분도 영영 못 느껴 봤을 테니까……."

내게 에스델로서 주어진 두 번째 삶 또한 얼마 남지 않았음을 알고 있기에 더더욱 그랬다. 정말이지 그날 나는 뜻밖의 선물을 받은 것만 같은 기분이었다.

"그래서 실은, 공연 막 끝났을 때 보답, 같은 것도 생각해 봤는데……. 근데 나는 너랑 달라서……. 가진 것, 돈이나……. 그런 것도 별로 없고. 그래서 내가 사 줄 수 있는 건 너무 별거 아닌 것들인데, 그런 걸 주자니, 그, 내가 볼 때 너는 항상 엄청, 비싸고 좋은 그런 것들만 입고 쓰고 하는 것 같아서, 그……."

가시지 않는 부끄러움에 말은 점점 더 짧게 끊기고 헛돌았다. 그때 제롬이 입을 열었다.

"······해 봐."

"응? 뭐라고 했어. 잘 안 들,"

"다시 해 보라고. 아까 나한테 한 거."

나는 얼굴을 붉혔다. 황급히 달아오른 뺨을 가리며 버벅댔다.

"시, 싫어······."

"뭐, 싫어?"

"······."

"그게 지금 고마워하는 사람 태돈가?"

"그래서 아까 했, 했잖아."

"그니까 다시 해 보라고."

"왜······. 왜,"

"왜? 그걸 지금 말이라고 하냐."

그는 정말 어처구니가 없는 듯했다. 나는 민망함에 쭈뼛거리며 그의 눈치만 살폈다.

"어이가 없네. 야. 너 좀 전에 뭐 하긴 했냐? 뭐가 뭔지 모를 정도로 하도 후다닥 지나가서 나는 네가 말하기 전엔 나한테 뭘 했다는 것도 몰랐다?"

"그 정도는······. 아닌 거 같,"

"그렇게 해 놓고 감사 인사 해치웠다고 나오면, 너무 양심 없는 거아닌가? 너 좀 전에 그랬잖아. 내가 고맙다며. 그래서 그렇게 기쁘고좋고 그렇다며. 그럼 당연히 고맙다는 인사도 거기 맞춰서 해야지.

내가 지금 틀린 말 하냐? 입이 있으면 대답해 보든가."

정말이지 이럴 때 나는 도저히 제롬을 당해 낼 재간이 없었다. 몹시 당황스러웠다. 그러나 아무리 그의 말을 곱씹어 봐도 반박은커녕 하나하나가 다 맞는 말인 것 같았다. 결국 나는 입술을 깨물었다.

"알겠, 어. 그럼……. 잠깐만 저기, 저쪽 봐. 얼굴 돌려."

"아. 그건 또 왜."

"눈, 도 감아……. 왜긴 왜, 야. 부, 부끄러우니까 그러지."

얼씨구. 이제 와서 내외하냐? 만날 때마다 떡쳐 댄 건 생각 안 하고……. 제롬은 불만스러운 듯 중얼거렸지만 그러면서도 이내 몸을 돌렸다. 나는 어쩌다 일이 이 지경이 된 건지 자책하며 잠시 두 손에 얼굴을 묻었다가 뗐다. 이윽고 천천히 발뒤꿈치를 올려 나보다 족히 머리 하나는 높이 있을 그의 얼굴 가까이 다가섰다.

제롬의 뺨에 입술을 가져다 대었다가, 눈을 감고 그대로 꾹 눌렀다. 그러고는 가만히 기다렸다. 아까보다 꽤 오랜 시간이 지났다 싶을 때쯤. 멀어지려는 나를 순간 제롬이 확 끌어당겼다.

"힉!"

부지불식간에 벌어진 일에 깜짝 놀라 입에선 이상한 소리가 나왔다. 어느새 그의 얼굴이 코앞에 바짝 다가와 있었다.

"……야. 너 진짜 양심 없어."

"뭐? 뭘……. 무슨! 지금 다시 했,"

"아무리 봐도 그렇게 고맙단 사람치고는 인사가 영 시원찮은데."

그 말에 미처 반박을 하기도 전에 제롬은 고개를 틀더니 그대로 입을 맞춰 왔다. 나는 놀라 그대로 얼어붙었다.

"입 벌려."

얼떨결에 습관처럼 그의 말을 따랐다. 혀가 입 안으로 들어와 섞이자 키스는 좀 더 농밀해졌다.

"……이게 무슨!"

나는 문득 정신을 차리자마자 그를 밀쳐 냈다. 당황한 얼굴로 그에게 항의라도 하려 했지만 그는 아무렇지 않은 듯 먼저 입을 열었다.

"넌 진짜 어떻게 매번 꼭 뭐 하나씩 모자라냐? 괴롭히는 맛은 있다만."

"뭐, 뭐라고?"

"이번엔 방향은 얼추 맞았는데. 수위가 좀 심하게 형편없다?"

"……."

뻔뻔스러운 말에 나는 뭐라 대답도 하지 못하고 경악에 차서 그 멀끔한 얼굴을 올려다보았다.

"하긴. 네 수준에서는 장족의 발전이긴 하다. 간만에 예쁜 짓 잘했네."

"예쁜 짓, 이……."

"앞으로도 나한테 보답할 일 있으면 이런 걸로 해라. 응? 괜히 뭐 사네 마네 쓸데없는 짓 하지 말고."

"……."

"애초에 네가 나한테 사 주긴 뭘 사 주겠냐? 그건 그렇게 잘 파악해 놓고 어떻게 그 뒤에 정작 중요한 걸 못 맞추는지."

그는 정말 안타깝다는 듯이 혀를 찼다. 나는 조금 화가 나서 그를 밀치고 통로를 빠져나가려고 했다.

그러나 다음 순간 제롬은 기분이 좋은지 키득거리며 그대로 나를 뒤에서 끌어안았다. 그러고는 목덜미에 자잘한 키스를 퍼부었다. 나는 숨을 씨근거리면서도 곧 무의미한 저항을 그만두었다. 피부에 닿는 그의 입술이 뜨거웠다.

그러다 불현듯 제롬의 손이 내 가슴을 쥐는 것이 느껴졌다. 깜짝 놀라 황급히 그의 팔을 더듬거리며 붙잡았다.

"지금 뭐, 뭐 하는 짓인데!"

"몰라서 물어? ……그럼 몸으로 알려 줄까."

"여기 누가 와! 사람 온단 말,"

"안 와. 아무도. 내가 여태껏 여길 얼마나 들락날락거렸는데. 좀 전에 공연 끝났으니까 내일 해 뜰 때쯤은 돼야 할걸? 아직 한참 남았네."

그는 쓸데없는 걱정 말라는 듯 속삭이더니 다시 입을 맞추었다. 그러곤 아무렇지 않게 넓은 좌석 위로 나를 쓰러뜨렸다.

"정 누가 와서 볼까 봐 걱정되면 괜히 반항해서 시간 끌지 말고 빨리 끝내든가. 응?"

"진짜 미, 미쳤어. 너, 사람 오면,"

"난 딱히 누가 봐도 상관없는데. 정말 사람 올 때까지 이러고 있을까?"

제롬은 반은 슬슬 어르고 달래듯이, 나머지 절반쯤은 장난감을 가지고 놀듯이 속살거렸다. 그의 입술이 짓궂은 곡선을 그렸다. 몹시 분했지만 나는 결국 질끈 눈을 감고 몸에서 힘을 뺐다.

어딘가 가슴 한편이 콕콕 찔리는 듯한 느낌이 들었다. 그래서 슬그머니 에드먼드의 아름다운 눈동자를 피했다. 옅고도 끈적끈적한 괴로움이 스며드는 냄새가 났다. 알 수 없는 묘한 두려움, 죄책감이 소리 없이 이어졌다.

부쩍 에드먼드의 앞에서 이런 감각들이 자주 찾아들게 된 것은 제롬과의 일 때문인 것 같았다. 최근 내 생활에서 이전과 달라진 것이라고는 아무리 생각해 봐도 그뿐이었으므로. 점차 결을 달리해 가기 시작한 제롬과의 관계는 나를 투명하게 옭죄었다.

아무리 둔하다 할지라도 나를 향하는 남자의 시선과 그 안에 스며든 감정이 다른 파형을 띠게 되었다는 것쯤은 알아차릴 수 있었다. 그래서 종종 겁이 났다. 제롬의 앞에 설 때면, 갑자기 왜 날 그런 눈으로 바라보게 된 건지, 무슨 생각을 하고 있는지, 결국 나에게 원하는 것은 무엇인지를 자꾸만 생각하게 되는 것이.

"에스델."

에드먼드는 걱정스럽다는 얼굴로 생각에 몰두하던 나를 깨웠다. 요즘 들어 그는 부쩍 자주 나를 이름으로 불렀다.

"생각에 너무 깊이 골몰하고 있는 것 같아서요. 얼굴이 젖었습니다."

그의 말에 이마를 짚어 보니 어느새 진땀이 스며 나온 건지 축축했다. 제롬에 대한 생각에 이 정도로 빠져 있었구나. 속으로 중얼거리며 무심코 남자의 얼굴을 올려다보았다. 섬세한 특유의 얼굴선이 시선을 끌었다. 흰색과 금빛이 적당히 어우러진 황태자의 의복이 새삼 무척 잘 어울린다는 생각을 했다.

"무슨 걱정이라도 있습니까. 안색이 좋지 못합니다."

"아무것도 아닙니다. 그냥 조금……."

어떻게 말을 둘러대야 할지 고민이 되었다. 문득 지금 내게 필요한 것은 눈앞의 이 남자라는 사실이 다시금 떠올랐다. 알고 있는데. 그 누구보다 그 사실을 절실히 느끼고 있는데……. 어째서일까. 이상하게도 제롬에 대한 생각을 쉽사리 떨칠 수 없었다.

나는 서글픈 기분이 들었다. 살면서 얼마나 행복하고 즐거웠던 기억이 없었으면, 지독할 만큼 나를 깔아뭉개던 그 제롬이 고작 잠시 친절하게 대해 주고 이곳저곳 데리고 다니기 시작한 걸 가지고 이다지도 마음이 흔들리는 걸까. 그렇게 생각하니 새삼 한유리의 인생이 가엾었다.

이래서 사람들이 딸을 키울 때 사랑을 많이 주고 행복하게 키워야 한다고 하는 거구나……. 불현듯 그런 생각이 들었다. 그래야 나중에 커서 쉽게 남자에게 혹해서 넘어가지 않는다던 그 말이 이제야 이해가 갔다.

제롬은 지난번 오페라를 보러 갔던 날의 내 반응이 꽤 맘에 들었는지, 최근 더욱 자주 나를 불러서는 여기저기 데리고 다니기 시작하고 있었다. 마치 앞으로는 내게 물건 대신 경험을 선물하기로 결심이라도 한 것 같았다. 만일 그 행동의 목적이 나를 흔들기 위한 것이라면 제롬의 계획은 꽤 주효했다.

자각하지 못하는 사이 나는 그와의 만남을 꽤 기대하게 되어 버렸으니까. 문득 이틀 전 그와 발레를 보면서 어린아이처럼 좋아했던 스스로의 형편없는 모습이 떠올랐다. 입술을 꽉 물었다. 이 순간만큼은 어떻게든 제롬의 생각을 지워 버려야만 했다.

"……전하."

"말해요, 에스델."

"제가 어떻게 하면……. 전하의 사람이 될 수 있을까요."

충동에 사로잡혀 아무 생각 없이 내뱉은 말은 아니었다. 이미 오래전부터 나는 남자의 감정에 무지하고, 전반적으로도 몹시 아둔하기 짝이 없는 나 같은 여자는 아무리 기를 써도 자력으로 황태자를 사로잡을 수 없다는 것을, 속내에 무엇을 감추고 있을지 모를 이 냉철하기만 한 남자를 능숙히 끌어당길 수 없다는 것을 깨닫고 있었다.

그는 언제나 내 머리 꼭대기 위에 있는 듯했고 그래서 차라리 솔직한 속마음을 드러내고 그 본인에게 도움을 청하는 편이 오히려 확률이라도 높일 수 있을 거란 판단이 든 거였다.

태연을 가장하며 꺼낸 질문이었지만 그러나 테이블 아래로 감춘 손은 떨리고 있었다. 예상치 못한 질문에 에드먼드의 눈이 다소 놀란 듯 커졌다.

"……에스델."

"당황스러우셨다면 죄송합니다. 전하를 가까이서 뵙게 된 후로……. 오래 생각했던 일이에요. 그러나 많이 부족한 저로서는 아무리 해도 전하의 곁을 차지할 수 없다는 것을, 그 깊이를 가늠하기 어려운 마음의 아주 작은 단편조차 얻기 어렵다는 걸 이제는 알고 있습니다. 그래서 차라리, 무례를 무릅쓰고 전하께 이렇게 여쭤보는 게 나을 거란 생각이……. 들었습니다."

그의 앞에서 당신을 원한다는 속내를 적나라하게 드러내는 것은 예상보다 더 버거운 일이었다. 벌거벗은 듯한 기분이 온몸에 밀려들었다.

황태자의 고요한 두 눈동자가 나를 응시해 왔다.

"음, 꽤 놀라긴 했습니다. 늘 조심스럽던 영애의 입에서 그런 당돌한 질문이 나올 줄이야."

그는 가벼운 웃음을 터뜨렸다.

"내가 이래서 영애와 있는 시간을 좋아하나 봅니다. 늘 의외의 부분에서, 그것도 전혀 예상치 못한 방식으로 나를 놀라게 하거든요."

"……죄송합니다."

"사과할 필요는 없어요. 그리고……. 영애의 조금 전 질문은 아무래도 별 의미가 없는 것 같아서."

그 말에 무심코 고개를 들었다. 에드먼드는 어느새 여느 때와 같은 온화한 낯빛으로 돌아가 있었다. 그대로 시선이 마주쳤다. 마치 능숙하게 얇은 막으로 겉을 감싸 버린 것 같은 얼굴과,

"나는 이미 꽤 영애를 좋아하고 있어요."

그의 음성은 묘한 분위기를 풍겼다.

"어째서 영애가 그걸 느끼지 못하는지는 모르겠지만."

그러나 그의 말은 여전히 믿기 어려웠다. 아무리 아둔한 나라도 최소한 에드먼드가 나를 좋아한다고 말하며 일컫는 무언가가 예컨대 미하엘이나 제롬이 내게 갖는 감정과는 완전히 동떨어져 있다는

사실 정도는 알 수 있었다. 나는 입술을 깨물었다.

"전하께서, 그러실 리가……."

"나를 믿지 못하는 겁니까. 적잖이 서운합니다."

에드먼드는 다시 소리 없이 웃었다.

"좋아하지 않을 이유가 없죠. 솔직하고, 순진무구하기 짝이 없으며……. 언제나 빤히 날 바라보면서 저 남자를 어떻게 사로잡을 수 있을까 하는 속내를 그토록 적나라하게 티를 낸 여인은, 여태 오직 영애뿐이었는데."

수치심에 얼굴이 붉어졌다. 그는 곧 입을 열었다.

"오해는 말아요. 에스텔. 비꼬려는 게 아니니까. 그저……. 어떤 이유 때문인지는 모르나 영애가 내 마음을 얻고자 했다는 걸, 그것도 정작 나를 남자로서 딱히 좋아하는 것 같지도 않으면서 어쨌거나 그랬다는 걸 알고 있었다는 소리예요. 그 어떤 사내도, 하다못해 알렌 공작 같은 이도 매일같이 자신의 얼굴을 그렇게까지 뚫어지게 바라보며 골몰하는 영애를 본다면 쉽게 속내를 알아차리고야 말 테죠."

역시 에드먼드는 나를 그리 기민하게 의식하지 않으면서도 이미 대부분의 것들을 꿰뚫고 있었다. 어쩐지 눈앞이 조금 아찔했다.

"내가 영애를 좋아하는 이유를 말해 줄까요?"

"……전하."

"뭐랄까. 영애의 형언하기 어려운 부조화한 면들이 자꾸 눈길을 끕니다."

사방이 조용한 가운데 오직 에드먼드의 음성만이 자리하는 것 같았다.

"그렇게 나를 원한다 온 얼굴로 드러내 놓고 있으면서, 정작 가장 중요한 순간에 요령이 없어 터무니없는 실수를 저지르던 것. 내게 잘 보이기 위해 눈 딱 감고 한 번이면 될 거짓말을 고민만 하다 결국 하지 못하고 물러서던 모습들……. 난 영애의 그런 면이 좋았어요."

나는 잠시 할 말을 잊었다. 지금껏 그와 함께한 순간들이 파노라마처럼 스쳐 지나갔다. 에드먼드가 이렇게까지 나를, 그간의 내밀한 고민과 갈등, 한순간의 머뭇거림까지 포함해 남김없이 파악하고 있을 줄이야. 문득 예상보다도 훨씬 그가 두려운 존재라는 생각이 들었다. 그러나 그의 목소리는 평온했다.

"날 때부터 주어졌던 이 자리로 인해, 굳이 영애가 아니더라도 내게 잘 보이려 애쓰는 이들은 지금껏 숱하게 보아 왔습니다. 평생을 그런 자들에게 둘러싸여 살아왔다고 해도 과언이 아닐 테죠. 그러니 어쩔 수 없이, 환심을 사기 위한 위선과 허풍, 특유의 치밀한 술수들, 크고 작은 거짓말 따위에는 지나치리만큼 익숙해요. 그런데 영애는……."

에드먼드는 잠시 무언가 생각하는 듯했다.

"영애는 그들과 무척 비슷한 것 같으면서도……. 결국엔 좀 달랐어요. 노골적이다 싶을 정도로 내게 잘 보이려는 속내를 숨기지 못하면서도, 정작 가장 중요한 순간에는 날 원하는 게 맞나 의심이 들 만큼 무감각한 눈으로 날 바라보고 있더군요. 나의 환심을 살 수 있는 순간에도 결코 거짓으로 뭔가를 꾸미지 않았죠.

하다못해 책 한 권을 읽고 나서도. 내가 묻기도 전에 알아서 실토하듯 좀 어려웠다, 알게 된 건 아직 이것뿐이고, 전하께서 말씀하신 그 내용은 애를 썼지만 사실 이 정도까지밖에 이해하지 못하겠더라, 또 송구스럽지만, 그 밖의 것은 솔직히 전혀 모른다……. 어떻게 보면 미련스러울 만큼 솔직했어요. 그게 때론 좀 재밌었고, 귀엽기도 했고, 어떨 땐…… 유일하게 내 숨통을 트이게 하는 것 같기도 했습니다. 그래서인지 영애와 함께하는 시간이 가장 먼저 좋아졌어요."

"……."

"그러고 나서는 그 솔직함이, 또 그것이 나를 원하는 영애의 마음과 이루는 부조화까지 차츰 눈에 들어오게 되었고 그러자 어느 사이엔가 자연히,"

흔들림 없이 나를 향하고 있는 푸른 눈동자는 그의 말에 거짓이 섞이지 않았음을 선명히 드러내고 있었다. 나는 아무 말도 하지 못하고 그를 바라보았다.

"그런 영애가 좋아졌습니다."

"에드먼드 전하. 제가……."

"이런데도. 내가 영애에게 거짓만을 말한다 할 겁니까?"

그는 가만히 미소를 띠었다. 나는 또다시 할 말을 찾지 못하고 버벅거렸다. 그는 자연스럽게 나를 그의 가까이로 끌어당겼다.

"……혹여 내가 영애를 사내로서 취하지 않은 것이 문제였을까요."

"그런 것이 아닙니다. 저, 제가."

"하지만 함부로 손을 댈 수는 없었습니다. 조금 전에 말했듯이 나를 원한다는 영애의, 정작 일순간 무심해지곤 하는 눈빛을 보게 될 때마다 그 속마음을 도무지 종잡을 수 없었으니까요. 더군다나……."

에드먼드는 잠시 생각을 하다 결국 입을 열었다.

"영애에게선 줄곧 다른 남자의 체향이 묻어났습니다."

"저, 전하. 그것은……."

"괜찮아요. 딱히 해명하려 하지 않아도. 처음 만날 때 얘기하지 않았던가요? 콘라드가의 영식들과 얽힌 사정은 대강 알고 있습니다."

그는 나를 그의 품으로 이끌었다. 긴장으로 굳은 몸을 억지로 풀려고 의식하며 나는 천천히 그의 어깨에 기댔다.

에드먼드는 잠시 그런 내 얼굴을 가볍게 어루만졌다. 그를 향해 약간 얼굴을 돌리자 가까이 붙어 있는 상태에서 서로의 콧날이 부드럽게 마찰되었다. 숨결이 느껴질 만큼 밀접한 거리였다. 이윽고 그는 내게 가만히 속삭였다.

"……에스델."

그의 음성을 음미하며, 나는 천천히 두 눈을 감았다.

에드먼드는 부드럽게 입술을 맞추었다. 온유한 키스였다.

슬픈 꿈을 꿨다. 한유리가 죽는 꿈이었다.

그 안에서 나는 어느덧 식어 버린 내 육신을 내려다보고 있었다.

하얗고 작은 몸이 열린 관 안에 덩그러니 놓인 채였다. 두 팔다리는 조금만 힘을 주면 바스라질 것처럼 가늘었다.

약간 비틀거리며 한유리의 시신에 가까이 다가섰다. 차오르는 애상에 눈가가 소리 없이 젖어 들었다. 잠시 온 세상이 그렁그렁, 눈물에 잠겨 함께 흔들거렸다. 유리의 마지막은 희고, 투명했고 그래서…… 아름다웠다.

작별의 키스를 하려던 찰나, 유리가 눈을 떴다. 그녀는 더 이상 한유리가 아니었다. 시신의 얼굴은 처음 보는 누군가의 것으로 바뀌고 있었다. 나는 자지러지는 비명을 질렀다. 공중에서 허덕이던 몸이 고꾸라졌다.

이제 그녀는 에드먼드의 어린 비였다. 한 번도 본 적이 없었지만 그 순간 나는 알 수 있었다. 누워 있던 소녀의 작은 얼굴은 말갛고 창백했다. 그러나 생명이 꺼져 가는 두 눈만은 선연히 이쪽을 응시하고 있었다.

왜 나를 죽였어?

원망하는 듯한 목소리가 들려왔다. 나는 뒤로 주춤 물러서며 정신 없이 중얼거렸다. 아니야. 그게 아닌걸. 나는 그러지 않았어……. 그러나 소녀의 두 눈은 흔들림이 없었다. 거짓말. 난 알아. 실은 알고 있었어…….

나는 미친 듯이 고개를 가로저으며 거듭 부정하려 했다. 그러나 어느새 꽉 막혀 버린 목에서는 끼익끼익 기분 나쁜 쇳소리만이 흘러나왔다. 그녀는 이제 내게 오고 있었다. 문득 죽은 황태자비의 마지막 음성이 귓가에 와 꽂혔다.

왜. 대체 왜 그랬어? 나는 아무 잘못도 하지 않았어.

"에스델."

"흐윽, 흐……."

"눈떠. 에스델 그로에스."

남자의 음성은 서늘했다. 당장 명령을 따르지 않으면 숨을 끊을 듯한 위압감마저 서려 있었다. 당장이라도 그의 뜻에 굴종해야 함을 알았다. 그러나 그럴 수 없었다. 본능적인 두려움에 계속 몸부림만 쳤다. 남자가 나를 바라보고 있음을 체감하고 있었다.

불현듯 눈을 떴다.

온 세상이 깜깜했다. 먹물을 풀어 놓은 듯 공기마저 어둡게 가라앉아 있었다. 끔찍할 만큼 몸이 무거웠다. 한참 앞이 보이지 않아 나는 꼼짝 않고 숨만 헐떡거렸다. 그러자 곧 서늘한 타인의 피부가 내이마에 맞닿아 왔다. 나를 부르던 남자인 것 같았다. 숨을 죽였다. 그는 그렇게 잠시 내 이마를 짚고 있었다.

"악몽이라도 꿨나 보군."

남자가 입을 열어 말했다. 나는 고개를 목소리가 들려온 방향으로 돌렸다. 두 눈이 어둠에 익숙해지자 차츰 인영의 실루엣이 드러났다.

그는 무표정한 얼굴로 나를 내려다보고 있었다. 칼릭스였다.

"일어나 봐."

그는 몸을 일으키더니 탁상 위에 놓인 잔에 물을 따르며 말했다.

나는 멍하니 그 뒷모습을 바라보았다. 좀처럼 입을 뗄 수 없었다. 그 랬다가는 또 꿈속에서처럼 이상한 쇳소리만 새어 나올 것 같아 두려 웠다.

몸이 불규칙적으로 떨리고 있었다. 칼릭스는 그런 나를 한참 응시 하다 결국 내 곁에 걸터앉았다. 그리고 물을 조금 머금고는 고개를 숙여 키스했다. 나는 저항하지 않았다.

차갑고 축축한 것이 목 안을 적셨다. 들뜬 열이 그제야 가라앉는 것 같았다. 머리가 멍했다. 나는 끝없는 갈증을 해소하려 서서히 남 자에게 매달렸다. 시간이 꽤 흐른 뒤에야 그는 내 얼굴을 떼어 냈다. 그러고는 그대로 잠시 품에 안겨 있는 내 모습을 응시했다.

어둠에 젖은 남자의 얼굴은 아름다웠다. 차갑고 매혹적인 분위기 마저 감돌고 있는 듯 보였다. 반쯤 홀린 것처럼 그의 목을 조심스럽 게 끌어안았다. 칼릭스는 그런 나를 바라보다 천천히 입을 열었다.

"……널 어떻게 해야 할까."

칼릭스는 나직이 속삭였다. 어디, 네가 한 번 말해 봐. 그러나 더 이상은 그도, 나도 목소리를 내지 않았다. 적막만이 어둠을 가로질 러 쌓이고 있었다.

문득 나는 실오라기 하나 걸치지 않고 있는 스스로의 몸을 알아차 렸다.

칼릭스의 짙푸른 눈동자가 내 나신을 물끄러미 훑어 내렸다. 그제 야 에드먼드와 처음으로 입을 맞춰 놓고는, 그러나 다음 순간 칼릭 스의 밑에서 다리를 한껏 벌려 대고 있던 일이 영상처럼 눈앞을 스 쳐 지나갔다. 그것은 악몽을 꾸기 전까지의 내 행적을 고스란히 보여 주었다.

나는 소리 없는 비명을 질렀다. 침실은 여전히 죽은 듯이 고요했다. 내 호흡이 진정된 것을 확인한 칼릭스는 다시금 몸을 취하려는 듯 입술을 맞대 왔다. 남자의 손이 내 젖가슴을 천천히 그러쥐었다.

'살려 주세요……'

그에게 먹혀들어 가는 온몸을 감각하며 마지막 순간 나는 애원했다. 그러나 누구도 답을 해 주지 않았다.

"에드먼드를 믿나?"

칼릭스의 음성이 들렸다.

그는 마치 황태자에 대한 내 속셈을 엿보기라도 한 것처럼 말했다. 가소롭기도 하지, 그의 두 눈이 그렇게 조소하고 있었다.

"황태자는 널 위해 어떤 것도 해 주지 않아."

은밀히 품었던 희망이 채 피기도 전에 짓밟혔다. 남자의 짙푸른 눈동자가 어둠 속에서도 어렴풋이 빛났다.

"결국 네가 의지해야 할 사람은, 나야."

나는 루카스의 침대에 누워 있다가 불현듯 지난밤의 일을 떠올렸다.

"혹시 황태자비 전하에 대해 아세요?"

갑작스런 물음에 긴 침묵만이 흘렀다. 나를 내려다보는 남자의 얼굴은 속을 헤아릴 수 없는 묘한 표정으로 감싸여 있었다. 실은, 어젯밤 제 꿈에 비전하가 보였어요. 이상한 일이죠. 한 번 뵌 적도 없는 분인데. 천장을 바라보며 웅얼거렸다. 루카스는 한참 그런 나를 응시했다.

그 뒤로 몇 번의 정사와 입맞춤을 더 나누었을까. 무의미할 헤아림을 관두었을 무렵, 참지 못할 것 같은 감각이 느껴졌다. 말이 무심코 먼저 튀어나왔다.

"새삼스러우시겠지만, 계속 이렇게 하시면……. 안 될 것 같아요."

몸속 깊은 곳에서 남자의 희부연 정액이 흘러나오는 것을 물끄러미 보며 이어 간 말이었다. 남자 역시 내 말이 가리키는 정확한 의미를 알고 있었다. 그러나 평소 잠자리에서 어떤 불평도 하지 않던 나였기에 루카스의 얼굴에는 의아함이 스쳤다.

"아이가 생길까 봐서요. 그러면 공자님께 폐가, 되잖아요."

임신할 수 없는 몸이란 걸 알고 있었지만 아무렇지 않게 거짓을 입에 담았다. 몸 안의 점막에 날마다 켜켜이 쌓여 가는 남자의 체액을 더는 감각하고 싶지 않아서였을지도. 그러나 루카스는 미동 없이 대꾸했다.

"새삼스럽다, 라……. 그러고 보니 확실히 네 입에서 그런 말이 나온 게 처음이긴 해."

"……."

"혹시 아이를 원하나?"

지금껏 숱하게 남자의 정액을 받아들여 놓고, 이제 와서 갑자기 임신 얘기를 꺼내는 여자의 저의를 가늠해 본 것 같았다. 나는 태연히 받아 넘기듯 말했다.

"글쎄요. 아직 그런 생각을 해 보진 않았어요. 제가 말한 건 그냥 걱정이 돼서……. 매번 이렇게, 이런 식으로……. 하다가 어느 날 임신이라도 되면, 곤란해지실 테니까."

그러나 예상과 달리, 나를 바라보는 남자의 눈은 한 치의 흔들림도 없었다.

"왜 내가 곤란해할 거라 생각하지?"

순간 숨이 턱 막혔다. 더는 태연을 가장할 수 없어 고개를 돌려 창문만 바라보았다. 벌어진 사타구니 사이로는 여전히 남자의 흔적이 꾸물꾸물 흘러내리고 있었다. 밖은 아직 깜깜했다.

"이제 와서 괜히 루카스 형이 욕심나기라도 해?"

그날 제롬은 나를 보자마자 대뜸 말했다. 맥락 없이 날아든 비꼬는 듯한 물음에 제롬의 얼굴만 올려다보았다. 유독 심기가 불편해 보였다. 제길, 지난번에 형한테 대체 무슨 소리를 지껄여 댔길래. 그는 불만스럽게 중얼거렸다. 그러다 잘끈 입술을 깨물었다.

"꿈 깨. 너는 죽었다 깨어나도 안 돼."

짐짓 위협하듯 으르렁대는 말투였지만 그러나 딱히 상처를 받지는 않았다.

"루카스는 콘라드의 정식 후계자야. 그리고 넌,"

"……."

"네 처지는 내가 굳이 입 아프게 말해 주지 않아도 잘 알 텐데? 하여간 주제 파악 좀 해라."

어째서 제롬이 화를 내는지 그 영문도 다 모르면서 대충 고개만 끄덕였다. 그러자 그는 오히려 더 신경질이 난 듯 내 턱을 붙잡아 시선을 맞추게 했다.

"새삼 불안하기라도 해?"

"뭐가."

"갑자기 임신이니 뭐니 쓸데없는 말 꺼내는 거. 그거 여자들 괜히 생각 많아질 때 하는 짓거리잖아."

그런가……. 그렇구나. 몰랐어. 나는 멍하니 중얼거렸다. 나도 모르는 걸 제롬 넌 어떻게 알고 있니. 그러자 그는 답답한 건지 낮게 윽박질렀다.

"형은 안 돼. 너로는 불가능이야. 애초에 여자가 좀 마음에 들었다 해서 가진 걸 굳이 포기까지 해 가며 집에 들일 위인이 못 된다고."

한마디 한마디가 시퍼런 날이 서 있는 것 같았다.

"너 같은 건 끽해야 정부 노릇이나 좀 하다 질리는 순간 바로 폐기 처분이야. 알아?"

잔인한 말이었지만 또한 정확했다. 루카스의 잔잔한 표면 아래 누구보다 잔혹하고 냉정한 성정이 자리하고 있음을 나 또한 어렴풋이 눈치챈 후였다. 그래서 가만히 고개를 끄덕였다. 응. 그래, 맞아. 정말 네 말대로야…… 작게 중얼거리던 순간이었다.

"차라리 나한테 매달려 보든가."

몹시 갑작스러운 말이 귓가에 와 닿았다. 천천히 시선을 돌려 차가운 얼굴을 바라보았다.

"……뭐?"

"결혼."

제롬의 입에서 나온 것이라고는 차마 믿기 힘든 단어였다.

"그게 하고 싶어서, 그래서 어떻게든 그 구질구질한 신세를 면해 보려고 형한테 그딴 소리를 지껄인 거 아냐? 수작질치곤 너무 뻔한데."

온통 멍했다. 날카로운 비수가 되어 꽂혀야 할 말들이 그러나 이미 너덜너덜해진 마음에 아무런 흔적도 남기지 못하고 스쳐 지나가고 있었다. 문득 눈물이라도 좀 나면 좋겠다는 생각이 들었다. 그러나 그의 목소리는 아무렇지 않게 이어졌다.

"그러니까 차라리 나한테 하라고. 확률을 높이려면 목표를 제대로 잡을 줄도 알아야지. 혹시 또 모르잖아? 네가 애라도 가졌다고 울며불며 매달리면 그 걸레 같은 인생이 불쌍해서라도 넘어가 줄지?"

그 순간 제롬은, 엊그제까지만 해도 극장에서 내 손을 잡고 웃던 이라고는 도저히 믿기지 않았다. 나는 좀처럼 할 말을 찾지 못했다.

한유리는 한 번의 자살 시도를 했었다. 그 결과는 죽음이 아니었다. 그 대신 그녀는 이세계(異世界)에 떨어져 에스델이라는 여자의 몸으로 살게 되었다.

에스델은 과거 수차례 자살을 기도했다. 그 결과는 번번이 실패로 돌아갔으며, 그녀의 마지막 시도는 한유리를 그녀 대신 이곳에서 살아가도록 만들었다.

에스델로 살게 된 후, 나는 두 여자의 행적을 관망하며 종종 생각했다. 만약 내가 지금 이곳에서 또다시 자살한다면 그 결과는 무엇이 될까.

아무래도 답은 두 가지 중 하나인 것 같았다. 영원한 죽음이라는 가장 이상적인 결말과, 한유리가 뜻하지 않게 에스델이 되었듯, 에스델에서 다시 원래 한유리의 삶으로 돌아가는 것.

미하엘의 목숨 외에, 내가 이곳에서 자살을 하지 못하고 있는 이유는 이것이 유일했다. 혹여나 다시 눈을 떴을 때, 온 세상으로부터 버림받고 덩그러니 아파트 한편에 구겨져 있는 한유리가 되어 있을까 봐. 그것에 대한 두려움이 아이러니하게도 이세계(異世界)에서의 나를 살도록 만들었다.

그러나 한유리의 비참함과 에스델의 삶이 가진 그것 간의 격차는 갈수록 줄어들기만 하는 것 같았다. 이대로라면……. 나는 혼잣말로 중얼거렸다. 자살을 시도했다가 자칫 원래의 삶으로 돌아가 버린다고 해도.

'지금과 별 차이가 없지 않을까?'

문득 그런 생각이 들었다.

에드먼드의 길고 섬세한 손끝이 건반 위를 맴돌았다. 피아노에서 투명한 음들이 울려 퍼지고, 그것들은 이윽고 하나로 연결되어 깊고 풍부한 곡조를 이뤘다.

나는 잠시 자리에 붙박인 채 공기 중에 떨림을 전해 내는 음률을 감각했다. 방 안을 가득 채우는 미려함에 피부가 찌릿 떨렸다. 문득, 고개를 올려 바라본 남자가 그림같이 아름답다는 생각이 들었다.

줄곧 그의 손목은 유연하게 움직이고 있었다. 건반을 터치하는 곧게 뻗은 손가락을 한 번쯤 어루만져 보고 싶었다. 반쯤 열린 유리창으로 햇빛이 쏟아져 들어오고, 소리 없이 부는 바람에 화단의 팬지꽃 몇 송이가 이따금 흔들렸다. 그로 인해 연한 꽃잎들이 떨어져 내렸다. 여느 때의 엷은 미소를 지워 버린 에드먼드의 얼굴은 몹시 진지했고 그래서 매혹적인 분위기마저 풍겼다. 그 사실을 의식하자 괜히 긴장이 되었다. 빛이 반사되어 유독 투명한 하늘빛을 띠고 있는 눈동자는 그의 시선을 따라 악보 위 음표들을 재빠르게 읽어 나갔다. 지체 높은 황태자의 취미로 그냥 흘려보내기에 그의 연주는 놀랄 만큼 뛰어났다.

그래서였을까. 연주를 마치고, 문득 그가 나를 돌아보았을 때 나는 입을 반쯤 벌린 채 멍하니 서 있었다. 감탄도, 탄식도 아닌 무언가를 작게 흘리면서. 에드먼드는 잠시 그대로 앉아 그런 내 모습을 응시했다. 시선이 섞여 들었다.

약간 흐트러진 남자의 머리칼 아래 아름다운 이마가 보였다. 평소에도 느끼지 못한 것은 아니었지만 유려한 눈매와 그 사이 자리한 콧날이 고혹적이었다. 그의 목소리는 흥미롭다는 듯 다시 나를 찾았다.

"에스델."

"……네, 전하."

천천히 그의 음률에 도취되어 있던 순간에서 깨어났다. 에드먼드는 희미한 미소를 띠고 있었다.

"연주가 끝났음에도 줄곧 아무 말이 없길래요."

"죄송합니다. 실은 조금, 놀라서……."

그의 다정한 웃음소리가 들렸다. 나는 서둘러 덧붙였다.

"물론 좋은, 의미로요. 전하께서 악기까지 이 정도로 능숙히 다루실 줄은…… 미처 몰랐습니다."

고개를 숙이며 작게 중얼거렸다. 얼핏 두 뺨이 붉어진 것 같은 기분이 들었다. 에드먼드는 낮게 웃음을 터뜨리고는 내게 다가왔다.

"그렇다면 다행입니다. 영애를 위해 부족한 실력이나마 선보인 보람이 있겠군요."

그의 말은 정중하고도 겸손했다. 그러자 조금 전 반쯤 장난으로 그에게 악기도 혹 다룰 줄 아느냐 말을 꺼냈던 스스로가 부끄러워졌다. 응접실 한편에 비치된 피아노 앞에서 드물게 주저하는 모습을 보이는 것 같아 언제나 지나치게 완벽한 그를 조금은 놀려 보고 싶어 청한 연주였다. 그러나 나라의 후계자란 으레 어려서부터 겸양의 미덕을 익혀 오기 마련이었음을 잠시 잊고 있었다. 나는 겨우 떨리는 입술을 열었다.

"이렇게 뛰어난 연주는 정말이지 처음, 가까이에서 들어 본 거라……. 뭐라 말씀을 드려야 할지 모르겠어요."

갈수록 말끝이 들릴 듯 말 듯 작게 줄어들었다. 남자는 부드럽게 말을 이어 주었다.

"영애의 마음에 들었다니 기쁩니다. 실은 피아노를 연주하는 내내 긴장이 되었거든요. 에스델이 내게 부탁을 하는 건 무척 드문 일이기에 기왕이면 잘 보이고 싶어서."

그는 다정스레 나를 응시하다 이윽고 천천히 머리를 쓸어 넘겨 주었다. 얼핏 남자의 소매 끝에서 옅은 고목나무 향이 묻어나는 것 같았다. 희미한 잔향이 공기 중에서 점차 옅어져 버리는 것이 어쩐지 안타까웠다.

"에드먼드 전하."

미처 생각을 가다듬기도 전에, 연주의 여운들이 빚어낸 말이 문득 목소리를 입고 입술 틈으로 비어져 나왔다.

"정말 듣기에 무척, 좋았어요."

"고마워요. 에스델."

"진심으로……. 한창 연주를 들으면서도 문득 이게 끝나 버린단 게 안타깝다고 느껴질 만큼요. 그리고 제가 고작 이런 말로밖에 그 느낌을 표현할 수 없다는 게, 아쉬울 만큼."

에스델의 탈을 쓴 한유리가 버벅대며 연신 입술을 움직였다. 다소 얕은 교양과 표현의 밑바닥을 그렇게 드러냈다. 그러나 에드먼드는 이번에도 나를 비웃지 않았다. 오히려 아름다운 미소만을 그릴 뿐이었다. 그것은 그의 푸른 바다색 눈동자와 황금빛 머리칼이 자아내는 외양의 화려함과 몹시 잘 어울렸다. 그래서 순간 홀린 듯 바라보았다. 나를 줄곧 응시하던 남자는 잠시 곤란스럽다는 듯 미간을 찡그리며 웃었다.

"음, 에스델⋯⋯."

그리고 무언가 생각하듯 가만히 나를 내려다보았다. 그러다가 문득, 다음 순간 느릿하게 입술을 포개어 왔다. 잠시 후 그의 얼굴이 떨어지고 나서야 나는 뒤늦게 입맞춤을 한 사실을 깨닫고 눈을 크게 떴다. 부드러운 입술의 촉감이 잔상처럼 남아 있었다. 나직한 속삭임이 이어졌다.

"놀랐어요?"

당황한 눈치를 여실히 드러내는 내 모습에 그는 가볍게 웃었다. 그리고 내 머리카락을 어루만졌다.

"미안해요. 에스델이 놀랄 거란 걸, 분명히 알고 있었는데."

에드먼드의 손끝이 이윽고 내 뺨을 감쌌다.

"그런데도 순간 참을 수가 없어서."

"⋯⋯."

"영락없이 긴장한 얼굴로. 볼까지 붉혀 가며 어떻게든 감상을 표현해 보려고 애쓰는 모습이 정말이지, 귀여워서."

황태자는 마치 말을 잇듯 또다시 고개를 숙여 내 입술을 머금었다. 그렇게 짧고 가벼운 몇 번의 접촉이 이어지자, 다음번 입맞춤은 자연스레 점차 더 길고 진득해졌다. 따사로운 햇볕 아래 입술을 맞대고 있으니 이상하게 가슴 어딘가가 부풀고 붕 뜨는 기분이 들었다. 그래서 조금 몸을 비틀었다.

그런 내게 무어라 속삭이며 남자는 잠시 웃었다. 그리고 눈이 마주칠 무렵, 고개를 숙여 내 입술을 삼키듯 다시 빨아들였다. 두 사람의 혀가 천천히 섞여 들었다. 몹시 부드럽고 다정한 입맞춤이었다. 순간 묘한 찌릿함을 몸 깊은 곳에서 느꼈다.

'혹시 남자를 좋아하게 된다면, 그때 느끼게 될 감정이 이런 걸까.'

문득 그런 생각이 들었다. 어떨 때는 가슴 한편이 좀 아픈 것 같기도 하고, 다음 순간엔 열이 나는 것처럼 몸이 뜨거워졌다가 다시 불현듯 이상스럽게 찌르르, 어딘가가 저릿해지는 감각. 조금씩 나의 가장자리를 무너뜨리듯 다가오는 에드먼드에게 나는 전과 달리 그런 묘한 감각들을 느끼게 되어 버린 것 같았다. 그래서 가끔 무서웠다.

'미리 남자를 좋아해 본 적이 있으면 좋았을걸.'

나는 진심으로 그 순간 그렇게 생각했다. 그랬더라면, 한유리로 살았던 지난 20여 년간 단 한 번이라도 누군가를 마음에 담아 본 적이 있었더라면, 에드먼드 앞에서 겪기 시작한 낯설고 이상하고 조금은 간지러운 듯한 이 감각들이 대체 무엇인지⋯⋯. 지금처럼 밑도 끝도 없이 헤매지는 않을 텐데.

그 순간 에드먼드의 입술이 곧 떨어질 것처럼 움직였다. 어쩐지 몹시 안타까웠다. 망설이다 부끄러움을 꾹 참고 그의 목을 끌어안았다.

매달리는 나의 몸짓에 기분 좋은 듯 올라가는 남자의 입꼬리가, 입맞춤이 한층 깊어질 무렵 어렴풋이 시야에 들어왔다.

제롬의 호출을 받은 것은 오후가 다 지나서였다. 나는 세간에 잘 알려지지 않았다는 고급 술집으로 향했다. 그가 이런 유흥의 공간으로 나를 불러낸 것은 정말이지 오랜만이었다. 어쩐지 느낌이 좋지 않았다.

한참 심호흡을 가다듬고서야 술집 안쪽의 문을 열었다. 그리고 그곳에서도 가장 호화롭게 꾸며진 방으로 향했다. 그러나 문턱을 넘으려는 순간, 불현듯 자리에 멈춰 서고 말았다. 시야를 채운 광경은 이미 유흥의 흔적들로 낭자했다.

엄청난 가격을 호가하는 술들이 아무렇지 않게 쏟아져 카펫을 적시고, 테이블 위로 빈 술병들이 쌓여 있었다. 반쯤 헐벗은 접대부 하나가 하얀 등을 완전히 드러낸 채 바닥에 나동그라져 있었다. 숨이 멈출 것만 같았다.

"에스델? 이제 왔나 보네."

"……."

"뭐 해. 빨리 안 앉고."

익숙한 음성이 들려온 곳으로 시선을 돌리자, 이미 꽤 취한 제롬의 모습이 보였다. 그는 소파에 기대어 앉아 무감한 눈으로 나를 바라보고 있었다. 무언가 마음에 안 드는 양 머리카락을 대충 쓸어 넘기다 이윽고 담배를 꺼내 물었다. 불을 붙이는 그의 눈매가 어딘가 서늘했다.

갑자기 들어온 낯선 존재에 제롬과 함께 있던 남자들의 시선이 죄다 이쪽을 향했다. 하나같이 부유하고 꽤 권세 있는 가문의 영식인 듯 보였다. 그러나 또한 하나같이 어딘가 방탕하고 한량스러운 분위기를 풍기고 있었다. 마치 제롬처럼. 그때 남자들 중 하나가 불쑥 입을 열었다.

"아, 누군가 했더니. 간만에 본다. 제롬 전용······."

날 두고 제롬 전용의 무엇이라 일컫는 말이 나오자마자, 더는 참지 못하겠다는 듯 웃음소리가 여기저기서 터져 나왔다. 그리고 그 뒤에 이어질 말에 대한 추측으로 구멍, 창부 따위의 저열한 낱말들이 남자들 사이를 맴돌았다. 불쾌한 기분에 몸이 젖어 들었다. 그러자 그중 누군가가 상황을 정리하려는 듯 말을 꺼냈다.

"야, 거기까지만. 딱 거기까지 하자, 응?"

"······근데 그럼 쟬 뭐라 불러야 하나. 그냥 아가씨? 아가씨라고 해? 뭐······. 아무튼 오랜만이네. 와서 앉,"

"씨발. 네가 더 나쁘다 새끼야. 아가씨 같은 소리 하네. 그렇다고 조금 전 술집 년 부르듯이 쟤를 부르면 어떡하냐. 명색이 귀족인데. 하여간 나쁜 놈들."

다시 낭자한 웃음소리가 퍼졌다. 나는 새삼 이곳에서의 내 처지를 절감했다. 힘주어 입술을 깨물었다.

남자들의 모습이 어쩐지 눈에 익숙했던 이유를 알아차린 것은 시간이 꽤 지난 뒤였다. 그들은 내가 이곳에 온 지 얼마 안 되었을 무렵, 살롱이나 고급 술집 등지로 제롬에게 한창 불려 다니며 몇 번인가 본 적 있는 자들이었다. 특히 한 회원제 살롱에서 제롬의 수음을 입으로 도울 때 바로 내 등 뒤에 있었던······.

순간 떠오르는 끔찍한 기억에 피가 나도록 입술을 짓이겼다. 그들은 나를 앞에 세워 두고도 아무렇지 않게 외설적인 말과 조롱을 일삼고 있었다. 지푸라기라도 잡듯 저절로 내 시선은 제롬을 향했다. 그러나 그는 무심한 얼굴로 연신 담배만 피워 댈 뿐이었다. 그들을 제지할 의향은 조금도 없어 보였다. 그래서 나는 잠시 할 말을 잃고 자리에 붙박인 채 서 있었다.

"근데 걸레라고 온통 소문이 나긴 했어도, 쟤가 확실히 예쁘긴 하다."

"왜. 제롬이 빌려주면 너도 한 번 박고 싶냐?"

순간 누군가가 나를 턱 끝으로 가리키며 중얼거렸다. 나를 두고 이어지는 음란한 농지거리에 몸이 얼어붙는 기분이 들었다. 그들은 그런 나를 아랑곳 않았고 말의 질척임은 더해져 갔다. 나도 모르게 목소리를 내어 제롬을 찾았다.

"제롬, 제롬."

잇새로 애원하는 목소리가 흘러나왔다. 그러나 그는 아무것도 들리지 않는 듯 가만히 담배 연기만 허공에 내뿜었다.

"제롬, 제발. 나 좀……."

몇 번이고 간절히 그를 더 찾았을 때야 제롬의 무심한 시선이 나를 향했다. 몹시도 무미건조한 낯빛이었다. 얼마 전 루카스와의 일로 심하게 오해를 샀던 날 이후 그는 종종 저런 얼굴로 나를 바라보곤 했다. 조금 주춤거리면서도 제롬의 발치로 향했다.

"저기, 네 친구분들이……."

떨리는 목소리로 겨우 말을 꺼냈다. 그는 여전히 어딘가 묘한 시선으로 나를 응시했다.

"쟤들이 뭐. 듣고 있으니까 말해."

"……그러니까 그게. 지금."

손끝에 힘이 들어갔다. 어렵사리 나머지 말을 내뱉었다.

"좀……. 분위기가 이상해지는 것 같은데."

"……."

"그러니까 도, 도와줘."

순간 피식하고 제롬이 어이없는 웃음을 흘렸다.

"뭘?"

뭘 도와줘? 그는 정말 모르겠다는 양 나른한 얼굴로 턱을 괸 채 물어 왔다. 나는 좀 더 가까이 다가가며 말했다.

"여기서 나가고 싶, 싶어."

"……."

"차라리 얼마 전처럼 너랑 둘이 집에서……."

순간 굳어지는 제롬의 인상에 실수를 알아차렸다. 이곳 남자들에게 노골적으로 성희롱을 당하고 더 험한 일을 겪을지 모르는 위험에 처하느니, 차라리 널 상대하는 게 낫다는 식으로 말해서야 제롬의 심기를 더 거스르기만 할 뿐이었다.

그러나 이미 말은 엎질러진 물처럼 튀어나온 후였다. 어떻게 해야 할까. 다급해지는 마음에 바삐 머리를 굴렸다. 내 옆얼굴과 등 뒤로 나를 하룻밤 유희거리마냥 바라보는 사내들의 시선이 이따금 끈적하게 달라붙고 있었다. 매달리듯 제롬의 옆에 주춤대며 앉았다.

잠시 고민이 들었다. 어쩌다 보니 숱하게 남자들을 겪어 오면서,

가끔 그들의 속내를 밀접히 느낄 수 있는 때가 있었다. 그리고 어쩐지 지금이 꼭 그런 순간인 것 같았다. 더욱이 제롬은 자주 온종일 붙어 있으면서 많은 시간을 함께해서일까. 나는 그에 대해서는 이상하리만치 무엇이든 꽤 잘 알 수 있었다. 그리고 어쩌면 지금 빠르게 제롬의 심기를 달랠 만한 뭔가도……. 알 수 있을 것만 같았다.

그러나 거짓이 섞인 말로 상황을 모면하자니 불현듯 양심의 가책이 느껴졌다. 속임수 같은 언사를 행하며 느낄 괴로움과, 이 이상 상황이 악화되는 것을 두고 볼 수만은 없다는 두려움이 한참 갈등을 빚었다. 그리고 결국 앞선 것은 저열한 내 이기심과 비겁함이었다. 나는 입술을 뗐다.

"제롬, 있잖아. 좀 갑작스럽, 겠지만 할 얘기가…… 있는데."

그는 말하라는 듯 눈짓했다.

"지난번에 따로 설명을 안 했더니 네가 오해하는 것 같아서, 오늘 이렇게 만난 김에 말하려고. 그게. 루카스 님과 관련해서 며칠 전에 네가 했던 그 얘기……."

자신의 형이 언급되자 곧바로 제롬의 미간이 날카롭게 구겨졌다. 한층 사나워진 눈동자가 나를 향했다. 긴장으로 꿀꺽 침을 삼키며 용기를 냈다.

"내가 원체 좀, 네 말대로 둔하니까. 그래서 지난번에 네가 화를 냈, 아니, 말을 꺼냈을 때는 사실 무슨 영문인지 잘 몰랐어. 그래서 그냥 가만히 있었는데……."

"……."

"집에 가서 계속 생각해 볼수록 네가 뭔가 오해를, 한 것 같아서.

그래서 좀 뜬금없겠지만 지금이라도 말하는 게 좋을 것 같은데…….
그러니까 나는,"

그 뒤로 겨우겨우, 사실 나는 루카스에 대한 마음도, 그의 덕으로
지금의 불행한 신세를 면해 보고자 욕심을 품은 적도 전혀 없노라
힘겹게 말을 이어 갔다. 그러나 제롬은 여전히 알 수 없는 눈빛으로
나를 응시할 뿐이었다. 줄곧 별다른 반응이 없는 그의 모습에 마음
이 조금 더 조급해졌다.

"그…… 임신, 이야기는 내가 그분이랑 그러고 싶, 단 게 아니라,
할 때마다 안에, 다……. 그렇게 하시니까 그게, 언젠가 그렇게 될까
봐 걱정이 돼서, 그래서 꺼낸 얘기였어. 안 그래도 제롬 네 말처럼
곧 후작위를 승계받고 하실 거니까……. 그 와중에 자칫 애라도 생
기면 폐가 되잖아. 그래서 그러지 마시라고, 걱정된다고 말을 한, 거
였다고. 그리고 결혼, 그런 건……. 감히 생각조차 해 본 적 없어. 정
말이야…….

더듬거리며 겨우 말을 이었다. 그러나 시야에 들어오는 제롬의
옆모습은 무심히 새 담배 개비를 꺼내 물곤 불을 붙일 뿐, 또다시
말이 없었다. 나는 한편에서 자꾸 고개를 드려는 죄책감을 억지로
밀어 눌렀다. 그리고 마지막 희망을 붙잡듯 눈을 질끈 감고 덧붙였
다.

"만에 하나라도 그런 걸 할 일이 있으면, 나는 너, 너랑."

아주 느릿하게 그의 동작이 멈추었다. 이윽고 시선이 나를 향했
다.

"제롬, 네가…….

"……."

"네가 훨씬 좋, 좋아. 나는……."

물론, 네가 기분 나빠할 걸 알지만 그래도. 그렇게 정신없이 중얼거리며 덧붙였다. 제롬에게나 겨우 들릴 만한 작은 목소리였지만 그는 대부분의 의미를 포착한 듯했다. 한참 꿰뚫을 듯한 눈으로 나를 응시하다가 문득 입술을 뗐다.

"다시 해 봐."

"응?"

불현듯 날아든 명령에 무심코 되묻게 되었다. 그는 미동 없는 얼굴로 말했다.

"똑바로, 다시 말하라고. 웅얼대지 마."

꽤 냉정한 음성에 몸이 움츠러들었다. 남자의 두 눈동자가 여전히 고요했다. 겨우겨우 힘을 내어 입술을 그의 귀 가까이 대고 내뱉었다.

"네가 좋, 다고."

"……."

"루카스 님을 한 번도 그렇게 생각해 본 적…… 없어. 지난번 그건, 정말로 오해야. 그니까, 나는 이왕……. 무, 물론 말도 안 되는, 주제넘은 소린 거 알지만……. 혹시 사고로 그런, 일이 생기고 결혼을 하게 된다 해도 제, 제롬 네가 좋…… 좋은데."

떨리는 입술 끝을 짓누르며 겨우 말을 맺었다. 그는 한참 무표정하게 가만히 그대로 있었다. 뭔가 이상한 낌새를 차린 듯 일순 주위가 조용해져 있었다. 남자들의 시선이 제롬과 나 사이를 배회하듯 움직였다.

"……이리 가까이 와."

제롬은 이윽고 입을 열었다. 나는 고분고분히 그의 말을 따랐다. 몸을 붙인 채 조금 망설이다 제롬의 어깨 위에 얼굴을 기대자 다시 그의 목소리가 들렸다.

"나한테 키스해."

"응? 지금 여기서?"

"좋다며 내가. 굳이 못할 것 없잖아. 그럼."

그러니까 해 보라고. 그는 나직이 속삭였다. 고작 입맞춤이라는 듯한 어조였지만 내겐 숱한 눈들을 앞에 두고 아무렇지 않게 할 만한 일은 아니었다. 그러나 이름도 잘 모를 남자들 밑에서 아랫도리가 돌려지게 되는 것보단 백배 천배 나을 것 같았다. 나는 제롬의 맘이 곧 바뀌기라도 할 것처럼 조급하게 목을 끌어안고는 입술을 부딪치듯 마주 대었다.

들뜬 환호성과 탄성이 입을 맞추고 있는 등 뒤에서 터져 나왔다. 모두가 제롬과 나의 행위를 주시하고 있는 것이 느껴졌다. 그로부터 밀려드는 수치심을 외면하듯 한층 눈을 질끈 감고 고개를 틀어 더 깊이 입을 맞추고 매달렸다. 제롬은 무척 능숙하게 내 키스를 받아들였다. 스치는 혀끝이 녹을 것처럼 뜨거웠다.

제롬이 내 얼굴을 떼어 냈을 때는 꽤 시간이 경과한 후였다. 나는 조금 가빠진 숨을 헉헉대며 그를 올려다보았다.

"……제롬?"

"일어나."

뭐라 말할 틈도 없이 그는 다소 거칠게 내 팔목을 붙잡고 나를 일으켰다. 나는 반쯤 끌려가듯 그의 손길을 따라 휘청거리며 걸었다. 그러자 부러움이 섞인 야유와 함성이 또다시 이어졌다. 남자들은 거의 소리를 지르고 있었다.

"씨발. 혀 섞다 보니 꼴려서 한판 뜨러 가냐? 와, 이 씹, 존나 부럽다."

"제롬, 진짜로 불붙었나? ……아! 말 좀 해, 지금 걔 어디로 끌고 가는데."

"물어서 뭐 해, 이 새끼야. 보나마나 급 달아올라서 떡치러 가는 거구만. 어떻게 굳이 그걸 묻냐."

그들은 뭐가 그렇게 재밌는지 연신 웃어 젖혔다. 그런 남자들의 말에 제롬은 뒤도 돌아보지 않은 채 낮게 내뱉었다.

"대충 눈치 깠으면 좀 닥쳐. 씨발들아."

그러나 그 말에 남자들은 한층 더 흥분해서는 소리를 쳐 댔다. 어째서 나만 부끄러움에 얼굴이 뜨거워지는 건지 알지 못한 채 그대로 제롬에게 이끌려 방을 나섰다.

어두운 복도를 한참 그에게 붙잡혀 끌려가듯 걸었다. 남자의 넓은 보폭에 맞춰 뛰듯이 종종 잰걸음을 놓으며 흘끔 제롬의 옆모습을 바라보았다. 대체 지금 어디로 가는 건지 묻고 싶었지만 그의 미동 없는 얼굴을 보자 차마 입이 떨어지지 않았다. 잠시 어느 문 앞에서 이 술집의 지배인으로 보이는 중년 남자와 마주쳤을 때 제롬은 아무렇지도 않게 돈을 대충 집어 던지듯 건네며 말했다.

"당분간 아무도 들이지 마. 내가 쓸 테니까."

그러곤 고개를 숙이며 뭐라 답하는 지배인을 쳐다보지도 않고 그대로 문을 열고는 나를 그 안에 처박아 넣었다.

불이 꺼진 방 안은 꽤 어둑했다. 그러나 이곳 또한 꽤 호사스럽게 꾸며져 있음을 어렴풋이 알 수 있었다. 나는 엎어진 채 천천히 주위를 살피다 문득 제롬을 응시했다. 그는 나를 빤히 바라보고 있었다.

"너 대체 뭐야."

제롬의 입술 사이로 생각지 못한 말이 새어 나왔다.

"……제롬?"

"씨발, 넌 내가 그렇게 우스워?"

한 걸음씩 내게 걸어오며 그는 낮게 윽박질렀다. 나는 주춤주춤 뒷걸음질 치다 이윽고 등 뒤에 벽이 자리하는 것을 감각했다. 머리를 급히 휘저었다.

"아냐, 아니야. 그런 거……."

"그런 게 아니면 뭔데. 대답해."

남자의 목소리는 꽤 서늘했다.

"왜 마음에도 없는 소리를 지껄이면서 날 가지고 놀려 드는 건데."

"……."

"네 눈엔 내가 병신으로 보여? 진짜 죽고 싶어서 발악을 하지?"

그의 구둣발이 내 코앞에서 멈추었다. 올려다보니 제롬은 정말 화가 난 듯 보였다. 냉정하게 굳은 얼굴에선 두 눈이 서리한 이채를 띠고 있었다. 나도 모르게 황급한 변명을 내둘렀다.

"아니야. 정말 아니야, 그런 거."

"……너,"

얼핏 구겨지는 인상이 정말 위험한 지경에 이르렀음을 알려 오고 있었다. 불현듯 말이 튀어 나갔다.

"좋아해, 제롬."

순간 정적이 흘렀다. 궁지에 몰려 대뜸 말을 내뱉고 나니 도대체 무슨 짓을 저지른 건지 실감이 되지 않아 멍했다. 맨 처음엔 그저 제롬이 몹시 화가 난 직접적인 원인을 풀고자, 루카스에 대한 오해를 해명하고 무엇보다 그보단 네가 낫다는 말을 꺼내려 했었다. 그러나 제롬의 심기를 달래다 보니 그것은 자꾸만 색을 덧입어 어느덧 그를 짝사랑한단 고백처럼 변해 버렸다. 제롬은 꼼짝 않고 서서 나를 응시했다. 이젠 더 돌이킬 수 없음을 알았다. 떨림을 속으로 삼키고 애써 태연한 척 말을 이어 보려 했다.

"네가 좋아서……. 그래서 그렇게 말한, 거야. 널 가지고 놀거나 그런 게 아니라."

"……."

"널 좋, 좋아……해."

그는 한참 가만히 나를 내려다보았다. 나는 속을 빤히 들여다보려는 것 같은 그의 시선을 묵묵히 받아 내었다. 그렇게 우리는 꽤 오래 서로를 마주 보고 있었다.

제롬이 나를 거칠게 벽으로 밀어붙인 것은 그 뒤의 일순간이었다. 그는 곧장 내게 키스해 왔다. 그의 혀가 미친 듯이 내 입 안을 헤집고 혀를 얽어 댔다. 가끔씩 입천장을 쓸어 올릴 때마다 묘한 감각이 일깨워지는 듯 찌릿했고 곧 머리가 몽롱해졌다.

다리에 힘이 풀릴 것만 같았다. 나는 정신없이 키스를 받아들이면서 제롬을 끌어안았다. 그러자 그는 망설임 없이 내 윗옷을 끌어 내려 젖가슴을 그러쥐었다. 하얀 살덩어리가 툭, 옷 밖으로 고스란히 모습을 드러내고 남자의 손 안에서 뭉개졌다. 나는 새된 비명을 삼켰다.

"안, 그러면 안,"

급히 제지하려 했지만 그는 듣고 싶지 않다는 듯 키스로 내 입을 막아 버렸다. 손으로 내 가슴을 짓이기듯 강하게 쥐고 주물렀다. 점차 농밀해지는 애무에 나는 머릿속이 멍했다. 그는 고개를 숙여 가슴의 분홍빛 유두를 베어 물듯 삼키다가 다음 순간 힘껏 빨아들였다. 금방이라도 터져 나올 것 같은 신음을 억지로 삼키며 순간 휘청거렸다. 제롬은 아무렇지 않게 내 몸을 지탱하며 정신없이 나를 탐했다.

"에스델."

그리고 낮게 속삭였다.

"조금 전 했던 말."

"……".

"다시."

그가 원하는 게 무엇인지 자세히 묻지 않아도 알 수 있었다. 그래서 얼핏 오르는 쾌락에 몸을 맡긴 채 정신없이 그대로 중얼거렸다.

"……좋아해. 널 좋아해, 제롬."

불현듯 가슴 어딘가가 쿡쿡 찔려 오는 것처럼 아팠지만 눈을 질끈 감고 그 일말의 가책을 외면해 버렸다. 어쩌다 이런 거짓말까지 해 버리게 된 걸까. 제롬을 속였다는 생각이 들자 순간 괴롭고 미안해서 눈물이 날 것만 같았다.

그러나 나는 스스로에게, 이건 꼭 거짓말이 아닐지도 모른다고, 그도 그럴 것이 최근 제롬과 함께 있을 때면 꽤 설레고 즐거운 기분을 느끼지 않았냐고 중얼거렸다. 그리고 어쩌면 그것이 사람들이 말하는 바로 그 좋아하는 감정일지도 모른다고, 그렇게 애써 합리화를 했다.

문득 그와 눈이 마주쳤다. 나를 응시하는 두 눈동자는 아주 희미한 기쁨과 쾌락이 얽혀 어렴풋이 빛을 발했다. 그 선연한 감정의 징표를 마주하는 순간 그러나 쿵, 소리를 내며 온 심장이 부서져 내리는 것만 같았다.

"에스델."

그는 그런 내 마음을 알지 못한 채, 정신없이 내 이름을 귓가에 속삭이며 나를 벽에 바짝 밀어붙였다. 그리고 내 한쪽 다리를 들어 올리고는 그대로 자신의 것을 삽입해 왔다. 갑작스러운 침입에 나는 반쯤 혀를 깨물며 헉, 숨을 급히 들이쉬었다.

옷도 벗지 않은 채 서로 속옷만 대충 밀어 성기를 다급히 접하는 그 행위에 나는 종내 입술을 깨물었다. 어째서인지 처음 이곳에서 강간을 당할 때보다 마음이 더 괴로운 것만 같았다. 그래서 속죄라도 하려는 양 한껏 몸을 열어 그를 받아들이려 했다. 제롬은 그런 나의 행동에 흥분한 듯 한층 더 몸을 잔뜩 겹쳐 댔다.

일순 남자의 뭉뚝한 끝이 몸속 깊숙이 숨은, 그러나 조금 전까지의 애무로 잔뜩 흥분해 부풀어 오른 돌기를 가볍게 스쳤다. 나도 모르게 자지러지는 울음소리가 새어 나왔다. 제롬은 집요하게 그 지점을 짓이기고 빨아 대듯 거칠게 허리를 움직였다. 나는 그때마다 숨을 헉들이쉬며 절정에 이르기 전까지의 아찔한 쾌감에 몸을 떨었다.

마침내 깜빡 눈앞이 점멸하고 폭발하는 감각이 순식간에 밀려들었다. 미친 듯이 소리를 지르며 매달리듯 제롬을 껴안았다. 제롬은 그런 나를 힘껏 끌어안은 채 사정했다. 그는 마지막 순간까지 내 안에 머물렀다.

"……에스텔."

우리는 정사의 여운에 젖어 바닥에 누운 채였다. 고요한 공기 아래 서로의 호흡이 이따금 얽혀 들었다. 그러던 중 문득 제롬이 입을 열었다. 나를 부르는 음성은 부드러웠다. 새삼 제롬이 이런 식으로도 나를 부를 수가 있구나, 하는 생각이 스쳐 지나갔다.

"……사랑해."

어렴풋한 속삭임이 눈을 감고 있는 내 귓가에 스치듯 닿아 왔다.

들을 수 없는, 차마 내가 들어선 안 되는 뭔가를 듣게 되어 버린 것 같았다. 결국 눈물이 천천히 스며 나왔다.

"사랑해. ……사랑하고 있어."

제롬은 귓가에 부드럽게 입을 맞추며 다시 한번 속삭였다. 내 눈물을 달래듯 지워 나가는 그의 입술이 몹시 따스했다.

결국 그날 제롬은 몸을 가누지 못할 만큼 취하고 말았다. 그의 입에서 결코 날 사랑한다는 말 따위가 나와선 안 된다는 것을 실은 둘 다 알고 있어서였을까. 그 뒤 몇 번의 고백을 더 내뱉은 제롬은 마지막 순간 무너지듯 내 헐벗은 등을 껴안았고, 나는 그대로 남자의 품에서 체온을 느끼며 까무룩 잠이 들어 버렸다. 다시 눈을 떴을 땐 커튼 너머 창밖의 풍경이 좀 더 어두워진 후였다. 시야에 들어온 제롬은 연신 입 안에 독한 술을 털어 넣고 있었다.

"혹시 후회돼?"

나는 한참 그런 제롬을 바라보다가 불현듯 입을 열었다. 그는 피식 웃음을 흘렸다.

"뭘. 너 좋아한다고 한 거?"

말없이 고개만 끄덕였다. 제롬은 자신의 어두운 금발을 쓸어 넘기며 대꾸했다.

"그럴 거였으면 애초에 말을 꺼내지도 않았어."

"……"

"넌 항상 생각이 너무 많아."

그래서 문제야. 그렇게 중얼거리며 나를 빤히 바라보았다. 소년의 흔적이 아직 옅은 채색처럼 남아 있는 남자의 눈동자는 그가 든 잔 속의 독주(毒酒)처럼 반투명한 황갈색으로 빛났다. 차마 그 말에 반박할 생각이 들지 않아서 침묵했다.

그렇게 나는 그날 제롬의 과한 음주를 내내 곁에서 지켜보기만 했다. 해서는 안 될 고백을 이미 입 밖에 내어 버린 남자의 마음이 어떨지 가늠조차 되지 않았다. 그가 취해 갈수록, 내가 평생 맘 놓고 구경해 보지도 못했을 값비싼 술들은 그의 입가와 목을 타고 흘러내려 낭자해졌고 나는 내내 그를 저지할 무언가를 꺼낼 생각도 하지 못했다. 결국 잔뜩 취해 비틀거리는 지경이 되어서야 제롬은 자신을 마중 나온 콘라드가의 마차에 올랐다. 시종을 도와 그를 부축하려는 내 귓가에 스쳐 지나가듯 제롬이 말했다.

"그냥 결혼할까."

그러곤 답을 기다리는 것마냥 짧게 나를 응시했다. 그때 그 말을 들은 내 반응은 어땠더라……. 나는 말없이 그냥 잠시 멍하게 서 있기만 했던 것 같다. 남자에게서 처음 들어 보는, 아니 평생 단 한 번이라도 들을 수 있을 거라 생각조차 못한 말이었고 그래서 어떤 반응을 해야 할지는커녕 아예 실감조차 나지 않았다.

비록 제롬이 술에 취해 있었지만 나는 실은 꽤 오래전부터, 그가 간혹 나를 무언가 곰곰이 생각하는 눈으로 바라보곤 했었다는 걸 알았다. 그래서 서글펐다.

제롬은 언젠가 말했었다.

"후작위를 비롯한 가문의 모든 건 다 장자인 형에게로 돌아갈 거야. ……그렇게 된 이유? 그걸 나한테 물어봤자……. 그런 건 그냥 애초부터 결정되어 있는 거야."

아주 둔하고 멍청한 나였지만 결코 함부로 물어선 안 되는 뭔가를 건드려 버렸다는 것을 그 순간 알았다. 모르긴 해도 그건 아마 제롬에게는 무척 긴밀히 맞닿아 있는, 겉이 벗겨져 몹시 예민하고 쓰라리기 쉬운 맨살갗 같은 무언가였을 것이다.

나는 미안해 어쩔 줄 몰라 하며 몸을 비비 꼬았지만 그러나 그때 아무렇지 않게 말을 이어 가는 제롬의 얼굴은 놀라울 만큼 차분히 가라앉아 있었다. 태어나기도 전에 결정되어 버린 사실에 대한 분노나 저항, 반발심 따위는 일말도 찾아보기 힘들 정도로. 그래서 한층 묘한 인상을 풍겼다.

"결국 내가 얻게 될 거라고 해 봐야 고작 백작위 정도겠지. ……그것도 힘깨나 쓰는 우리 집 어르신 덕택으로. 그래도,"

그때 제롬은 물끄러미 나를 바라보며 말을 이어 갔다.

"어쨌건 여자 하나 거두어 평생 편히 살게야 할 수 있지 않을까."

그 순간 우리는 시선이 마주쳤다. 줄곧 나를 응시하는 제롬의 낯빛은 무언가를 가만히 헤아려 보는 듯했다. 지금 그의 머릿속을 떠도는 생각들이 무엇인지 알 수 있을 것만 같았기에, 나는 입술만 달싹거릴 뿐 차마 아무런 말을 하지 못했다.

제롬이 왜 그토록 내 입에서 루카스의 이름이 오르내리는 것에 대해 예민히 반응했는지, 자신의 형과 동침하는 것은 묵인하면서도 막상 그에게 맘을 쏟는 모양새를 낼 때면 날카로운 낯빛으로 받아치곤 했는지 이제야 그 숨겨진 뒷면의 결이 어렴풋이 잡힐 것만 같았다.

불현듯 내가 제롬에게 상상 이상으로 심한 짓을 저질러 온 게 아닌가란 생각을 할 때였다.

"제롬은 벌써 돌아갔나?"

불쑥 등 뒤에서 남자의 목소리가 들렸다. 반사적으로 뒤를 돌아보았다.

"아……."

잠시 입을 벌린 채 나는 바보처럼 서 있었다. 입가에 희미한 실소를 걸치고 있는 남자는 꽤 낯이 익었다. 샹페르가의 막내아들이라던, 분명 한 살롱에서 이름이 알렉스라 얼핏 자신을 소개해 온 적이 있는 남자였다. 그의 등 뒤로 두 명의 사내들이 더 보였다. 모두 내가 오기 전까지 제롬과 같은 방에서 술을 마시던 이들이었다. 나는 조금 얼떨떨한 표정으로 그러나 예를 차려 허리를 굽혔다.

"안녕하세요. 공자님들께선 이제 돌아가시나 봐요."

그러나 알렉스는 내 인사에 별다른 반응을 보이지 않은 채 부잣집 도련님 특유의 곱상한 얼굴을 언뜻 찡그렸다.

"인사는 됐고. 어떻게, 제롬은 잘 모셨어?"

말귀를 몰라 가만히 떨떠름한 얼굴로 서 있자 알렉스의 곁에 서 있던 남자들이 입을 열었다.

"무슨 말을 하는지 못 알아듣는 모양이다."

"그럴 리가. 맥락상 뻔하잖아. 얼마나 제롬 밑에서 서비스를 화끈하게 잘 했냐, 딱 이 소린데."

문득 생각했다. 허구한 날 성희롱을 당하며 사는 것이 주는 딱 하나 좋은 점이라고 한다면 이런 상황에 더는 어쩔 줄 몰라 당황해하지만은 않게 되었다는 걸 거라고. 나는 아무렇지 않게 무표정한 얼굴로 그들을 응시했다. 그러자 알렉스의 입꼬리가 흥미롭다는 듯 올라가는 게 보였다.

"어라, 이것 봐라. 얘는 진짜 거의 창녀나 다름없는데……. 남자들이 면전에 대고 이 정도 말을 꺼내는데도 어떻게 얼굴 하나 안 빨개지냐. ……알렉스 너도 그렇게 생각하지?"

알렉스는 곁의 사내가 하는 말에 별다른 반응을 보이지는 않았지만 그가 침묵으로 긍정을 대신하고 있다는 것을 나는 알았다. 한참 잠자코 있다 알렉스가 입을 열었다.

"얼마짜리야?"

"……네?"

또다시 갈피를 잡기 어려운 질문이 비죽이 튀어나왔다. 그러자 이번에야말로 알렉스는 성가시다는 투로 말했다.

"너 말이야. 너. 얼마짜리냐고."

"……"

"계산은, 회당으로 치나? 그게 아니면 그냥 하룻밤?"

알렉스의 말에 뒤의 두 남자가 알 듯 모를 듯한 눈빛을 저들끼리 주고받았다. 나는 묵묵히 그 광경을 바라보다 입을 열었다.

"받지 않아요."

차마 스스로 화대라는 글자를 혓바닥 위에 올릴 수는 없어 그렇게 중얼거렸다. 그러자 한층 흥미롭다는 듯 알렉스의 눈매가 묘하게 번득였다.

"뭐? 그렇다면……."

그는 자신의 계산과 뭔가가 어긋났다는 듯이 말했다. 그러곤 잠시 생각에 잠기는 듯한 얼굴을 했다. 그 정적의 틈새를 불쑥 알렉스의 뒤에 서 있던 남자 중 하나가 끼어들었다.

"그럼 돈도 안 받고 그냥? 넌 대체 제롬이랑 뭔데?"

물끄러미 질문을 꺼내 온 사내를 바라보며 고민에 잠겼다. 글쎄요, 사실 그걸 저도 잘 모르겠어요……. 나는 알 듯 모를 듯한 제롬의 마음을 떠올려 보며 나직이 중얼거렸다. 그러자 알렉스가 그런 내 낯을 내려다보며 피식 웃었다.

"여러모로 최고네."

여전히 그의 입술 사이로는 종잡을 수 없는 말들이 새어 나왔다.

"예쁜데, 아랫도리는 헤프고. 거기다 변변한 가문도 보호자도, 하물며 기둥서방 따위의 방패막이 하나조차 없는 여자."

"……."

"외양만으로도 남자라면 누구나 한 번쯤 건드려 보고 싶어지는데, 알고 보면 정말 뒤탈 걱정 없이 건드려 봄 직까지 해."

알렉스의 낯빛이 언뜻 잔혹한 냉기를 띠었다.

"그런데다 값까지 싸면, 이건 거의 사기 수준 아닌가?"

도심의 창녀들이 죄다 곧 네 머리채를 쥐어뜯으려 달려들겠어. 비릿한 웃음을 섞어 가며 알렉스와 남자들은 나를 바라보았다. 금방이라도 튀어나올 것 같은 지친 한숨을 나는 속으로 애써 삼켰다. 급격히 몸이 피곤해지는 것 같았다. 한시라도 빨리 그들에게 대충 인사말을 하고 집으로 돌아가고만 싶었다.

그러나 그런 나를 꽤 집요한 남자들이 붙잡기도 전에 몹시 이질적인 누군가의 음성이 먼저 귓가에 닿아 왔다.

"……유리니?"

'엄마?'

몸이 굳어 왔다.

우스꽝스럽게도, 감각한 음성이 미처 사고의 망을 거치기도 전에 가장 먼저 날 버린 여자의 얼굴부터 언뜻 스쳐 지나갔다. 나를 '유리'하며 그토록 다정하고 애틋하게 불러 줄 사람은 온 세상을 통틀어 오직 그녀 하나뿐이라고 생각해서였을까. 나는 떨리는 고개를 겨우겨우 돌렸다.

그러나 조금 떨어진 곳에서 나를 기다리고 있던 것은 그 음성만큼이나 몹시 낯선 여자였다.

"유리야……."

입술을 깨물었다. 상대가 나의 무의식이 어쩔 수 없다는 듯 기대했던 그 과거 속의 여자가 아니란 사실에 까닭 모를 참담함마저 느껴졌다. 잠시 그런 스스로를 자조하며 놀란 눈을 한, 그러나 동시에 반가운 뭔가를 마주친 것 같은 표정으로 나를 보고 있는 중년 여성을 응시했다.

"그런 눈으로 날 보는 걸 보니, 유리가 맞구나……."

"……."

"……혹시 날 알아보겠니?"

나는 천천히 고개를 저었다. 그제야 차츰 여자의 전체적인 윤곽이 시야에 들어왔다. 중년에 접어든 얼굴은 그럼에도 불구하고 꽤 해사해 보였고 화려한 복색과 장식들로 정성껏 치장해 몹시 고운 맵시를 뽐내고 있었다.

같이 있던 남자들이 그녀의 등장을 별 반응 없이 받아들이는 것으로 보아 이 고급 술집에 적을 두고 있는 사람 같았다. 나이나 외모로 미루어 짐작해 보건대 아마도 마담 중 하나가 아닐까, 나는 그렇게 어림으로 짐작해 보았다. 그러나 화류계에 오래 몸담은 것치고는 드물게 온화한 기품이 어린 낯빛과 눈을 지니고 있었다.

나는 말없이 젊었을 때의 대단했을 미색을 한 번쯤 떠올려 보게끔 만드는, 그녀의 아름다운 자태를 응시했다. 그러나 순간 불협화음 같은 묘한 감각을 느꼈다.

'뭔가 잘못되었어.'

불안감이 일순간 온몸을 덮쳤다. 어렴풋한 공포가 섞인 감각들이 차례로 밀어닥쳐 오는 것에 나는 뒤통수를 세게 얻어맞은 양 얼어붙었다. 이곳은 한유리가 살던 서울이 아니었다. 에스델 그로에스가 귀족 가문의 성씨를 감쪽같이 덮어쓴 채 남동생 미하엘과 같은 집에서 숨을 쉬고 밥을 먹으며 잠을 자고, 이따금 다른 남자들과 몸을 섞어 대기를 반복하는 이세계(異世界)의 한복판이었다. 누군지 모를 저 여인은 그러므로 나를 결코 한유리라는 이름으로 불러선 안 되었다.

생각이 거기에 미치자 온몸에 쭈뼛 털이 곤두섰다. 전류가 흐르듯 등골이 오싹했다.

틀림없이 뭔가 문제가 생겼다는 생각이 한번 떠오르자 미처 재고해 볼 여지도 없이 불안은 삽시간에 자꾸 증폭되어만 갔다. 그러자 이내 두려움으로 몸이 떨렸다. 문득 정신을 차렸을 때 나는 좌우로 고개를 흔들어 대고 있었다.

"아니, 아니요."

"……유리?"

"아뇨, 아니, 에요……. 유리라니. 왜 그런 이름으로 절……. 전, 그게……."

말을 다 마치지도 못한 채 주춤주춤 뒷걸음질했다. 여자가 황급히 나를 부르려는 듯 움직였다. 나를 쳐다보는 남자들의 눈동자에도 처음으로 의혹이 어린 낯선 표정이 떠올랐다. 그러나 나는 더 이상 그 자리를 지킬 수 없었다. 알렉스가 나를 붙잡으려는 듯 손을 뻗는 순간 뒤돌아 미친 듯이 뛰기 시작했다.

어떻게, 어떻게 이럴 수가 있지?
이곳에 나를 유리라고 부르는 사람이 있었어.

나는 정신없이 달렸다. 자꾸 누군가 나를 부르는 듯한 환청이 들렸지만 내 무의식은 절대 뒤를 돌아보지 말라 끊임없이 명령하길 반복했다. 그대로 그 기분에 휩싸여 충동에 온전히 몸을 맡겼다. 두 발과 다리는 성급한 내달리기를 멈추지 않았다. 그래서였을까. 불현듯 정신을 차렸을 때 내 뒤를 쫓던 이는 종내 참지 못하고 나를 꽤 거칠게 붙잡아 돌려세운 후였다.

"헉……."

숨이 찼다. 심장과 폐부가 찢어질 듯 눌리고 아팠다. 헐떡대며 고개를 들자 의아한 낯으로 나를 내려다보는 알렌 공작이 보였다.

예상치 못한 상대의 모습에 놀라서 숨을 삼켰다. 남자의 투명한 황금빛을 띠는 눈동자가 저녁 공기에 닿아 꽤 서늘했다.

"공작 각하."

정말이지 꽤 오랜만에 보는 얼굴이었다. 조금 전까지 미치광이마

301

냥 거리를 달려 온몸이 엉망으로 젖은 나와는 달리 그는 이마를 덮은 고운 머리카락이 조금 흐트러졌을 뿐 오늘도 여전히 말끔했다. 나는 연신 헉헉거리면서도 이세계(異世界)에 와 지내는 동안 어느덧 몸에 익어 버린 예법에 따라 주춤 허리를 숙였다. 너무 정신이 없는 와중이라 어째서 알렌이 지금 여기서 날 보고 있는 건지 생각이 미처 닿지도 않았다.

"에스델."

그는 작게 고개를 끄덕여 내 인사를 받았다. 그러면서 무언가 헤아려 보는 듯이 가만히 내 얼굴을 살피고 있었다. 온통 땀에 젖은 얼굴로 숨을 겨우 고르며 그의 시선을 묵묵히 받아 내었다.

한참 뒤에야 알렌은 입을 열어 물어 왔다.

"대체 무슨 일이기에."

"……."

"낯빛이……. 아니, 그 안색은 그렇다 치더라도."

공작은 마치 귀신이라도 본 양 하얗게 질려 버린 내 얼굴을 내려다보며 중얼거렸다.

"……이 복잡한 번화가의 한가운데를 마치 실성한 사람마냥 그렇게 뛰어다니는 건."

그는 우연히 멀리서 마주친, 위험천만하기 짝이 없는 모습의 여자를, 그것도 일촉즉발의 위기에 놓인 것 같은 상대를 차마 그냥 지나칠 수 없었던 모양이었다. 알렌의 어깨 너머로 그의 시종이 정신없이 그를 쫓아 뛰어오고 있는 게 보였다. 머지않은 곳에 마차가 서 있는 듯했다.

그제야 급히 나를 불러 세운 행동의 이유가 보였다. 긍지 높은 귀족으로서 지극히 당연한, 아주 어려서부터 몸에 밴 신사도, 혹은 여성에 대한 배려 따위의 것들. 그러나 알렌의 행위의 까닭으로 자리하고 있는 그런 사실들을 깨닫게 되는 일은 오늘따라 유독 기대가 바스러질 무렵의 허무함을 안겨 주었다. 그것은 몹시 이상한 감각이었다.

'허무감이라.'

나는 실없이 자조했다. 이제 와 알렌의 행동과 반응 하나하나에 일희일비하고, 나를 향한 그의 친절이랄까 뭇 행동이 굳이 나여서가 아닌, 의무적인 어떤 이유에서 기인하였다는 사실에 이런 감정을 느낄 까닭은 어디에도 없었다.

그래서 스스로에게 재차 물어보았다. 대체 네가 공작의 무엇인 줄 알고? 공작으로부터 내심 무엇을 기대하고 또 바라고 있었길래⋯⋯? 그러나 시간이 지나도 명확한 답은 돌아오지 않았다. 그래서 잠시 눈앞의 남자를 바라보며 생각에 잠겼다.

불현듯 아주 묘한 기분이 찾아들었다. 그의 팔에 이끌려 공작가의 마차에 올라 멀리 창밖에서 불어오는 바람을 감미하며, 맞은편에 앉은 알렌의 붙박인 듯한 시선을 섬세히 감각하는 것. 그 일련의 행위들은 내게 아주 비밀스런 쾌감을 가져다주었다.

불현듯 이 세계에 떨어진 지 얼마 되지 않아, 알렌에게 알 수 없는 끌림을 느끼고 그에게 조금 더 다가서 보려 했던 스스로가 떠올랐다. 피식 헛웃음이 나왔다. 확실히 나는 이곳에 온 거의 첫날부터 유독 알렌 공작에 대해서는 이상한 감정의 흐름을 느끼고 욕망에 휩싸이곤 했다.

더 이상한 것은 사실 그에게 느끼는 그런 감정들의 근거랄까 뿌리 따위를 좀처럼 종잡을 수 없다는 거였다. 나의 자문은 결국 집으로 돌아온 이후까지 줄곧 이어졌다. 단지 공작이 외모까지 완벽한, 어떤 여자에게든 매력적이어 보이기 그지없는 남자라서? 아주 젊은 나이에 부와 권력과 명예와, 그런 세상 사람들이 탐내하는 거의 모든 걸 손아귀에 넣은 이라서?

생각을 곱씹으며 알렌의 미혹적인 얼굴선과 곧게 뻗은 팔다리라든가, 단단하면서도 우아한 체격, 그리고 가진 자 특유의 여유로운 몸짓 등을 떠올려 보았지만 그러나 여전히 모든 이유를 일축해 버리기에는 납득이 가질 않았다. 결국 침대 위까지 잡념의 부스러기들을 옮겨 와 몇 번이나 몸부림치다 까무룩 잠결에 빠져들길 반복할 때까지 나는 그에 대한 생각을 거듭했다.

어렴풋이 남성의 목소리를 들은 것 같았다. 나는 희미해지는 의식을 겨우 붙잡으며 무겁기 짝이 없는 눈꺼풀을 겨우 들어 올렸다. 몹시 깜깜해서 온 공기가 무겁게 가라앉아 있는 것 같은 착각이 들었다. 아주 흐린, 안개 낀 듯한 시야 너머로 익숙한 남자의 얼굴이 보였다.

"······누이."

음성의 주인은 미하엘이었다. 침대 머리맡에서 나를 내려다보고 있는 얼굴은 조금 수척해져 특유의 깊고 미려한 선을 한결 뚜렷이 드러내었다. 그의 부름에 응하려 했지만 수면을 취하는 동안 메말라

버린 목에서는 버석거리는 건조한 소리만이 흘러나왔다.

이세계(異世界)에서의 한 자리를 멋대로 꿰어차고는, 모조품이나 다름없는 누이 노릇을 하고 있는 여자를 그는 한참 말없이 내려다보고 있었다. 특유의 어두운 눈동자가 내리깐 긴 속눈썹 사이로 내비쳤다. 그 뒤로 꽤 긴 침묵이 흘렀다.

"멋대로 들어와서 미안."

문득 그는 중얼거렸다. 목소리는 낮고 조용했다. 아무 말 않고 나는 이어질 다음 말을 기다렸다. 남동생의 두 눈은 방 안의 어둑어둑한 그림자가 흑색 잉크처럼 반투명하게 번져 평소와 달리 갈색이 아닌 아주 고요한 검은색으로 보였다.

"전해 줄 게 있어서."

가라앉은 공기를 가르듯 미하엘은 자신이 이곳까지 발걸음을 한 이유를 말했다. 그리고 내가 무어라 묻기도 전에 손에 든 하얀 봉투를 내밀었다.

나는 한 눈에 서신의 필체를 알아보았다. 그것은 내가 아주 잘 아는 어떤 남자로부터 온 것이었다.

그로에스 영애.

주초에 있을 황실 연회에 초대하고자 서신을 씁니다.

바쁘더라도 내빈으로 자리를 빛내 주신다면 더할 나위 없는 영광이겠습니다.

황태자 에드먼드 드뉴엘 바우렐리우스.

짧은 내용은 그러나 조금의 흐트러짐도 없이 서신의 예절에 따라 평소보다 한층 더 엄격한 존칭과 경어로 그 목적을 명료히 전해 오고 있었다. 황가를 상징하는 금박 세공과 장식, 황금빛 인장 따위와 어우러진 빳빳한 겉면이 어둠 속에서도 찬란한 빛을 숨기고 있는 것처럼 이따금 번득였다.

나는 잠시 어떤 반응을 보여야 할지 몰라 침묵했다. 미하엘은 일련의 과정들을 모두 지켜보다 말했다.

"언제부터야?"

그의 입술 사이로 문득 알 수 없는 말이 흘러나왔다. 고개를 들어 그를 마주 보았다.

"뭐가."

모르는 척 물었지만 미하엘은 그 속셈을 다 알고 있는 것처럼 물끄러미 나를 바라보았다. 어쩔 줄 몰라 시선을 피했다. 아주 잠깐 남자의 건조한 시선이 얼핏 내 하얀 침의 드레스 자락과 드러난 쇄골 언저리에 닿은 것 같은 착각이 들었다.

"내가 뭘 묻고 있는지 알잖아."

에드먼드 전하 말이야. 나지막한 목소리에는 많은 것들이 함축되어 있었다. 나는 무어라 말을 하려다 이내 입을 다물어 버렸다.

차라리 미하엘이 지금이라도 나를 힐난하는 음성을 내 준다면 좋을 텐데. 그러면 나는 괜히 더 큰 소리를 내고, 그에게 아주 감정적으로 맞서서 지금의 이 진실이 드러날 기미가 보일 무렵의 불안이나 초조 따위의, 이런 감정의 기색들을 아무렇지 않게 숨길 수 있었을 텐데.

그러나 언젠가부터 더는 예전 같은 사나운 눈으로만 나를 바라보지 않게 된 미하엘에게 그런 기운 따위는 조금도 서리지 않았고 나는 오히려 그의 낯빛에 서리기 시작한, 상대를 지극히 걱정하고 또 이해해 보고자 하는 동정에 점차 할 말을 잃어 가고 있었다.

"무슨 일인지는 모르겠지만 네가 이유도 없이, 남자들에게 의존해야만 살아갈 수 있는 그런 여자들처럼 굴 인간은 아니라는 걸 알아."

"……미하엘,"

"정 힘들면 나한테라도 얘기하라고 했잖아."

그의 목소리는 어쩔 수 없이 다 가리지 못한 미적지근한 온기를 안고 있었다. 이세계(異世界)에 온 뒤 처음으로 듣는 누군가의 진심 어린 위로에 어쩐지 순간 눈물이 날 것 같았다. 그래서 황급히 고개를 돌렸다.

미하엘은 그런 나를 보며 몇 번이나 손을 뻗어 떨리는 어깨를 감싸 주려는 듯 망설였지만 그것은 끝내 내게 닿지 못했다. 대신 그는 말없이 내 곁을 잠시 동안 더 지켜 주었다. 결국 흘러내리며 볼을 적시기 시작한 눈물을 감각하며 나는 입술을 깨물었다.

"이제 그만하고 나가……."

"에스텔."

"……제발, 제발."

애원하듯 희미한 목소리로 그에게 중얼거렸다. 이 이상 그와 같은 공간에 있다가는 결국 해서는 안 될 이야기들이 입술 사이로 흘러나와 버릴 것 같았으므로. 미하엘은 무어라 말을 꺼내려는 듯 몇 번이나 입술을 달싹거렸지만 결국 절실해 보이는 내 낯빛에 손을 들어주

듯 등을 돌렸다.

조금씩 멀어져 가는 그의 뒷모습을 바라보며 별안간 나는 온전히 남자의 태가 나는 그 널따란 등에 매달려 차라리 실컷 흐느끼고 싶다는 욕망을 느꼈다. 무언가 내 안에서 이미 위태롭게 무너져 내리기 시작했다는 것을 그때는 미처 다 깨닫지 못한 거였다.

황실 연회장은 몹시도 화려했다. 호박색 샹들리에들이 천장을 아름답게 수놓고 있었고, 실내 장식들은 모두 은박으로 덧씌워져 찬란한 조명과 실내 분수대의 반짝임을 투영해 보석처럼 빛을 발했다.

잠시 자리를 비운 미하엘을 기다리며, 나는 그 아래에 멍하니 서 있었다. 이따금 피부에 들러붙어 오는 낯선 이들의 시선이 어쩐지 거북스러웠다. 머리부터 발끝까지 할 수 있는 치장이란 치장은 다 해 놓은 스스로의 모습을 의식하자 민망스러운 기분이 들었다.

평소보다 한층 높은 구두에 발목이 아리는 것 같았다. 특히 발끝에 몰리는 무게와 통증을 어떻게든 덜어 보고자 발가락을 꼼지락대다가 문득 조금 전까지 그로에스 저택에서 있었던 실랑이가 떠올랐다.

"이건 아무리 생각해도 좀······. 너무 과해."

"어머, 아가씨. 전혀 그렇지 않아요."

나는 거울 앞에서 연신 한숨을 내쉬었지만 하녀들은 만족스럽다는 얼굴만을 의기양양하게 들며 대꾸했었다.

"오늘 연회가 어떤 자리인데요. 거기 오는 명망 있는 귀족들은 죄다 이 정도는 기본으로 할 거라고요. 아가씨만 초라하게 보여선 그로에스가의 체면이 서지 않는단 말예요."

집안의 잔뼈 굵은 하녀들은 오늘따라 당연히 그래야 한다는 것처럼 죄다 내게 달라붙어 왔다. 지금껏 나를 전담하다시피 한 에이미는 그녀들의 등쌀에 쫓겨나듯 떠밀렸고, 가끔 이런 행사가 있을 때마다 나를 치장하는 것을 에이미가 유일한 낙으로 삼는다는 것을 알고 있으면서도 나는 그들의 뭔가 작정한 듯한 눈빛과 등쌀에 끝내 입을 열지 못했다.

'괜찮을까, 에이미는.'

나는 주근깨투성이인 그녀의 얼굴을 떠올리며 속으로 중얼거렸다. 지금쯤 틀림없이 많이 실망해 있겠지……. 그 모습을 그려 보자 미안함에 절로 고개가 숙여졌다. 그때 누군가 내 어깨를 가볍게 툭 쳤다.

"어이."

나직한 음성에는 어렴풋한 웃음기가 어려 있었다. 흠칫 놀라 뒤로 돌자 며칠 만에 눈에 익어 버린 얼굴이 보였다. 나는 잠시 말을 잊은 듯 서 있다가 입술을 달싹였다.

"……공자님."

며칠 전 패거리들과 더불어 제롬과 흥청망청 술을 마시고, 그가 나를 불러 저지른 행각들을 목격하였으며, 나중엔 대놓고 나를 창부 취급했던 샹페르가의 막내 도련님. 흥미롭다는 듯 입꼬리가 아름다운 곡선을 그리며 올라가 있었다. 나는 조금 놀란 눈으로 그 곱상한 얼굴을 바라보았다.

"보기보다 배짱이 두둑해. 여기가 어떤 자린 줄 알고 얼굴을 들이밀어?"

그러나 말의 내용과 달리 그의 어조에 노기나 불쾌감은 조금도 실리지 않았다. 그는 다만 정말로 내가 이곳에 발걸음한 것이 의외여서 놀랍고 어처구니없는 만큼 재미있다는 얼굴이었다. 나는 가만히 입을 다문 채 그가 자신의 반응에 대한 설명을 덧붙여 오기를 기다렸다.

"오늘이 뭐 하는 날인지는 알지? 나라의 온 고위 귀족들이 다 모이는 황실 연례행사야."

"네. 그런데요."

"그런데요……? 그걸 알면서도 굳이 여길 기어들어 왔단 말이야? 그것도 그렇게 온몸을 한껏 단장까지 하고서?"

그는 나를 한참 훑어 내리더니 불현듯 웃음을 터뜨렸다. 그래, 인정해. 그렇게 해 놓으니 한결 더 봐 줄 만하네. 솔직히 예뻐, 너. 근데 그래서 더 문제야……. 보면 틀림없이 열받을 거거든.

알 수 없는 말을 알렉스는 그렇게 중얼대며 이따금 키들거리고 있었다. 그 모습을 보며 문득 아주 중요한 뭔가를 잊고 있었던 것 같은 이상한 감각을 느꼈다.

"질투에 떨고 있을 우리 누이의 존재는, 아예 네 인식의 범위에서 벗어나 있는 건가?"

"……예?"

"그냥 해 본 말인데 정말인가 보네. 흐음……. 왜, 너도 일단 귀족가의 일원이면 한 번 들어 보긴 했을 거잖아. 알렌 공작의 약혼녀, 남자뿐인 샹페르 가문의 거의 유일한 여식이라 꽤 큰 상속분이 기대된다는 둥 한 번씩 사교계의 이야깃거리로 떠들썩한."

"……."

"오호, 진짜 생각이 전혀 없는 모양이군."

급격히 흔들리기 시작한 내 눈동자에 알렉스는 아량을 베풀듯 곧 장난기 어린 표정을 지워 냈다. 놀란 맘에 뭐라 입을 열려던 찰나 등 뒤에서 익숙한 목소리가 들려왔다.

"와 주었군요. 에스텔."

조금 떨어진 곳에서 우아하게 각이 잡힌 황실 예복 차림의 황태자와, 마찬가지로 예장을 갖추고 선 알렌 공작이 이쪽을 보고 서 있었다. 나는 어쩐지 눈앞이 아찔해 오는 것 같았다.

얼굴이 딱딱하게 굳었다. 막 회장에 도착해서는 권력 있는 자에게 자연히 쏠리는 사람들의 인사를 대충 받던 제롬과 눈이 마주쳐서였다. 그 곁에 선 약간 더 키가 큰 남자의 그림자는 루카스의 것임이 분명했다.

나는 그 순간에야 어째서 이런 큰 자리에 나라에서 으뜸가는 권력가인 콘라드의 남자들 또한 참석할 거란 생각을 미리 하지 못했는지, 황태자의 곁에 선 모습을 그들에게 예상보다 일찍 보이게 될 것임을 떠올리지 못했는지 미련스럽기 짝이 없는 스스로를 죽이고 싶을 만큼 혼란스럽고 괴로운 심정이었다. 그러나 이미 일은 벌어졌고, 모든 것은 한 박자 빨리 내 손끝을 떠난 것 같았다.

꽤 시니컬하던 제롬의 얼굴에서 표정이 완전히 걷히고 차가운 두 동공은 나와 에드먼드의 모습을 비추었다. 나는 뭐라 입술이라도 떼야 할 것 같아 달싹거렸지만 에드먼드는 그런 제롬을 본 건지 보지 못한 건지, 우아한 미소를 입가에 걸친 채 나의 허리에 손을 대어 품 안으로 끌었다.

"벌써 춤곡이 시작되었군요."

"아,"

"영애와 함께할 수 있는 영광을 허락하신다면."

에드먼드는 나직이 말하고는 내 손등 위에 입을 맞췄다. 그 광경은 아주 당연하다는 듯이 주변 이목을 집중시켰고 사람들의 시선이 갖는 그 진득한 점도에 나는 몸을 떨었다.

불현듯 남자의 어깨 너머로 보일 듯 말 듯 곱상한 얼굴을 찌푸린 제롬과 눈이 부딪힐 것 같다는 두려움이 들었다. 그래서 도망치듯 에드먼드의 팔과 어깨를 붙들었다. 그러자 투명할 만큼 옅은, 묘한 만족감을 띤 얼굴로 에드먼드는 나를 끌어안았다.

나는 그렇게 겁에 질린 한낱 작은 짐승처럼 황태자의 품 안에 떨리는 몸을 숨겼고 그대로 그의 팔에 이끌려 춤은 시작되었다. 춤곡이 몇 차례나 바뀌는 동안 에드먼드의 곧고 단단한 어깨에 황망한 낯빛을 애써 숨기고자 했고 그는 그걸 눈치챈 건지 아닌 건지 아주 능숙하게 나를 리드했다. 그토록 정신없는 와중에도 내가 눈에 띄는 큰 실수 없이 춤을 마무리할 수 있었던 것이 신기하게 느껴질 만큼, 지금껏 숱한 여성들을 상대해 가며 익혔을 몹시도 능숙한 리드였다.

춤곡이 끝나고 새로운 악곡이 연주되어 갈 때마다, 그리고 그럼에도 불구하고 에드먼드와 나의 손끝이 떨어지지 않을수록 귀족들의 소리 없는 웅성거림과 이목의 집중은 더욱 노골적으로 변해 갔다. 에드먼드는 일국의 정식 후계자로서, 그의 고결한 핏줄과 한 점 빛바램 없는 명예에 하등 도움이 되지 않을 나를 마치 그런 여타의 것들은 조금도 의식하지 않기라도 하는 것처럼 자연스레 곁에 둔 거였다.

"뻔뻔스럽기도 하지. 천한 태생 주제에."

"그 모친이 실은 고급 창부조차 되지 못한다는 소문이 파다한걸요. 어떻게 저따위 계집이 귀족이랍시고……."

그러므로 몇 시간 즈음이 흘렀을까, 쓰러질 것 같은 피로에 사람들의 시선을 피해 숨어든 그늘진 테라스에서 이제 한유리의 것이 된 에스델의 이름을 입에 올리는 여자들의 음성을 벽 너머로 맞부닥뜨렸을 때 나는 차마 어떤 항변을 할 자격조차 없다고 생각했다.

"괜히 내가 다 수치스럽더라니까요. 정말이지, 창기 중에서도 제일 밑바닥, 개돼지 같은 남정네들이 발걸음하는 빈민가 매음굴에서 뒹굴던 외국인 노예 몸에서 난 계집이 어찌 주제 파악을 못하고……."

"아까 그녀가 황태자 전하께 몸을 바짝 붙여 가며 유혹해 대던 걸 보셨어요?"

"천박하기 짝이 없어요."

그리고 애써 귀를 막으려던 순간,

"근데 에스델이란 저 여자, 그럼 정말 그로에스 백작의 친딸이 맞긴 하대요?"

내 의식을 강하게 끌어당기는 여자의 말이 있었다.

그 어미가 하루에 받아 낸 남자 수가 한둘이 아니었을 텐데. 어떻게 죽은 백작이 그렇게 자기 핏줄임을 확신하고 집에 들였대요?

실은, 이건 우리끼리 있으니까 하는 얘기지만……. 그러잖아도 그것 때문에 처음 그로에스 3세가 저 여자를 집안에 들이려 했을 때 온 사교계가 시끄러웠잖아요. 사실 저 여자가 죽은 백작과 피 한 방울 안 섞인 천것이라는 소문까지. 에그머니, 망측해라! 정말이에요. 확실히 나도 들은 적이 있어요. 그래서 그로에스 3세가 실은 예전에 몇 번 품던 창기의 살맛을 못 잊어 그 딸을 친딸이랍시고 데려와 남몰래 밤마다 품는다는 소문이 돈 거였구나. 이제야…….

절대 흘러나와서는 안 될 말들이 기어코 수면 위를 비집고 올라오고 있었다. 두려움에 떨리기 시작한 내 몸뚱이를 아랑곳 않고 그녀들의 혓바닥은 한층 더 신이 나서 말의 잔덩어리들을 올린 채 재바르게 움직여 대길 거듭했다.

나는 어쩐지 숨이 막혔다.

쨍그랑.

아주 날카로운 소음이 대리석 바닥 위로 부딪힌 유리잔 파편으로부터 허공을 칼날처럼 가르듯 튀어 올랐다. 본능적으로 주춤 뒷걸음질 친 나는 결국 잠시 뒤 차마 여자들의 얘기 중간에 나가지 못하고 구석에 숨기고 있던 몸을 어쩔 수 없이 한 걸음 앞으로 내디뎠다.

아주 천천히 하얗게 질려 가는 여자들의 얼굴. 그러나 그녀들은 모를 것이다. 지금 이 순간 가장 울고 싶은 것은 그 추잡한 소문이 진실임을 알기에 불쌍한 에스델에게 동정심을 느끼기보단, 그 사실에 얽힌 이 몸의 천한 태생이 누군가에게 발각되어 정말로 이곳에서의 내 마지막 보호막이 되어 줄 귀족의 허울마저 잃고, 신분 질서를 능멸한 죄로 사지가 찢어지는 벌을 받게 될지 모른다는 사실이 더 두려운 나 자신이란 사실을.

"그쯤들 해 두세요."

그리고 내가 입술의 달싹거림을 어떤 의미 있는 소리로도 만들지 못하고 있을 때, 벽 너머에서 잠시 혼자만의 시간을 보내고 있던 여자 하나가 모습을 드러냈다. 가늘고 고운 선이 두드러지는, 한눈에 봐도 꽤 미인임이 드러나 보이는 외양이었다. 적당히 차가우면서도 이지적인 분위기를 풍기는, 여자의 몹시 고우면서도 한편으로 위엄 서린 목소리에 그 공간의 누구도 감히 입을 열지 못했다.

"황실의 연례행사가 열리는 자리에서, 그것도 당사자가 언제 어디서 들을지도 모르는 상황임을 알면서도 그런 질 나쁜 소문들이나 주워 가며 남을 헐뜯는 것 또한."

"크, 클로디아 님."

"그대들이 말하는 고결한 귀족 영애로서의 품위에 어울리는 언행
은 아니죠."

조금 전까지 수다를 늘어놓던 여자들은 급히 사색이 되어 허리를
숙였다. 나중에야 알게 된 것이지만 가문의 명예와 가주의 지위에
따라 같은 귀족들 사이에서도 각자의 위치는 때와 장소에 따라 이런
식으로 천차만별로 달리 나타나곤 했다.

그 여실한 차이가 만들어 내는 광경에 나는 속 시원하다든가 쌤통
이라든가 따위의 마음은 아예 생각조차 들지 않았다. 그저 조금 떨
떠름한 낯으로, 떨고 있는 그녀들의 모습을 눈에 투영하고 있을 뿐
이었다.

"그리고……."

그 찰나, 클로디아의 온도가 낮게 가라앉은 반투명한 두 눈동자가
내 얼굴로 향했다. 그제야 나는 깨달았다.

"이 나라에서 귀족의 범주에 놓여 있음의 의미를 안다면, 자신의
명예는 스스로 지킬 줄도 알아야죠."

아니, 어쩌면 클로디아란 여자가 자신의 모습을 밝은 조명 아래
드러냈을 때부터, 초라한 나의 처지와 비교될 정도로 아주 당당히
고개를 들고 정당한 권력과 품위를 행사하듯 다른 귀족 여자들을 꾸
짖을 때부터. 실은 나는 직감하듯이 깨달았을지도 몰랐다.

"아닌가요?"

"……."

"대답을 하지 않을 생각이라면, 에스델 양. 내가 괜한 참견을 한
셈이로군요."

아름답고, 이지적이며, 당당하고, 태어나면서부터 고결한 가문의 후광을 안아 자연히 그것을 자신의 것으로 확신할 수 있는 자 특유의 품위와 위엄을 갖춘,

그녀가 바로 소문으로만 듣던 알렌 공작의 하나뿐인 약혼녀라는 사실을.

"영애께서 하신 말씀이 다 옳아요."

나는 무기력하기 짝이 없는 유리 인형처럼 입술만 달싹거렸다. 그러다 한참 뒤 마주친 클로디아의 청록색 눈동자가 길어지는 인내로 예리한 빛을 낼 때쯤에야 겨우 힘을 주어 한마디를 내뱉을 수 있을 뿐이었다.

최소한의 긍지조차 스스로 지켜 내지 못하는 유약한, 그야말로 허울뿐인 내 실체를 간파한 듯 클로디아는 곧 눈살을 찌푸렸다. 그리고 나는, 그때 아마 여자의 그런 생각의 흐름들이 의지와는 상관없이 절로 읽히는 것이 좀 힘들었던 것 같다.

어느새 기운이 빠진 몸은 피곤을 호소하고 있었다. 언젠가 책 속에서나 보았던 신데렐라의 유리 구두를 신은 것도 아닌데. 화려한 장식들이 붙어 반짝이는, 집안 하녀들이 호들갑을 떨며 오늘을 위해 꺼내 온 고급 구두는 에스델의 얼마 되지도 않는 체중조차 다 받아들이지 못했고 어느새 발목으로까지 화끈거리는 통증이 퍼져 나가고 있었다. 문득 이곳을 빠져나가 제발 쉬고만 싶다는 생각이 들었다.

"미안하지만, 에스델 양. 기대했던 것과는 꽤 다른 인상이로군요."

그러나 클로디아의 곧은 시선은 여전히 나를 향하고 있었다. 조금 전까지 에스델을 신이 나서 헐뜯던 여자들은 어느덧 꽁무니를 빼고 이곳을 떠난 후였다. 고개를 숙인 채 묵묵히 클로디아의 음성을 들으며 나는, 이상스럽게도 그 여자들에 대해 생각했다.

지금쯤 그 여자들은 멍청한 에스델이 특유의 둔함과 미련스러움으로 클로디아의 이목을 돌려 준 것을 다행스럽다 생각하고 있을까. 아니, 어쩌면 그런 에스델을 우습기 짝이 없다 여기며 낄낄대고 있을지도.

사념이 물에 섞여 든 잉크처럼 소리 없이 퍼지고, 잠시 침묵이 내 피부에 감겨 왔다.

그리고 그 감촉들을 일갈에 깨뜨리듯 클로디아의 북부 귀족 특유의 억양이 녹아든 목소리가 갑작스레 귓가에 와 닿았다.

"제 약혼자이신 알렌 공작께선 고상한 취향과 안목으로도 정평이 나 있는 분이죠. 특히 사람을 보는 눈이랄까, 타인에 대해서도 상당한 분별력과 견식을 지니셨다 알려져 있고요."

"……제게 무슨 말씀을 하려는 것인지, 잘 모르겠네요."

"영애를 보니, 오늘로 적어도 공작님의 그 안목에 대한 제 개인적인 평가는 달라지지 않을 수가 없을 것 같다는 소리예요."

나는 무기력했다. 여전히 초라한 모습으로 그녀의 앞에서 고개를 떨어뜨리며 속으로만 읊조렸다. 어째서, 왜 이렇게 나는 작고, 무기력하고, 나약하며…….

"나 또한 태어나기 전부터 귀족가의 삶, 그 영역 안에 들어와 있던 몸. 따라서 공작 각하와의 정략결혼이 결정되었을 때부터 새삼 애정이나 이성으로서의 끌림 따위의 유치한 문제를 얽혀 들게 하고 싶진 않았어요. 알렌 각하의 정부로서 에스델 양의 소문을 처음 접하고 특별한 감흥이 없었던 것도 그러므로 어느 정도 당연한 일이었죠. 그분도 일단 사내인데, 연인이 되었건 욕정을 쉬이 풀 만한 정부 따위가 되었건 여자 하나를 곁에 두는 것이 뭐 그리 큰 흠이 된다고요. 다만……."

다만, 다만이라. 나는 한유리로 살았던 먼 과거의 삶에서부터 나를 보는 누군가의 입에서 다만, 이라는 말이 나오고 나면 언제나 그리 좋지 않은 내용이 이어지곤 한다는 것을, 피부를 통해 절로 공기의 습도를 느끼는 것처럼 자연스레 체득하고 있었다.

"이렇게 유약하고, 허망한 낯빛에, 삶에 대한 의지라고는 조금도 찾아볼 수 없고,"

그녀의 입에서 나오는 말들은 곱고도 기품 어린 음성에 실려 때로 꽤 서릿한 칼날처럼 빛을 냈다. 나를 본 그 짧은 시간 동안에 그러나 섬뜩할 만치 정확한 나에 대한 파악을 드러내고 있어서 클로디아의 말을 듣는 나는 어쩐지 울컥 눈물이 날 것만 같았다.

"가진 거라곤 고작 반반한, 그러나 얼마 지나지 않아 틀림없이 늙어 추해질 낯짝과 몸뚱이뿐인 이런 별 볼일 없는 여자가 취향이라는 걸. 알렌 공작이 여자의 미색에만 끌리는 그런 어쩔 수 없는 한심한 사내 중 하나였음을 진작 알았더라면."

"……영애."

"글쎄요, 저는 당장이라도 아버님과 집안 어른들께 달려가 베델리우스 공작가와의 혼약을 부디 재가해 달라 청이라도 드리고 싶은 심정이군요."

정략혼인이든 어쨌든, 공식적인 반려가 되어 평생을 모시고 살아야 할 지아비인 알렌이 고작 멍청한 저잣거리의 사내처럼 여인네의 반반한 색에만 홀려 곁에 둘 계집을 골랐다는 사실을 깨달음에 그녀는 적잖이 실망한 모양이었다.

공작에 대한 사랑은 없더라도, 앞으로 그와 부부가 되어 사는 삶에 남자에 대한 존경과 신뢰는 적어도 있을 거라 생각했던 일말의 기대가 산산이 깨져 버린 데서 오는 분노와 실망이 그녀의 피부를 휘어 감고 있는 것 같았다.

나는 할 말을 잃고 찻잔에 부유하는 거품처럼 초라하게 구겨져 갔다.

클로디아가 사라진 뒤에도 충격의 여파는 이어졌다. 휘청, 붉게 부어오르기라도 한 양 고통스럽던 다리가 결국 크게 흔들렸다. 뜨겁게 달구어진 막대로 지지는 듯한 통증이 발바닥과 종아리, 발목을 점점 옭아 죄었다. 후드득. 갑작스레 눈물방울이 뺨과 목선 위로 떨어졌다.

"괜찮아?"

황급히 두 뺨을 훔치기도 전에 미하엘의 크게 떠진 두 동공이 나를 먼저 마주해 왔다. 그는 꽤 놀란 듯 보였다. 나로선 내 앞에 등을 보인 채 서 있는 황태자나 여타 인물들에게 이 추태를 혹여나 낌새

라도 들키기 전에 얼른 자리를 피하고만 싶었다. 그러나 미하엘은
그걸 깨달은 것마냥 내 팔목을 쥐었다.

"에스텔."

"⋯⋯."

"왜 그래. ⋯⋯혹시 조금 전 테라스에서 무슨 일이라도 있었던
건."

"아니야."

나는 황급히 그의 말을 가로막았다. 조금 전부터 내게 붙박인 시
선을 좀처럼 떼지 못하던 미하엘이 내가 조금 전 바깥으로 향했다
한참 돌아오지 않던 걸 눈여겨봐 둔 모양이었다. 그 시간을 차지했
던 귀족 여성들과, 그리고 클로디아와의 만남을 떠올리며 나는 몸서
리를 쳤다. 혹여나 그 기색을 미하엘에게 들키게 되어 버릴까 봐 나
는 문득 두려워졌다.

끔찍한 두려움이 불규칙적으로 찾아들고 있던 중이었다. 누군가
내 손목을 그러쥐었다. 미하엘이었다. 나보다 한참은 큰 커다란 남
자의 손은 점점 내 팔목 위 살갗을 미끄러지듯 내려가 마침내 천천
히 내 손을 잡아 왔다. 손마디를 겹친 미하엘의 체온이 나를 강제로
취하던 사내들의 그것처럼, 뱀의 껍질마냥 음습하고 불쾌한 촉감을
지녔다면 좋았을 것을. 그랬다면 나는 거기에 의지나 의존 따위 하
지 않고 망설임 없이 거절할 수 있었을 텐데.

그러나 그의 온도는 놀랍도록 부드럽고 따뜻했고 그래서인지 나
는 차마 그를 뿌리칠 수 없었다. 아니 뿌리치기는커녕, 저항하지 않
음으로써 그의 친절을 받아들이는 양 군 셈이 되었다.

어느새 우리는 우습기 짝이 없게도 사람들의 눈을 피해 비밀 연애라도 하는 것 같은 꼴이 되어 있었다. 에드먼드와 다른 왕실 구성원들의 등 뒤에서 미하엘을 가림막 삼아 모습을 가린 채 손을 꼬옥 쥐고 서 있자니 아주 묘한 감각이 찾아들었다. 말하자면 누군가 보고서, 아, 역시 친누이가 아니라더니……라거나, 저 소문 속의 더러운 계집이 결국 제 남동생까지 꾀어내는구나…… 해도 할 말이 없을 그런 모양새를 우리는 하고 있던 거였다.

그리고 나는……. 어째서 그 모든 걸 인지하면서도 계속 남자의 온기에 의지하듯 기대어 서 있었던 걸까. 정말로, 어쩌면 정말 그럴지도 모를 일이었다. 언젠가 제롬이 나를 빤히 바라보다 지나가듯 말했던 것처럼,

"누이. 손이 몹시 차."

"……괜찮으니까 신경, 쓰지 마."

일견 정숙해 보이고 청순한 외양을 하고 있지만, 남자가 없으면 한시도 살 수 없는 음탕함을 지녔으며, 따라서 더럽고, 의존적이고, 나약하며……

"어디 안 좋은 거 같은데. ……차라리 폐하께 양해를 구하고 먼저 돌아가는 건."

그래서 남자 입장에서 피곤하기 짝이 없는, 그러나 이상하게도 봐줄 만한 낯짝과 탐스런 몸뚱이 때문인지 그 모든 결함과 덜떨어진 모습에도 불구하고 함부로 눈앞에서 치워 버릴 수가 없는, 그래서 더 골치가 아픈,

나는 정말이지 그런 여자일지도 모를 일이었다.

걱정하듯 나를 바라보는 미하엘을 응시하며, 이 순간 나는 틀림없이 자신이 그런 여자인 것만 같다는 생각을 했다.

그 감각은 그리고 몹시도 생경했다.

"부르셨다고 들었어요."

나는 어째서인지 감히 물어볼 생각도 하지 않은 채 손끝만 만지작거리며 말했다. 황태자의 침실은 몹시 넓고도 웅장했다. 아늑함을 위해 꾸며진 듯했지만 어딘가 무겁고 위엄 있는 분위기를 풍기고 있는 것 같기도 했다. 일단 궁인들의 명에 따라 길고 얇은, 섬세히 수놓아진 새하얀 실크 드레스만 걸친 나는 알 수 없는 한기에 몸을 떨었다. 남자는 피식, 알 수 없는 웃음을 지었다. 그리고 그럴 때의 그는 몹시 낯설어서 마치 처음 보는 사람인 것 같았다.

"이리 오세요."

"······네."

"더 가까이."

그의 명령에 따라 더 가까이 다가서며 나는 두려움을 느꼈다. 두려움이라, 누군가 내 속마음을 들여다볼 수만 있다면 수차례 조소를 띤다 해도 이상할 게 없는 감정이었다. 지금껏 숱한 사내들에게 아랫도리가 마구 돌려진 주제에, 고작 남자의 침실에 처음 들어온 일을 가지고 두려움이라니.

나 스스로에게 더러운 계집 주제에, 이제 와서 그런 생경한 감각을 느끼며 정순한 척이라도 해 보고 싶은 거냐고 괜히 욕이라도 하고 싶은 기분이었다. 침대의 바로 앞까지 붙어 문득 올려다본 에드먼드의 얼굴은 옅은 어둠 속에서 몹시도 매혹적인 빛을 냈다.

"……에스델."

"……."

"음, 혹시 내가 두려운가요?"

그는 정말이지 아름다운 미소를 띠고 속삭이듯 물어보았다. 그래서 과연 그가 이렇게 말을 할 때 그의 청을 감히 거절할 수 있는 여자가 세상에 있기나 할까 하는 쓸데없는 의문이 불현듯 들었다.

나는 그의 몹시도 친절한 말투와 부드러운 입가의 호선을 인지하면서도, 그러나 한편으로 이 순간 결코 내게 선택권이 없다는 것을 누구보다 잘 알고 있었다. 그래서 말없이 고개를 좌우로 흔들며, 떨리는 손끝으로 스스로 앞 소매의 얇은 끈을 풀어 내리려고 했다.

이상하게 손가락이 자꾸 엉켰다. 가만히 나를 지켜보던 에드먼드는 아주 작은 소리로 푸흐, 하고 웃더니 부드럽게 나를 끌어안았다. 그 이후의 일은 놀랄 만큼 매끄럽게 진행되었다.

언제 어디서 익숙해진 건지, 이 또한 황실의 후계자이자 한 사내로서 당연히 익혀 온 것인지, 그것도 아니라면 지금껏 이렇게 되기까지 너무나 숱한 여자를 품어 온 것인지 모르겠지만. 그는 몹시도 능숙했고 자연스러웠다. 그리고 나는 그에게 모든 걸 맡긴 채 힘을 빼고 남자의 성기를 받아들이려 해야 한다는 걸, 어떻게든 몸을 열어야 한다는 걸 알았다.

언제나 너무나 청결하고 단정한 공기에 휩싸여 있어, 정말 저 사람이, 저런 사람도 여자를 안을까, 하는 생각이 무심코 들던 에드먼드도 이렇게 섹스를 하는구나 싶은 생각이 문득 들었다. 순간 엉뚱하게도 미하엘이 바깥에서 나를 아직 기다리고 있으면 어떡하지……. 하는 생각이 스쳐 지나갔다.

적어도 이 순간만큼은 잊었어야 할 쓸데없는 생각이었다. 그러나 너무나 내게 친절한 황태자는 불쾌해하기는커녕, 내 마음을 읽기라도 한 양 몹시 부드럽게 내 입술을 머금으며, 그가 이미 연락을 받고 돌아갔음을 알려 주었다.

체향을 맡고, 서로 피부를 밀착하여 체온을 나누고, 여러 번 입술을 섞고 애무를 거듭하자 자연히 몸이 녹았다. 그리고 나의 중심부는 언제 두려움을 느꼈냐는 듯 축축해졌다.

어느새 몹시 성이 나 단단하고 커진 남자의 성기가 내벽을 밀고 들어오는 것은 순간 그 무엇보다 자연스러운 일이 되어 있었다.

그렇게 나는 그의 침실에서 황태자와 처음으로 몸을 섞었다.

그것은 싫지 않았다. 오히려 정신없이 허리를 흔들어 대며 나는 일순 아찔한 쾌감을 느꼈던 것만 같은 기분이 들었다.

얼핏 잠이 든 것 같았다. 억지로 짓눌려 침잠해 있던 의식이 수면 위로 잠깐 드러난 순간 어쩔 수 없다는 듯 온몸이 더럽다는 양 끔찍한 비명을 질러 댔다. 나는 그래서 의식적으로, 일부러 더욱 잠을 청했다. 까무룩 다시금 수마에 몸이 먹혀들 찰나 온몸에 휘감겨 오는 소름 끼치는 듯한 불결함…….

황태자가 곧장 자신의 몸을 씻어 내려 욕실로 향하는 순간의 희끄무레한 빛 그림자가 눈꺼풀 위에 아른거리는 듯했다.

휴일 오후의 낮볕은 따사로웠다. 베넬리우스 공작가 저택의 잘 꾸며진 정원 테라스에서 나는 클로디아와 엘리시아, 그 둘 사이에 앉아 있었다. 홀로 불청객처럼 자리하고 있는 그 모습을 제롬이나 알렉스 따위의 여타 인물이 보았다면 틀림없이 비웃음을 샀으리라. 마치 공들여 채색한 수채화에 마지막 순간 검은 먹물 자국이 잘못 찍혀 버린 것처럼, 나라 최고 명문가의 두 영애 사이에서 가짜 귀족의 탈을 쓴 매춘부는 불협화음과도 같은 떨림을 만들어 내고 있었다.

그걸 아는지 모르는지. 클로디아는 고고한 한 떨기 꽃처럼 말없이 차에만 신경을 집중하고 있었고 나는 애써 그 분위기에 섞여 들고자 턱 끝을 힘주어 당겼다. 아름다운 오후였다. 운치 좋은 조경이 눈에 띄는 공작가의 정원이 한눈에 보였고, 뭐가 그리 좋은 건지 엘리시아는 조금 전부터 자신의 초대를 받아 두 사람이 티타임에 함께해 준 것에 감사를 표하느라 연신 미소 짓고 있었다.

"어머, 에스델은 차가 별로 입에 맞지 않나 봐요."

조금도 줄지 않은 내 찻잔을 깨닫고 엘리시아가 다정스레 중얼거렸다.

"캐모마일이 입에 맞지 않는다면, 음, 재스민이나 얼그레이는 어때요."

그녀는 한눈에 보아도 최고급품이 분명한 다기와 티 포트를 움직이며 싱긋 웃어 보였다. 그리고 나는 여자의 그런 친절마저 마다할 엄두가 나지 않아 한 번 더 침묵하는 것으로 긍정의 답을 대신했다.

그때, 건너편의 클로디아와 눈이 마주치려는 순간. 몹시 갑작스럽게도 나는 찬란한 햇빛에 현기증이라도 느끼는 기분으로 집사 드미트리를 떠올렸다. 연이어 꼬리를 물듯 따르는 이날 아침의 기억. 그 로에스 저택의 눈에 띄지 않는 구석에서 조용히 나를 부르던 그의 음성…….

"아가씨, 지난번 말씀하셨던 그 일 말입니다만,"

드미트리는 이른 오전부터 외출하려는 나를 붙잡고 몹시 조심스럽게, 미하엘이나 다른 사용인들의 이목을 피해야만 한다는 듯 낮은 목소리로 중얼거렸다. 드미트리가 말하는 지난번 그 일이란 뻔했다. 나를 '유리'라 불렀던, 정체를 알 수 없는 중년 여인의 존재.

차마 그 여자가 에스델이 되기 전 본래 이름으로 나를 불렀노라 고백할 수는 없었기에, 나는 찜찜함을 이기지 못하고 에스델을 알아보는 낯선 여자가 있었다, 하는 정도로만 사건을 털어놓은 참이었다. 그렇다 해도 드미트리가 아직까지 그 일을 신경 쓰고 있었을 줄이야. 못내 당황스러웠다.

"고급 살롱과 술집, 유흥가가 즐비한 거리에서 아가씨를 알아본 묘한 여인이 있다고 하셨던 것 말입니다. ……아가씨. 제 짧은 생각으로 그건 절대 가벼이 여길 일이 아닌 것 같습니다."

"드미트리, 어째서 지금까지 그걸……."

"제가 말씀드렸지 않습니까. 아가씨는 원래 사창가에 속한 모친에게서 태어나신 몸. 그런 아가씨를 알아본 화류계 여자라면 아가씨의 정체, 그러니까 귀족의 피라고는 전혀 섞이지 않은, 어느 날 떠돌이 사내를 손님으로 받다 친모가 잘못해서 낳게 된 아이일 뿐임을 알고 있을 수도……."

그의 말끝은 갈수록 희미해져, 공기 중에서 번지고 흩어져만 가는 것 같았다. 나는 곤란한 말을 어쩔 수 없이 꺼내야 하는 나이 지긋한 남자를 일말의 동정심을 갖고 바라보려고 애쓰며 그와 눈을 맞췄다.

그래요. 가문의 비밀, 그러니까 내 출생의 진실을 들켜 이 백작가가 혹여나 화를 입게 될까 봐. 당신은 지금 그게 두려운 거로군요……. 참지 못하고 중얼거리자 어쩐지 마음이 한결 가벼워지는 것도 같았다. 드미트리는 한참 침묵을 지켰다. 그러다 이윽고 입술을 뗐다.

"죄송합니다만, 아가씨의 그 말씀을 완전히 부정하기는 어렵습니다."

나는 할 말을 잃고 표류하는 겉껍데기처럼 구겨져 갔다. 그러나 집사의 음성은 거기서 멈추지 않았다.

"게다가 분명 중년의 여인이라 하셨지요. 아가씨를 한눈에 알아보았다니, 어쩌면 아가씨께서 몹시도 빼어 닮은, 죽은 친모와 잘 알던 사이일지도 모르겠습니다. 그분과 가까이에서 일을 했다거나, 잠시 같은 곳에 적을 두었던 여인일지도……. 화류계 여성들은 이곳저곳 가게를 옮겨 다니며 일을 하는 게 보통이니까요."

드미트리는 말을 마치기가 무섭게 무언가를 어쩔 수 없이 결심하는 사람의 표정을 띠었다. 나는 덜컥 겁이 났다.

"혹시 지금……. 무슨, 엉뚱한 생각을,"

"아가씨."

"서, 설마. 날 알아보았다던 그 여인에게 무슨 해, 해코지라도 하려는 건……."

내 정체와 비밀이 모두 탄로날지도 모르는 위험을 그대로 떠안고만 있기에 백작가의 오랜 집사는 그보다 소중한, 지켜야 할 것들이 많아도 너무 많았다. 늘 곧고 인자한 성품이 드러나는 듯한 특유의 얼굴선은 그 순간만큼은 어딘가 몹시 성마른 냄새를 풍겼다. 두려움이 찾아들었다.

"못할 일도 아니지요."

"드, 드미트리!"

"가문을 위해서, 그리고 무엇보다 아가씨와 도련님을 지키기 위해서이기도 합니다. 제가 말씀드렸지 않습니까. 아가씨께서 돌아가신 3세 각하의 서녀(庶女)가 아니시라는 걸, 아니, 실은 귀족의 피라고는 전혀 타고나지 못했음에도 여태껏 귀족 가문의 일원으로 행세해 온 걸 들키게 되는 날에는……."

그 뒤에 올 말은 이제 너무도 익숙했다. 나는 물론이고, 이 백작가 전체가 혈통과 계급을 둘러싼 이 나라의 그 무엇보다 지엄한 법도를 어지럽힌 죄로 멸문에 가까운 화를 입게 될 것이란 사실 말이다.

그렇지만……. 나는 불안하고 초조해진 상태로 머리를 굴렸다. 물론 그게 꼭 무고할지도 모를 한 여인의 목숨을 희생시켜야만 하는 거라고는……. 나는 차마, 생각되지 않았다. 잠시 머릿속 한편으로 그때 본 인자한 여인의 얼굴에 핏자국이 낭자해지는 이미지를 떠올려 보았다. 마른침이 꿀꺽, 목을 타고 넘어가는 소리가 들렸다. 미칠 것 같은 두려움이 몰려들었다.

"제발! 제발 부탁이니까……. 성급한 행동은 하지 마."

"아가씨."

"제발, 드미트리……. 내가 좀 더 알아볼, 게. 뭔가 확실해지면……. 그녀가 진실을 알고 있다는 게 확실해지면 그때 그래도……. 그렇게 해도 늦, 지 않잖아."

"……."

"부탁이니까, 응? 내가 알, 알아볼게. 실은 그녀는 단순히 나를 다른 사람으로 착각, 한 걸지도 몰라."

흔하잖아, 그런 일. 닮은 사람을 그 사람이라고 착각하는 거. 그 여자도 단순히 그것뿐이었는지도 몰라. 나는 정신없이 중얼거렸다. 그리고 한편으로는 또 다른 생각에 침잠했다. 드미트리에겐 미처 설명을 하지 못했지만, 분명히 나를 '유리'라고 불렀던 중년 여인의 음성.

이세계(異世界)에서 에스델의 껍데기를 둘렀지만 여전히 한유리의 정체성으로 생을 부지해 가고 있는 한, 나는 그 여인에게 그에 관해서도 분명히 물어보아야 할 것만 같았다.

재수 없게도 에스델이 된 나를 아는 체했다는 이유만으로 위협에 몰려 그녀가 끔찍한 결말에 이르게 되는 일을 나는 아직 원치 않았다. 다시 한 번 애원하듯이 드미트리를 바라보았다. 그는 아주 할 말이 많아 보였지만, 결국 체념하듯 고개를 숙였다.

나이 많은 집사는 모든 일이 얽힌 중심이나 마찬가지인 내가 직접
그 여인과 접촉해 뭔가를 알아내려 나서는 행위가 아주 위험한 것이
라고 했다.

그러나 나는 내가 직접 나서야만 하는 일이라는 걸, 뭐랄까, 아주
처음부터 직감할 수 있었다. 반드시 그래야만 했다.

"······스텔, 에스텔."

"······아. 죄송합니다."

"괜찮아요? 낯빛이 좋지 않은데."

문득 상념에서 깨어났을 때는 걱정스러운 듯한 엘리시아의 얼굴
이 나를 마주하고 있었다. 홀로 어떤 생각에 취해 있었는지 차마 털
어놓을 수 없어 나는 애꿎은 입술만 더욱 앙다물 뿐이었다. 얼핏 생
각을 읽어 내기 어려운, 마치 정교한 철갑을 두른 듯한 클로디아가
냉정한 얼굴로 잠시 이쪽을 흘긋 바라보다 다시 고개를 돌리는 모습
이 들어왔다. 그러나 나는 그것 또한 모른 체를 했다.

잠시 어색해진 공기에 시간이 한결 무겁게 흘렀다.

얼마나 지났을까. 갑작스레 저택이 다소 소란스러워지는 기운이

느껴졌다. 모두의 주의가 순식간에 저택 안으로 연결된 입구로 향했다.

"어머, 알렌이 왔나 봐요."

엘리시아의 말 한마디에 나는 소스라치게 놀랐다. 직접 볼 수는 없어도 아마 그 순간 내 얼굴은 모든 행적을 들켜 창백해진 죄수의 낯처럼 창백해져 가고 있을 것만 같았다. 얼핏 고개를 돌려 곁눈질하니 클로디아는 그러나 이런 나와는 달리 조금의 동요도 없는 얼굴을 하고 있었다.

그리고 그 순간, 아, 하고 나는 깨달았다. 공작의 갑작스러운 등장에 화들짝 놀라야만 하는 에스델과, 일상의 지극히 당연한 일을 마주하듯 태연자약할 수 있는 그녀. 두 여자의 입장이랄까, 위치 따위에서 오는 차이를……. 그리고,

'어때. 이제 좀 알겠지.'

클로디아와 에스델, 알렌 공작을 두고 세상에서 가장 불편하게 엮일 두 여자를, 그 모든 걸 훤히 알고 있을 엘리시아가 어째서 하필 한날한시에 이 저택으로 불러들였는지도.

그로부터 얼마 지나지 않았을 때 나는 클로디아가 몹시 우아한 자세로 소리 없이 자리에서 일어나는 광경을 보고 있었다. 그녀의 발끝은 한 치의 머뭇거림 없이 저택 안으로 향했다. 조금씩 멀어져 가는 그녀의 곧은 등을 보며 그러나 나로서는 도저히 자리에서 한 발자국도 움직일 수 없음을 깨달았다.

그때쯤이었을까. 나는 분명히 본 것만 같았다.

희고 얇은 찻잔에 얼핏 가려지다가 만, 엘리시아의 만족스러운 호

선을 그리는 선홍빛 입술을.

　그 예쁜 입술은 내게 속삭이고 있었다.

　'내가 분명 말했지.'

　'너는 주제 파악을 할 줄 알아야 해.'

　'지금 이게 정식 약혼자의 지위를 가진 클로디아와, 남자의 변심 앞에 아무것도 아닐 먼지처럼 사라질 너, 둘의 차이야.'

　나는 처음으로 엘리시아가 두려워졌다.

3장
운명에 울부짖다

불행일까, 그렇지 않으면 차라리 다행인 걸까. 알렌 르누이 베델리우스 공을 다시 마주치는 일은 제법 빠르게 찾아왔다. 매일같이 황성을 드나드는 고위 귀족인 그와, 신분이나 지위의 공통분모는 적지만 지저분한 여타의 이유로 뻔질나게 황태자와 황자의 궁에 드나드는 내 행동반경이 한 번쯤 더 겹치는 것은 어쩌면 그리 새삼스러운 일이 아니었을지 모른다.

클로디아와 엘리시아의 티 파티에 초대받았던 날, 차마 알렌의 정식 약혼녀를 곁에 두고 아무렇지 않게 그에게 인사를 건넬 수는 없었기에 나는 아예 그 자리에 존재한 적이 없던 것처럼 뒷걸음질 쳐서 곧장 저택을 빠져나왔었다.

그리고 그런 내 뒷모습을 바라보며 남은 엘리시아는 속으로 무어라 생각했을까……. 글쎄, 틀림없이 그 우습고 흉한 꼴을 조소 띤 얼굴로 바라보거나, 속으로 험담을 퍼부었을지도 모를 일이다. 그러나 문득 이제 와서 그것이 중요한가, 싶은 생각이 들어 나는 머릿속의 잡념들을 금방 지워 버렸다.

그날 엘리시아의 입가에 분명히 떠올랐던 물기 어린 웃음, 그리고 그것이 남긴 명백한 경고. 그 생생한 기억은 이후로도 종종 떠오를 때마다 몸서리를 치도록 만들었다. 그래서 에드먼드의 궁에서 나오는 길에 알렌을 마주했을 때 나는 본능적으로 최대한 빨리 그 자리를 벗어나려 했다.

"에스텔."

"……."

"자리에 멈춰 서."

나라 제일의 귀족이지만 다른 이들처럼 고압적인 말투를 사용하는 것을 본 적이 없는 알렌이었기에, 그의 명령조는 몹시도 낯설게 들렸다. 그러나 나의 미천한 본질은 윗사람의 말을 거부하지 못하는 천하디천한 몸종 계집마냥, 의식의 과정을 거치기도 전에 두 발을 제자리에 붙박여 서게 만들었다.

잠시 주변 공기가 적막에 잠겼다. 그리고 마침내 알렌은 그것들을 일시에 흐트러뜨리듯 옅은 구둣발 소리와 함께 내게 다가왔다.

"영애."

"……베델리우스 각하. 제게 무슨 용무라도."

사람은 자고로 주제 파악을 할 줄 알아야 한다고 했다. 그리고 그것은 다름 아닌 그의 친누이가 해 준 경고였다. 그 성의를 생각해서

라도 나는 최대한 어긋남 없는 예의와 거리감을 갖추어 그를 대하고
자 했다. 공작이 한시 빨리 별것 아닌 관심을 거두고 나를 보내 주길
바라면서. 그러나 그는 속내를 짐작해 보기라도 하려는 듯 고개 숙
인 내 얼굴을 한참 내려다볼 뿐이었다.

그러자 시간은 몹시도 느리게 흘러가기 시작했다. 이 순간이 어서
지나가기만을 기다리는 것, 그것은 몹시도 싫은, 어떤 느낌을, 사소
한 불편함 따위가 섞인 무언가를 감각하게 만들었다.

"질문은 내 쪽에서 하고 싶군."

갑작스레 그가 입을 열었다. 나는 영문을 알기 어려운 그의 말에
침묵했다.

"내게 무슨 불만이라도 있나?"

"……제가 어찌 공작 각하께, 감히."

"그럼 설명해 봐. 무엇 때문에 그렇게 사람을 노골적으로 피하는
지."

어이가 없어 무심코 올려다보았을 때 그는 정말 의아하다는 듯 미
간을 섬세히 찡그러뜨린 얼굴을 하고 있었다. 허탈한 웃음이 터져
나올 것만 같은 심정이 되었다. 영문을 몰라 당황한 아이 같기도 한,
그의 순진하기 짝이 없는 태도에 순식간에 힘이 빠졌다. 흡사 홀로
온 힘을 쓰다가 상대가 획 반대쪽 끈을 놓아 버렸을 때의 허망함이
밀려오고 있었다.

나는 속으로 중얼거렸다. 그래, 천시받는 더러운 배경을 진 채로,
그래서 당신의 주변에 있을 때면 늘 누군가의 눈치를 보지 않을 수
없는 내 심정이나 상황을 당신이 알 리가 없겠지. 태어난 이래 그따

위 불편한 입장 따위를 단 한 순간도 겪어 본 적이 없을 테니까. 어떻게 알 수 있겠어.

나는 빠르게 상황을 정리했고 적어도 작금의 사태에 공작의 잘못은 조금도 없다는 것을 스스로에게 납득시켰다. 그래. 그러니까 이 무지, 는 엄밀히 말해 남자의 잘못, 은 아니었다.

"아무것도 아닙니다."

"아무것도, 아니라……."

나의 간결한 대답은 그러므로 당연한 결과였다. 그러나 그는 도저히 아무 일 없던 것처럼 지나칠 맘이 들지 않는 건지, 기어코 며칠 전의 일을 입에 올리기에 이르렀다.

"지난 목요일, 내 약혼녀인 샹페르 영애와 누이가 정원에 있던 날."

"……."

"실은 저택에 그대도 방문해 있었음을 나중에야 전해 들었지."

공작에게 그따위 필요 없는 정보를 함부로 떠들어 댄 자는 과연 누구일까. 그저 그 집의 숱한 눈치 없는 사용인들 중 하나였을까, 그게 아니면…….

"분명 샹페르 영애와 함께 그 자리에 초대받았던 모양인데……."

"각하."

"어째서 내게 인사조차 없이 곧장 저택을 떠났지?"

"……풉."

이성의 통제를 찾기도 전에 웃음이 먼저 터져 나왔다. 잇새로 비어져 나온 그 생생한 음성에 차마 아닌 척 뒤늦게 시치미를 뗄 엄두도 나지 않았다. 나는 그런 스스로를 원망했지만 솔직히 조금쯤은 속이 시원해지는 것 같기도 했다.

실은 공작에게 말하고 싶었다. 나와 달리 흠결이라고는 없는, 고고하기 짝이 없는 당신의 정식 약혼녀가 자리한 곳에서 당신의 앞에 나서는 것이 두려웠노라고. 그 순간, 이런 더러운 몸뚱이로 한때나마 당신에게 끌림을 느낀 적이 있음을 떠올리게 될 것이 두렵고 또 수치스러웠노라고. 또 일말의 양심이 있었기에 혼약자가 있는 자리에서, 세간에 이미 당신의 정부라 근거 없는 소문이 파다한 여자의 몸으로 감히 나설 수는 없었다고.

그러나 그것은 그에 대한 나의 솔직한 마음을 투정하듯 털어놓는 것으로 비춰지기 십상일 것 같았고, 동시에 약혼녀의 입장을 마치 배려하기라도 했다는 투의, 얄팍한 자랑이 될 것만 같아 결국 음성의 형태를 덧입지 못하고 스러져 갔다. 나는 불시에 짙은 피로감을 느꼈다.

"할 말씀은 그것이 전부라면, 저는 이만 가 보겠습니다."

"에스델."

"죄송합니다. 실은 몸이 좋지 못해서……."

부디 무례를 용서하시길. 마지막 말은 에드먼드의 취향에 따라 그날 아침부터 연한 장미 꽃잎으로 물들인 입술 틈으로, 반쯤 짓뭉개져 가고 있었다. 나는 황급히 등을 돌리려고 했다.

"내 약혼녀 때문인가?"

그러나 어떻게든 대화의 본질을 피해 보려는 노력은 그답지 않게 내 팔목을 성급히 붙잡아 세우는 손아귀에 허사로 돌아가고 말았다.

나는 지그시 입술을 깨물었다.

"……각하."

"말해. 이렇게 구는 게 약혼녀의 존재 때문이냐고 물었어."

지지 않겠다는 양 끝내 등을 돌리지는 않은 채, 나는 그에게 붙잡힌 채로 고집스럽게 침묵했다. 실은 뭐라 입을 열고 싶었다. 아무것도 아닌 척 그에게 동조하거나, 차라리 비난을 가하며 정말 그걸 몰라서 묻는 거냐 소리치고 싶기도 했다. 그러나 이번에도 한 템포 더 빠른 것은 공작이었다.

"그런 건 아무것도 아니야."

아무것도 아니다, 라. 알렌이라는 남자의 입술에서 흘러나온 그 소리는 세상 무엇보다도 몹시 이질적으로 들렸다.

나는 떠듬떠듬 입을 열어 겨우 내뱉었다.

"어째서, 제게 그런 말, 을……. 그런."

"아무것도 아니라고, 분명히 말했어."

알렌은 특유의 감정이 담기지 않은 무미건조한 음성으로, 그러나 지그시 힘을 주어 내뱉었다. 놀라지 않으려 했지만 내 낯빛은 결국 동요의 기색을 지우지 못한 채 황망한 꼴로 그를 올려다보았다.

"보기보다 영악하군."

"갑자기 무슨, 말씀이신지."

"모를 리 없을 텐데."

"……각하."

"내가 약혼자인 샹페르 영애 대신 마음 한편에 둔 이를 정말 몰라서 하는 소린가?"

황급히 손이라도 뻗어 그의 입술이 더 움직이는 것을, 그래서 어떤 종류의 소리라도 뱉어 내는 것을 막고만 싶었다. 세상 그 무엇보다 듣기를 원했지만 그러나 이렇게 되어 버린 이상 결코 들어서는 안 되는 무언가를 그는 내게 아무렇지 않게 내보이려 하고 있던 거였다. 나는 여전히 한쪽 손목을 그의 힘에 붙잡힌 채 옴짝달싹도 하지 못하고 허둥지둥거렸다.

시간은 다시금 천천히 흐르고 있었다. 그는 마침내 입을 열었다.

"오래전 가문 간의 거래, 그 일환으로 이뤄졌을 뿐인 약혼에 나 자신의 의사가 조금이라도 섞여 들었으리라 생각하나?"

그는 정말 의아스럽다는 듯, 다시 속마음을 꿰뚫는 듯한 눈으로 나를 응시하며 말했다. 나는 그런 남자의 앞에서 또다시 얼어붙었다.

"안도하는군."

"네? 무슨,"

"조금 전 내 말을 듣고. ……이제 조금은 마음이 편해졌나?"

그의 말은 어떤 진실을 담고 있었다. 나는 내 속내를 그에게 모조리 꿰뚫렸다는 사실을 인지함에 극도의 수치스러움을 느꼈다.

약혼도, 그의 약혼녀에 대한 일련의 것들도 자신에겐 조금의 의미도 갖지 못한다는 그의 청천벽력과도 같은 발언에 그러나 나는 놀람과 충격 외에도 분명히 순간 약간의 안도, 남자의 관심과 애정은 그러므로 나를 향해 있음을 확인한 데서 오는 일말의 만족감, 아주 추잡스럽고 저열한 그 감정을 느끼고 있었던 것이다. 이토록 질이 낮은 여자의 사고방식에 혀를 차며 공작이 지금 당장 나를 밀쳐 내도 이상스러울 것이 없을 테였다. 그러나 남자는 다른 방식을 택했다.

"지금 영애의 행동이야말로 내겐 몹시 의아스럽군."

"그건 또 무슨 말씀이신지요."

"이제 와서, 새삼 내게 감정이라도 있었다는 듯이 구는 저의가 궁금해서."

"각하."

"약혼자의 존재를 의식해서, 차마 의식하지 않을 수 없어서 멀어져야 한다는 듯이 구는 그 행동들…… . 언제나 나를 아무런 감정도 담기지 않은 무미하기 짝이 없는 눈동자로 바라보는 주제에, 이제 와서."

묵묵히 그의 잇새로 흘러나오는 음성. 그것에 실린 숱한 단어들과, 의미들.

"마치 내 약혼녀에게 질투나 죄책감 따위를 느끼기라도 하는 것처럼 구는 건,"

"각하,"

"날더러 대체 무얼, 어떻게 해석하라는 뜻이지?"

나는 끝내 아무런 대꾸도 할 수 없었다.

아직 밤이 무르익기 전의 고급 술집은 어딘가 스산한 분위기를 풍겼다. 실내의 거의 모든 면적이 노골적인 금빛으로 칠해져 정신없이 번쩍임에도 불구하고.

나는 지난 약속을 상기하며 가장 안쪽의 방을 찾아 급히 발걸음을 옮겼다. 집사 드미트리를 통해 그로에스 백작가의 이름으로 연락을 했을 때, 이 술집의 지배인은 난처한 듯하면서도 결국 내가 원하는, 만나 보고 싶어 하는 그 여인을 따로 불러 두겠다 일컫기에 이르렀다. 그리고 어느덧 시간이 흘러 약속 날짜는 틀림없이 오늘을 가리키고 있었다.

나는 마침내 육중한 문 앞에 섰다. 잠시 그 앞에서 심호흡하기를 수차례, 이윽고 결심한 듯이 힘주어 손잡이를 잡아당겼다. 기분 탓일까. 문은 아주 천천히 열렸다. 그리고 그 틈새로 나를 기다렸다는 듯 돌아보는 여인의 얼굴.

"그로에스 아가씨."

"……."

"안녕하세요. 지난번 이곳에서 한 번 뵌 적이 있으니, 오늘 처음 뵙는 건 아니네요."

온 신경이 바짝 곤두선 나와 달리 중년의 여인은 우아한 웃음을 걸친 채 아는 체를 해 왔다.

"지배인님께 말씀은 전해 들었습니다. 실은 그로에스 백작가의 영애셨다고."

"……저어, 저는."

"정말 죄송합니다, 지난번 일은. 솔직히 말하자면 아가씨를 다른 분으로 착각했었어요."

이곳의 지배인은 내가 찾고 있는 이 여인의 이름이 재클린이라고 했다. 그리고 그 재클린은 지금 내 앞에서 연신 미안하다는 듯이 눈가를 살짝 찡그리며 웃고 있었다.

조금 전 여자의 입술 틈으로 스며 나온 실마리가 다시 모습을 감추어 버리기 전에, 나는 빠르게 그 끝을 잡아당겼다.

"대체 나를 누구와, 착각했던 건가요?"

"예? 그건……."

"틀림없이 그날 나를 유리라고 불렀었죠. 그건 누구의 이름이죠?"

"유리라는 이름은……. 저, 그런데…… 어째서 아가씨께서 그런 걸,"

"말해 줘요. 재클린. 아, 이곳 지배인이 당신의 이름이 재클린이라고 하더군요, 아무튼……. 이상하게 들릴진 모르겠지만, 내겐 정말이지 중요한 일이에요."

어서요. 나는 들리지 않게, 그러나 애타는 목소리로 덧붙이듯 중얼거렸다. 그녀는 그런 내 얼굴을 찬찬히 바라다보더니 이윽고 먼 기억을 조망하는 듯한 눈을 했다.

"음, 어디서부터 말씀을 드려야 할지……. 아주 예전 일인데, 그러니까 제가 이곳에 오기 전에……."

"당신이 이 지방에 오기 전에요."

"아뇨. 좀 더 솔직히 말하자면, 음……. 제가 운이 좋게도 이런 고급 가게들에서 일하게 되기 전의 일이에요."

그녀는 민망한 듯이 살짝 웃음을 짓고는 곧장 말을 이었다.

"일을 시작한 지 얼마 안 되어, 아주 남루한 사창가에 있을 때였어요. 음, 그때 함께 일하던 여자들 중에 얼굴이 무척 예쁜 외국인이 한 명 있었어요. 다들 어느 정도 곱다란 얼굴을 한 매춘부들 사이에서도 정말이지 늘 눈에 띄었던, 그런 여자였죠. 듣기로는 동쪽 끝에 있는 먼 나라에서 흘러들어 와 노예로 이곳저곳을 전전하다 그런 곳까지 이르게 되었다고 하더군요. 틀림없이 이름이, 이름이……."

나는 조금씩 다가오는 어떤 예감에 점점 섬뜩해졌다. 재클린은 스쳐 지나간 세월의 흔적에 흐려진 기억들을 그러모으는 양 한참 눈을 찌푸렸다.

"아, 아이리스! 아이리스라고 불렀어요. 물론 외국인인 만큼 본래 이름은 따로 있었겠죠. 그렇지만 그건 워낙 발음하기가 어려워서……. 아무튼, 아이리스는 이곳 사람들에 비해서 좀 작고, 가냘프고, 몸까지 원체 약하긴 했어도 얼굴 하나만큼은 정말 예쁜 여자였어요. 작은 몸집이 예쁜 얼굴과 어우러져 오히려 소녀나 요정같이 신비한 인상을 풍기기도 했죠. 그래서 늘 인기가 많았어요. 그리고……."

여자는 내 눈치를 흘긋 보는 듯하다가, 조심스레 다시 입을 뗐다.

"아가씨와 정말, 닮았고요."

"……."

"죄송해요. 아무리 그래도……. 창녀, 매춘부, 음, 뭐라고 해야 할까……. 아무튼 그런 여자와 닮았다는 말을 듣는 게 귀족 아가씨 입장에선 몹시 불쾌하실 테죠."

혹여나 그녀가 쓸데없는 부분에 사로잡혀 기껏 튼 말꼬를 다시 막아 버릴까, 나는 다소 급하게 고개를 가로저었다.

"아뇨. 괜찮으니까 부디. 계속해요."

"음, 아가씨께서 괜찮으시다면……. 아무튼 아이리스는, 일을 시작한 지 얼마 지나지 않아 운이 없게도 하룻밤 떠돌이 손님의 아이를 배게 되었어요. 제 표현이 좀 그런가요? 그렇지만, 홍등가에서 일하는 여자들에게 임신은 축복이라기보단 주로 재앙에 가까운 일이 되니까요……. 어쨌건, 아이리스는 그렇게 임신을 했어요."

재클린은 과거의 기억을 더 세세히 굽어보려는 듯 어렴풋하게 뭔가를 떠올리는 얼굴로 중얼거렸다.

"결코 환영받을 수가 없는 임신이고, 아기였어요. 그런데도 신기했던 건……. 막상 태어난 아기가 정말 어찌나 예쁘던지. 제 엄마의 미모를 그대로 빼어 박아서 뭐랄까, 말 그대로 정말이지 천사 같은, 그런 아이가 나온 거죠. 그래서였을까. 아이리스의 아이는 금세 사람들의 사랑을 독차지했어요. 심지어는 그 심보 고약한 지배인마저……."

잠시 대화는 곁가지로 흘러갔다. 나는 인내심을 갖고 그녀의 대화가 다시 제 궤도를 찾기를 기다렸다.

"아, 죄송해요. 제가 잠시 주책맞게……. 아무튼, 그러다 어느 날 하루는 그 가게에서 함께 일하던 여자들 중 하나가 자신이 아기에게 이름을 붙여 주겠다고 나섰어요. 아이 엄마가 먼 동쪽 나라에서 흘러들어 온 외국인이니, 이왕이면 그쪽 나라 언어로 된 예쁜 단어, 그러니까 흰 피부와 검은 머리카락에 잘 어울리는 말을 이름으로 붙여 주겠다고. 지금 생각하면 좀 우습기도 하지만, 아무튼 본인은 온 책을 뒤져 가며 굉장히 열심히 단어를 찾는 일을……."

결국 나는 참지 못하고 말을 가로채며 끼어들었다.

"그 이름이 혹시 유리, 였나요?"

"네? 어머, 맞아요. 아가씨께서 어떻게 그걸."

"……아,"

"맞아요. 유리. 유리라는 그 이름을 그렇게 아기에게 붙여 주었죠. 제가 아가씨를 처음 봤을 때 저도 모르게 유리, 했던 건……. 실은, 저는 며칠 전 아가씨를 처음 뵈었을 때 저도 모르게 그때 그 아이가 겹치듯 떠올랐기 때문이에요."

순간 재클린의 얼굴은 가벼운 꿈을 꾸는 듯 뭉실 공기 위로 떠올랐다.

"특유의 상앗빛 피부, 칠흑같이 검은 머리카락, 이 나라 사람들이랑 확연히 다른 순하면서도 여린 눈매……. 특유의 생김새가 어찌 그리 비슷한지, 그때 아이리스가 낳은 아이가 지금쯤이면 틀림없이 아가씨 연배가 되었을 법해서 저도 모르게 그만……. 물론 고결한 귀족 영애이신 아가씨를 천한 작부의 딸로 착각하고 불러 댄 죗값을 물으신대도……."

"아뇨, 아니에요. 재클린, 그러지 말아요. 난 그게 아니라……. 그러니까 당신을 벌하려거나 따끔히 혼내려고 찾은 게 아니에요. 그러니 제발……."

그러자 안심한 건지 여자는 좀 더 간명히 말했다.

"에스델 아가씨께서 정말 어찌나 아이리스나, 그녀가 낳은 아이와 닮으셨는지……."

"……."

"아가씨껜 죄송한 말씀이지만……. 제가 첫눈에 깜짝 놀랐을 만큼, 그 정도로 빼어 닮으셨어요. 지배인님의 말씀이 없었더라면 저는 여전히 아가씨가 그 아이리스의 딸이 자라 이렇게 마주치게 된 거라 생각했을 거예요. 물론 저는 몇 년 뒤 그 가게를 떠나게 되어서, 아이리스의 소식도 더는 듣지 못하고 그녀의 딸, 유리의 다 큰 모습 또한 알지 못하긴 하지만요……. 아, 참,"

재클린은 무언가 생각난 듯이 덧붙였다.

"마치 아가씨처럼, 고운 처녀에게 붙여 주기 좋은 이름이라고 하더군요."

"무슨……."

"유리라는 그 이름이요. 투명하고 잘 깨지는, 그런 무언가를 먼 동쪽 나라에서는 유리, 라고 하는 모양이더라고요. 마치 잘못하면 더럽혀질까 조심해야 하는 곱고 여린 처녀처럼."

재클린은 싱긋 웃어 보였다.

"그리고 또 다른 나라 말로는 순결한 백합꽃, 을 의미한다고도……."

순간 숨이 멈추는 것만 같았다. 재클린의 말은 외국에서도 잠시 일을 한 적이 있던 우리 엄마가 어느 날 내 이름을 붙인 이유를 설명하며, 일본어 단어 '유리'의 뜻을 얘기해 주었을 때의 내용과 똑 닮아 있었다. 나는 더 이상 그녀의 말을 듣고 싶지 않았다.

이제 그만 자리를 뜨려는 찰나,

"……거기서 무슨 비밀스러운 이야기를 속닥거리고 있지?"

갑자기 들려온 낯선 남성의 목소리. 누가 먼저랄 것도 없이 재클린과 나는 화들짝 놀라 숨을 멈추었다. 천천히 뒤를 돌아보자 눈에 익은 귀족 남성들이 얼핏 보였다. 여느 때처럼 몹시 부유해 보이는, 그러나 그만큼이나 질이 나빠 보이는 분위기의 남자들.

그중 두어 명은 언제 연지 모를 문가에 기대어 비릿한 웃음을 띤 채 무언가를 열심히 주고받고 있었다. 고개를 비스듬히 기울인 채 나를 응시하고 있는 알렉스를 보고서야 나는 그들이 제롬과 종종 어울렸던 무리임을 알아차렸다.

"대답해. 에스델. 내가 묻고 있잖아."

"……아, 아무것도 아니,"

"아무것도 아니라고? 조금 전까지 네 낯짝이 얼마나 심각했었는지 모르지?"

모르니 그딴 얼토당토않은 거짓말을 지껄여 댈 생각을 하는 거지. 알렉스가 불만스럽게 비아냥대자 남자들 사이에서 낮은 웃음이 불규칙적으로 터져 나왔다. 하필 이런 때에……. 나는 힘주어 입술을 깨물었다. 좀 더 조심을 했어야 했나.

뒤늦은 후회는 그러나 아무런 도움이 되질 못하고 있었다. 하필 오늘 이 자리에서 저들과 마주하게 될 줄이야. 재차 힘주어 주먹을 그러쥐었다. 그래서 술집이 아직 영업도 시작하기 전인 이른 시각에 재클린을 찾은 거였는데…….

그러나 문득 정신을 차려 주변을 살피니 창밖은 온통 어두컴컴해져 있었다. 다시 말해 이들이 이곳에 와 있는 게 조금도 이상하지 않은 시간대라는 뜻이었다. 얘기를 전해 듣는 데 걸린 시간이 생각보다 길었던 탓이다. 나는 뒤에 혼자 남겨질 재클린은 미처 생각조차 하지 못한 채 황급히 자리에서 일어나 입구로 향했다. 나를 가로막

는 알렉스를 감히 밀치며,

'아직 누구에게도 들켜서는 안 돼.'

이 일은 아직, 아직은 누구에게도 말할 수 없는 것임을 재차 주지하면서.

마지막으로 문을 나서기 직전 고개를 돌려 재클린을 흘긋 바라보았을 때. 그녀는 사색이 되어 황급히 자리를 피하려는 내 모습을 지켜보며 정확히는 알 수 없어도 방금 둘 간에 오간 얘기가 함부로 입밖에 나서는 안 되겠구나, 하는 걸 깨달은 듯했다. 그리고 뭔가 약속하듯이 내게 살짝 고개를 끄덕였다.

그 모습에 나는 마음을 놓고 등을 돌렸다. 그리고 나중에야 깨달은 것이지만 그건 명백한 나의 실수요, 잘못이었다. 말하자면 내가 이곳에 오게 된 후 가장 큰 후회를 빚게 된 단초가 되어 버린 거였다.

입에 들어온 남자의 성기는 곧 타액으로 눅눅해졌다. 표피로 감싸인 부드러운 부분을 혀끝으로 살며시 젖히자 금세 쾌락과 맞닿아 있는 민감한 살결이 모습을 드러냈다. 그 끝을 혀의 미세한 돌기로도 건드리는 것이 조심스러워 눈을 질끈 감고 목 안 깊숙이 밀어 넣었다.

그러고는 혀로 슬슬 굴리며 가장 매끄러운 목젖, 여린 입천장이 연결된 부위의 점막과 마찰시켰다. 연신 냉정한 낯으로 내가 하는 꼴을 내려다보고 있던 황자는 내 목덜미를 가볍게 그러쥔 채 이따금 내 고개를 아래로 처박았다. 그의 성기를 입 안에 가득 문 채 남자의 피부 위에 얼굴을 묻고 있으면, 칼릭스는 가만히 목 부분을 매만져 왔다.

"제법 익숙해졌는데 그래."

"……."

"그 자식이 가르쳐 주든가? ……어쨌건 내 취향은 아니라서."

칼릭스는 가소롭다는 듯 피식 헛웃음을 지었고 나는 입 안 가득 그의 성기를 물고 있음을 구실로 삼아 일부러 대답을 하지 않았다. 잠시 정적이 흘렀다.

그리고 순간 참을 수 없다는 듯이 올라오는 구역질. 나는 힘주어 토기를 아래로 내리려 했지만 결국 이기지 못하고 바닥 위로 엎드렸다.

"우읍, 욱!"

지금쯤 남자의 얼굴은 어떻게 일그러져 있을까. 참을 수 없는 가소로움과 불쾌감으로 처참히 구겨져 있을까 혹은 의외로 무덤덤할까. 순간 그런 생각을 하면서도 나는 차마 직접 고개를 들어 황자의 낯을 확인할 수 없었다. 그러기에는 연신 속 깊은 곳에서 밀려드는 메스꺼움이 고통에 가까운 감각을 입 안 가득 전달해 오고 있었기에.

"웩……. 읍, 우욱, 흐……."

"재밌군."

그의 것을 물고 애무하다 갑자기 혼자 발작하듯 헛구역질을 해 대는 내 꼴에 남자의 심기가 유쾌할 리 없었다. 그러나 예상처럼 곧장 거센 발길질이 날아드는 대신 그는 침을 질질 흘리고 있는 내 추한 얼굴을 손아귀에 쥐고 들어 올려 한참 빤히 들여다보았다. 마치 내 속내를 읽기라도 하려는 듯이.

잠시 시선이 마주쳤고, 나는 신물과 타액으로 번들거리는 입술과 턱을 닦을 생각조차 하지 못한 채 그의 손아귀에 가만히 붙잡혀 있었다. 그는 한참 뒤에야 다시 입을 열었다.

"지난번부터 말했지."

"……."

"넌 간이 배 밖으로 나왔다고."

길고 섬세한 남자의 손가락이 스치는 뺨 위로 소름이 돋아나는 감각이 일었다.

"내 비위를 어떻게든 맞추려 들기는커녕 대놓고 구역질을 해 대잖아. 여태 그렇게 당해 놓고도."

칼릭스의 느긋한 음성은 역설적이게도 몹시 서릿한 분위기를 띠고 있었으나 나는 그때 차마 무어라 반박을 할 용기조차 나지 않았다. 몸에서 힘을 빼고 잡아먹히기를 기다리는 약한 짐승처럼 눈을 감아 버리려 했다. 만일 황자가 여느 때처럼 나를 구타했다면 그 뒤의 일은 언제나처럼 내겐 아주 자연스럽게 진행되었을 것이다.

그러나 칼릭스는 미련 없이 자리에서 일어나는 쪽을 택했다. 나는 아연실색해서 그를 올려다보았다.

"꺼져."

"……네?"

"흥미가 떨어졌단 소리야. 오늘 네게 볼일은 끝났어."

그는 군더더기 하나 없는 동작으로 말끔하게 차림새를 정리하며 내뱉었다.

그리고 금세 훤칠해진 모습으로 등을 돌리는 그에게, 무슨 생각이었을까, 나는 순간적으로 뒤에서 다가갔다. 그러고는 양팔로 끌어안았다.

"⋯⋯."

그 황당하고도 대담한 행동은 늘 서늘한 낯빛을 띤 칼릭스에게도 어느 정도 동요의 기색이 서리게 만들 만한 것이었다. 나부터가 스스로 벌인 일을 잘 믿을 수 없었다. 대체 나는 그 짧은 시간 동안 무슨 생각이었던 걸까. 미처 그 생각이 정리되기도 전에 나는 그의 남자다운 널따란 등에 얼굴을 묻으며 중얼거렸다.

"다시 할게요⋯⋯."

"⋯⋯너. 지금,"

"죄송해요⋯⋯. 요즘 몸이 좋지 않아서, 그래서 그런, 거예요. 싫어서가 아니라⋯⋯. 그러니까,"

한 번 숨을 크게 들이쉬었다가, 천천히 내뱉으며 속삭이듯 말했다.

"그냥 이렇게 보내지 마세요."

그야말로 창녀 같은 말투와 행동. 황자에게 마치 본능과도 같이 들러붙은 나의 저의⋯⋯. 그 저열한 의도를 스스로 깨닫고 인정하게 되기까지는 상당한 시간이 걸렸다. 내 의도를 확인하려는 듯 거칠게 나를 자신의 앞으로 끌어당긴 칼릭스의 행동이 그보다 먼저였다.

"……."

그는 침묵을 유지한 채, 내 속을 가늠하려는 듯 미간을 찌푸린 상태로 내 턱을 들어 올려 빤히 바라보았다. 나는 어느덧 덜덜거리기 시작한 입술 안쪽을 힘주어 깨물듯 고정시킨 채 억지로 그의 짙푸른 두 눈을 마주 보았다. 그리고 순간적으로 얼핏 뇌리를 스치는 깨달음.

'이 남자에게도 뭔가 기대어 두고 싶은 거였구나.'

추잡하고 저열하기 그지없는 나의 본심을 확인하는 것. 그것은 예상외로 내게 그리 큰 충격을 가져다주지는 않았다. 마치 스스로의 저질스러운 본성을 사실 예전부터 어느 정도 알고 있었던 것처럼…….

에드먼드도, 제롬이나 루카스도, 하다못해 집사 드미트리와 에이미 따위의 사용인조차도 온전히 믿을 바탕이 없는 내게는 어찌 되었건 하나의 줄이 되어 줄 수 있는 이 남자와의 접촉이 어느 정도의 가치가 있는 것처럼 파악된 거였다.

비록 나를 벌레같이 보는, 매번 반복되는, 배려라고는 찾을 수 없는 잠자리를 통해 나를 욕구의 배출구 따위로나 파악하는 남자임을 알고 있지만, 그렇다 하더라도……. 처음에 나를 사람 취급조차 하지 않았던 제롬이 그랬던 것처럼 혹여 하나, 아주 작은 확률로라도 어떤 변화가 생길 수 있다면 그렇다면, 그러면 그때는…….

순간 내 앞을 스치는 알 수 없는 미소를 띤 에드먼드의 얼굴과 그 곁의 무표정한 알렌 공작, 황태자가 공식 행사에서 나를 파트너처럼 대한 후로 사소한 연락조차 끊어 버린 후작가의 제롬과 루카스. 나를 두고 무슨 꿍꿍이속을 한 건지 도저히 알 수 없는 그들로부터 최악의 경우 한 번쯤은 무언가를 막아 내 줄 힘을 황자는 가지고 있을 거라고……. 어쩌면 이전부터, 나는…….

그다음 이어질 생각의 단편들은 순간 내 몸을 거칠게 밀어붙이는 황자로 인해 벽에 부딪혀 깨어지듯 흩어져 버렸다.

다소 이른 오전의 식사 시간은 고요했다. 가끔 식기끼리 부딪히는 미세한 소음만이 고막을 울릴 뿐, 마치 침을 삼키는 소리조차 들을 수 있을 것처럼 정적만이 감돌았다.

여느 때처럼 미하엘과 나는 아무런 말이 없었다. 그렇다고 우리가 식사에 그 정도로 골몰하고 있는 것은 아니었다. 언젠가부터 나는 같은 집에서 먹고 자고 하며 그에 대한 것은 다소 신기하리만치 잘 알 수 있게 되었다. 미하엘과 나는 그러니까 이를테면 어떤 의미로는 다소 기계적으로 음식을 먹고 있는 셈이었다. 드미트리를 제외한 사용인마저 모두 물려 버려 침묵만이 감도는 공기 사이로.

"왜 그렇게 빤히 보는 거지?"

자신에게 다가와 꽂힌 내 시선을 눈치챈 건지. 순간 미하엘이 시선을 들지 않은 채로 물어 왔다. 나도 모르게 고개를 가로저으며 중얼거렸다.

"아니야. 아무것도…….

"음식이 입에 맞질 않나? 통 먹질 않는데."

그는 잠시 내 앞에 놓인 그릇과 식기를 흘긋 바라보며 말했다. 시선을 아래로 내리니 조금 전부터 거의 줄지 않은 음식들이 보기 싫게 공간을 차지하고 있었다. 순간 치밀어 오르는 토기에 나는 급히 입술을 깨물고 주먹을 그러쥐었다. 참을 수 없는 비릿한 냄새에 구역질이 올라왔다. 겨우 진정한 다음 아주 작게 중얼거렸다.

"미안해. 거슬리게 해서."

"거슬리게 했다는 게 아니라,"

"생선 냄새가……. 익숙해지질 않아서."

미안. 들릴 듯 말 듯 사과의 뜻을 전한 뒤 잠시 의아하다는 눈빛의 미하엘과 시선이 마주쳤다. 그는 평소답지 않은 내 상태를 알아차린 듯 보였다.

"평소엔 잘 먹던 거잖아."

"그랬지. 그랬는데……."

"그랬는데?"

"모르겠어. 그냥……. 요즘 별로 식욕이 없어. 특히 냄새가 너무…… 견디기 힘들어."

"주방장이 오늘따라 유독 서툴게 요리한 것 같지는 않은데."

영문을 모르겠다는 표정의 그를 남겨 둔 채 나는 재빨리 자리에서 일어나 버렸다. 다시 며칠 전 칼릭스의 앞에서 느꼈던 강한 토기와 신물이 올라올 것만 같은 감각이 눈앞을 점멸하듯 스쳤기에.

"다 먹었어. 그럼 올라갈게."

"에스텔."

"미안. 몸살 기운이 좀 있어서. 상태가 좋지 않아."

말없이 시중을 들던 드미트리와 일견 무심한 듯한, 그러나 꽤 점도를 가진 시선으로 언제나 내 뒤를 따라붙는 미하엘의 생각들을 뒤로한 채 나는 재빠르게 그곳을 벗어났다. 더 설명할 필요는 느끼지 못했다. 해야 할 게 많은 날이면 언제나 그 외의 것들은 쉽게 외면해 버리는 것, 그것은 나의 아주 오래된, 그리고 좋지 못한 버릇 중 하나였다.

그로에스 저택에서 내가 다시 나온 건 차갑고 푸른 저녁 어스름이 사방의 공기를 무겁게 짓눌러 오기 시작한 후였다. 지금쯤 준비를 마치고 마차를 타면 한 시간 안엔 유흥가 골목, 그중에서도 가장 술값이 비싸 지체 높은 이들이 주로 찾는 고급 술집에 도착할 수 있을 것 같았다. 재클린. 나는 이번 내 외출의 목적이자 이유가 된 그녀에 대해 잠시 생각했다.

나중에야 알게 된 것이지만, 나이가 나이여서 그녀는 더 이상 직접 손님을 받거나 술자리에서 사람들을 응대하지는 않는다고 했다. 다만 그런 규모 있는 고급 술집에 하나나 둘쯤은 꼭 필요한 마담으로서 일을 하는 거라고. 손님들을 배웅하는 것은 물론이고 아가씨들을 관리하고 가게를 전체적으로 살피는 따위의 일을 한다고, 두 번째 만남 뒤 몇 번인가 조심스레 주고받은 서간에서 그녀는 말해 주었다.

그렇게 나는 몇 번의 편지만으로 그녀에 대해 꽤 많은 걸 알게 된 후였다. 나와 이름과 외모가 아주 흡사한 유리라는 여자와, 그녀를 낳은 아이리스라는 여자 외에도. 재클린에 대한 것들을.

도착한 가게는 언제나처럼 성업 중이었다. 그러나 눈코 뜰 새 없이 바쁜 시기나 시간대는 아니어서 재클린과 충분히 많은 얘기를 주고받을 수 있을 것 같았다. 가게의 넓은 방들은 항상 하나둘씩 비어 있기 마련이고, 이날이라면 가장 안쪽의 방에서 천천히 얘기를 나누면 될 거라고, 고맙게도 그녀는 내게 연락을 해 왔다. 나는 마차에서 내려 한시바삐 걸음을 옮기면서 묘한 기시감이랄까, 오싹한 무언가가 전율을 일으키듯 등골을 따라 흐르는 것을 느꼈다. 아주 이상한 감각이었다.

그리고 그녀를 부르며 서찰에 적혀 있던 장소의 문을 여는 순간, 꼼짝도 하지 못하고 그 자리에 얼어붙었다.

"어서 와. 에스델."

매캐한 담배 연기. 짙은 술 냄새. 연신 키들거리는 낮고 흐릿한 목소리들.

나를 맞이한 것은 재클린의 부드러운 목소리가 아니었다. 에스델이라 부르며 내게 시선을 부딪혀 온 이들은 분명 면식이 있는, 알렉스를 비롯한 일행들이었다.

당장이라도 등을 돌려 도망치듯 자리를 떠나고 싶었지만 순간 나를 붙잡은 건 엉망이 되어 있는 재클린의 모습이었다. 놀란 나는 헉숨을 들이마시며 휘청거리는 몸을 겨우 지탱했다.

"……재클린?"

차마 눈앞의 광경을 믿을 수 없어 조금씩 덜덜 떨리는 다리를 옴직일 때마다, 그에 상응하듯 비웃음 소리들이 질척해져 가는 것만 같았다.

"설마……. 설마, 이게 지금."

피가 낭자했다. 중년 여인의 몸에 군데군데 혈흔과 피가 굳어 엉긴 상처가 자리하고 있었다. 핏방울이 아직 뚝뚝 떨어지고 있는 모습을 좇아 올라가자 반쯤 동강 나 버린 재클린의 손가락들이 시야를 채워 왔다.

헉, 나는 거칠게 연신 숨을 들이쉬며 미친 듯이 비명을 지르고 발작하듯 까무러치고 싶은 무언가를 억지로 눌러 댔다. 대체 왜, 어째서……. 어째서 재클린이 나와 만나기로 한 장소에, 이 시각에 내 눈앞에 이리 처참해진 몰골로 망가져 있는 건지. 나는 누군가에게 애타게 설명을 구하듯 주춤 흔들리며 사방을 둘러보았다.

순간 탁해지는 시야와 머릿속, 어지러운 몸 안의 감각들……. 그제야 나는 깨달았다. 아, 그냥 담배 연기가 아니었구나.

"좀 어지럽나?"

어느새 몸을 일으키곤, 긴 다리로 성큼성큼 다가온 알렉스가 내 뺨을 툭, 손가락으로 가볍게 치며 속삭였다.

"마약의 일종이야. 그냥 담배랑은 좀 다르지."

"……왜, 재클린은."

"약한 종류긴 한데 그래도 처음이라면 좀 어지러울 거야. 아, 여자? 글쎄. 내가 직접 건드린 건 아니라서."

그는 턱짓으로 뒤편의 남자들을 가리켰고 나는 떨리는 시선의 초점을 애써 그 방향을 향해 맞추었다. 비열한 웃음을 키득거리고 있던 남자들이 나와 눈이 마주치자 뭐가 그리 좋은 건지 씨익 웃어 보였다. 그래서, 지금, 이게 어떻게 된, 일인……. 나는 다시금 혼신의 힘을 다해 생각의 단편들을 짜 맞추려 했다. 그때 알렉스가 내 귓가에 부드럽게 속삭여 왔다.

"분명히 말해 두지만, 너와 달리 대부분의 귀족들에게는 저런 접대부 따위를 사람 취급하는 취미 따위 없어."

"……그렇다고, 사, 사람을,"

"그러니까. 애초에 사람 취급을 하지 않았다고."

"그래서 저, 저, 저 지경을……."

"내가 한 게 아니라고 했잖아. 따지려면 네 뒤편의 녀석들에게 해 봐."

그는 성가시다는 듯이 인상을 찌푸렸다가, 사색이 되어 버린 내 낯을 보고 뭐가 그리 즐거운지 키득거리며 말했다.

"내 친구들이지만 참 독해. 천하디천한 술집 작부 따위가 서출이긴 해도, 엄연히 백작가의 외동딸인 너와 지난번 무슨 얘기를 그리 비밀스럽게 나누고 있었는지. 꽤 궁금했던 모양이야. 처음엔 심심풀이로 물었는데, 저 접대부가 순식간에 얼굴이 새파랗게 돼선 죽어라 입을 꾹 다물었대. 그 꼴을 보고 열이 받았다나, 뭐라나……."

웃음기 어린 목소리로 알렉스는 잠시 속삭임을 멈추었다가, 다시 입술을 뗐다.

"그래서 좀 혼쭐을 내 준, 모양이더라고."

"……어, 어떻게 사람을,"

"아, 오해는 말아. 아무리 내 친구들이 거칠어도 평상시였으면 저 정도로 걸레짝을 만들어 놓진 않아. 아무리 인간 취급하지 않는다지만 그래도 여잔데. 근데, 음, 네가 보다시피…… 오늘 우리들 상태가 좀, 정상은 아니잖아?"

늦게 모임에 합류한 듯한 알렉스를 제외하고, 죄다 뭔가에 취하고 홀려 눈이 흐릿하게 풀려 있는 남자들을 가리키며 하는 말이었다. 나는 미칠 것 같은 감각에 치를 떨며 입술을 꾹 깨물었다.

"아무리 그래도 어떻게 사람을 저 지경을 만들어!"

어디서 그런 용기가 난 건지 다음 순간 나는 미친 듯이 고함을 질러 댔다. 질척거리며 눈물이 온 얼굴에 흘러내렸다. 시야가 계속 뜨거운 물기로 흐려지길 반복했다. 잠시 어깨를 으쓱거리던 알렉스는 그런 나를 냉정한 눈으로 내려다보았다.

"흥분하지 마. 네가 흥분한다고 저 여자 떨어진 손가락이 다시 붙기라도 할까?"

"너, 이 쓰레기…… 같은 자식."

"흥분하지 말라니까."

그는 길고 섬세한 손가락으로 내 눈물 자국들을 부드럽게 눌러 주며 중얼거렸다. 나는 그 역겨운 행동에 침이라도 뱉고 싶은 심정이었다.

"나도 처음엔. 내 친구들이지만 이번엔 좀 과했나, 싶었지."

알렉스는 느릿하게 내 얼굴을 어루만지며 말했다.

"그런데 음, 꽤나 놀라운 얘기를 들었거든."

"무슨 헛소리야."

"너, 원래 이름이……. 유리, 라던가?"

나는 놀라 거친 숨을 들이쉬었다. 순간 시간이 멈추는 것만 같은 착각이 들자 온몸이 그 상태 그대로 얼어붙었다. 알렉스의 입가에서 비죽이 튀어나온 '유리'가 나의 원래 정체성인 한유리를 말하는 건지, 아니면 이 세계에서 에스델의 출생의 비밀과 맞닿아 있는 유리를 이야기하고 있는 건지. 너무나 당연한 후자의 답이 그러나 찰나 앞의 것과 뒤섞여 몹시 나를 혼란스럽게 했다.

짧은 순간 정적에 휩싸여 있던 공간이 곧 산발적으로 흩어지는 남자들의 낮은 웃음소리로 어지럽혀져 갔다. 나는 황급히 주위를 둘러보며 순식간에 변해 버린 비릿한 공기의 내음을 확인했다. 점차 몸이 떨려 오고 있었다.

"설마 진짜일 줄은 몰랐지. 죽은 백작이 친딸이랍시고 데려온 네가 실은 피 한 방울 안 섞인 남일지도 모른다는 소문은 무성했지만."

알렉스의 얇은 장갑을 낀 반대쪽 손이 내 목덜미를 천천히 그러쥐었다. 최상급 실크의 부드러움이 무색할 정도로 지나는 곳마다 오소소 소름이 올라왔다.

"설마 그게 진짜였을 줄이야."

"……."

"저 접대부도 실은, 얘기가 나오자마자 네 낯짝이 하얗게 질리는 걸 보고 진즉에 눈치챘었대."

"지금 무슨…… 헛소리를."

"입 다물어. 지금 아닌 척, 모르는 척 개수작 부리려 하는 건 너잖아. 에스델."

그리고 걸쳐지는 비릿한 웃음, 수려한 외모를 일그러뜨리듯 표면에 떠오르는 환한 미소.

"아니, 진짜 이름인 유리……라고 불러 줘야 하나?"

"……."

"간이 배 밖으로 나왔지. 죽은 백작 나리도, 너도. 어떻게 이름 모를 사내와 천한 창부가 통정해 낳은 너를 자기 친딸이랍시고 귀족 행세를 하며 살게 할 생각을 다 했을까. ……재클린이라고 했나? 아무튼 저 천한 접대부가 손가락이 몇 개 동강 나고서야 겨우 내뱉을 만한 비밀이긴 해. 참, 그러고 보면 죽은 그로에스 나리도 인물은 인물이야."

근데 이번만큼은 욕심이 좀 과했지. 그는 중얼거리며 내 머리채를 잡고는 하나씩 무심한 낯으로 내 옷고름을 풀어 내려갔다. 투둑, 툭. 섬세히 여민 끈들이 하나씩 위에서부터 차례로 벌어지는 소리에 나는 몸의 떨림이 차츰 더해져 가는 것을 느꼈다.

신분의 상하와 위계질서가 무엇보다 중요한 세계에서 천한 피로 거짓 귀족 행세를 하고 있었다는 최악의 약점을 너무 빨리 들켜 버린 것이었다. 그것도 하필이면 무척이나 질이 나쁜 남자들에게. 눈앞이 하얘진다는 말을 이럴 때에 쓰는 걸까. 나는 사람이 너무 충격을 받거나 놀라면 아무런 생각을 할 수 없게 된다는 말의 의미를 새삼 깨달을 수 있을 것만 같았다.

"어떻게 할래?"

"……."

"여기 있는 사람들 중 단 한 명이라도 입을 열면 너는 물론이고 너희 집안에도 피바람이 불 텐데."

"······너."

"피차 원하는 걸 이 자리에서 교환하는 게 여러모로 편하지 않겠어?"

"그게 무, 무슨······."

"쉿, 내 말을 들어. 대충 달래 놓으면 저 녀석들도 당분간은 함부로 입을 열진 않을 거야."

알렉스의 마지막 말은 갑작스레 허리를 숙여 내 귓가에 속삭이는 그의 음성을 통해 전달되었다. 나는 멍하니 얼이 빠진 상태로 겨우 다리에 힘을 주어 의미 모를 그 제안을 곱씹다, 얼이 빠진 상태로 영문을 묻듯 그의 얼굴을 올려보았다. 그러나 알렉스의 눈동자는 고요했고 얼핏 무미건조한 색채를 띠고 있었다.

대체, 어떻게 해야 할까······. 호흡조차 잠시 잊을 정도로 정신을 놓고 가만히 서 있자 그것을 어떤 의미로 받아들인 건지, 더 기다리는 게 성가시다는 듯 두어 명의 남자들이 내게 다가왔다. 키 큰 남성의 체구로 인한 그림자가 짙게 내 얼굴 위로 드리워졌다.

그들이 내게 하려는 행동은 시간이 지날수록 보다 명확해져 갔다. 나는 망연자실한 얼굴로 중얼거렸다.

"나랑 한 번 자는 게 그렇게 중요해?"

그래 봤자 끝나고 나면 아무것도 아닐 일인데. 이게 그렇게 의미가 있냐고. 나는 넋이 나간 채 누구에게로 향하는 것인지 모를 물음을 중얼거렸다. 비단 그들만을 겨냥한 질문은 아니었다. 이곳에 오게 된 후로, 나와 어떻게든 엮일 찰나면 언제나 성적인 접촉을 요구해 온 숱한 남자들의 접근에 이골이 날 대로 나 내뱉는 혼잣말이기도 했다.

제롬, 루카스, 칼릭스와 에드먼드, 그 외 추파를 던져 온 셀 수 없이 많은 남자들까지……. 그들은 누구나 나를 성적인 대상, 이를테면 암컷, 따위의 것으로만 보는 것 같았고 그 증거의 하나로 종내 하나같이 내게 성관계를 요구해 왔었다.

"그래 봤자 잠깐의 쾌락이고 만족이야. 지나고 나면 허무해질 뿐인. ……이 여자, 저 여자 지금껏 숱하게 안아 본 너희들이라면 잘 알 텐데."

그럼에도 불구하고 내 드레스를 벗겨 내리는 남자들의 손을 저지할 생각조차 않은 채, 나는 힘이 빠져 버린 낯빛과 음성으로 그들에게 중얼거렸다. 그러자 알렉스는 마침 잘 말했다는 듯 곧바로 대꾸해 왔다.

"맞아. 어떤 계집이랑 붙어먹든 결국엔 거기서 거기야. 지나고 나면 허무해질 순간의 만족이고, 찰나의 쾌감이지."

"그걸 다 알면서. 굳이, 왜,"

"그런데 네가 아직 잘 모르는 게 있어. 에스텔. 남자란 어쩔 수 없이 그 공허하기 짝이 없는 순간의 쾌락을 위해 평생을 갈급하고 또 갈급하며 살아가는 생물이야."

찌익, 하고 순간 알렉스의 다소 거친 손길에 의해 어깨에 겨우 걸친 드레스 자락이 찢어져 내렸다. 나는 희망이 없는 낯으로 그를 올려다보았다.

"이 여자, 저 여자 붙어먹다 보면 결국 그 계집이 이 계집이고, 별반 다를 게 없단 걸 매번 깨달으면서도."

"……."

"뒤돌아서면 언제 그랬냐는 듯 이번엔 더 예쁜 여자, 조금이라도 더 반반한 여자와 자 보고 싶어서 안달이 나곤 하지. 그래. 막상 자 보면 별거 없단 걸 알면서도."

어느덧 나는 가장 안쪽의 얇은 속옷용 드레스만을 제외하고는 아무것도 입지 않은 꼴이 되어 있었다. 내 젖가슴을 장난치듯 쿡, 쿡, 찌르던 알렉스는 나를 거칠게 뒤돌려 테이블 위에 엎드리게 한 채로 중얼거렸다.

"미리 말해 두겠지만 힘 빼."

"……부탁이니까 하지, 마."

"괜히 저항하다 다치지 않는 게 좋아. 아, 그리고 하지 말란 말도 그냥 하지 마. 괜히 힘만 빼는 셈이 될 테니까. 그냥 입 다물고 가만히 있는 게 네 최선일걸. 오늘 네가 받아 낼 손님이 한둘이 아니잖아."

벨트를 풀어 내릴 때의 옅은 금속음이 공기 중에 흩어지는가 싶더니, 이윽고 그가 성기의 끝을 내 비부에 맞춰 오는 것이 느껴졌다. 나는 미칠 것 같은 끔찍한 촉감에 그의 권유대로 눈을 감고 입을 앙다물고 말았다.

"젖지 않아서 꽤 아플 거야. 그래도 참아. 너도 알다시피 지금 기다리는 인원이 좀 많잖아?"

말이 끝나기가 무섭게 찢는 듯한 아픔이 가랑이 사이로 찾아들었다. 나는 익숙해질 법한데 매번 익숙해지지 않는 그 칼날이 와 박히는 듯한 고통에 질끈 입술을 깨물며 흔들리는 몸을 지탱했다.

얼마나 시간이 지났을까. 몇 차례 상대만 바꾸어서 민감한 속의 살점이 떨어져 나가는 듯한 날카로운 통증이 끝없이 반복되고 있었다. 차라리 정신을 잃어버리면, 그럴 수만 있다면 좋을 텐데. 그러나 간절한 나의 바람과는 달리 잔인할 만치 선명한 통증에 의식은 점차 분명한 형태를 띠어 가는 것만 같았다.

그 순간 눈물에 젖어 흐릿한 시야 사이로 육중한 문 너머 얼핏 이 광경을 지켜보고 있는 제롬의 모습이 보이는 것 같았다. 어째서 그가 지금 이곳에 있는 걸까. 그러나 그 희미한 광경이 한낱 환각에 불과한지 아닌지 따질 겨를도 없이 나는 본능적으로 그를 향해 속삭였다.

'도와줘.'

'제발, 나를 좀 살려 줘……. 제롬.'

그러나 제롬은 미동 없는 시선으로 나를 바라볼 뿐이었다. 어쩐지 실내의 어렴풋한 빛을 받아 담갈색으로 빛나는 그의 눈이 말하는 것 같았다.

'넌 그렇게 형과 내 뒤통수를 쳐선 안 됐어.'

'황태자와는 언제부터 붙어먹은 거야? ……에드먼드의 여자가 된 이상 우리가 네게 더는 접근할 수 없게 된다는 걸 알면서, 그러면서 여태 아무 속셈도 없는 척, 아닌 척 나를 속였겠지.'

'최소한 계산은 제대로 끝내고 가지 그랬어. 이 걸레 같은 년.'

"그래. 넌 그 꼴이 제일 잘 어울려."

그의 마지막 말이 소리 없이 주변의 허공을 맴도는 것 같은 환상이 보일 찰나, 나는 어쩔 수 없는 현실에서 이것이 최후의 수단이라는 듯 의식을 놓아 버렸다.

공식 행사에서 황태자의 파트너로 나서기 시작한 나를 감히 그들이 건드릴 수 있는 까닭에 어렴풋이 생각이 가 닿았다. 그러나 이유는 힘이 빠질 만큼 간명했다. 신분을 속여 왔다는 무엇보다도 치명적인 죄악을 떠안고 있는 내가, 바로 그것을 약점으로 잡혀서 저들에게 강간을 당했노라 누구에게도 호소할 수 없음을 곧 깨달았기 때문이었다. 알렉스와 제롬, 그리고 그 밖의 남자들은 그것을 아주 잘 알았고, 나아가 자신들에게 이득이 될 수 있는 방향으로 이용할 줄도 알던 거였다.

다시 눈을 떴을 때는 그로에스 저택의 침실이었다. 방 안의 모든 불은 꺼져 있었다. 조금 전 인기척으로 보아 드미트리나 에이미, 그것도 아니면 미처 이름을 외우지 못한 숱한 사용인들 중 하나가 방을 살피다 나간 것 같았다.

사지 위로 어둠의 베일이 무겁게 내려앉은 채였다. 나는 푹신한 침상에 파묻혀 눈동자만을 굴리며 내게 벌어진 일에 대해 생각했다. 놀랄 만치 현실감이 들지 않았다. 아직 아릿한 온 육신의 고통이 아니었더라면 고급 클럽에서 있었던 일이 그저 짧은 꿈이나 환상 따위였다고 착각할 수도 있을 것만 같았다.

그리고 의식을 찾은 뒤 산발적으로 찾아들기 시작한 찢어질 듯한 복통. 그렇게 남자들을 받아 냈으니 탈이 나도 이상할 게 전혀 없을 만하다고, 그렇게 몸의 절규를 무덤덤하게 받아 넘겼다. 이미 오래 전에 임신조차 할 수 없을 만큼 망가져 버린 몸이었다.

그래서일까. 혹여 더 잘못되면 어쩌지, 하는 두려움이나 걱정 따위는 들지 않았다. 그런 감정들도 실은 그 대상에 대한 어떤 형태로든지의 사랑을 바탕으로 하기 때문이었고, 그리고 말하자면 나는 스스로에 대해 더는 어떤 형태의 애정도 느낄 수 없을 것만 같았기 때문이기도 했다.

실제 같은 감각은 오직 그것뿐이었다. 그러다 이따금 끔찍한 몰골이 된 재클린이 떠오를 때마다 나는 너무 괴로운 나머지 현실을 외면해 버리고 싶은 저열한 욕망을 느꼈다.

그런 자잘한 생각과 아픔, 고통 따위들. 그런 하잘것없는 찌꺼기들만 제한다면 모든 것이 평화롭고, 조용했다. 캄캄한 세상 아래 아직도 아픔으로 울부짖고 있는 것은 오직 나 하나뿐인 것 같았다. 그저 이대로 영원한 잠에 빠지고 싶다는 욕망에 온몸이 소리 없이 잠겨 들었다.

이대로 깨고 싶지 않아.

나는 잠에 빠진 채 스스로에게 며칠째 주문을 외듯 중얼거렸다.

그러기를 수차례, 몇 번 미하엘이나 에이미 따위의 누군가가 내 곁을 살피다 나가는 듯한 기척이 느껴졌지만 그런 일들은 더는 내 관심사가 되지 못했다.

문득 날이 밝아져 있는 것 같기도 했고, 또 어느 순간은 잠시 벌어진 눈꺼풀 사이 공간을 암흑 같은 밤의 색이 덮어 주었다. 그렇게 시간은 어김없이 자취를 드러내며 흘렀고 나는 그 모든 것에서 동떨어진 채 아기처럼 웅크려 잠을 청할 뿐이었다.

침실은 무척이나 고요했다. 몇 날 며칠 일어나지 못하는 날 위해 의사가 찾아오는 기척 또한 느껴지지 않았다. 이유야 뻔했다. 그러잖아도 사교계에서 창녀라 소문이 파다한 나를, 온몸에 남자의 체액과 성교의 흔적을 묻혀 와 너덜거리는 상태로 의사에게 보여 봤자 백작가의 명예에 무엇 하나 좋을 게 없을 테니까. 미하엘이 아무리 화를 내건 말건, 이 집안의 잔뼈 굵은 드미트리나 여타 사용인들은 필사적으로 그를 말렸을 것이다.

더는 일련의 감정들을 억누르지 못하고 결국 까닭 모를 분노를 안은 채로 나를 찾은 미하엘이 아니었더라면 나는 그렇게 한동안 더 불청객 없는 무기력한 수면에 취해 있었을지도 모른다.

"이제 일어나."

"……."

"일어나라고. 누이."

미하엘의 음성은 낮고 명료했다. 반 박자 정도 늦게 깨닫게 된 것이지만 그는 몹시 화가 나 있었다. 그렇지만, 화? 나는 의아함에 스스로에게 자문해 보았다. 엉망이 된 건 나인데 어째서 미하엘이 화를 낸단 말인가.

어디선가 저질스런 밤놀이를 즐기고 온 누이가 경멸스러워서? 그러잖아도 이전 당주의 사망 전후로 크고 작은 소란이 끊이질 않는 가문에, 누가 될 여홍을 숱한 사내들과 벌인 모습이 가당치도 않은 것이라서? 물론 답은 그중에 없었다. 그리고 나는, 실은 누구보다 나 자신이 그것을 몹시 잘 알고 있었음을 인정해야만 했다.

그러니까 미하엘은, 굳이 표현하자면 내가 걱정, 이 되어서…….
언제 누군지도 모를 남자들과 뒹굴어 대는 누이의 행실엔 이미 이골이 났지만 온몸이 상처투성이가 될 정도가 되어서 결국 몇 날 며칠을 앓아누운 꼴에 더는 참고 기다릴 수만은 없어서, 미칠 것 같은 걱정과 두려움을 분노로 덮어씌운 채 겨우 용기를 내어 나를 찾아온 것이었다. 분노란 흔히 그렇게 자기 자신과 타인을 속이는 역할을 하게 마련이었다.

"걱정해 줘서 고마워, 미하엘."

"……뭐?"

"너 지금 화났잖아."

그러나 분노라는 감정의 숨은 역할을 모르는 어리고 잘생긴 얼굴은 걱정해 줘서 고맙다, 와 지금 너 화났잖아, 의 연결 고리를 찾지 못해 몹시 당황스런 낯빛을 띠었다. 나는 덕분에 잠시 실없는 웃음소리를 내었다.

어이없는 눈빛으로 나를 내려다보고 있는 미하엘을 마주 보다, 그보다 먼저 입을 열어 물었다.

"너도 내가 예쁘다고 생각하니?"

의도한 것은 아닌데, 입술 사이로는 몹시 무감각한 음성이 흘러나왔다. 맥락 없는 물음에 즉각적으로 그의 얼굴이 일그러졌다. 그러나 나는 포기하지 않고 재차 물었다.

"대답해. 나 정상이야. ……그러니까 네가 보기에도, 예쁘냐고. 내가."

그래서, 남자들이 보기에 꽤 예뻐 보여서……. 나는 그 모든 일들을 겪는, 아니, 겪어야 하는 걸까. 그러나 그 뒤 차마 나오지 못하고 흩어져 버린 말들을 미하엘이 알아차릴 리 없었다.

"하……. 미칠 노릇이군. 정말 나더러 어쩌라는 건지."

그 뒤 찾아온 잠시간의 침묵은 오래가지 못했다. 더는 참지 못하겠다는 듯이 그는 소리쳤다.

"네가 다 죽어 가는 꼴로 온몸이 멍투성이가 돼서 집에 온 게 불과 며칠 전이야. 알아? 네 꼴이 어땠는지, 옷은 또 왜 그따위로……. 마치 걸레가 된 것마냥,"

내가 저택에 돌아왔을 때를 떠올리는 게 힘이 들었는지, 그는 손에 힘을 주었다.

"그렇게 집에 돌아와서 넌 지금껏 물 한 모금 먹지 않았어. 침대에서 곧 죽을 것처럼 잠만 잤다고. 그런데, 뭐? 일어나서 하는 소리가 대뜸 네가 예쁘냐고?"

"미하엘,"

"너 지금 사람을 가지고 장난해! 누가 널 걱정하는 게 우습지, 넌!"

"……그렇게 날 걱정했었구나."

가만히 그의 눈을 응시하며 내뱉은 한마디에 사방은 순식간에 정

적이 맴돌았다. 그의 아름다운 갈색 눈동자는 그러나 틀림없이 미약
하게나마 흔들리고 있었다.

"고마워, 미하엘."

"⋯⋯입 다물어."

"말은 그렇게 해도 네가, 아니 어쩌면 이 집안에서 너만⋯⋯ 날 걱
정해 준다는 걸 알아. 그래서 고마워."

적어도 에스텔로서 하는 그 말은 진심이었다. 한유리로서나 에스
텔의 삶을 훔쳐 살아가는 지금이나, 외롭기 짝이 없는 인생을 떠안
는 꼴은 마찬가지였던 만큼 나는 누군가의 순수한 걱정과 염려가 얼
마나 귀한 것인지 잘 알았다.

"헛소리를 한 게 아니야. 너를 놀리려는 게 아니라 그냥⋯⋯."

"⋯⋯."

"너도 내 잘못이라고 생각하나 싶어서. 그 남자들이 보기에 내가
예뻐서, 예뻐 보여서⋯⋯. 이런 일, 을 겪는⋯⋯. 아,"

"⋯⋯너 지금 뭐라고 했어."

며칠씩을 잠에 취해 있던 바람에 몽롱한 의식에서 말이 잘못 흘러
나왔음을 깨달은 건 조금 늦은 때였다. 나는 아차, 싶었지만 미하엘
은 나의 말, 그러니까 여태껏 있어 왔던 나의 행적, 남자들과의 숱한
접촉을 포함한 유흥 따위가 내가 원했던 게 아니라 어쩌지 못한, 그
야말로 불가피한 것이었다는 그 미묘한 어투를 이미 읽어 내어 버린
것 같았다. 나는 빠르게 분위기를 환기하려 했지만 이번엔 그가 한
발 더 빨랐다.

"그게 무슨 소리냐고."

"미하엘. 방금 그건 그냥,"

"너, 여태껏 좋아서 그러고 다닌 게 아니었단 소리지. 그래. 분명히⋯⋯."

미하엘은 인상을 썼고, 그가 미간을 찌푸릴 때마다 특유의 갈색 동공은 점차 날카로운 빛을 띠어 갔다. 아차, 싶은 순간은 그러나 너무 늦은 후였다.

"말해, 에스텔."

"⋯⋯."

"그러니까 지금 네 말은, 며칠 전에 엉망이 되어 돌아온 날도 실은 누군가가 널 겁간, 따위를 했다는 소리지? 다른 누군가, 어떤 남자들이."

"아니, 아니야, 미하엘. 그런 게 아니,"

"누구, 대체 어떤 놈들이야. 대답해."

"⋯⋯지난 몇 년간 날 모른 척했던 네가 할 소리야?"

그간의 사정을 차마 말할 수 없어 궁지에 몰린 나에게서 튀어나온 것은 미하엘의 말문을 막을 완벽한, 그러나 처참할 정도로 잔인하고 날카로운 비수였다. 양아버지인 그로에스 3세가 나를 취할 때 실은 그 모든 것을 알고 있으면서 결국 나를 지켜 줄 수 없었던, 그래서 너무 괴로운 나머지 결국 모른 척을 했었던⋯⋯. 그 비겁한 스스로를 실은 경멸하고 혐오하고 있는 미하엘에게 나는 바로 그 사실을 끔찍한 상처를 내듯 후벼 판 거였다.

적어도 그것은 그의 말문과 관심의 방향을 트는 데는 성공적이었다. 그는 처참하게 구겨져 중심을 잃고 휘청거리는 것 같았다. 여전히 꼿꼿한 등으로 미동 없이 서서 나를 내려다보고 있었지만, 그의 눈동자 속에 깃든 떨림을 간파한 내게는 그가 상처받았다는 것이 아주, 너무나도 잘 보였다.

"그러니까 그만,"

잔인한 짓을 저지른 스스로에게 그러나 죄책감은 느껴지지 않았다. 몹시 묘한 기분이었다.

"그만 나가 줘. 혼자 있고 싶어."

난 더 쉬어야 해……. 낮게 중얼거리며 나는 불청객이 나가 주기를 재촉하듯 다시 자리에 누워 이불을 끌어 올렸다. 수마는 금세 내 의식의 일부를 좀먹어 나갔다.

나는 며칠 후 자리에서 일어났다. 날은 몹시 화창했다. 창문 너머로 들려오는 새들의 지저귐이며 구름 사이로 비쳐 드는 햇살의 기운이 따사로웠다. 나는 에밀리를 불러 나갈 채비를 했다. 선홍빛을 띠던 꽃잎들이 지고 짙은 녹색 잎사귀들이 돋아나면서 계절이 바뀔 준비를 하고 있었다.

칼릭스 황자의 궁이 다가올수록 마차 너머로 익숙해진 후원의 풍경이 다가왔다. 몇 번이나 이 길을 드나들었을까. 거듭된 길에 더는 예전처럼 온몸이 벌벌 떨리지도, 긴장이 되지도 않았다. 이래서 사람을 두고 적응의 동물이라 이르는 걸까. 홀로 실없는 생각을 하며 웃었다.

"그래, 일을 좀 당했다고?"

시종의 안내를 받아 육중한 문을 열고 들어서기가 무섭게, 칼릭스의 음성은 서늘하게 날아들었다. 마치 일부러 빛을 피해 짓기라도 한 것 같은 황자궁 안의 공기는 오늘도 바깥보다 이삼 도 정도 낮은 듯했다. 황태자로 선택되지 않은, 나라 안 세 번째 황자의 처지를 함축하듯 궁궐 안팎은 알 수 없는 그림자가 드리워진 듯 화려하면서도 사뭇 어두운 분위기를 띠었다.

"황자 저하께서 어찌 그 일을 아십니까."

나는 무감하게 대답했다. 실은, 정말로 궁금해서 굳이 물음의 형태로 말을 꺼낸 건 아니었다. 칼릭스가 내게 사람을 붙여 두지 않았을 리가 없단 건 이미 오래전에 깨달은 사실이었다. 또한, 가능성은 몹시 낮지만 어디선가 그날의 얘기가 새어 나갔을지도. 어떤 쪽이 되었건 내겐 그리 중요한 일은 아니었다. 칼릭스는 그런 나를 비웃듯 낮게 웃었다.

"대단해. 윤간을 당하고도 마치 아무 일 없다는 듯한 **뻔뻔한** 낯이라니."

"……."

"세상에 둘도 없는 걸레짝인 줄은 이미 알았지만. 여러 사내들한테 돌려지는 게 취민가?"

말은 그렇게 했지만 그러나 황자는 그게 아니었음을, 내 대강의 사정을 다 알고 있는 듯한 눈치였다. 그의 짙푸른 청안 아래 깃들기 시작한 불쾌감과 분노의 찌꺼기들을 나는 포착하고 있었으므로. 그리고 그 감정의 편린들을 깨닫는 것은 나를 못내 당혹스럽게 만들었

378

다. 어째서 그가 나로 인해 저런 감정을 느끼는 건지.

나는 그에게 그저 쉽게 쓰다 버릴 수 있는 장기판의 말이자 정욕의 배출구일 뿐. 따라서 내게 벌어지는 일과 황자의 안위는 대부분이 무관했다. 그의 얼굴에 떠오른 불쾌감의 색채가 짙어지기 전 나는 황급히 그를 불렀다.

"저하."

"……."

"무릎을 꿇을까요."

그러자 그는 무슨 헛소리냐는 듯 차갑게 나를 내려다보았다. 그의 노리개로서 어쨌건 이름 모를 사내들에게 숱하게 범해진, 그 결과 그를 불쾌하게 만든 것을 사죄해야 할 것 같기도 했었고, 또 한편으로는 반쪽짜리 귀족조차 되지 못하는 더러운 피를 가진 주제에 지금껏 황가의 핏줄인 그의 몸을 숱하게 받아 모신 죗값을 치러야만 할 것도 같았다. 그가 오늘 나를 불러들인 것도 혹시나 그런 이유가 있지 않을까 싶던 거였다.

그러나 그는 내 사념들을 일축해 버리듯 가볍게 일갈했다.

"닥쳐. 헛소리는 그 정도로 해 두지. 설마 내가 널 처음 내 궁에 불러들이면서 네 태생과 관련된 소문 따위며 그것이 진실일 확률에 대해서도 생각해 두지 않았을 것 같나? 말했잖아. 난 끝까지 파헤쳐야 직성이 풀린다고."

역시나구나. 그는 정말로 나에 대한 모든 것을 이미 알고 있던 거였다. 나는 그가 나를 협박할 때 자신이 알고 있는 모든 것들, 그러니까 내 정확한 태생에 관한 것까지를 전부 드러내 놓지 않았다는 사실에 조금은 소름이 돋았고, 또 한편으로는 정말이지 그답다는 생각을 했다. 지금껏 나에 대해 보였던 강한 혐오나 멸시의 시선도 그가 나의 진짜 출신 성분을 알고 있던 거라면 이해가 되었다. 나는 가만히 입술을 다물었다.

그때 나이 지긋한 시종의 기척이 들렸다. 예상에 없던 방문이 아니었던 건지 칼릭스는 얌전히 기다리란 말만 남긴 채 그를 따라 문을 나섰다.

홀로 남겨진 나는 한동안 말없이 자리에 앉아 있었다. 마치 자기 의지라곤 없이 그의 말만 듣는 병정 인형처럼.

그때 마침 내 시선 끝에 걸리는 작은 병이 아니었더라면 나는 끝까지 황자의 명령을 충실히 따를 수 있었을 테다.

'저건 대체……'

아주 조그마한 병이었다. 유리병 끝은 정교하게 밀봉되어 있었고 그 안에는 무언가 탁한 액체가 담겨 있었다. 눈에 잘 띄지 않을 법한 외양이었지만 그러나 나는 이상할 정도로 강한 끌림과 같은 어떤 감정들을 느꼈다.

처음 보는 게 분명한 그 물체에 그러나 일종의 기시감마저 느껴졌다. 기시감이라. 나는 홀로 중얼거렸다. 아무리 기억을 샅샅이 뒤져 보아도 그러나 정말이지 저 물건을 본 기억은 없었다. 그런데 어째서 이렇게 익숙하게 느껴지고 있는 걸까.

어느새 나는 자리에서 일어나 마치 쇠붙이가 자석에 따라붙듯이 작은 병에 손을 뻗고 있었다. 누군가 내 뒤에 다가선 것도 모를 정도로.

"만지시면 안 됩니다."

무의식중에 손을 뻗던 나는 화들짝 놀라며 뒤로 돌았다. 단정한 단발을 한 곱살한 얼굴의 소년이 눈을 내리깐 채 억양 없는 목소리로 말하며 내 한쪽 팔을 붙들고 있었다. 아······. 하고 나는 입을 벌린 채 잠시 바보 같은 소리를 냈다.

나 때문에 손이 잘릴 뻔한 적이 있는 그때 그 어린 시종이었다. 못본 사이 키가 반 뼘 정도 더 자라 있었다.

"오, 오랜만······이에요."

홀로 버벅거리며 바보같이 말을 이었다. 그러나 그는 이전과는 완전히 다른 사람처럼 내 눈조차 마주치지 않았다. 묘한 이질감에 뒷걸음을 치고 싶어질 무렵, 뒤편에서 낮은 음성이 울렸다.

"또 녀석이 네게 허튼수작을 부리던가?"

칼릭스였다. 나는 그 말의 의미를 깨닫자마자 절대 아니라는 듯 필사적으로 고개를 흔들었다. 그 모습을 본 황자는 우스꽝스럽다는 듯 피식 웃었고 그가 턱짓하자 시종은 여전히 표정을 드러내지 않는 낮으로 금세 사라져 버렸다.

"지난번 교육이 어느 정도 효과가 있었나 봐. 녀석이 널 아예 돌보듯 하는군."

교육이라. 나는 태연한 표정이며 그 표현에 흡사 공포심을 느꼈다. 그러나 칼릭스의 시선은 아무렇지 않게 조금 전 내 손끝에 닿을 뻔한 작은 유리병으로 돌아갔다. 그는 피식 헛웃음을 흘렸다.

"내가 얌전히 있으라고 했을 텐데."

"······만지지 않았어요."

"그래. 만지려고 했겠지."

스스로 생각해도 몹시 뻔뻔한 답이었으므로 나는 금세 머리를 숙였다. 그는 가소롭다는 듯한 시선을 내 얼굴에 붙박인 채 몸을 숙여 탁자 위의 병을 집었다. 바짝 다가선 그의 간격에 갑자기 서늘한 남자 특유의 체온이 느껴졌다. 나도 모르게 입술을 깨물었다.

"이게 마음에 드나?"

"그게, 뭔지 몰라요⋯⋯."

"독이야."

어디서나 볼 수 있는 흔한 물건 따위를 일컫는 듯 아무렇지 않게 말하는 음성. 그래서였을까. 그의 말은 순간 한층 더 공포스럽게 들렸다. 일상에서 듣기 어려운 단어에 흠칫, 몸의 움직임이 멈추고 말았다. 정적이 감도는 공기 아래 나는 조금씩 떨기 시작했다. 칼릭스는 그런 내 낯을 빤히 들여다보며 다시금 소리 없는 웃음을 흘렸다.

"콘라드 후작가의 형제들이 재밌는 걸 가져왔더군."

"⋯⋯저, 저는,"

"그래. 네가 네 양부를 살해할 때 쓴 것과 꽤 흡사한⋯⋯. 그러나 그것보다 훨씬 상질의 물건이지. 독성이 몹시 강하고, 순식간에 들으며, 흔적도 전혀 남지 않아."

남자는 정말 아무렇지 않게 눈앞의 맹독에 대해 말하고 있었다. 두려움이나 공포, 따위는 그가 이미 알거나 앞으로 알게 될 수 없는 따위의 감정이란 듯이. 나는 마치 생에 대한 묘한 적개심이 드러나는 것 같은 그의 낯을 보는 게 공포스러웠고 그래서 괴로웠다. 어쩐지 조금씩 숨이 막혀 오는 것 같은 기분이 들었다.

"이걸 어디다 어떻게 써야 좋을까."

"······."

"말해 봐. 독 쓰는 게 네 전문 아니었던가?"

딱히 적개심은 어리지 않은 비아냥거림이었지만 나는 숨이 막혔다. 어느덧 진땀이 이마에 배어들기 시작하자, 그는 그 꼴이 한심하다는 듯 나를 내려다보았다.

그러다가 문득, 아주 좋은 생각이 났다는 듯 그는 웃었다.

"이건 어떨까."

한쪽 입꼬리를 끌어당긴 그의 미소가 몹시 기괴하게 보였다.

"이걸 써서 나에 대한 네 충성심 따위랄까, 가짜 동생을 위하는 누이의 마음이랄까······를 한번 확인해 보고 싶은데."

나는 흔들리는 눈동자를 감출 생각조차 하지 못한 채 황급히 그를 올려다보았다. 제발, 제발 방금 전 들은 그의 말이 농담이라거나 환청 따위였으면 하고 바라면서. 그러나 칼릭스는 그 기대를 무참히 깨어 버렸다.

"이걸 가져가."

"저하, 제발······."

"가져가서, 날 위해 이걸 어떻게 쓰면 좋을지. 누구에게, 어떤 식으로 써서 날 가장 기쁘게 할 수 있을지 한번 곰곰이 생각해 봐."

나는 본능적으로 그의 팔을 붙잡았다. 그러나 무어라 입을 열어 애원하기도 전에 그는 미동 없는 눈으로 나를 내려다보며 말을 이었다.

"아, 한 가지 깜박했군. ······이렇게 이걸 그냥 넘기면 자칫했다가 네가 독을 마시고 죽는 꼴이나 보게 되겠지. 네 바보 같은 성미에 또다시 남을 해하느니, 차라리 스스로 죽는 게 낫다는 등 바보 같은 계집들 흉내나 낼 게 뻔해. 분명히 말해 두는데,"

어느덧 그는 나의 속내를 훤히 예상하고 있었다.

잠시 영원과도 같은 침묵이 흘렀다. 그리고 이어진 그의 다음 말은 벗어날 수 없는 속박처럼 나를 내려치듯 옭아매었다.

"네가 차마 누굴 죽이지 못해 이걸 스스로 마시는 순간, 남은 네 남동생은 지난번 말한 것처럼 사지가 찢긴 채로 성문 앞에 걸리게 될 거야. 그리고 남은 네 식솔들은 그 시체가 떠돌이 개와 날짐승들에게 뜯어먹힌 다음 버려지겠지."

누군가 절망이란 글자는 모든 희망의 끈을 끊어 버린다, 라는 의미를 안고 있는 거라고 했다. 그리고 나는 그때 태어나 처음으로 그 뜻이 한 글자 한 글자 피부 위에 아로새겨지는 기분이 들었다.

팽팽히 잡아당긴 피아노 줄 하나하나를 누군가 날카로운 칼날로 끊어 내는 소리가 귓가에 윙윙 울리는 것 같았다. 나는 황자가 반강제적으로 건넨 유리병을 안고 구겨지듯 주저앉았다. 소리 없는 여자의 절규가 차가운 황궁의 공기 아래 떨림을 더해 가고 있었다.

칼릭스가 건넨 작은 유리병은 곧 내 침실 서랍 가장 깊숙한 한편에 놓이게 되었다. 그것을 누군가 우연으로라도 발견하게 할 수 없어 나는 에이미를 제외한 다른 하녀들에게 내 방 출입을 금지시켰다.

그것도 모자라 자물쇠로 모든 칸을 잠가 두고, 에이미에게 절대 서랍과 유리장을 열지 말라 단단히 일러두기까지 했다. 그때 내 표정이 얼마나 단호했던지 불쌍한 에이미는 잔뜩 겁을 먹은 채 정신없이 고개를 주억거렸다.

몸이 몹시 아팠다. 최근 들어 이상하던 몸이 갈수록 엉망진창이 되어 가는 것처럼, 마치 곳곳의 부품이 녹이 슬고 엉켜 버린 것 같은 기분이었다. 종종 헛구역질이 났고, 밤이면 까닭 모를 미열이 올라 잠을 이루기가 힘들었다. 그리고 그렇게 불면에 시달릴 때면 나는 어김없이 서랍 한구석의 유리병에 대해 생각했다.

만일 미하엘을 모른 척하면…… 어떻게 될까. 나는 이제 종종 그런 생각을 하기 시작하고 있었다. 그를 모른 척해 버리면, 처음이자 마지막으로, 오직 나 하나만을 생각하면…… 그러면 그 뒤의 모든 일은 어떻게 되든 정말 나와는 상관이 없을 수도…… 있을 것만 같았다.

생에 대한 애착 따위 이미 한유리로서 주어진 삶을 버티다 못해 주저앉았던 과거에 진작 잃어버렸고, 나는 이제 오히려 편안히 생을 마감할 수 있는 독이 내 손에 들어온 게 이를테면 어떤 축복이 아닐까 하는 생각마저 하고 있었다.

저걸 마시면, 마시기만 하면.

……그러면 틀림없이 나는 편해질 거야. 수도 없이 중얼거리면서. 내가 죽은 후의 일 같은 건, 말하자면 정말이지 문자 그대로 내가 죽은 후의, 일이므로 나와는 아무 관계가 없어지는 게 아닐까. 그런 생

각을 할 때면 거짓말처럼 마음이 온갖 죄책감이며 죄악의 무게에서 벗어나 한없이 가벼워지는 것만 같았다.

그럼에도 불구하고 나는 결국 몇 날 며칠 밤만 지새울 뿐, 결정적으로 그 유리병에 손을 대지 못했다. 나는 한유리로 살던 과거의 시간들을 떠올렸다. 사내들에게 숱하게 돌려지고 매를 맞고 욕을 당하면서도, 결국 단 한 번도 죽기 살기로 독하게 그들에게 대들지 못했던 바보 같은 한유리를.

하루라도 칼 따위의 흉기를 몰래 숨겼다 그들을 찌르면서 나를 건드리지 말라, 미친 듯이 고함치기보다는 매번 눈물을 뚝뚝 흘리며 남자애들의 밑에 깔려 시간이 지나가기만을 기다리던 천치, 머저리 같던 한유리를.

그랬다. 그건 굳이 말하자면 "나는 원래 그런 사람이이에요."라고밖에 설명을 할 수 없는 그런, 일종의 지긋지긋한 천성 같은 거였다. 어떻게 그렇게 당하고도 맞고만 있었을까, 누가 내 뺨을 갈기면서 화를 낸대도 나는 또다시 아무 말도 못 한 채 그저 눈물만 뚝뚝 흘릴 테였다. 그것을 거스르려 해 본 적이 아예 없는 것은 아니었다.

제발 내가 나로서, 나답게 행동하지 않게 되는 날이 있기를 바란 날이 얼마나 숱했던지. 그러나 나는 그 시간들을 흘려보내며 결국 타고난 성정을 저버리는 어떤 선택을 하는 것이 마치 운명을 거슬러 오르는 일처럼 일종의 불가항력이라는 것을…… 그 순간들만큼 절실히 깨달은 적이 없었다.

"미하엘."

그래서였을까. 나는 서랍 속의 약병만 만지작거리다, 어느 늦은 밤 마치 몽유병 환자마냥 잠옷 차림으로 남동생의 침실을 찾았다. 서재에서 나온 지 얼마 되지 않은 듯, 안쪽 문을 열고 들어오던 미하엘은 얇디얇은 내 옷차림을 보자마자 미간을 찌푸렸다.

"대체 무슨 일이야?"

그는 당장이라도 걱정이 섞인 특유의 얼굴로 내게 물어 올 것 같았다. 그래서 나는 한발 빨리 말했다.

"너 나랑 떠날래. 같이."

"······어디로?"

앞뒤 맥락을 죄다 잘라먹은 채 댕강 튀어나온 말이었지만 미하엘은 진지하게 되물어 주었다. 고맙기 그지없게도. 끝을 올리지 않았지만 그것은 분명히 내 쪽에서 처음으로 그에게 꺼낸 제안이요, 청이기 때문이었을까. 그때 그 말이 미하엘에게 어떻게 들렸을지는 나도 잘 모르겠다.

그러니까 나는 정말 문자 그대로 떠나고 싶었던 것 같다. 엉망진창으로 모든 일의 실타래가 얽혀 버린 이곳 세계, 삶을 등지듯 버리고 해결된 것은 하나도 없는 채, 그냥 모든 것을 내버리고 싶어서. 어쨌든 내가 떠안은 에스델이란 여자의 생으로 인해 인생이 가장 꼬여 버렸을 이 남자 하나만 책임지듯 데리고 부디 자유로워지고 싶은 욕망에 사로잡힌 거였다.

미하엘은 알 수 없는 낯으로 나를 한참 바라보았다. 나는 말없이 그의 시선을 감각했다. 그러다 입을 열어 말했다.

"더는 견딜 수가 없어."

"에스델."

"참을 수가 없어. 나는…… 더는 안 되겠어. 못, 할 것 같아."

"무슨 소리야. 들어 줄 테니까 뭔가 알 수 있게 제대로 설명을 해."

미하엘은 뭔가 무너져 버린 듯한 내 표정에 다급함이 섞인 음성으로 되물었다. 그의 양손이 내 어깨며 팔을 그러쥐고 약하게 흔들었다.

"에스텔. 누이. 말을 해. 제대로 말을,"

"말하고 있는 그대로야. 그냥 우리…… 우리, 그러니까 같이 어디…… 아주 멀리, 가 버리면…… 그럼 안 되는, 거니?"

"대체……."

그의 다갈색 눈동자가 어둠 아래서 한층 깊은 빛을 내며 가운데 박힌 검은 동공을 날카롭게 죄었다. 그리고 그 순간 불현듯 나는 깨달았다. 미하엘은 결코 나의 제안을 받아들일 수 없는 종류의 인간이라는 사실을.

그것은 미하엘 로트 그로에스라는 남자의 한계라기보다는 어쩔 수 없이 결정지어진 삶의 형태랄까, 그로 인해 벗어날 수 없는 족쇄, 같은 거였다. 어찌 되었건 평생 백작가의 후계자로 교육받아 온 그가, 고작 천한 가짜 누이의 이유도 알 수 없는 불분명한 제안을 장난으로라도 받아들일 리 없다는 것.

가문과, 지위와, 귀족으로서의 명예와 긍지 따위를 무엇보다 중히 여기도록 어릴 적부터 세뇌받으며 살아왔을 한 남자가 그 모든 것을 저버리고 차마 믿기 어려운 하소연을 따라 모든 걸 버린 채 국외로 도망칠 리는 그러므로, 전혀 만무한…… 거였다. 나는 자조하듯 웃었다. 잠시라도 바보 같은 생각을 한 스스로를 죽여 버리고 싶은 심정이었다.

"너, 괜찮아?"

뭔가 상태가 이상함을 직감했는지 그는 급히 내 이마를 짚어 보았다. 며칠째 계속되는 미열에 식은땀까지 배어나자 그는 흠칫 놀라는 눈치였다. 나는 재빠르게 말했다.

"아냐. 아무것도."

"이마가 몹시 뜨거운데."

"괜찮대도."

"……너 요즘 이상해. 내가 말은 안 했지만,"

"아니. 그냥 잠이 안 와서 헛소리해 본 거야……. 그러니까 그냥……."

"제대로 입에 뭘 대는 걸 못 본 지 꽤 됐어. 요즘 밤에 잠은 제대로 자고 있는 거야?"

"응. 나 충분히 잘 먹고, 잘 자."

"에스델."

"그러니까. 아무것도 아니라고. 방금 한 헛소리는…… 잊어."

잘 자.

나는 그의 입을 막듯 짧은 인사를 건네고 그의 침실을 나섰다. 문득 죽고 싶단 생각이 들었다.

"에스델. 오랜만에 보니 더욱 반갑습니다."

대략 이 주하고도 절반이 지난 후의 만남이었다. 에드먼드는 언제나 나의 우아한 미소로 나를 맞아 주었다. 공식 석상에 함께 참석한 그날 뒤로, 몇 날 며칠을 앓아누웠다는 간단한 전갈만 보낸 채 황태자궁에 발걸음하는 것을 최대한 미루었기에, 나는 그와 정말이지 오랜만에 그의 집무실에서 서로의 얼굴을 마주 보게 된 거였다.

그래서일까. 항상 적절한 다정스러움으로 표면을 감싼 얼굴로 나를 대해 주는 그였지만 오늘따라 한결 음성에 따스한 기운이 실린 것 같은 기분이었다. 나는 일부러 파우치 속 화장품 따위로 둔갑해 숨겨진 독병을 생각하며 손끝에 더욱 힘을 주었다.

"차라도 같이 할까요?"

그의 제안에 고개를 끄덕이며 나는 아무렇지 않은 척 떨림을 숨겼다.

칼릭스의 궁에서 돌아온 후로, 나는 몇 날 며칠을 생각에 골몰했다. 황자의 이 독을 어디에, 어떻게 써야 가장 자신을 기쁘게 할 수 있을지 잘 생각해 보란 말을 곱씹으며. 그리고 몇 번을 되풀이해도 결국 그것이 가리키는 대상과 행동과 목적은 모두 하나의 방향을 향하고 있었다.

일국의 황자로 태어난 칼릭스가 오롯이 갖지 못한 유일한 것. 무언가에 결코 집착하지 않을 고고하고 오만한 남자의 경멸과 증오, 지독한 살의가 향할 수 있는 유일한 상대. 숨통을 끊어 놓음으로써 한순간에 그칠 저열한 만족감 따위가 아닌, 오래된 갈증이랄까 결핍 따위를 채울 수 있을 하나의 목적……. 아무리 생각해 보아도 그것은 나라의 유일한 황태자 에드먼드, 이 남자의 죽음밖에는 없었다.

이 독병을 내게 넘기면서부터 실은 모든 것이 정해져 있었음을, 나는 알았다.

'차라리 칼릭스를 죽여 버릴까.'

황자 궁에서 저택으로 돌아온 이후, 독병이 마지막 목숨 줄이라도 되는 양 그것을 손에 꼭 쥐고 굴리는 게 새로운 버릇이 되어 버린 이후. 한 번은 문득 떠오른 그 생각에 몇 날 며칠 밤을 지새우기까지 하며 빠졌던 적도 있었다. 마치 선량하던 사람이 한순간 위험한 유혹에 빠지는 것처럼.

나를 옭아매듯 쥐고 사정없이 숨통을 죄어 오는 이 남자를 죽인다면……. 그가 건넨 독을 아이러니하게도 그를 해하는 데 씀으로써 이 모든 것을 마무리한다면…… 그러면 나는 자유로워질 수…… 그럴 수도 있지, 않을까.

짧은 상상만으로도 사막 위의 오아시스를 발견할 때처럼 오랜 갈증이 풀리는 것만 같았고, 심지어는 얼마 만의 옅은 쾌락마저 내 피부 위로 번져 가는 것 같았다. 그러나 내가 막다른 궁지에 몰린 나머지 얼마나 비현실적인 상상에 빠졌는지를 깨닫게 되는 데에는 그리 오래 걸리지 않았다.

그도 그럴 것이 칼릭스는 비현실적일 정도로 냉정했다. 동시에 무서우리만치 철두철미한 성미를 지니고 있었다. 남자 특유의 감각과 이지적인 판단, 날카로운 칼날처럼 벼려진 본능이랄까 위험에 대한 직감 따위를 아둔하고 느린, 미련하기 짝이 없는 나로서는 쉽게 파해하지 못할 게 분명했다. 그가 에드먼드처럼 출생 직후 비교적 안정된 지위를 누려 온 정실 황후의 소생이 아니라는 점 또한 이와 무관하지 않았다.

이 세계에 온 지 얼마 안 되었지만, 그간의 사교계 모임이며 귀족들과의 교류를 통해 나 또한 나라 대강의 사정, 그러니까 3황자라는 불안정한 지위에 칼릭스가 황성을 떠나 있어야만 했던 시간이라든가 결국 죽임을 당한 그의 친모, 그리고 그녀의 죽음 후 더 큰 위험이 도사리게 된 황자로서의 삶에 대한 것들을 대충 그려 볼 수 있었다.

너무나 오래 지속되어 온 위험들로 인해 자연히 발달할 수밖에 없었을 남자의 기민한 감각들, 자신의 신변에 일어나는 아주 미약한 변화나 위해의 가능성에 대한 그것들을 그러니까 아무리 거듭 고민해 봐도 고작 나로서는 쉽게 감당할 수 있을 것 같지 않았다.

일례로 황자는, 나같이 결코 그의 위협이 될 수 없을 것 같은 한낱 계집에게도 단 한 순간도 빈틈을 보인 적이 없었다. 에드먼드나 알렌, 후작가의 루카스와 제롬들과 달리 내 앞에서 무언가 먹거나 마시는 모습조차 단 한 순간을 보인 적이 없던 거였다.

생각해 보면 그렇게 밤마다 살을 섞어 대고서도 정작 나는 그의 잠자는 모습을 본 기억 또한 없었다. 살아 숨을 쉬고 몸 안에 따뜻한 피가 흐르는 인간인지가 간혹 의문스러울 정도로, 그는 자신의 약점은 물론이고 인간다운 최소한의 모습조차 타인에게 허락하지 않는 남자였다.

그런 그에게, 내가, 독을 먹인다? ……나는 문득 사지를 채워 오는 허탈감에 헛웃음을 흘렸다. 칼릭스에게서 건네받은 독으로 칼릭스를 살해하는 것. 너무나 달콤한 유혹으로 나를 꾀어낸 그것은 그러나 몇 번 거듭해 따져 보아도 물리적으로도, 현실적으로도, 최후의 수단인 완력 따위의 모든 것을 고려해 보아도 도저히 불가능한 일이었다.

독을 섭취하게 할 가능성 자체는 물론, 백작가의 위세를 비롯한 모든 수단을 궁구해도 애초에 일을 만들 수 있는 경로 자체가 죄다 차단되어 있었다. 내가 그의 온전한 신뢰를 받고 있지 않는 한, 예컨대 그의 여자가 되어 그의 냉정하기 짝이 없는 판단력이며 이성을 흐리게 할 수 있을 정도가 되지 않고서야 도저히 있을 수 없는 일이었다.

애초에 그가 이 정도 생각도 해 보지 않고 내게 이 위험한 맹독을 넘겼을 리도 만무했다. 말하자면 나는 애초부터 그의 손바닥 위에서 춤을 추고 있던 거였다.

칼릭스는 내 곁에서 같이 차를 마시고, 종종 식사를 함께 하자고 말하며, 단 한 번뿐이었지만 살을 섞은 뒤에도 함께 잠자리 위의 온기를 나누었던 에드먼드와는 달랐다. 그 사실을 절감한 나는 마침내 칼릭스에게로 향하려던 칼날의 끝을 황태자에게로 겨눌 수밖에 없음을 알았다.

"에스델."

황태자의 부름에 나는 상념에서 벗어나 눈앞의 아름다운 얼굴을 바라보았다. 섬세히 흩날리는 결 고운 금발 아래 수려한 이목구비의 선들과 단정한 입매에 남자는 한순간이었지만 현실감 없는 그림처럼 보였다.

"무슨 생각에 그리 골몰하나요."

"아, 전하……. 죄송합니다. 제가 잠시……."

"……음, 그것보다는."

에드먼드는 뭔가 곰곰이 생각하는 듯하더니 시선을 맞추고 말했다.

"실례가 되는 건 아닐까, 그래서 말을 꺼내는 게 좋을까 여러 번 고민했습니다만, 에스텔. 안색이 몹시 좋지 않습니다. 아직 휴식이 필요한 것을 무리하여 오게 한 게 아닌가 모르겠군요."

그 말에 정신을 차려 보니 온몸에 옅은 진땀이 배어나 축축해져 있었다. 문득 내려다본 손가락 끝이 덜덜 떨렸다. 나는 나쁜 짓을 하려다 들킨 어린아이처럼 화들짝 놀라 양손을 뒤로 감추었다. 그리고 억지로 입술 끝을 끌어당겨 웃었다.

"조, 좋아요. 차 한잔 하는 것도."

"……영애?"

"아, 아니, 무슨 소리를……. 죄송해요, 저, 제가 좀, 정신이 없어서."

"에스텔. 많이 좋지 않으면 의원을 부르겠습니다."

"저, 저는 괜, 괜찮습니다. 집에서 이미 푹 쉬었거든요. 정말로 괜찮, 은……."

그러나 순간 눈앞이 아찔했다. 나는 휘청거리는 몸을 순간적으로 지탱해 준 에드먼드에게 반쯤 안겨, 아, 사람을 해치려는 일이 이렇게 생각만으로도 끔찍하고 힘든 무언가구나, 하는 걸 절절히 깨달아야만 했다.

"아무래도 안 되겠습니다. 황실 의원을 부르도록,"

"전하, 제발."

나는 화들짝 놀라 그에게 애원하듯 매달렸다. 언제나 자기주장이 없다시피 한 나의 처음 보는 모습에 늘 온화한 낯을 유지하던 남자의 눈빛이 미세하게 흔들렸다. 아직 몸의 곳곳에 지난 윤간의 흔적이며 상처들이 자욱할 터. 그따위 모습을 에드먼드에게 들켜 한 치 앞을 알 수 없는 이런 시기에 신의를 깨뜨리고, 그가 등을 돌리게끔 할 수는 없는 일이었다.

에드먼드는 차마 더 강하게 이야기할 수 없다는 듯 한숨을 내쉬었다.

"알겠습니다. 영애의 뜻이 정 그러하다면……. 아무래도 내 앞에 선 불편한 부분이 있을 수밖에 없겠죠."

"전하, 그것이 아니라."

"좋습니다. 다만 며칠 뒤에도 계속 상태가 좋지 않으면, 그때는 귀댁으로 의원을 보내게 하겠습니다. 이것까지 거절하진 말아요."

차마 그렇게까지 말하는 남자의 호의를 또다시 거절할 수는 없었다. 엉겁결에 고개를 끄덕였다.

"네, 약속할게요."

"그리 말해 주니 고맙군요."

그와의 접촉을 어떻게든 늘려 친밀함을 얻고, 그것을 악한 의도를 감추는 부드러운 베일로 삼은 뒤 최대한 황태자의 빈곳을 노려야 할 나는, 그렇게 더는 무리해선 안 된다는 그의 배려에 등 떠밀리듯 궁을 일찍 빠져나와야 했다. 에드먼드는 마차를 부르는 것은 물론이요, 기어코 내가 마차 위에 올라타는 모습까지 바라본 뒤에야 등을 돌렸다.

늘 우아한 얼굴선, 그 위를 맴도는 적절히 온화한 온도를 무서울 정도로 완벽하게 유지하는 남자지만, 그래서 역설적이게도 한없이 냉정해 보이기도 하는 사람이지만, 저렇게 나를 걱정해 주는 사람인데…… . 마차를 타고 돌아오는 길, 생각이 그쯤에 미쳤을 때 나는 눈물이 났다.

저 남자는 지금 자신이 배려하고 있는 여자가 그를 향해 어떤 속내를 숨기고 있는지 과연 알까. 그의 진심 어린 호의를 느끼게 될수록 일어나지 않은, 그러나 틀림없이 일어나게 될 미래의 행위가 더 끔찍했고 그에 대한 상상이 안겨다 주는 죄책감과 상처가 더욱 쓰라렸다.

"오늘…… 자고 갈까요."

뻔뻔스럽게도 매일같이 황태자의 궁에 드나들기 시작하고 얼마 지나지 않아, 나는 어느 날 아직 밝은 빛이 비쳐 들어 환한 그의 집 무실에서 말했다. 에드먼드는 잠시 놀란 듯 나를 보았다. 확실히 에스텔이 된 내가 쉽게 내뱉을 종류의 말은 아니었다.

"영애?"

"물론 싫지 않으시다면……의 얘기예요."

나는 얼핏 보면 대담한 발언을 한 처녀가 부끄러워 그러기라도 하는 것마냥 손끝을 만지작거리며 중얼거렸다. 그러나 실은 진짜 이유는 그게 아니었다. 지난 공식 행사, 나를 파트너로 대해 주었던 그날 밤 후로 더는 없던 그와의 잠자리가 신경 쓰였다.

특히 그의 허점을 어떻게든 찾아 노려야 하게 된 이런 상황에서는 더더욱. 정작 남자의 빈 구석을 맞닥뜨렸을 때 내가 그의 급소를 찌를 수 있을까 없을까는 그다음의 문제였다. 수차례 홀로 고민을 거듭한 바, 우선 아래 단계들을 헤쳐 나가는 게 중요했다.

"그렇다면…… 그로에스가에는 오늘 미리 연락을 넣어 두라 이르겠습니다."

"네."

"의외군요. 영애가 그런 이야기를 꺼낼 줄은."

미처 몰랐습니다. 그는 말끝을 단정히 마무리하며 잠시 내 눈을 들여다보았다. 에드먼드는 더는 부언하지 않았지만 최근 들어 내가 몹시 이상하게 굴고 있다는 것을, 정확히 말해 이전에는 결코 하지 않던 짓들을 하며 어떻게든 자꾸만 그의 곁에 붙어 있으려 한다는 것을 이미 눈치채고 있는지도 몰랐다. 누가 뭐라 해도 그 역시 특유의 정확한 판단과 직감을 가진 황가의 일원이었으니까.

그럼에도 지금 남자는 언제나처럼 아무 일 없다는 듯, 마치 내 두드러진 변화를 전혀 느끼지 못하는 사람처럼 굴고 있다. 그것이 나에 대한 배려인지, 혹은 그의 또 다른 의도를 숨기기 위한 것인지 몰라 문득 겁이 났다.

그렇게 나는 그날 그와 두 번째로 몸을 섞고, 잠을 잤다. 지난 며칠간 꽤 많이 옅어진 몸의 멍 자국들이 침실의 어두운 조명 아래 거의 보이지 않게 된 것이 다행이었다.

에드먼드는 깊이 잠들어 있었다. 밤만 되면 찾아오는 미열로 여전히 잠을 이루지 못한 나는, 말없이 무릎을 껴안고 침대 한편에 앉아 아름다운 남자의 옆얼굴을 내려다보았다. 깊은 새벽, 화려한 침실의 창 너머 밤하늘에 박힌 동그란 달과, 은스푼의 반짝임을 닮은 별빛들이 번지듯 흘러 들어와 그의 맨얼굴에 잠시 머물렀다 흩어져 가고 있었다.

몹시도, 아름다운 남자였다. 이 목에 칼을 꽂으면…… 고요한 얼굴로 잠을 자고 있는 이 남자의 미려한 입술 사이로 독을 몇 방울 흘려 넣기만 하면……. 그러기만 하면, 나는 드디어 이곳에서 편하고 자유로워지는 걸까. 그것은 몹시 떨치기 힘든 유혹이었다.

그러나 그날 나는 결국 아무것도 하지 못하고 아이처럼 울었다. 차마 죄 없는 누군가를 내 손으로 해하는 것이 두렵고 무서워서. 그리고 이런 죄악의 그을음을 양손에 묻히지 않고서는 자유로워질 수조차 없는 스스로의 처지가 참담하고 끔찍해서.

에드먼드가 깨지 않도록 잔뜩 숨을 죽여 건조한 울음기만 토해 내는 내 옆얼굴을 명도가 낮은 밤의 빛들이 어루만져 주고 있었다.

칼릭스로부터의 연통은 당분간 자신의 처소에 들르지 말라는 아주 간단한 내용만을 담고 있었다. 황태자궁에 드나들기를 매일같이 하게 된 이후, 이 시기 황자와의 접촉이 혹여 노출된다면 불러올 수 있는 위험 따위를 고려해 볼 때 당연한 처사였다. 칼릭스가 다시 나를 먼저 찾기 전까지 나는 숱한 핑계를 대며 독을 쓰는 것을 미룬 채 결국 매번 에드먼드와 시간만 보내었다.

매일 밀봉을 열지 못한 작은 병을 들고 그의 공간을 드나들면서, 나는 점점 더 자주 머뭇거리고 두려워하게 되었다. 지을 수밖에 없는 죄의 무게는 뼈와 살덩이를 한 번에 꿰뚫는 날카로운 무언가처럼 나를 옭아매고 있었다.

일주일 만에 만났을 때, 황자는 한층 야윈 내 얼굴을 보며 아주 흥미롭다는 낯을 했다. 이 나라의 누구든 소리 소문 없이 죽여 버릴 수 있는 독을 쥐여 주고서 저런 낯으로 나를 보다니. 나는 새삼 그에게 공포를 느꼈다. 그러나 그는 나와는 달리 느긋한 태도로 긴 의자에 걸터앉아 있다가, 문득 생각났다는 듯이 말했다.

"그러잖아도 황태자비의 상태가 몹시 좋지 않다던데."

"……."

"조심해 두는 게 좋아. 그녀가 지금처럼 반쯤 시체가 되어 누워 있게 된 것도 실은 그와 흡사한 독 때문이라는 소문이 있거든."

그는 새벽의 푸르스름한 찬 기운이 녹아든 눈을 빛내며 웃었다. 그리고 덧붙였다.

"그 덕에 처음 그 계집이 쓰러지고 난 직후에는 콘라드의 수작임이 분명하다고 온 황실이 시끌벅적했지. 물론 증거라고는 하나도 없어 도리어 다들 역풍을 무릅써야 했지만."

형수의 죽음에 관한 이야기를 그러나 황자는 바람 빠진 웃음을 흘리듯 아무렇지 않게 내뱉고 있었다. 그러나 나는 문득 닿게 된 어떤 생각에 소름이 돋았다. 그가, 혹시 뭔가를 알고 있는 걸까?

생각하는 것보다 입술이 먼저 움직였다.

"뭔가 알고 계시는 건가요? 황태자비 전하의 상태에 대해서…….
저 혹시, 설마 그것도 콘라드 후작가에서,"

"내가 그걸 왜 너에게 얘기해 주어야 하지?"

그는 나를 조롱하듯 모멸감을 느끼게 하는 낯으로 말했다. 뭔가
잡힐 듯 말 듯, 알 듯 모를 듯한 어떤 사건들 간의 연결 고리가 눈앞
에 선연히 모습을 드러내며 해일이 순식간에 땅을 삼키듯 두려움이
밀어닥쳤다.

백작 그로에스 3세와 황태자비. 그 둘은 각기 에드먼드에게 영원
한 충성을 맹세한 신료이자 불과 몇 년 전까지만 해도 가장 든든한
정치적 조력자였으며, 적통 출신의 황태자에게 장차 날개를 달아 줄
수 있는 유력가의 하나뿐인 영녀였다.

그리고 에드먼드와는 사실상 등을 지고 있는 콘라드 후작가를 위
시한 귀족 가문들과 그 중심에 선 제3황자인 칼릭스…….

사고의 단편들이 여기에 닿았을 때 나는 아무것도 실감할 수 없어
멍했다. 몹시 머리가 아팠다. 그리고 두려워졌다.

설마……. 아닐 거야. 아무것도 아닐 거야.

무엇이 아니기를 그리 간절히 원하는지, 제대로 알지도 못하면서.
나는 그렇게 한참을 미친 듯이 중얼대었다.

"우리 해야 할 얘기가 있을 텐데요."

그의 말에 잠시 침묵이 이어졌다. 에드먼드의 책에 얼굴을 파묻은

채 눈과 머리로는 온통 활자와 의미 대신 손 안의 독을 그의 입술 사이로 흘려 넣을 방법만을 떠올리고 있던 나는, 하려던 도둑질을 들킨 죄인처럼 화들짝 놀라 그를 바라보았다.

그런 나를 응시하던 에드먼드의 입가에는 묘한 웃음기가 잠시 맴돌다 금세 사라져 갔다. 나는 입술을 앙다물며 다시 바른 자세로 그를 바라보았다. 얘기를 들을 준비가 되었다는 나름의 표현이었다.

"첩지나 책봉 따위의 것들."

"……."

"내가 해 줄 수 있는 그것들을 그러나 에스델은 단 한 번도 먼저 입을 열어 말하지 않더군요."

아…… 하고 나는 잠시 바보 같은 소리를 흘렸다. 그의 말은 이상할 것이 없었다. 벌써 몇 번이나 그와 잠자리를 함께 했으니, 오히려 여태 얘기가 나오지 않음을 여자 쪽에서 서운하게 생각했어도 이해가 될 만한 일이었다.

그럼에도 불구하고 내가 첩지 같은 데에 신경을 쓰지 못했던 건, 날마다 오직 내 머릿속을 잠식하는 것 따위가 어떻게 하면 그에게 독을 먹일 수 있을까, 아니, 과연 내가…… 정말 그를 해할 수 있을까, 하는 사념들뿐이었기 때문이다.

나는 요즘 누가 보아도 이전과는 다른 행동들을 하기 시작하고 있었다. 에드먼드와 몸을 섞은 뒤 죄를 감싼 생각의 무게를 견디다 못해 새벽녘에 몰래 궁을 빠져나온 적도 있었고, 그대로 날이 밝아 오기 전까지 오지 않는 잠을 그리며 시간이 흘러가기만을 기다린 적도 있었다.

아름다운 황태자의 옆얼굴을 바라보며 몸을 웅크린 채 밤새 울음을 삼키기도 했다. 그러니 첩지나, 책봉 따위의 일들이야……. 나는 과연 그것들이 내게 무슨 의미가 있을까, 하는 생각조차도 제대로 해 볼 여유가 없던 거였다.

"말씀은 기쁘지만, 전하."

"말해요. 에스텔."

"송구스러우나 그런 일들은…… 제게는 별 의미가 없는 것 같아요."

나의 말에 에드먼드의 두 눈은 다소 의아한 기운을 띠었다. 그러나 그것은 요즘 들어 거짓과 기만으로 에드먼드의 앞에 서 왔던 내가 간만에 꺼낸, 그야말로 몇 안 되는 진실 중 하나였다.

다름 아닌 나로 인해 장차 어찌 될 줄 모르는 아름다운 황태자에게 첩지를 달라 조르고, 부와 명예 따위를 얻어 기고만장하는 것…… 생각하는 것만으로도 역겨웠고 소름이 끼쳤다. 이미 닳을 대로 닳아 버린 내 양심의 모서리에도 따가운 상처를 덧입히는 촉감이 생생했다.

"그렇지만 에스텔."

에드먼드는 무언가 잠시 생각하는 듯하다 입을 열었다.

"이대로라면 사람들이 조만간 영애를 그저 나의 정부로…… 취급하기 시작할 겁니다. 그럼 에스텔에게는 좋지 못한 일들, 이미 그대가 겪고 있을 어려움도 지금보다 더욱……."

나를 배려하듯 에드먼드는 신중히 말을 골랐고, 그것을 느끼며 나는 말없이 고개를 끄덕였다. 귀족 사회의 생태를 익혀 온 바, 나도 황태자가 하는 말이 어떤 것들을 의미하고 있는지는 대강 알았다.

언제 정식 황태자비나 빈이 되어도 이상하지 않을 상류 귀족 가문의 영애들과 달리, 정치적 기반이 되어 줄 가문 자체가 위태로운데다 절반만 귀족이라는 핏줄에 대한 치명적인 결점을 안고 있는 나로서는, 황태자의 정부로만 남는 것이 재앙이 섞인 뭔가가 될지도 몰랐다.

나를 둘러싼 귀족들의 시기나 질투, 갈등 따위의 것들은 더 자주 표면 위로 올라올 테고 그럼 나는 어쩌면 지금보다 더 귀족 사회의 중심이나 표면에서 밀쳐지거나 떨어져야 할지도 모를 일이었다. 귀족 사회의 여론이 더 나빠진다면, 먼 얘기이긴 하나 훗날 정식 비나 빈 따위의 책봉 자체가 영영 막힐 가능성도 없지 않았다.

그러나 나는 어떤 것이든 다 괜찮지 않을까 하는 생각을 진심으로 했다. 어차피 모든 게 곧 끝날 텐데……. 하는 생각이 들었던 거였다.

무엇이, 어떤 형태로, 결말을 맞이하게 되는 것인가에 대한 의문이 잠시 의식의 표면 위로 올라왔지만 나는 꾹 힘주어 그것을 내리눌렀다.

"전하께서 말씀하셨던 대로……. 콘라드 후작가의 영식들은 더 이상 제게 접근하지 않아요. 그저 공식 연회에서 전하의 옆에 한 번 섰던 일 이후로요. 전 그것만으로도……."

"그들은 그럴 겁니다. 나와는 굉장히 예민하게 정치적으로 척을 지고 있는 관계이니까. 그대가 내 정식 후궁이든, 그렇지 않든 한때 내 여자였음을 것을 드러내는 것만으로도 에스델을 이전처럼은 대하지 못할 거예요. 앞으로의 정치적 움직임에서 사소한 무엇 하나 내게 꼬투리를 잡혀선 안 되는 입장이니까. 콘라드가는.”

황태자의 말에 나는 잠시 루카스와 제롬을 떠올렸다. 다른 하급 귀족들이 여전히 내게 추파를 던지고, 심지어 같이 어울리던 무리들 중 일부가 나를 윤간할 때에도 더는 내게 접근하지 않던 제롬을. 그리고 분노와 배신감으로 잔뜩 일그러져 있던 그의 시선을.

‘넌 그렇게 형과 내 뒤통수를 쳐선 안 됐어.’

‘최소한 계산은 제대로 끝내고 가지 그랬어. 이 걸레 같은 년.’

“그러나 콘라드가의 두 형제를 제외하고는…… 여전히 영애를 버겁게 하는 일들이 있을 텐데요.”

황태자의 물음에 나는 순간적으로 머릿속을 잠식한 제롬의 음성에서 벗어났다.

그러자 이번에는 그날 알렉스며 그의 동기들에게 차례로 깔려 신음을 흘리던 순간의 풍경이 스쳐 지나갔다. 나는 입술을 힘주어 깨물며 끔찍하고 더러운 시간의 진창에서 몸을 빼내려 안간힘을 썼다.

황태자는, 에드먼드는 지금 그와 정치적으로 살얼음판 위를 걷듯 예민하게 얽힌 콘라드가 이외에도, 다른 누구도 나를 함부로 할 수 없도록 황가의 이름을 놓아 나를 보호해 주겠다는 제안을 하고 있는 거였다. 그러나 과연 내가, 겉으로 태연히 웃음을 가장하며 속으로 독을 바른 칼을 숨긴 내가 그의 배려를 받을 자격이 있는 걸까.

얼마간의 갈등이 줄어 생각의 풍파가 잠잠해졌을 때, 나는 앙다물었던 입술을 풀어 말했다.

“감사합니다만 전하, 저는 정식으로 전하의 곁에 설 자격이……

없는 사람입니다."

조금 멍했다. 그러나 나는 내가 무언가 바른 결정을 한 것 같다는 생각이 들었다.

며칠 뒤 황태자궁에서 나오는 길이었다. 내 등 위로 옅은 그림자가 번지는 생경한 촉감에 뒤로 돌았을 때는 알렌 공작이 나를 내려다보고 있었다. 지난번 불편할 수밖에 없는 마지막 만남의 여파로 나는 최소한의 예만 갖추어 가능한 빨리 남자를 스쳐 지나려고 했다. 그러나 그는 기어코 나를 멈춰 세웠다.

"어째서 에드먼드의 제안을 거절했지?"

그가 말하는 제안이 무엇을 일컫는 것인지를 깨닫기까지는 시간이 꽤 걸렸다. 나는 의아하다는 듯이 물었다.

"혹시 남의 얘기를 몰래 엿듣는 취미가 있으신가요."

"그럴 리가."

어이가 없는 듯했지만 그는 여전히 미동 없는 얼굴로 대꾸했다.

"에드먼드는 내 친우이기도 해. 내가 그대와의 일을 전혀 모르고 있어야만 할 이유가 있나?"

"그건……."

"첩지를 주려 해도 한사코 거절하는 영애의 저의를 생각해 보는 눈치더군."

공작의 두 눈은 곧게 나를 응시하고 있었다.

"어째서일까. 아무리 생각해 보아도 거절할 이유가 없는 일인데. 영애가 황태자의 제안과 호의를 거절해서 얻을 것이 있나? ……첩지와 후원만을 바라는 다른 숱한 여자들과 차별될지도 모른다는 그런 질 낮은 꿍꿍이속? 그러나 내가 아는 한 영애가 그런 생각을 스스로 떠올릴 수 있는 종류의 여자는 아니야. 그렇지 않으면……. 단순히 앞으로 황태자에 대한 양심의 가책을 덜고자 함인가?"

알렌의 말은 언제나처럼 정돈된 음성에 덧씌워졌지만 그러나 거침이 없었다. 나는 그의 말이 갖는 궤도가 점차 위험한 뭔가, 중심을 건드리려 하는 것을 알고 소스라치게 놀랐다. 아직 날이 밝았고, 주변 어디에 듣는 귀가 있을지 모르는 상황이었다.

"지금 무슨, 무슨…… 소리를."

"그런 말을 하려거든 먼저 남들이 자신의 속셈을 궁금해하지 않도록 태연히 행동할 줄 알았어야지."

"네?"

"어지간히 둔한 사람도 요즈음 그대의 행동을 보면 궁금해질 것 같은데. 대체 영애가 황태자를 상대로 무슨 셈속을 지니고 있나, 왜 저렇게 예전과 달리 매일같이 그의 궁에 드나드는 건지, 그것도 늘 반쯤 얼이 빠진 채로. 한참 멍하니 걷다가 다음 순간이면 얼굴이 새하얗게 질려서 고개를 절레절레 흔들어 대고……. 본인의 그런 행동이 어떤 식으로 비춰질지 전혀 모르나?"

그 소리에 햇빛이 늘어지듯 들어오는 긴 복도에서 나는 창백하게 질려 그를 바라보았다.

"황태자를 상대로 감히 무슨 짓을 하려는 건진 모르겠지만. 이왕

할 거라면 지금처럼은 안 돼. 에드먼드는 만만한 상대가 아니야."

알렌은 내게 가까이 다가와 반쯤 낮은 음성으로 속삭였다.

그렇지만 과연……. 나는 생각했다. 내가 황태자에게 하려는 꿍꿍이속이 그를 살해하는 것임을 안다면 알렌이 지금처럼 이렇게 날 태연히 대하고 조언까지 해 줄 수 있을까. 아이러니한 상황이었다. 끔찍한 죄책감이 찾아들었다.

"제가 무슨 짓을 할 줄 알고……. 그게 어떤, 끔찍한 행동일 줄 알고, 제게 그런 조언을."

"글쎄. 그래 봤자 영애다운 행동의 범주를 벗어나지는 못할 거라 생각했지."

역시나. 나는 이번만큼은 당신이 틀렸어요, 하며 혼자 속으로 중얼거렸다. 울고 싶은 참담한 기분이 된 채로.

알렌은 나를 지나쳐 걸어가려다, 문득 생각났다는 듯이 반쯤 옆으로 몸을 틀어 말했다.

"같이 가지. 마차가 와 있어."

"……."

"바래다주겠다는 소리야."

나는 기운 없이 고개를 끄덕였다. 당분간 에드먼드의 궁에 들른 후에 곧바로 칼릭스에게 향하지 않아도 되는 것이 다행이었다.

흔들리는 마차 안에서 남자와 나는 줄곧 침묵을 지켰다. 둘 중 누구도 섣불리 입을 열 생각을 하지 않는 것 같았다. 나는 그의 시선이 내 옆얼굴에 와 닿는 것이 어쩐지 버거웠다. 그래서 침묵을 한순간에 뭉그러뜨리듯 기어코 입을 열었다.

"곧 정식으로 약혼식을 치르신다고 들었어요."

"······."

"미리 축하드려요."

알렌 공작에 대한 일들은 대부분이 호사가들을 통해 사교계의 중심 화제에 오르내렸다. 따라서 나 역시 싫든 좋든, 그에 대한 것들은 대부분 알게 되곤 했다. 알렌에 대해 아직 남아 있는 순수하고도 아주 색채가 옅은 흠모를 깨닫게 될 때마다, 나는 그런 일 따위를 자의와 상관없이 듣게 되는 것이 너무나 싫었다. 그러나 이 순간만큼은 이렇게라도 적막을 깨뜨릴 화제를 찾을 수 있음에 그 사실은 안도 비슷하게 와 닿았다.

"글쎄······. 적어도 영애에게 축하받을 만한 일은 아닐 것 같군."

그러나 그는 그렇게 대꾸할 뿐이었다. 문득 어쩐지 구역질이 치밀어 올랐다.

알렌은 하얗게 질려 가는 나의 낯빛을 날카롭게 응시했다.

"괜찮나? 안색이 몹시 파리한데."

"괜, 괜찮아요."

순간 마차가 다소 중심을 잃고 기우뚱거리자 더욱 심한 욕지기가 울컥 치밀어 올랐다. 나는 그의 앞에서 추접한 꼴을 보이지 않으려고 양손으로 입을 막은 채 안간힘을 썼다. 알렌은 조금 다급하게 나를 불렀다.

"에스델."

"괜찮다니까, 읍, 우욱······."

알렌은 급히 마차를 세우게 했고 나는 마차가 멈추자마자 다급하게 내려 토악질을 했다. 먹은 것이 없어 아무것도 제대로 토해 내지 못하는 꼴이 도리어 더 볼썽사나웠다. 머리가 지끈거렸다. 열이 나는 듯 뜨거운 기운이 퍼져 나가고 있었다.

"에스델. 혹시……."

무언가 가만히 더듬어 생각해 보는 듯한 그의 표정. 나는 별 무리 없이 그가 꺼내고자 하는 말이 어떤 종류인 것인지 알아차렸다.

"말씀드리기 송구스럽지만, 각하,"

나는 자조라도 하고 싶은 심정이 되었다.

"저는 이미 오래전에 아이를 낳지 못하는 몸이 되었습니다."

불길한 예감 같은 것은 가능하다면 느끼고 싶지 않았다. 그러나 아무렇지 않게 웃는 낮으로 어스름한 황혼의 빛 아래를 오가는 번화가의 사람들 사이에서 나는 어떤 예감을 포착했다. 무척이나 불안하고, 불길하며, 조금은 공포스럽기까지 한.

이럴 줄 알았으면 온몸을 구토로 더럽히는 한이 있더라도 공작가의 마차에서 내리는 게 아니었는데. 해 저물녘 하늘의 엷은 햇빛에도 온몸의 피가 바짝 말라붙는 기분이었다. 불안은 금세 현실의 것이 되어 눈앞에 다가섰다.

"오, 이게 누구야."

"에스델 양. 우리 이제 서로 알 만큼 아는 사이 아니던가?"

남자들은 저열한 웃음소리를 키득거리며 금세 내게 몸을 붙여 왔다. 알렉스와 함께 나를 윤간했던 사내들이었다. 이들과 부딪히게 될 줄 알았더라면. 나는 눈을 질끈 감았다. 그렇게 생각 없이 알렌의 호의를 거절하는 게 아니었다.

"조용히 따라가는 게 좋을 거야. 우리가 입을 열기라도 하면 정말 큰일이잖아."

내가 꼼짝할 수 없는 내용의 말을 협박조로 던지며 그들은 나를 잡아끌었다.

"진짜 예쁘긴 하다. 최근에 본 계집애들 중에 얘가 제일 예쁜데? 그래서 제롬이 그렇게……."

"닥쳐, 자식아. 그게 언제 적 일인데."

제롬 콘라드의 이름이 오르자마자 분위기는 갑작스레 냉랭해졌다. 그러나 그것에 놀랄 만치 몸을 움츠린 것은 오직 나뿐인 듯 그들은 곧 아무 일이 없는 듯이 킬킬거렸다.

남자들이 나를 끌고 간 곳은 그들이 번갈아 자주 들르는 고급 살롱 중 한 곳이었다. 앞으로 무슨 일이 어떻게 벌어질지, 훤했지만 구석진 방 안에 처박히면서 나는 딱히 저항을 해야겠다는 생각도 들지 않았다.

해야겠다, 라는 것은 어디까지나 할 수 있는 일에 대해서 품게 되는 생각이었다. 어쨌건 저들이 에스델의 태생이라는 진실을 알아낸 이상 나는 그들에게 납작 엎드려 유린당하는 것이 옳은 각본이었다.

그들 중 한 사내에 의해 탁자에 거칠게 눕혀지면서, 나는 안주머니 속 독병에 대해 잠시 생각했다. 결국엔 그들을 해치지도 못할 거

410

면서.

"벌려. 좀 더."

"……하, 으으."

"윽, 제길."

남자는 금세 거친 욕지기를 내뱉으며 격하게 허리 짓을 해 댔다. 제대로 젖지 않은 상태에서 성기를 밀어 넣어 입구가 찢어질 듯 날카로운 통증에 울부짖었다. 나는 그러나 어떤 것으로 인해서든 신음의 형태를 그들 앞에서 내뱉고 싶지 않아 입술을 꾹 깨물고 버티었다.

내가 침묵만을 지키자 남자는 오기가 생긴 듯 짓치는 동작마다 체중을 실어 더욱 힘껏 나를 짓눌렀다. 뭉근히 민감한 속을 휘젓고 간혹 찍어 누르는 성기의 굵고 둔탁한 끝이 자궁 경부를 아프게 들쑤셨다. 나는 입술을 꾹 물었다.

'하느님. 도와주세요. 제발……'

무의미할 것임을 알고 하는 기도였다. 결코 신은 내 기도를 들어준 적이 없으며, 앞으로도 들어주지 않을 것임을 나는 숱한 강간과 폭행의 시간들을 겪으며 누구보다 잘 깨치고 있었다. 그러나 무의미한 행동의 반복을 통해서도 얻을 수 있는 게 있다면, 그것은……

눈을 감고 정신없이 흔들리는 몸의 움직임을 참고 속으로 기도를 중얼거리고 있으면, 적어도 무언가를 하고 있다는 그 자체만으로 그 끔찍한 순간을 좀 더 빨리 흐르게 할 수 있다는 것. 내게 있어 기도는 어디까지나 그런 의미였다. 기원의 축성의 역할보다는 고통스러운 현실을 조금이라도 더 빨리 지나가게 할 수 있는 그런…….

"헉, 루, 루카스 경."

"어, 저기! 이건,"

순간 내 몸을 타고 있던 남자가 헉, 하며 숨을 크게 들이키더니 주춤거리며 동작을 멈추었다. 누가 들어온 건지, 저만치 자신의 순서가 돌아오기를 기다리며 시가를 피워 대던 나머지 남자들도 놀라 소리를 내었다. 나는 어느덧 잔뜩 눈물에 젖어 테이블에 처박힌 얼굴을 미처 들 생각도 하지 못했다.

'제롬……?'

누군가의 등장에 온 공간이 얼어붙듯 조용해졌다. 구둣발 자국 소리가 들리고, 이 침묵을 만들어 낸 장본인이 내 곁으로 다가오는 기척이 느껴졌다. 어딘가 익숙한 체향이 천천히 공기 중으로 내려앉았다. 이건…… 이 냄새는, 제롬이 아니라…….

순간 눈앞이 깜깜했다.

시간이 얼마나 흘렀을까. 다시 눈을 떴을 때 나는 몇몇 조명만이 은은한 빛을 내는 고풍스러운 침실의 가운데 누워 있었다. 낯선 듯 익숙한 방 안의 풍경이 흔들리다 차츰 눈앞에 아로새겨졌다.

나는 가만히 누워 눈꺼풀만 깜박거리다가, 옷 안주머니를 덧대 꿰매어 그 안에 넣어 둔 독병의 존재를 조심스레 손끝으로 어루만지며 확인했다. 다행이다. 여기 있구나……. 소리 없이 중얼거리며, 천천히 몸을 일으키려다 흠칫 놀라 그대로 주저앉았다.

"······루카스 님."

어째서 그가 지금 여기 있는 건지, 아니, 그 전에 정말 그가 나와 같은 공간에 있는 것이 맞는지. 도무지 믿기지가 않았다. 황태자와 나란히 연회에 등장했던 날 이후로 거짓말처럼 콘라드 형제는 내게 더 접촉해 오지 않았는데.

어떻게 된 일일까. 나는 그때야 어쩐지 익숙하게 느껴지던 방 안의 공간을 의식했다. 그러다 뒤늦게 이곳이 루카스의 침실임을 깨달았다. 필사적으로 머리를 굴리며 지금 내게 벌어진 상황을 이해하려 애를 썼다.

"정신이 드나?"

"네. 저······. 지금 제가 여기, 어떻게,"

"그대로 기절하더군."

그랬구나. 그의 말에 수긍하듯 고개를 숙이면서도 그러나 다음 순간 나는 무언가 이질감을 느꼈다. 루카스의 설명대로라면, 분명 나는 그 사내들에게 집단 강간을 당하는 중이었는데, 그러니까 그 와중에 루카스가 우연히 그 광경을 목격했고······. 그리고 그걸 보고, 나를 구해 준······ 걸까?

뭔가 이상했다. 루카스 콘라드가, 나를 구해 준다고? 나는 당황한 나머지 급히 몸을 일으켰다. 몸을 덮고 있던 이불이 아래로 힘없이 떨어지자 젖가슴을 거의 드러낸 찢어진 옷차림이 그대로 남자 앞에 드러났다.

"······아, 저기 이건,"

그러나 그는 변함없이 내 두 눈을 응시하고 있었다.

"그들에게 무슨 책을 잡혔지?"

"예?"

"제롬에게 겨우 붙어 다니는 시답잖은 떨거지들을 왜 그렇게 상대해 주고 있었냐는 거야."

순간적으로 대답을 해야 할지, 해야 한다면 어디까지 그에게 털어놓아도 되는 건지 고민이 되었다. 그러다 모든 방법이 마뜩지 않음을 깨닫고 나는 그냥 머리를 절레절레 흔들었다.

"아니에요. 아무것도."

"……에스텔 그로에스."

루카스가 내 이름을 저런 식으로 부를 때면 늘 무언가 좋지 못한 일이 뒤이어지곤 했었다. 한때였지만 그와 줄곧 몸을 섞어 댄 사이였기에 나는 그에 대해서만큼은 어느 정도 알았다. 어쨌든 나를 구해 준 셈이 된 것 같아 그를 향해 감사의 말을 덧붙이려던 나는 우연히 온기 한 점 없는, 어둡게 가라앉은 두 눈동자를 보고 멈추어 얼어붙었다.

"말을 하지 않겠다는 건가. 좋아."

"그건, 저, 루카스 님…… 그럴 만한 이유가 있어서……."

"그렇다면 다른 얘길 해 보도록 하지."

그는 뜸을 들이지 않고 곧장 다시 입을 열었다.

"언제부터였지?"

많은 것이 생략된 물음이었지만 그러나 그도, 나도 그 질문이 황태자에 대한 것을 에두르고 있음을 알 수 있었다. 언제부터 에드먼드에게 바짝 달라붙을 생각을 했었는지, 그래서 콘라드가와 정치적으로 민감하기 짝이 없는 그의 그림자 안에서 자신들을 피해 달아날 생각을 했는지, 더욱이 제롬의 말대로라면, 도둑년처럼 미처 해야 할 계산도 다 끝내지 않고 그런 식으로 도망칠 발칙하기 짝이 없는 계획을 세웠었는지.

나는 무언가 말을 해야 할 것 같아 한참 주저대었다. 그러나 지금 여기서 무슨 말을 해 봤자 결국 자질구레한 변명 따위가 됨을 깨닫고, 더 움직이려는 혀를 슬며시 깨물었다.

"……죄송해요."

"무엇이?"

"저어, 계……산을, 다 끝내지 않아서……."

"계산이라……. 그래, 내게 할 말은 그것뿐인가?"

그는 자리에서 일어났다. 문득 다음 순간에 벌어질 일이 무서워졌다.

"좋아. 네가 그런 식으로 나오겠다면."

"루카스 님……."

"지금 우연찮게 꽤 적절한 장소에 있는 셈이군. 너와 나 둘뿐이고, 보는 눈이 있는 것도 아니야. 집안의 입단속이야 내겐 식은 죽 먹기이니. ……여기서 마저 끝내도록 하지."

"네? 무슨, 무엇을……."

"네가 말한 그 계산이라는 것 말이야."

'계산이랍시고 네까짓 게 할 수 있는 일이 하나밖에 더 있나?' 그의 차가운 눈동자는 그렇게 말하고 있었다. 그리고 문득 정신을 차렸을 때, 그는 거칠게 내 허리를 움켜쥐고 나머지 한쪽 손으로는 드러난 목을 조르듯 쥐어 잡으며 잇자국을 거칠게 박아 넣고 있었다.

이게 마지막이야. 이걸로 두 번 다시 널 볼 일은 없을 거야.

둘 중 누구도 더는 말의 형태를 꺼내지 않았지만 나는 그의 몸짓이 담은 의미를 알았다. 그래서 본능적으로 꺼내려던 무의미한 저항을 곧 그만두었다.

그와의 성교는 몹시도 괴로웠다. 나는 가능한 기억에 남은 그의 취향을 떠올려 거기에 맞추려 했지만 쉴 새 없이 몰아붙이는 남자의 움직임을 따라가는 것은 힘에 겨운 일이었다. 몇 번이고 하반신을 맞추고 허리를 쳐올리면서 나는 금방이라도 터져 나올 것 같은 울음을 꽉 참았다. 그리고 거의 모든 일이 끝나 가다시피 했을 즈음이었다.

"조금만 참아."

그는 그 말만 남기고는 불을 붙인 채 올려 두었던 담배를 들었다. 그리고 그것을 그대로 내 팔목 안쪽의 여린 살에 가져다 대었다.

"아, 악, 아아아아아아악!"

끔찍할 것 같은 고통이 몰아닥쳤다. 생살이 찢기고 타는 역겨운 냄새가 코를 찔렀다. 미칠 것 같은 고통에 나는 발작하듯 몸을 강하게 비틀고 날뛰듯 움직였지만 루카스는 강한 악력으로 내 몸과 팔을 짓누르며 계속해서 불로 내 피부를 지져 댔다. 그는 얼핏 미간을 찌푸린 채 무언가를 남기고 있었다.

'M.'

나는 일주일 정도가 지난 뒤에야 그가 불로 지져 내 몸에 새겨 넣은 글자의 정체를 파악할 수 있었다. 그것은 루카스의 이름도 그의 성씨도 아니었다. 그 남자의 미들네임이 마넷(Manett)이라는 것을 알게 된 것은 한참 더 나중의 일이었다.

살이 찢기고 녹아드는 고통 속에서 그대로 정신을 잃은 것 같았
다. 겨우 눈꺼풀을 들어 올렸을 때는 미하엘과 에이미, 그리고 몇 번
인가 본 적 있는 의원의 얼굴이 어렴풋이 시야에 들어왔다. 나는 힘
없이 눈꺼풀을 몇 번 더 깜박였다. 그런 날 가장 먼저 알아차린 것은
미하엘이었다.

"누이. 정신이 들어?"

그는 다급한 음성을 냈다. 그러자 거짓말처럼 방 안 모든 사람들
의 눈과 귀가 내게로 방향을 틀었다. 부담스러울 만한 일이었지만,
그러나 나는 그때 그 찰나의 변화를 부담스럽다고 느낄 만한 기력조
차 없는 것 같이 그저 멍했다. 나는 겨우 고개를 끄덕였다.

미하엘이 거칠게 욕지기를 뱉으며 이 지경이 된 나를 마차에 실어
보낸 콘라드에 날이 선 분노를 내비치고 있었다. 그리고 그런 그를
드미트리와 남자 시종들이, 이런 예민한 시기에 경솔한 행동을 해선
안 된다는 듯 어르고 있었다. 내가 나서야 할 것 같아서 힘없이 마른
입술을 열었다.

"나를 이렇게 만든 것…… 콘라드에서가 아니야."

그러자 당혹과 의아함에 젖은 얼굴로 미하엘이 나를 돌아다보았
다.

"그분은, 루카스 님은……. 오히려 나를 도와주신 거야. 내가 좀

질 나쁜 일에 잘못 얽혀 들었을 때……."

미하엘의 분노를 잠재우기 위해 꺼낸 거짓 섞인 말이었건만 그러나 그것은 미하엘의 감정을 더욱 증폭시키기만 한 것 같았다. 그게 다야, 몇 번이고 중얼거렸으나 미하엘은 "지금 그게 말이 된다고 생각해?" 하고 역정을 내면서 얼굴을 일그러뜨렸다. 화가 나 눈을 번뜩이며 내게 소리치려 드는 미하엘을 양쪽에서 드미트리와 에이미가 안절부절못하며 말리고 있었다.

문득 그때까지 조용히 자리를 지키고 있던 의원과 눈이 마주쳤다. 그는 그제야 천천히 입을 열었다.

"잠시 자리를 비켜 주신다면, 아가씨의 상태를 좀 더 살피도록 하겠습니다."

그 말은 최소한 미하엘에게만큼은 마치 마법과도 같았다. 그는 분노를 억지로 잠재우려는 듯 고개를 끄덕이며 드미트리와 밖으로 향했다.

의원은 아주 신중한 낯으로 오래, 나를 살폈다. 내 맥을 짚고, 기본적인 처치를 해 둔 상처 부위를 꼼꼼히 보았으며 그 밖에도 몸의 전반적인 상태를 확인하려는 것 같았다. 담뱃불로 지져진 한쪽 팔목은 이미 흰 붕대가 감겨 있었다. 나는 멍하게 누워 그것을 바라보며 기운 없이 의원의 행동을 받아들였다. 그가 마지막 말을 덧붙이기 전까지는.

"심히 외람되오나, 아가씨……. 태기가 있으신 듯합니다."

태기라. 나는 멍하니 붕대가 감긴 팔목을 응시하며 무의식적으로 고개를 끄덕이려다 말고 동작을 멈췄다. 순간 얽히기 시작한 사고의 회로에서 태기, 와 같은 발음을 지닌 다른 단어들을 찾아보려 했지만 아무리 찾아도 아이를 밴 기미나 기색이라는 뜻의 말 외에는 마땅히 떠오르는 것이 없었다.

나는 충격을 받아 커진 눈으로 의원을 바라보았다. 어느덧 나의 두 눈에는 분노와 원망과 충격의 날카로운 빛들이 정말이지 엉망으로 버무려져 있었다.

"지금 뭐라고 했어요?"

"태기가……. 있으시다고."

"내게 지금 뭐라 말했냐고요!"

그리고 이 세계에 와서 처음으로 나는 사람에게 힘을 썼다. 미친 것처럼 앞도 제대로 보지 않고 그대로 나이 지긋한 남자의 멱살을 온 힘을 다해 휘어잡았다. 내 행동에 소스라치게 놀란 에이미가 순간적으로 내게 붙어 "아가씨, 제발, 이러지 마세요!" 하고 외치며 안간힘을 썼다. 그러나 의원은 이런 일이 낯설지만은 않은 듯 끝까지 침착함을 유지했다.

"임신이십니다."

"……임, 뭐, 라고, 요?"

"초기인 만큼 앞으로는 몸을 더욱 조심히 하는 것이 좋겠습니다. 당분간 찬 곳을 피하시고……."

음식을 가려 먹고, 무엇보다 안정을 취해야 한다는 그따위의 말들을 남자는 기계처럼 내뱉었다. 머릿속이 온통 윙윙, 소리를 내며 울리는 것 같았다.

다음 순간, 나는 내 양팔을 붙들고 매달리며 말리던 에이미를 뿌리치고 침대 위를 엉금엉금 기어가 그를 붙들었다.

"못한다면서요. 아니, 안 될 거라면서요."

"……죄송합니다."

"당신이, 당신이 그랬잖아요! 나는 이미 오래전에 망가진, 망가진 몸, 이라 아이를 밸 수 없다면서!"

겨우 침착을 가장하며 내뱉기 시작한 말은 그러나 마디가 길어질수록 격한 감정의 호흡을 여과 없이 드러내었다. 의원은 겨우 내 시선을 피하며 미안하다는 듯 중얼거렸다.

"송구……스럽습니다. 아가씨."

"어떻게, 어떻게 이런……."

"분명히, 분명히 그랬었습니다. 저도 믿지 못해 몇 번이나 확인을 한 참입니다. ……예전에 뵈었을 때는, 분명 그때는…… 절대, 어떤 일이 있어도 아이를 낳을 수 없는 상태가 된 후였습니다만……."

망연자실했다. 온몸에서 힘이 빠져나가는 것 같았다. 그의 말을 억지로 주워 담고 그 엉망으로 조각난 파편들을 하나하나 훑어보았다. 그러던 순간, 내 뇌리를 스치는 것이 있었다.

몸이 바뀌었다는 것. 껍데기는 에스텔이되 실은 나 한유리가 그녀의 탈을 뒤집어쓰고 이곳에서 살아 숨 쉬기 시작했다는 것. 이곳에서 나는 에스텔이면서 적어도 알맹이는 에스텔이 아니라는 지극한 사실이 차츰 뇌리에 자리 잡았다. 그리고 떠오르는 사실이 있었다. 자살을 기도하여 스스로 몸을 망가뜨렸지만 육신은 생명의 불을 꺼뜨리는 대신 이곳으로 들어와 마찬가지로 죽음을 꿈꾼 에스텔로 살아가게 하였다는 점…….

혹시나, 로 시작한 가정은 점차 확신의 속도를 붙여 가고 있었다.

문득 이 세계에 온 지 얼마 되지 않았을 때, 나를 보고 건넨 사람들의 말이 생각이 났다.

'큰 부상 없이 금방 회복되셨다니 천만다행이죠. 그 높은 곳에서 떨어지셨는데도 기억을 잃으신 것 말고는 크게 다친 곳이 없으시다는 게요.'

'……좀 웃겨서. 대체 어떻게 쇼를 하면 그 절벽에서 떨어지고도 겉은 이렇게 생채기 하나 없이 깨끗할 수가 있는 거야? 응? 나는 또, 완전히 망가져서 더 박아 댈 맛도 안 나면 어떡하나 전전긍긍했었다고.'

내 것이 된 에스델의 몸은 이미 몇 차례 자살 기도를 한 후였음에도, 심지어는 높디높은 절벽에서 맨몸으로 떨어졌는데도 상처 하나 없던 거였다. 기적에 가까운 그 일은 바로 나 한유리가 그녀의 육신을 차지하면서 현실의 것이 될 수 있었던 걸까.

그렇다면, 내가 에스델의 겉껍데기를 차지하며 모든 것이 마치 리셋, 버튼을 누른 것처럼 다시 시작된 거라면……. 그러면 지금 이 임신도 비슷한 맥락에서 조금은, 조금은…… 이해가 될 수도…….

나는 그렇게 생각의 궤적을 늘어뜨리다 말고 한순간 그 자리에 고꾸라지듯 엎드렸다. 내게 닥친 현실의 무게가 서서히 내 몸을 짓눌러 온 까닭이었다.

그리고 한껏 뒤틀린 운명을 향해 비명을 지르는 대신, 두 팔에 얼굴을 묻고 엉엉 소리 내어 울었다.

나는 시선을 허공에 둔 양 멍하니 칼릭스를 응시했다. 오랜만의 호출이었다. 그는 흥미롭다는 듯 조소를 띄우며 말했다.

"그래. 일은 순조로이 되어 가고 있나?"

황태자에게 무슨 일이 생겼다면 이미 황궁을 너머 온 황성이 난리가 났을 터, 그러므로 사방이 고요한 황궁의 가운데에서 꺼내는 지금 그의 물음은 아직 아무것도 하지 못함이 분명한 나를 비웃고 조롱하는 것이었다. 나는 입술을 깨물며 남자의 시선을 피했다.

"앞으로 일주일. 그 정도면 충분할 테지."

그는 사형일을 선고 내리듯 간명히 말했다. 나는 체념하듯 잠시 눈을 감았다 떴다. 그러고는 오래 내 머릿속 한편을 잠식해 온 물음을 꺼내 들었다.

"제가 일을 해내면⋯⋯. 혹시 그 과정에서 제 아둔함이 저를 위험에 빠뜨리게, 한다고 해도 죄 없는 집안사람들이며 남동생 미하엘은⋯⋯. 무사할 수 있을까요?"

미하엘의 이름이 등장하자 순간이었지만 아주 미세히 그의 미간이 날카롭게 구겨졌다. 나는 그 섬세한 변화를 포착함에 무언가 이질감을 느꼈다.

"약속하지. 네 식솔들의 목숨과 미하엘의 안위."

나는 고개를 끄덕였다. 그는 잔혹스러운 냉혈한이었지만 최소한 자신이 한 약속을 지키지 않을 남자는 아니었다. 가만히 그를 응시하다 다시 입을 열었다.

"한 가지 더, 여쭙고 싶은 것이 있어요."

"말해."

처음 그의 말을 들었을 때부터, 둔하고 미련스러우며 약해 빠진 나에게 하필 그런 일을 명 내리는 음성을 들었을 때부터 궁금했던 것.

"어째서 저……인가요."

이런 일을 왜 제게, 맡기셨는지. 저는 잘 이해가……. 그러자 그는 피식, 하고 웃었다. 차갑게 내려앉은 음성에도 그의 웃음기가 묻어 나왔다. 나는 치밀어 오르는 분노와 모멸감을 억지로 억눌렀다.

네 손으로 끝을 내. 그리고 내게 와.

……그래야 의미가 있겠지.

그는 그렇게 말하곤 곧장 내게서 등을 돌렸다.

밤은 고요했다. 조금 열린 창문 너머로 이름 모를 꽃의 옅은 향내가 부드러운 바람에 섞여 들어오고 있었다. 그것들은 금세 방 안의 촛불에 소리 없이 녹아내렸다. 나는 고개를 숙여 잠들어 있는 에드먼드의 유려한 옆얼굴을 바라보았다. 섬세하게 흔들리는 결 고운 금발은 짙은 어둠 속에서 조용히 은빛으로 빛났고, 반듯한 이마 아래 보기 좋게 자리 잡은 콧대는 특유의 고혹적인 분위기를 자아냈다.

이 남자를 어떻게 해야 할까. 실은 머릿속으로 이미 수백, 수천 가지의 시나리오를 쓰고 지우길 반복하다 단 하나의 답만을 남겨 놓은 주제에. 나는 무지한 어린아이처럼 좀 더 고민하는 체를 해 보았다.

더는 가엾은 미하엘을 끌어들이지 않고, 죄 없는 집안의 사용인들의 숨통을 끊지 않으면서, 그러면서도 최대한 칼릭스의 명령 자체에 충실할 수 있는 선택……, 그것들은 애초부터 모두 단 하나의 방향을 가리키고 있었다.

에드먼드를 살해하는 것.

……생각이 거기에 닿았을 때 나도 모르게 숨을 조금 들이켰다. 나는 두려웠다. 죄 없는 한 사내의 숨을 멎게 하는 것이 두려웠고, 태어나 처음 살인이라는 죄를 저지르는 것이 못내 무섭고 괴로웠다. 그러나…….

나는 억지로 생각의 방향을 틀었다. 그를 죽이지 않는다면? 그러자 그 외의 선택지들이 천천히 새하얗게 지워져 갔고 나는 내게 남은 단 하나의 답이 눈앞의 남자임을 다시금 절감해야만 했다.

차마 이 남자를 해치지 못해 머뭇거리기만 했던 숱한 시간들. 그러나 그동안 바뀌는 것은 없었다. 제발 이대로 시간을 멈추기를, 하는 바보 같은 기도도 소용이 없기는 매한가지였다. 아니, 딱 하나 달라진 것이 있다면……. 나는 생각을 하다 말고 잠시 자조했다. 정확히 언제부터인지는 모르나 내가 아이를 가졌다는 사실, 이었다. 임신이라, 자조하듯 속으로 중얼거리자 동그랗고 각진 단어의 느낌이 생경하게 와닿았다.

그러나 그것은 눈앞의 상황과 판단과 고민에 결정을 미칠 수 있는 성질의 것은 아니었다. 나는 마지막으로 숨을 가다듬고, 천천히 그의 목덜미며 날카로운 턱선, 그 위로 자리한 붉은 입술을 바라보았다. 깊은 잠에 든 남자의 옆모습은 아름다웠다. 천천히 그의 얼굴에 다가가 그의 숨결을 도둑질하듯 가만히 입술에 대어 보았다. 살아 있다는 감각, 느낌, 사람의 냄새……. 그런 것들이 숨을 들이쉴 때마다 조금씩 공기에 섞여 내 몸 안으로 빨려 들어왔다.

그렇게 몇 분이나 그를 바라보고 있었을까. 나는 마침내 쓰러지듯 그의 옆에 엎드렸다. 소리 없는 흐느낌이 이어서 터져 나왔다.

안 돼. 도저히 안 되겠어.

바보 같긴. 그저 밀봉해 숨겨 놓았던 저 병을 열고, 조금만, 단 몇 방울만 독을 남자의 입술 사이로 흘려보내면 될 텐데. 그러면 멀쩡 했던 황태자는 하룻밤 사이에 더는 이 세상에 속한 이가 아니게 되어 버릴 텐데. 그리고 나는, 나는……. 어쩌면 비로소 자유로워질 수도…… 있는 걸 텐데. 그런데도 나는 마법에라도 걸린 것처럼 자리에서 꼼짝도 할 수 없는 거였다.

'어쩌면 나는 그를…….'

그제야 알아차렸다. 인간은 머리보다 몸이 언제나 조금 더 빨리 마음을 정직하게 대면한다는 것을. 나는 그러므로 결코 이 손을 통해서 이 남자를 해치지 못할 거라는…… 것을. 그리고 무엇보다……. 내가 이 남자를 생각해 온 것처럼 그저 일국의 황태자 그 자체로만 여기지는 않아 왔다는 것을, 말이다.

내게 다정히 눈을 맞추고, 차와 식사를 함께 하며, 자신의 옆자리를 허락하는, 나아가 내 얘기에 귀를 기울이고, '나를 귀히 여긴다.'는 그 말을 이곳에서 유일하게 해 주는 이 남자를……, 그에 대한 이 마음, 감정을 과연 무엇이라 이름 붙여야 할지는 모르겠지만 내가 그를 어쩌면 좋아……한단 사실을, 결코 그를 아무렇지 않게 의례적으로 대하고 있지만은 않았다는 것을. 나는 깨달아야만 했다.

흐느낌을 잇새로 터트리고, 이따금 소리 죽여 삼키며 나는 절감했다. 나는, 나로서는 도저히 이 남자를 죽일 수 없다는 걸. 감히 마음을 죽이고 무방비하게 홀로 된 그에게 비수를 꽂고, 독을 흘려 넣지는 못할 것이라는 사실을. 너무나 뒤늦게, 그리고 하필이면 너무나 좋지 못한 순간에 깨달은 감정의 편린들이었다.

이게 과연 어떤 감정인지, 이성에 대한 연모의 형태를 띤 것인지 아니면 단지 나를 다정히 대해 준 상대에 대한 신뢰와 믿음, 따위의 것인지는 모르지만…… 굳이 통칭하자면 정 따위의 단어로도 이를 수 있을 그것을 나는 도저히 저버릴 수가 없는 거였다.

눈앞이 자꾸만 뿌옇게 변했다. 나는 정신없이 뜨거운 물기를 닦아 내리다가 결국 몸에서 힘을 뺐다. 에드먼드를 죽이려고 마음먹던 일을 떠올리자 그와 처음 만났던 순간부터의 모든 시간 시간들이 빠르게 내 눈앞을 스치고 지나갔다. 이런 거로구나. 나는 혼잣말했다. 사람을 해치고, 그의 생명을 영원히…… 없앤다는 일이 갖는 무게가 이런 거로구나. 나는 비참했고 또 얼마간은 몹시 마음이 아팠다.

그렇게 시간은 흘렀다. 나는 사지의 살과 뼈가 다 녹아내리는 것처럼 아프게 울었다. 결국 밀봉을 풀지 못한, 병을 쥔 채 꾸역꾸역 울음을 삼키며 몸을 떨어 대는 내 기척에 그러므로 에드먼드가 잠에서 깬 것은 어찌 보면 당연한 일이었다.

"……에스델?"

잠에서 깨어난 그의 목소리는 조금 가라앉아 있었다. 나는 시선을 옆으로 돌릴 생각도 하지 않은 채 몸을 반쯤 엎드리고, 웅크린 채로 시트 위로 떨어지는 눈물과 함께 울음만 꾸역꾸역 토해 냈다. 에드먼드는 꽤 놀란 듯했다.

"에스델."

"……."

"영애, 무슨 일입니까. 대체 왜……."

그러다 그의 시선이 아주 천천히…… 내 왼쪽 손끝의 작은 병에 와 닿았다. 정적이 흘렀다. 사방이 고요한 가운데 공기 중의 떨림을 만들어 내는 것은 오직 내 미약한 흐느낌뿐이었다.

에드먼드는 아무것도 묻지 않았다. 큰 소리를 내어 당장 사람을 부르지도, 그리하여 나를 내쫓아 차디찬 지하 감옥에 가두라 명을 내리지도 않았다. 그저 무언가 기다리듯 가만히 나를 내려다보고 있을 뿐이었다.

"에스델."

에드먼드가 세 번째로 나를 불렀을 때, 나는 눈물로 흠뻑 젖은 얼굴을 들어 겨우 그를 올려다보았다.

"전하."

에드먼드는 나와 곧게 시선을 맞춘 채 침묵을 지켰다. 나의 손끝에 걸려 있는 병이 무엇인지, 그것이 담고 있는 액체의 정체와 거기 얽힌 의도와 목적은 무엇인지, 최근 몹시 이상했던 나의 행적들과의 연결 고리 따위를 곧바로 알아차렸을 테지만 그러나 그는 아무런 말도 꺼내지 않았다. 그저 가만히 나를 기다리고 있었다.

나는 손 안의 병을 필사적으로 힘주어 더 꽉 쥐었다.

"죄송······합니다."

"무엇이 말입니까."

"저는······. 저는 전하를, 해하려 했어요."

결국 말하고야 말았다. 이토록 솔직한 속내를 털어놓다니. 누군가가 본다면 목숨을 구걸해도 모자랄 판에 미련스럽기 짝이 없다 비웃을 일이었다. 그러나 나는 그것이 일종의 최선, 같은 거라고 생각했다. 죄를 행하려던 상대에게 행적을 들켜, 그의 앞에서 솔직한 죄악감에 흐느끼다가 그간의 일을 고백하는 것이····· 말이다.

불현듯 이 일로 인해 고통받을 미하엘이나 에이미, 드미트리 따위의 그로에스가 사람들이 내 눈앞을 스쳐 지나갔다.

"저는 전하를 해치려, 아니, 해쳐야만 했어요. 전하, 죽을죄를 지었다는 걸 알아요······."

"에스텔."

"그렇게 해야만······. 그러지 않으면 저, 저는 그렇다 치더라도 사람들, 제 사람들이······."

"에스텔. 영애, 조금 진정을 하는 게 좋겠어요."

눈물에 젖은 나의 얼굴을 에드먼드는 언제나와 같은 온기가 어린 얼굴로 바라보며 어루만졌다. 그리고 그런 그의 매만짐에 나는······. 안도를, 일말의 안도, 감을 느꼈던 것 같다. 아, 그가 사실을 알고서도 나를 더러운 것 대하듯, 하지 않는구나. 웃는 낯으로 아무렇지 않게 사람의 등에 칼을 꽂는 짐승 보듯 하지 않는구나······. 언제나와 같이 날, 대하는구나, 하는 그런 안도감을.

"죄송해요, 정말······. 죄송해요. 그렇지만····· 저는 당신을 다치

게…… 하고 싶지는 않았어요. 그것만큼은 진심이에요. 제 마음으
론……. 저, 저는."

"쉿……. 에스델. 괜찮으니 천천히,"

"당신을 다치게 해야만 했어요, 그렇잖으면 제 사람들이 모두 다
화를, 입게 될 거라고……. 그렇지만 나는, 저, 저는…… 그럴 수가,
차마 그, 그럴 수가 없, 없었……."

이야기가 기어코 예민한 중심부를 날카롭게 파고들자 호흡은 점
차 불안정해지고 가빠졌다. 나는 흥분으로 헐떡거리며 자꾸만 하얗
게 질리는 머릿속을 필사적으로 붙잡으려 들었다.

그러던 한순간. 줄곧 왼손에 쥐고 있던 유리병이 시선 끝에 밟혔
다. 그러자 문득 머릿속을 세차게 때리듯 나를 스쳐 지나가는 생각
이 있었다.

내 목숨을 내어놓고, 에드먼드에게 감히 황태자의 목숨을 노린 죗
값을 대신하는 것. 그리고 나아가……. 내게 이것을 쥐여 준 황자,
칼릭스보다 자애로울 그에게 마지막 자비를 청하는 것……. 어쩌면,
어쩌면 될 수도 있지 않을까.

나는 다음 순간 그에게 매달리듯 머리를 숙이고 있었다. 에드먼드
는 놀란 듯 나를 불렀다.

"에스델. 얼굴을 들어 봐요. 고개를……,"

"전하. 감히…… 전하를 해하려 한 죄가 있으니, 저를 용서해 달라
고는……. 하지 않겠습니다. 다만…… 저를 도, 도와, 주세요. 제
발……."

그리고 나는 재빠르게 몸을 일으켜 유리병을 손아귀에 쥔 채로 힘

주어 돌렸다. 찰나의 시간이 흐른 후 에드먼드는 내가 하려는 행동을 깨닫고 충격을 받은 듯 동요의 기색을 띠었다.

"영애!"

"언제나, 누구에게나 온화하고 친절하셨으니. 어리석기 짝이 없는 이 천한 계집이 목숨을 내어놓고 비는 청 하나를, 전하라면, 전하께서라면……. 들어주시겠죠. 그럴 자격도, 무엇도 없는 걸 알지만……. 저를 결코 용서하지 않으셔도 좋으니 전하, 제발 도와주세요……."

"에스델. 움직이지 말아요. 그대로 더는,"

"전하를 진심으로 해하고 싶지는 않았다는 제 말……. 거짓이 아님을 이 보잘것없는 목숨으로…… 보여 드릴 테니. 부디 이후 미하엘과 제 가문의 사람들을…… 그들의 안위를, 지켜 주세요."

말을 마치자마자 에드먼드가 무어라 저지할 틈도 없이, 나는 그대로 밀봉한 마개를 열었다. 그리고 병 안의 액체를 입술 사이로 흘려보냈다.

독의 쓸쓸함이 미각을 날카롭게 스치고 짙은 잔향을 남길 때, 불현듯 떠오른 것은 정말 우습게 미하엘도, 에드먼드에 대한 것도 아닌, 독으로 죽어 갈 뱃속의 아이……. 였다. 아이라. 아주 짧은 찰나였지만 나는 그런 스스로를 소리 내어 조소하고 싶은 욕망을 느꼈다.

차라리 잘된 일이었다. 진한 맹독이 방울져 목구멍을 타고 떨어지는 촉감을 느끼면서, 나는 그렇게 스스로의 선택을 합리화했다. 태중 아이의 앞날은 뻔해 보였다. 몸을 섞어 댄 사내가 한둘이 아니었으므로 아버지도 알 수 없는 아이를, 엎친 데 덮친 격으로 결혼도 하지 않은 반쪽짜리 귀족 태생의 내게서 태어나게 해 봤자 평생 손가락질이나 받으며 사는 고통을 안게 될 터였다.

그것은 이전 생애의 한유리의 삶과 몹시 닮아 있었고, 따라서 그 괴로움의 무게와 냄새와 감촉을 나는 누구보다 생생히 상상해 볼 수 있을 것 같았다. 모든 불행과 폭력과 슬픔과 상처로 점철되어 버릴 아이의 인생이 내게는 너무나 또렷하게 그려졌다. 그러니 이렇게 없어지더라도…….

애초에 태어나선 안 될, 생명이었다.

문득 정신을 차렸을 때 아주 높은 천장이 보였다. 화려한 조각과 벽화가 그것을 이루는 구획 하나하나에 섬세히 아로새겨져 있는, 아주 높고 화려한 천정이.

나는 멍하니 눈을 두어 번 감았다가 떴다. 변하지 않는 눈앞의 풍경은 여전히 몇 가지 사실만을 내게 전달해 오고 있을 뿐이었다.

'죽지…… 못했구나.'

가장 먼저 의식에 찾아든 것은 이상하게도 숨이 붙어 있다는 데서 오는 일말의 허탈감이었다. 그 뒤 몇 번이나 무거운 호흡을 내쉬고, 억지로 눈꺼풀을 들어 올렸는지 모르겠다. 문득 바라본 창 너머 하늘이 아주 높고 푸르렀다.

"에스델!"

"영애, 정신이 드십니까?"

내 의식이 돌아옴을 알아차린 이들은 다급한 음성을 내었다. 나는 힘겹게 고개를 끄덕였다. 이쪽을 애타게 바라보고 있는, 얽혀 드는 시선 너머에는 미하엘과, 그리고 언제나와 달리 평정심의 표면 가장자리가 조금 무너져 내린 얼굴을 한 에드먼드가 있었다. 나는 황태자의 동요한 얼굴을 무의식중에 아로새겼다.

나는 에드먼드의 침실에 뉜 그대로였다. 어째서일까……. 자리를 박차고 일어서야 한다는 생각도, 눈앞의 남자에게 예를 차려야 한다는 기본적인 무언가도 떠올리기 전에 어째서 내가 아직도 이곳에 있을 수 있는 것인지에 대한 의문이 찾아들었다. 몸을 움직이려 했지만 힘이 들어가지 않았다.

"좀 더 누워 있는 게 좋겠습니다."

에드먼드는 침착한 목소리로 말했다. 자신을 죽이려 한 여자에게 어떻게 저런 얼굴로 저런 말을 건넬 수 있는 건지. 나는 지금의 상황도 잊고 잠시 그런 생각을 했다.

"누이. 정신이 든 거지? 잠시만, 힘들게 하진 않을 테니 여기, 날봐."

미하엘의 말에 나는 겨우 고개를 틀어 그에게 시선을 맞추었다. 그러자 눈에 띄게 안도의 빛이 퍼져 나가는 그의 얼굴이 보였다.

"다행이야. 누이 네가, 독을 먹고…… 아마 황태자 전하를 노린 듯해 보이는 독을 대신 당했다고 들었어. 그렇게 네가 쓰러진 뒤 전하께서 곧바로 황실의 주치의며 사람들을 부르셨고. 지금 꼼짝할 수 없을 정도로 몸이 무거운 건……. 아마 해독제의 영향 때문일 거야."

더듬더듬 미하엘의 말 한마디 한마디를 해석하며 나는 눈이 흐려지고 귀가 멍해졌다. 해독제라. 아니야, 그게 아닌걸……. 어쩌면 조금만 더 기운이 있었더라면 나는 그의 말에 헛웃음을 흘렸을지도 모른다. 내게 뒤늦게 먹인 것이 무슨 해독을 어떻게 시키는 약인지는 모르나, 내가 알기로 칼릭스가 건넨 것은 뚜렷한 해독 방법을 가지고 있지 않은 맹독이었다.

그 증거로 그로에스 3세도, 황실의 모든 비책과 약을 써서 치료했을 황태자비도 결국 세상을 뜨거나, 겨우 숨만 붙여 놓은 상태로 생을 부지하고 있지 않던가. 애초에 쉽게 해독이 될 수 있는 종류의 물건을 그 냉철한 황자가 맹독이라고 칭했을 리도 만무했다. 무언가 잘못되었다는 걸, 나는 그제야 온몸으로 감각했다.

어떻게 된 일일까.

눈을 깜박이며 생각을 가다듬어 보아도 달라지는 것은 없었다. 당황하거나, 혼란스러운 기분을 느낄 여력도 나지 않아 나는 그저 멍했다. 다만 한 가지……. 딱, 한 가지, 생각의 부유물들이 점차 가라앉은 후에 문득 떠오르는 뭔가가 있었다.

내가 이곳에 오기 전 에스델의 행적, 양부의 성적 학대에 시달리다 숱하게 자살 시도를 했지만 번번이 실패로 돌아갔었다는 그녀의 이야기가.

'그 허튼수작 다시 한번 더 부려 봐. 이번엔 안타깝게 자살 미수로만 끝나지 않도록 내가 직접 네 숨통을 끊어 놔 줄 테니까.'

이곳에 처음 오게 되었을 때, 나를 향해 낮게 효후하던 미하엘의 음성과 표정이 아직 생생했다. 나는 두 눈을 감았다. 내가 이곳에 오기 전, 이 몸의 온전한 주인이었던 에스텔이 어째서 번번이 스스로 목숨을 끊는 일조차 허락받지 못한 운명에 처했었는지는 몰라도……. 나는 돌연히 그것이 나와, 그리고 이번 일과 무관하지만은 않다는 것을 깨달았다.

나는 언젠가부터 내가 에스텔의 일부임을, 혹은 그녀가 다른 차원에서 살아가고 있는 나의 한 부분임을 어렴풋하게 깨닫고 있었다. 그래서 얼핏 생각이 든 거였다. 이곳에서의 에스텔이 겪던 무언가를, 스스로 죽을 수조차 없어 좌절하던 그녀의 그대로를 이제 이곳에 온 나도 겪게 되는 거라고. 혹은……. 그게 아니라면.

지금의 에스텔은 한유리라는 불순물이 섞인, 다시 말해 이 시간과, 이 차원에 온전히 속한 존재가 아니기 때문에……. 그렇기에 이 시간과, 이 차원과, 이 공간에서 온전히 죽을 수도 없는 건…… 아닐까.

머릿속은 숱한 가정들이 세워졌다 다시 허물어지기를 반복하고 있었다. 이번에 내가, 에스텔이 죽지 못한 이유가 무엇이 되었건 간에 나는 한 가지만은 결론지을 수 있었다. 에스텔이라는 나의 일부, 다른 차원에서의 내 반쪽이 여전히 어딘가에 존재하고 있는 한, 지금까지 에스텔이 줄곧 실패해 왔듯 최소한 자살이라는 형태로는……. 한유리는 죽을 수 없다는 것을.

얼핏 그녀의, 에스델의 음성이 들리는 것 같은 기분이었다. 매번 어딘가의 이세계(異世界)에 놓인 자신의, 얼굴도 모르는 반쪽으로 인해 죽지 못해 버려 내는 삶의 고통을 겪던…… 그녀의 비명과 그 여음(餘音)이 끊임없이 내 귓바퀴에서 맴돌고 있었다.

"영애께서 정신을 차리니……. 마음이 놓이는군요."

에드먼드는 나와 두 눈을 맞춘 채 말했다.

"에스델. 그대가 무사해서 정말 다행이에요."

그의 말은 이해하기 어려웠다. 그를 죽이려 했던 나의 그 무엇이…… 과연 그에게 다행일 수 있는 건지.

에드먼드에 의해, 이미 사람들에게 나는 에드먼드를 해치려고 한 극악무도하기 짝이 없는 죄인이 아니라, 에드먼드를 향했던 정체 모를 자들의 음독을 일부러 대신 당해 화를 입은…… 그런 불쌍하고도 조금은 갸륵한 존재가 되어 있었다. 내가 정신을 잃은 사이 이루어진 에드먼드의 거짓말. 나는 그것의 의도와 목적과 이유를 도저히, 알 수 없을 것만 같았다.

"협박을 당했었다고 했었죠, 에스델."

황태자는 내 생각의 고리를 끊어 내듯 입을 열었다. 그의 말에 나는 고개를 끄덕였다.

"곧 정식으로 첩지를 내리겠습니다. 그대를 위협한 자들이 누군지, 그리하여 그 위험한 약을 쓰도록 힘을 행사한 자들이 누구인지…… 묻지 않겠습니다. 어차피 그대에게서는 그 답을 들을 수 없을 테니까, 당신을 곤란하게만 할 거란 걸 잘 아니까요. 다만…… 그래서 나는 내가 할 수 있는 일을 하려고 합니다."

……당신을 지키는 일, 말입니다.

나를 지키는 일, 이라고. 에드먼드는 그렇게 말했다. 나를 지켜 주겠노라고……. 나는 그를 해하려 했는데 정작 그는 앞으로 나를 지키겠다고, 말하고 있는 거였다. 더는, 두 번 다시 그런 일을 겪지 않도록, 어떤 위협에서도 안전할 수 있도록 나를 자신의 사람으로 두어 지켜 주겠노라고…….

어쩐지 눈물이 날 것 같아서 나는 황급히 눈을 감았다.

"몹시 송구스럽지만, 전하."

목소리의 끝에 씁쓸한 울음의 기운이 묻어 나왔다. 공기 중으로 흩어져 가는 음성의 파형이 엷게 떨리고 있었다.

"그 말씀을…… 받아들일 수는 없습니다."

"어째서인가요."

"아직 모르시는군요. 저를 치료한 의원이 미처, 경황이 없어 말씀드리지 못했나 봅니다. 저는……"

깜박, 깜박. 눈꺼풀이 눈물에 흠뻑 젖어 반사적으로 움직일 때마다 굵은 울음의 흔적들이 굴러떨어져 내렸다.

"실은 아이를, 가졌습니다. 물론 아이의 아버지가 누군지는…… 모릅니다."

말을 마치자 나도 모르게 눈물이 눈꼬리를 타고 주룩 흘러내렸다.

축축하고 추저분한 그 자국을 감추듯 누르며 나는 내 얼굴을 두 손
으로 가렸다.

에드먼드는 엷은 미소를 섞은 음성으로 말했다.

"당신은 참으로 어리석군요."

자신의 빈이 되어 달라는 일국의 황태자의 제안을 거절하고, 어쩌
면 지금쯤 죽어 없어졌을지도 모를 아이의 존재를 굳이 입 밖에 꺼
낸 나는 누가 보아도…… 정말이지 어리석었다. 그런 스스로를 알았
기에 나는 차마 어떤 말도 하지 못한 채 버석한 소금 같은 마른 울음
만 조금씩 토해 내었다.

"그러나 이런 영애를 어리석다 이른다면, 그것은 내게도 마찬가지
인 셈이 되겠죠."

"무슨 말씀이신가요."

"그럼에도 불구하고…… 당신을 빈으로, 내 사람으로 들이고 싶다
면요."

남자의 부드러운 음성은 믿기 어려운 의미의 조각들을 담고 있었
다. 나는 몹시 놀라 황급히 그를 올려다보았다. 시선이 맞부딪히자 에
드먼드는 나를 안심시키려는 듯 특유의 아름다운 웃음을 지어 보였
다.

"나는 당신을, 귀히 여긴다고 했습니다."

그랬다. 생각해 보면 그는 이곳에서, 이 척박한 이세계(異世界)에서

날 더러 귀한 이, 라는 말을 해 준 유일한 사람……이었다. 에드먼드 드뉴엘 바우렐리우스는 내게 그런 사람인 거였다.

쩍쩍 갈라진 마음의 밑바닥에 순식간에 뜨거운 물을 잔뜩 들이붓는 감각이 들었다. 그만 두 눈을 감아 버렸다.

그로부터 며칠 뒤, 칼릭스는 나를 찾아왔다. 그 무렵 나는 황태자의 침실에서 거처를 옮겨 비어 있던 그의 별궁 한편에 몸을 의지하고 있었다. 나를 내려다보는 칼릭스의 눈매는 선연하게 일그러져 있었다.

"낯이 좋군."

여전히 다 풀리지 않은 독기에 몽롱하게 취해 있는 내게 그는 낯이 좋아 보인다고 했다. 명백한 조롱조였다. 일부러 빛을 가려 놓은 어둑한 침실의 커튼 사이로, 옅은 바람과 햇볕 조각들이 이따금 한낮의 시각임을 알리듯 흘러들고 있었다. 황자의 얼굴은 절반은 그 빛에, 그리고 나머지 절반쯤은 짙은 실내의 어둠에 잠식되어 음영이 드리워진 채였다. 그로 인해 특유의 남자다운 윤곽이 더 뚜렷이 부각된 칼릭스의 얼굴은 마치 귀신처럼 아름다웠다.

"그래, 그 독을 스스로의 입에 털어 넣은 소감이 어땠나?"

"저, 저하……."

"몇 번이고 말하지만 배짱이 아주 두둑해. 분명 날 위해 쓰라고 말했던 것 같은데. 이리 내 뒤통수를 치면……."

무어라 답을 할 찰나의 시간도 없이 순식간에 머리채가 거칠게 휘어잡혔다. 나는 악, 하고 터져 나오려는 비명을 겨우 삼켰다. 피부를 베어 내는 날카로운 아픔이 찾아들었다.

그는 그대로 내 눈높이를 자신과 맞추었다. 아찔한 공포에 나는 그만 눈을 감아 버렸다.

"그래. 고작 이건가? 내 앞에서 개처럼 기며 말하던, 앞으로도 암캐답게 구르겠다던 네 각오가?"

"죄송합, 니다. 죄송……해요. 그러나 차마 전하를 해할, 수는…….."

"닥쳐."

순식간에 그는 반대쪽 손을 들어 내 뺨을 내려쳤다. 그에게 매를 맞는 것은 정말이지 오랜만의 일이어서, 나는 잠시 그 생경한 현실의 감촉에 몸을 떨어야 했다. 통증은 충격이 가신 이후에야 서서히 퍼져 나갔다.

"그런 식으로 에드먼드 녀석에게도 붙어먹었겠지. 가엾은 척, 아무것도 할 수 없는 여린 계집인 양……. 그래. 네 멋대로 행동한 꼴을 보니 그간 퍽 즐거웠나 보군."

그는 낮게 웃음을 흘렸다. 그러나 그 음성에는 강렬한 살의가 섞여 있었다.

"옷 벗어."

나는 소스라치게 놀라 그를 올려다보았다. 그러나 칼릭스는 서리한 칼날 같은 시선으로 응수해 올 뿐이었다.

"저, 저하."

"벗으로 했어."

칼릭스의 명을 멋대로, 그것도 엉망진창으로 어긴 그 순간부터 그로부터 아무런 제재나 징벌이 없을 것이라고는 생각지 않았지만……. 나는 눈을 질끈 감았다. 지켜 주겠노라, 다정히 말을 건네던 에드먼드의 음성이 귓가에 선연했다. 하필이면 그가 황성을 떠나 있는 시간이었다.

아니, 하필이 아닐지도. 에드먼드와 칼릭스는 동시에 내보일 수 없는 동전의 표리, 낮과 밤 따위와 같아서 나는 곧 황자가 분노에 젖어 내가 에드먼드의 직접적인 보호 아래에서 물러나 있는 이 시간을 기다려야 했음을 깨달았다. 황자인 칼릭스가 고작 나 따위를 기다린다……고 표현하는 것이 몹시 우스꽝스럽지만, 그러나 달리 적절한 표현을 찾을 수 없을 것만 같았다.

이 이상 그의 분노를 자극하지 않는 방법은 그의 명을 따르는 것일 터. 겨우 떨리는 손을 들어 나는 옷 마디의 매듭을 풀어 내렸다. 가장 얇은 속옷 드레스 하나만을 걸쳤을 때 그는 다시 명령했다.

"내게로 와. 개처럼 기어서."

나는 그에게 복종했다. 헐벗은 몸으로 바닥을 엎어져서 기어가는 것 따위는 더 이상 내게 수치심이나 모멸감 따위를 느끼게 할 수 있는 종류의 일이 아니었다. 이 시간을, 이 시간만 어떻게든 넘기면 또다시 에드먼드가 내게 올 것이고, 어쩌면 조금 시간이 지나 그의 사람이라 공연히 인정받게 된 후에는 나는 그것이 갖는 무게만큼 이 궁 안에서도 조금 더 안전해질 수 있을 터였다. 생을 오롯이 지배하는 끝을 알 수 없는 공포와 슬픔에 비해 기다림에 수반되는 괴로움은 한없이 가벼웠다. 그리고 그것은 내게 일말의 희망과도 같았다.

황자의 발치에 겨우 가까워졌을 무렵, 그가 한쪽 발로 내 머리통을 세차게 짓밟았다. 쾅, 하는 소리와 함께 나는 그대로 바닥에 고꾸라지듯 처박혔다.

"헉, 으윽!"

순식간에 벌어진 일에 나는 신음을 삼키며 혀를 깨물었다. 그는 몹시 마음에 들지 않는다는 투로 말했다.

"말해 봐. 그사이 에드먼드에게 애틋한 정이라도 생겼나? ……그래서 그 녀석의 목구멍으로 차마 그걸 들이부을 수는 없었느냐는 말이야."

"저, 저하…… 그런 게 아니…….."

"참으로 눈물 나는 연모야. 그래, 덕분에 날 위해 쓴다던 독을 결국 네 목구멍에 부은 셈이니, 지금이라도 네 식솔들이며 남동생을 갈기갈기 찢어 길바닥에 내던져 줄까? ……대답해."

그는 순간적으로 머리통을 짓밟고 있던 발에서 힘을 뺐다, 그리고 나는 그것이 다음으로 향하려는 것이 내 하복부임을 본능적으로 간파했다.

"저하!"

나는 순간 미친 사람마냥 필사적으로 그의 다리에 매달렸다. 의외의 사건에 어이가 없으면서도 조금은 재미있다는 듯 남자의 어둡고 푸른 눈동자가 서늘한 빛을 냈다. 창문 너머로는 맑고 청명한 바람이 계속 불어 들어오고 있었다. 그 따스한 공기를 느끼며 나는 지독히도 어울리지 않는 눈앞의 현실에 극도의 비참함을 느꼈다. 마음이 새까맣게 재가 되어 내리는 냄새가 났다.

눈물에 젖어 엉망이 된 얼굴을 신경 쓸 겨를도 없이 그대로 그의 다리를 안고 흐느꼈다.

"제발……. 제발, 여기만은……."

그러자 순간이었지만 미세하게 그의 미간이 찌푸려지고, 눈동자가 날카롭게 빛났다.

"아이, 아이가…… 아이를, 가졌습니다. 그러니 제발……."

정신을 차렸을 때는 이미 애원하듯 그에게 사정하고 있었다. 눈물이 끝없이 뺨을 타고 흘러내렸다. 나는 불현듯 내 몸에 들어섰다는 존재에 대해 생각했다. 그 강한 독을 빨아들이고도 여전히 악착같이 살아남아 있는, 그래서 온 존재를 내게 의탁해 오고 있는 생명을.

처음 그 사실을 알았을 때 나를 살피던 어의도, 곁의 의원들도 모두 놀라 어쩔 줄을 몰라 했었다. 늘 최소한의 냉정을 지니고 있던 에드먼드조차 동요를 숨기지 못했으니까. 아무래도 그것은 내가 독을 마시고도 무사할 수 있었던 이유와 무관하지 않은 것 같았지만, 나는 그러나 그들에게 아무런 말도 꺼낼 수 없었다.

번번이 자살에 실패하고야 말았다는 에스텔에 대한 것도, 또는 지금의 에스텔은 말하자면 한유리라는 다른 차원의 불순물이 섞인 존재로, 온전히 이 세계에 속한 몸이 아니기에 그 아이 또한 태내에서 온전히 죽지도 못하는 것일지도 모른다는 얘기 따위를…….

나는 잠시 생각을 멈추고 황자를 더 자극할지도 모르는 흐느낌을 억지로 멈추려 했다. 그러나 그는 내 말에 잠시 무언가를 생각하는 듯하다, 다음 순간 분노로 일그러진 섬뜩한 조소를 흘렸다. 온몸에 전율이 스쳤다.

"지금 내 앞에서……."

"저, 저하."

"명받은 일을 받들긴커녕 도리어 주인의 발목을 물어뜯은 주제에, 제 뱃속의 새끼만은 지켜 달라는 건가?"

그는 정말 어이가 없는 듯, 우습기 짝이 없다는 듯이 웃었다. 그러다 그대로 시선을 내게 맞추고 말했다.

"좋아. 네 청이 그러하다면. 비록 주인에게 충성심을 내보이기는커녕 상황을 우스꽝스럽기 짝이 없게 만들었지만……. 무슨 수를 쓴 건지 그 맹독을 마셨다는데도 이리 멀쩡하니, 그 재주가 기특해서라도 이 정도 부탁이야, 들어줘야지."

남자는 서서히 내게로 몸을 숙였다. 그리고 불과 조금 전까지 그에게 엉망으로 짓밟혀 있던 내 얼굴을 턱을 쥔 채 들어 올렸다. 눈물이 중력을 따라 뺨 아래로 축축한 감촉을 남기고 떨어져 내렸다. 온몸이 공포로 덜덜 떨렸다.

아무 말도 없었지만 나는 그가 나를 기다리고 있음을 알았다. 겨우, 한참 시간을 들여 천천히 그와 눈을 맞추었다. 그러자 순간 그의 눈빛이 잔혹함으로 날카롭게 빛났다.

"갈보 같은 년."

그리고 그는 내 다리를 세차게 걷어찼다. 성인 남성의, 그것도 그와 같이 강인한 체구를 지닌 사내의 힘에 나는 미친 듯이 비명을 지르며 고통에 몸부림쳤다.

"악! 아아악! 악……. 억, 허억, 윽, 저하, 저하……. 제발."

"입 다물어. 어느 발정 난 수캐와 붙어먹어 밴 새끼인지는 모르나."

"혁, 하윽……."

"그리 간청하니…… 배는 건드리지 않을게."

나는 필사적으로 그의 심기를 거스르지 않고자 허겁지겁 비명을 속으로 삼켰다. 눈물만 뚝뚝 떨구며 바닥에 나동그라져 있는 나를 그가 서늘한 눈으로 내려다보았다. 그는 곧 사방에 깔리듯 펼쳐진 내 머리카락을 천천히 짓밟았다. 그가 힘을 주어 발목을 비틀 때마다 그 아래 깔린 머리카락이 팽팽하게 당겨지면서 아찔한 통증을 주었다. 그의 발 아래, 내 머리카락 위로 남자의 거친 흙 발자국이 상흔처럼 남았다.

"저하, 저하……."

다시금 짙은 폭력의 색채를 띠어 가기 시작한 그의 행동에 나는 덜컥 겁이 났다. 누군가 내 마음을 들여다본다면 조소를 금치 못할 일이었다. 그렇게 눈 하나 깜짝하지 않고 독을 마시고, 순간 스쳐 지나가듯 뱃속의 아이에 생각이 닿았을 때도 태어나서는 안 될 아이, 라며 합리화를 했으면서.

정작 그 순간이 지나고 작금의 상황에 이르자, 배를 걷어차일 것 같은 순간마다 미친 듯이 몸을 웅크리며 안절부절못하고 있었다. 모순 덩어리인 스스로의 모습에 순간이었지만 참을 수 없는 혐오감이 찾아들었다.

한참 내 머리카락을 짓밟은 채 나를 가만히 내려다보던 칼릭스는 불현듯 명령했다.

"일어나. 이리 올라와."

그러고는 내 머리카락을 휘어잡은 그대로 성큼성큼 걸어갔다. 그가 걸음을 내디딜 때마다 느껴지는 살점이 떨어져 나갈 듯한 통증에, 나는 몸부림치듯 기어 그와 겨우 속도를 맞추었다.

칼릭스는 조금 전까지 내가 누워 있던 침대에 걸터앉았다. 나는 그제야 그가 원하는 것이 무엇인지 간파했다.

한참을 비틀대며 나는 자리에서 일어섰다. 덜덜 떨리는 손끝으로 긴 드레스 자락의 양쪽을 걷어 올린 채, 아주 천천히 그의 몸 위에 안기듯 앉았다. 그의 성기를 꺼내어 정성껏 어루만졌다. 그러고는 옴폭 패인 질 입구에 남성의 끝을 맞추었다.

다른 사내의 아이일지도 모르는 태중의 존재가 무사하다는 의원의 말에도, 그러나 에드먼드는 단 한 순간도 나를 향한 온화한 빛을 잃지 않았다. 그의 제안, 나를 지켜 주겠다던, 나아가 자신의 사람이 되라 했던 말들은 그러므로 여전히 유효한 것이었다.

모든 사건의 편린들이 죽음보다 못한 현실로 나를 내모는 가운데, 내가 붙잡을 수 있는 유일한 가지는 오직 에드먼드의 것뿐이었다. 그러나 나는 그가 기꺼이 내게 그런 존재가 되어 준다는 사실이 몹시 비현실적으로 느껴졌다. 그래서 어느 날 물었다.

"어째서 제게 이리 잘해 주시나요."

그러자 에드먼드는 고혹적인 푸른색 눈동자를 엷게 빛내며 웃었다.

"무어라 설명한다 해도 결국엔……. 당신에 대한 내 마음 때문이겠죠."

그는 흔들림 없는 시선으로 덧붙였다.

"사랑하고 있습니다. 에스델."

"그로에스 영애를 저의 빈으로 맞이하고 싶습니다."

에드먼드의 말에 한순간, 누군가 쥐고 있던 은수저를 떨어뜨렸다. 쨍그랑, 하는 맑고 높은 쇳소리에 적막이 흐르던 공간의 무게 추가 한순간에 중심을 잃고 흔들렸다. 저녁 연회의 이목은 모두 알게 모르게 나와 에드먼드 황태자를 향하기 시작하고 있었다. 당혹감에 할 말을 잃고 얼어붙은 나를 대신해 에드먼드는 언제나의 온유한 미소를 지어 보였다.

"조금, 갑작스럽구나."

가장 상석에 자리한 나이 지긋한 황제는 천천히 침묵을 뭉그러뜨리듯 입을 열었다. 노쇠한, 그러나 젊음의 찰나에는 틀림없이 깃들어 있었을 고매한 이상의 흔적들이 주름마다 함께 패어 그의 음성을 따라 흔들리듯 움직였다.

"어찌 된 일이냐? ……네가 직접 그런 얘기를 꺼내는 건 처음 보는구나."

황태자의 투명하고 옅은 푸른색 눈동자는 그러나 조금의 흔들림도 없이 곧고 아름다웠다.

"영애께서 제 아이를 가졌습니다."

순식간에 만찬회 자리 곳곳에 동요의 물결이 번져 나갔다.

누구나가 처음 듣는 얘기였다. 비극적인 황태자비의 존재를 생각해 차마 누구도 쉽사리 입 밖으로 꺼내지 못했지만, 그러나 분명한 불안 요소로 구체화되어 온 장성한 황태자의 후계에 대한 이야기에 어렴풋하던 황제의 눈빛에는 순간적으로 형형한 광채가 스쳤다. 그 곁의 황후 또한 놀란 듯, 얼굴에 떠오르는 반가운 기색을 미처 숨기지 못한 채 말했다.

"세상에, 그게 정말······. 확인을 해 본 것이냐?"

"네. 황실의 의원들에게 이미 여러 번 영애의 상태를 살피게 한 후입니다."

에드먼드는 조금도 주저함이 없었다.

"저······. 에드먼드. 곁의 영애에게는 정말, 미안한 이야기지만 복중의 아이가······. 그, 확실한 너의······."

그로에스가의 여식이라는 이름이 오래 사교계의 가장 더러운 진창에서 구르다시피 했음을 생각해 볼 때, 사내의 어머니 된 자로서 황후가 꺼내지 못할 물음은 아니었다. 그도 그럴 것이 그녀는 고민에 고민을 거듭하다가, 아주 조심스럽게, 마지막 순간 겨우 입술을 뗀 기색이 역력했다.

황후는 자신이 무엇을 묻는지 알기에 차마 더 이야기를 꺼내지 못하겠다는 듯이 주저대며 말끝을 흐렸다. 에드먼드는 아름다운 용모를, 화려한 미소로 적시듯 화답했다.

"그럼요. 어머니, 틀림없는 제 아이입니다."

"어쩌자고 그런 거짓말을 하셨어요."

나는 울며 말했다.

"아이의 아버지가 누구인지 알 수 없다는 건 전하께서……. 가장 잘 아시지 않습니까. 그리고 그 이유도……."

차마 그 뒤의 얘기를 제 입으로 말할 수 없었다. 흐느낌만 커져 갔다. 뜨거운 눈물이 굵게 방울져 이따금 떨어져 내렸다.

"에스델."

에드먼드는 특유의 부드러운 음성으로 달래듯 내 이름을 불렀다.

"괜찮아요. 다 잘될 거예요."

그때 남자의 얼굴은 아주 부드럽고 화사한 빛을 띠고 있었지만 그 유려한 표면의 틈새로 뭔가 섬세한 흠결이……. 그처럼 아름다운 사내에게 흠결, 이라는 단어를 가져다 대는 것은 더할 나위 없이 부조화스러운 일이겠지만 그럼에도 불구하고 그렇게 일컬을 수밖에 없는…….

마치 겉껍질과 다른 속이 어렴풋이 드러날 때의 반짝거리는 부스러기가 고요한 거울 표면에 조금 흩어져 있는 것만 같다는 인상을 나는 받았다.

"그대의 태중 아이는, 틀림없는 내 아이입니다."

에드먼드는 극상의 아름다움을 무기 삼듯, 우아하게 미소 지으며 말했다.

그러나 죄책감과 언제 진실이 발각될지 모른다는 데서 오는 두려움은 시간의 흐름에 따라 무척이나 쉽게 무력해져 갔다. 나는 언제 괴로워했냐는 듯 몸도, 마음도 평온에 적응해 갔다. 그도 그럴 것이 에드먼드와 보내는 시간은 행복했다.

아니, 나는 그때 그것이 행복이라고 믿었다. 에드먼드와 함께하는 둘만의 공간에는 언제나 나를 향한 따뜻한 온기가 있는 것 같았고 나는 거기서 이따금 한유리를 낳아 준 그녀와의 행복했던 둘만의 시간들을 떠올렸다. 나는 그렇게 금세 그가 제공하는 휴식과도 같은 안락함에 타성에 젖듯 빠져들었다.

에드먼드는 나를 모욕하지도, 그리하여 마음을 사정없이 짓밟아 날카로운 파편들로 조각내지도 않았다. 나는 더 이상 매를 맞지도, 스스로 더러운 존재라는 생각에 잠 못 이루는 사형수처럼 괴로워 몸부림치지 않아도 되는 거였다.

선물처럼 주어진 새로운 일상에 그렇게 차츰 익숙해져 가고 있었다. 에드먼드는 그저 여느 여성에게 그러하듯 나를 존중하고 배려하는 것일지도 모르나 나에게는 그와 함께하는 시간이 늘어날수록 그것만이 유일무이한 기쁨과 안식처가 되어 주었다.

에드먼드만 있으면……. 나는 생각했다. 앞으로도 그와 있을 수 있다면 더는 두 번 다시 아프지 않을 것만 같았다. 칠흑 같은 밤이면 홀로 외로움에 몸서리치며 흐느끼지도 않을 수 있을 것 같았다. 그래서일까. 나는 이따금 구세주처럼 그를 숭배하고 싶었다. 일생을 외로움에 몸부림치다 겨우 사랑하는 이를 만난 마음이 가난한 창녀처럼 그에게 빠져들기 시작한 거였다.

물론 미하엘의 생각은 달랐다. 아니, 실은 미하엘뿐만 아니라 그간 에스델 그로에스가 다른 사내들과 어떻게 어울려 몸을 함부로 굴려 먹었는지를 막연한 소문이 아니라 직접 겪어 본 이들은 어느새 황성 안에 퍼진 황태자와 나의 소식에 코웃음을 쳤을 것이다. 그러나 에드먼드가 직접적으로 틀림없는 자신의 아이라 선언한 바, 황태자의 명예와 권력에 정면으로 도전할 만한 이야기를 누구도 꺼내지 않았다.

나를 가장 숱하게 불러 대었던 콘라드 후작가의 형제도, 그들과의 정사를 목격한 알렌 공작도, 심지어는 그 칼릭스 황자마저 줄곧 침묵을 지켰다. 믿기 어려운 일이었다. 모든 세상의 톱니바퀴들이 나의 불완전한 행복을 위해 미칠 듯이 달려가고 있는 것 같았다. 금세 들킬 거라 생각했던 에드먼드의 거짓말은 그러므로 수많은 공모자들의 암묵적인 동조하에 지켜지고 있던 셈이었다. 나는 그 이유를 몰랐다. 그러나 에드먼드는 그 모든 것을 예상했던 듯이 웃음 지었다.

"걱정 말아요. ……영애의 몸에도, 아이에게도 좋지 못한 영향이 갈까 염려스럽습니다."

혼약식 준비가 본격화되면서부터 그는 내게 더욱 다정스러웠다. 그리고 결코 나를 안지 않았다.

나는 그때 그런 그가…… 말하자면 못내 고마웠던 것 같다. 남자가 나를 가까이하면서 성적인 목적만을 위해 나를 필요로 하지 않는 것은 정말이지 처음, 있는 일이었다. 이상한 말이지만 그러므로 나는 생전 처음으로 어떤 자존감 비스무리한 것을 느껴 볼 수 있었다.

적어도 에드먼드의 두 눈에는 나는 숨죽인 채 벌거벗고 누워 있는 것이 가장 잘 어울리는…… 사내들이 늘 손가락질을 하며 비웃던 걸레, 갈보, 창녀 따위의 존재만은 아닐 수 있는 것 같았고 어디까지나 그 자체로 존중받을 수 있는 존재가 될 수도 있을 것만 같았다. 그것은 곧 형언하기 어려운 기쁨이 되었다.

"이건 미친 짓이야."

미하엘은 화가 난 듯이 소리쳤다.

"에드먼드의 아이가 아니면, 아니면 어떡할 거야! ……자칫하다가 넌 죽은 목숨이야."

이번에도 미하엘이, 어쩌면 그만이 나를 걱정해 주고 있다는 것을 실은 그때 나는 알았다. 그러나 나는 그런 그를 모르는 척을 했다.

"너만 모른 척해 주면 돼. 너만 모른 척하면……."

"······뭐?"

"제발, 부탁이야."

······나도 좀 행복해지면 안 되니?

마지막 나의 물음에 미하엘은 몸 어딘가 날카로운 비수를 꽂힌 사람처럼 서서히 질려 갔다. 나는 내가 방금 막 그에게 어쩌면 돌이킬 수 없는 상흔을 남겼다는 것을 알아차렸다. 그러나 또다시 모르는 체를 했다.

'그 사람과 있으면 나도, 이번에는 나도······ 어쩌면 행복해질 수······ 있을 것만 같단 말이야.' 나는 울면서 빌었다. 그러자 미하엘도 두 번 다시 나를 설득하지 않았다.

다음 날 칼릭스가 나를 찾아왔다. 몸이 어느 정도 회복되어 별궁에서 다시 그로에스 저택으로 향하려던 차의 일이었다. 어두운 궁안의 침실 한편에서 나는 그를 보고 반사적으로 몸이 굳었다. 그러나 그는 아무렇지 않게 말했다.

"솜씨 한번 대단하군. ······에드먼드의 후궁이라."

그가 말하는 솜씨가 무엇인지 아무것도 첨언 되지 않았지만 그러나 나는 그 단어 아래 깔린 비아냥거림을 분명히 알 수 있었다. 칼릭스는 그날 그렇게 내게 들러 에드먼드에 대한 사소한 모든 일들을 보고하게 하던 일을 한동안 금지시켰다. 재주 좋게 에드먼드와 혼약이 오가는 지경까지 일을 벌인 이상, 확률은 적더라도 황실에서 언제 누가 어떻게 내게 사람을 붙여 올지도 모른다는 게 그 이유였다.

'걱정하지 말아요. 다 잘될 거예요.'

분명 에드먼드는 이루 말할 수 없이 따스한 목소리로 그렇게 말했었다. 무사히 그와 혼약식을 치르게 될 테니 걱정할 것 없다고. 그리고 그런 그의 말에 나는 조금이었지만 희망으로 가슴이 부풀어 올랐던 것 같다. 그의 말대로 되면, 그리하여 그의 궁에서 그의 직접적인 보호 안에 놓이면 나의 모든 것이 다 괜찮아질 것 같았으니까.

그렇게만 되면⋯⋯. 나는 생각했다. 드디어 나도 생의 행복이라는 안온한 온기 아래 웃음 지을 수 있을 것 같았다. 그러나 어째서인지 행복해지려는 직전의 순간 이세계(異世界)에서의 내 현실은 조금씩 더 진창을 구르고 흙발에 더럽혀져 가는 듯 보였다. 그렇지만 나는 그때 분명히 믿었었다. 이것은 첫 여명이 밝아 오기 전, 하늘이 찰나의 어둠에 잠기는 덧없는 시간과 같을 거라고.

그들이 다시 내게 손을 뻗어 온 것은 알렉스 데번셔로부터 시작되었다. 모처럼의 주일이었고 나는 그날 프란체스코회의 미사에 참석한 뒤 베델리우스 공작가로부터의 초대에 응해 귀족 영애들과 함께 시간을 보낸 후였다. 문득 하늘을 보았을 때는 이미 저녁 무렵의 연보랏빛 구름이 내려와 있었다. 하나둘 자리를 뜨기 시작한 여자들을 따라 자리에서 일어나자 엘리시아가 접대용의 온화한 얼굴을 하고 나를 보았다.

"살펴 가시길. 그로에스 영애, 오늘은 참석해 주어 고마웠어요."

나는 지난번 만남에서의 괴로운 기억을 억지로 누른 채 예를 갖추어 인사를 했다. 그녀의 곁에는 알렌 공작과의 약혼식을 얼마 앞두지 않은 클로디아가 곱게 단장한 채 자신을 마중 나오기로 한 남동생 알렉스를 기다리고 있었다.

그러나 저택을 빠져나오는 길의 별관 복도에서 우연히 마주쳤을 때, 알렉스 데번셔는 자신을 기다리고 있는 누이에게 향하는 대신 내게로 곧장 걸어왔다. 그는 아무렇지 않게 내 손목을 잡아챘다.

"얘기 좀 하지. 잠깐이면 돼."

그는 곧장 비어 있는 응접실 중 한 곳으로 나를 끌고 가 밀어 넣은 후 문을 잠갔다. 그의 긴 속눈썹이며 섬세하고도 날카로운 콧날이 선처럼 흐르는 옆얼굴이 시야를 가득 채우고 있었다. 얼결에 남자의 힘에 끌려온 당혹스러움을 숨기지 못하고 그를 올려다보았을 때, 나를 향하는 알렉스의 말과 요구는 분명했다.

"천민은 원칙적으로 황족과 혼인할 수 없어."

나는 한 번에 그가 하려는 얘기가 무엇인지를 알아차렸다.

"왜……. 또다시 불쌍한 재클린을 사람들 앞에서 고문시키기라도 할 거야?"

내가 분노에 몸을 떨며 입을 열었을 때 그는 "못할 것도 없지." 하며 아무렇지 않게 만연한 미소를 지었다.

"어떻게 할래? 지금도 보아하니 확실하지도 않은 임신을 내세워 에드먼드 전하께서 겨우 혼인을 밀어붙이려는 모양샌데. 거기다 네 신분에 대한 얘기마저 다시금 수면 위에 오르면 겨우 찾아온…… 아니, 앞으로 두 번 다시 없을지도 모를, 네 인생을 역전시킬 수 있는 기회가 엉망이 되지 않겠어?"

그때 나는 정말이지 태어나 처음으로 상대방을 노려보았다. 어느덧 떨리는 눈가에는 분노로 인한 눈물이 고이고 있었다. 화를 내려고 하자 벌써 눈물부터 고이는 스스로가 답답하고 한심했지만 그러나 나는 그 이상의 무언가를 차마 행동으로 옮기지는 못했다. 알렉스는 어느새 길고 섬세한 손가락 끝으로 내 뺨을 쓰다듬으며 중얼거렸다.

"무사히 혼인식을 치르려면 나랑 애들 입을 막아 두는 게 좋을 텐데. ……근데 네가 가진 거라곤 그 몸뚱이뿐이잖아. 틀려?"

나는 또다시 침묵했다. 그러자 그는 그것을 무언가의 신호처럼 받아들였다.

"그러니까 나랑 자자고. 지금."

그날 그렇게 나는 옷도 다 벗지 않은 채 저택의 빈 방에서 남자와 급히 정사를 치렀다. 내 속을 거칠게 휘젓는 남자의 성기가 몹시도 끔찍스러웠다. 굳게 잠긴 문 너머로는 여전히 클로디아가 자신의 남동생을 기다리고 있을 것이었다. 커튼이 드리워진 창 너머 세찬 빗소리가 어둠 속으로 쏟아지고 있었다.

그렇게 세상의 불행으로부터 도망치듯 에드먼드에게 돌아온 그날 밤. 내가 잠에서 깬 것은 황궁의 마지막 출입 시각을 알리는 어렴풋한 종소리와 달빛 아래 피는 이름 모를 꽃의 향기 때문이었다.

책 위에 엎드려 있다 문득 눈을 떴을 때는 에드먼드가 말없이 나를 내려다보고 있었다. 누군가 자고 있는 내 모습을 물끄러미 지켜보아 준 것은 한때 나의 엄마로 있어 주었던 여자와의 시간 이후로 처음 있는 일이었다. 나는 묘한 기시감을 느꼈다. 그러자 불현듯 그를 잃는 것이 두려워졌다.

"에스텔. 책을 읽고 있었군요."

그는 말도 없이 멋대로 자신의 서재 한편을 차지하고 있는 내게도 한없이 다정스러웠다. 온종일 집무실에 있다 막 그곳을 나섰을 남자의 고혹적인 얼굴은 그 가장자리가 조금 종일의 피로에 젖어 있었다. 나는 나도 모르게 그의 뺨으로 손을 뻗었고 그는 천천히 나를 향해 미소를 지었다.

제롬 콘라드를 제외한 나머지 무리의 요구는 분명했다. 황태자의 후궁으로 정식 보호 아래 놓이게 되기 전까지, 이따금 사내로서의 정욕이 동할 때 계집으로서 그것을 달래어 주는 것. 한마디로 그들에게 몸을 대는 것이었다. 내가 미천하기 짝이 없는 신분임을 인지

해서였을까, 그들은 놀랄 만큼 대담한 짓을 벌이면서도 그에 대한 자각이 없는 것마냥 굴었다.

"들킬 염려? 너와 우리 중 누군가 입을 열지 않는 한 그런 일은 없을 텐데. 그런데 너나 우리 가운데 누가 감히 입을 열 수 있겠어. 안 그래?"

"걱정 마. 언제까지고 밑도 끝도 없이 널 이용하려 들진 않아. 그건 다른 녀석들도 마찬가질걸……. 그도 그럴 것이 네가 황태자의 빈이든 그저 그런 후궁이든, 첩지를 받아 서궁에 틀어박히는 이상 그땐 더 이상 널 건드릴 수도 없어. 알다시피 거긴 어지간한 귀족 남자들도 함부로 출입조차 못하는 곳이니까. 그때가 되면 자연히 알아서 떨어져 준단 소리야. 그러니까 지금은……."

그 말은 바꾸어 말하면 지금, 지금만큼은……. 입을 다물고 그들의 요구에 그저 굴종하라는 뜻이었다. 에드먼드에게 이 모든 일들을 알리고 도움을 청할까 하는 생각을 해 보지 않은 것은 아니었지만 그러나 나는 겁이 났다. 어느덧 나는 에드먼드를, 그를 잃는 것을 세상 그 무엇보다 두려워하고 있었다.

나는 어쩌면 에드먼드가…… 모든 진실을 알게 되었을 때, 지금까지 이미 많은 것을 감내하고 나를 받아들여 준 그가 무언가 하나라도 더 내 밑바닥을 알게 된다면 차마 더는 참지 못하고 나를 냉정히 내동댕이칠지도 모른다는 불안에 떨기 시작한 거였다.

내게서 등을 돌리는 그의 뒷모습을 그릴 때면…… 그저 상상만으로도 작은 소름이 파문처럼 온몸에 번져 가곤 했다. 나 스스로가 에드먼드를 잃게 되는 일을 얼마나 두려워하고 있는지를 그토록 절감한 적이 없었다.

그렇게 그날 밤하늘 위로 쏟아지는 성문의 푸른 종소리를 들으며 에드먼드와 나는 첫 키스를 했다. 아니, 그 전에 몇 번이고 입을 맞춘 적이 있었지만 나는 그 순간 우리가 나눈 것이 틀림없는 연모의 감정을 섞어 나눈 첫 키스, 라고 믿었다. 철없던 소녀 시절 책이나 로맨틱한 영화를 보며 꿈꾸어 보았을 법한 그런 입맞춤이었다.

나는 알렉스 데번셔의 밑에 깔려 엉엉 울었다. 장소는 어김없이 재클린이 일하는 고급 술집이었다. 혹여 누군가 이곳에 같은 날 드나드는 우리를 보고 의심을 품는대도 내가 쉽사리 그 까닭에 대해 입을 열지 못하도록 하는 장소 선정이었다.

이미 돌아갈 이들은 모두 자리를 떴고, 유독 얼굴이 곱고 몸이 약한 데런 자작가의 외동아들만이 술에 흠뻑 취해 정신을 잃고 방 한편에 쓰러져 있었다.

시체처럼 누워 있는 소년의 몸 옆에서 다른 사내와 맨살을 섞는 기분은 참혹했다. 내 흐느낌에 알렉스는 거칠던 움직임을 멈추고 가만히 나를 내려다보았다.

"쉬……. 울지 마. 그로에스."

"나한테, 왜, 흑, 흐끕……. 대체 왜 나야. 왜 날 이렇게……."

예상과 달리 알렉스는 짜증을 내지도, 입을 닥치라며 내 뺨을 때리지도 않았다. 대신 손을 들어 가만가만 땀과 눈물로 젖어 달라붙은 내 얼굴의 머리카락을 떼어 줄 뿐이었다.

그때부터 그는 정사 내내 이따금 이마를 부드럽게 쓸어 넘겨 주었다. 이것이 반강제적으로 이루어졌던 그와의 첫 번째 정사와 너무도 달라서, 그리고 지금껏 다른 남자들과 겪은 강간이라 이름 붙일 만한 행위들과 너무 달라서 나는 도리어 괴로웠다.

그는 유독 자주 내 입술에 입을 맞추며 몸을 움직였다. 그러다 돌연 그의 성기를 내 몸속 아주 깊은 곳에 밀어 넣었다. 그럴 때면 힉, 하고 반사적으로 숨을 들이쉴 수밖에 없었다. 알렉스는 "아파?" 하고 물었다. 어떻게 대답해야 할지 몰라 시선을 피하는 내게 그는 그러나 대답을 기다리지 않고 귓가에 속삭였다.

"아파서만 우는 거라기엔……. 너무 많이 젖었는데."

그는 정말 확인을 시켜 주기라도 하겠다는 양 내 얼굴을 빤히 내려다보았다. 그에 나는 소스라치듯 놀라 관계 내내 그에게 깍지 낀 채 붙들려 있던 한쪽 손을 빼냈다.

"그건, 젖는 건……. 반사적인 거야."

눈물에 젖은 얼굴로 헐떡이며 말하자 그는 깊게 가라앉은 눈동자로 나를 보았다.

"그럼, 이렇게 하는 것도…… 아프고 싫기만 한가?"

그는 내 옷자락을 끌어 내려 튀어나온 젖가슴에 입술을 묻으며 중얼거렸다. 줄곧 유두를 부드럽게 핥아 대다 그의 성기가 민감한 안쪽을 힘주어 박는 순간 그 돌기를 깨물었다. 나는 또다시 소리 내어 흐느꼈다.

"그만, 그만해……. 제발."

한 번씩 이들과의 정사가 뱃속의 아이에게 어떤 영향을 미칠지에 생각이 미쳤지만 그러나 사내들은 쉽사리 나를 놓아주지 않았다. 문득 정신을 차렸을 때 나는 반쯤 벗겨진 드레스 차림으로, 다리를 한껏 벌린 채 남자를 받아들이고 있었다.

그들과의 만남이 길어지면서 하루는 제롬 콘라드가 나를 보았다. 제롬은 따로 나를 찾을 의향이 있었다기보다는 늘 자신과 어울리던 무리를 습관처럼 찾다 하필이면 그날 거기서 반나신으로 남자들과 얽혀 있는 나를 보게 된 거였다. 그는 내 모습을 발견하자마자 싸늘하게 얼굴을 굳혔다. 시간이 멈춘 듯 잠시 공간에는 정적이 흘렀다.

"얘 누가 데리고 왔어?"

그러나 그 질문은 이 일의 책임 소재를 명확히 하고 있는 누군가가 없었기에 그들로부터 어떤 대답을 이끌어 내기 어려웠다. 또다시 침묵이 흘렀고 그러자 제롬은 더는 별 소득 없는 물음을 입에 올리지 않았다. 다만 그는 화가 나 냉랭히 굳은 얼굴로 거침없이 내게 걸어와 그대로 나를 잡아 일으켰다.

"일어나. ……나와."

어떤 식으로든 제롬이 내게 말을 건 것은 오랜만이었다. 정말이지

간만에 듣는 목소리였다. 그러나 나는 그에 멍하니 감상에 빠져 있을 여유도 없었다. 조금의 배려도 없이 그가 나를 거칠게 끌고 가기 시작했으므로.

어째서인지, 제롬은 아주 화가 많이 나 있었다. 그는 나를 질질 끌다시피 하다 비어 있는 응접실에 나를 내던지듯 밀어 넣었다. 그리고 조금 뒤 영문도 알지 못한 채 어쩔 줄 몰라 하고 있는 내 앞에서 거침없이 내 치마를 들추었다.

"뭐, 이게 무, 슨······!"

너무도 오랜만에 부르는 이름의 묘한 굴곡이 혀끝에 맴도는 것을 감각할 여유도 없이, 그의 손은 은밀한 안을 거침없이 파고들었다. 내가 그를 만류하려 버둥거리자 그는 내 팔을 거칠게 제압한 뒤 나머지 한 손으로 내 다리 사이를 거칠게 파고 들어와 이내 여성의 입구를 더듬거리기 시작했다.

"뭐, 뭐 하는 짓이야!"

나는 순간 놀라 헉, 숨을 삼키며 비명을 질렀지만 그는 미동 없이 내 속옷 안으로 손을 밀어 넣었다. 제롬의 미려한 이목구비에 순간 싸한 멸시의 빛이 스쳐 지나갔다.

그가 손을 꺼냈을 때는 축축하게 젖은 비부의 액체가 불투명하게 묻어 나와 있었다. 나는 할 말을 잃은 채 수치심에 얼굴만을 붉혔다.

한참 경멸스럽다는 눈으로 손끝에 묻은 액체의 점성을 확인하던 그는 다음 순간 곧장 내 따귀를 갈겼다. 철썩, 하는 큰 소리와 함께 내 고개가 힘없이 돌아갔다.

"이젠 좋아서 대놓고 저 자식들 밑에서 갈보 짓이라도 하는 거야?"

그는 음성에는 정제되지 못한 분노가 묻어 나와 있었다. 잠시 멍하니 있던 나는 그제야 제롬이 나와 나머지 무리들 간의 일, 그들과의 더러운 거래 따위를 전부 다는…… 알지 못한다는 것을, 그래서 오늘 그들과 뒹굴고 있던 나를 보았을 때 그렇게까지 의외의 반응을 보였다는 것을 알았다.

그러나 화, 라……. 나에게 벌어지는 일에 어찌하여 제롬 콘라드가 분노하는 것인지, 나는 이해하기 어려웠다. 제롬과의 모든 인연은 내가 결과적으로 황태자인 에드먼드를 택하면서 모조리 일시에 떨어져 나가게 된 것이 아니었는가 말이다. 그래서 내가 제 무리에게 윤간당하는 것을 보고서도 그때 그는 아무 말도 없었던 게…….

"아니지?"

그러나 나의 생각은 불현듯 튀어나온 제롬의 음성으로 이어지기 어려웠다.

"뭐, 뭐가……."

"임신."

그는 무언가 오래 생각해 본 적이 있었던 것마냥 거침이 없었다.

"에스델 그로에스는 이미 오래전 아이를 갖지 못하는 몸이 된 게 아니었던가?"

어떻게 그가 그걸 알고 있는 걸까. 나는 마른침을 삼켰다.

"그, 그걸 어떻게……."

"기억을 잃기 전. 우리 형제에게 도움을 달라 애걸했을 때."

"아……."

나는 잠시 할 말을 잊었다. 그때, 에스델이, 그러니까 내, 가 그런 얘기까지…… 했었구나. 말끝을 흐리며 제롬의 시선을 피했다. 여전히 조금 전 그에게서 맞은 뺨 한편이 욱신거렸지만 지금은 참을 수 없는 정적 가운데 그런 통증이라도 느껴지는 것이 어쩐지 다행이라는 생각이 들었다.

"결국, 아이를 가졌다는 건 온몸이 흠결투성이인 너를 무리해서라도 빈으로 앉히기 위한 황태자의 거짓말인가?"

한참 뒤, 침묵을 깨뜨리듯 말을 꺼낸 남자의 목소리에는 상대에 대한 적잖은 적의가 묻어 나고 있어 나는 당황했다. 콘라드 후작가는 정치적으로 황태자와는 척을 지다시피 한, 오히려 황자인 칼릭스와 연이 더 밀접히 맞닿아 있는 가문임을 이곳에서 이방인이다시피 한 나조차도 알고 있었지만 그런 것치고도 그의 음성과 낯빛에 묻어 나오는 노골적인 적개는 그 농도가 유독 짙었다.

임신이 사실이며, 아이의 아버지가 어쩌면 너……일지도 모른다는 얘기를 하지 않아도 되어서 다행인 걸까.

나는 잠시 무어라 대꾸할 줄을 몰라 우물쭈물거렸다. 그러자 그는 답답하다는 듯 목의 단추를 두어 개 풀더니 이내 담배를 꺼내 물었다.

반사적으로 나는 담배 연기가 잘 닿지 않는 방향으로 몸을 틀었다. 그러자 의아함에 제롬의 한쪽 눈썹이 비스듬히 올라갔다.

제롬 콘라드는 한참 뒤에야 다시 입을 열었다.

"황태자는 그리 무른 인간이 아냐. 네가 뭣 때문에 아까 저 녀석들이랑 그렇게 뒹굴고 있었는지 모르겠지만,"

그는 차가운 눈으로 나를 내려다보며 말했다.

"에드먼드가 그딴 거짓말까지 해 가며 널 들어앉히려는 마당에, 넌 갈보마냥 여럿 사내를 바꿔 가며 떡이나 쳐 대고 있는 건……. 누가 봐도 우습기 짝이 없는 꼴 아닌가?"

미친년.

그는 다시 담배를 꺼내 물며 낮게 일갈했다. 경멸과 분노와 여타 숱한 감정의 덩어리들이 얽힌 음성이 새어 나왔다. 그에게 내 신분에 얽힌 그들과의 사정을 설명할 수 없음을 알았기에 나는 그저 침묵만 지켰다.

"두 번 다시 내 눈에 띄지 마."

그는 그 말만 남긴 채 내게서 등을 돌렸다.

우연을 가장한 엷은 불운은 몇 번이고 겹쳐서 밀어닥쳤다. 그러지 않고서야 그날 엉망이 되어 돌아가는 길 하필이면 알렌 공작을 만나게 되었을 리가 없었다. 그때 내 꼴은…… 잘은 모르지만 군데군데 남자의 악력에 늘어지거나 찢어진 드레스며, 잔뜩 엉클어진 머리카락에 제롬에게 맞아 벌겋게 부풀어 오른 뺨까지, 엉망진창이 되어 있었을 것이다.

그런 내 꼴이 한심스러웠던 건지 아니면 귀족으로서 갖는 의무 따위를 자극한 건지. 알렌 베델리우스는 나를 발견하자마자 마차를 세우게 했다.

"에스텔."

그는 곧장 내 이름을 불러왔다. 너덜너덜해진 몸과 마음으로 그로에스 저택까지 차마 걸어갈 힘이 없어 나는 공작의 호의를 거절하지 않았다. 내가 탄 마차 안의 공간은 그렇게 한참 정적만이 흘렀다.

"……날 좋아해요?"

한참 지켜져 오던 침묵을 깨뜨린 것은 그가 아닌 나였다. 갑작스러운 나의 말에 그러나 공작은 흔들림 없는 눈으로 나를 보았다.

"날 좋아하지 않고서야, 어떻게 이렇게 필요할 때마다 나타나서 날 도와줄 수 있는 건가…… 싶어서요."

반쯤 넋이 나가 버린 얼굴로 중얼거리자 그는 가만히 속을 꿰뚫듯 날 응시할 뿐이었다. 나를 비웃지도, 경멸하지도 않지만 어째선지 예전부터 유독 거슬렸던 특유의 시선……. 나는 마음속 어딘가에서 끓어오르는 불편함을 애써 내리눌렀다. 그리고 혼잣말처럼 중얼거렸다.

"그런 식으로 절 보지 마세요. 알렌 공작, 각하. 누가 보면 각하께서 제게 관심이라도 있는 줄…… 오해하겠어요."

그러나 또다시 남자는 긍정도, 부정의 말도 꺼내지 않았다. 그러자 나는 왈칵 화가 났다.

"그런 눈으로 보지 말라고 했잖아!"

누군가 곁에서 지켜보았다면 미친 계집이라 욕을 들어 먹어도 할 말이 없을 만한 행동이었다. 그러나 한번 고삐가 풀린 말이 그러하듯 나는 주체할 수 없는 감정의 흐름에 널뛰듯 표류했다.

"난, 나는…… 당신이 시, 싫어!"

"……그로에스."

"대체 날, 나더러 어쩌라는…… 거야. 왜 날 그런 알 수 없는 눈으로 빤히, 바라보고. 내가 필요할 때면 어딘가에서 나타나 맘을 흔들듯이 굴고…… 왜, 왜 제 약혼녀 앞에서 당당하지 못했냐, 라는 거, 거지 같은 물음을 따지듯 꺼내 묻고. 그러고선, 그러고선 다음 날이면 또 아무렇지 않은 뻔뻔스런 낯으로 에드먼드 곁에 선 날 보고…… 마치, 마치 날 가지고 놀듯이!"

이 세계에 오게 된 후 한 번씩 품던 생각의 궤적들이 쌓인 말 덩어리였다. 그렇지만 나는 그때 내가 공작에게 괜한 화풀이를 한다고 생각했다. 그만 멈추어야 한다는 경고가 미친 듯이 머릿속을 울려 댔지만 한번 물꼬가 트이자 쉽사리 멈출 수가 없었다. 그때 나를 관찰하듯 무미건조한 낯으로 내려다보던 알렌이 말했다.

"내게서 뭘 원하지?"

"뭐…… 뭐, 라고요?"

남자의 예상외의 반응에 나는 할 말을 잃고 주춤거렸다.

"그게 불만이었다면 이번엔 네가 바라는 걸 말해 봐. 그로에스."

"원하는…… 거라니. 그, 그런 건,"

"오랜 친우이자 나의 주군이기도 한 에드먼드가 관심을 둔 걸 알면서도 먼저 나서서 너를 취했어야 했나? ……죽은 백작이며 인사불성이 된 황태자비와 어느 정도까지 엮였을지 모를 널 두고, 그대를 여인으로 본다, 그리 말해야 했을까? 아니면, 이미 진전될 대로 진전

된 가문의 중대사를 모두 뒤엎고 널 택하겠노라, 지금이라도 사람들을 불러 모아 그리 이를까? ……지금도 그저 혼란스러움에 빠져 제 마음, 감정 하나 모르고 눈앞에서 날뛰고 있는 널 얻고자?"

"그런…… 내가 말하는 건, 그런 게."

"그대가 말하는 게 바로 그런 거야."

알렌의 말에 나는 말하는 법을 잊어버린 것처럼 침묵했다.

"그대야말로 지금 이 자리에서 분명히 말해. 늘 뭇 사내에게 하듯 내게 여지만 남기지 말고."

내가 바라는 것……. 공작의 말에 나는 뒤로 주춤 물러서며 머리를 굴려 보았지만 그러나 그것은 생각을 거듭할수록 오히려 더 사고의 입구에서 멀어지는 것만 같았다.

"세워요……. 마차, 마차를 세워요. 당장."

나는 무언가에 질린 사람처럼 떠듬떠듬 입을 열어 겨우 쉰 소리를 냈다. 낮게 가라앉은 눈으로 날 응시하던 공작은 이윽고 두어 번 차문을 두드려 신호를 주었고 그러자 마차는 곧 자리에 멈추었다. 공간의 흔들림이 멎자마자 나는 떨리는 손을 뻗어 황급히 마차에서 내렸다. 그러고는 차마 마주하기 버거운 무언가 앞에 선 겁쟁이처럼 도망치듯 사내에게서 뒷걸음질을 쳤다.

크고 작은 불행들이 쌓일수록 나는 더욱 도망치듯 에드먼드에게 빠져들고 있었다. 온 세상이 나를 사방에서 공격해 오듯 굴다가도 에드먼드의 영역 내에 발을 들이는 순간 검푸르렀던 풍파가 다 괜찮아, 하고 잠잠해지는 것만 같았다. 그래서일까. 나는 한 번씩 묻고 싶었다.

"나를 사랑해요?"

하루에도 몇 번씩, 너무나 꺼내 묻고 싶었던 그 말을 그러나 차마 단 한 번도 입 밖으로 꺼낼 수 없었던 것은 그것이 궁금하고, 그 대답을 듣고 싶은 만큼…… 불안했기 때문에, 혹여나 이번에는 달라져 있을지도 모를 그의 답을 다시 청해 듣는 것이 몹시도 두려웠기 때문이었다. 그러나 설령 내가 에드먼드에게 용기를 내어 물었다 하더라도 그는 조금도 흔들림 없는 목소리로 말해 주었을 것이었다.

"그럼요. 내가 말하지 않았던가요? ……나는 당신을 사랑하고 있어요. 에스텔."

그러나 그때는 누구도 이 애타는 듯한 안타까움과 이 불안과 이 설렘과 이 알 수 없는 동요, 따위의……. 복잡한 감정의 덩어리들이 이따금 사랑으로 불리기도 한다는 것을 알려 주지 않았다.

다른 사내들과 종종 몸을 섞으면서, 그렇게 현실이 점점 더 끔찍해질수록 나는 중독되듯 에드먼드에게 끌렸다. 그리고 이따금은 심한 악몽에 시달렸다. 혼약의 얘기가 오가고 있는 에드먼드를 두고 다른 남자들과 성관계를 가지는 셈이니 사람이라면 죄책감을 느끼는 게 당연한지도 몰랐다.

자연히 혼자 자는 게 두려워졌고 그럴 때면 나는 별별 핑계를 대어 에드먼드의 침실을 찾았다. 에드먼드는 그런 내 모습에 다소 의아한 낯을 했지만 그러나 한 번도 나를 거절하지 않았다.

"영애의 뜻이 그러하다면."

그저 그렇게 말하곤 내가 곁에 있을 수 있도록 허락했다. 그리고 에드먼드의 침실에서라면 나는 모처럼 깊이 잠들 수 있었다.

그날도 무척이나 아름다운 밤이었다. 구름에 가려진 희부연 달 조각이 고아한 빛을 발하고, 맑고 어슴푸레한 밤공기 아래 풀벌레 소리만이 대기 중에 불투명하게 흐르고 있었다. 얼마간을 지독한 불면에 시달렸던 걸까. 그날따라 유독 오래 뒤척이던 나는 짙은 어둠이 안개처럼 깔리는 새벽녘이 되어서야 겨우 얼핏 잠이 든 것 같았다. 그러다 문득, 엷은 꿈결에서 에드먼드의 음성이 들렸다.

"······에스델, 에스델."

연정을 품은 상대의 음성에 무의식적으로 눈꺼풀을 들어 올렸을 때 그러나 그것은 꿈속의 환상이 아닌 현실로 눈앞에 다가와 있었다. 청명한 밤의 공기에 노출된 황태자의 아름다운 얼굴이 절반만 달빛에 젖어 은은한 빛으로 흘렀다.

잠시 꿈결인지 현실인지 혼란스러웠다. 그래서 숨을 들이쉬었다. 그러자 "에스델." 하고 에드먼드는 조용히 내 이름을 한 번 더 불렀다. 그는 보일 듯 말 듯 아주 희미한 미소를 입술 끝에 걸치고 있었다.

"깨워서 미안해요. 그렇지만 지금 알리는 게 맞는 일이라 생각했어요."

그는 잠깐 침묵했다가 다시 입을 열었다.

"조금 전 사람이 왔었어요. 내 아내…… 황태자비가 조금 전 마지막 숨을 거두었어요."

에드먼드의 입에서 아내, 라는 단어가 불현듯 튀어나왔을 때 나는 형언할 수 없는 어떤 느낌이 나를 호되게 치고 지나가는 것을 느꼈다. 조금 이상하지만 그러나 그 기분을 그렇게밖에는 말로 표현할 수 없을 것 같았다. 그의 반려인 황태자비의 존재를 그토록 직접적으로 마주하게 된 것은 정말이지 처음이었다. 그래서인지 그때 에드먼드의 음성은 몹시 이질적으로 내 귓가에 닿아 조금씩 부서져 갔다.

나는 그제야 남자의 미소 속에 감추어진 꿉꿉한 슬픔의 흔적들을 알아차렸다. 어둠 속 에드먼드의 미소는 몹시 고혹적이었지만 한편으로 그만큼 위태롭게 표면에 걸쳐진 듯 보였다. 나는 괴로웠다.

남자의 마음속 오랜 상흔을 마주하게 되는 일은 마치 다른 이의 일기장을 몰래 훔쳐본 듯, 아름답게 일렁이는 베일 너머 누군가의 숨죽인 흐느낌과 고해 성사를 들어 버린 듯 당혹스럽고 서글픈 감정을 일깨워 주었다. 다른 누군가로 인한 에드먼드의 옅은 애상에 젖은 얼굴과 두 눈동자가 나를 응시하는 것을 바라보자…… 별 조각 같은 슬픔의 파편들이 어딘가 마음 한구석을 콕, 콕 찔러 대는 것만 같았다. 별안간 나는 내가 지옥에 떨어져도 별수 없다는 생각이 들었다.

'그녀를 사랑했어요? ……나는 당신을 잃고 싶지 않아요.'

그때 내 머릿속은 누군가의 죽음에 대한 추모나 애상 대신 오직 그 생각만으로 가득 차 있었기 때문이었다.

황태자비의 장례는 국상의 절차에 따라, 그러나 의식을 잃고 자리만 보전하던 시간이 원체 길었던 탓으로 다소 축소된 규모와 격식으로 치러졌다. 비는 내리지 않았지만 흐린 하늘이 온통 습기가 차 눅눅했다.

연단 위의 관 안에 고인의 작고 마른 몸이 꽃으로 장식되어 놓였다. 애도의 뜻을 표하고자 이곳을 찾은 많은 사람들은 쉽사리 입을 열지 않았다. 오래전부터 예상되어 온 죽음으로, 그것은 격한 상실의 고통을 만들어 내기에는 이미 힘을 너무 많이 잃어 있었다.

추도사는 거룩했고, 미사의 절차에 따라 성당 안을 채우는 음률은 아름다웠다. 향초의 냄새가 습한 공기 중으로 조금씩 번질 무렵, 누군가 옆자리의 사람에게 꺼낸 비밀스런 속살거림이 내 귓가를 날카롭게 베듯 했다.

'그녀는 독살당했어요.'

마지막 기도를 맺음 하는 찰나였다. 나는 순간 눈앞이 아찔했다.

까닭 모를 현기증이 순식간에 나를 먹어 들어갔다. 괴로움의 감각은 분명했고 그것은 점차 끔찍스러울 만큼 점도를 높여 오고 있었다. 나는 숨이 막혔다.

그러나 그 순간 나를 더욱 괴롭게 조여 오기 시작한 것은 어느새 부턴가 나를 향하고 있던 뭇 사내의 호기심 어린 시선이었다.

'저기 있네. ……소문의 그로에스가의 창녀.'

'말조심해. 저 계집이 황태자 전하와 곧 혼약을 치른다는 소문이 파다한데.'

'얼굴만 반반한 저런 여자를 정부 따위로 두는 것도 아니고 후궁으로?'

'전하께서 그럴 줄이야……. 역시 사내들이란.'

그들의 음성이 정말 내게 와 닿고 있는 건지, 실은 들리지 않고 있는지. 혹은 당사자들이 이 사실을 의식하고 있는지 그렇지 않은지…… 그 무엇도, 아무것도 알 수 없었지만 나는 정말이지 듣고, 보고 싶지 않은 소리와 풍경들이 주위의 공기를 빽빽이 채색해 옴에 현기증이 났다. 미칠 것 같았다. 그중에서도 가장 견딜 수 없었던 것은, 한 번씩 내 귓가를 스치는 정욕이 비쳐 든 탐심의 흔적들이었다.

'저 정도 여자랑 자 보면, 나라도…….'

'어떤 기분일까.'

그만. 제발 그만. 이따금 흔들리는 촛불 위로 정숙이 지켜지고 있는 그 공간의 무언가를 어그러뜨리듯 고함을 치고 싶은 심정이었다. 다급히 벌떡 몸을 일으켰다. 그러자 주위의 이목이 더 노골적으로 내게 쏟아졌다.

"잠시, 잠시 밖을…… 다녀와야겠어요. 숨이……. 막, 막혀서."

"누이, 괜찮아?"

옆자리의 미하엘과 근처의 시종이 무어라 나를 붙잡는 듯했지만 나는 황급히 자리를 벗어났다.

질식할 것같이 막혀 오던 호흡은 장례식이 이루어지고 있는 성당을 한참 벗어나서야 겨우 진정이 되었다. 나는 급히 숨을 들이쉬었다. 그러자 이번에는 맑은 산소가 목을 고통스러울 정도로 따갑게 긁으며 몸속으로 넘어가는 감각이 났다. 콜록, 콜록. 잔기침이 터져 나왔다. 나는 곧 쓰러질 것처럼 한참 벽에 기대어 겨우 호흡을 가다듬었다.

"에스텔."

이미 익숙한 음성은 미하엘의 것이었다. 그제야 내 앞에 사선으로 늘어진 검은 그림자가 보였다. 나도 모르게 무미건조한 음성이 나왔다.

"왜 따라 나왔어? ……금방 들어갈게."

미하엘은 무언가 말하려는 듯하다가 그만두었다. 잠시 후 뒤를 돌아보았을 때 그가 자신의 짙은 갈색 머리를 무심히 쓸어 넘기는 모습이 보였다. 무언가 할 말이 있는데 막상 나오지 않을 때 종종 하는 행동이었다. 나는 그런 그를 모른 체했다.

시간이 얼마나 흘렀을까. 그는 더 입을 열지 않았고, 나도 굳이 말을 꺼내고 싶진 않았기에 둘 사이에는 침묵만이 감돌았다. 나는 구석진 곳에 웅크려 어지러움이 가실 때까지 시간을 흘려보내고 있었고 미하엘은 이따금 그런 나를 응시하며 말없이 곁을 지켰다.

장례식이 이루어지고 있는 건물의 밖은 몹시도 고요했다. 장례식장을 떠올린 순간, 조금 전 나를 숨 막히게 만들었던 사내들의 시선, 그것이 가진 끔찍할 만큼의 점도, 촉감 따위……가 나를 스쳐 지나갔다. 그래서 충동적으로 고개를 돌려 물었다.

"……예쁜 여자를 보면, 자고 싶니."

"무슨 소리야."

"내가 예뻐? 네 눈에도, 예뻐 보이냐고."

맥락도 없고, 앞뒤가 맞지도 않는 질문. 그래서 저들이. 아니 비단 저들뿐 아니라 사내들이 그따위 눈빛과 몸짓과 목소리로 나를, 에스 델을 숨 막히게 만드는 거냐는 그 질문을 그러나 나는 차마 거기까 지 올바른 형태로 전달할 수는 없었다. 지난번과 토씨 하나 빠지지 않고 똑같이 튀어나온 질문에 미하엘은 무언가 생각하듯 미간을 찌 푸렸다. 그러자 까닭 모를 신경질이 났다.

"왜. 대답해."

"에스델 그로에스."

"남자인 네 눈에는 어떤데. 네가 보기에도 내가, 예뻐? 그래서 한 번씩은 만져 보고 싶고 입도 맞추고 싶고, 자 보고 싶기도 하고…… 그러니?"

"……."

"쟤랑은, 저 정도로 예쁜 애랑 뒹굴면 어떤 기분일까, 궁금하고 그 래?"

정작 나를 상처 주고 모욕하고 아프게 한 것은 그가 아닌 숱한 다 른 남자들이었는데. 그러나 그 순간 나는 같은 사내라는 이유만으로 애꿎은 미하엘에게 그간 쌓여 온 감정의 덩어리들을 풀고 있었다. 그걸 깨달은 순간 나는 내 자신이 혐오스러웠다. 그래서 그 자각에 곧 잇따를 수치심을 감추고자 일부러 분노를 덧입은 목소리를 더욱 키웠다.

몹시 위험스럽기 짝이 없는 내용과 말투였지만 그러나 주변에 듣는 귀가 없어서인지 미하엘은 내가 하고 싶은 대로 내버려 둘 뿐 내게 욕설을 내뱉지도, 질타를 하지도 않았다. 그러자 나는 제풀에 꺾일 줄 모르는 짐승처럼 더 화가 났다.

"남자들 마음이 그렇다던데……. 왜. 그건 또 아니야?"

"에스텔."

"그걸 몰라서. 남자들 마음 따위, 를 너무 몰라서 내가, 내가 이렇게 힘든 거 같은데. 내 인생이 이렇게 평생 엉망진창……인 것 같은데. 그래서 너한테, 남자라서 잘 알 것 같은 너한테라도 물어보는 건데 왜, 왜, 너는 에스텔, 쓸데없는 내 이름만 부르면서 대답조차 하지 않아!"

한껏 목청을 키웠다. 그 찰나 장례식 미사가 끝난 건지 종소리가 하늘에서 쏟아져 내렸다. 뒤이어 고풍스러운 건물 안에서 사람들이 밖으로 나오려 움직이는 기척들이 우수수 나뭇잎 떨어지는 듯한 소음으로 들려왔다. 그리고 내 시야로, 늘 미련스러울 만큼, 그래서 때로 숨이 막힐 정도로 나를 직시하는 갈색 눈동자가 보였다. 그러고 보면 처음 이 세계에 왔을 때 나를 마주했던 것도 그의 이 갈색, 눈동자였다.

순간 알 수 없는 욕망이 머리를 쭈뼛 들어 올렸다. 나는 그대로 그의 턱을 쥐고 입을 맞추었다.

잠깐의 입맞춤이 끝나고, 내가 미하엘에게서 몸을 뗐을 때 그의 눈은 여전히 나를 응시하고 있었다. 도대체 방금 무슨 짓을 저지른 건지. 상황이 파악되자 당혹스러움에 몸이 떨려 왔다.

"아…… 저기, 그, 그러니까……. 이, 이건……."

나는 겨우 중얼거렸다. 그때 나는 친부의 죄악을 저지하지도, 그를 거스르는 목소리를 내지도 못한 주제에 혼자만은 더러운 진창에서 조금 발을 뗀 양, 에스델, 하고 아무렇지 않게 나를 부르는 미하엘이 좀 가증스러웠던 것 같기도 하고, 그 또한 남자라는 이유로 여태 나를 짓밟아 온 무수히 많은 사내들에 대한 화풀이가 하고 싶었던 것 같기도 하고, 늘 감정을 모를 수 없게 만드는 눈으로 나를 곧게 응시해 오는 그가 버거워서, 차라리 당황하게 만들어 나를 피하도록…… 하고 싶었던 것 같기도 했다. 까닭이 무엇이 되었건 그러나 나는 마음속으로 내가 순간 해서는 안 될 짓을 저질렀다는 걸 알았다.

그의 마음이 쩍쩍 갈라지는 소리가 들리는 것 같았다.

'아, 정말로 미하엘은 어쩌면 나를…….'

하나, 둘 사람들이 성당을 빠져나오고 있었다. 어느덧 나는 한쪽 손이 그에게 붙잡힌 채 꼼짝도 할 수 없는 채였다. 그를 마주 보고 서 있는 시간이 영겁같이 느껴지는 동안, 내 뒤를 스쳐 지나가는 숱한 사람들의 기척도 지워질 만큼 미하엘의 존재만이 나를 한가득 먹어 들어갔다.

그의 눈동자가 분노로 얽혀 짙은 색을 띨 때. 나는 내가 나의 이기심으로, 적어도 이 세계에 온 후 한유리를 한 번도 상처 준 적은 없는 가엾은 남자를 상처 입혔음을 깨달았다.

"네가 어떤 의미로 그런 물음을 꺼낸 건지 이제 알아. 에스델 그로에스."

남자의 두 눈은 붉게 충혈되어 있었다. 사정없이 떨리기 시작한 그의 눈을 바라보며 나는 왈칵 두려워졌다.

"……제 아비의 핏줄을 그대로 빼어 박은 주제에. 너 또한 그런 짐승 같은 놈들과 별반 다를 바 없는 주제에. 그리 생각하니 내게 묻고 싶었겠지. 어쩌면 나와 함께 있는 내내, 늘, 그런 눈으로 나를 보아 왔겠지."

"아, 아냐. 그런 건 아니었……"

"너를 볼 때, 내가 어떤 기분이냐고? 무슨 생각을 하냐고? ……네가, 네가 그걸 나한테 물어?"

"미안, 미안해. 미하엘. 방금 그건,"

분노로 잔뜩 흐트러진 그의 얼굴. 미하엘의 두 눈동자는 점차 시뻘겋게 충혈되어 가고 있었다. 그의 흔들리는 두 눈에 사정없이 눈물이 고이기 시작하는 것을 알아차리고 나는 급히 그의 얼굴을 끌어안았다.

제발. 미안해. 내가 잘못했어……. 죄 없는 네게 화풀이를 하려 들어서, 그렇게 잔인하게 내 스스로를 좀 더 편해지도록 만들려고 해서 정말 미안……. 나는 셀 수도 없이 중얼거렸다. 그는 그런 나를 뿌리치지 않았다. 내 품에 얼굴을 묻은 채, 그는 울음기가 여실히 묻어나는 목소리로 마지막 순간 말했다.

"에스델 그로에스. 나는 널 사랑해."

그날 밤, 나는 에드먼드의 침실로 가지 않았다. 대신 그로에스 저택 한편에 마련된 내 공간에서 몸을 웅크린 채 울다, 뒤척이다, 흐느끼다, 그러다 이윽고 참지 못하는 어떤 감각이 나를 강하게 내리치는 것을 깨닫고 불현듯 몸을 일으켜 미하엘에게 향했다.

미하엘은 침실로 찾아온 나를 묵묵히 바라보았다.

"왜 나를 사랑해."

내 잇새로 비어져 나온 것은 물음도, 외침도 아닌 그 사이의 무언가였다. 흡사 외마디 비명처럼도 들렸다.

"네가 왜, 무슨 자격으로······. 어떻게 하필이면 네가 나한테 사랑, 이란 소리를 꺼낼 수가 있어. 사랑? ······네가 날 사랑해서 어쩔 건데?"

다음 순간 나는 흐느끼며 그의 어깨며 가슴께를 내려치기 시작하고 있었다.

"말해. 대답해! 대답하라구······. 네가 나를 사랑해서, 맘에 품어서 어쩌자는 건데······. 너도, 너도 나랑 잘래? 그럴래? ······다른 남자들처럼 너도 나랑······ 자고 싶어서, 그래서 그래? 나랑 한 번 자면, 아니 몇 번이고 질리도록 자고 나면 그러면 네 마음도 깨끗하게 싹 정리되는 거야?"

아닌 줄 알면서도, 아니 그걸 알고 있었기에 잔인한 물음은 좀처럼 끝나지 않았다.

"근데 그다음은? 입 맞추고, 껴안고, 서로 좋다고 속삭이면서 자고······ 난 다음은? 너랑 나 사이에 그다음, 이 없다는 것쯤 알면서, 너도 다 알면서! 그런데 어떻게 사랑 따위를 입에 담을 수가 있어 네가!"

앞이 보이지 않는, 미래 따위는 입에 담을 수도 없는 사랑을 하는 미하엘이 가슴 아파서였을까. 나는 마구잡이로 어떻게든 상처를 주려고 안달 난 사람처럼 그를 때리고 욕하고 몰아세웠다. 그리고 결국 마지막 순간 보란 듯이 그를 가장 상처 입힐 말을 꺼냈다.

"다른 사람도 아니고……. 네 아버지란 자가 에스델 그로에스한테 어떤 짓을 했는지, 그래서 내가 지금껏 어떻게 몸을 굴려 댔는지, 심지어 지금은 또 어떤 알 수 없는 남자의 아이를 뱄는지…… 그 모든 걸 다 알면서. 알고 있으면서! 근데 어떻게 네가 날 사랑, 따위를 할 수가 있는 거냐구……."

그런 게 사랑이야, 에스델. 누군가 울부짖는 날 보며 키득거리는 것만 같았다.

한 번 산산조각 난 마음은 쉽사리 다시 붙지 않았다. 그러나 곪아 가는 속이, 내면의 상처가 어떻게 되든 상관없다는 양 시간은 계속 흘러만 갔다. 문득 정신을 차렸을 때는 벌써 알렌 베델리우스 공작과 클로디아 데번셔의 혼약식 날짜가 코앞으로 다가와 있었다.

그 남자가 정말 결혼이란 걸 하는구나. 누군가 내게 그들의 소식을 전해 올 때마다 나는 무심한 낯으로 그렇게 혼자 중얼거릴 뿐이었다. 그러자 에드먼드는 조금 당혹스럽다는 듯이 아름다운 웃음을 지어 보였다.

"그렇게 아무렇지 않은 듯 말을 하기엔……. 영애. 영애와 나의 혼약식도 점차 가까워 오고 있는걸요."

에드먼드의 능력이 출중했던 탓으로 그와의 약혼 준비는 별다른 소음 없이 진행되었다. 어느 날 정확한 날짜가 잡혔다는 믿기 어려운 소식까지 들려왔을 때 나는 아, 에드먼드 바우렐리우스의 이름으론 안 될 게 없겠구나, 하는 생각만 멍하니 해 볼 뿐이었다.

그렇게 이 모든 일들을 가능하게 하는 그의 권력 따위에 얼핏 생각이 닿았을 때 다음으로는 그만큼은 아니더라도 그와 흡사한 힘을 지닌 칼릭스가 떠올랐고 그러자 얼핏 그에게 목덜미를 잡혀 있는 자의 두려움이라는 것이 나를 찾아왔다. 그러나 한동안 그가 나를 찾지 않았던 덕으로 나는 비교적 빠르게 그런 감정의 혼합들로부터 벗어날 수 있었다.

그렇게 알렌 공작과 클로디아의 약혼식 당일이 되었다. 몹시도 화창한 날이었다. 저택 입구에서부터 손님들을 맞이하러 나와 있던 엘리시아는 나를 보고 언제 불편한 적이 있었냐는 듯 화사한 미소를 지어 보였다.

"오늘따라 더욱 아름다우세요. 그로에스 영애. 이렇게 와 주셔서 무척 기쁩니다."

혼약식은 매끄럽게 진행되었다. 공작의 오랜 친우임에도 원체 바쁜 터라 참석하지 못한 에드먼드의 빈자리를 의식하며, 나는 오늘따라 한층 더 화려하게 꾸민 저택 한편에 서서 멍하니 정면만 바라보았다.

베델리우스 공작 가문과 대놓고 척을 지고 있는, 거기다 위세마저 등등한 콘라드에서는 따로 사람을 보내지 않았지만 그 외에는 나라 안의 어지간한 귀족들이 다 참석한 모양새였다. 심지어는 나를 능욕했던 제롬 무리의 일원들까지 보였다. 이따금 흐릿한 시야로 아름답게 치장한 약혼녀의 모습이 아른거렸다. 클로디아의 선홍빛으로 물든 얼굴을 보며 나는 그제야 아, 저 여자는 알렌을 어쩌면 진심으로 좋아하나 보다…… 하는 생각을 해 볼 뿐이었다.

"뭘 그렇게 멍하니 서 있어?"

고개를 돌리니 알렉스 데번셔가 날 보며 서 있었다. 친누이의 혼약식이니 그가 와 있는 것은 당연한 일이었다. 나는 몰려오는 피로에 한숨을 쉬었다. 그의 눈부신 금발이 화려한 예장 차림과 어울려 오늘따라 한층 밝게 빛나는 것 같았다.

"예쁘네."

"……."

"황태자 전하도 없으신데. 잠시 얘기나 좀 해."

"……무슨 얘기."

"몰라서 물어? ……이따 2층으로 와."

그는 짧게 덧붙이고는 곧장 등을 돌려 그에게 인사를 하기 위해 먼발치서 기다리고 있는 이들에게로 향했다. '이 많은 귀족들 앞에서 네가 실은 벌레만도 못한 존재란 걸 까발리고 싶지 않으면, 곱게 말 들어.' 알렉스가 그렇게 내 귓가에 대고 속삭이는 소리가 들리는 것만 같았다. 실내는 온화한 빛으로 빛났고, 모든 것이 식순에 따라 순조롭게 진행되고 있었다.

"어서 와. 에스텔."

호출된 곳으로 가 문을 열자 담배 연기가 자욱한 공기가 흩어져 나왔다. 언제나 그와 함께 하던 두어 명의 남자들도 함께였다. 알렉스는 퇴폐적인 얼굴로 시가 연기를 공중에 뿜어 대다가 내게 턱짓했다.

"이리 와."

나는 체념한 태도로 그에게 향했다. 곁에 앉아 있던 다른 사내들도 눈짓으로 아는 체를 했다.

"왜, 불렀는데."

"정말 몰라서 물어? ……아니지 않나."

알렉스는 대충 담배를 비벼 끄고는 건방진 태도로 나를 올려다보았다. 나는 할 말을 잃고 침묵했다.

"네 말대로 우리가 어지간한 유흥엔 질려서. 황태자의 약혼녀가 될까 말까 한 널 건드리는 게 한동안 꽤 스릴 있었는데 말야. 그런데 너 재주도 좋더라. 정말 황태자가 너랑 혼약식을 치를 거라던데. 온 황성이 그 얘기야."

"……그래서."

"그래서는 뭐가 그래서야. 생각해 볼수록 이렇게 널 건드리는 것도 이제 몇 번 안 남았겠더라고. 그니까, 대충 빨리 벗어 보란 얘기지."

알렉스의 말에 제롬이 빠진 남자들 무리에서 일순 비웃음이 번졌다.

"응, 알지? 서로 좋은 게 좋은 거잖아."

알렉스 옆의 사내가 그렇게 중얼거리며 마찬가지로 담배를 껐다.

"아무리 그래도, 밖에 사람들이 있는데……."

내가 머뭇대자 알렉스는 어이가 없다는 듯 코웃음 쳤다.

"지금쯤 흥청망청 취해서 절반은 몸도 제대로 못 가누는 인간들?"

한참을 주저거리고 있던 찰나 뒤에서 그들 중 한 명의 억센 손아귀가 달려들듯 다가와 드레스를 끌어 내렸다. 나는 반사적으로 새된 비명을 지를 뻔했지만 그러나 그 부질없는 시도는 나보다 좀 더 빨리 내 입을 틀어막은 남자의 손바닥 아래에서 야트막한 숨소리로 부서져 갈 뿐이었다. 그들은 버둥거리는 날 보며 조소했다.

쿠당탕, 하는 혼잡한 소리와 함께 다음 순간 라이튼 백작가의 장자가 나를 밀어붙였다. 나는 온몸에 번지는 알싸한 통증에 인상을 찌푸리며 겨우 바닥을 더듬어 몸을 일으키려 했다. 그러나 곧 두 팔이 라이튼에게 제압당한 채 바닥에 다시 처박혀야 했다. 턱을 괸 채 관망하듯 그 꼴을 내려다보던 알렉스의 입꼬리가 흥미롭다는 듯 올라갔다. 그리고 그것이 무언가의 신호라도 된 듯 차례로 남자들은 나를 범하려 들었다.

시간이 어떻게 흘러갔는지 모르겠다. 그날 나는 남자 앞에서 벌거벗은 여자의 몸으로 할 수 있는 거의 모든 일을 한 것만 같다는 생각이 들었다. 그들의 몸 위에 올라가 허리를 들썩이다가, 남자의 성기를 입으로 물었다가, 다시 엎드렸다가, 앞뒤로 남자의 것을 물고 젖가슴을 꽉 쥐인 채로 신음하던…… 그 모든 일들이 시간이 지날수록 지독할 만큼 현실감이 없었다.

나는 이따금 겨우 나만 알 수 있을 정도로 불러 오기 시작한 배를 감싸며 소리 없이 울부짖었고 그들은 한 여자의 작은 몸으로부터 언을 수 있는 모든 쾌락을 착취하듯 나를 가졌다. 그러므로 순간 눈앞이 아찔한 통증이 찾아들었을 때, 그리고 이 통증이 어디에서 오는 것인지 깨닫고 소스라치게 놀라 남자들의 품에 안긴 채 발버둥 치기 시작했을 때 그들이 눈도 깜짝 않고 오히려 힘으로 더욱 나를 제압한 것은 당연한 것이었다.

그러나 늘 무기력하게 시간이 지나길 기다리던 나였기에, 좀처럼 볼 수 없던 저항이 지속됨에 결국 남자들의 동공이 커졌다.

"무슨 일이야, 갑자기 왜 그래?"

그들이 물었지만 너무도 급작스레 찾아온 허리를 반 토막 내는 듯한 통증에 나는 식은땀만 흘릴 뿐 어떤 음성도 제대로 된 말의 형태도 입 밖으로 꺼낼 수가 없었다.

"아, 아악……."

나는 육지에 막 내던져진, 그래서 온몸이 메말라 가고 폐부를 찢기는 고통에 몸부림치는 생선처럼 마구 몸을 비틀어 대었다. 그만, 그만, 제발 그만……. 그러자 사내들이 하나, 둘씩 뭔가 이상함을 깨닫고 주춤거리기 시작했다. 그 찰나였다.

운명의 신의 장난이라는 게 이런 걸까. 쾅, 쾅, 쾅. 밖에서 누군가 거칠게 문을 두드려 댔다. 방 안의 사내들이 이 상황을 수습할 틈도 없이 문은 곧장 몇 번이고 세게 흔들리고 덜컹거리다…… 이윽고 열렸다. 내가 그 소리에 겨우 식은땀으로 범벅이 된 고개를 돌려 시선을 향했을 땐…….

저택 주인인 알렌 공작과 데번셔 백작, 그리고 그의 곁에서 이 모든 광경을 무감히 눈에 담고 있는 에드먼드 바우렐리우스 황태자가 있었다.

너 같은 건 사람도 아냐.

온몸을 찢어발기는 듯한 고통이 밀어닥침에 나는 그만 마지막 의식의 끈을 놓아 버렸다.

얼마나 시간이 흘렀을까. 엷게 정신이 돌아오는 순간마다 온 사방이 고요했다. 무거운 어둠이 내려와 있듯 눈꺼풀이 무거웠다. 간간이 힘을 주어 눈을 뜰 때면 누군가 내 곁을 지키고 있는 윤곽이 어렴풋이 보였다.

그것은 가엾은 하녀 에이미일 때도 있었고, 굳은 낯으로 나를 내려다보는 미하엘일 때도 있었으며, 심지어는 언제나의 우아한 낯빛을 한 에드먼드이기도 했다. 나는 그 아름다운 남자가 눈앞에 아른거릴 때마다 흔들리는 사막의 신기루를 보는 듯한 묘한 이질감을 느꼈다.

"누이. 정신이 들어?"

나를 조심스레 일깨우는 미하엘의 음성에 온전히 눈을 떴다. 일주일 만의 일이라 했다. 그렇지 않고서야 자신이 이렇게 울 리가 없다며 에이미는 연신 흐느꼈다. 훌쩍임이 비어져 나올 때마다 어린 하녀의 깡마른 몸이 가냘프게 떨렸다. 그제야 나는 그간 시야에 어른거렸던 일들이 허상만이 아니었음을, 꽤 많은 시간이 지났고 그동안 몇몇 이들이 나를 찾아왔다는 사실을 인지했다.

무어라 말을 꺼내 보려 했지만 쉽사리 입이 떨어지지 않았다. 미하엘은 그런 나를 눈치챈 듯 잠시 침묵을 지키다 방을 나섰다. 홀로 남은 에이미는 조심스레 나를 응시했다.

"에이미."

내가 부르자 그녀의 몸은 마치 아주 작은 새처럼 파들거렸다.

"네, 네. 아가씨……."

그녀는 덜컥 겁을 먹은 낯으로 조심스레 내게 다가왔다. 연신 흔들리는 소녀의 다갈색 눈동자, 그 안에 감춰진 불안과 초조……. 차라리 읽히지 않았으면 좋았을 것을. 그러나 나는 그녀가 내게 제발 묻지 말아요, 하는 무언가가 있음을 알아차리게 된 후였고 그것이 어떤 것인지도 쉽사리 짐작이 갔다. 나는 체념하듯 입을 열었다.

"아이는……."

그러자 에이미는 올 것이 왔다는 양 와락, 내 품을 끌어안고 엉엉 소리를 내어 울기 시작했다.

"아가씨, 죄송해요. 죄송해요……."

본인은 아무것도 잘못한 것이 없으면서 그러나 그녀는 너무 마음이 아파 어쩔 줄을 모르겠다는 것처럼, 내가 받을 상처를 상상해 보게 되는 일이 끔찍해서 미안하다는 듯 심하게 울었다. 이 소란이 바깥에도 전해졌는지, 잠시 후 시녀 두 명이 들어와 그녀를 끌고 간 후에야 나는 다시 침묵 속에 침잠할 수 있었다.

다음 날 냉정을 찾은 에이미를 통해, 나는 내가 쓰러져 있던 지난 며칠간의 일들을 전해 들었다. 의원이 여럿 왔지만 아이는 이미 유산된 후였으며, 에드먼드가 보낸 황궁의마저도 그것만은 어떻게 할 수 없었다는 그런 일들……. 그러나 그녀의 음성이 황태자의 이름을 담았을 때 나는 내 자궁에서 말라 죽어 간 얼굴도 모를 불쌍한 아이 대신 어렴풋이 에드먼드의 낯빛과 체향……

그런 것들을 가만히 떠올려 보고 있었다. 그런 자신이 몹시 비정하게 느껴지면서도 그러나 연기처럼 피어난 생각의 흐름을 꺾을 수는 없었다. 그날, 그 마지막 찰나 내 나신과 남자들의 욕망이 남긴 흔적들을 내려다보던 에드먼드의 그 무감한 눈빛. 그것을 떠올린 순간 가슴의 맨살결을 굵은 소금으로 긁어 내는 듯 진한 통증이 찾아왔다. 그만 두 눈을 감아 버렸다.

그날 밤. 에드먼드가 찾아왔다. 그는 지난 며칠의 시간 동안 내가 어떤 일을 겪었는지, 그리고 그 자신이 무엇을 보았는지 전혀 모르는 사람처럼 변함없이 온화했고, 따사로웠다.

그는 내가 괴로움을 느낄 만한 그 어떤 말도 꺼내지 않았고 묻지 않았다. 남자는 그저 내 곁에서 기꺼이 자신의 시간을 내어줄 뿐이었다. 에드먼드의 그런 배려에 나는 억지로 참았던 숨통이 트이는 것만 같았다. 그리고 마침내 잠자리에 들기 전, 그의 섬세한 손이 내 이마를 찬찬히 쓸어 넘겨 주었을 때 나는 형언할 수 없는 안도감을 느꼈다.

"영애께서 무사하시니……."

그는 내 귓가에 대고 부드럽게 속삭였다.

"무엇보다, 다행입니다."

그리고 그런 그의 말을 듣는 순간, 나는 바보 같게도 왈칵 눈물이 터져 나올 것만 같았다.

에드먼드의 방문 후, 집안 여사용인들의 반응은 한결같았다. 그중에서도 나와 가까이 지내는 에이미는 유독 유난스러웠다.

"어, 어쩜……. 전하께서는 그렇게 로맨티시스트, 이신 걸까요? 세상에……."

그때 그녀는 깡마른 두 손을 꼭 모으고 마치 반짝거리는 꿈결을 헤집어 보는 듯한 사랑스런 얼굴로 중얼거렸다.

"아무렴, 정말 아가씨께 진심으로 반하신 게 틀림없어요. 그러잖고서야 그 매사에 이성적이신 분께서 그날 사람을 셋이나 그 자리에서……."

흠칫, 하며 순간 그녀는 황급히 말을 맺으려 들었다.

그러나 이미 엎질러진 물이었다. 나는 조금 전 내가 들은 것이 사실인지 믿을 수가 없어서 잠시 입을 다물고만 있었다.

"다시…… 얘기해 봐."

떠듬떠듬 겨우 입을 열었을 때 에이미는 하얗게 질린 얼굴이 되어 손끝을 덜덜 떨었다.

"어, 어어, 아, 아가씨……. 죄송, 해요. 주인 나리께서, 집사님께서도 절대 입을 열지 말라 하셨는데……. 어차피 곧 알게 되실 일이지만 그래도, 당분간 입 밖으로 말을 꺼내서 아가씨를 심란하게 만들지 말라고 하셨는데 제가……. 정말 죄송, 죄송해요."

그녀는 그러더니 어린아이처럼 울음을 참지 못하고 훌쩍이기 시작했다.

몹시 혼란스러웠다. 나보다 이 일에 더 감정적으로 영향을 받는 것 같은 어린 하녀를 끌어안아 다독이면서 나는 생각에 잠겼다. 사람이 즉결 처분 되었다니, 누가, 그 귀한 집 자제들을…… 늘 특유의 온화한 분위기를 한 채, 결코 냉정을 잃지 않는 에드먼드가? ……조금 전 두 귀로 듣고도 믿기 힘든 일이었다.

그날 오후 집사 드미트리에게 불려 간 에이미는 단단히 혼이 난 건지, 그 뒤 내가 무어라 물어도 필사적으로 고개를 가로저으며 더는 입을 열지 않았다. 함구령을 받은 집안 사용인들을 대신해, 사건의 대략적인 전모는 의외의 인물로부터 듣게 되었다.

"집안 꼴이 돼지우리와 다름없군."

칼릭스는 거만한 태도로 내 침실을 훑어보며 말했다. 온 사용인들이 하루 수십 번을 더 쓸고 닦는 저택임을 알기에 그의 말에 기가 막혔지만 기운이 없어 그냥 입을 다물었다.

아주 늦은 밤 황자는 연통도 없이 불쑥 찾아왔다. 하필이면 미하엘이 영지의 일로 저택을 비운 날이었다. 무례하다곤 하나 갑작스레 찾아온 이가 워낙 지체 높은 나라 유일의 황자였던 탓에 온 사용인들이 분주히 몸을 움직여 그를 맞았다. 그러나 정작 그 당사자는 짐승 우리를 운운하며 저택을 비웃고 있었다. 나는 입술을 앙다물었다가 말했다.

"황자 저하께서 이리 누추한 곳까진 어쩐 일이십니까."

"말대답하는 걸 보아하니 아직 살 만한가 봐."

"……."

"어때. 에드먼드에게 실컷 이용당한 소감은."

나는 그의 말을 듣고도 영문을 몰라 두 눈만 깜박였다. 눈꺼풀이
덮일 때마다 온 세상이 같이 혼란스럽게 흔들, 흔들거렸다.

"네 덕분에 에드먼드는 거슬리던 가문들을 한꺼번에 힘 **빼** 놓은 셈
이지. 라이튼, 샹페르, 데런……. 콘라드 후작가와 어울리던 것들이
하나같이 황태자보다는 이쪽에 달라붙으려 애를 쓰던 녀석들이라. 에
드먼드 입장에선 네 핑계를 대어 한꺼번에 그 정식 후계자들의 목을
칠 수 있었으니. ……늘 사람 좋은 척, 꿍꿍이속을 알 수 없는 녀석이
그렇게 그 자리에서 급하게 일을 저지른 까닭이 뭐라 생각하지?"

영문을 몰라서, 아니, 도저히 알고 싶지가 않아서 몸이 마구 떨렸
다. 칼릭스의 음성은 마치 그런 나를 비웃는 것만 같았다.

"제아무리 황태자라 해도 단지 아끼던 계집을 건드렸단 이유만
으로 귀족가의 영식을 셋이나 그 자리에서 벨 수 있다고 생각하나?
아직 정식으로 첩지도 받지 않은 정부(情婦)에 다름 아닌 널 위해?
……아니지. 세 가문에서 이번 처단에 미친 듯이 반발했을 때, 에드
먼드는 기다렸다는 양 각 영지 내에서 암암리에 있어 온 불법적 수
탈과 살인, 이단, 반역 혐의 따위를 꺼냈어. 마치 이 순간을 위해 차
근차근 준비해 온 것처럼. ……이게 뭘 의미한다고 생각해?"

나는 목소리를 잃어버린 가엾은 여자처럼 절규했다. 아무런 소리
도 낼 수 없었지만 그때 내 마음은 피를 철철 흘리고 있었다.

“에드먼드는 나름 착실히 준비를 해 왔던 거야. 자신이 권력을 잡
았을 때 거슬릴 만한 것들을 쓸어버릴 기회를. 그리고 호시탐탐 기
회를 노리고 있던 찰나에 쓸 만한 말로 네가 눈에 띄었겠지. 내 눈에
네가 띄었던 것처럼.”

다음 순간 나는 정신없이 저택을 빠져나오고 있었다. 뒤에서 무어
라 만류하는 사용인들의 목소리가, 나를 향한 칼릭스의 잔혹한 비웃
음이 들리는 것 같았지만 발을 멈출 수는 없었다. 나는 미친 사람처
럼 몸을 떨며 마차에 올랐고 그런 나를 향해 집사 드미트리가 무어
라 입을 열려는 듯하다 결국 내 뜻을 꺾지 못하겠다는 양 마차를 출
발시켰다. 내내 손끝이 덜덜 떨렸다.

황태자궁에 내리자마자 나는 허겁지겁 안으로 향했다. 이미 그의
침실을 들락날락한 지 오래였기에 하얗게 질린 내 얼굴에 놀랄 뿐,
어느 누구도 나를 제지하려 들진 않았다. 황태자의 침실 앞에 이르
러서야 나는 시종이 문을 열어 줄 때까지 잠시 숨을 고를 수 있었
다.

에드먼드는 여느 때의 바로 그 눈으로 나를 응시해 왔다. 단정한
차림새였다. 막 집무실에서 나온 듯 보였다. 나를 보고 조금 의아하
다는 낯으로 황태자는 입을 열었다.

"영애? ······이 시각에 어쩐 일로."

그러고는 온화하기 그지없는 미소를 지어 보이며 다가왔다. 내 등 뒤에서 육중한 문이 천천히 닫히고 있었다. 그와 둘만 남은 공간에 그러나 안도감 대신 갑자기 형언할 수 없는 어떤 공포감이 공기를 휘저어 오는 것이 감각되었다. 나는 소름이 끼쳤다. 등 뒤로 축축한 식은땀이 맺혔다 굴러떨어지는 촉감이 생생했다.

"저, 전하······."

막상 남자의 앞에 서자 말문이 막혔다. 대체 무어라 말을 꺼내야 할까. '정녕 저를 속이셨나요?', '절 농락하셨다는 황자의 말이 사실인가요?' ······마음은 조금 전 칼릭스의 말이 가한 충격의 여파로 금이 간 채였고 몸은 자꾸만 힘이 빠져나가 휘청거렸다.

음성은 어떤 의미의 조각들도 제대로 빚어내지 못한 채 계속 '아······,' 하는 신음과 탄성이 섞인 묘한 소리만을 흘렸다. 그러나 에드먼드는 그 엉망인 단편들만으로 내가 꺼내고자 하는 무언가를 알아차린 것 같았다.

그 순간 황태자는 더할 나위 없이 우아하게 미소 지었다. 등골이 오싹하도록 아름다운 얼굴이었다.

"······자칫하면 일이 꽤 복잡해질 뻔했습니다."

에드먼드는 천성이 거짓말을 입에 담는 편이 아니었다.

"영애께서 아직 나의 정식 빈이 아닌 탓으로, 아니, 빈은커녕 혼약식을 치르기도 전이었던 탓에 그 사내들을 처리할 명분이 너무 약했으니까요. 황태자의 약혼녀조차 아닌, 그냥 정부에 지나지 않는 여자를 다른 귀족들이 건드리거나 함께 공유한 예는 사실 역사에 많았거든요.”

그때 내 심장은 남자의 혓바닥 위에서 참혹하게 구겨져 핏물을 떨어뜨리고 있었다. 나는 제발 아니었으면, 하는 심정으로 고개를 천천히, 그러나 점점 세차게 가로저었다. 아니야, 아닐 거야……. 그러나 그의 말은 멈추지 않았다.

“미리 상대 가문들에 내 그림자들을 붙여 흠결이라 할 만한 것들을, 뒷조사해 둔 게 다행이었죠. 그런데도 가문의 이름이 갖는 힘이란 게 있는지라, 그것만으로는 일이 몹시 버거울 뻔했는데…… 그 찰나 영애께서 잉태하셨다는 그 아이가 참으로 도움이 되었습니다.”

더는 전하, 하는 외마디 말도 나오지 않았다.

“그들에게 내 아이, 즉 귀하디귀한 황손을 품은 몸을 유린하고, 그 숨통을 끊어 놓은 죄까지 물어 확실히 중징한 것이라 명분을 말할 수 있었으니까요. ……모두 영애의 덕분입니다.”

한참 뒤에 내가 겨우 꺼낼 수 있었던 것은 한심하기 그지없는 한마디뿐이었다.

“사랑……한다고 하셨잖아요.”

나는 가슴이 찢어졌다.

에드먼드는 그런 내가 가엾다는 듯 부드럽게 웃음 지었다.

“영애.”

"저를 사랑, 하신다고, 연모하고 있으시다고. 부, 분명 그렇게……."

얼핏 눈물방울이 턱 밑으로 투두둑 떨어지는 것 같았다. 에드먼드는 천천히 내게 다가왔다. 그리고 손을 들어 내 뺨의 눈물 자국을 부드럽게 어루만져 주었다. 그는 속삭였다.

"사랑이라."

"……."

"그것만큼 여인의 마음을 쉬이 사로잡고, 온전하게 붙들 수 있는 것도 없다 들었습니다."

"……제게, 왜."

"대부분의 사내들이 색정과 색욕으로 가득 찬 세상에서 산다면, 여인들은 평생을 사랑받기 위해, 사랑받고 싶은 욕망으로 채워진 삶을 산다죠……. 지금은 세상을 떠난 친모께서 그리 일러 주셨습니다."

얼굴이 하얗게 질려 온몸으로 비명을 지르는 내게 에드먼드는 아주 고아한 미소를 띠며 말했다.

"내게 유익한 것, 예컨대 이번 일과 같은 이로움을 가져다주는 것들을…… 나는 싫어하지 않습니다. 그럴 까닭을 찾을 수 없으니까요. 그리고 당신은 그것들 가운데서도 가장 특별하죠. 그러니 당신에 대한 이 감정을…… 사랑이라 부르는 게 뭐가 이상한가요."

나는 절규했다.

"그러니 나는 틀림없이 당신을 사랑하고 있어요."

"그 덕분에 그로에스 영애께서 제게 이리 이로움을 가져다주지 않았습니까. 여성에게 사랑이란 제가 생각한 것보다도 어쩌면 더 맹목적으로 앞을 가리고, 그리하여 보는 것과 듣는 것을 왜곡하고……결국 상대를 온전히 믿게 만드는 무언가인가 봅니다."

'황태자는 널 위해 아무것도 해 주지 않아. ……결국 네가 믿고 의지해야 할 사람은, 나야.'

'황태자 전하께선 아가씨를 진심으로 사랑하시는 게 분명해요.'

'에드먼드를 조심해. 벗으로 두기에 더할 나위 없으며, 나라의 후계자로서 또한 훌륭한 재목이지. 하지만 네겐……'

칼릭스는 언젠가 분명히 내게 말했었다. 에이미는 꿈을 꾸는 듯한 눈망울로 중얼거렸다. 알렌 공작은 속을 알 수 없는 얼굴로 나를 응시했다.

머릿속에서 뒤죽박죽 바뀌는 목소리들은 나를 마구 몰아세웠다. 나는 더 이상 참을 수가 없어 한껏 새된 비명을 질렀다.

더는, 더는 참을 수 없었다.

나는 다음 순간 미친 사람처럼 황태자궁을 빠져나가고 있었다. 허겁지겁, 뒤에서 무어라 만류하는 누군가의 목소리가 들리는 것 같았지만 멈추지 않았다. 나는 그대로 궁의 입구에서 대기 중이던 마차에 올라타서는 마차꾼을 재촉했다. 가늘게 빗줄기가 내리기 시작하고 있었다.

나는 아직도 이따금 이 순간을 돌이켜 생각해 보곤 한다. 어째서 그때 그로에스 저택으로 향하던 마차를 틀어 하필이면 그 남자에게 향했는지를.

내가 향한 곳은 레트먼트 가 13-5번지, 그러므로 그가 있는 저택이었다. 마차가 멈추어 서자마자 나는 곧장 저택 입구를 향해 달렸다. 세차게 떨어지기 시작한 빗방울이 은사로 수를 넣은 드레스를 무겁게 적셔 오는 감각이 들었지만 개의치 않았다. 미친 듯이 저택의 문을 두드렸다. 이윽고 황망한 얼굴로 나온 사용인을 그대로 스쳐 지나가 곧장 그 남자의 서재로, 침실로 향했다.

엉망인 꼴로 자신을 찾아온 나를 본 남자는 몹시도 차분했다. 그는 고요하게 가라앉은, 아주 옅은 청색과 보랏빛이 섞인 눈동자로 나를 응시하고 있었다. 어렴풋한 불빛에 드러난 얼굴의 윤곽이 수려

했다. 남자는 내가 먼저 입을 열 때까지 자리에서 가만히 기다리는 듯 보였다.

"도와……주세요."

본능적으로 애원이 비어져 나왔다. 애처롭게 사정하는, 그러나 비에 젖어 떨리는 몸과 함께 정신없이 흔들리는 음성에 남자는 인상을 찌푸리지도, 나를 내쫓지도 않았다. 그는 그저 자리에 앉아 미동 없이 나를 바라볼 뿐이었다. 그래서 다시금 나는 정신이 나간 사람처럼, 가쁜 숨을 헐떡대며 중얼거렸다.

"도와, 주세요……. 더는, 이렇게 못 하겠어요. 저는……더는 안, 되겠어요."

그러자 그제야 남자가 엷게 미간을 찌푸리며 자리에서 몸을 일으켰다. 나는 내게 다가오는 단정한 남자의 모습을 응시하며 빗물에 함께 씻겨 나가듯 떨어뜨리어진 체온으로 덜덜 떨었다. 나도 모르게 담뱃불로 지져진 흉한, 왼쪽 손목을 감추고만 싶었다. 아찔한 통증이 환각처럼 팔목을 스치고 지나갔다.

"제발, 도와주세요. 물론 그 대가로 제가 드릴 수 있는 건 아무것도……. 오직 이…… 몸, 뿐이지만, 그 외엔 아무것도…… 없, 지만."

그렇게 말을 하는데 갑자기 눈물이 났다. 나는 그가 울어 대는 여자의 모습에 혹여 역정이 날까 봐, 맘을 바꾸어 나를 쫓아내기 전에 급히 옷을 더듬어 끈의 매듭을 풀어 내렸다. 비에 젖은 드레스가 피부에 달라붙어 한참을 밍그적대듯 헛손질을 했다.

겉옷을 완전히 벗어 내려 희부연 젖가슴이 모습을 드러내던 찰나 남자가 조금 화가 난 듯이 내 손목을 쥐고는 그대로 욕실로 끌고 갔다. 그는 거칠게 내 옷을 벗기고, 그를 위해 준비되어 있던 욕조에 나를 밀어 넣었다.

그러나 나는 그런 그의 배려 섞인 행동을 받고 있을 여유 따위라고는 없었다. 이제 완전한 알몸이 되어 남자 앞에서 헐떡이면서, 수치도 모르는 양 나는 두 팔로 그의 가슴께며 어깨를 어루만지듯 하며 빌고 또 빌었다.

"제발요, 도와……주세요. 저는 더는……. 이렇게 한시도 살 수가……. 숨이, 숨이 막혀서…… 살 수가 없, 없는, 흑……."

그 순간 미칠 것 같은 감각에 흐느낌이 터져 나왔다. 나를 내려다보는 남자의 검은 시선은 여전히 고요했다. 알 수 없는 충동에 사로잡혀 그대로 그의 목을 끌어안아 키스했다. 남자는 나를 뿌리치지 않았다. 오히려 아주 천천히 자신의 고개를 틀어 더욱 깊이 입을 맞춰 왔다.

어째서 하필 그 남자였을까. 나는 그 후로도 그때 나를 마구잡이로 몰아넣은 충동과 선택에 대해 종종 생각했다. 늘 고요하던, 속을 알 수 없는, 그러나 몹시 잔혹하고 냉정한 성정을 가졌다 일컬어지는, 루카스 콘라드를.

최소한 그보다는 그날도 내게 무르게 굴었을 제롬 콘라드를 두고, 언제나 속을 알 수 없는 점은 같지만 그 남자보다는 내게 호의적이었던 알렌 베델리우스 공작을 두고……. 어째서 나는 그날 밤 루카스를 찾았던 것인지, 몇 번을 생각해 보아도 모를 일이었다. 그는 무자비할 만치 냉혹하지만 에드먼드 다음으로 강한 권력을 쥐고 있기에, 자신에게 복종하는 한 내가 원하는 것을 들어줄 수 있었을 칼릭스 황자도 아니었다.

칼릭스 레트 바우렐리우스가 내게 행한 숱한 폭행과 강간, 그리고 그로 인해 피부에 스민 공포 때문에? 그래서 그때쯤이면 황궁으로 돌아갔을 황자를 찾는 대신 루카스에게로 향했던 걸까? ……그러나 루카스 콘라드는 어떤 의미에서는 그 칼릭스만큼이나 내게 공포스러울 수 있는 존재였다. 이후로도 내 팔목에 여실히 남은 담뱃불 상흔을 볼 때마다 나는 진심으로 그렇게 생각했다.

그러나 그 순간 나는 저택의 침실에서, 그가 유일무이한 구세주라도 되는 양, 삶의 마지막 찰나 허락된 동아줄인 것마냥 매달리듯 키스하고 또 키스하고 있었다. 욕조 안의 따뜻한 물로 흠뻑 젖은 몸으로 남자에게 달라붙어 애원했다. 그의 목덜미를 부드럽게 핥고, 그의 가슴께를 어루만지며, 그의 성기를 입 안에 넣어 적신 후 빨아 올리고 또 굴려 댔다.

남자는 천천히 내 얼굴을 떼어 냈다. 그는 물기에 젖은 내 뺨을 어루만지며 한참 그렇게 내 얼굴만 바라보았다. 이따금 화려하게 도금된 욕실 벽에 물방울이 맺혀 떨어지는 소리만이 귓바퀴에 닿아 부서져 가고 있었다.

다음 순간 루카스는 나를 엎드리게 했다. 무슨 일이 벌어질지는 이미 알고 있었다. 나는 수치를 모르는 암컷처럼 엉덩이를 쳐들었고 그는 뒤에서 안으로 파고들어 왔다. 그렇게 우리는 짐승처럼 몸을 섞었다. 얼마나 시간이 지났을까, 묵묵히 나를 취하는 남자와 달리 연신 천박하게 신음을 흘리며 달뜬 숨만 뱉어 대던 나는 또다시 애원했다. 도와주세요, 제발…….

"왜 하필 날 찾아왔지?"

성교가 끝난 후 침실에서 불현듯 그는 입을 열었다. 무어라 대답할지 몰라, 나는 그의 품에 안긴 채 담배를 피우는 남자의 수려한 옆모습을 바라보았다. 공기 중으로 퍼져 나가는 희뿌연 연기가 점차 가장자리부터 옅어져 가고 있었다. 그대로 한참을 머뭇거리다가, 다시 쿡쿡 쑤시기 시작한 왼쪽 팔목의 상흔을 나도 모르게 감싸며 중얼거렸다.

"생각, 났으니까요……."

생각이, 나서……. 정말이지 그렇게밖에는 설명할 방법이 없었다. 비에 젖어 온 공기가 습한 마차 안에서, 불현듯 찌를 듯한 팔목의 통증이 도지던 그 순간 내 머릿속을 가득 채운 것이 바로 당신이었노라, 그렇게 말하기에는 차마 입술이 떨어지지 않았다.

루카스의 음성에 나는 잠시 생각에 빠졌다. 정말, 어째서였을까. 그가 내 몸에 평생 지워지지 않을 흔적, 짙은 상흔을 남긴 걸 두고 일말의 책임 의식…… 따위를 느끼기라도 할 거라고, 그렇게 기대한 걸까? 그래서 틀림없이 한 번은, 나를 도와줄 거라 헛된 기대라도 품었던 걸까? 그는 말없이 짙은 담배 연기를 내뿜다 말고 한참 가만히 내 눈을 들여다보았다.

영원 같은 침묵이 흘렀다. 그는 다음 순간 입을 열어 물었다.

"원하는 걸 말해 봐."

"······이곳을 떠, 나게······ 해 주세요."

나는 텅 빈 눈으로 중얼거렸다.

"떠나 살게······ 해 주세요. 더는 이곳에서, 자꾸만 제게로 넘어오는 그 모든 것을 감당하고 견디며 살 자신이 정말이지······ 없어요."

나는 그의 품이 허락하는 온기를 가능한 애처롭게 보이도록, 그래서 그의 마음이 끌릴 수 있도록 파고들며 중얼거렸다.

"제발요, 저를 아는 이가 없는 그런 곳에서 혼자 살아가게, 해 주세요······."

그는 한참 침묵했다. 희끄무레한 담배 연기가 소리 없이 시야를 반쯤 채웠을 무렵이었다.

"마차를 준비하지."

그는 그 한마디로 내 부탁을 받아들였음을 드러냈고 나는 기다렸다는 듯 그에게 안겼다.

그날 밤 나는 몇 번이고 더 그와 몸을 섞었다. 우리 중 누구도 입을 열지 않았고 그러므로 더는 아무런 말도 오가지 않았다. 루카스와의 마지막을, 아니 어쩌면 이 지긋지긋한 세계의 일부와 작별할 시간이 다가옴을 나는 피부로 느끼고 있었고 그래서였을까, 더욱 내 자신을 놓아 버리듯 남자의 욕망을 온몸으로 끌어안았다.

만약 그 순간 내가 조금만 더 정신을 차리고 있었다면, 그랬더라면 어쩌면 나는 내가 멋대로 떠난 이후의 일들, 예컨대 미하엘의 안위나 뒤이어질 황자의 보복 따위에 조금이라도 의식의 촉각을 곤두 세웠을지도 모른다. 그러나 그때 나는 온 머릿속이 엉망진창으로 부서진 채 나만, 오직 나 하나만을 생각하고 있었다.

새벽이 되자 떠날 준비가 되었다는 연락이 왔다. 나는 찢어지고 물에 젖어 엉망이 된 드레스 대신 그 집 여시종의 옷을 입고 마차 위에 올랐다. 루카스는 무엇도 자세히 설명해 주지 않았고, 그로 인해 나는 마차의 종착지조차 알 수 없었지만 더는 꺼내 묻지 않았다. 마지막으로 남자에게 허리를 숙여 인사하고 등을 돌리려던 찰나 그가 내게 무언가를 던졌다. 엉겁결에 받아 들게 된 것은 남자의 지갑이었다.

"돈이 필요할 테지."

그 말만 남기고선 루카스는 등을 돌렸다.

마차는 정신없이 달렸다. 나는 불현듯 잊고 있던 무언가가 뇌리를 스치는 것을 감각했다. 급히 마차꾼을 향해 목소리를 냈다.

"어디로 향하는 중인가요?"

그러나 사내는 명받은 일을 따를 뿐이라는 짧은 대답만 해 왔다. 재차 목적지를 물었지만 남자는 끝내 입을 열지 않았다. 그제야 번 뜩 정신이 들었다.

내가 가고자 하는 곳은 아무도 나를 모르는 곳, 그리하여 더는 그 끔찍한 남자들에게 엮여 상처받을 일이 없는 곳……이어야만 했다.

그리하여 하루라도 더 생살이 짓무르는 듯한 아픔에 몸서리치지 않아도 되는 삶을 살 수 있어야 했다. 그렇지만……. 나는 생각했다. 최소한 콘라드의 루카스가 알고 있는 어딘가, 라면……. 거기에 생각이 미쳤을 때 나는…….

"마, 마차를 멈춰요! 당장!"

순간 정신없이 마부를 향해 외치고 있었다.

그러나 마차꾼은 명받은 곳까지 안전히 모실 뿐, 중간에 멈추거나 방향을 틀 수 없다는 말만 반복했다. 마차의 속도는 줄지 않았고 오히려 점차 살을 붙이듯 빨라지고 있었다. 나는 퍼뜩 정신이 들었다. 이대로라면 나는 또 어딘가, 공간과 장소만 조금 바뀔 뿐 그들 중 일부, 최소한 콘라드가의 남자들은 아는 어딘가로 끌려가 또 그들에게 치이고, 상처받고, 흐느끼는……. 그 모든 일들을 똑같이 반복하게 될 뿐일지도 몰랐다.

'더는, 더 이상은 아니야.'

생각만으로도 끔찍했다. 너무 싫어서 나는 다음 순간 입술을 짓치듯 깨물었다.

쿠당탕! 거친 파열음 같은 소리가 온몸을 울렸다.

나는 그렇게 달리는 마차에서 아무것도 보이지 않는 깜깜한 암흑 속으로 뛰어내렸다.

외전
1

'얼마나 떨어진 걸까.'

어렴풋이 실낱같은 의식의 끈을 잡았을 때 나는 그런 생각을 했
다. 칠흑같이 깜깜한 밤하늘 너머 흐릿한 별빛이 비춰 보였다. 타인
의 꿈에 숨어든 것처럼 머리가 그저 멍했다. 마차에서 뛰어내린 직
후 그대로 지나던 비탈길에 굴러떨어진 모양이었다. 아직 숨이 붙어
있는 걸 보니 죽지는 않았나 보다, 멍해 있는 와중에도 그런 생각이
스쳐 지나갔다.

뛰어내리기 전 미처 밖을 보지 못했으니 그저 짐작만 해 볼 수 있
을 뿐이었다. 분명 찌를 듯 높은 벼랑 끝, 은 아니더라도 어딘가 꽤
경사진 곳을……. 구르듯 내려온 것 같았다. 의식이 차츰 또렷해지
자 찌뿌둥 탁한 감각이 온몸으로 퍼져 나갔다.

나는 천천히 몸을 일으키려고 했다. 그제야 문득, 내가 움직이는 무언가 위에 짐짝처럼 실려 있다는 사실을 알아차렸다. 놀라 몸을 크게 움직이자 한쪽 어깨와 다리에서 눈앞이 아찔한 고통이 점멸하듯 찾아들었다. 별안간 다시 정신을 놓아 버렸다.

그렇게 나는 팔려 가게 되었다. 그간의 여정을 대뜸 이 한마디로 일축하자니 순간 목구멍에 잘못 삼킨 무언가가 탁, 걸리는 것 같은 기분이 든다.

물론 내가 곧장 사창가 따위에 떨어진 건 아니었다. 처음엔 오히려 운이 좋다고 생각했다. 어렴풋이 정신을 차렸던 밤 사실 내가 올라타 있던 것은 선량하기 그지없는 늙은 인부의 짐수레였으므로.

그는 도시의 대다수가 잠든 깊고 어두운 새벽에도 일을 나가던 근면하기 이루 말할 데 없는 이였고 비탈에 굴러 온몸이 생채기로 붉게 물들어 있던 내 꼴을 그냥 지나치지 않았다.

그렇게 나는 그 남자의 집으로 갔다. 늙은 노부부는 몹시도 친절했고 나는 이세계(異世界)에 온 뒤 처음으로 순수한 타인의 호의를 누렸다. 간만의 평화에 어쩔 줄 몰라 때로는 몸이 굳었다. 빈집에서 그들 부부가 돌아오길 기다리며 멍하니 창밖 석양이 선홍빛으로 깔리는 것을 보고 있을 때면 이따금 까닭 모를 눈물이 났다.

그러나 그 아름다운 일상들은 고운 모래알처럼 내 손에서 스르르 떨어져 내렸다. 내게 허락되는 평화란 너무도 쉽게 깨어지는 예쁜 색유리 같은 것임을 나는 그때 알아차렸다.

"그만……. 저는 이런 걸 원, 하지 않아요."

욕망으로 탁해진 잿빛 눈동자를 한 채 내게 몸을 붙이는 젊은 사내에게 나는 겨우 힘을 내 그렇게 말하고 있었다. 어떻게 소문이 퍼진 건지 그때쯤엔 이미 노부부가 집을 비울 때마다 슬금슬금 별 핑계를 대어 드나드는 남자들이 생긴 후였다. 오랜 시간이 지난 뒤에야 나는 그때 그 평화롭기 짝이 없던 작은 마을에 퍼진 소문이 어떤 것이었을까 생각해 보게 되었다.

보기 드물게 아름다운 여자 하나가 마음씨 좋은 부부의 집에 의탁했다더라? 그런데…… 어딘가 멍한 것이 좀 모자라 보이는 데다 심지어는 오갈 데 하나 없는 처지라더라? ……그렇게 사람들은 이야기를 해 대었을까. 그래서 남자들은 나를 건드려도 될, 어떻게 해도 뒤탈 하나 없을 것 같은 여자로 부러 의식하기 시작한 걸까?

어쨌건 나는 그렇게 그날 이름도 모르는 젊은 마을 남자에게 강간당했고, 그러자 마치 조금씩 쌓여 왔던 무언가가 일시에 터지듯 그 다음 날과 다음 날, 또 다음 날……. 비슷한 상황이 반복되기 시작했다. 남자들은 마치 서로 미리 순번을 정해 두기라도 한 것처럼 한 명씩 돌아가며 나를 찾아왔다.

어느 날 주인 노부부와 무척 의좋아 보이던, 그래서 내가 아플 때도 자주 짐이며 이것저것을 집 안으로 대신 들여놔 주곤 하던 선한

509

눈매의 사내마저 빈집을 덜컥 찾아왔을 때, 그리고 더는 참지 못하겠다는 양 내 허벅지를 붙잡아 벌렸을 때…… 마침내 나는 마음이 찢어졌다.

'이 사람마저……'

힘든 노동으로 단련된 크고 육중한 남자의 몸에 깔려, 그의 진한 체향 아래 정신없이 흔들리면서 나는 바보같이도 그런 생각을 했다. 그리고 깨달았다. 내가 은연중에 그들을 또다시 믿어 보려 했다는 것을. 아니, 누군가를 절실히 믿고 싶어 했단 것을.

그렇게 나는 참지 못하고 노부부의 집을 떠났다. 지난날 루카스 콘라드에게서 적선 받듯 넘겨받은 지갑을 그들의 식탁 위에 남겨 둔 채, 아무런 계획도, 채비도 없이.

그리고 얼마 지나지 않아 창녀가 되었다. 지금껏 내 피부에 들러붙던 그 호칭이 주로 내 행실과 특유의 비천함과 작은 몸 위에 아로새겨진 더러운 흔적들에 의한 것이었다면 이번에 그것은 나의 직업을 다루는 무미건조하며 적확한 이름에 다름 아니었다.

소리 없이 절규하며 마을을 떠나던 그 길에서마저 누군가의 강한 힘에 짓눌리고 덮쳐지면서, 나는 문득 어떤 차악의 희망도 내겐 더 남지 않았다는 생각을 했다. 나를 납치한 사내들은 곧장 나를 어딘 가로 끌고 갔다. 그때부터는 나 역시 부질없을 저항을 더는 하지 않았다.

그렇게 여전히 아름답고 싱싱한 에스델 그로에스의 육체는 부르는 값을 따라 여기저기로 팔려 다니게 되었다. 나는 하루하루 놀랍도록 텅 비어 가기 시작한 눈동자로 현실이라는 추악한 풍경을 남일 보듯 멍하니 담았다.

아니, 실은 아무것도 제대로 보지 않았다. 고통뿐인 실재와 어떻게든 동떨어지려 나는 견고한 갑옷을 두르듯 내면의 의식 한편에 침잠했고 그러자 곧 주변에서 일어나는 어떤 것도, 감각이라는 형태의 떨림을 내게 전해 오지 못하게 되었다.

이따금 그 무엇에 대해서도, 어떤 저항도 하지 않게 된 나를 보며 놀라는 사람들의 낯이 보였지만 나는 무심히 그것들이 수그러들기를 기다릴 뿐이었다. 눈을 뜨면 옷이 갈아입혀지고 몸이 치장되었다. 그리고 곧 어딘가의 방에 이끌려 들어가 그대로 남자의 성기를 받았다. 옷이 다 벗겨질 때도, 그러지 않을 때도 있었다. 사실 어느쪽이든 내게는 별 상관이 없었다. 관계가 끝나고 나면 시키는 대로 피임을 위한 약을 먹었고 침대 위로 올라가 잠을 잤다.

때로 어떤 특정한 자세나 행위를 요구하는 사내들도 있었다. 그러나 내가 할 수 있는 일이라곤 죽은 시체처럼 미동 없이 누워 있는 게 전부였다. 그럴 때면 어김없이 구타가 이어졌다. 그러나 이미 바짝 마른 꽃잎처럼 갈라진 입술 틈으로는 제대로 된 신음 하나 나오지 않았다.

갈수록 의식과 수면의 경계가 모호해졌다. 그에 따라 그들이 나를 내려다보며 무어라 중얼거리는 소리도 한층 더 커져만 갔다. 그렇게 나는 어느 날 내 몸을 열고 열심히 허리를 박아 대던 남성의 아래에서 정신을 잃었다.

그리고 그게 내 기억의 마지막이었다.

외전
2

여자가 없어졌다.

알렌 베멜리우스는 생각에 잠긴 채 잠시 그 사실을 혓바닥 위에 올려보았다. 아주 미세한 공기 중의 떨림조차 만들어 내지 못할 것 같았던 사소한 사건은 그러나 보이지 않는 어떤 엷은 파형의 변화를 서서히 퍼뜨리고 있었다.

에스델 그로에스가 없어진 이튿날도, 그리고 그다음 날 아침도 온 황성과 사교계는 고요했다. 사람들이 모인 자리는 지나치게 억눌린 목소리들만이 흘렀고 그런 극도의 조심스러움은 어딘가 음산하고 기괴한 분위기를 빚어내고 있었다. 그러나 그들은 분명히 무언가가 달라졌음을 알아차렸다. 그 변화를 감지한 이들이 있어 에스델 그로에스의 행방의 묘연함은 풀리지 않는 숙제처럼 바우렐리우스의 어딘가에 미궁의 아가리를 벌리고 서 있게 되었다.

제롬 콘라드는 입술을 짓치듯 깨물었다.

그 계집이, 반반한 낯짝 빼고는 가진 것 하나 없는 백치가 수도를 떠났다고 했다. 왜? ……그는 신경질적으로 자신의 어두운 금발을 쓸어 넘겼다. 아니, 그것보다 어째서 그 일이 가능했는지 몹시 혼란스러웠다. 불현듯 여자의 희고 곱다란 웃음이, 심장을 덜컥, 내려앉게 만들던 처연한 얼굴 따위가 눈앞을 스치고 지나갔다. 그런 남자를 비웃듯 창밖 하늘은 고아한 오팔석처럼 아름답고 투명한 빛을 냈다.

그는 저도 모르게 인상을 찌푸렸다. 점차 발걸음이 빨라졌다. 무언가 다급했던 나머지 평소와 달리 노크 따위로 인기척을 내는 일도 잊고 대뜸 문턱을 넘었다. 계집이 없어지기 전 마지막 밤, 하필이면 자신이 자리를 비웠던 그때 이 저택에 찾아왔었다는 것쯤은 알고 있었다.

그의 형, 루카스는 말없이 업무에 집중하고 있었다. 그러다 인기척에 고개를 들어 제롬을 응시했다. 방 안에 남은, 엷게 깔린 담배의 잔향이 유독 맵고 싸했다. 문득 시선을 마주친 남자의 얼굴이 언제나와 달리 동요의 기색을 불투명색처럼 띠고 있어 제롬은 순간 흠칫했다.

가문의 정식 후계자로 오래 길러져 온 자 특유의, 늘 일정한 경계

내에 있던 냉정한 낯이 가장자리부터 조금 바스러져 있었다. 그 미세한 변화가 아우인 제 눈에는 여실히 보였다. 침착성을 잃은 형의 모습은 정말이지 오랜만이었다. 그래서였을까. 덕분에 예상과 달리 조금 뜸을 들인 후에야 질문이 비어져 나왔다.

"……어디로 보낸 거야?"

말을 내뱉자마자 후회가 몰려왔다. 이토록 바보 같은, 허접스러운 질문을 하려고 부러 여기까지 발걸음한 게 아니었는데. 동요를 미처 숨기지 못하는 형의 얼굴에 그만 당황해 버린 여파로 평소의 자신답지 않은 어중간하고 모호한 질문만 튀어나왔다.

"사라지기 전 그 계집이 여기 왔었다고 들었어."

그래서 얼른 덧붙였다. 자신도 모르게 입술을 신경질적으로 짓씹으며 대답이 돌아오기를 기다렸다. 한참 침묵이 흐른 뒤에야 그의 형은 입을 열었다.

"몰라."

"어째서? 형이……"

"중간에 타고 있던 마차에서 뛰어내렸다더군. 그 뒤론 행방불명되었고."

곧 눈앞에 도사리게 될지도 모를 죽음에 벌벌 떨던 마차꾼이며 시종의 모습을 떠올리며 루카스는 답했다. 제롬은 기가 막혔다. 무어라 얼른 부연하려던 찰나 다시 루카스가 담배를 꺼내어 물다 말고 그를 가만히 응시했다. 잠시 형제의 시선이 얽혔다.

제롬 콘라드는 그제야 깨달았다. 남자의 낯빛에 부유물처럼 떠올라 있던 동요는 단순한 분실, 반쯤은 살아 있는 소유물이나 다름없던 그 여자의 행방불명으로 인한 일차원적인 상실감에 그치지만은 않는다는 것을. 그렇지만, 어째서……?

제롬 콘라드의 뇌리에 몇 가지 그럴듯한 추측들이 가지를 뻗치듯 여러 갈래로 갈라져 나와 얽혀 들었다. 그 천하의 루카스 콘라드가? ……하필이면 맹하기 짝이 없는 그 계집을? 불현듯 허탈한 웃음이 절로 터져 나올 것 같았다. 순간 알 수 없는 화가 치밀었다. 그는 곧 자리를 떴다.

급히 소식을 알려 온 자신의 수족이 미처 당혹감을 다 숨기지 못하는 눈치였기에 황태자 에드먼드 드뉴엘 바우렐리우스는 온화하고 부드러운 어조로 말했다.

"알았어요, 그만 돌아가도 좋아요."

그러나 햇빛을 받아 아주 엷은 보랏빛이 섞여든 것처럼 빛나는 에드먼드의 청색 눈동자는 그 순간 무척 예리하게 빛나고 있었다. 남자는 그렇게 자신의 그림자나 다름없는 이를 내보낸 뒤 잠시 생각에 잠겼다. 저절로 희미한 미소가 미려한 입가에 걸렸다.

조금씩 하얗게 질려 가던 여자의 얼굴, 바들바들 떨리던 손끝, 힘 주어 쥐는 바람에 핏기가 사라져 버린 자그마한 손톱, 그리고 눈물이 그렁그렁 매달린 투명한 눈망울…….

떠올릴수록 애처로웠다. 몹시도 충격을 받은 게 분명한, 상처받은 얼굴로 부들부들 떨던 여자의 모습이 붓으로 누른 듯 눈앞에 그려졌다. 에드먼드는 잠시 그날 밤의 일을 떠올렸다. 그렇게 곧장 황궁을 빠져나가 한 일이, 고작 까마득한 충동에 몸을 맡기는 일이라니. 그리 명석하지 못한 여자라는 건 알고 있었지만 어이가 없을 만큼 귀여워서 웃음이 나왔다. 그의 고아한 목청이 빈 집무실의 공기를 울렸다.

불현듯 그는 여자가 보고 싶었다. 자신의 아래에서 어두운 밤하늘 같은 눈동자를 가만히 깜박이며, 이따금 흐느낄 때의 여린 음성이 어렴풋이 생각났다. 자신의 품에 안겨 헐떡거릴 때면 덩달아 흔들리던 보드라운 머리칼이 어린 무용수의 치맛단 끝처럼 고왔던 거 같았다.

그는 만족스러운 웃음을 지었다. 어째서 그날 필요 이상으로 잔인한 흉기 같은 말을 휘둘렀는지. 그래서 계획과 다르게 손에 들어온 여자를 엉망으로 짓무르듯 생채기 냈던 것인지. 생각을 곱씹을수록 답은 명확해졌다. 그는 여자를 상처 주고, 결코 자신만은 잊을 수 없도록 짙은 생채기를 낸 다음…… 온전히 소유하고 싶었다.

깊고 깊은 상처를 새기고 싶다는 충동에 이끌려 그녀에게 말을 내뱉던 그때, 그는 인정할 수밖에 없는 잔인한 쾌락을 느꼈다. 스스로에게 이토록 가학적인 면모가 숨어 있었을 줄은 미처 몰랐었다. 에드먼드는 잠시 소리 내어 웃었다.

비록 진창에서 구를 대로 구른 비천한 여자라곤 하나, 그토록 믿던 누군가에게 이리 처절할 정도로 버림받고 배신당한 기억은 없을 테니 이제 그녀는 아마 죽을 때까지 자신의 그림자에서 벗어나지 못할 테였다.

무언가를 온전히 소유하기 전 다시는 꼼짝할 수 없도록 그 사지를 끊어 내고, 온몸을 망가뜨리는 작업은 생각 이상으로 꽤 즐거웠다. 그날 밤 사색이 되어 떨다가 절규하듯 달아나던 여자의 가냘픈 몸이 다시금 떠올랐다. 더할 나위 없이 만족스러웠다.

이제 거의 다 되었는데, 에드먼드는 생각했다. 아마 모든 생의 의지며 욕구마저 상실해 버렸을 여자는 어마무시하게 공포스러워진 자신을 두고, 앞으로 그를 거부할 수 있다는 생각조차 못한 채 예쁜 도자기 인형처럼 얌전히 자신의 곁에 있어 줄 것이었는데…….

그녀가 도망을 쳤다는 것은 다소 의외의 사건이었다. 그러나 문제 될 것은 없었다. 워낙 어수룩하고 멍한, 그야말로 어린아이 같은 여자인데다 이상할 만치 이곳 물정에 어둡기까지 했으니…… 제아무리 뛰어 봤자 그의 손바닥 안, 찾는 것은 그리 오래 걸리지 않을 터였다.

에드먼드는 화려하고 우아한 미소를 만연히 머금었다. 곧 그의 손에 다시 들어올 게 분명한 무언가로 굳이 마음 졸일 필요가 없음을 알고 있었다.

에드먼드는 곧장 칼릭스를 불렀다. 그 무렵 황자는 자신의 궁에서 행방불명되어 버린 여자에 대해 생각하고 있었다. 언제나 겁에 질려 벌벌 떨기만 할 뿐, 제대로 된 말 한 마디 못하던 에스텔의 모습이 눈앞을 스쳐 지나갔다. 제법 놀랍기는 했다. 늘 가만히 당하고만 있다 결국엔 무기력하게 흐느끼는 게 전부인 줄 알았던 계집이 도망을 쳤다, 라……. 간만에 분수에 넘치는 행동을 했다고, 그는 생각했다.

대체 어디로 갔을까. 그날 밤 내뱉은 얘기가 적잖이 충격은 충격이었나 보지. 칼릭스는 짙푸른 눈을 빛내며 생각에 잠겼다. 하필이면 에드먼드가 자신을 저버렸음을 알게 된 후 여자는 그토록 처절하게 동요했다.

바로 그 사실이 보이지 않는 악취처럼 스멀스멀 불쾌감으로 피어올랐다. 그래서였을까. 평소 왕래조차 않는 사이였지만 자신의 앞에서 말없이 떨고 있는 황태자궁의 시종을 바라보던 그는 잠자코 일어나 발걸음을 옮겼다.

"어서 와."

에드먼드는 예상보다도 빨리 자신을 찾아온 수려한 이목을 보며 미소 지었다. 황태자궁 특유의, 고요한 수면 아래 물감을 풀어 놓은 양 다채롭게 반짝거리는 공기가 조금 갑갑했다. 속을 알 수 없는 에드먼드의 온화한 낯빛에 칼릭스는 조소를 흘렸다. 그러나 조금도 개의치 않는 듯 남자의 음성은 몹시도 평온스레 이어지고 있었다.

"다시 데려오도록 해."

중요한 무언가가 당연하다는 듯 생략된 말에 칼릭스의 미간이 날카롭게 구겨졌다.

"무엇을, 말이지?"

"내 빈이 될 사람."

너무도 태연하게 대꾸해 왔다. 칼릭스는 어처구니가 없었다.

"빈? ……정말 그 천하게 굴러먹은 계집을 후궁으로 앉힐 셈이었나."

정말이지 정신이 나갔군. 칼릭스의 나직한 조롱에도 개의치 않는 듯 에드먼드는 앞에 놓인 잔을 들었다.

"네가 내몬 셈이니 네가 다시 데려오는 게 맞아."

그리고 곧이어,

"칼릭스, 네게도 필요하잖아."

아무렇지 않은 듯 그렇게 말했다.

"그러게 어째서 굳이 하지 않아도 될 말을 해서 영애를 놀라게 했어? ……어울리지 않게."

그렇게 덧붙이는 에드먼드의 아름다운 얼굴엔 지나칠 만큼 온화한 미소가 걸려 있었다. 그 부조화함이 공기 중에 덧입히는 특유의 긴장이 팽팽했다.

칼릭스는 온도가 낮은 푸른 눈동자를 번득였다.

"잘도 지껄이는군. ……계집을 데려와서, 배다른 형제의 공용 창부로라도 두겠다는 건가?"

"그럴 리가."

황태자는 잠시 작게 소리 내어 웃었다.

"간만에 재밌는 말이었어. 그렇지만 더는 내 비위가 상해서 안 되겠는걸."

그는 무언가 잠시 생각하는 듯하다 다시 입을 열었다.

"……지금까지 눈감아 준 것만으로도 충분히 봐줬다고 생각하지 않아?"

칼릭스가 날카롭게 인상을 찌푸렸다.

"그렇게 불편해할 것 없어. 나도 너와 관계된 사실은 최근에야 알았으니까. 그도 그럴 것이 칼릭스, 네가 그녀를 찾아 내 별궁이며, 그로에스 저택까지 직접 헤집고 다녔을 땐 너 또한 나름대로 각오를 하고 있던 게 아니었어? ……유독 눈과 귀가 많은 수도에서 그렇게 보란 듯이 그로에스 양을 찾아 대면 소문이 돌게 마련이잖아."

황태자의 입술이 부드럽게 곡선을 그렸다. 그러자 냉정을 유지하던 칼릭스가 기어코 조롱을 퍼부었다.

"그래서? 형제랑 붙어먹은 걸 알면서도, 더욱이 제 아내를 죽이기까지 한 계집을 끌어들여 같이 살겠다고?"

"칼릭스. 일개 도구일 뿐이었던 자에게 모든 비난의 화살을 돌려선 안 돼."

에드먼드는 부드럽게 타이르듯 말했다.

"황태자비의 죽음에 관해서라면 그로에스 영애는 그저 질 나쁜 독의 운반책 중 하나에 다름 아니었어."

"그래서 죽은 여자 시체에서 피비린내도 채 안 가신 이때에 새로 계집을 들이시겠다."

"그녀의 일은 정말 유감스럽게 생각하고 있어. 하지만 이미 세상을 떠난 이고, 그로에스 영애는 의식의 범위 안에 그 일이 없는 사람이지. 그리고 칼릭스, 네가 그렇게 자유로이 그 일을 입에 담아도 되는 사람인지는 미처 몰랐는데."

그러자 순간 팽팽한 긴장이 감돌았다. 에드먼드는 우미한 미소를 지었다.

칼릭스는 잠시 그런 그를 싸늘히 응시했다. 저 능구렁이 같은 인간이 무언가를 더 알아내기라도 한 것처럼 굴자, 잠깐이었지만 절로 인상이 날카롭게 구겨졌다. 분명 자신이 그 일에 얽혔던 증좌들은 깨끗이 처리되었음을 앎에도 처음으로 기민한 감각이 경계하듯 날카로운 신호를 울려 대었다.

그러나 이 상황에서 제 죄를 인정하기라도 하는 양 저따위 유도 신문에 넘어가 줄 의향은 없었다. 창으로 쏟아져 들어오는 햇빛에 칼릭스의 눈에서 푸른 광채가 번득였다.

에드먼드 드뉴엘 바우렐리우스는 생각했다.

시작은 어디서부터였더라. 아, 분명히 첫 만남은 알렌의 초대를 받은 베델리우스 공작가의 연회에서였다. 알렌의 품에 안겨 바르작거리다 무심코 눈이 마주쳤을 때, 놀라 황급히 몸을 일으키며 휘청거리던 여자의 가냘픈 선과 동그란 눈매가 아직도 선연했다. 기억의 파편이 윤곽을 덧그리듯 뇌리를 스치자 저도 모르게 엷은 웃음이 흘러나왔다. 그녀는 몰랐겠지만, 그때 이미 자신은 그로에스가의 양녀에게 지대한 관심을 갖고 있었다.

이유는 명료했다. 황태자비의 죽음과 맞닿은 어딘가의 영역에, 추잡한 계략의 냄새가 묻은 그림자들이 길게 늘어져 약속이라도 한 듯 하나같이 그로에스가의 창녀를 가리키고 있었다. 처음 그 소식을 전해 온 수하의 말을 듣던 에드먼드는 꽤 흥미가 동했었다.

과거의 명성이 다소 빛바랬다고는 하나 그로에스 백작가는 오래 황태자에 대한 충성을 맹세해 온, 명망 있는 가문이었고 그러므로 여전히 그에게 유효한 도구였다. 그런 울타리에 속해 있는 여자가, 비록 창부 첩의 소생이든 아니면 출신 성분이 비천하기 이루 말할 데 없든 간에, 황태자 자신에게 위해를 가하려는 공작에 어떻게든 엮여 들었을지도 모른다니. 그 꼴이 마치 혼자 비죽이 튀어나온 성냥개비를 보는 것 같아 몹시도 눈에 띄었다. 그때 그 여자를 가늠해 보던 에드먼드의 입술은 분명히 매혹적인 호선을 그렸다.

"그대가 그 소문의, 백작가의 영애로군."

그러므로 첫 만남에서 약에 취해 헐떡거리는 여자를 보며 나직이 내뱉은 그 말은, 그리고 함께 묻어났던 어렴풋한 반가움의 기색은 적어도 진실된 것이었다. 접촉할 필요가 있던 상대와 예상보다 빨리, 그것도 꽤 우연한 기회에 맞닥뜨리게 된 일은 제법 유쾌한 감정을 불러일으켰다.

그때부터 만남과 인연과 운 따위의 것들은 정교히 그에 의해 짜이고 조직될 필요를 갖게 되었다. 에드먼드는 그 무렵 한껏 망가져 옴짝달싹할 수조차 없게 되어 버린, 자신의 어린 아내에 대해 종종 생각했다.

비록 남녀 간의 연정 따위가 어린 상대는 아니었으나 틀림없이 정

치적으로 요긴했을 장기 말 중 하나였고 그러므로 그에겐 나름대로
귀한 의미를 갖는 여자였다. 그런 상대를 미처 쓸모를 다하기도 전
에 앗아 간, 짙푸른 그림자에 가린 사건의 진실을 그는 알 필요가 있
었다.

　그렇게 수면 위에 드러난 사건과의 유일한 연결 고리로, 에스델
모르데카이 그로에스라는 여자는 황태자의 눈앞에 서 있게 되었다.

　'……드디어 찾았어.'

　자신에게 다가와 말을 전하는 그림자들의 보고를 들으며 칼릭스
는 회심의 미소를 지었다. 그러면 그렇지, 바보스러울 정도로 미련
해 빠진 계집이 날뛰어 봤자, 어디까지나 그들의 힘이 닿는 범위 안
에 놓여 있을 게 분명했다.

　계집의 소재를 찾았다는 보고 자체는 그러므로 그에게 있어 하등
의 신선함을 주지 못하였다. 다만……, 그녀의 안위가 무사한 것 같
다는 말이 귓가에 와 닿은 순간부터 혈류를 타고 몸에 퍼져 나가는
묘한 안도감……. 황자는 익숙하다곤 할 수 없는 그 감각이 묘하게
거슬린다고 생각했다.

　"내일."

　"알겠습니다."

　"내가 직접 가도록 하지."

　예상과 달리 황자 자신이 직접 움직이겠다는 말에 잘 훈련받아 온

종복의 움직임이 눈에 띄게 흔들렸지만 칼릭스는 미처 그 사실을 알아차리지 못했다. 그는 황태자를 조심하라는 자신의 경고를 무시한 채 멋대로 날뛰다가 시궁창으로 떨어져 버린 가엾고 불쌍한 계집에 대해 생각을 훑어 내리는 중이었다.

피식, 불현듯 그의 입가에 냉소가 걸리고 그는 이제 되었다는 듯이 손짓만으로 자신의 그림자들을 물렸다. 자신이 수하의 보고를 듣자마자 느꼈던, 그 묘한 감정을 마치 하찮은 벌레를 대하듯 무시하면서.

그리고 다음 날, 이 나라의 고결한 황자가 가장 어울리지 않을 음습한 매음굴의 하나로 굳이 발걸음을 했다는 소식이 황태자궁과 베델리우스가, 콘라드 후작가에 차례로 찾아들었다. 그 소식은 각각의 당사자들에게 적지 않은 파문을 일으켰으며 그들이 하나같이 결이 비슷한 일련의 어떤 감정들을 느끼도록 만들었다.

콘라드 후작가의 차남은 한시바삐 칼릭스가 향했다는 창녀촌으로 떠났으며, 장남인 루카스는 은밀하게 자신의 수복들을 불러 모았다. 알렌 베델리우스 공작은 마치 여자에 대한 선전 포고라도 하는 양 자신의 행적을 숨기지 않은 황자에게 경계를 느끼면서, 한편으로 그로에스가의 작위 문제에서 자신이 쥘 수 있는 정치적 패들을 마지막으로 정리해 나가기 시작했다. 그리고, 그리고 에드먼드 드뉴엘 바우렐리우스는……

황태자는 자신의 사랑하는 혼약자가 어떤 형태로든 다시 자신의 품에 안길 수밖에 없도록, 그 모든 만반의 준비를 갖춘 상태로, 그저 시간이 조금 지나기를 기다리고 있을 뿐이었다. 세상 더할 나위 없이 만족스러운 웃음을 띤 채.

— *나를 사랑하지 않는 그대에게, fin*